KB164794

삶과 운명

2

Жизнь и судьба

LIFE AND FATE

by Vasily Grossman

Copyright ⓒ L'Editions l'Age d'Homme and the Estate of Vasily Grossman 1980-1991
Copyright ⓒ The Estate of Vasily Grossman 1992
All rights reserved.
The novel was first published by Editions L'Age d'Homme.

Korean translation copyright ⓒ 2024 by Changbi Publishers, Inc.
This Korean edition is published by arrangement with
Andrew Nurnberg Associates Ltd. through EYA.

이 한국어판의 판권은 EYA를 통해 Andrew Nurnberg Associates Ltd.와
독점 계약한 ㈜창비에 있습니다.
저작권법에 의해 보호를 받는 저작물이므로 무단 전재와 복제를 금합니다.

Василий Семёнович Гроссман

Гроссман

삶과 운명 2

바실리 그로스만

최선 옮김

судьба

Жизнь и

창비세계문학 99

창비

차례

일러두기

1. 이 책은 Василий Гроссман, *Жизнь и судьба* (Санкт-Петербург: Азбука 2017)를 번역의 저본으로 삼았다.

2. 본문 중의 각주는 관련 일차 자료, 이차 자료에서 취해서 역자가 붙인 것이다.

3. 외국어는 가급적 현지 발음에 준하여 표기하되, 일부 우리말로 굳어진 것은 관용을 따랐다.

4. 원서에 외국어(프랑스어, 독일어, 이딸리아어 등)로 표기된 부분은 이탤릭체로 발음을 적거나 뜻을 풀어 적은 뒤, 각주에 원어를 적고 어느 나라 말인지 표시했다. 우끄라이나어는 이탤릭체로 적고 각주에 원어를 적지 않았다. 원서에 외국어가 러시아 문자로 표기된 경우에는 이탤릭체로 적지 않고 각주를 붙였다.

제2부

1

군사 수송열차들이 전선을 향해 움직이는 모습을 볼 때 후방에 있는 사람들은 가슴 아플 만큼 벅찬 감정에 휩싸인다. 바로 저 대포들이, 저 새로 칠한 전차들이 당장 전쟁의 행복한 결말을 가까이로 당겨올 가장 중요한 일, 신성한 일을 위해 예정된 것이라는 생각 때문이다.

예비부대에서 이 대열에 합류한 이들의 마음속에는 특별한 긴장감이 싹트기 마련이다. 젊은 소대장들의 눈앞에는 봉인된 봉투 속에 들어 있는 스딸린의 명령이 어른거리고…… 물론 웬만큼 경험 있는 사람들은 그런 기대 없이 그저 뜨거운 음료를 마시고, 말린 황금치[1]

---

1 황어를 닮은 물고기. 까스삐해에서 많이 잡힌다.

를 작은 탁자나 장화 뒤축에 대고 두들기고, 소령의 사생활이나 다음 교차역에서의 물물교환에 대해 이런저런 이야기를 늘어놓는다. 일이 어떻게 돌아가는지 이미 아는 터이다. 부대는 전선 부근 띠 모양의 지구, 독일군 급강하폭격기들만이 알고 있는 외떨어진 역에 내린다. 첫번째 폭격이 신참들 사이에 감돌던 축제 분위기를 약간 누그러뜨린다…… 오는 동안에는 몸이 붓도록 내처 잠을 잤건만 더는 한시간도 누울 수 없다. 행군은 며칠에 걸쳐 계속된다. 잠시 서서 물을 마시거나 허기를 채울 시간도 없다. 과열된 모터의 끊임없는 포효 때문에 미간이 빠개질 지경이고, 두 손에 힘이 들어가지 않아 제어장치조차 조작할 수 없다. 지휘관은 벌써 암호를 수없이 읽었고 무선수신기로 고함과 욕설도 실컷 들었다. 뚫린 곳을 한시라도 빨리 막아내야 한다는 명령이다. 신병들에게 제시하는 사격 훈련 지침 같은 건 여기서 아무도 신경 쓰지 않는다. "공격, 공격, 공격." 그는 명령을 내리고, 거침없이 몰아댄다. 부대는 정찰도 하지 않은 채 전투로 들어간다. 누군가의 지치고 날카로운 목소리만 이따금씩 들릴 뿐이다. "즉각 반격하라! 여기 이 고지들을 따라가! 우리에겐 아무것도 없고 사방에서 적이 몰아친다. 모두 악마 앞에 쓰러지는 거야!"

기계 운전병들, 무선전신수들, 조준수들의 머릿속에는 여러날에 걸친 행군의 발소리와 소음들이 독일 공군 급강하폭격기의 울부짖음, 박격포탄 터지는 소리들과 뒤섞인다.

이곳만큼 전쟁의 광기가 분명하게 드러나는 곳은 없다. 한시간 사이 대업이 이루어진다. 이제 부서진 무기, 토막 난 무한궤도, 뒤집힌 차체들이 연기를 뿜어내고 있다.

수개월 동안의 밤낮 없는 훈련, 제강공과 전기공들의 노력, 그

인고의 작업은 다 어디로 갔을까……

부대장은 예비병력에서 차출된 부대가 막무가내로 전투에 투입되어 무의미하게 희생된 사실을 숨긴 채 판에 박힌 보고서를 작성하여 윗선에 올린다. "차출된 예비부대의 활동으로 얼마간 적의 진군이 저지되었음. 휘하의 병력을 재편성함."

그러나 만약 "공격, 공격" 하고 소리치지 않았다면, 지역을 정찰할 시간을 주었다면, 지뢰 깔린 들판을 막무가내로 뚫고 가지 않았다면, 전차들은 결정적인 무언가를 이루어내지 못했을지언정 적어도 제대로 싸워 독일군들을 곤경에 빠뜨릴 수 있었을 것이다.

노비꼬프의 전차군단은 전선을 향해 나아가고 있었다.

전투 경험이 없는 순진한 젊은 전차병들은 자기들이 결정적인 위업에 참여하게 되리라 생각했다. 산전수전 다 겪은 전선의 병사들은 그들을 비웃었다. 제1여단의 지휘관 마까로프와 군단 최고의 전차대대를 이끄는 파또프 또한 일이 어떻게 돌아갈지 잘 알고 있었다. 한두번 겪은 일이 아니었다.

회의주의자와 비관주의자는 현실적 인간들이요, 피와 고통의 대가를 치르고 전쟁에 대한 이해를 넓힌 쓰라린 경험의 인간들이다. 이것이 그들이 수염 없는 얼간이들보다 우월한 점이다. 하지만 쓰라린 경험의 인간들은 잘못 생각했다. 노비꼬프 대령의 전차들은 정말로 전쟁의 운명을 결정하고 또 수억 인간들의 전후의 삶을 결정할 대업을 눈앞에 두고 있었다.

2

노비꼬프는 꾸이비셰프에 도착하면 참모부 대표인 류찐 장군에게 연락하여 스땁까에서 관심을 보이는 일련의 문제들에 대해 해명하라는 명령을 받았다.

노비꼬프는 도착지에 누군가 나와 있으리라 생각했지만 역의 지휘관인 소령은 어딘지 야성적인 두 눈을 바쁘게 굴리며, 동시에 완전히 넋이 나간 듯한 시선으로 노비꼬프에 대한 이야기를 전혀 들은 바가 없다고 말했다. 역에서 장군에게 연락을 취할 수도 없었다. 장군의 전화가 극비 사항인 탓이었다.

노비꼬프는 지구 참모부까지 걸어가기로 했다. 역 앞 광장에서 그는 행군 중인 부대 지휘관들이 갑자기 익숙하지 않은 도시 환경을 접할 때 경험하곤 하는 일종의 소심함을 느꼈다. 삶의 중심에 서 있다는 감각이 허물어진 것이다. 이곳에는 수화기를 건네주는 교환원도, 자동차를 몰겠다고 부리나케 몸을 던지는 운전사도 없었다. 울퉁불퉁하니 넓적한 돌로 포장된 거리를 따라 사람들이 배급소 앞에 새로 생긴 줄을 향해 달려가고 있었다. "누가 마지막이지? 내가 당신 뒤요……" 함석 통을 달그락거리는 이 사람들에게 식료품점의 이리저리 긁히고 손때 묻은 문 앞에 줄을 서는 일보다 더 중요한 건 없는 것 같았다. 노비꼬프를 특히 짜증스럽게 만든 것은 마주치는 병사들 거의 모두가 손에 작은 트렁크나 짐 꾸러미를 들고 있다는 사실이었다. '이것들, 이 개새끼들을 모두 수송열차에 태워 전선으로 보내야 해.'

오늘 그녀를 볼 수 있을까? 그는 거리를 걸어가며 생각했다. 제냐, 나 왔어!

지구 지휘관 집무실에서 그는 류쩐 장군과 짧은 만남을 가졌다. 대화가 시작되자마자 총참모부로부터 장군을 찾는 전화가 걸려왔다. 즉각 모스끄바로 날아오라는 명령이었다. 류쩐은 노비꼬프에게 용서를 구한 뒤 시내 통화를 했다.

"마샤, 모든 게 바뀌었어. 더글러스가 새벽에 떠날 거야. 안나 아리스따르호브나에게 전해줘. 감자는 못 가져가. 감자 포대가 농장에 있거든……" 그의 창백한 얼굴이 고통과 짜증의 주름으로 일그러졌다. 아마도 전화선을 통해 들려오고 있을 말을 끊으며 그가 내뱉었다. "뭐야, 그럼 나더러 부인용 외투가 다 완성되지 않아서 갈 수 없다고 스땁까에 보고하라는 거야?"

장군이 마침내 수화기를 내려놓고 노비꼬프에게 말했다. "대령 동지, 차체의 구동장치가 우리가 설계사들에게 요구한 사항을 충족한다고 보시오?"

노비꼬프는 이런 대화가 지겨웠다. 군단에서 몇달을 보내는 동안 그는 사람들을 정확하게 규정하는 방법을, 보다 정확히 말하자면 그들의 직무상 비중을 규정하는 방식을 완전히 익힌 터였다. 그는 자신의 군단에 나타난 권한 위임자, 위원회 지도자, 대표, 감찰관, 교관 들의 실력을 순식간에, 한치의 오류도 없이 가늠할 줄 알았다. "말렌꼬프 동지가 당신에게 전하라고 했는데……"로 시작하는 나직한 말의 의미도 그는 알고 있었다. 훈장을 달고 장군의 견장을 단, 말만 번지르르하고 떠들기 좋아하는 자들, 그러나 디젤 1톤을 받아낼 능력도, 창고지기를 임명하고 서기를 해고할 능력도 없는 자들이 있다는 것을 그는 잘 알았다.

류쩐은 국가라는 거대 구조물의 최상위층에서 일하는 영향력 있는 사람이 아니었다. 그는 통계학자이자 평범한 분석가에 불과했다. 노비꼬프는 그와 대화하면서 자꾸만 시계를 들여다보았다.

장군이 커다란 서류철을 닫았다. "유감스럽지만 대령 동지, 시간이 다 됐군. 나는 내일 새벽 총참모부로 날아가야 하오. 어떻게 하면 좋겠소? 동지를 모스끄바까지 부를 수도 없고……"

"아뇨, 중장 동지, 제가 지휘하는 전차들을 이끌고서 모스끄바까지라도 가겠습니다." 노비꼬프가 차갑게 말했다.

그들은 작별 인사를 나누었다. 류찐은 그가 언젠가 함께 복무했던 네우도브노프 장군에게 인사를 전해달라고 부탁했다. 넓은 집무실에 깔린 초록색 카펫을 따라 걸어나오는 노비꼬프의 귀에 전화 통화를 하는 류찐의 목소리가 들렸다.

"농장 제1책임자를 연결하게."

'어떻게든 감자를 챙겨볼 작정이군.' 노비꼬프가 생각했다.

그는 예브게니야 니꼴라예브나에게로 향했다. 언젠가 무더운 여름밤에도 그녀의 스딸린그라드 집으로 갔었다. 그때는 퇴각하느라 연기와 먼지를 뒤집어쓴 채 초원에서 돌아오던 길이었다. 그리고 지금, 그는 다시 그녀의 집으로 가고 있다. 그때의 그와 지금의 그 사이에는 얼마나 깊은 심연이 놓여 있는가. 하지만 이 순간 다시 한번, 그는 그녀를 찾아가는, 그때와 똑같은 사람이었다.

'내 여자가 될 거야.' 그가 생각했다. '그녀는 내 여자가 될 거야.'

3

그곳은 고풍스러운 2층짜리 가옥으로 벽이 두껍고 견고해 여름이면 선선한 습기를 보존하고 가을 추위가 시작되어도 무덥고 뜨거운 열기가 쉬이 가시지 않는, 계절을 바삐 뒤따르지 않는 그런 집이었다. 그는 초인종을 눌렀다. 문이 열리자 더운 공기가 확 끼쳐 왔다. 바구니들과 궤짝들로 빼곡하게 채워진 복도에서 그는 예브게니야 니꼴라예브나를 알아보았다…… 머리에 둘러쓴 하얀 머릿수건도, 검은 드레스도, 두 눈과 얼굴도, 두 팔과 어깨도 아닌 그녀 자신의 모습을 그는 보았다. 마치 눈이 아니라 심장으로 그녀를 보는 듯했다. 그녀는 탄성을 질렀지만, 예기치 않은 일로 놀란 사람들이 으레 그러듯 뒤로 한걸음 물러서지는 않았다.

그가 인사를 건넸다. 그녀도 무슨 말인가로 답했다.

그는 그녀에게로 한발짝 다가섰고, 두 눈을 감았고, 삶의 행복을, 동시에 당장 여기서 죽어도 좋다는 감정을 느꼈다. 그녀의 온기가 그에게 닿았다.

그리고 전에는 몰랐던 이 감정, 이 행복을 느끼는 일에는 눈도, 생각도, 말도 필요가 없었다.

그녀는 그에게 뭔가를 물었고, 그는 사람들 사이에 혼자 남을까봐 두려워하는 소년처럼 그녀의 손을 꼭 쥐고서 어두운 복도를 걸어가며 대답했다.

'복도가 무척 넓네.' 그가 생각했다. '까베 전차도 지나갈 수 있겠어.'

그들은 이웃한 건물의 벽을 향해 창문이 난 어느 방으로 들어갔다.

침대 두개가 벽에 붙어 있는데 한 침대에는 회색 담요 위에 납작하게 눌린 베개가, 다른 침대에는 수놓은 하얀 레이스 덮개 위에 역시 하얗고 눌리지 않은 통통한 베개들이 놓여 있었다. 그 침대 위쪽 벽에는 신년과 부활절을 축하하느라 턱시도를 차려입은 미남들, 달걀에서 껍데기를 깨고 나온 병아리들이 그려진 엽서들이 걸려 있었다.

둘둘 말아놓은 와트만 제도용지가 널린 식탁의 한쪽 구석에 빵한조각, 시든 양파 반쪽, 식용유 병이 놓여 있었다.

"제냐……" 그가 입을 열었다.

으레 경계와 조롱이 어려 있던 그녀의 시선이 오늘은 특별하고 낯설어 보였다. 그녀가 말했다.

"배고프죠? 여행에서 바로 오는 길이에요?"

그녀는 그들 사이에 새롭게 생겨난 것, 이미 부술 수 없는 그것을 깨뜨려 부수고 싶은 듯했다. 그는 이제 다른 사람이었다. 수백명을 거느린 권력자, 전쟁의 무자비한 전차들을 통제하는 지휘관이 아니라 불행한 소년의 애달픈 눈을 한 남자가 되어 있었다. 이 불일치 때문에 그녀는 당황했고 그를 향한 배려심, 심지어 동정마저 품었다. 그의 힘에 대해서는 생각하고 싶지 않았다. 자유는 그녀의 행복이었다. 그러나 자유가 그녀로부터 멀어져가는 지금 그녀는 행복했다.

"그래요," 그가 불쑥 말했다. "아직도 실감이 안 나요!"

또다시, 자기 입에서 나오는 말도 그녀의 말도 그에겐 들리지 않았다. 또다시, 그의 마음속에 행복감이, 동시에 지금 당장 죽어도 좋다는 감정이 살아났다. 그녀가 그의 목을 껴안았다. 따뜻한 물결같은 머리카락이 이마와 뺨에 닿았고, 쏟아지는 그 검은 어스름 속에서 그는 그녀의 두 눈을 보았다.

그녀의 속삭임이 전쟁을, 전차들의 포효를 지워버렸다……

저녁에 그들은 뜨거운 음료와 함께 빵을 먹었다.

"우리 대장님이 흑빵 맛을 잊고 말았군요." 그녀가 말했다.

그녀가 창문 뒤에 내놓았던 귀리죽 냄비를 가져왔다. 얼어붙었던 굵은 귀리알들이 보랏빛과 푸른빛으로 변했다.

귀리알 위에 찬 땀이 맺혔다.

"페르시아 라일락 같네요." 제냐가 말했다.

노비꼬프는 페르시아 라일락을 맛보았다. '고약하군!'

"우리 대장님은 이런 음식의 맛을 다 잊고 만 게죠." 그녀가 다시 말했다.

'그래,' 그는 생각했다. '게뜨마노프의 말을 듣지 않길 잘했군. 식료품을 가져오지 않기 잘했어.'

그가 입을 열었다. "전쟁이 시작됐을 때 난 브레스뜨 부근 어느 비행연대에 머물고 있었어요. 다른 조종사들과 비행장으로 달려가는데 어떤 폴란드 여자가 '이 사람들은 다 뭐죠?' 하고 외치더라고요. 그러자 한 소년이 그랬죠. '러시아 군인이에요.'[2] 그때 새삼스레 그런 생각이 들었어요. 내가 러시아인, 러시아인이구나. 물론 평생 나 스스로가 튀르키예인이 아니라는 건 잘 알고 살았죠. 그런데 영혼이 문득 그런 소리를 내는 거예요. 난 러시아인이다, 난 러시아인이다. 진실을 말하자면, 전쟁이 일어나기 전에 우리는 다른 정신으로 교육을 받았지요…… 하지만 오늘, 바로 지금, 내 생애에서 가장 좋은 이날, 당신을 바라보니 다시 그때처럼 러시아적인 슬픔, 러시아적인 행복이 느껴지는 것 같아요…… 이런 얘길 당신에게 하고 싶었어요……"

그가 물었다. "당신은 무슨 생각을 하나요?"

그녀의 눈앞에 *끄리모프*의 헝클어진 머리가 어른거렸다. 맙소

---

2 전편 소설 앞부분에 나오는 구절. 전쟁 직후 독일군은 붉은군대를 상대로 눈부신 승리를 거듭하며 민스끄 주변에서 대대적인 포위 전투를 벌였지만 국경에 접한 브레스뜨-리똡스끄 요새에서 유난히 심한 저항에 부딪혔다.

사, 내가 정말 그와 영원히 헤어진 걸까? 하필, 바로 이 행복한 순간에, 그와의 이별이 더더욱 견딜 수 없는 듯 여겨졌다.

한순간 오늘을, 자신에게 입 맞추는 오늘의 남자의 이야기를 이제 막 그 지나간 과거의 시간과 연결하고, 갑자기 삶의 비밀스러운 경로를 알아차리고, 그동안 보지 못한 것, 자신의 고유한 심장의 깊은 곳, 운명이 결정되는 깊은 곳을 보게 될 것 같았는데.

"여긴," 제냐가 입을 열었다. "독일 여자의 방이에요. 그 여자가 날 이곳에 머물게 해줬죠. 이건 그 여자의 천사 같은 새하얀 침대고요. 그처럼 천진하고 의지할 데 없는 사람을 난 처음 봤어요…… 독일인들하고 싸우는 지금, 이상하게도 난 그녀가 이 도시에서 가장 좋은 인간이라 확신해요. 이상하죠?"

"그 여자는 곧 돌아오나요?" 그가 물었다.

"아뇨, 그녀에게는 전쟁이 끝났어요. 추방됐거든요."[3]

"다행이네요." 노비꼬프가 말했다.

제냐는 자신이 저버린 끄리모프에 대한 연민을 이야기하고 싶었다. 그에게 편지를 쓸 사람도 없고, 그를 만나려는 사람도 없다고. 그에겐 슬픔, 절망적인 슬픔과 고독만이 남았다고.

그에 더하여 리모노프에 대해서, 샤로고로츠끼에 대해서, 그들과 관련한 새롭고 흥미롭고 이해 불가능한 것에 대해서 말하고자 하는 욕구도 일었다. 또 젠니 겐리호브나가 샤뽀시니꼬프 집안의 아이들이 어렸을 적에 했던 재미있는 말들을 적어두었다는 얘기도, 그것을 적은 공책이 지금 책상 위에 놓여 있다는 얘기도 하고 싶었다. 거주 등록 이야기와 신분증 담당 과장에 대해서도 이야기

---

3 소련 정부는 전쟁 중에 독일인 등 적국 출신의 사람들을 거주지에서 추방해 수용소로 보냈다.

하고 싶었다. 하지만 아직 그럴 정도로 그를 신뢰하지 않았고, 그가 거북하기도 했다. 그런 그에게 굳이 이런 이야기들을 늘어놓아야 할까?

그리고 놀라운 일은…… 그녀가 끄리모프와의 결별을 마치 새로이 겪는 듯 느끼고 있다는 것이었다. 그녀는 항상 마음 깊은 곳에서 과거를 고치고 되돌릴 수 있으리라 여겼다. 그 생각이 그녀를 안심시켰다. 그런데 자신을 지탱하는 힘을 느끼는 지금, 고통스러운 불안이 다가온 것이다. 정말로 영원히 결별한 것일까? 정말로 되돌릴 수 없단 말인가? 불쌍하고 불쌍한 니꼴라이 그리고리예비치. 뭣 때문에 그가 그렇게까지 고통을 당해야 하는가?

"이제 어떻게 될까요?" 그녀가 말했다.

"예브게니야 니꼴라예브나 노비꼬바."[4] 그가 말했다.

그녀는 웃으며 그의 얼굴을 들여다보았다. "낯설어요, 정말 완전히 낯선 사람 같아요. 도대체 당신은 누구예요?"

"그런 건 몰라요. 어쨌든 당신은 노비꼬바, 예브게니야 니꼴라예브나예요."

그녀는 이미 일상 너머에 있지 않았다. 제냐는 그에게 뜨거운 음료 한잔을 따라주고 물었다. "빵 더 줄까요?"

이어 갑자기 그녀가 말했다. "만약 끄리모프에게 무슨 일이 생기면, 그가 불구가 되거나 감옥에 들어가면 난 그에게 돌아갈 거예요. 그걸 알고 있어야 해요."

"뭐 하러 그를 가두겠어요?" 그가 우울하게 물었다.

"누가 알겠어요? 그는 오랜 꼬민쩨른주의자예요. 뜨로쯔끼도 그

----

4 노비꼬프의 아내가 될 것이라는 뜻이다.

를 알았죠. 그의 평론을 읽고 '대리석 같군!'이라는 말도 했다고요."

"어디 그에게 돌아가봐요. 아마 그가 당신을 쫓아버릴걸요."

"걱정 말아요. 그건 내가 알아서 해요."

전쟁이 끝나면 그녀는 커다란 집의 안주인이 될 거라고 그가 말했다. 아주 아름다운 집, 옆에는 정원도 있는 집일 거라고.

정말로 그게 영원할까? 일생 동안?

이유는 모르겠지만 그녀는 노비꼬프에게 분명히 이해시키고 싶었다. *끄리모프*가 똑똑하고 재능 있는 사람이라는 사실, 또한 그녀는 그에게 묶여 있으며 물론 그를 사랑한다는 사실을. 그가 *끄리모프*를 질투하는 것은 원치 않았지만, 자신도 모르는 사이 그의 질투를 불러일으키기 위해 전력을 다했다. 언젠가 *끄리모프*가 오직 단한 사람, 그녀에게만 들려주었던 뜨로쯔끼의 말을 그녀는 오직 단한 사람, 노비꼬프에게 들려주었다. '다른 누군가 그걸 알았다면 *끄리모프*는 1937년에 살아남을 수 없었을 거야.' 노비꼬프를 향한 감정이 더욱 확고한 신뢰를 요구했기에, 그녀는 그에게 자신이 모욕한 인간의 운명에 관한 비밀을 털어놓은 것이다.

그녀의 머리는 온갖 생각으로 가득했다. 그녀는 미래에 대해서, 현재에 대해서, 과거에 대해서 생각했다. 설렘과 기쁨과 부끄러움과 슬픔과 경악이 차례로 지나갔다. 어머니, 언니들, 조카들, 베라, 수십명의 사람들이 그녀의 삶과 그 변화에 영향을 받을 터였다. 노비꼬프가 리모노프와 이야기하면 어떻게 될까? 그의 시와 그림에 관심을 기울일까? 샤갈과 마띠스를 모르지만 그렇다고 부끄러워하지는 않으리라…… 그는 강하고 강한, 정말로 강한 남자니까. 그녀도 그에게 굴복하지 않았는가. 이제 곧 전쟁이 끝나겠지. 정말로, 정말로 더는 니꼴라이를 보지 못하는 걸까? 맙소사, 맙소사, 내가 무슨 짓을 한 거지? 아니, 지금 이것에 대해 생각할 필요는 없어. 아직 무슨 일이 있을지, 모든 게 어떻게 될지 모르는 일이야.

"지금에야 비로소 깨달았어요. 난 당신을 전혀 몰라요. 농담이 아니에요. 당신은 낯선 사람이에요. 집이니 정원이니, 그게 다 무슨 소리예요? 당신, 정말 진지하게 말하는 거예요?"

"당신만 괜찮다면 전쟁 이후 제대하고 어디 동부 시베리아 건설 현장에 가서 십장으로 일해도 좋아요. 우리는 가족 바라끄에서 살게 되겠죠."

그건 진심이었다. 그는 농담을 하는 것이 아니었다.

"반드시 가족을 이룰 필요는 없죠."

"꼭 그래야 해요."

"정신 나갔네요. 뭣 때문에요?" 그러고서 그녀는 '꼴렌까'[5]에 대해서 한동안 생각했다.

"뭣 때문이냐니, 그게 무슨 소리죠?" 그가 겁먹은 표정으로 물었다.

하지만 그는 미래에 대해서도, 과거에 대해서도 생각하지 않았다. 그는 그저 행복했다. 심지어 몇 분 뒤면 그들이 헤어져야 한다는 사실도 두렵지 않았다. 지금 그가 그녀 옆에 앉아 있고 그가 그녀를, 예브게니야 니꼴라예브나 노비꼬바를 바라보고 있지 않은가…… 그는 행복했다. 그녀가 똑똑하든 말든, 아름답든 말든, 젊든 말든 그에겐 아무 상관 없었다. 그는 정말로 그녀를 사랑하고 있었다. 처음에는 그녀가 자신의 아내가 되리라고 감히 꿈도 꾸지 못했다. 그랬다가 이후 기나긴 시간이 지나는 동안에는 내내 그것

---

5 니꼴라이의 애칭. 끄리모프를 말한다.

만을 꿈꿨다. 늘 그랬듯이 오늘도 그는 소심하고 순종적인 태도로 그녀의 미소와 조롱을 놓치지 않고 보고 들었다. 하지만 그는 보았다. 무언가 새로운 것이 나타나기 시작하고 있었다.

그가 떠날 채비를 하자 그녀는 말했다. "이제 불평으로 가득한 드루지나[6]에게 돌아갈 시간이네요. 몰려오는 파도 속에 날 던져놓고 말이죠."

작별의 순간, 노비꼬프는 그녀가 그렇게 강하지 않다는 것을 깨달았다. 제아무리 신으로부터 명석한 두뇌와 냉소적인 마음을 부여받아도 제냐가 여자라는 사실에는 변함이 없었다.

"할 말이 정말 많았는데 아무 말도 못했어요." 그녀가 말했다.

그러나 반드시 그렇지만은 않았다. 사람들의 삶을 결정하는 그 중요한 것이 이 만남의 시간 동안 정해지기 시작했다. 그는 정말로 그녀를 사랑했다.

4

노비꼬프는 역을 향해 걷고 있었다.

⋯⋯제냐, 그녀의 당황한 속삭임, 그녀의 벗은 두 발, 그녀의 정다운 속삭임, 헤어질 때의 눈물⋯⋯ 그를 지배하는 그녀의 힘, 그녀의 가난과 순수함, 그녀의 머리칼 냄새, 그녀의 사랑스러운 수줍음, 그녀 육체의 온기⋯⋯ 그리고 자신이 평범한 노동자이자 군인이라는 의식에서 비롯한 그의 소심함과 자신이 평범한 노동자이자

---

6 고대 러시아 제후의 친위대원을 말한다.

군인이라는 의식에서 비롯한 그의 자부심.

노비꼬프는 철길을 따라갔다. 온갖 생각들이 만들어낸 뜨겁고 몽롱한 구름 속으로 길 떠나는 군인의 두려움이 바늘처럼 날카롭게 찌르고 들어왔다. 혹시 수송열차가 떠나버린 건 아닐까?

그는 저 멀리 있는 플랫폼을 바라보았다. 방수포 위로 울퉁불퉁한 강철 근육이 두드러지는 전차들, 검은 헬멧을 쓴 보초들, 하얀 커튼으로 창문을 가린 참모부 찻간이 눈에 들어왔다.

그는 위풍당당한 보초를 지나 찻간에 올랐다.

부관 베르시꼬프는 노비꼬프가 꾸이비셰프에 들르면서 자신을 데려가지 않은 것에 기분이 상해 아무 말 없이 탁자 위에 스땁까의 암호전보를 내려놓았다. 사라또프 방향으로 계속 아스뜨라한 지선을 따라가라는 내용이었다.

네우도브노프 장군이 객실에 들어와 노비꼬프의 얼굴 대신 그의 손에 들린 전보만 쳐다보며 말했다. "행로가 확정됐군요."

"아, 미하일 뻬뜨로비치." 노비꼬프가 말했다. "행로라기보다 운명이 확정되었지요. 스딸린그라드요." 그러곤 덧붙였다. "류찐 중장께서 인사를 전하셨소."

"아, 아아." 이 무심한 소리가 장군의 인사를 향한 것인지, 아니면 스딸린그라드라는 운명을 향한 것인지 노비꼬프는 알 수 없었다.

네우도브노프는 이상한 사람이었다. 가끔 노비꼬프는 그가 무섭기도 했다. 도중에 무슨 일이 생길 때마다 — 예컨대 마주 오는 열차 때문에 일정이 늦어지거나, 차축 하나가 망가지거나, 교통 담당 지휘부로부터 수송열차의 움직임에 대한 지령을 받지 못하거나 하면 — 그는 갑자기 흥분해서 말하곤 했다. "성명, 성명을 적어두세요. 의식적 해당분자예요. 감옥에 처넣어야 해요, 저 악당 놈."

마음 깊숙한 곳에서 노비꼬프는 인민의 적이라 불리는 부농과 부농 지지자들에게 증오를 느끼지 않았다. 누군가를 감옥에 넣거나 재판에 넘기거나 사람들 앞에서 폭로하고 싶은 마음을 품어본 적도 없었다. 하지만 이 선량한 무관심은 매우 낮은 정치의식에서 비롯한 것이라고 그는 믿었다.

반면에 네우도브노프는 사람을 보면 당장 무엇보다 먼저 경계심을 드러내며 의심을 품는 것 같았다. '아, 친애하는 동지, 자네 혹시 적 아닌가?' 어젯밤에도 그는 노비꼬프와 게뜨마노프에게 모스끄바의 중심 대로들을 독일 측 비행대의 착륙장으로 변화시키려는 해당분자 건축가들에 대해 떠들어댔다.

"내 생각에 그건 말도 안 되는 일 같소." 노비꼬프는 말했다. "그저 군사적으로 무지한 탓이지."

이제 네우도브노프는 그가 두번째로 좋아하는 주제인 집안 살림에 대한 이야기를 꺼낸 참이었다. 객차의 난방용 파이프를 만지작거리며 전쟁이 일어나기 직전 자신의 별장에 설비했던 증기난방이 어떠한 것이었는지 설명하기 시작한 것이다.

예기치 않게도 이 주제가 노비꼬프의 흥미를 불러일으켰다. 그는 네우도브노프에게 별장 증기난방의 설계도를 그려달라고 부탁한 뒤 그가 그려준 도면을 접어 군복 안주머니에 집어넣었다. "유용할 것 같군요."

이어 게뜨마노프가 객실로 들어와 유쾌하고 떠들썩하게 노비꼬프에게 인사를 건넸다. "드디어 대장이 돌아왔군. 그새 우린 새로운 우두머리를 뽑으려 했지 뭐요. 스쩬까 라진이 자기 드루지나를 버렸나보다 생각하고 말이오."

유쾌하게 윙크를 보내는 꼬미사르에게 노비꼬프는 미소를 지어 보였지만, 그의 마음속에서는 이미 익숙해진 긴장감이 솟고 있었다.

게뜨마노프의 농담에는 이상한 특성이 있었다. 마치 그가 노비꼬프에 대해 많은 것을 알고 있으며 농담을 통해 이를 암시하는 것만 같았다. 지금도 그는 제냐가 작별의 순간 내뱉었던 단어들을 반복하지 않았는가. 물론 우연의 일치였지만 말이다.

게뜨마노프가 시계를 들여다보더니 말했다. "자, 이제 내가 시내에 나가볼 차례 같소만. 아무도 반대하지 않는다면 말이오."

"어서 가시오. 동지가 없어도 심심하게 있지 않을 테니." 노비꼬프가 말했다.

"물론 그렇겠지?" 게뜨마노프가 말했다. "군단장 동지가 꾸이비셰프에서 심심할 리는 없잖소."

이 농담에 이미 우연의 일치는 없었다. 객실 문 앞에 서서 게뜨마노프가 물었다. "예브게니야 니꼴라예브나는 어떻게 지내던가요, 뾰뜨르 빠블로비치?" 게뜨마노프의 얼굴은 꽤나 진지했다. 그의 눈도 더는 웃고 있지 않았다.

"고맙소. 잘 지내오, 바쁘게 일하면서." 이어 노비꼬프는 화제를 돌릴 생각으로 네우도브노프에게 물었다. "미하일 뻬뜨로비치, 한 시간이라도 꾸이비셰프에 들러보지 그러세요?"

"여기 내가 안 본 게 뭐가 있겠소." 네우도브노프가 대꾸했다.

그들은 나란히 앉았다. 노비꼬프는 서류들을 검토하고 하나씩 옆에 내려놓으며 때때로 네우도브노프의 말에 추임새를 넣었다. "그래, 그렇군요. 그래요, 계속 말해보세요……"

노비꼬프 또한 경력 내내 상관에게 보고를 올렸고, 그의 보고를 듣는 동안 상관은 서류를 검토하며 건성으로 대꾸하곤 했다. "그래, 그렇군, 계속 말해보시오……" 그는 이런 태도에 늘 모욕을 느끼며 자신은 결코 그렇게 행동하지 않으리라 생각했는데……

"미리 수리 기술자 신청서를 작성해 수리부에 전해야겠소. 바퀴들은 있는데 무한궤도가 없소." 그가 말했다.

"이미 작성했소. 사단장 앞으로 직접 보내는 게 좋을 것 같소. 어차피 장군이 재가해야 하오."

"그래, 그렇군." 노비꼬프는 신청서에 서명을 한 뒤 다시 입을 열었다. "공중폭격에 대비한 여단의 무기들도 점검해야 하오. 사라또프를 지나면 공습이 있을지 모르니."

"이미 참모부를 통해 명령을 내렸소."

"아니, 그것만으론 안 될 거요. 수송열차의 대장들 각각이 개인적으로 책임을 맡도록 해야지. 16시 전까지 직접 보고를 올리게 하시오. 각자 개별적으로."

"사조노프를 여단 참모장으로 임명한 일은 재가를 받았소."

"놀랍도록 빠르군. 전광석화 같소."

노비꼬프의 거북한 심정을 이해하는 듯, 이번에는 네우도브노프가 시선을 피하지 않고 씩 웃어 보였다.

대개 노비꼬프는 지휘 임무에 특히 적당하다고 판단되는 인물을 집요하게 지지할 만한 용기를 내지 못했다. 지휘관의 정치적 사상성이 문제가 되는 즉시 맥이 빠졌고, 사람들의 업무 능력은 중요하지 않다는 생각이 갑자기 드는 것이었다.

하지만 지금 그는 열통을 터뜨렸다. 오늘만은 타협하기를 원치 않았다. 네우도브노프를 바라보며 그가 입을 열었다. "내 실수요. 전투 능력을 개인 신상 기록에 희생시켰으니까. 전선에서는 제대로 바로잡읍시다. 신상 기록에 의존해 전투를 벌이다가는 첫날 당장 귀신 밥이 될 거요."

네우도브노프는 어깨를 으쓱여 보였다. "개인적으로 난 그 깔미끄인 바산고프에 대해 아무런 반대의 뜻이 없소. 그래도 러시아인에게 우선권을 줘야 해요. 민족 간 우애는 신성한 것이지만, 소수민족들 중 대다수가 적대적 성향에 사상적으로 불분명한 종자들인 건 사실이니 말이오."

"그런 건 1937년에 생각했어야지요." 노비꼬프가 말했다. "지인 중 미찌까 옙세예프라는 사람이 있었소. '난 러시아인이야, 그게 무엇보다 우선이지'라며 늘 소리 높여 외치는 친구였소. 그런 그가 러시아인이라는 이유로 감옥에 들어갔소."[7]

"모든 일에는 때가 있는 법이오." 네우도브노프가 대꾸했다. "어쨌든 감옥에 들어가는 건 그가 악당이고 적이기 때문이오. 사람을 공연히 감옥에 넣는 법은 없으니. 예전에 우리가 독일인들과 브레스뜨 협정을 맺었을 땐 거기에 볼셰비즘이 있었소. 그리고 스딸린 동지가 우리 소비에뜨로 기어들어온 모든 독일인 침략자를 마지막 한명까지 죽이라고 호소하는 지금은, 바로 여기에 볼셰비즘이 있소."

이어 그는 훈계조로 덧붙였다. "우리 시대에 볼셰비즘은 무엇보다도 러시아 애국주의에 있소."

노비꼬프는 화가 치밀었다. 그 자신은 전쟁의 어려운 시기에 온갖 괴로움을 겪고서야 자신이 러시아인이라는 인식을 얻었건만, 네우도브노프는 마치 노비꼬프가 들어갈 수 없는 어떤 기관의 문서를 보고 이를 인용하는 것만 같았다.

그는 네우도브노프와 이야기를 좀더 나누었고, 화가 났고, 많은

---

7 1937년 대숙청 당시 수많은 러시아인들이 체포, 감금되었다는 사실을 꼬집고 있다.

것들에 대해서 생각했고, 분노하고 동요했다. 하지만 바람과 태양빛을 맞고 있는 듯 두 뺨이 불탔고, 심장이 쿵쾅쿵쾅 진정할 줄 모르고 울려댔다.

연대 전체가 "제냐, 제냐, 제냐, 제냐" 구호를 외치며 군홧발로 그의 심장 위를 크게 울리며 일제히 행진하는 듯했다.

이미 노비꼬프를 용서한 부관 베르시꼬프가 객실로 고개를 들이밀더니 달래는 듯한 목소리로 말했다. "대령 동지, 요리사가 벌써 두시간 넘게 음식을 뜨겁게 유지하느라 고생하고 있습니다."

"아, 그래, 아주 좋군. 어서 내오게."

그러자 곧바로 땀투성이 요리사가 객실로 뛰어들어와 고생과 행복과 부끄러움이 섞인 표정으로 우랄식 절임과 함께 음식을 올려놓기 시작했다.

"맥주 한병 마실 수 있겠나?" 네우도브노프가 지친 듯한 목소리로 물었다.

"그럼요, 소장 동지." 행복한 요리사가 대답했다.

공복으로 오랜 시간을 보낸 노비꼬프는 얼른 먹고 싶어 눈물이 나올 지경이었다. '좋은 음식에 습관이 들어버렸군, 대장 동지.' 차가운 페르시아 라일락을 떠올리며 그는 생각했다.

노비꼬프와 네우도브노프는 동시에 유리창 너머를 바라보았다. 술 취한 어느 전차병이 방수 혁대에 라이플을 찬 헌병의 부축을 받은 채 선로를 따라 비실비실 끌려가며 귀청이 찢어지도록 소리를 지르고 있었다. 그가 선로에서 벗어나 헌병을 때리려 했지만 헌병이 그의 어깨를 꽉 잡았고, 그 취한 머릿속을 완전한 혼돈이 지배하는지 전차병은 금세 싸우겠다는 욕구를 잊고 갑작스러운 감동에 휩싸여 헌병의 뺨에 입을 맞추었다.

"즉각 저 꼴불견에 대해 조사해서 보고 올리게." 노비꼬프가 부관에게 말했다.

"악당, 해당분자는 총살해야지." 네우도브노프가 커튼을 닫으며 중얼거렸다.

베르시꼬프의 순박한 얼굴에 복잡한 감정이 비쳤다. 무엇보다 그는 군단장이 입맛을 잃을까봐 걱정스러웠다. 하지만 동시에 전차병에 대한 동정심을 느꼈으니, 이는 매우 상이한 여러겹의 결들로 이루어진 감정이었다. 조롱, 격려, 동료로서의 경탄, 부성애, 슬픔, 동요……

"알겠습니다. 조사하여 보고하겠습니다." 그는 큰 소리로 또박또박하게 대답한 뒤 곧 덧붙였다. "저 병사의 어머니가 이곳에 사십니다. 병사가 러시아인이지요. 늙은 어머니와 따뜻한 마음으로 작별하려고 조금 마신다는 게 절제가 안 되어 그만 도를 넘은 모양입니다."

노비꼬프는 목덜미를 긁적이며 접시를 당겼다. '천만에, 결코 더 이상 수송열차를 떠나 아무 데도 가지 않을 거예요.' 그는 자신을 기다리고 있는 여자를 향해 속으로 말했다.

게뜨마노프는 열차가 출발하기 전에 불콰한 얼굴로 기분 좋게 돌아와서는, 저녁식사 대신 당번병에게 자신이 좋아하는 만다린수한병을 따라고 명했다.

그는 끙끙거리며 장화를 벗고서 소파에 눕더니 양말 신은 발로 꾸뻬 문을 꽉 닫았다.

그가 노비꼬프에게 오랜 친구인 주위원회 서기에게서 들은 소식을 이야기하기 시작했다. 축제 때마다 모스끄바의 레닌 묘로 올라가지만 마이크 옆 스딸린과 나란히 서지는 않는 인사들 중 한 사람이 어제 모스끄바에서 돌아왔다고 했다. 그 인사는 물론 모든 것을 알지는 못했고, 물론 작은 볼가강 유역 도시에서 지역위원회 위원으로 일했을 때 알고 지내던 주위원회 서기에게 자기가 아는 모든 것을 말하지도 않았다. 그리고 주위원회 서기는 대화 상대를 보이지 않는 섬세한 화학물질용 저울에 달아가며, 자기가 들은 것 중에서 약간만을 전차군단 꼬미사르에게 이야기했다. 물론 전차군단 꼬미사르 게뜨마노프 역시 주위원회 서기로부터 들은 것 중에서 약간만을 노비꼬프 대령에게 이야기했고……

하지만 이날 저녁 그의 말투는 평소와 달리 특별한 비밀을 털어놓는 듯 은밀했다. 그는 노비꼬프가 말렌꼬프의 굉장한 추진력에 대해 상세히 알고 있으며, 몰로또프 외에 스딸린 동지에게 말을 놓는 사람이 라브렌찌 빠블로비치뿐이라는 것, 스딸린이 가장 싫어하는 것이 바로 독단적 행위라는 것, 스딸린 동지가 술루구니 치즈를 좋아한다는 것, 스딸린 동지는 치아 상태가 좋지 않아 늘 빵을 포도주에 적신다는 것, 더하여 그가 어린 시절 천연두를 앓아서 곰보라는 것, 뱌체슬라프 미하일로비치가 이미 오래전부터 당내에서 제2인자 자리를 박탈당했다는 것, 이오시프 비사리오노비치 스딸린이 최근 들어 니끼따 세르게예비치를 그리 아끼지 않으며 심지어 얼마 전 베체 통화를 할 때는 그에게 쌍욕을 했다는 것을 모두 알고 있다고 전제하는 것 같았다.

비밀을 털어놓는 듯한 이 어조가 국가의 최정상 인물들에 대한 뒷이야기, 처칠과 담화할 때 스딸린이 웃으며 성호를 그으며 했다는 농담, 원수들 중 한 사람의 자기과신에 대한 스딸린의 불만 같은 것들을, 레닌 묘에 서 있었다는 예의 인사에게서 나온 반암시적인 말—노비꼬프의 영혼이 그토록 갈망하고 기대했던 돌파 명령 ─ 보다 더 중요하게 만드는 것 같았다. 노비꼬프는 그 자신도 부끄러워하는 어떤 어리석고 자기만족적인 조소를 품은 채 생각했다. '그래, 나도 드디어 노멘끌라뚜라로 들어왔구나!'

곧 경적도 안내 방송도 없이 수송열차가 움직이기 시작했다. 노비꼬프는 승강대로 나와 문을 열고 도시에 깔린 어둠을 바라보았다. 다시 보병대가 행진을 시작했다. "제냐, 제냐, 제냐." 철컥철컥 울리는 기관차 소리를 뚫고 「예르마끄」[8]의 노랫말이 들려왔다.

강철 선로에 강철 바퀴가 부딪치며 내는 굉음, 강철 덩어리로 된 전차들을 무더기로 싣고 전선을 향해 질주하는 차량들의 쇳소리, 젊은이들의 노래하는 목소리, 볼가강에서 불어오는 차가운 바람, 온통 별들로 가득한 거대한 하늘이 어쩐지 새롭게 그의 마음에 다가왔다. 전쟁의 첫날부터 이번 해 내내 이어져온 것과는 다른 감정이, 자랑스러운 기쁨이, 전투의 위압적이고 거친 힘을 실감하며 느끼는 강렬하고도 유쾌한 행복이 번뜩였다. 마치 전쟁이 얼굴을 바꾸어 더는 고통과 증오만으로 일그러진 것이 아닌 다른 표정을 띠는 듯했다…… 칠흑 같은 어둠 속에서 튀어나온 구슬픈 노래가 문득 대담하고도 위압적으로 들렸다.

하지만 이상한 것은 오늘의 이 행복이 그의 내면에 선善이나 용서의 감정을 불러일으키지 않는다는 점이었다. 오히려 증오와 분노, 자신의 힘을 보여주고자 하는 열망, 그 힘을 막는 모든 것을 말살하고자 하는 열망을 끌어올렸다.

그는 꾸뻬로 돌아왔다. 조금 전 가을밤의 매력이 그랬듯이 이제

<hr>

8 러시아의 시인이 릴레예프(Kondratii Fyodorovich Ryleev, 1795~1826)가 까자끄 대장 예르마끄의 죽음을 노래한 시 「예르마끄의 죽음」에 멜로디를 붙인 노래. 많은 가수와 합창단의 주요 레퍼토리가 되었다.

는 객차의 숨 막히는 공기가 그를 온통 휩쌌다. 담배 연기, 탄 우유 크림 냄새, 녹아 흐르는 구두약 냄새, 땀이 많은 참모부 사람들의 체취. 게뜨마노프는 파자마 앞섶을 풀어헤쳐 하얀 가슴을 드러낸 채 소파에 반쯤 누워 있었다.

"카드 한판 때리겠소? 장군은 하겠다는데."

"뭐, 해봅시다." 노비꼬프가 대꾸했다.

게뜨마노프가 나직하게 트림을 하더니 근심스러운 얼굴로 말했다. "몸 어딘가 궤양이 생긴 모양이오. 가슴이 몹시 아프군."

"의사를 제2수송열차에 태우지 말걸 그랬소."

스스로에게 화를 내며 그는 생각했다. '언젠가 다렌스끼에게 자리를 주려고 했었지. 하지만 페도렌꼬가 얼굴을 찌푸리기에 그냥 물러섰어. 게뜨마노프와 네우도브노프도 왜 군이 예전에 탄압당한 사람이냐며 얼굴을 찌푸려서 난 겁을 먹었지. 바산고프를 제안했을 땐 뭣 때문에 비러시아인이 필요하냐 하길래 또 물러섰고…… 결국 나도 그들에게 동의한 셈이 아닌가.' 게뜨마노프를 보며 그는 일부러 어리석은 생각까지 했다. '오늘 저 친구는 내 꼬냑으로 날 대접하는군. 내일 내 여자가 오면 그녀와 자고 싶어 하겠지.'

하지만 거대한 독일군의 척추를 끊게 될 그가 여전히 게뜨마노프나 네우도브노프와 대화를 나누며 자신의 나약함과 망설임을 절감하는 이유는 대체 무엇이란 말인가?

이 행복한 날, 지나온 오랜 세월을 반추하는 그의 마음속에서 울컥 화가 치밀어올랐다. 군사 지식이라고는 전혀 없이 권력과 음식과 훈장을 취하는 데 익숙한 주제에 그의 보고를 듣던 자들, 지도층 주택의 작은 방 하나를 내주며 관대한 아량이라도 베푸는 양 생색을 내던 자들, 그들이 격려의 말을 내뱉는 순간 당연하게 규정되어버린 권력관계…… 포병부대 대포의 구경도 모르는 자들, 다른 사람이 써준 연설문을 제대로 읽을 능력도 없는 자들, 지도도 못 보는 자들, '퍼센트' '출중한 전사' '베를린'이라는 단어를 '파센토' '출장 간 전사' '배르린'으로 틀리게 발음하는 자들이 항상 그를 이끌었다.

그는 그들에게 보고했다. 그들의 무식은 노동계급 출신이라는 점과는 아무 상관이 없었다. 노비꼬프 자신의 아버지도 광부였고 할아버지도 광부였으며 형도 광부였다. 그보다는 무식이 오히려 그 자들의 힘이요, 그 힘이 교양을 대체했다는 생각이 들었다. 노비꼬프의 지식과 정확한 발음, 책에 대한 관심은 그의 약점이었다. 전쟁 전에는 그들이 자신보다 자유와 믿음을 더 많이 지니고 있다고 생각했다. 하지만 전쟁은 그 생각이 틀렸음을 보여주었다.

전쟁은 그를 높은 지휘관의 직책으로 승진시켰다. 그러나 그가 주인이 된 것은 아니었다. 전과 마찬가지로 그는 끊임없이 느껴지지만 도무지 이해할 수는 없는 어떤 힘에 굴복하고 있었다. 그의 휘하에 있는, 따라서 그에게 명령을 내릴 권한이 없는 두 사람이 이 힘의 체현이었다. 게다가 굴복하지 않을 수 없는 힘이 숨 쉬는 그 세계에 대해 게뜨마노프와 이야기를 나눌 때면 그는 만족감에 몸이 흐물흐물 녹아내릴 지경이었다.

전쟁은 러시아가 누구에게 은혜를 입었는지 보여주리라. 그 같은 사람들인지, 아니면 게뜨마노프 같은 사람들인지……

이제 그가 꿈꾸었던 것이 이루어졌다. 오랜 세월 사랑해온 여자가 그의 아내가 되는 것이다…… 이날 그의 전차들은 스딸린그라드로 가라는 명령을 받았다.

"뾰뜨르 빠블로비치," 불쑥 게뜨마노프가 말을 꺼냈다. "동지가 시내로 간 사이에 여기서 나는 미하일 뻬뜨로비치와 논쟁을 벌였소."

그는 소파 등받이에 몸을 기대고 맥주를 한모금 들이켠 뒤 말을 이었다.

"난 단순한 사람이니 솔직하고 직설적으로 얘기하겠소. 샤뽀시니꼬바 동지에 대한 이야기가 나왔소. 그녀의 형제는 37년에 사라졌소." 게뜨마노프는 손가락으로 바닥을 가리켰다. "네우도브노프가 그 시절에 그를 알고 지냈다는군. 그리고 나는 그녀의 첫 남편인 끄리모프와 아는 사이요. 그자는, 말하자면 기적처럼 살아남은 자요. 체까에 소속되어 있었고. 그래서 네우도브노프도 그런 얘길 합디다. 소련 인민과 스딸린 동지의 신임을 받는 노비꼬프 동지가 공연히 사회적, 정치적 성분이 불분명한 인간과 인생을 엮는다고 말이오."

"아니, 내 사생활이 대체 그와 무슨 상관이라고?"

"자, 들어보시오." 게뜨마노프가 말했다. "이건 모두 37년의 잔재요. 좀더 넓은 시야로 일을 살펴볼 필요가 있소. 오해는 마시고, 내 말 제대로 이해해주시오. 네우도브노프는 훌륭한 사람이오. 크리스털처럼 강직하고 굽힐 줄 모르는 스딸린적 공산주의자이지. 하지만 그에게도 작은 오류가 있소. 그는 종종 새로운 것이 움트는 것을 보지도, 감지하지도 못해요. 그에게 가장 중요한 건 고전주의자들을 인용하는 일이고. 가끔은 대체 자기가 어디 사는지도 모르는 채 인용문만 읊어대는 것처럼 보일 때도 있소. 전쟁은 우리에게 여러가지 새로운 것들을 가르치오. 로꼬숍스끼 중장, 고르바또프 장군,[9] 뿐뚜스 장군,[10] 벨로프 장군[11]…… 모두들 감방에 있었소. 그

---

9 Aleksandr Vasil'evich Gorbatov(1891~1973). 제국 시절부터의 군인. 제1차 세계대과 러시아 내전에 참전하여 고위직에 올랐다가 대숙청 때 꼴리마 수용소에 수감되었다. 1941년 다시 군대로 돌아와 독소전쟁에서 혁혁한 공로를 세웠다.

러다 스딸린 동지가 그들을 믿고 지휘권을 맡길 수 있겠다고 생각했소. 나를 초대해 대접하곤 하는 미뜨리치가 오늘 로꼬솝스끼를 수용소에서 군사령부로 데려온 이야기를 들려주더군. 바라끄 개수대에 서서 발싸개를 빨고 있는 그를 데리러 사람들이 서둘러 달려갔다고. 심지어 발싸개를 다 빨기도 전에 데려왔다더군. 보아하니 전날 밤 소장에게 심문을 받고 약간 얻어맞기도 했던 모양이랍디다. 그러다 바로 다음 날 더글러스에 태워져 곧장 끄레믈린에 입성한 거요. 자, 이 이야기에서 우리는 몇가지 결론을 이끌어낼 수 있을 거요. 하지만 우리 네우도브노프 말인데, 그는 37년에 열광하는 사람이오. 그의 견해를 바꾸기는 힘들 거요. 예브게니야 니꼴라예브나의 형제가 무슨 죄를 지었는지는 알려져 있지 않소. 어쨌든 지금이라도 베리야 동지가 그를 풀어주고 군의 지휘를 맡길 수도 있지 않겠소? 그리고 끄리모프는 군대에서 일하오. 하자 없는 인간으로 당원증도 가지고 있고. 아무 문제가 없다는 말이오."

그러나 바로 그 마지막 말이 노비꼬프의 분노를 폭발시켰다.

"그 모든 게 다 무슨 상관이오?" 그는 날카롭게 내뱉었고, 처음으로 그렇게 큰 소리를 낸 스스로에게 놀랐다. "샤뽀시니꼬프가 인민의 적이든 아니든 난 상관없소. 난 그를 알지도 못하오. 그래, 뜨

---

10 Ivan Grigor'evich Puntus(1905~90). 스딸린그라드전투에서 중요한 역할을 담당했던 우끄라이나 출신의 공군 장군. 독소전쟁 초기에도 중요한 역할을 했으나 1942년 9월 패배의 책임을 추궁당해 자리에서 물러났다가 10월에 다시 공군사단장이 되어 스딸린그라드전투에 참가했다.

11 Nikiolai Nikanorovich Belov(1896~1941). 제국 시절부터의 군인. 제1차 세계대전과 내전에 참여하여 고위직에 올랐다가 1937년 숙청당했고, 1938년 다시 기병대를 맡았다. 1941년 10월 독소전쟁에서 부상당했으나 치료차 보낸 비행기에 오르지 않고 부하들과 함께하다가 전사했다.

로쯔끼가 끄리모프의 평론을 읽고 대리석 같다고 직접 말했다더군. 하지만 그게 대체 나와 무슨 상관이란 말이오? 대리석 같다면 대리석 같으라지. 뜨로쯔끼, 리꼬프,[12] 부하린, 심지어 뿌시낀까지 다들 흠뻑 그를 사랑하라지. 내 인생이 그것과 무슨 상관이오? 나는 그 대리석 같다는 평론도 읽지 않았소. 그리고, 예브게니야 니꼴라예브나는 그 모든 일과 또 무슨 상관인지 모르겠군. 그녀가 37년까지 꼬민쩨른에서 일하기라도 했소? 제발, 동지들, 물론 동지들이 지도를 할 수는 있소. 하지만 제발 이제 전투를 해보시오. 일을 좀 해보라고! 이만하면 충분하지 않소? 정말 지겹군!"

그의 두 뺨이 불타고 있었다. 심장이 쿵쿵 울렸고, 생각은 명확하고 분별 있으면서도 분노로 가득했다. 그러나 머릿속에는 안개가 머물러 있었다. '제냐, 제냐, 제냐.'

그는 자신의 말을 들으며 놀라움을 느꼈다. 난생처음으로 아무런 두려움 없이 당의 중요한 일꾼을 향해 이처럼 단호한 이야기를 쏟아내는 사람이 정말 자신이란 말인가. 그는 후회와 공포를 억누르며 환희에 휩싸여 게뜨마노프를 바라보았다.

게뜨마노프가 갑자기 소파에서 벌떡 일어나더니 두툼한 두 손을 활짝 펼쳤다. "뾰뜨르 빠블로비치, 동지를 포옹하게 해주시오. 동지야말로 진정한 남자요."

노비꼬프는 당황한 채 그와 포옹했다. 서로에게 입을 맞춘 뒤, 게뜨마노프가 복도를 향해 소리쳤다. "베르시꼬프, 꼬냑을 더 내오게. 군단의 지휘관과 꼬미사르가 브루데르샤프뜨[13]로 마셔야겠어!"

---

12 Aleksei Ivanovich Rykov(1881~1938). 1924~30년 인민위원회 의장을 지낸 정치인. 1938년에 숙청으로 처형되었다.

13 독일어 Brüderschaft(형제애)의 러시아식 발음. '브뤼더샤프트로 마신다'는 것

5

예브게니야 니꼴라예브나는 방을 모두 정리한 뒤 만족스러운 마음으로 생각했다. '좋아, 다 됐어.' 침대보가 덮이고 베개의 구김이 사라지면서 방과 함께 예브게니야 니꼴라예브나의 마음도 정돈되는 것 같았다. 그러나 침대 머리맡 근처가 재 하나 없이 말끔해지고 책꽂이에 놓여 있던 마지막 꽁초가 치워지는 순간 그녀는 자기가 스스로를 속이려 애쓰고 있다는 것을, 이 세상에서 자신에게 필요한 건 노비꼬프 외에 아무것도 없다는 것을 깨달았다. 그녀는 자기 인생에 일어난 이 일에 대해 소피야 오시뽀브나에게 이야기하고 싶었다. 어머니도 언니도 아닌, 바로 소피야 오시뽀브나에게. 어째서 소피야 오시뽀브나와 이야기하고 싶은지는 그녀 자신도 어렴풋하게만 이해할 뿐이었다.[14]

"아, 소네치까, 소네치까, 레빈또니하." 제냐는 입 밖으로 소리 내어 불렀다.

마루샤가 죽고 없다는 생각도 떠올랐다. 그녀는 자신이 노비꼬프 없이 살 수 없음을 깨닫고, 절망감에 주먹으로 책상을 내리쳤다.

얼마 후 그녀는 조용히 중얼거렸다. "상관없어, 내겐 아무도 필요하지 않아." 이어 조금 전까지 노비꼬프의 외투가 걸려 있던 자리 앞에 무릎을 꿇고 말했다. "살아만 있어줘요."

그러고 나서 그녀는 생각했다. '위선이야, 난 부도덕한 여자야.'

은 서로 팔을 얽어 친밀하게 술을 마시는 것을 말한다.
14 전편 소설에서 소피야 레빈똔이 노비꼬프에 대한 제냐의 감정을 이해하고 제냐가 그의 것이라고 놀린 바 있다.

이제 그녀는 의도적으로 자기 자신을 괴롭히기 시작했다. 여성이자 남성인 어느 비열하고 독살스러운 존재가 되어 스스로를 향해 소리 없는 말을 늘어놓았다.

"숙녀께서 남자가 없어서 권태를 느낀 게 분명하구먼. 장난질에 습관을 들였으니. 아주 전성기를 맞이하셨어…… 물론 한 남자를 버렸지. 끄리모프 따위로는 성에 안 차니까. 당에서도 배제하려던 자였잖아. 자, 이젠 군단장의 여자가 되셨구먼. 굉장한 남자지! 그런 남자면 어떤 여자나 군침을 흘릴걸. 뻔하지…… 그래, 이제 어쩔 거야? 어떻게 그 남자를 붙잡을 건데? 앞으로 잠 못 이루는 밤을 보내겠지? 그가 죽어버리지나 않을까, 아니면 열아홉살짜리 전화 교환원 여자한테 한눈을 팔지나 않을까 걱정하면서 말이야." 표독스럽고 냉소적인 그 존재는 제냐 스스로도 알지 못하는 생각을 몰래 들여다보는 듯 덧붙였다. "뭐, 괜찮아, 괜찮아, 넌 곧 그를 향해 달려갈 테니까."

자신이 왜 끄리모프를 더이상 사랑하지 않게 되었는지 그녀는 이해할 수 없었다. 하지만 그걸 꼭 이해해야 할까? 지금 이렇게 행복하게 되었는데.

갑자기 끄리모프가 자신의 행복을 방해한다는 생각이 들었다. 그는 항상 그녀와 노비꼬프 사이에 서서 그녀의 기쁨을 망쳐놓는다. 끊임없이 내 삶을 망가뜨리고 있어. 어째서 내가 괴로워해야 하지? 이 양심의 가책은 뭘 위한 것인가? 어쩔 수 없잖아, 그냥 사랑하지 않게 된 거야! 도대체 그는 뭘 원하는 거지? 왜 항상 내 뒤를 쫓아다니는 거지? 내겐 행복할 권리가 있고, 내가 사랑하는 사람을 사랑할 권리가 있어. 그런데 내게 니꼴라이 그리고리예비치는 왜 그토록 약하고 의지할 데 없고 어쩔 줄 모르는, 외로운 남자로 보이는 걸까? 그는 그렇게 약한 남자가 아니야! 그는 그렇게 좋은 사람도 아니야!

끄리모프에 대한 분노가 그녀를 사로잡았다. 아니지, 아니야. 그를 위해 나 자신의 행복을 희생하지는 않을 거야…… 잔인하고 편협하고 흔들림 없는 환상에 빠진 남자일 뿐이잖아. 인간적 고통에 대한 그의 철저한 무관심을 그녀는 결코 받아들일 수 없었다. 그런 면이 그녀에게, 그녀의 어머니와 아버지에게 얼마나 낯설었던가. "부농은 동정받을 가치가 없어." 러시아와 우끄라이나의 시골에서 수만의 여자와 어린이들이 끔찍한 기아의 고통 속에 죽어갈 때도 그는 말했다. "사람을 아무 이유 없이 감옥에 넣진 않는 법이지." 야고다[15]와 예조프 시절에는 그런 말도 했다. 1918년에 까미신[16]에서 상인들과 집 가진 자들이면 어린애까지 죄다 짐배에 싣고 나가 볼가강에 빠뜨려 죽였다고, 그중에는 마루샤의 친구들과 고교 동급생들, 미나예프, 고르부노프, 까사뜨낀, 사뽀시니꼬프 집안 사람들도 있었다고 알렉산드라 블라지미로브나가 말했을 때 니꼴라이 그리고리예비치는 화를 내며 대꾸했다. "그럼 혁명의 적들에게 뭘 어떻게 해주라는 겁니까? 고기만두라도 대접할까요?" 도대체 왜 그녀는 행복할 권리가 없나? 어째서 단 한번도 약자를 동정한 적 없는 인간을 동정하며 고통받아야 한단 말인가?

하지만 모진 마음을 먹고 분통을 터뜨리면서도 그녀는 자신의 생각이 옳지 않다는 것을, 니꼴라이 그리고리예비치가 그렇게 잔

---

15 Genrikh Grigor'evich Yagoda(1891~1938). 스딸린 치하 소련의 공안기관인 내무인민위원회 위원장. 스딸린의 대숙청의 시발점이 된 1936년 모스끄바 각본 재판을 연출하였으며 강제수용소인 굴라그를 처음으로 설립한 인물이다.

16 사라또프와 스딸린그라드 중간에 자리한 도시.

인한 인간은 아니라는 사실을 마음 깊이 알고 있었다.

그녀는 꾸이비셰프 시장에서 물물교환으로 얻어온 두꺼운 치마를 벗고 여름 원피스를 입었다. 스딸린그라드 화재 때 망가지지 않은 유일한 원피스, 그 원피스를 입고 그녀는 노비꼬프와 함께 스딸린그라드 강변의 홀주노프 기념비 옆에 서 있었다.

추방되기 전, 그녀는 젠니 겐리호브나에게 사랑해본 적이 있느냐고 물었다.

젠니 겐리호브나는 당황한 기색으로 대답했다. "그래요, 금발 고수머리에 푸른 눈을 한 소년이었어요. 하얀 깃이 달린 벨벳 재킷을 입었죠. 난 열한살이었는데, 그와 잘 알고 지내지는 못했어요." 그 고수머리 벨벳 소년은 지금 어디 있을까? 젠니 겐리호브나는 지금 어디 있을까?

예브게니야 니꼴라예브나는 침대에 앉아 시간을 확인했다. 이 시간이면 으레 샤로고로츠끼가 그녀를 만나러 오곤 했다. 아, 하지만 오늘은 지적인 대화를 나누고 싶은 기분이 아니다.

제냐는 재빨리 외투를 걸친 뒤 머릿수건을 썼다. 무의미한 짓이야. 수송열차는 벌써 한참 전에 떠났을 테니까.

역 주변에는 수많은 사람들이 짐 가방과 보따리에 앉아 웅성거리고 있었다. 예브게니야 니꼴라예브나는 근처 골목들을 배회했다. 한 여자가 다가와 차내 빵 쿠폰이 있느냐고 물었고, 다른 여자는 탑승 쿠폰이 있는지 물었다…… 다른 몇몇 사람들은 무기력하고 의심스러운 눈초리로 그녀를 훑어보았다. 화물열차가 무겁게 출발하자 벽이 부르르 떨리고 창유리들이 덜커덩거렸다. 그녀의 심장도 떨리는 듯했다. 역의 울타리 곁으로 전차들을 실은 무개화차들이 미끄러져 지나갔다.

문득 행복감이 그녀를 사로잡았다. 계속해서 강물처럼 흘러가는 전차들 위에 군모를 쓰고 가슴에 총을 멘 붉은군대 병사들이 조각상처럼 앉아 있었다.

외투를 활짝 열어 자신의 여름 원피스를 내려다보면서, 소년처럼 두 팔을 크게 흔들면서 그녀는 집으로 걸어갔다. 저녁 햇살이 거리를 비추자 먼지투성이에 차갑고 혹독하고 볼품없는 이 도시가 장밋빛으로 웅장하게 빛나는 듯했다. 그녀는 아파트 건물로 들어갔다. 낮에 제냐를 찾아온 대령의 모습을 복도에서 얼핏 보았던 아파트 반장 글라피라 드미뜨리예브나가 아부 섞인 미소를 지으며 그녀에게 말했다. "당신에게 편지가 왔어요."

'그래, 행복한 일만 일어나려나봐.' 이렇게 생각하며 제냐는 봉투를 뜯었다. 까잔에서, 어머니에게서 온 편지였다.

처음 몇줄을 읽고서 그녀는 나직한 비명을 질렀고, 황망하게 외쳐불렀다. "똘랴! 아, 똘랴!"

6

한밤중 거리에서 예기치 않게 시뜨룸을 놀라게 했던 아이디어는 새로운 이론의 기초를 이루었다. 몇주에 걸친 작업에서 그 아이디어로부터 파생된 방정식들은 물리학자들이 받아들인 고전 이론의 확장에 전혀 기여하지 않았고, 그 이론을 보완하지도 않았다. 거꾸로 고전 이론 자체가 시뜨룸이 작업해낸 새롭고도 광범위한 문제 해결 과정의 일부가 되었다. 그가 도출한 방정식들 안에 모든 것을 포괄하는 듯 보이는 이론이 담겨 있었던 것이다.

시뜨룸은 한동안 연구소에 나가지 않았다. 실험실 작업은 소꼴로프에게 맡겨두었다. 그는 거의 밖에 나가는 일 없이 방 안을 서성거렸고 몇시간 내내 책상 앞에 앉아 지냈다. 아주 가끔 저녁에 산보를 나가서도 아는 사람들과 마주치지 않기 위해 역 부근의 후미진 거리만 골라 걸었다. 집 안에서의 생활은 평소와 많이 다르지 않았다. 먹고, 씻고, 식사 자리에서 농담을 던지고, 신문을 읽고, 소련 정보국 뉴스를 듣고, 나쟈에게 시비를 걸고, 알렉산드라 블라지미로브나에게 비누공장에 대해 묻고, 아내와 이야기를 나누었다.

류드밀라 니꼴라예브나는 요즘 남편이 자신을 닮아간다고 느꼈다. 익숙하고 관습적인 일상을 살아갈 뿐 내면적으로는 현실의 삶에 참여하지 않은 채 습관대로, 주어진 대로 모든 일을 하는 모습이 그랬다. 하지만 이러한 공통점은 그녀와 남편을 가깝게 만들지 못했다. 이는 외견상의 공통점일 뿐이었다. 정반대의 원인 — 죽음과 삶 — 이 이들의 가정에서의 내면적 소외감의 기초였다.

시뜨룸은 자신이 도출해낸 결과를 전혀 의심하지 않았다. 그는 여지껏 이 정도로 강한 확신을 가져본 적이 단 한번도 없었다. 하지만 바로 지금, 삶에서 발견한 가장 중요한 학문적 해결을 정식화하는 지금, 그는 자신이 알아낸 진실에 조금도 의문을 품지 않았다. 광범위한 물리 현상의 새로운 해석을 가능케 하는 방정식 체계에 대한 아이디어가 처음으로 그에게로 다가왔던 순간, 어떤 이유에서인지 그는 평소와 같은 의심이나 동요 없이 그것이 진리임을 감지했다.

그리고 자신의 다층적 수학적 작업을 결말로 이끌어가는 지금, 그 판단 경로를 거듭거듭 점검하는 지금도 그의 확신은 인적 없는 거리에서 갑작스러운 통찰을 얻은 그 순간에서 조금도 줄어들지 않았다.

이따금씩 그는 자신이 지나온 경로를 되새기며 이해해보려 했다. 바깥에서 보니 모든 것이 상당히 간단하게 여겨졌다.

실험실에서 수행되는 모든 작업들은 이론의 예측을 확인하기 위한 것이었다. 하지만 그러한 확인은 이루어지지 않았다. 이론과 실험 결과 사이의 모순은 물론 실험의 정확성에 대한 의심을 불러일으켰다. 많은 연구자들의 수십년에 걸친 작업을 바탕으로 도출된 이론, 이후에도 수많은 새로운 실험으로 다듬어지고 증명된 그 이론은 확고부동해 보였다. 그러나 반복되는 실험들에서 지속적으로 도출되는 데이터를 확인하면, 핵의 상호작용에 개입한 하전입자들이 보이는 편향이 여전히 이론의 예측에 전혀 상응하지 않았다. 실험들의 부정확성, 측정 기구와 핵분열 촬영에 사용된 감광제의 불완전함을 최대한 관대하게 고려하더라도 이토록 전혀 상응하지 않는 현상에 대해 설명할 수 없었다.

결국 실험 결과의 정확성에 의심의 여지가 없다는 점이 명백해졌고, 이에 시뜨룸은 이론을 땜질하려 애썼다. 그는 임의의 가설을 도입하여 실험실에서 얻어낸 새로운 데이터를 이론에 종속시키고자 했다. 그가 행한 모든 작업은 기본적이면서도 중요한 명제 — 이론이 실험에서 도출되기에 실험은 이론에 모순될 수 없다 — 에서 출발했다. 이론과 새로운 실험의 일치를 위해 엄청난 노동력이 소비되었다. 그럼에도 불구하고 저 망할 이론, 벗어나거나 거부한다는 건 생각할 수도 없을 듯 보이는 이론은 여전히 계속해서 새롭게 도출되는 실험 데이터를 전혀 설명하지 못했다. 땜질하고 보충한 이론 또한 원래의 이론과 마찬가지로 무능력했다.

그러다가 새로운 것이 왔다! 시뜨룸이 대장의 어깨에서 견장을 떼어버린 것이다!

기존 이론은 기초와 토대이기를, 모든 것을 포괄하는 전체이기를 멈추었다. 기존 이론이 오류이거나 어리석은 착각이었던 것은 아니다. 다만 그것은 부분적인 해결로서 새로운 이론 속에 편입되었다. 새로운 황후 앞에서 과부가 된 황후가 고개 숙였다.[17] 이 모든 일이 순식간에 일어났다.

자신의 뇌리 속에서 어떻게 새로운 이론이 탄생했는지 생각할 때마다 시뜨룸은 놀랄 뿐이었다. 그 과정에 이론과 실험을 연결하는 간단한 논리가 완전히 부재했기 때문이다. 마치 땅에 찍힌 발자국이 갑자기 끊긴 양, 그는 자신이 걸어온 경로를 알아볼 수 없었다.

예전에 그는 이론이 실험에서 생겨난다고 여겼다. 실험이 이론을 탄생시킨다고. 이론과 새로운 실험 데이터 사이에 모순이 생겨도 그로써 새롭고 보다 광범위한 이론이 도출되는 것이라고.

하지만 불가사의하게도 이제 그는 모든 것이 전혀 다른 양상으로 일어났음을 확신하고 있었다. 그가 성공에 이른 것은 그가 실험을 이론과, 이론을 실험과 연결하려 애쓰지 않았던 바로 그 순간이었다.

새로운 것은 실험이 아니라 시뜨룸의 머리로부터 생겨난 듯했다. 그는 놀랄 만큼 분명하게 이를 알았다. 새로운 것이 자유롭게 탄생한 것이다. 두뇌가 이론을 낳은 것이다. 이론의 논리, 이론의 인과관계는 마르꼬프가 실험실에서 실시한 실험들과 아무런 관련이 없었다. 이론은 사고의 자유로운 유희에서 스스로 탄생했다. 과거의 실험 데이터와 새로운 실험 데이터에 담긴 그 모든 풍부함에 대한 설명을 가능케 한 것은 바로 실험으로부터 유리된 사고의 유희였다.

....
17 뿌시낀의 서사시 「청동 기사」 속 구절 "새 황후 앞에서 과부가 된 황후처럼, 새 수도 앞에서 옛 모스끄바는 빛이 바랬다"에서 따온 표현.

실험은 사고를 작동하게 하는 외부적 자극이었다. 그러나 실험이 사고의 내용을 규정하지는 않았다.

정말 놀라운 일 아닌가……

그의 머리는 수많은 수학적 연산들, 미분방정식들, 확률법칙들, 고급 대수법칙들, 정수법칙들로 가득 차 있었다. 이 수학적 연산들은 원자핵들과 그 주위를 도는 전자들의 세계 밖에, 전자기장 밖에, 중력장 밖에, 공간과 시간 밖에, 인간의 역사와 지구의 지질학적 역사 밖에, 말하자면 물질적으로 아무것도 없는 비어 있는 곳에 저 스스로 존재하는 것들이었다…… 하지만 그의 머릿속에 있는 것이기도 했다……

그리고 동시에 그의 머리는 모종의 관계와 법칙들 — 양자의 상호작용, 역장, 핵반응의 실제적 본질을 규정하는 상수, 빛의 운동, 시간과 공간의 수축과 팽창 — 로도 가득 차 있었다. 놀라운 것은, 이 이론물리학자의 머릿속에서는 물질세계의 모든 과정들이 수학이라는 황야에서 태어난 법칙들의 반영일 뿐이라는 점이었다. 시뜨룸에게 수학은 세계를 반영하는 것이 아니었다. 그보다는 세계 자체가 미분방정식의 투사요, 수학의 반영이었다……

그리고 동시에 그의 머리는 계기와 기구들, 감광제와 감광지 위에 나타난 입자들, 핵분열을 나타내는 눈금들로 가득 차 있었다……

그리고 동시에 그의 머릿속에는 모든 것이 살아 있었다. 종잇장이 바스락대는 소리도, 달빛도, 우유를 넣은 수수죽도, 벽난로에서 불이 툭툭거리는 소리도, 노랫소리도, 개 짖는 소리도, 로마 원로원도, 소비에뜨 정보국도, 노예제도에 대한 증오도, 호박씨에 대한 애정도……

그리고 이 모든 것들을 함께 넣어 끓인 죽으로부터 이론이 나타났다. 수학도, 물리학도, 물리학 실험실의 실험도 없는, 삶의 경험도, 의식도 없는, 잠재의식의 불타는 토탄만이 자리한 그 깊은 곳에서부터 이론이 떠오른 것이다……

그리고 세상과 아무런 연결점도 없는 수학의 논리가 물리학 이론의 실제에 반영되고, 표현되고, 구현되었다. 이론이 갑자기 감광지 위에 점선의 복잡한 무늬들로 신성하리만치 정확하게 찍혔다.

그리고 머릿속에서 이 모든 과정을 경험한 인간은 자신이 탄생시킨 진리를 확인해주는 미분방정식과 감광지 조각을 바라보면서 흐느껴 울고 행복한 눈물을 훔쳤다……

그리고 그래도 여전히, 실패한 실험들이 없었다면, 혼돈이, 불합리한 결과가 없었다면 그와 소꼴로프는 어떻게든 옛 이론을 수선하고 땜질하느라 애를 썼을 것이고, 그로써 오류를 범했을 것이다.

불합리한 결과가 그들의 완강한 고집에 굴복하지 않은 것이 얼마나 다행한 일인가.

그리고 그래도 여전히, 새로운 설명이 머릿속에서 탄생되었음에도, 이는 마르꼬프의 실험과 연결되어 있었다. 그럴 수밖에. 세상에 원자핵과 원자가 없다면 그것들이 인간의 머릿속에 자리할 리가 없지 않은가. 그래, 그렇다, 눈부신 마르꼬프가 없었다면, 기계공 노즈드린이 없었다면, 위대한 유리공들인 뻬뚜시꼬프 형제가 없었다면, 모게스[18]가 없었다면, 원자로와 순도 높은 핵반응 물질의 생산이 없었다면 이 이론물리학자의 머릿속에 실재를 예측하는 수학은 없었을 것이다.

시뜨룸을 놀라게 한 것은 고통이 그의 숨통을 조이고 지속되는

---

18 모스끄바 국립발전소.

슬픔이 그의 뇌리를 짓누르고 있을 때 자신이 최고의 학문적 성공에 이르렀다는 사실이었다. 대체 어떻게 이런 일이 일어났을까?

그리고 대체 무슨 이유로 그는 자신의 작업과 아무런 상관이 없는, 심지어 그 대담함과 위험성과 신랄함으로 그를 불안하게 만들었던 대화 직후에 갑자기 그동안 내내 해결하지 못했던 문제의 해결 방안을 찾아낼 수 있었던 걸까? 물론 이것은 순전히 우연의 일치였으리라.

이 모든 것을 이해하기란 어려운 일이었다……

작업은 끝났고, 이제 시뜨룸은 이 일에 대해 이야기하고 싶었다. 그동안은 자신의 아이디어를 어떤 사람들과 나누어야 할지 생각해본 적이 없었다.

그는 소꼴로프를 만나고 싶었고, 체삐진에게 편지를 쓰고 싶었다. 그는 만젤시땀,[19] 이오페,[20] 란다우,[21] 땀,[22] 꾸르차또프[23]가 자신의 새로운 방정식을 어떻게 대할지, 그의 분과, 부서, 실험실의 동료들은 이를 어떻게 받아들일지, 레닌그라드의 학자들이 어떤 인상을 받을지 상상해보았다. 이 연구를 어떤 제목으로 출판할지도 생각

----

19 Leonid Isaakovich Mandelshtam(1879~1944). 소련의 물리학자. 방사선물리학의 기초를 세웠다.

20 Abram Fyodorovich Ioffe(1880~1960). 소련의 물리학자. 독일로 유학해 박사학위를 받고 뻬쩨르부르그로 돌아온 뒤 물리기계학부를 설립했다.

21 Lev Davidovich Landau(1908~68). 소련의 이론물리학자. 반자성 양자역학 이론, 초유체에 대한 이론 등을 확립했으며 1962년 노벨물리학상을 수상했다.

22 Igor' Evgen'evich Tamm(1895~1971). 소련의 물리학자이자 수학자. '체렌꼬프 효과'의 발견으로 빠벨 체렌꼬프(Pavel Alekseevich Cherenkov, 1904~90), 일리야 프란끄(Il'ya Mikhailovich Frank, 1908~90)와 함께 노벨물리학상을 수상했다.

23 Igor Vasil'evich Kurchatov(1903~60). '소련 핵폭탄의 아버지'라 불리는 핵물리학자. 방사능과 원자로를 연구했으며 러시아 핵무기 개발을 주도했다.

했다. 위대한 덴마크 학자[24]는 어떤 반응을 보일까? 페르미[25]가 무슨 말을 할까? 아마도 아인슈타인은 직접 이 연구를 읽고 그에게 몇마디 써 보내지 않을까? 누가 이 연구의 적수가 되는지, 이 연구가 어떤 문제의 해결에 도움을 주게 되는지도 궁금했다.

아내와는 이 연구에 대해 이야기하고 싶지 않았다. 전에는 공식 서신을 보낼 때마다 으레 류드밀라에게 그 내용을 소리 내어 읽어주곤 했다. 우연히 거리에서 아는 사람을 만날 때도 그의 머릿속에는 '류드밀라한테 말해주면 놀라겠는데' 하는 생각이 제일 먼저 떠올랐다. 연구소장과 다투며 가시 돋친 말을 내뱉을 때도 '내가 어떻게 닦아세웠는지 류드밀라에게 말해야지' 생각했다. 영화를 보거나 극장 객석에 앉아 옆에 있는 류드밀라에게 "맙소사, 완전 쓰레기네"라고 말할 수 없는 상황을 그는 상상할 수 없었다. 자신의 마음 깊은 곳을 은밀히 동요시키는 모든 일을 그는 그녀와 나누었다. 대학 시절 시뜨룸은 그녀에게 이렇게 털어놓기도 했다. "그거 알아? 사실 나 자신이 정말 바보처럼 느껴져."

그런데 어째서 이제는 그녀에게 침묵하고 있는 걸까? 자신의 삶을 그녀와 나누고자 했던 그동안의 욕구는 그의 삶이 그녀에게 그녀 자신의 삶보다 더 중요하다는 믿음, 그의 삶이 곧 그녀의 삶이라는 믿음에서 나온 것이었을까? 그런데 그 확신이 이제는 사라진 걸까? 그녀가 그를 사랑하지 않게 되었나? 아니면 그가 그녀를 사랑하지 않게 된 것인가?

그럼에도, 그녀와 이야기하고 싶지 않았음에도, 그는 결국 연구

----

24 닐스 보어(Niels Henrik David Bohr, 1885~1962)를 말한다.

25 Enrico Fermi(1901~54). 이딸리아계 미국인 물리학자. 세계 최초의 핵반응로 '시카고 파일 1호'를 개발하여 '원자폭탄의 설계자'로 불렸다.

에 대해 아내에게 털어놓았다.

"있잖아." 그가 말했다. "정말 경이로운 감정이야. 당장 내게 무슨 일이 일어난다 해도, 내 마음에는 그동안 내가 헛되이 살아온 게 아니라는 사실이 새겨져 있을 거야. 처음으로 죽음이 무섭지 않아. 이젠 이게 있으니까!"

그는 책상 위에 놓여 있는, 글자로 빼곡한 종이들을 가리켜 보였다.

"나 과장하는 거 아니야. 이건 핵력의 본성에 관한 새로운 견해, 새로운 원칙이야. 그래, 닫혀 있는 많은 문들을 여는 열쇠가 될 거라고…… 그거 알지? 유년 시절에 느끼는…… 아니, 그게 아니라, 그런 감정 말이야. 어둡고 고요한 물속에서 갑자기 수련이 떠오른 듯한…… 아, 맙소사……"

"잘됐어, 비쩬까. 정말 기뻐." 그녀는 미소를 머금었다.

그는 아내가 자신의 기쁨과 흥분을 공유하지 못한 채 여전히 혼자만의 생각에 빠져 있음을 알았다.

그녀는 어머니와도, 나쟈와도 그의 성취에 대해 이야기하지 않았다. 아예 잊어버린 모양이었다.

그날 저녁 시뜨룸은 소꼴로프의 집으로 향했다.

작업에 대해 이야기하고 싶어서만은 아니었다. 그는 자신의 감정을 그와 나누고 싶었다.

다정한 뾰뜨르 라브렌찌예비치는 그를 이해할 것이다. 똑똑할 뿐 아니라 착하고 깨끗한 마음을 가졌으니까.

동시에 소꼴로프에게 책망을 듣지 않을까, 그가 자신의 소심함을 상기시키지 않을까 두려운 마음도 들었다. 소꼴로프는 남의 행동에 대해 설명하고 이런저런 얘기를 늘어놓으며 가르치기 좋아하는 사람 아닌가.

벌써 오래전부터 소꼴로프의 집에 가지 않은 터였다. 그동안 세 번쯤 다들 그 집에 모였겠지. 순간 마지야로프의 통방울눈이 떠올 랐다. '와, 정말 대담한 사람이었어.' 그동안 내내 거의 한번도 이 저녁 모임에 대해 생각하지 않았다는 게 이상했다. 그리고 지금도 그것에 대해 생각하고 싶지 않았다. 어떤 불안과 공포, 피할 수 없 는 재난의 예감이 이 저녁의 대화들과 연결되어 있기 때문이었다. 그래, 정말 제대로 풀어져 있었지. 다들 아무 말이나 내뱉고 투덜 댔어. 하지만, 자, 스딸린그라드는 여전히 버티고 있고, 독일인들은 저지되었고, 피난을 떠났던 사람들은 모스끄바로 돌아가고 있잖아.

전날 밤 류드밀라에게 당장 죽어도 무섭지 않다고 말했건만, 자 신이 비판적으로 떠들어댄 이런저런 이야기들을 떠올리니 두려움 이 일었다. 게다가 마지야로프는 그야말로 완전히 고삐가 풀린 듯 제멋대로 굴었지. 떠올리는 것조차 으스스하군. 그리고 까리모프의 의심은 너무나 끔찍했어. 갑자기 마지야로프가 사실 밀고자라니.

'그래, 죽는 건 무섭지 않아.' 시뜨룸은 생각했다. '하지만 이제 난 잃을 것이 사슬만은 아닌 프롤레타리아야.'[26]

소꼴로프는 실내용 재킷 차림으로 책상에 앉아 책을 읽고 있었다.

"마리야 이바노브나는 어디 갔나?" 시뜨룸이 놀라서 물었고, 이 내 자신이 놀랐다는 사실에 다시금 놀랐다. 이 집에서 그녀를 만나 지 못하자 마치 뾰뜨르 라브렌찌예비치가 아니라 그녀와 이론물리 학에 대해 대화하려 했던 양 길을 잃은 기분이었다.

소꼴로프는 안경을 벗어 케이스에 넣고는 미소를 지어 보였다.

<hr />

26 『공산당선언』 중 "프롤레타리아가 잃은 것이라곤 사슬뿐이요, 얻을 것은 전 세 계다"라는 구절에 착안한 내용이다.

"마리야 이바노브나는 늘 집에 있어야 하나?"

이제 시뜨룸은 헛기침을 하고 말을 더듬어가며 소꼴로프에게 새 이론을 펼쳐 보이고 방정식들을 끌어내기 시작했다.

소꼴로프는 그의 착상을 이해하는 첫번째 사람이었다. 그에게 이야기하는 동안 시뜨룸은 자신에게 일어난 일을 완전히 새롭게, 특별한 방식으로 느낄 수 있었다.

"자, 이게 전부네." 말을 맺으며 그는 흠칫 몸을 떨었다. 소꼴로프의 흥분이 느껴졌다.

두 사람 사이에 잠시 침묵이 내려앉았다. 이 고요함이 시뜨룸에게는 더없이 멋지게 여겨졌다. 그는 찌푸린 얼굴로 머리를 숙인 채 서글픈 표정으로 고개를 가볍게 저으면서 앉아 있었다. 마침내 소심한 태도로 재빨리 소꼴로프를 바라보았는데, 뾰뜨르 라브렌찌예비치의 눈에 눈물이 고여 있는 것 같았다.

전쟁이 온 세상을 휩쌀 무서운 시기, 이 초라한 작은 방에 앉은 두 사람과 다른 국가에 살고 있는 사람들, 또 수백년 전에 살았던 사람들 사이에 경이로운 연결이 일어났다. 인간이 이루어내게끔 운명 지어진 것들 가운데 최고로 고귀하고 아름다운 영역을 갈망하던, 순수한 마음을 지닌 이들과의 연결이었다.

시뜨룸은 소꼴로프가 계속 침묵했으면 싶었다. 이 고요 속에는 무언가 신성한 것이 있었다······

그들은 오랫동안 침묵했다. 한참 뒤 소꼴로프가 시뜨룸에게로 다가와 손을 그의 어깨에 올렸다. 빅또르 빠블로비치는 금방이라도 울음이 터질 것만 같았다.

"아름답군." 뾰뜨르 라브렌찌예비치가 입을 열었다. "기적이네. 얼마나 우아한 아름다움인지. 온 마음을 다해 축하하네. 얼마나 놀랄 만한 힘과 논리와 우아함인가! 자네의 결론들은 미학적으로도 완전하군."

시뜨룸은 흥분에 휩싸인 채 생각했다. '맙소사, 하지만 이건 우아함의 문제가 아니야. 영혼의 양식, 빵이나 마찬가지라고.'

"이보게, 빅또르 빠블로비치," 소꼴로프가 말했다. "자네 그동안 얼마나 잘못된 생각을 했던 건가? 기가 죽어 모스끄바로 돌아갈 때까지 모든 일을 미루려고 했으니 말이네." 그는 시뜨룸이 못 견뎌 하는 설교자의 어조로 말을 이었다. "내면에 믿음이, 참을성이 부족했던 거야. 그게 종종 자네를 방해하곤 하지……"

"그래, 그렇네." 시뜨룸이 황급히 말을 막았다. "참 힘겹게도 억눌려 있었지. 토가 나올 지경이었어."

이어 소꼴로프가 논평을 시작했다. 시뜨룸은 그의 이야기가 영 마음에 들지 않았다. 물론 뾰뜨르 라브렌찌예비치는 시뜨룸이 이루어낸 연구의 의미를 곧장 이해했을 뿐 아니라 그것에 최고의 찬사를 보냈지만, 그럼에도 빅또르 빠블로비치에게는 그 모든 평가가 불편하고 학문적으로도 진부하게 여겨졌다.

"자네의 연구는 괄목할 만한 결과를 예고하는군." '예고'한다니, 저 바보 같은 말은 뭐야? 그리고 어째서 결과를 예고한다는 거지? 연구 자체가 결과인데, 여기 무슨 예고가 있단 말이야? "참으로 독창적인 해결 방식을 적용했네." 하지만 이건 독창성에 대한 것이 아니라고…… 빵, 빵, 흑빵 그 자체라니까.

시뜨룸은 현재 진행 중인 실험실 작업에 대한 이야기로 화제를 돌렸다.

"그건 그렇고, 뾰뜨르 라브렌찌예비치, 내가 이걸 깜빡하고 있었네. 우랄에서 편지를 받았는데, 우리가 주문한 장비의 제작이 지연

된다는군."

"그렇구먼." 소꼴로프가 말했다. "장비가 도착할 즈음이면 우린 이미 모스끄바에 있을 테니 차라리 잘됐어. 아무래도 까잔에서는 장비를 설치할 수 없을 거고, 그러면 계획 실행을 지연시킨다고 우리에게 비난을 퍼붓겠지."

그는 실험실 작업과 계획의 실행에 관해 장광설을 늘어놓기 시작했다. 연구소의 현황으로 화제를 돌린 사람이 바로 자신이었음에도 불구하고 시뜨룸은 그 중요하고도 엄청난 이야기를 그토록 가볍게 제쳐놓은 소꼴로프에게 분노를 느꼈다.

이 순간 시뜨룸은 더없이 외로웠다.

그들이 연구소의 일상적인 주제보다 훨씬 더, 그야말로 헤아릴 수 없이 커다란 무언가에 대해 이야기하고 있었다는 걸 소꼴로프는 정말 모르는 걸까?

이는 아마도 시뜨룸이 이루어낸 가장 중요한 학문적 해결이었다. 전 세계 물리학자들의 이론적 견해들에 영향을 미칠 만한 것이었다.

마침내 소꼴로프 또한 시뜨룸의 표정에서 자신이 너무도 기꺼이, 너무도 쉽게 연구소 현황에 대한 주제로 넘어갔다는 사실을 깨달은 듯했다.

"참 흥미로워." 그가 말했다. "그처럼 완전히 새로운 방식으로 중성자들과 중핵이 얽힌 까다로운 문제를 확증했으니 말이네." 그는 썰매가 가파른 경사면을 힘차고 유연하게 미끄러져 내려오는 듯한 모습을 손바닥으로 만들어 보였다. "자, 지금이야말로 새로운 실험 장비가 유용한 역할을 하겠군."

"물론 그렇겠지." 시뜨룸이 말했다. "뭐, 사실은 전체 연구의 작은 일부일 뿐이지만."

"그런 말 말게. 그 일부는 충분히 거대하네. 내 눈엔 엄청난 에너지가 보이는 것 같은데."

"별소리를 다 하는군." 시뜨룸이 말했다. "내가 보기에 여기서 흥미로운 점은, 미세력微細力의 본성에 대한 관점을 바꿀 수 있다는 거야. 몇몇 사람들은 꽤나 반기겠지. 답보 상태에서 빠져나올 수 있을 테니까."

"다들 기뻐할 걸세. 운동선수들이 그들 자신뿐 아니라 다른 누군가가 기록을 갱신했을 때도 함께 기뻐하듯이 말이야."

시뜨룸은 대꾸하지 않았다. 소꼴로프가 얼마 전 실험실에서 벌어진 논쟁의 주제를 다시금 건드렸던 것이다.

그 논쟁에서 사보스찌야노프는 학자의 연구가 운동선수의 훈련을 상기시킨다고, 학자가 과학적 문제의 해결 과정에서 느끼는 긴장도가 스포츠에 뒤지지 않으며 기록 갱신도 마찬가지라고 단언했다.

시뜨룸과 특히 소꼴로프는 사보스찌야노프의 발언에 발끈했었다. 소꼴로프는 사보스찌야노프를 젊은 냉소가라고 폄하하며 일장 연설을 늘어놓기까지 했다. 과학은 종교와 같은 범주에 속하며, 학문적 연구란 신을 향한 인간 열망의 표현이라는 것이었다.

반면 시뜨룸이 발끈한 것은 사보스찌야노프의 말이 틀려서가 아니었다. 사실 그 자신 또한 가끔 스포츠적 희열, 스포츠적 흥분과 경쟁심을 느껴온 터였다.

그러나 그는 쓸데없는 흥분이나 경쟁심, 기록에 대한 열망, 스포츠에 버금가는 열정은 자신이 학문을 대하는 태도의 본질이 아니라 표피일 뿐임을 알고 있었다. 결국 사보스찌야노프의 말이 옳으면서도 틀렸기 때문에 화가 났던 것이다.

오래전 젊은 영혼 속에서 태어난 학문에 대한 진정한 감정을 그는 아무와도, 심지어 아내와도 나눈 적이 없었다. 그래서 소꼴로프가 사보스찌야노프와 논쟁을 벌이며 학문에 대해 그토록 올바르고 고상한 말들을 늘어놓는 것이 내심 기뻤다.

그런데 이제 와서 뾰뜨르 라브렌찌예비치는 왜 갑자기 운동선수의 비유를 꺼낸단 말인가? 대체 이유가 뭐지? 왜 하필 지금? 시뜨룸에게 너무나 특별한 이 예외적인 순간에?

당혹감, 모욕감을 느낀 그는 날카롭게 물었다. "그런데 뾰뜨르라브렌찌예비치, 혹시 우리가 이야기한 것에 대해 자넨 별로 기쁨을 느끼지 못하는 것 아닌가? 자네가 기록을 세운 게 아니어서?"

이 순간 소꼴로프는 시뜨룸이 발견해낸 해결 방법이 알고 보면 얼마나 간단하고 자명한 것인지 생각하고 있었다. 이미 자신의 머릿속에도 그게 들어 있지 않았던가. 이제 곧 그 자신이 꼭 그런 해결책을 내놓을 참이 아니었던가.

"그래," 소꼴로프가 말했다. "로런츠[27]가 자신이 아닌 아인슈타인이 로런츠 방정식을 변환했을 때 그렇게 열광하지 않은 것과 같지."

놀라우리만치 솔직한 그의 고백에 시뜨룸은 한순간 나쁜 감정을 품은 것을 후회했다.

하지만 소꼴로프가 얼른 덧붙였다. "농담이네, 물론 농담이지. 로런츠 같은 생각은 전혀 없네. 그렇다 해도 내 말이 맞긴 하지, 자

---

27 Hendrik Lorentz(1853~1928). 네덜란드의 물리학자. 원자론을 전자론에 도입한 '로런츠 이론'을 세웠다. 그가 도출한 로런츠 방정식은 아인슈타인의 특수상대성이론과 수학적으로 동일한 형태를 지니며, 따라서 상대성이론에서도 '로런츠 변환'이라는 이름으로 쓰인다.

네 말이 아니라. 비록 나는 그런 생각을 하지 않지만 말이네."

"물론 아니겠지, 아니고말고." 시뜨룸이 말했다. 하지만 여전히 기분이 나빴고, 그는 이제 소꼴로프가 바로 그렇게 생각한다는 것을 확실하게 깨달았다.

'오늘 이 친구는 영 솔직하지 않군.' 시뜨룸은 생각했다. '참 어린 애처럼 순진한 친구야. 솔직하지 않은 태도가 단박에 드러나니까.'

"뾰뜨르 라브렌찌예비치," 그가 말했다. "평소처럼 토요일에 자네 집에서 다들 모일 예정인가?"

소꼴로프가 뭔가 대꾸하려는 듯 산적 같은 두꺼운 코를 잠시 움직거렸지만 그의 입에서는 아무 말도 나오지 않았다. 그러다 시뜨룸이 묻는 듯한 얼굴로 한참 바라보자 마침내 대답이 돌아왔다.

"빅또르 빠블로비치, 우리끼리 얘기지만, 나는 그 다과 모임이 요새 영 마음에 들지 않네."

이번에는 그가 시뜨룸에게 묻는 듯한 시선을 던졌고, 시뜨룸이 침묵하자 곧 다시 입을 열었다.

"왜냐고? 자네도 알잖나…… 장난이 아니야. 혀들을 너무 심하게 풀었네."

"자네는 별말 안 했잖아." 시뜨룸이 말했다. "거의 아무 말도 안 하다시피 했지."

"글쎄, 그것도 문제고."

"자, 그럼 우리 집에서 모이자고. 그러면 정말 기쁠 거네." 시뜨룸이 말했다.

이해가 안 되는군! 하지만 사실 그 자신 또한 솔직하지 못했다! 무엇 때문에 거짓말을 했을까? 속으로는 소꼴로프의 말에 동의하면서 무엇 때문에 그런 얘길 꺼냈을까? 그 역시 이런 모임을 겁내고, 지금 그 모임을 원하지도 않는데.

"왜 자네 집에서 모여?" 소꼴로프가 말했다. "문제는 그게 아니야. 그래, 솔직하게 말하지. 내 친척이자 주 연설자인 마지야로프와 다툼이 있었네."

시뜨룸은 무척 묻고 싶었다. '뾰뜨르 라브렌찌예비치, 자넨 마지야로프가 정직한 사람이라 확신하나? 보증할 수 있어?'

하지만 정작 입에서는 다른 말이 나왔다.

"왜 그랬나? 자네 스스로 머릿속에 개인의 용감한 말 한마디로 국가가 무너진다는 생각을 집어넣은 것 아닌가? 마지야로프와 다퉜다니 유감이군. 난 그가 마음에 들었거든, 그것도 아주 많이!"

"나라가 힘든 시기에 국민들이 비판이나 늘어놓는 건 저질이지." 소꼴로프가 말했다.

시뜨룸은 또다시 묻고 싶었다. '뾰뜨르 라브렌찌예비치, 진지한 질문인데, 자넨 마지야로프가 밀고자가 아니라고 확신하나?'

하지만 이번에도 이 질문 대신 다른 말이 입 밖으로 나왔다.

"그래도 지금은 상황이 좋아졌지. 스딸린그라드에 봄이 오고 있다고. 우리도 수복을 염두에 두고 귀환자 목록을 만들고 있잖나. 두 달 전에 어땠는지 기억나나? 우랄, 따이가, 까자흐스딴으로 갈 생각까지 하고 있었지."

"그러니 더더욱 자중해야지." 소꼴로프가 말했다. "그렇게 개골개골 울어댈 이유가 없다, 이 말이네."

"개골개골?"

"개골개골이 아니면 뭔가?"

"말이 심하군, 뾰뜨르 라브렌찌예비치."

소꼴로프와 작별 인사를 나누고 돌아서는 그의 마음에는 울적하고 갈피를 잡을 수 없는 감정이 머물러 있었다.

견딜 수 없는 고독이 그를 휩쌌다. 아침부터 그는 애태우며 소꼴로프와의 만남을 생각했다. 특별한 만남이 되리라는 느낌이었다. 그런데 정작 소꼴로프가 한 말 거의 전부가 솔직하지 못하고 시시하게만 여겨졌다.

그리고 그 자신 또한 솔직하지 않았다. 고독감은 그를 떠나지 않고 더욱 강해졌다.

그는 거리로 나왔다. 바깥 문가에서 나직한 여자 목소리가 울렸다. 시뜨룸은 이 목소리의 주인이 누구인지 알았다.

가로등 불빛에 비친 마리야 이바노브나의 얼굴. 그녀의 두 뺨과 이마가 빗물에 젖어 반짝이고 있었다. 낡은 외투 차림에 모직 머릿수건을 두른 행색이, 저 박사이자 교수의 아내를 마치 피난살이 가난의 화신인 듯 보이게 했다.

'전차 차장 같군.' 그는 생각했다.

"류드밀라 빠블로브나는 잘 지내요?" 그녀의 검은 두 눈이 시뜨룸의 얼굴을 집요하게 들여다보고 있었다.

그는 손을 내저으며 대답했다. "늘 똑같죠."

"내일 좀더 일찍 댁으로 가볼게요."

"제 아내의 의사이자 수호자시군요." 시뜨룸이 말했다. "좋아요, 뾰뜨르 라브렌찌예비치만 괜찮다면요. 그 친구는 당신 없이 한시간도 못 견디는데 당신은 류드밀라와 너무 많은 시간을 보내잖아요."

그의 말을 들었는지 못 들었는지, 그녀는 계속 생각에 잠겨 그를 바라보다가 입을 열었다.

"오늘 얼굴이 아주 달라 보이네요, 빅또르 빠블로비치. 무슨 좋은 일이라도 있었나요?"

"왜 그런 생각을 하셨죠?"

"당신의 두 눈이 평소와는 달라서요." 이어 그녀가 불쑥 말했다. "작업이 잘되어가는 거죠, 그렇죠? 그동안은 괴로움에 빠져서 더 이상 일할 수 없다고 생각했었잖아요."

"아니, 어떻게 아세요?" 그렇게 물으며 그는 생각했다. '저런, 이 수다쟁이 여자들, 류드밀라가 죄다 지껄인 건가?'

"근데 지금은 제 눈에서 뭐가 보이는데요?" 기분 상한 것을 들키지 않으려고 그가 농담조로 물었다.

그녀는 그의 말을 새겨보느라 잠시 생각에 잠겼다가 그와는 사뭇 다른 진지한 어조로 대답했다. "당신의 눈에는 늘 고통이 어려 있었어요. 그런데 오늘은 없네요."

이에 갑자기 말문이 터진 듯 시뜨룸은 그녀에게 이야기를 늘어놓기 시작했다.

"마리야 이바노브나, 모든 게 참 신기하죠. 지금 난 필생의 작업을 이뤄낸 기분이거든요. 결국 학문이란 빵이에요. 영혼을 위한 빵이죠. 그런데 그 일이 이렇게 제가 비참하고 어려운 때 일어난 거예요. 인생의 모든 게 얼마나 복잡하게 꼬여 있는지 몰라요. 제가 무척 원하는 건…… 아니, 아니에요. 말해봐야 무슨 소용이겠어요."

그녀는 그의 눈에 시선을 고정한 채 귀 기울여 듣다가 조용히 입을 열었다. "내가 당신의 집에서 슬픔을 몰아낼 수 있다면 얼마나 좋을까요."

"고마워요, 사랑스러운 마리야 이바노브나."

시뜨룸은 작별 인사를 건네고 돌아섰다. 갑자기 마음이 편안해졌다. 애초에 그녀를 만나기 위해 여기 왔고, 결국 하고 싶은 얘기를 전부 한 것처럼.

잠시 후, 그는 이제 소꼴로프 부부에 대해 잊은 채 어두운 거리를 걷고 있었다. 대문 밑 검은 틈바구니에서 찬바람이 들이치고 교차로에서는 바람이 외투 자락을 휘감아올렸다. 시뜨룸은 이마를 찌푸리며 어깨를 으쓱였다. 내 어머니는 아들이 어떤 일을 해냈는지 결코, 결코 알지 못하겠지.

7

시뜨룸은 물리학자 마르꼬프와 사보스찌야노프, 안나 나우모브나 바이스빠뻬르, 기계공 노즈드린, 전기공 뻬레뻴리찐까지 실험실 동료들을 모두 불러모아 실험 도구의 완전성에 대해서는 의심할 필요가 없으며, 오히려 측정의 정확도가 뛰어났기에 실험 조건이 아무리 달라도 줄곧 같은 결과가 도출된 것이라고 알렸다.

시뜨룸과 소꼴로프는 이론가였고 실험실의 실무는 마르꼬프가 주도했다. 그는 복잡한 장비의 원리를 정확하게 이해하고 최고로 풀기 어려운 실험적 과제들도 실수 없이 풀어내는 놀라운 재능을 지니고 있었다.

새로운 장비에 다가가 어떤 설명서도 보지 않고 스스로 몇분 만에 주요 원리는 물론 미묘한 세부 사항까지 재빨리 파악하는 마르꼬프의 자신감에 시뜨룸은 늘 경탄을 금할 수 없었다. 아마도 그는 장비들을 살아 있는 육체로 받아들이는 듯했다. 마치 고양이를 살필 때 눈, 꼬리, 귀, 발톱의 모양을 살피고 심장의 고동을 파악하여 그 몸속이 어떤 상태인지 이야기해야 마땅하다고 여기는 태도였다.

실험실에 새로운 장비를 설치하느라 매우 정교한 작업이 필요해질 때는 거만한 기계공 노즈드린이 우두머리가 되었다.

밝은색 머리칼에 유쾌한 성격을 가진 사보스찌야노프는 노즈드린을 두고 "스쩨빤 스쩨빠노비치가 죽으면 두뇌 연구소에서 연구 대상으로 그의 손을 가져갈 거야"라며 웃곤 했다.

그러나 노즈드린은 농담을 좋아하지 않았다. 그는 학자 동료들을 깔보듯 대했는데 이는 자기 두 손의 노동이 없으면 실험실이 돌아가지 않는다는 사실을 잘 알고 있어서였다.

실험실에서 제일 인기가 많은 사람은 사보스찌야노프였다. 그는 이론적 문제들도 실험적 문제들도 쉽사리 해결했다. 그 모든 것을 놀이하듯, 재빨리, 힘들이지 않고 해냈다. 그의 밝은 아맛빛 머리카락은 가장 어두운 가을날에도 햇빛으로 가득해 보였다. 시뜨룸은 사보스찌야노프의 모습을 기분 좋게 바라보며, 그의 정신이 명확하고 밝기 때문에 머리카락 또한 그처럼 밝은색을 띠는 거라고 생각했다. 소꼴로프 역시 사보스찌야노프를 높이 평가했다.

"그래, 우리같이 머리로만 추측하는 종자나 교조주의자들은 죽어도 그 친구처럼 될 수 없지. 사보스찌야노프는 자네와 나와 마르꼬프를 다 합쳐놓은 사람이네." 언젠가 시뜨룸은 소꼴로프에게 그렇게 말하기도 했다.

실험실의 익살꾼들은 안나 나우모브나를 '암탉−수말'이라는 별명으로 불렀다. 그녀는 초인간적인 노동 능력과 인내심을 지닌 학자였다. 언젠가는 사진 감광제를 살피느라 무려 열여덟시간 내내 현미경 앞에 앉아 있던 적도 있었다.

다른 연구소의 분과장들은 시뜨룸이 운이 좋다고 입을 모았다. 좋은 동료들로 실험실이 꾸려졌다는 것이다. 시뜨룸은 "책임자는 자기 능력에 값하는 동료들을 가지는 법이지"라고 농담하곤 했다.

"그동안 우리 모두 가슴 졸이고 속상해했지요." 시뜨룸이 동료들을 향해 입을 열었다. "이제 다 함께 기뻐할 수 있게 되었습니다. 마르꼬프 교수 덕에 실험이 완전무결하게 수행되었어요. 물론 기계를 다루는 장인들 및 엄청난 규모의 관찰을 수행하고 수백수천 번의 계산을 해낸 실험실 종사자들 모두의 공헌도 있었고요."

"빅또르 빠블로비치," 마르꼬프가 짧게 기침을 하고서 말했다. "그 아이디어를 최대한 상세하게 이론화해야 할 것 같습니다." 이어 그는 목소리를 낮추어 덧붙였다. "인접 분야와 관련한 꼬치꾸로프의 작업이 꽤 희망적인 결론을 도출해냈다고 하더라고요. 모스끄바에서 갑자기 그 작업의 결과를 물었답니다."

마르꼬프는 으레 모든 일의 진상을 꿰고 있었다. 연구소 동료들과 함께 수송열차로 피난을 올 때 찻간으로 여러 정보들 — 시간 지연이나 증기기관 교체, 앞으로 있을 식료품 배급과 관련한 긴요한 정보들 — 을 가져온 사람도 바로 그였다.

"이 일을 축하하려면 실험실 음료를 전부 다 마셔야겠는데요." 사보스찌야노프가 면도도 안 한 얼굴로 짐짓 근심스레 말했다.

사교 생활에 능한 안나 나우모브나도 거들었다. "그러게! 보세요, 얼마나 좋아요? 생산협의회와 지역위원회에서 사형으로 책임을 묻겠죠."

기계공 노즈드린은 움푹 팬 두 뺨만 쓰다듬을 뿐 침묵을 지켰다.

젊은 외다리 전기공 뻬레뻴리쩐도 아무 말 없이 천천히 뺨을 붉히더니 요란한 소리를 내며 목발을 바닥에 떨어뜨렸다.

시뜨룸에게는 즐겁고 기쁜 날이었다.

아침에는 신임 소장 뻬메노프가 전화를 걸어와 이런저런 덕담을 차고 넘치게 늘어놓았다. 소장은 곧 모스끄바행 비행기에 오를 예정이었다. 연구소 거의 모든 분과들이 모스끄바로 돌아가기 위해서 마지막 준비 작업을 진행하고 있었다.

"빅또르 빠블로비치," 뼤메노프는 작별 인사를 하며 말했다. "곧 모스끄바에서 만납시다. 정말 기쁘군요. 내가 소장이 된 직후 이처럼 뛰어난 연구를 완성하다니 자랑스러워요."

실험실 동료들과의 회의 시간도 무척이나 즐거웠다.

마르꼬프는 평소 이론물리학자들을 향한 불신을 드러내며 실험실 서열 체계에 대해 비웃음을 늘어놓곤 했다. "박사와 교수의 수는 연대급에 박사과정생들과 젊은 동료들은 여단 규모인데, 병사는 노즈드린 하나뿐이네요. 참 이상한 피라미드예요. 위로 갈수록 넓어지고 바닥으로 갈수록 좁아지니 원. 흔들리고 불안정한 곳이라니까요. 우리한테는 넓은 바닥이 필요해요. 노즈드린 연대 말이죠."

그런 그가 시뜨룸의 발표 직후 외쳤다. "이게 당신의 연대이자 피라미드군요!"

학문이 스포츠와 다르지 않다고 선언했던 사보스찌야노프의 두 눈에는 놀랄 만큼 부드러운 빛이 어려 있었다. 그처럼 행복하고 선한 눈빛이라니. 이 순간 사보스찌야노프는 감독을 보는 선수라기보다 사도를 보는 신앙인의 태도로 그를 바라보았다.

그는 얼마 전 소꼴로프와 나눈 대화를, 이어 소꼴로프와 사보스찌야노프 사이에 벌어졌던 논쟁을 떠올렸다. '그것참, 원자력의 본성에 대해서는 어느정도 이해해도, 인간의 본성에 대해서는 정말이지 아무것도 모르겠군.'

퇴근 무렵 안나 나우모브나가 시뜨룸의 연구실로 들어왔다.

"빅또르 빠블로비치, 새로운 인사과장이 저를 귀환 인원에 포함시키지 않았어요. 막 명단을 봤거든요."

"아, 알아요." 시뜨룸이 말했다. "속상해할 것 없어요. 귀환 명단은 두종류로 나오거든요. 당신은 제2진에 포함될 거예요. 기껏해야 몇주 차이예요."

"우리 그룹 중 제1진에서 빠진 사람은 저 하나뿐이라고요. 미칠 것 같아요. 피난 생활이 얼마나 싫은데요. 매일 밤 모스끄바 꿈을 꿔요. 이제 어떻게 되는 거죠? 그러니까, 모스끄바에서 저만 빼고 실험실을 꾸리는 건가요?"

"그 마음 이해해요. 하지만 이미 확정된 터라 명단을 변경하기가 힘들어요. 이미 자석 실험실의 스베친이 당신과 같은 입장인 보리스 이즈라일레비치 건으로 건의를 했는데, 당장은 어쩔 수 없다고 하더라고요. 그냥 기다려보는 게 최선인 것 같아요……"

시뜨룸은 갑자기 얼굴을 붉히고 목소리를 높이기 시작했다. "다들 무슨 생각을 하는지 정말 모를 일이에요. 명단에다 쓸데없는 사람들을 밀어넣고 기초 설비 작업에 당장 필요한 당신을 깜빡하다니."

"깜빡한 게 아니에요." 안나 나우모브나의 두 눈에 눈물이 고였다. "그런 거라면 차라리 다행이죠……"

그녀는 어쩐지 낯설고 소심한 표정으로 반쯤 열린 문을 재빨리 돌아보더니 말을 이었다. "빅또르 빠블로비치, 어떻게 된 건지 명단에서 유대인들만 지워졌어요. 인사과 비서 리마가 그러는데, 우파랑 우끄라이나 학술원 명단에서 박사를 제외한 거의 모든 유대인들이 누락됐대요."

시뜨룸은 당황해서 입을 반쯤 벌린 채 그녀를 바라보다가 웃음을 터뜨렸다. "그게 무슨 미친 소리예요? 아, 친애하는 안나 나우모브나, 지금 우리가 짜르 시대를 살고 있다고 생각하는 건 아니죠? 그런 지역 콤플렉스라니, 그 말도 안 되는 생각은 머리에서 지워버려요."

8

우정!²⁸ 얼마나 많은 종류의 우정이 있는가. 노동 속의 우정, 혁명 과업 속의 우정, 긴 여정 속의 우정, 병사의 우정, 겨우 이삼일 사귀고 헤어지지만 그 며칠의 기억이 오랜 세월 잊히지 않는 이송 감옥 속의 우정. 기쁨 속의 우정, 슬픔 속의 우정. 평등 속의 우정, 불평등 속의 우정.

우정은 대체 어디에 존재하는가? 우정은 일과 운명의 공통성 속에만 존재하는가? 때로는 견해 차이가 별로 없는 사람들 간의 증오, 같은 당원들 간의 증오가 적들에 대한 증오보다 더 크다. 종종 함께 싸우러 나가는 이들의 서로에 대한 증오가 그들 공동의 적에 대한 증오보다 더 강하다. 감옥에 갇힌 자들 간의 증오가 간수를 향한 증오보다 더 크다.

물론 같은 운명, 같은 직업, 같은 생각을 지닌 사람들 사이에서 친구를 사귀는 경우가 가장 잦지만, 이런 공통성만이 우정을 결정한다고 결론 내리는 것은 섣부른 일이다.

자신의 직업을 싫어하는 사람들끼리 서로 친구가 될 수 있고, 또 실제로 친구가 되기도 한다. 전쟁 영웅과 노동 영웅이 서로 친구가 되고, 전쟁의 태만자와 노동의 태만자가 서로 친구가 된다.

정반대의 성격을 가진 사람들끼리도 친구가 될 수 있을까? 물론 그렇다.

---

28 바실리 그로스만은 우정 혹은 우애를 논하며 아리스토텔레스의 『니코마코스 윤리학』 제8권과 제9권의 내용을 상황에 맞게 요약한다. 자유와 평등과 우정은 작가가 추구하는 보편적 가치이다.

종종 우정은 사심 없는 관계이다.

우정은 때로 이기적이며 때로 이타적이다. 놀라운 점은, 우정의 이기성이 자신의 이익을 추구하지 않고 친구에게 이익을 가져다주는 반면 우정의 자기희생성은 근본적으로 이기적이라는 사실이다.

우정은 인간이 스스로를 보는 거울이다. 이따금 인간은 친구와 이야기하면서 자신을 알게 된다. 자기와 대화하고 자기와 사귀는 것이다.

우정은 평등이며 유사성이다. 하지만 동시에 우정은 불평등이며 비유사성이다.

우정은 공동의 노동이나 생존을 위한, 빵 한조각을 위한 공동의 전쟁에서 종종 실제적이고도 효율적인 역할을 한다.

높은 이상을 위한 우정이 있고, 대화하고 관찰하는 이들의 철학적인 우정이 있으며, 다양한 분야에서 개별적으로 일하지만 함께 현실을 비판하는 이들의 우정도 있다.

아마도 최고의 우정은 실제적인 우정, 노동과 전쟁의 우정과 대화자들의 우정이 결합된 형태이리라.

우정은 서로에게 필요하다. 각자가 우정으로부터 늘 똑같이 얻는 것은 아니다. 또한 우정 관계에서 늘 똑같은 것을 원하지도 않는다. 한 사람은 친구가 되어 경험을 선물하고 다른 사람은 친구가 되어 경험으로 풍부해진다. 한 사람은 약하고 경험 없고 젊은 친구를 도우면서 자신의 힘과 성숙함을 인식하고, 다른 사람은 친구 안에서 자신의 이상, 힘과 경험과 성숙도를 인식한다. 우정 속에서 한 사람은 베풀고, 다른 사람은 선물들을 기뻐하는 것이다.

종종 친구는 말없는 심판자이다. 그를 통해 인간은 스스로와 사귀고, 친구의 공명하는 영혼 속에서 되울리는 자신의 생각을 듣고 보며 기쁨을 발견한다.

이성의 우정, 성찰과 철학의 우정은 대개 사람들에게 견해의 일치를 요구하지만 그 유사성이 모든 것을 포괄하기란 불가능하다. 때때로 우정은 논쟁 속에, 서로의 비유사성 속에 나타난다.

만약 친구인 두 사람이 모든 면에서 유사한데 서로를 반영한다면, 친구와의 논쟁은 곧 자기 자신과의 논쟁이 된다.

친구란 너의 약점과 결점과 심지어 악덕까지 변명하는 사람, 너의 정당성과 재능과 공적을 지지하고 확언하는 사람이다.

또한 친구는 사랑하는 마음으로 너의 약점과 결점과 악덕을 드러내는 사람이다.

그래서 우정은 유사성에 바탕을 두되 상이함과 모순과 비유사성에 나타난다. 그래서 인간은 친구로부터 자신에게 없는 것을 취하고자 이기적인 노력을 쏟는다. 그래서 인간은 우정 관계 속에서 자신이 가진 것을 후하게 건네고자 애쓴다.

우정의 추구는 인간 본성에 내재되어 있다. 인간들과 친구 관계를 맺을 수 없는 인간은 개, 말, 고양이, 쥐, 거미와 친구가 된다.

절대적으로 강한 존재는 우정을 필요로 하지 않는다. 그리고 그런 존재는 신일 수밖에 없다.

진정한 우정은 친구가 왕좌에 앉아 있는지 혹은 왕좌에서 쫓겨나 감옥에 있는지와 아무런 상관이 없다. 진정한 우정은 영혼의 내적 가치를 향할 뿐 영광이나 외면적 힘에 관심이 없다.

우정은 여러 형태를 띠고 그 내용 또한 다양하지만, 우정의 흔들림 없는 기초는 친구가 변하지 않는다는 믿음, 친구에 대한 성실성이다. 그래서 인간이 자유에 복무하는 곳에서 우정은 특히 아름답다. 더 고상한 이상을 위해 우정이 희생되는 곳에서 더 고상한 이

상의 적이라 선포된 사람은 모든 친구를 잃지만 자신의 유일한 친
구는 잃지 않으리라 믿는다.

9

집으로 돌아온 시뜨룸은 옷걸이에 낯익은 외투가 걸려 있는 것
을 보았다. 까리모프가 그를 기다리고 있었다.

까리모프가 신문을 내려놓았다. 보아하니 류드밀라 니꼴라예브
나는 이 손님과 별로 대화를 나누고 싶지 않았던 듯했다.

"강연이 있어서 집단농장에 갔다가 오는 길에 들렀소." 까리모
프가 입을 열었다. "나는 신경 쓰지 말아요. 집단농장에서 많이 먹
었으니. 우리나라 사람들은 유난히 손님 접대에 후하지."

류드밀라가 이 친구에게 차도 권하지 않았군.

까리모프의 넓적코와 납작한 얼굴을 유심히 들여다보지 않는
이상 시뜨룸은 그의 외모에서 일반적인 러시아인이 지닌 슬라브
특유의 외형과 다른 점을 거의 알아챌 수 없었다. 그러다 갑자기
고개를 돌리는 짧은 한순간 모든 미세한 차이점들이 합쳐져 그의
얼굴이 몽골인의 얼굴로 변하는 것이다.

이와 비슷한 방식으로 시뜨룸은 거리에서 밝은 금발에 밝은 눈
동자를 지닌 사람들을 보면서도 아마 유대인이겠거니 추측하곤 했
다. 거의 감지할 수 없는 무언가가 그런 사람들의 유대 혈통을 드
러냈다. 어떤 때는 미소가 그랬고, 어떤 때는 놀라서 이마를 찌푸
리고 눈을 가늘게 뜨는 모습이 그랬고, 어떤 때는 어깨를 으쓱이는
동작이 그랬다.

까리모프는 부상을 입고 시골의 부모에게로 돌아온 어느 중위와의 만남에 대해 이야기하기 시작했다. 아마 이 이야기를 하려고 시뜨룸을 찾아온 듯했다.

"좋은 청년이었소." 까리모프가 말했다. "모든 걸 터놓고 말하더군."

"따따르어로?" 시뜨룸이 물었다.

"물론이오."

아마 자신은 그처럼 부상당한 유대인 중위를 만나게 되어도 유대어로 대화하지 못하리라는 생각이 들었다. 시뜨룸이 아는 유대어 단어라곤 열개가 채 안 되었고, 그나마도 농담 섞인 가벼운 대화를 나눌 때나 쓰는 표현들이었다. '베키체르'[29]나 '할로이메스'[30] 같은 것들.

이 중위는 1941년 가을에 께르치 부근에서 잡혀 포로가 되었다. 독일인들은 그에게 추수되지 않은 채 눈으로 덮여 있는 곡식을 가져오라고 시켰다. 말먹이로 쓰겠다는 것이었다. 중위는 기회를 잡아 어둠 속에 숨었다가 도망쳤다. 러시아 주민도 따따르 주민도 그를 숨겨주었다고 했다.

"난 지금 아내와 딸을 만날 희망으로 가득 차 있소." 까리모프가 말했다. "우리처럼 독일인들한테도 여러 등급의 명단이 있는 모양이오. 중위가 말하길, 끄림에 사는 따따르인들은 독일군의 표적이 아니라더군. 그럼에도 많은 이들이 산속으로 도망치긴 했지만."

"대학생 시절에 끄림으로 등산을 갔었는데." 이렇게 말하며 시뜨룸은 어머니가 여행에 쓰라며 돈을 보내주었던 일을 떠올렸다.

---

29 '간단히 말하면'이라는 뜻의 유대어를 러시아 문자로 적었다.
30 '말도 안 되는 소리'라는 뜻의 유대어를 러시아 문자로 적었다.

"그 중위가 유대인들도 봤다고 했소?"

이때 류드밀라 빠블로브나가 문을 열고 고개를 내밀었다.

"엄마가 아직 안 오셨어. 걱정되네."

"그렇군, 어디 계시려나." 시뜨룸은 멍하니 대꾸한 뒤 류드밀라가 문을 닫자 다시 물었다. "유대인들에 대해서는 무슨 얘길 했소?"

"유대인 가족, 노파와 젊은 여자 두 명을 총살하려고 몰아대는 걸 봤다더군."

"맙소사!" 시뜨룸이 소리쳤다.

"게다가 폴란드에 있는 무슨 수용소 얘기도 들었다는데, 거기선 유대인들을 모아 도살장에서 하듯이 전부 죽이고 시체를 토막 낸다고 했소. 분명 꾸며낸 이야기겠지. 그 친구에게 유대인들에 대해 자세히 물어봤소. 당신이 특히 관심을 보일 것 같아서."

'왜 나만 그렇다는 거지?' 시뜨룸은 생각했다. '다른 사람들은 관심이 없단 말인가?'

까리모프는 잠시 생각에 잠겼다가 다시 입을 열었다.

"참, 이걸 잊을 뻔했군. 그 친구 얘기로는, 독일인들이 유대인 아기들을 사령부로 데려오라고 하더니 그 젖먹이들 입술에 뭔가 무색의 액체를 발랐는데, 그러자 즉시 아기들이 죽었다는 거요."

"갓난아이들 말이오?" 시뜨룸이 되물었다. "말도 안 돼. 시체를 토막 낸다는 수용소 얘기처럼 꾸며낸 이야기 같은데."

이제 시뜨룸은 방 안을 이리저리 서성거리기 시작했다.

"갓난아기들을 죽인다니, 그 모든 문화의 위력이 무가치하게 느껴지는군. 괴테나 바흐가 대체 뭘 가르친 거요? 갓난애들을 죽인다니!"

"그렇소, 끔찍하지." 까리모프가 말했다.

시뜨룸은 까리모프의 동정심을 느꼈지만 그의 설레는 기대 또한 알아차렸다. 중위의 이야기가 아내와의 재회에 대한 희망을 북돋운 것이다. 하지만 시뜨룸은 전쟁이 승리로 끝나더라도 다시는 어머니를 만날 수 없다는 사실을 알고 있었다.

까리모프가 돌아갈 채비를 했다. 시뜨룸은 헤어지는 게 아쉬워 그의 집까지 함께 가기로 마음먹었다.

"그러고 보면 우리 소비에뜨 학자들은 행복한 사람들이오." 외투를 걸치며 시뜨룸이 말했다. "정직한 독일 물리학자나 화학자가 자신들의 발견이 히틀러에게 유용하게 쓰인다는 걸 알면 어떤 기분이 들겠소? 예를 들어 피붙이들이 개죽음을 당한 유대인 물리학자의 경우를 상상해보시오. 자신의 발견이 자기 의지와 상관없이 파시즘의 전쟁에 힘을 보탠다면 어떤 기분일지. 하지만 모든 걸 알면서도 여전히 그 발견에 대해 기뻐하지 않을 수 없는 거지. 끔찍해!"

"그렇지." 까리모프가 말했다. "하지만 생각하는 인간인 이상 생각을 안 할 수도 없을 거요."

거리로 나오자 까리모프가 말했다. "당신이 따라 나오니 마음이 불편하군요. 날씨가 좋지 않아요. 게다가 집으로 돌아오자마자 나 때문에 다시 나왔으니."

"괜찮아요, 괜찮아. 저기 모퉁이까지만 배웅하겠소." 시뜨룸은 친구의 얼굴을 바라보며 덧붙였다. "날씨가 나빠도 당신과 걸으니 좋소."

까리모프는 말이 없었다. 보아하니 생각에 잠겨 그가 한 말을 듣지 못한 것 같았다. 모퉁이에 이르자 시뜨룸이 멈춰서서 입을 열었다.

"자, 그럼 여기서 작별합시다."

까리모프는 그의 손을 꼭 쥐고서 느릿하게 말했다. "곧 당신이 모스끄바로 돌아가면 우리는 헤어지겠지. 알겠지만 내게 당신과의 시간은 정말 소중하고 값졌소."

"그래, 나도 무척 아쉽군요. 진심이오."

다시 집을 향해 걷는데 그를 부르는 목소리가 들렸다. 처음에는 그 소리를 듣지 못했지만 시뜨룸은 이내 어두운 두 눈으로 자신을 응시하고 있는 마지야로프를 알아보았다. 그의 외투 깃이 세워져 있었다.

"대체 무슨 일인가?" 그가 물었다. "우리 모임은 이제 끝난 건가? 자넨 얼굴도 비치지 않더군. 뾰뜨르 라브렌찌예비치는 공연히 나한테 화를 내고 말이야."

"그래, 나도 참 아쉬워요." 시뜨룸이 말했다. "하지만 그동안 다들 격한 마음에 어리석은 말을 너무 많이 지껄였지요."

"격해서 한 말에 신경 쓰는 사람이 어디 있다고."

그가 시뜨룸에게 더 가까이 다가왔다. 그렇잖아도 크고 우울한 눈이 더욱 어둡고 우울해 보였다.

"뭐, 사실 모임이 끝나서 좋은 점도 있긴 하지만."

"그게 뭔데요?" 시뜨룸이 물었다.

"자네에게 이야기할 게 있네." 마지야로프가 헐떡이는 목소리로 말을 꺼냈다. "내 생각엔 까리모프 그 친구가 기관에서 일하는 것 같아. 모르겠나? 자넨 그 친구랑 자주 만나는 것 같던데."

"말도 안 되는 소리. 절대 아니에요!"

"정말 모르겠나? 지난 십년 사이 그의 친구들은 물론 친구들의 친구들까지 이미 가루가 되었어. 주변의 모든 사람이 흔적도 없이 사라졌다고. 까리모프 그자만 살아남아 박사님으로 승승장구하고 있지."

"그게 뭐 어때서요?" 시뜨룸이 물었다. "나도 박사고 당신도 박사잖아요."

"바로 그거야. 그 경이로운 운명에 대해 생각해보라고. 이봐, 나
도, 자네도 어린애는 아니잖나."

10

"비쨔, 엄마가 방금 돌아오셨어." 류드밀라 니꼴라예브나가 말
했다.

알렉산드라 블라지미로브나는 어깨에 머릿수건을 걸친 채 식탁
에 앉아 찻잔을 끌어당겼다가 곧 다시 밀어내곤 말했다.

"전쟁 직전에 미쨔를 봤다는 사람과 이야기를 나눴어."

흥분에 휩싸인, 그래서 유독 평온하고 절도 있는 목소리로 그녀
는 어느 동향인이 며칠 지낼 예정으로 직장 동료인 공장 실험실 여
자의 이웃을 찾아왔다고 했다. 동료가 그와 함께 있는 자리에서 우
연히 알렉산드라 블라지미로브나의 이름을 이야기했는데, 그 사람
이 혹시 알렉산드라 블라지미로브나에게 드미뜨리라는 친척이 있
지 않냐고 물었다는 것이었다.

알렉산드라 블라지미로브나는 일을 마친 뒤 실험실 여자의 집
으로 갔다. 그리고 여기서 이 남자가 한때 신문 사설의 교정자였으
며 식자공의 실수로 스딸린의 철자가 잘못 표기된 것을 잡아내지
못해 칠년을 복역하다가 얼마 전에야 풀려났다는 사실을 알게 되
었다. 꼬미[31] 수용소에 수감되었던 그는 전쟁 전 규율 위반으로 극

----

31 우랄산맥 서쪽에 위치한 자치공화국.

동의 노동교화수용소연합인 '호수 수용소'로 이송되었는데 이곳 바라끄의 침상 이웃이 바로 샤뽀시니꼬프였다는 얘기였다.

"첫마디에 바로 미쨔인 줄 알겠더라. 그 사람이 이랬어. '침상에 누워서 내내 휘파람을 불었죠. 휘휘 하고요.' 체포되기 직전 나한테 왔을 때도 내 질문에 그애는 줄곧 미소를 지으며 휘휘 휘파람을 불었거든…… 그 사람은 저녁때 화물차를 타고 자기 가족이 사는 라이셰보³²로 가야 한대. 미쨔가 아팠다고, 괴혈병에 신장도 나빴다고 하더라. 자기가 석방될 거라 생각하지 않더래. 그애가 그 사람한테 내 얘기랑 세료자 얘기를 했었고…… 아, 식당에서 노역을 했는데, 그나마 꽤 편한 일이라고 하더구나."

"그래, 그러려고 대학 졸업장을 두개나 받았나보네요." 시뜨룸이 말했다.

"근데 그 사람 말을 어떻게 믿죠? 밀파된 선동자일 수도 있잖아요." 류드밀라가 말했다.

"뭐 하겠다고 이런 노파를 선동하겠니?"

"빅또르가 모 기관의 관심을 많이 받고 있어요."

"류드밀라, 그건 말도 안 되는 소리야!" 빅또르 빠블로비치는 짜증을 냈다.

"근데 그 사람은 어떻게 풀려났대요?" 나쨔가 물었다.

"믿을 수 없는 얘기를 들려주더구나. 그쪽 세계가 얼마나 거대한지 내겐 무슨 환상 이야기처럼 들렸어. 꼭 다른 세계에서 온 사람 같았지. 그들에겐 그들만의 관습, 그들만의 중세와 현대 역사, 그들만의 속담이 있어. 왜 당신을 풀어줬느냐고 묻자 그는 놀라면서

---

32 따따르공화국 서부에 위치한 도시.

'아니, 모르시겠어요? 절 활성화한 거예요'라더라. 나는 또 이해를 못했지. 알고 보니 기진맥진해서 죽어가는 사람들을 풀어준다는 뜻이었어. 수용소 안에도 그들 나름의 분류가 있다더구나. 일꾼, 얼뜨기, 개떼…… 1937년에 서신 교환의 권리도 없이 십년형을 받았던 수천명에 대해서도 물어봤는데, 그 사람은 수용소 수십군데를 거쳤지만 그런 형을 받은 사람은 만난 적이 없대. 그럼 다들 어디 있단 말이지? 어쨌든 그는 모른다고 했어. 수용소에는 없다고.

벌목장. 형기 초과 노역자들, 특별 이주민들…… 그의 말을 듣다 보니 정말 괴로워졌지. 미쨔도 그런 곳에 살았던 거야. 도호쟈가, 얼뜨기, 개떼…… 그런 말을 하면서. 그애가 자살 방법에 대해서도 이야기했다더구나. 꼴리마 늪지에서 먹기를 멈추고 며칠 연이어 물만 마시면 수종水腫에 부종으로 죽는다고. 이걸 그들은 '물 마시기'라고 부른대. 물론 이미 몸이 온전치 않은 이들이 그런 방법을 썼겠지."

그녀는 긴장과 괴로움으로 가득한 시뜨롬의 얼굴과 딸의 찌푸린 눈썹을 응시했다. 그러곤 머리가 화끈거리고 입이 마르는 것을 느끼며 흥분한 채 말을 이었다.

"그가 말하길, 수용소보다 더 끔찍한 건 수송열차를 타고 이동하는 일이라더라. 열차에서는 형사범들이 왕이래. 다른 사람들의 옷을 벗기고, 식료품을 빼앗고, 심지어 정치범들의 목숨을 두고 도박까지 벌인다고…… 진 사람이 칼로 사람을 죽이는데, 희생자는 죽는 순간까지 자기 생명이 도박판에 걸려 있었다는 걸 모른대…… 더 끔찍한 건, 수용소에 들어가도 명령을 내리는 자리는 죄다 형사범 차지라는 거야. 그들이 바라끄 반장이고 목재 조달 작업반장이래. 정치범들은 아무 권리도 얻지 못하고 반말을 듣는데. 형사범들이 미쨔를 '파시스트'라고 불렀단다…… 살인자들과 강도들이 우리 미쨔를 '파시스트'라고 불렀다고!"

알렉산드라 블라지미로브나는 대중을 향해 말하듯이 큰 소리로 이야기를 이어갔다.

"그 사람은 미쨔가 있던 수용소에서 시끄떱까르[33]로 이송됐대. 전쟁 첫해에 중앙에서 온 까시께쩐[34]이라는 사람이 미쨔네 수용소 사람들 수만명을 처형했다더라."

"오, 맙소사," 류드밀라 니꼴라예브나가 말했다. "스딸린이 그 끔찍한 일에 대해 알고 있을까요?"

"오, 맙소사," 나쨔가 어머니를 따라 하더니 화가 나서 말했다. "정말 몰라서 그래? 스딸린이 그들을 죽이라고 명령한 거잖아."

"나쨔!" 시뜨룸이 고함을 질렀다. "그만해!"

외부의 누군가에게 자기 내면의 약점을 들켰다고 생각하는 이들이 종종 그러듯이 시뜨룸은 미친 듯 화를 내며 말을 이었다. "너 잊지 마라, 스딸린 동지는 파시스트와 싸우는 군대의 최고사령관이야. 네 할머니는 죽는 날까지 스딸린에게 희망을 품었다. 우리 모두가 스딸린과 붉은군대가 있어서 살아 있고 숨 쉬는 거라고. 스딸린그라드에서 파시즘에 대항하고 있는 스딸린을 비판하기 전에 넌 네 코를 제대로 닦는 법이나 배워라."

"스딸린은 모스끄바에 앉아 있잖아. 누가 스딸린그라드에서 놈들을 막아내는지 아버지도 알면서." 나쨔가 말했다. "이해가 안 되

---

33 꼬미 자치공화국의 수도.

34 Efim Iosifovich Kashketin(1905~40). 내무인민위원회 소속으로 수용소장을 역임한 인물. 꼬미 자치공화국에서 뜨로쯔끼파의 박멸에 앞장서 수많은 사람들을 총살했다.

네. 저번엔 소꼴로프 아저씨 집에서 돌아와 나랑 똑같은 말을 해놓고……"

나쟈를 향한 새로운 분노의 파도가 시뜨룸을 덮쳤다. 생명이 끝날 때까지 사그라들지 않을 것만 같은 강한 분노였다.

"소꼴로프네에서 돌아와 그런 말 한 적 없어. 생각조차 못해본 일이다." 그가 말했다.

류드밀라 니꼴라예브나가 입을 열었다. "뭐 하러 그런 얘길 꺼내? 소련의 어린 자식들이 조국을 위해 전장에서 죽어가는 지금?"

하지만 나쟈는 이 순간 자신이 알아차린 아버지의 영혼 속 비밀, 약한 고리를 입 밖에 내었다.

"아, 그래, 물론 아버지는 아무 말도 안 했겠지." 그녀가 말했다. "아버지 일이 그렇게 성공을 거두고 스딸린그라드에서는 독일을 저지한 지금에 와서 그런 게 기억날 리가……"

"너 어떻게 감히 아버지를 의심할 수가 있니? 류드밀라, 당신도 들었어?"

그는 아내의 지지를 기다렸지만 류드밀라 니꼴라예브나는 기대와 다른 이야기를 늘어놓기 시작했다. "그렇게 놀랄 필요 없어. 이 애도 당신 말을 질리도록 들었잖아. 당신의 까리모프랑, 또 그 진저리 나는 마지야로프랑 나누었던 얘기 말이야. 마리야 이바노브나가 당신네들이 어떤 이야기를 했는지 다 말해줬어. 게다가 당신, 집에서도 많이 얘기했고. 아, 어서 빨리 모스끄바로 돌아갔으면……"

"그만해," 시뜨룸이 말했다. "당신이 지금 하고 싶은 그 신나는 얘기들 이미 다 아니까."

나쟈는 침묵하고 있었다. 노파처럼 시들고 흉해 보이는 얼굴을 저쪽으로 돌린 채였지만 시뜨룸은 여전히 딸아이의 시선을 느낄 수 있었다. 그 시선에 담긴 증오에 그는 충격을 받았다.

숨이 답답해졌다. 공기 속에 무겁고 불쾌한 기운이 감돌았다. 여러해 동안 수많은 가정 안에 숨어 살아온 것, 가족들을 불안하게 하다가도 사랑과 깊은 신뢰에 의해 잠잠해지곤 했던 그 모든 것이 터지고 표면으로 솟아나와 넓게 흘러퍼지며 삶을 채웠다. 이제 아버지와 어머니와 딸 사이에는 오해, 의심, 분노, 질책만이 존재하는 듯했다.

그들 공통의 운명이 진정 불화와 소외만을 낳았단 말인가?

"할머니!" 갑자기 나쟈가 소리쳤다.

시뜨룸과 류드밀라가 동시에 알렉산드라 블라지미로브나를 바라보았다. 그녀는 견딜 수 없는 두통에 괴로워하며 손바닥으로 이마를 누르고 있었다.

그 무력감 속에는 무언가 말로 표현할 길 없는 가련함이 있었다. 자신과 자신의 고통이 그저 모두를 방해하고 화를 돋우고 불화만 일으킬 뿐 누구에게도 불필요한 것이라는 생각, 평생 강하고 엄격하게 살아온 자신이 이 순간 늙고 외롭고 무력한 여자로 앉아 있다는 생각이었다.

나쟈가 무릎을 꿇고 알렉산드라 블라지미로브나의 발치에 이마를 댔다. "할머니, 사랑하는 할머니, 우리 착한 할머니⋯⋯"

빅또르 빠블로비치는 벽으로 다가가 라디오를 켰다.

판지로 만든 확성기 안에서 쉭쉭거리는 휘파람 소리가 울렸다. 마치 라디오가 최전선 위에, 불타버린 마을 들판 위에, 병사들의 무덤 위에, 꼴리마와 보르꾸따[35] 위에, 야전 비행장과 병원의 차가운

---

35 꼬미 자치공화국의 도시. 1932년에 세워진 악명 높은 굴라그 중 하나가 있었다.

습기 위에, 눈으로 흠뻑 젖은 방수포 지붕 위에 버티고 선 가을밤의 몹쓸 날씨를 전해주는 것 같았다.

시뜨룸은 아내의 찌푸린 얼굴을 살펴보고, 알렉산드라 블라지미로브나에게로 다가가 그녀의 손을 두 손으로 꼭 쥐어 거기 입을 맞추었다. 그런 뒤 허리를 굽혀 나쟈의 머리를 쓰다듬었다.

이 잠깐의 순간, 겉보기에 변한 것은 아무것도 없는 듯했다. 똑같은 사람들이 방 안에 있었고, 똑같은 고통이 그들을 짓눌렀고, 똑같은 운명이 그들을 이끌고 있었다. 하지만 그들 자신은 알 수 있었다. 이 잠깐의 순간, 경이로운 온기가 그들의 냉혹해진 가슴을 얼마나 풍성하게 채웠는지를……

갑자기 커다란 목소리가 울렸다.

"오늘 우리 군대는 스딸린그라드, 뚜압세 북동쪽, 날치끄[36]에서 적과 교전했습니다. 다른 전선에서는 아무 변화가 없었습니다."

<h2 style="text-align:center">11</h2>

페터 바흐 중위는 어깨에 총탄을 맞아 병원으로 이송되었다. 상처는 그리 크지 않았고, 동료들은 그를 구급차까지 데려다주며 행운을 축하했다.

행복감에 휩싸여, 동시에 고통으로 신음하면서 바흐는 의무병의 부축을 받아 목욕을 하러 갔다.

따뜻한 물이 몸에 닿자 커다란 쾌감이 밀려왔다.

---

36 뚜압세와 날치끄 모두 북깝까스의 도시.

"참호보다 낫죠?" 의무병은 부상자에게 기분 좋은 말을 해주고 싶은 마음에 덧붙였다. "퇴원할 때면 아마 모든 것이 제대로 정리되어 있을 겁니다."

그러고서 그는 규칙적으로 굉음이 들려오는 쪽을 향해 손을 내저었다.

"여기 온 지 얼마 안 됐나보군." 바흐가 그에게 말했다.

수건으로 중위의 등을 문지르며 의무병이 물었다. "왜 그렇게 생각하십니까?"

"여기서 일이 곧 정리될 거라 믿는 사람은 이제 한명도 없으니까. 다들 정말 오랜 시간이 걸리리라 예상하고 있소."

의무병은 벌거벗은 채 욕조에 들어앉은 장교를 가만히 바라보았다. 병원 종사자들이 부상자들의 사기에 대해 보고하라는 지령을 받았다는 게 바흐의 머릿속에 떠올랐다. 그런데 그는 방금 병력에 대한 불신을 드러낸 참이었다. 이제 그는 분명한 말투로 다시금 말했다.

"그래, 의무병, 일이 어떻게 끝날지는 아직 아무도 모르는 상황이오."

대체 무슨 목적으로 그는 이 위험한 말을 반복했을까? 이는 오로지 전체주의 제국에 사는 사람만이 이해할 수 있으리라.

처음 말을 뱉고 자신도 모르게 두려움을 느낀 것에 화가 나서 그는 이 말을 되풀이한 것이다. 이는 또한 자기방어를 위한 행동이기도 했다. 자신이 밀고자라 여기는 사람을 모르는 척, 태평한 척하며 속이는 것이다.

그런 뒤 그는 반체제분자라는 인상을 없애기 위해 덧붙였다. "이곳에 지금처럼 많은 병력이 모인 일은 전쟁 개시 이후 한번도 없었소. 의무병, 알겠소?"

이 진 빠지는 복잡한 게임이 지긋지긋해 그는 유치한 장난에 몰두했다. 주먹을 꽉 쥐어 따뜻한 비눗물을 이리저리 쏘아대자 물이 욕조 측벽으로, 때로는 바흐 자신의 얼굴로 뿜어졌다.

"이게 바로 화염방사기의 원리지." 그가 의무병에게 말했다.

몸이 얼마나 야위었는지! 자신의 벗은 두 팔과 가슴을 살펴보며 바흐는 이틀 전 자신에게 키스했던 젊은 러시아 여자를 떠올렸다. 스탈린그라드에서 러시아 여자와 로맨스를 가지리라고 상상이나 했던가. 사실 그걸 로맨스라 부를 수는 없었다. 전쟁 속 우연한 관계. 예외적이고 비현실적인 상황에서 폭발의 화염이 어른대는 폐허 한가운데 지하실로 그녀를 만나러 가는 일. 책 속에 이런 만남이 묘사되었다면 꽤나 멋졌으리라. 어제도 그녀를 만나기로 되어 있었다. 그녀는 아마도 그가 죽어버렸다고 생각했을 거다. 회복 후에 그는 다시 그녀에게로 갈 작정이었다. 그사이 누가 그의 자리를 차지했을까? 본능은 빈자리를 견디지 못하지……

목욕을 마친 뒤 그는 방사선실로 보내졌다. 방사선 담당 의사가 방사선 기계의 스크린 앞에 바흐를 세웠다.

"밖은 지옥만큼 뜨겁겠죠, 중위님?"

"우리보다 러시아인들에게 훨씬 더 뜨겁소." 의사의 호감을 얻어 빠르고 고통 없는 수술로 해결 가능한 진단 결과가 나오길 바라며 바흐가 말했다.

수술의가 들어왔다. 바흐의 몸 내부를 들여다본 두 의사는 지난 수년간 그의 흉곽 속에 쌓인 유독한 침전물을 확인할 수 있었다.

수술의는 바흐의 팔을 잡아 돌려 스크린에 다가붙였다가 멀찍이 떨어뜨리며 유심히 살폈다. 그의 관심은 오직 파편에 입은 상처

뿐이었으니, 그 상처에 좋은 교육을 받은 젊은 장교가 딸려 있다는 사실은 그저 우연한 상황에 불과했다.

두 의사는 라틴어와 독일어로 농담조의 욕설을 섞어가며 의견을 나누기 시작했다. 바흐는 상황이 그리 나쁘지 않음을, 즉 자신의 팔이 그대로 붙어 있으리라는 것을 알아차렸다.

"중위의 수술을 준비해주게." 수술의가 말했다. "난 이제 복잡한 케이스, 두개골 부상을 살펴봐야 하네. 쉽지 않은 케이스지."

의무병이 바흐의 가운을 벗기고, 수술 간호사는 그를 등받이 없는 의자에 앉혔다.

"제기랄," 벌거벗은 몸이 부끄러워 바흐가 어색한 미소를 띤 채 중얼거렸다. "프레일렌,[37] 스탈린그라드전투 참가자의 발가벗은 엉덩이가 닿기 전에 의자를 좀 따뜻하게 덥혀두지 그랬소."

"우리에게 그럴 의무는 없어요, 환자분!" 간호사는 웃음기 없이 대꾸하고는 유리장에서 무시무시해 보이는 기구들을 꺼내기 시작했다.

그러나 파편 제거는 지극히 쉽고 간단했다. 바흐는 의사의 태도에 모욕감을 느낄 지경이었다. 하찮은 수술에 대한 그의 경멸이 환자에게까지 번져오는 듯했다.

수술 간호사가 병실까지 함께 가줘야 할지 물었다.

"나 혼자 가겠소." 그가 대답했다.

"여기 오래 계시지는 않을 거예요." 안심시키는 어조로 그녀가 말했다.

"잘됐군," 그가 대꾸했다. "그렇잖아도 벌써 지겨워지기 시작했

---

37 독일어 Fräulein(미혼의 젊은 여성)의 러시아식 발음.

거든.”

간호사가 씩 웃어 보였다.

그녀는 아마 신문 기사에서 읽은 내용을 바탕으로 부상병들을 상상했던 모양이었다. 거기에는 병원을 몰래 빠져나가 자기 여단이나 부대로 도망가는 부상자들에 대한 내용이 담겨 있었다. 그들에게는 적을 향해 총을 쏘는 일이 꼭 필요했다고, 그러지 않으면 그들로서는 사는 게 사는 게 아니었다고.

기자들이야 병원에서 그런 사람들을 실제로 보았는지 모르겠지만, 바흐는 새 시트가 깔린 침대에 누워 쌀죽 한접시를 전부 해치운 뒤 (병실에서는 흡연이 엄격하게 금지되어 있는데도) 담배 한대를 피우고 같은 병실 이웃 침상의 환자들과 이야기를 나누며 부끄러울 만큼 커다란 행복감을 만끽했다.

병실의 부상자는 네명이었다. 셋은 전선의 장교였고 네번째 사람은 후방에서 출장 왔다가 굼라끄[38]에서 자동차 사고를 당한, 가슴이 움푹 꺼지고 배가 부풀어오른 관리였다. 배에 두 손을 얹고 누워 있는 모습이 마치 장난삼아 말라빠진 아저씨의 이불 밑으로 축구공을 밀어넣은 듯 보였다. 환자들이 그에게 ‘골키퍼’라는 별명을 붙인 것도 분명 그 때문이리라.

골키퍼는 환자들 중 부상으로 일을 못하게 된 것을 안타까워하는 유일한 사람이었다. 그는 스딸린그라드에서 당한 부상에 커다란 자부심을 느낀다며 조국과 군대와 의무에 대한 이야기를 고상한 어조로 늘어놓았다.

조국을 위해 피를 흘린 전선 장교들은 그의 애국심을 비웃었다.

---

38 당시 스딸린그라드 군용 비행장이 있던 곳.

그들 중 엉덩이 부상 때문에 늘 엎드려 있는, 창백한 얼굴에 두꺼운 입술과 갈색 퉁방울눈을 가진 정찰중대장 크라프가 그에게 말했다.

"자네는 골문만 지키는 게 아니라 골을 꼭 한번 넣고 싶어 하는 부류의 골키퍼 같군."

정찰중대장은 에로틱한 암시에 집착하며 주로 성관계에 대해 떠들어대는 사람이었다.

골키퍼가 자신을 모욕한 자를 향해 날카롭게 물었다. "그런데 자네는 왜 전혀 그을리지 않았나? 아마 내내 사무실에서 업무를 보는 모양이지?"

하지만 크라프는 사무실에서 일하지 않았다.

"난 밤에 일하는 새거든." 그가 말했다. "내 사냥은 밤에 이루어지지. 자네와 달리 난 여자들이랑 낮 시간을 보낸다고."

병실 사람들은 매일 저녁 자동차에 올라 베를린에서 교외 별장으로 도망친 관리들을 욕했고, 전선의 군인들보다 더 빨리 훈장을 받는 후방 보급부대 군인들을 욕했고, 폭격으로 집이 파괴된 최전방 군인들의 가족에 대해 이야기하며 병사의 아내에게 기어드는 후방의 수말들을 욕했고, 향수와 면도날을 빼면 살 만한 물건이 없는 전선의 상점들을 욕했다.

바흐 옆에는 게르네 중위가 누워 있었다. 바흐는 그가 귀족 출신이라 생각했지만, 사실 게르네는 농민 출신으로 나치가 국가를 전복했을 때 출세한 이들 중 하나였다. 그는 연대 참모차장으로 전쟁에 참여했다가 야간 공습의 폭탄 파편에 부상당하여 이곳에 들어와 있었다.

골키퍼가 수술실로 실려가자 구석 침대에 누워 있던 순박한 프레서 대위가 말했다. "1939년부터 온갖 전투에 참여했지만 난 한번도 내 애국심에 대해 큰소리친 적 없어. 먹을 것을 주고 마실 것을 주고 입을 것을 주니 싸우는 거지. 아무 철학 없이 말이야."

바흐가 말했다. "아니, 그게 무슨 소리요? 전선 군인들이 골키퍼의 위선을 비웃는 건 이미 저마다 나름의 철학을 지니고 있기 때문이오."

"아, 별소리 다 듣겠네!" 게르네가 끼어들었다. "참 흥미롭군. 그게 무슨 철학인지 물어봐도 되겠소?"

게르네의 눈에 어린 적대감을 보며, 바흐는 그가 히틀러 정권 이전의 인텔리를 증오하는 인간임을 감지했다. 그는 구닥다리 인텔리들이 미국의 금권정치에 이끌리며 탈무드와 유대적 추상주의, 회화와 문학의 유대적 스타일에 동조한다는 말들을 지겹도록 읽고 들어온 터였다. 분노가 그의 온몸을 휩쌌다. 이제 새로운 인간들의 조야한 힘 앞에 허리 굽힐 준비가 되어 있는 그를, 대체 무엇 때문에 저토록 음울하고 늑대 같은 의심의 눈초리로 바라본단 말인가! 그도 저들처럼 이에 물어뜯기고 동상에 걸리지 않았나. 최전방의 장교인 그를 독일인으로 여기지 않는다니! 바흐는 두 눈을 감고 벽을 향해 돌아누웠다……

"당신의 질문엔 왜 그리도 독기가 어려 있소?" 화가 나서 그가 중얼거렸다.

게르네는 경멸감과 우월감이 뒤섞인 미소를 지어 보였다. "설마 그 이유를 모른단 말이오?"

"그래, 모르겠소." 바흐가 신경질적으로 대꾸하고 덧붙였다. "추측은 하지만."

물론 게르네는 웃음을 터뜨렸다.

"이중성 때문이오?" 바흐가 소리쳤다.

"그렇소, 바로 이중성 때문이오." 게르네가 쾌활하게 대답했다.

"의도적 발기부전이란 얘기군."

이제 프레서가 큰 소리로 웃을 차례였다. 크라프는 팔꿈치를 괴고 몸을 일으켜 더없이 뻔뻔스럽게 바흐를 바라볼 것이고.

'퇴화된 자들!' 바흐는 쩡쩡 울리는 목소리로 소리치고 싶었다. '저 두 사람이야 인간 사고의 경계를 벗어난 자들이지만 당신, 게르네 당신은 이미 원숭이와 인간 사이 어딘가에 있는 자 아니오…… 진지하게 얘기해보자는 말이오.'

그는 증오로 인해 몸이 차가워지는 것을 느끼며 감은 두 눈을 찌푸렸다.

'당신들은 어떤 작은 문제에 대해 소책자 하나 쓰면 그 즉시 독일 학문의 기초를 세우고 벽돌을 쌓아올린 이들을 증오하기 시작하지. 작은 단편 하나 쓰면 그 즉시 독일 문학의 영예에 침을 뱉고. 당신들에겐 학문과 예술이 무슨 행정부서 같고, 구세대 관리들은 당신들에게 관직의 기회를 주지 않는 놈들로 보이지? 당신들과 당신네 소책자의 입지는 좁게만 느껴질 거요. 코흐,[39] 네른스트,[40] 플랑크, 켈레르만[41] 같은 사람들이 당신들을 이미 방해하고 있으니까…… 학문과 예술은 관청이 아니야. 그건 말이지, 끝없이 넓은 하늘 아래

39 Heinrich Hermann Robert Koch(1843~1910). 독일의 의사이자 미생물학자. 결핵균을 최초로 발견하여 1905년 노벨생리학·의학상을 수상했다.

40 Walther Hermann Nernst(1864~1941). 독일의 물리화학자. 산화환원반응과 반응속도, 화학평형 등을 연구하고 유도율의 측정과 저온에서의 비열 측정 등을 실험하여 성공하였다. 1920년 노벨화학상을 받았다.

41 Bernhard Kellermann(1879~1951). 독일의 작가. 히틀러의 박해로 주요 작품이 금지되고 불태워졌으며, 전후에 동독에서 활동했으나 역시 정부를 비판한다는 이유로 박해받았다.

파르나소스산[42]이오. 그곳은 항상 넓소. 인류 역사 전체에 걸쳐 나타나는 모든 재능 있는 사람들을 위한 자리가 충분하지. 당신네들이 그 말라비틀어진 열매들과 함께 나타나지 않는다면 말이오. 이건 공간의 문제가 아니라, 그냥 그곳에 당신네들 자리가 없다는 뜻이오. 당신들은 그곳을 치워보겠다고 넓은 광장으로 마구 달려가지. 하지만 당신네들의 초라하고 흐물흐물한 풍선들은 1미터도 올라가지 못하오. 아인슈타인을 내던지고 그의 자리를 차지할 수 없다고. 그래, 그래요, 아인슈타인, 물론 그는 유대인이지. 그렇지만 실례 좀 하겠소, 그는 천재요. 당신들이 그의 자리를 차지하도록 도와줄 권력은 이 세상에 없소. 생각해보시오, 그가 빠지면 영원히 그 자리가 비어 있게 될 그런 사람들을 말살하겠다고 그렇게 큰 힘을 들이다니! 만약 당신네의 열등함이 히틀러가 열어놓은 길을 따라가는 걸 방해한다면 그건 오직 당신들 책임이오. 가치 있는 사람들을 향한 분노로 불타오르지 마시오. 정치적 증오의 힘으로는 문화의 영역에서 아무것도 할 수 없소! 이것을 히틀러와 괴벨스가 얼마나 깊이 이해하고 있는지 모르겠소? 그들을 보고 좀 배우시오. 그들이 독일 학문, 독일 회화, 독일 문학의 육성을 위해 얼마나 큰 사랑과 인내와 요령을 보여주고 있소? 자, 그들을 본받아 단결의 길을 가시오. 우리 공동의 독일적 과업에 분열을 일으키지 말고!'

말없이 상상 속 연설을 늘어놓은 뒤 바흐는 다시 눈을 떴다. 다들 이불을 덮고 누워 있었다.

"동지들, 여기 좀 보라고." 프레서가 말하더니 마술을 부리듯 베

---

42 그리스 중부의 산. 그리스 신화에서 예술과 음악을 관장하는 아폴로와 뮤즈가 살았다는 곳이다.

개 밑에서 이딸리아산 꼬냑[43] '뜨레 잭' 1리터들이 병을 꺼냈다.

게르네가 목구멍으로 이상한 소리를 냈다. 진정한 술꾼, 그것도 농부 술꾼만이 그런 표정으로 술병을 볼 수 있으리라.

'그래도 저자는 악인이 아니야. 모든 면으로 보아 악인은 아니지.' 바흐는 자신이 입 밖에 낸 말들, 또 입 밖에 내지 않은 신경질적인 연설에 부끄러움을 느꼈다.

프레서가 한쪽 다리로 깡충거리며 침대맡 탁자에 놓여 있는 잔들에 꼬냑을 부었다.

"자넨 짐승이야!" 정찰장교가 웃으며 말했다.

"저 친구야말로 진정한 전투중위지." 게르네도 한마디 거들었다.

프레서는 신이 나서 지껄이기 시작했다. "병원 관리 하나가 이걸 보고 '거기 신문지 안에 그거 뭡니까?' 하고 묻기에 대답해줬지. '엄마가 보낸 편지들이에요. 이것들이랑은 절대 못 떨어집니다.'"

그가 잔을 들었다. "자, 프레서 대위가 전선의 안부를 전합니다!"

모두가 잔을 비웠다.

당장 한잔을 더 비우고 싶어진 게르네가 말했다. "젠장, 골키퍼를 위한 잔도 남겨야잖아."

"망할 놈의 골키퍼." 크라프가 중얼거렸다. "안 그래, 중위?"

"그자는 조국 앞에 의무나 이행하라 하고 잔은 우리끼리 비우자고." 프레서가 말했다. "각자 저 좋은 대로 사는 법이니."

"엉덩이가 완전히 나은 것 같아." 정찰장교가 말했다. "영양 상태 좋은 숙녀 한분만 있으면 죽이겠는데."

다들 유쾌하고 편안한 분위기였다.

---

[43] 1948년 이전까지 이딸리아 브랜디도 꼬냑이라 불렸다.

"자, 또 가보세." 이번에는 게르네가 잔을 들었다.

그들은 다시 잔을 비웠다.

"다들 같은 병실에 있게 되어 참 좋군."

"난 보자마자 확신했다고. '이거 진짜 사나이들, 전선이 제집 같은 자들이구먼!'"

"솔직히 말하자면, 바흐에 대해서는 의구심이 좀 들었지." 게르네가 말했다. "'이 사람 당원 동지 같은데' 생각했거든.

"아니, 난 당원이 아니오."

그들은 이불을 덮지 않은 채 자리에 누웠다. 모두들 몸이 더웠다. 이어 전선에 대한 이야기가 시작되었다. 프레서는 좌측 날개, 오까똡까 마을에서 싸웠다고 했다.

"염병," 그가 말했다. "러시아인들은 공격할 줄을 몰라. 하지만 벌써 11월 초인데, 우리는 그냥 한자리에 버티고 서 있지. 아, 8월에는 보드까를 얼마나 많이 마셨는지! 마실 때마다 건배사는 늘 같았지. '전후에도 계속될 우정을 위해! 스딸린그라드 전우 연합을 위해!'"

"놈들도 공격할 줄은 알아." 공장 지구에서 싸웠던 정찰장교가 말했다. "하지만 그들은 군힐 줄을 모르지. 기껏 우리를 공격해 건물에서 쫓아내고는 당장 드러누워 자거나 뭘 삼키기 시작하는 거야. 지휘관들은 진창으로 마셔대고."

"야만인들이야." 프레서가 윙크를 하며 말을 이었다. "이 스딸린그라드 야만인들에게 유럽 전체에 있는 것보다 더 많은 쇠붙이를 쏟아붓다니."

"쇠붙이만이 아니지." 바흐가 말했다. "우리 연대만 해도 아무 이유 없이 눈물을 흘리고 병든 닭처럼 꼬꼬댁거리는 자들이 부지

기수요."[44]

"겨울까지 상황이 정리되지 않으면," 게르네가 말했다. "중국 전쟁이 시작되는 거지. 정말 의미 없는 혼전混戰이야."[45]

정찰장교가 나직하게 말했다. "다들 알겠지만 공장 지구에서 공격을 준비하고 있어. 지금껏 본 적 없는 대규모 병력이 집결했다고. 며칠 안에 시작될 거야. 11월 20일이면 우리 모두 사라또프의 여자랑 잘 수 있을걸."

커튼이 드리운 유리창 밖에서 엄청난 규모의 대포와 야간 공습 비행기의 발동기 소리가 느긋하게 들려왔다.

"러시아의 널빤지가 덜컹거리는군." 바흐가 말했다. "늘 이 시간에 폭격을 하더라고. 몇몇은 이걸 '신경 톱'이라 부르지."

"우리 참모부에서는 '당번 상사'라고 부르는데." 게르네가 대꾸했다.

"쉿!" 정찰장교가 손가락을 입에 올렸다. "들리나? 대구경 포야."

"그러든 말든 우리는 이 경상자 병실에서 술이나 더 마시자고." 프레서가 유쾌하게 말했다.

그렇게 그들은 이날 세번째로 유쾌한 시간을 가졌다. 러시아 여자들에 대한 이야기가 시작되었다. 모두가 이야깃거리를 가지고 있었다. 바흐는 이런 대화를 그리 즐기는 편이 아니었으나 이날만큼은 부서진 집 지하실에 살고 있는 지나에 대해 이야기를 늘어놓았다. 그는 신이 나서 이야기했고 모두들 웃었다.

그때 의무병이 들어와 유쾌한 얼굴들을 둘러보더니 골키퍼의

---

44 무자비한 전투로 인해 정신병을 앓는 병사들을 말한다.
45 중국에서 길게 이어지는 중일전쟁처럼 교착상태의 소모전이 시작된다는 뜻인 듯하다.

침대에서 시트를 걷기 시작했다.

"베를린에서 온 조국의 수호자가 엄살쟁이로 밝혀져 퇴원시키는 건가?" 프레서가 물었다.

"의무병, 왜 대답이 없지?" 게르네가 말했다. "우리 모두 사나이라고. 그에게 무슨 일이 있는 건지 말하게."

"사망했습니다." 의무병이 말했다. "심장마비예요."

"자, 보라니까, 애국적 연설의 최후가 어떤 모습인지." 게르네가 말했다.

"죽은 사람에 대해 그렇게 말하는 건 좋지 않소." 바흐가 말했다. "그가 거짓말을 한 건 아니잖소. 우리 앞에서 뭐 하러 그랬겠소? 그는 솔직했소. 그러니 자중합시다, 동지들."

"그럼 그렇지!" 게르네가 말했다. "내가 잘못 생각한 게 아니었구먼. 중위께서는 당의 말씀을 가지고 우리에게 오신 거야. 난 당장에 알아봤지. 이분은 새로운 종류의 이데올로기에 투철한 족속이라고."

12

그날 밤 바흐는 도무지 잠이 오지 않았다. 너무 편해서였다. 참호와 전우들, 그리고 레나르트의 도착 ─ 그와 함께 참호의 열린 문을 통해 석양을 바라보았고, 보온병에 담긴 커피를 마셨고, 담배를 피웠다 ─ 을 떠올리니 이상한 기분이었다. 어제 구급차에 올라탈 때 그는 다치지 않은 팔로 레나르트의 어깨를 껴안았고, 둘은 서로의 눈을 들여다보며 웃음을 터뜨렸다.

그가 스딸린그라드 벙커에서 SS요원과 술을 마시고 화염의 불빛이 어른거리는 폐허를 가로질러 러시아 여인에게 가리라 누가 생각이나 했을까!

참 놀라운 일이었다. 여러해 동안 그는 히틀러를 증오해온 터였다. 패러데이,[46] 다윈, 에디슨은 독일 학문을 훔친 사기꾼 집단이고 히틀러야말로 모든 시대와 민족을 아울러 가장 위대한 학자라 선언하는 뻔뻔스러운 백발 교수들의 강의를 들으면서 그는 심술궂게 생각하곤 했다. '치매야 뭐야? 저런 것들은 전부 쓸어버려야 해.' 흠결 없는 인간들, 사상에 투철한 노동자들과 사상에 투철한 농민들의 행복과 당의 지혜로운 교육 사업을 경악스러우리만치 허위적으로 묘사한 소설들도 똑같은 감정을 불러일으켰다. 아, 잡지에 실린 너절한 시들! 자신 또한 고등학교 때 시를 썼던 사람으로서 그는 이 시들에 특히 감정이 상했다.

그런데 이제 여기 스딸린그라드에서 그는 입당하기를 원하고 있었다. 소년 시절 아버지가 아무리 설득하려 해도 겁을 먹고 손바닥으로 귀를 막은 채 "듣지 않을래요, 듣지 않을래요, 듣지 않을래요!" 소리치던 그가 지금 귀를 열어 듣고 있었다! 세계가 뒤집혔다.

형편없는 연극과 영화들은 여전히 역겨웠다. 아마도 민중들은 몇년, 아마 십년은 더 시 없이 살아야 하나보다. 어쩔 수 없지. 하지만 지금이라도 진실을 쏠 기회는 있어! 독일 정신이야말로 진실 중의 진실이요 세계의 의미. 르네상스 시대의 거장들도 군주나 사제의 주문으로 쓴 작품을 통해 최고로 위대한 정신적 가치들을 표현했잖아……

<hr>

46 Michael Faraday(1791~1867). 영국의 물리학자이자 화학자. 전자기학과 전기화학 분야에 큰 기여를 했다.

정찰장교 크라프는 꿈에서도 야간전투에 참여하는지 "수류탄, 수류탄으로 때려!" 하면서 밖에서도 들릴 만큼 크게 소리를 지르기 시작했다. 그는 기어가려는 시늉을 하고 거북하게 몸을 돌리다가 아파서 비명을 지르더니 다시 코를 골았다.

심지어 그토록 경악스럽던 유대인 학살조차 바흐는 이제 새로운 방식으로 생각하게 되었다. 아, 그럴 힘이 있다면 당장 유대인 집단학살을 중단시킬 거야. 그럼에도, 그에게 유대인 친구들이 적지 않음에도 독일성과 독일 정신이 분명히 존재한다는 건 부정할 수 없고, 그렇다면 유대성과 유대 정신도 있을 수밖에 없지 않겠는가.

맑스주의는 참패했다! 그의 아버지와 아버지의 형제들, 그리고 어머니도 한때 사회민주당원이었다. 그런 사람이 이런 생각에 이르기란 쉽지 않다.

맑스는 만유인력의 힘을 무시한 채 물질 구조의 척력에만 의존하는 물리학자와 비슷했다. 그는 계급적 척력을 정의하고 이것이 인류 역사에 나타난 바를 누구보다 훌륭하게 추적해냈다. 하지만 중요한 발견을 한 모든 이들이 그러듯 그는 자신이 정의한 계급투쟁의 힘이 사회 발전과 역사의 길을 결정하는 유일한 요인이라 생각하며 자만했다. 그는 계급을 초월한 민족적 연대의 강력한 힘을 보지 못했다. 결국 전 세계의 민족적 중력 법칙을 무시한 채 세운 그의 사회물리학은 허황된 이론일 뿐이다.

국가는 결과가 아니다. 국가가 원인이다!

신비하고 경이로운 법칙이 민족국가의 탄생을 규정한다. 국가는 살아 있는 합일체이며, 국가만이 수백만의 사람들에게 특별한 가치를 지닌 불멸의 것을, 독일적 성격, 독일적 근원, 독일적 의지, 독일적 희생을 표현한다.

바흐는 한참 동안 눈을 감고 누워 있었다. 그는 잠들기 위해 양 떼를 떠올리기 시작했다. 하얀 양 한마리, 검은 양 한마리, 다시 하얀 양 한마리, 다시 검은 양 한마리, 또다시 하얀 양 한마리와 검은 양 한마리……

다음 날 아침식사를 마친 뒤 바흐는 어머니에게 편지를 썼다. 이마가 찌푸려지고 한숨이 나왔다. 그가 쓰는 모든 내용이 어머니에게 편치 않으리라. 하지만 그는 최근 자신이 느낀 바에 대해 누구도 아닌 바로 어머니에게 이야기해야 한다. 휴가를 받아 집에 갔을 때는 어머니에게 아무 말도 하지 않았지. 하지만 어머니는 그의 짜증을 느꼈고, 아버지와 관련한 항상 똑같은, 그칠 줄 모르는 추억에 더이상 귀 기울이지 않으려는 의지를 알아차렸다.

아버지의 신념에 대한 변절이라고 어머니는 생각할 것이다. 하지만 그게 아니었다. 그는 변절로부터 자유로워지려는 것이었다.

환자들은 오전 치료를 받고 피로해져 고요히 누워 있었다. 간밤에 어느 중상자가 골키퍼의 빈 침대를 차지했다. 아직 의식을 잃은 채 누워 있어서 그가 어느 부대에서 왔는지는 알아낼 수 없었다.

이 새로운 독일의 사람들이 지금 그에게 어린 시절의 친구들보다 더 가깝다는 것을 어머니에게 어떻게 설명해야 할까?

의무병이 병실로 들어왔다.

"바흐 중위 계십니까?"

"나요." 바흐가 손바닥으로 편지를 가리며 대답했다.

"어느 러시아 여자가 중위님을 찾고 있습니다."

"나를?" 바흐는 놀라 되물었다. 스탈린그라드의 그녀, 지나가 온 걸까? 그가 여기 있는 걸 어떻게 알아냈을까? 곧 그는 중대 구급차 운전사가 그녀에게 알려주었으리라 짐작했다. 한밤중에 차를 여러번 갈아타고 이 근처에 와서 7, 8킬로미터 정도 걸어야 했을 텐데…… 그는 감동과 기쁨을 느꼈다. 그녀의 커다란 두 눈과 창백한 얼굴, 가느다란 목, 회색 머릿수건이 눈앞에 떠올랐다.

병실에 웃음소리가 일었다.

"과연 바흐 중위야!" 게르네가 말했다. "이런 게 현지 지역 주민 사업이라는 거지."

"의무병, 여자를 이리로 불러오게." 프레서가 손가락에서 물을 털어내듯 두 손을 흔들어대며 말했다. "중위 침대가 충분히 넓다고. 우리가 결혼을 시켜주지."

정찰장교 크라프도 거들었다. "여자들이란! 개처럼 남자 뒤를 따라다닌다니까."

갑자기 화가 치밀어올랐다. 그녀는 대체 무슨 생각으로 온 거지? 어떻게 병원에 나타날 수가 있어? 장교들은 러시아 여자들과 관계하는 게 금지되어 있는데. 게다가 만약 그의 친척이나 포스터[47] 가족의 지인이 이 병원에서 일하고 있기라도 하면 어쩐 말인가. 그런 무의미한 관계라면 심지어 독일 여자라도 그를 방문할 생각을 안 했을 텐데……

의식 없이 누워 있는 중상자마저 혐오스럽게 낄낄대는 것 같았다.

"나갈 수 없다고 전하게." 침울하게 말한 뒤 그는 웃음 섞인 대화에 휘말리지 않기 위해 즉시 연필을 쥐고 자신이 쓴 내용을 다시 읽기 시작했다.

"이상하게도 전 오랫동안 국가의 압제하에 있다고 생각해왔어요. 그러나 이제 국가가 제 정신의 진정한 표현자임을 깨달았습니

---

47 전편 소설에서 그는 포스터의 딸과 약혼한 사이이다.

다. …… 저는 쉬운 운명을 원하지 않아요. 필요하다면 옛 친구들과 절연할 겁니다. 지금 제가 의지하는 이들이 결코 저를 자기들 중 하나로 여기지 않으리라는 건 압니다. 그럼에도 저는 제 안에 있는 가장 중요한 것을 위해 저 스스로를 동여맬 겁니다……"

병실의 유쾌한 분위기는 여전히 이어지고 있었다.

"쉿! 중위를 방해하면 안 돼. 약혼녀에게 편지를 쓰고 있잖아." 게르네가 말했다.

바흐는 웃기 시작했다. 억눌린 웃음은 마치 흐느낌 같았고, 그는 지금 웃고 있는 것과 똑같이 울 수도 있을 것 같았다.

13

제6군 사령관 파울루스를 그리 자주 만나지 않는 장군들과 장교들은 이 육군 중장의 생각이나 기분에 일어난 변화를 전혀 감지하지 못했다. 그의 태도, 명령의 성격, 사소하고 개인적인 의견 앞에서나 진지한 보고 앞에서나 미소를 머금은 채 귀 기울이는 모습까지 모두 중장이 여전히 이 전쟁의 상황을 장악하고 있음을 증명했다.

사령관과 특별히 가까운 사람들, 그의 부관 아담스[48] 대령과 군 참모장 슈미트[49] 장군만이 파울루스가 스탈린그라드전투를 치르며 얼마나 많이 변했는지 알아챘다.

물론 전과 마찬가지로 그는 다정하면서도 재치 있었고, 상황에

---

48 Wilhelm Adam(1893~1978). 전편 소설에는 실명대로 '아담'으로 되어 있다.
49 Arthur Schmidt(1895~1987). 독일 장군. 스탈린그라드전투에서 항전을 명한 히틀러의 지시에 충실해 사령관 파울루스와 함께 참모장으로서 전쟁포로가 되었다.

따라 거만하거나 사려 깊은 태도를 보일 수 있었으며, 휘하 장교들의 일상에 친근하게 스며들 수도 있었다. 여전히 전투에 연대나 사단을 투입하고, 부대원을 승진시키거나 강등하고, 재량에 따라 포상을 주기도 했다. 늘 피우던 시가도 여전히 피웠다…… 하지만 중요한 것, 감추어진 것, 내면적인 것은 나날이 변해가 이제 돌이킬 수 없는 상태에 이르고 있었다.

상황과 기한에 대한 장악력이 그를 떠난 느낌이었다. 얼마 전까지만 해도 그는 평온한 시선으로 군 참모부 정찰과의 보고를 대충 훑어볼 뿐이었다. 러시아인들이 무슨 생각을 하든, 그들 예비병력의 움직임이 무얼 의미하든 그에게는 아무 상관도 없었으니까.

그리고 이제 아담스는 알고 있었다. 아침마다 사령관이 자신의 책상에 놓인 보고서들 가운데 가장 우선적으로 살펴보는 것은 다름 아닌 러시아인들의 야간 이동에 관한 정보 자료였다.

한번은 아담스가 보고서 순서를 바꾸어 서류철 맨 앞에 정보과의 보고서가 오도록 정리해두었다. 파울루스는 서류철을 열고 첫 장을 들여다보더니 그 긴 두 눈썹을 치올렸다가 이내 서류철을 소리 나게 닫아버렸다.

아담스 대령은 자신이 눈치 없이 공연한 짓을 저질렀다는 것을 깨달았다. 재빠르게 지나간 중장의 원망스러운 시선에 그는 충격을 받았다.

며칠 뒤 파울루스는 원래 순서대로 정리된 보고서와 기록들을 보고 씩 웃더니 부관에게 말했다. "어이, 혁신가, 자네는 분명 관찰력이 예리한 사람이군."

이 고요한 가을밤, 슈미트 장군은 얼마간 의기양양한 기분에 휩싸여 파울루스에게 보고하러 가는 중이었다.

넓은 까자끄 거리를 따라 사령관의 거처로 걸어가면서 그는 저녁에 피운 담배로 찌든 목을 씻어주는 차가운 공기를 한껏 들이마시고 초원에 내리는 석양에 짙게 물든 하늘을 올려다보았다. 마음이 평온했고, 그는 회화에 대해, 또 저녁식사 후 줄곧 그를 괴롭히던 신트림이 그쳤다는 사실에 대해 생각했다.

고요하고 텅 빈 저녁 거리를 따라 걸음을 옮기는 내내, 커다랗고 무거운 차양이 달린 군모 아래 그의 머릿속에는 스딸린그라드전투에서 금방이라도 시작될 최고로 잔혹한 격전에 대비해야 할 모든 것이 들어 있었다. 사령관이 자리를 권하고 경청할 준비를 갖추었을 때 그의 입에서 나온 말도 바로 그것이었다.

"물론 우리 독일군의 역사를 보면 공격을 위해 비할 수 없이 많은 기술력을 동원했던 일도 있지요. 하지만 전선의 미미한 부분에 육군과 공군의 무기를 이처럼 밀도 있게 배치하라는 명령을 저는 이때껏 받은 적이 없습니다."

파울루스는 장군답지 않게 어깨를 축 늘어뜨린 채 앉아 참모장의 말을 듣다가 성급하고 순종적으로 슈미트의 손가락을 좇아 도표의 숫자와 지도를 향해 고개를 돌렸다. 이 공격은 파울루스의 머리에서 나온 것이었다. 그 규모를 정한 것도 파울루스였다. 하지만 여태껏 함께 일했던 이들 가운데 가장 훌륭한 참모장인 슈미트의 말을 듣는 지금, 그는 앞둔 작전 전개의 세부들에서 자신의 의도를 읽어낼 수 없었다.

마치 슈미트가 파울루스의 의도를 상세한 전투 계획으로 펼친 것이 아니라, 슈미트가 자신의 의지를 파울루스에게 강요하고 파울루스의 뜻해 반해 보병, 전차, 공병 대대를 공격하도록 준비시킨 것 같았다.

"그래, 밀도 말이지." 파울루스가 말했다. "우리 좌측 날개의 빈 구석과 비교하니 특히 두드러지는군."

"어쩔 수 없습니다." 슈미트가 말했다. "동방의 땅은 광대합니다. 독일 병력보다 크지요."

"나만 그 점을 걱정하는 게 아니네. 폰 바이히스[50]가 그러더군. '우리는 주먹으로 치는 게 아니라 쫙 펼친 손가락들로 끝없는 동방의 공간을 때리고 있네.' 바이히스 말고 다른 사람들도 불안해하고……"

파울루스는 말끝을 흐렸다.

모든 게 그래야 하는 대로 진행되고 있으면서도, 동시에 그래야 하는 대로 진행되지 않고 있었다.

최근 몇주 사이, 전투의 뜻하지 않은 불확실성과 불길하고 사소한 사건들 속에서 전쟁의 진정한 운명이 이제 막, 완전히 새롭게, 불길하면서도 절망적으로 드러나는 듯했다.

정보부에서는 소련 군대가 북서부에 결집하고 있다는 보고를 집요하게 올려보냈다. 공군력으로는 그들을 막을 수 없었다. 바이히스는 파울루스 병력의 양측 날개를 보충해줄 만한 예비대를 거느리고 있지 않았다. 바이히스가 러시아인들을 교란할 생각으로 독일 무선통신 본부를 루마니아 부대에 설치했으나, 그런다고 루마니아인들을 독일인들로 만들 수 있는 것은 아니었다.[51]

아프리카 전투만 해도 성공적인 시작으로 보였다. 됭께르끄와

---

50 Maximilian von Weichs(1881~1954). 유서 깊은 무관 귀족 출신으로 1900년에 입대하여 뛰어난 활약을 펼쳐 최고 지위에 오른 장군. 독소전쟁 초기에 중부 집단군 사령관으로 끼이우 침공에 성공했고 스딸린그라드전투에 참가했다.

51 루마니아가 독일과 동맹을 맺은 속국이 되어 전쟁에 참가했다가 종전 이후까지 소련과 독일은 물론 소련과 연합국 사이에 끼어 처참한 운명을 겪은 아이러니를 고려하면 의미심장한 문장이다.

노르웨이에서, 그리스에서도 영국인들을 기막히게 진압했으나[52] 이는 영국제도의 장악으로 완결되지 못했다. 그리고 지금 이곳 동방에서, 거대한 승리를 거두고 볼가를 향해 1000킬로미터나 뚫고 왔건만 소련군을 최종적으로 격멸하지 못하고 있었다. 늘 그런 식이다. 중요한 일들은 모두 이루어졌으나, 끝까지 완결하지 못하는 한 전부 우연하고 헛된 시간 낭비일 뿐이다.

볼가까지 겨우 몇백 킬로미터, 다 타버리고 절반은 무너져내린 공장들, 빈 상자 같은 건물들. 이 모두 여름 공세 때 장악한 거대한 공간에 비하면 그야말로 하잘것없는 것들이건만…… 그러나 로멜 장군을 이집트라는 오아시스에서 떨어뜨려놓은 것 역시 겨우 몇 킬로미터에 이르는 사막이었다. 정복한 프랑스에서도 됭께르끄에서의 몇시간, 몇 킬로미터 때문에 그들은 완전한 승리를 이루어내지 못했다. 언제 어디서나 적의 최종 말살까지 단 몇 킬로미터가 모자라고, 늘 예비병력이 부족하며, 측면의 허점과 뒤편의 거대한 공간이 드러난다.

지난여름! 사람이 그런 날들을 보내는 경우는 아마 일생에 단 한 번뿐일 것이다. 그는 얼굴에 인도의 숨결을 느꼈다.[53] 만약 숲을 쓸어내리고 지류의 바닥에서부터 강물을 밀어내는 눈사태가 감정을 느낄 수 있다면 그가 그때 느꼈던 것과 같은 것을 느끼리라.

그때 독일인의 귀에 프리드리히라는 이름이[54] 익숙해졌다는 생각이 희미하게 스쳤다. 물론 우스꽝스러운, 경솔한 생각이었지만

---

52 1940년 독일군이 아프리카, 프랑스, 노르웨이, 발칸반도에서 이룬 승리를 말한다.
53 추축국이 미안마까지 장악하고 인도 국민정부가 영국에 반기를 들었던 사실을 환기한다.
54 파울루스의 이름.

그 생각이 들었던 것은 틀림없다. 하지만 바로 그 순간 딱딱한 돌 알갱이 하나가 발바닥인지 잇새에서인지 따끔하게 찔렀다. 그 시기 참모부는 벌써 승리에 찬 행복한 긴장감이 지배하고 있었다. 그는 부대 지휘관들로부터 서면 보고, 구두 보고, 통신 보고, 전화 보고 들을 받고 있었다. 모든 게 이미 힘겨운 전역戰役이 아니라 독일 승리의 상징적 표현으로 보였는데…… 파울루스가 수화기를 들었다. "중장님……" 그는 목소리만으로 누가 말하는지 알아차렸다. 전장의 일상에서 들려오는 억양은 허공에서 하늘 높이 울려대는 승리의 종소리와 전혀 어울리지 않았다.

사단장 벨러는 자기 구역의 러시아인들이 공격으로 넘어왔다고, 그들의 보병부대, 보강된 대대 병력 정도가 서쪽을 뚫고 스딸린그라드 역을 점령하는 데 성공했다고 보고했다.

바로 이 사소한 사건이 움트는 불안감과 강하게 연결되었다.

슈미트는 어깨를 약간 펴고 턱을 든 채 ― 이 동작으로 그는 자신이 사령관과 친밀한 사적 관계를 맺고 있으나 그렇다고 공적 업무를 소홀히 하지는 않는다는 뜻을 드러냈다 ― 전투 명령문을 소리 내어 읽었다.

그때 예기치 않게 파울루스가 목소리를 낮추어, 전혀 군인답지도 장군답지도 않은 태도로 슈미트를 놀라게 한 이상한 말을 던졌다.

"난 성공을 믿네. 하지만 그거 아나? 이 도시에서 우리의 전투는 전혀 소용이 없고 완전히 무의미해."

"스딸린그라드 병력을 지휘하는 분으로부터 이런 말을 듣다니 저로서는 좀 뜻밖이군요."

"그렇게 생각하나? 스딸린그라드는 더이상 교통과 산업의 중심지로서 존재하지 않네. 여기서 우리가 뭘 하겠나? 우린 아스뜨라한-깔라치 전선을 따라 깝까스군의 북동 측면을 차단할 수 있네. 이 일에 스딸린그라드는 필요가 없어. 물론 나는 성공을 믿네, 슈미트. 우린 트랙터공장을 장악할 거야. 하지만 그것으로 측면을 막을 수는 없네. 폰 바이히스는 러시아인들이 공격을 개시하리라 확신하고 있어. 우리가 아무리 속임수로 허풍을 떨어도 그들을 저지하지는 못할 걸세."

"사건이 진행됨에 따라 그 의미도 달라지는 법이죠." 슈미트가 말했다. "어쨌든 퓌러는 과업을 마치기 전까지 결코 물러선 적이 없습니다."

파울루스 또한 집요함과 결단력으로 끝까지 밀어붙이지 않으면 최고로 눈부신 성공은 열매 맺을 수 없다고 믿었다. 그러나 동시에 그는 의미를 잃은 과제의 해결을 거부하는 행위에 사령관으로서의 진정한 힘이 있다고 믿었다.

그럼에도, 슈미트 장군의 고집스럽고 영리한 눈을 바라보며 그는 결국 이렇게 말했다.

"위대한 전략가에게 우리의 의지를 강요할 수는 없겠지."

그는 책상에서 공격 명령문을 집어 서명했다.

"특별 비밀문서로 표시해서 총 내부를 만들어주시면 됩니다." 슈미트가 말했다.

14

초원군 참모부를 방문한 뒤 다렌스끼는 스딸린그라드 전선군의 남동 날개, 까스삐해 연안의 건조한 사막지대에 자리한 부대로 갔다.

호수나 작은 강을 끼고 있는 초원은 이제 그에게 무슨 약속의 땅처럼 여겨졌다. 그곳엔 풀이 자라고 드문드문 나무도 솟아 있고 말들도 힝힝대지 않는가.

축축한 공기와 새벽 이슬과 건초의 바스락 소리에 익숙한 수천 명의 사람들이 지금 이 사막의 모래 평원에 주둔하고 있었다. 모래가 그들의 피부를 베고 귓속으로, 귀리와 밀 속으로 들어와 찌걱거렸다. 소금 속에도, 소총의 노리쇠 사이에도, 시계 속에도, 병사들의 꿈속에도 모래가 있었다…… 인간의 몸, 인간의 목구멍과 콧구멍, 인간의 종아리에는 더없이 가혹한 환경이었다. 이곳에서 육체는 마치 궤도에서 벗어나 거친 땅을 굴러다니는 수레처럼 삐걱이는 소리를 내는 듯했다.

다렌스끼는 온종일 포병부대 진지를 돌아다니며 사람들과 이야기하고, 기록하고, 스케치하고, 무기와 탄약 창고를 점검했다. 저녁 무렵이 되자 온몸의 기운이 다 빠지고 머릿속에서 윙윙 소리가 났다. 푸슬푸슬한 모래땅에 익숙하지 않은 탓에 발도 아팠다.

퇴각할 때 장군들이 부하들의 요구에 특히 주의 깊게 귀를 기울인다는 것을 다렌스끼는 오래전에 알아챘다. 지휘관들이나 군사위원들은 갑자기 자기비판과 자기회의, 겸손함에 관대함을 후하게 드러낸다.

군대에서 지독한 퇴각 때나 적이 우세할 때, 그리고 실패의 원인을 찾는 스땁까의 분노 앞에서처럼 그렇게 똑똑하고 모든 것을 이해하는 사람들이 많이 나타나는 경우는 없다.

하지만 이곳 모래 속에서, 사람들을 지배하는 것은 생기 없는 무관심이었다. 참모부나 전투 지휘관들은 이 세상에서 관심을 가질 것은 아무것도 없다고, 내일도, 모레도, 일년 뒤에도 이곳에는 여전히 모래가 있을 뿐이라고 확신하고 있는 듯했다.

포병연대의 참모장 보바 중령이 잠자리를 내어주겠다며 다렌스끼를 초청했다. 전설 속 용사다운 이름이 무색하게도 보바는 등이 굽고 대머리에다 한쪽 귀가 잘 들리지 않는 사람이었다. 어찌어찌 전선군의 포병 참모부로 호출되어 온 그는 이곳에서 남다른 기억력으로 모두를 놀라게 했다. 좁고 구부정한 어깨 위에 놓인 저 대머리 속에 온갖 숫자들, 포병중대와 사단의 번호, 주민 거주 지점의 명칭, 지휘관의 성명, 고지의 표지 외에는 그 무엇도 존재할 수 없는 것만 같았다.

보바는 나무판자로 된 오두막에서 지냈다. 벽은 진흙과 거름으로 더럽고 바닥에는 다 떨어진 방수지 몇장이 깔린, 이 모래 평원에 여기저기 흩어져 있는 여느 지휘관의 숙소와 다를 바 없는 곳이었다.

"잘 오셨소!" 보바가 크게 팔을 휘두르며 다렌스끼의 손을 잡더니 벽을 가리켰다. "자, 어떻소? 이곳, 똥 묻은 개집에서 겨울을 보내야 합니다."

"그럭저럭 괜찮군요." 평소 말수 없는 보바가 전혀 그답지 않은 것에 놀라며 다렌스끼는 대꾸했다.

보바는 다렌스끼를 미제 통조림 박스에 앉게 하더니 가장자리가 마른 치약 가루로 뿌옇게 된 유리잔에 보드까를 따르고 젖은 신문지 위에 놓인 초록빛 토마토절임을 밀어주었다. "자, 드시오, 중령 동지. 포도주와 과일입니다!"

다렌스끼는 술을 즐기지 않는 사람들이 대개 그러듯 조심스레 약간만 마신 뒤 잔을 멀찍이 밀어놓고는 부대 일에 대해 묻기 시작했다. 하지만 보바는 사무적인 대화를 피했다.

"중령 동지," 그가 말했다. "우끄라이나에 있었을 때, 그리고 꾸반 강변[55]에 주둔했을 때, 난 온통 일에 골몰하느라 어떤 여자에게도 한눈을 팔지 않았소. 맙소사…… 눈짓만 해도 기꺼이 내주는 여자들이 천지였는데 작전과에만 엉덩이를 깔고 있었으니, 원! 그러다 지금 모래 한가운데 들어앉아서야 내가 얼마나 바보 같았는지 깨달았지 뭐요!"

보바는 전선 병력의 평균 밀도에 대해, 또 사막 환경에서 포병부대보다 박격포가 우월한 이유 같은 주제에 대해 이야기할 마음이 없는 듯했다. 처음에 다렌스끼는 화가 났지만, 이내 그 새로운 화제에 흥미를 느끼기 시작했다.

"말해 뭐 하겠소." 다렌스끼가 입을 열었다. "우끄라이나 여자들은 정말 흥미롭죠. 1941년 참모부가 끼예프에 있었을 때 아주 특별한 우끄라이나 여자를 만났소. 검찰청에서 일하는 사람의 아내였는데 대단한 미인이었지."

그는 반쯤 몸을 일으키더니 팔을 들어 낮은 천장을 손가락으로 만지작거리며 덧붙였다. "꾸반은 또 어떻고. 미인의 비율이 예외적으로 높은 지역 중 하나로 꼽을 수 있을 거요."

다렌스끼의 말이 보바에게 강한 영향을 끼쳤다.

그는 욕설을 내뱉으며 울음 섞인 목소리로 소리쳤다. "아, 그런데 지금은 이 망할 깔미끄 여자들이나 쳐다보고 있다니!"

"무슨 그런 말씀을!" 다렌스끼가 그의 말을 끊고는 거무스레한 피부에 광대뼈가 두드러지고 쑥과 초원의 연기 냄새를 풍기는 여자들의 매력에 대해 상당히 조리 있게 설명하기 시작했다. 그는 초원 본부의 알라 세르게예브나를 머리에 떠올리며 말을 마쳤다. "그

---

55 깝까스 북쪽에서 아조프해로 이어지는 강변 지역.

러니까, 여자들은 어디에나 있다는 얘기요. 사막에 물이 없는 건 맞소. 하지만 괜찮은 여자는 늘 있지.”

보바에게서는 아무런 대꾸가 없었다. 그는 잠들어 있었고, 그제야 다렌스끼는 이 집주인이 이미 만취했음을 깨달았다. 보바는 죽어가는 사람의 신음과도 같은 소리를 내며 코를 골았다. 침상에 기댄 머리는 아래로 떨군 채였다. 다렌스끼는 러시아 남자들이 취한 이들에게 보이곤 하는 특별한 인내와 호의로 그의 머리 밑에 베개를 대주고, 발치에 신문지를 펴주고, 침 흘리는 입을 닦아주었다. 그러곤 이제 자신이 자리 잡을 곳을 살피기 시작했다.

결국 그는 바닥에 주인의 외투를 깔았다. 그 외투 위에 자신의 외투를 던져두고 머리를 둘 곳에는 둥그렇게 부풀린 야전 배낭을 놓았다. 출장 때마다 서류와 식료품, 세면도구 따위를 넣어 다니는 배낭이었다.

다렌스끼는 거리로 나와 차가운 공기를 들이마셨다. 캄캄한 아시아의 하늘 속에 섬뜩한 화염이 어른거렸다. 그는 소변을 보며 별들에 시선을 던졌다. ‘그래, 우주구나.’

그는 집주인의 외투 위에 누워 자기 외투로 몸을 감쌌다. 그러곤 눈을 감는 대신 암울한 생각에 잠겨 어둠 속을 응시했다.

주위에 온통 가망 없는 궁핍뿐이야! 여기 이 바닥, 먹다 남은 토마토절임, 마분지로 만든 트렁크…… 아마도 저 트렁크 안에는 낡고 얼룩진 수건과 구겨진 목깃, 빈 권총집, 눌린 비눗갑 같은 것들이 들어 있으리라.

가을에 묵었던 베르흐네-뽀그롬노예[56]의 농가도 이곳에 비하면

---

56 1777년 까자끄인들에 의해 만들어진 마을. 스딸린그라드에서 조금 북쪽에 위치한다.

고급스러웠다. 아마 일년 뒤면 면도기도 트렁크도 낡아빠진 발싸개도 없는 구덩이 속에서 오늘의 이 오두막을 참 고급스러운 곳으로 떠올리겠지.

포병부대 참모부에서 일한 몇달 사이 그의 머릿속에서는 커다란 변화가 일어났다. 한때 음식에 대한 갈망만큼이나 맹렬했던 일에 대한 갈증도 이젠 해소되었다. 더는 일에서 행복을 찾을 수 없었다. 늘 배부른 사람은 행복을 느끼지 못하는 법이다.

다렌스끼는 업무 능력이 뛰어났고 상관들은 그를 아꼈다. 처음에는 이것이 좋았다. 자신이 대체 불가능한 사람, 반드시 필요한 사람이 되는 상황이 낯설었기 때문이었다. 그 이전 오랫동안 그는 반대의 상황에 익숙해 있던 터였다.

동료들에 대한 우월감이 어째서 동료들에 대한 배려와 친절 — 진정으로 강한 사람들의 특징 — 로 이어지지 않는지 그는 생각해본 적이 없었다. 어쨌든, 그가 강한 사람이 아닌 것은 분명했다.

그는 자주 화를 내고 소리를 지르고 욕을 했다. 그런 다음에는 괴로운 표정으로 모욕당한 이들을 바라보았지만 그들에게 용서를 구한 적은 한번도 없었다. 모욕당한 이들도 그를 못된 사람으로 여기지 않았다. 스딸린그라드 전선군 참모부에서는 노비꼬프가 남서전선군 참모부에서 받았던 것보다 훨씬 더 좋은 대우를 받았다. 그가 쓴 모든 보고서는 상관들이 모스끄바의 더 높은 사람들 앞에서 보고할 때 빠짐없이 이용되었다. 어려운 시기에 그의 지력과 작업은 더없이 중요하고 유용했다. 아내는 전쟁이 발발하기 오년 전에 그를 떠났다. 그녀가 보기에 그는 아내 앞에서조차 자신의 해이하고 이중적인 모습을 감추고 속일 수 있는 자, 인민의 적이었다. 부계 쪽으로도 모계 쪽으로도 성분이 나쁜 개인 이력 때문에 그는 종종 일자리를 얻지 못했다. 처음에는 그에게 거부된 일자리가 바보 같고 교양 없는 인간에게 돌아가는 꼴을 보고 모욕을 느꼈다. 그러나 나중에는 실제로 다렌스끼 스스로, 자신이 책임 있는 작전을 믿고 맡길 만한 인물이 못 된다고 여기기 시작했다. 수용소에서 나왔을 때는 이미 진지하게 자신의 무가치성을 느끼고 있었다.

그런데 이 끔찍한 전쟁이 닥친 지금, 그렇지 않다는 것이 분명해졌다.

어깨 위로 외투를 잡아당기자 문틈으로 들이치는 냉기가 당장에 다리를 휩쌌다. 그는 생각했다. 내 지식과 능력이 필요한 이 순간, 닭장 같은 집의 바닥에 드러누워 낙타가 우는 듯한 저 듣기 싫은 소리를 듣고 휴양지나 별장이 아니라 그저 깨끗한 속옷 한벌과 세탁비누 한조각을 꿈꾸고 있구나.

그는 자신의 승진이 물질적 이득과는 아무런 관련이 없다는 사실에 자부심을 느꼈다. 하지만 동시에 이것이 그를 화나게 했다.

그의 자신감과 자부심은 끊임없는 생활적 소심함과 연결되어 있었다. 일상의 편안함을 다렌스끼는 한번도 자신의 것이라 여겨본 적이 없었다. 늘 자신감이 없고 돈이 거의 없이 지내는 궁핍한 상황은 초라하고 낡은 옷의 느낌과 함께 유년 시절부터 그의 습관이 되어 있었다.

그리고 성공한 지금도 이 느낌은 그를 떠나지 않았다.

군사위원 식당에 들어갈 때마다 식당 직원이 "중령 동지, 동지는 병사 식당에서 먹어야 해요"라고 말할지도 모른다는 생각에 그는 두려웠다. 회의 때 농담을 좋아하는 장군이 "어이, 중령, 군사위원 식당의 눅진한 수프 맛을 보니 어떻소?"라며 윙크를 던지지 않을까 신경이 쓰이기도 했다. 장군들뿐만이 아니라 사진기자들도 먹고, 마시고, 차량 연료와 의복을 요구하고, 불도 담배도 있으면 안 되는 장소에서 아무렇지 않게 담배를 요구하는 주인 같은 자신감에 그는 늘 놀라곤 했다.

그렇게 그의 인생은 흘러왔다. 아버지는 여러해 동안 제대로 된 일자리를 구하지 못했고, 가족을 먹여 살리는 일은 속기사로 일하는 어머니의 몫이었다.

밤중에 갑자기 보바의 코골이가 멈췄다. 다렌스끼는 불안한 마음으로 그 고요함에 귀를 기울였다.

"중령 동지, 안 주무시오?" 보바의 목소리가 들렸다.

"잠이 안 오네요." 다렌스끼가 대답했다.

"더 편안한 잠자리를 마련해주지 못해 미안하오. 내가 그만 취해버려서." 보바가 말을 이었다. "이젠 하나도 안 마신 것처럼 머리가 맑군. 그나저나, 내가 방금 누운 채로 무슨 생각을 했는지 아시오? 어쩌다 우리가 이 끔찍한 장소에 있게 됐을까, 대체 누가 우리를 이런 구덩이로 몰아넣었을까……"

"누구냐니, 독일인들이지요."

"당신이 침상으로 올라오시오. 내가 바닥에 눕지." 보바가 말했다.

"아니, 난 여기가 좋소."

"내가 불편해서 그러오. 깝까스에서 주인이 침상에 오르고 손님이 바닥에 눕는 건 말이 안 되는 일이거든."

"괜찮소. 우리는 깝까스 사람이 아니잖소."

"거의 깝까스 사람이지, 깝까스산이 바로 옆이니, 당신은 독일인들 때문이라고 하지만, 사실 우리 역시 우리를 구덩이로 몰아넣는 데 일조했다는 생각 안 드오?"

보바가 몸을 일으키는지 침상이 삐걱거렸다.

"음…… 흠흠." 그가 소리를 냈다.

"흠흠, 그래요." 다렌스끼는 바닥에 누워 대답했다.

보바가 대화를 특별하고 예사롭지 않은 방향으로 몰아간 참이었다. 둘 모두 입을 다문 채 잘 알지도 못하는 사람과 이런 대화를 나누어도 될까 생각했다. 그리고 결국 둘 모두 그래서는 안 된다는 결론에 도달한 듯했다.

보바가 담배를 꺼내들었다.

성냥에 불이 붙는 순간 다렌스끼는 보바의 얼굴에 힐끗 시선을 던졌다. 무척 지치고 우울하고 낯설어 보였다.

다렌스끼도 담배를 피우기 시작했다. 보바 또한 팔꿈치로 몸을 약간 일으킨 채 성냥불을 붙이는 다렌스끼의 얼굴을 응시했다. 무척 차갑고 불친절하고 낯설어 보였다.

그런 뒤 어떻게 된 일인지, 해서는 안 되는 대화가 다시 시작되었다.

"그렇소," 보바가 먼저 입을 열었다. 하지만 이번에는 질질 늘어지는 대신 짧고 똑 부러지는 말투였다. "관료주의와 관료들, 그것이 우리를 이 구덩이로 몰아넣는 데 일조했소."

"관료주의란 참 끔찍하죠." 다렌스끼가 말했다. "내 운전병이 그러더군. 전쟁 전에 시골의 관료주의가 얼마나 대단했는지, 보드까 반병 없이는 집단농장에서 어떤 증명서도 얻을 수 없었다고 말이오."

"웃지 마시오, 웃을 일이 아니오." 보바가 말했다. "관료주의라는 게 평화 시에도 사람들을 극단까지 몰아가긴 했지. 그렇지만 최전선 상황에서는 훨씬 더 나빠져요. 공군부대에서 어떤 일이 있었는지 아시오? 비행사가 메서에 격추당해 불타는 비행기에서 떨어졌소. 다행히 입고 있던 바지만 타버리고 비행사는 큰 부상 없이 살아남았지. 그런데 그에게 바지를 내주지 않는 거요! 생필품부 책임자가 아직 새 바지를 내줄 기한이 안 됐다며 거절하니 그대로 얘기가 끝났소. 그 비행사는 지휘관이 허가할 때까지 사흘이나 바지 없이 지내야 했소."

"실례지만 그건 엉터리없는 소리요." 다렌스끼가 말했다. "어딘가에 있는 바보가 바지 내주는 걸 꾸물거렸다는 이유로 군대가 브레스뜨에서 까스삐해 연안 사막까지 후퇴할 리는 없잖소. 그건 사소한 일, 관료적 지연일 뿐이오."

"이게 바지에 대한 얘기 같소?" 보바는 신랄하게 말을 이었다. "자, 이런 일도 있었소. 보병부대가 포위된 채 굶주리고 있어서 공군부대가 낙하산으로 식료품을 투하하라는 명령을 받았소. 그런데 병참부에서 식량을 내주질 않는 거요. 왜냐? 운송장에 서명을 받아야 하는데 비행기에서 짐을 던져주면 어떻게 서명을 받느냐는 거지. 그렇게 내내 고집을 부리며 내주지 않는 걸 결국 관료적으로 명령을 내려 겨우 설득했소."

다렌스끼는 웃음을 터뜨렸다.

"황당하긴 하지만 그 역시 그리 대단한 일은 아니오. 일종의 현학적인 일화랄까. 전선에서 관료주의는 그보다 훨씬 끔찍할 수 있소. '니 샤구 나자드'[57]라는 명령 아실 거요. 자, 독일인이 수백명을 몰아붙이는 상황이오. 우리 군을 고지 반대편 경사면으로 철수시키기만 하면 안전해지고, 전술적 손실도 없고, 장비도 보전할 수 있지. 하지만 '니 샤구 나자드'라는 명령 때문에 포화 아래 그대로 머물러 장비를 망치고 사람이 죽게 되는 거요."

---

[57] 스딸린의 명령 제227호. '한걸음도 물러서지 말라'라는 뜻이다. 스딸린그라드 사수 명령으로 잘 알려져 있지만 전쟁 초기부터 자주 사용되던 문구다.

"그렇지, 바로 그거요." 보바가 말했다. "1941년에 모스끄바에서 중령 두 사람을 우리 부대로 보내 바로 그 '니 샤구 나자드'를 감찰한 적이 있소. 그들에게 다른 운송수단이 없어서, 우린 그들이 독일인들에게 잡히지 않도록 1.5톤짜리 화물차에 둘을 태우고 사흘 내내 고멜[58]에서 200킬로미터쯤 퇴각했지. 덜컹이는 트럭에 몸을 싣고 피하는 와중에도 그자들은 내게 '니 샤구 나자드'의 실천에 대한 자료를 달라더군…… 보고서에 미친 자들이오."

다렌스끼는 더 깊은 물속으로 들어가려는 사람처럼 크게 숨을 쉬어 가슴에 공기를 잔뜩 채워넣었다.

"관료주의가 정말 끔찍한 순간이 언제인지 아시오? 한 병사가 홀로 독일인 일흔명에 대항해 고지를 지키고 공격을 지연시키다가 죽는 순간, 그 앞에 군대가 고개 숙이며 모자를 벗는 순간, 그의 폐병 든 아내가 지역 소비에뜨 대표에게 '에이, 건방진 년!' 소리를 들으며 아파트에서 내쫓기는 순간이오. 스물네개의 설문에 답하라고 명령을 내리던 사람이 결국 회합에서 '동지들! 난 인민의 적입니다'라고 고백해야 하는 순간이오. '그래요, 이곳은 노동자-농민의 국가이고, 내 아버지와 어머니는 귀족에 비노동자요, 흡혈귀입니다. 그러니 내 뒷덜미를 잡고 내쫓아주십시오.'"

"글쎄, 내가 보기에 그건 관료주의라 할 수 없소." 보바가 말했다. "실제로 노동자-농민이 국가의 주인 아니오? 그게 뭐가 나쁘단 말이오? 거지에게 권력을 주지 않으면 결국 부르주아국가나 다름없는데."

다렌스끼는 당혹스러웠다. 상대가 자신과 완전히 다른 방식으로

---

58 벨라루스 남동부의 도시. 바실리 그로스만은 군사 신문 『붉은 별』의 종군기자로 일할 때 이 도시가 완전히 파괴되는 과정을 목격했다.

생각하고 있었던 것이다.

보바가 성냥불을 켜더니 담배로 가져가는 대신 다렌스끼를 향해 내밀었다. 다렌스끼는 눈을 가늘게 떴다. 마치 적의 탐조등이 발하는 불빛 속에 갇힌 기분이었다.

그때 보바가 다시 입을 열었다.

"난 순혈 노동자 출신이오. 아버지도 노동자였고 할아버지도 노동자였지. 내 이력은 유리처럼 투명하오. 그러나 나 역시 전쟁 이전에는 쓸모가 없었소."

"어째서요?"

"난 노동자-농민 국가가 귀족들을 대하는 태도에서 관료주의를 보지 않소. 하지만 전쟁 전 노동자인 내가 왜 강제노동을 해야 했을까? 도무지 알 수가 없더군. 왜 내게 창고에서 감자 고르는 일을 시키는지, 혹은 거리를 청소하게 하는지 말이오. 난 그저 계급적 관점에서 수뇌부를 좀 비판했을 뿐인데 ─ 그들은 정말 호화롭게 살았거든 ─ 곧장 내 목을 조르는 거요. 내가 보기엔 결국 그것, 노동자가 자신의 국가 안에서 고통을 당하는 상황이 관료주의이고, 그 속에 관료주의의 가장 중요한 이유가 있는 것 같소."

다렌스끼는 보바의 말이 무언가 매우 중요한 것을 건드렸다는 느낌을 받았다. 그동안 자신을 진정으로 불안하게 하는 주제에 대해 말하거나 듣는 일에 익숙지 않았던 그는 문득 이루 말할 수 없는 기쁨을 느꼈다. 눈치 보지 않고 두려움 없이 이야기하는 행복, 마음에 불안과 당혹감을 심어주기에 누구와도 나눌 수 없었던 것에 대해 논쟁하는 행복이었다.

여기 오두막 바닥, 술에 취했다가 다시 깨어난 이 소박한 군인과 나누는 한밤의 대화, 우끄라이나 서부에서 이곳 사막까지 쫓겨온 사람들의 존재를 주위에 느끼며 이어가는 대화 속에서 모든 것이 다르게 보였다. 평범하고도 자연스러운 것, 바람직한 것이자 필요한 것이기도 하지만 절대로 허용되지 않는 것, 그래서 생각조차 할 수 없는 것, 인간 대 인간의 진정한 대화가 이루어지고 있었다!

"당신 말이 어디가 잘못됐소?" 다렌스끼가 말했다. "부르주아는 거지를 의회로 보내지 않소. 그건 사실이지. 하지만 거지가 백만장자가 되면 의회로 보내오. 포드도 노동자 출신이오. 반면에 러시아에서 부르주아나 지주 출신은 권력을 가질 수 없소. 아버지와 할아버지가 부농 혹은 성직자였다는 이유로 열심히 일하는 사람에게 카인의 낙인을 찍는다면 그건 그것대로 문제요. 제대로 된 계급적 관점이 없는 거지. 내가 수용소에서 고생할 때 뿌찔로프의 노동자나 도네쯔끄 지방의 광부를 만나보지 않았을 것 같소? 정말 많이 만났소! 우리의 관료주의가 국가라는 몸에 난 혹이 아니라 관료주의 자체가 바로 국가라는 생각을 하면 끔찍할 뿐이오. 혹은 떼어버릴 수나 있지. 전시에 간부들과 수뇌부를 위해 죽을 마음을 먹는 사람은 아무도 없소. 그런 비열한 놈들이 청원에 '거절'이라 적고 과부를 집에서 내쫓는 거요. 하지만 독일인을 내쫓는 일은 강하고 진정한 인간만이 할 수 있소."

"맞는 말이오." 보바가 말했다.

"그렇다고 내가 원한에 가득 차 있거나 한 건 아니오." 다렌스끼가 말을 이었다. "오히려 허리 굽혀 백번 천번 감사하고 있지. 난 행복하오. 그리고 바로 여기 또다른 비극이 있소. 내가 행복하려면, 내 조국 러시아에 힘을 바칠 수 있으려면 이처럼 가혹한 시간이 와야 한다는 점 말이오. 참 씁쓸한 일 아니오? 차라리 저주를 받는 게 낫지."

여전히 대화의 본질, 자연스러운 빛으로 삶을 밝혀주는 중요한 핵심에는 도달하지 못한 기분이었으나, 평소 생각지도 말하지도 못했던 것을 생각하고 말한 지금 다렌스끼는 기쁨을 느꼈다. 그는 보바에게 말했다.

"앞으로 내 인생이 어떤 방향으로 나아가든, 오늘밤 당신과 나눈 대화를 난 평생 후회하지 않을 거요."

15

미하일 시도로비치는 의무실 옆에 딸린 독방에서 석주 남짓 보냈다. 음식은 잘 나왔고, SS 의사가 그를 두차례 진찰한 뒤 포도당 주사도 처방해주었다.

처음 갇혔을 때 미하일 시도로비치는 심문을 기다리며 내내 자책했다. 뭐 하러 이꼰니꼬쁘와 대화를 나눴을까? 그 유로지비가 밀고하고 수색 직전에 내 평판을 실추시키는 종잇장들을 심어놓은 게 분명해.

며칠이 지나도 그들은 모스똡스꼬이를 심문실로 호출하지 않았다. 그는 수감자들과 나눈 정치적 담화들을 찬찬히 되짚어보며 그들 중 누구를 거사에 끌어들이면 좋을지 생각했다. 밤에는 잠을 이루지 못한 채 여러 국적의 사람들이 두루 수월하게 이해할 수 있는 단어들을 골라가며 전단지 문안을 작성했다.

그는 앞잡이가 심문을 받아도 전체의 패배로 귀결되지 않게끔 하는 옛 비밀 모의의 행동 규칙들을 떠올렸다.

미하일 시도로비치는 예르쇼쁘와 오시뽀쁘에게 조직의 첫걸음에 대해 이것저것 묻고 싶었다. 그는 예르쇼프에 대한 오시뽀프의 선입견도 불식시킬 수 있다고 확신했다.

볼셰비즘을 증오하면서 동시에 붉은군대의 승리를 갈망하는 체르네쪼프에게 동정심을 느꼈다. 곧 자신에게 닥칠 심문에 대해서는 거의 평온한 심정이었다.

밤중에 미하일 시도로비치에게 심장 발작이 왔다. 그는 벽에 머리를 박고 감옥에서 죽어가는 이들이 느끼는 지독한 슬픔에 젖어 누워 있었다. 고통 때문에 잠시 의식을 잃었다 정신을 차려보니, 고통은 누그러져 있었고 가슴과 얼굴과 손바닥에 땀이 흥건했다. 의식은 선명한 듯했지만 이는 환각이었다.

이딸리아 신부와 세상의 악에 대해 나누었던 대화가 떠오르는가 싶더니 소년 시절 비가 마구 쏟아지던 어느날 어머니가 바느질을 하고 있는 방으로 뛰어들어가던 행복한 순간으로 이어졌다. 이어 예니세이 유배 시절 그에게로 왔던 아내와 행복한 눈물에 젖은 그녀의 두 눈으로, 또 그가 당대회에 참석해 어느 사랑스러운 에스에르 청년의 운명에 대해 묻자 갑자기 창백해지던 제르진스끼[59]의 얼굴로 연결되었다. "그는 총살당했소." 제르진스끼는 말했다. 그리고 끼릴로프 소령의 비통한 두 눈…… 레닌그라드 봉쇄 때 그는 아무런 도움도 받지 못한 채 죽어 썰매에 실려가는 친구의 시신을 광목으로 덮어주었다……[60]

빳빳한 머리털로 덮인, 온통 꿈으로 가득한 소년의 머리, 그리고

---

59 Feliks Edmundovich Dzerzhinskii(1877~1926). 폴란드와 러시아의 공산주의 혁명가. 소련의 공안 정보기관인 체까의 수장으로 일했다.

60 레닌그라드 포위 당시 추위와 기아로 많은 사람이 사망했다. 전편 소설에서 끼릴로프 소령은 아사한 친구의 시체를 썰매에 실어 끌고 갔다.

지금 수용소의 꺼칠꺼칠한 나무판자에 기댄 이 커다란 대머리통.

얼마간 시간이 지나자 멀리 있던 것들이 사라져가기 시작했고, 점점 납작해졌고 색채를 잃었다.

천천히 차가운 물속으로 빠져드는 기분이었다. 그는 잠들었고, 새벽의 어둠 속에서 다시 사이렌들의 울부짖음을 들으며 새날을 맞았다.

낮에 그들은 미하일 시도로비치를 의무실 욕탕으로 데려갔다. 그는 자신의 깡마른 두 팔과 푹 꺼진 가슴을 살피면서 불만스레 한숨을 내쉬었다. '그래, 나이가 흔적을 남기지 않을 리 없지.'

어깨가 좁고 얼굴이 얽은 한 수인이 대걸레로 시멘트 바닥을 닦고 있다가, 경비병이 손가락 사이에 담배를 끼운 채 문 뒤로 돌아나가자 모스뚭스꼬이에게 빠르게 말했다.

"예르쇼프의 지시를 받아 소식을 전합니다. 스딸린그라드 지구에서 우리 군대가 프리츠의 공격을 전부 막아냈대요. 모든 게 제대로 되어간답니다. 소령이 당신에게 전단지를 작성해 다음 목욕 때 전달하라고 했습니다."

연필과 종이가 없다고 대꾸하려는데 경비병이 다시 들어왔다. 미하일 시도로비치는 옷을 입다가 주머니 속에 웬 꾸러미가 만져진다는 것을 깨달았다. 꾸러미에는 각설탕 열개와 헝겊으로 묶은 훈제 비곗덩어리, 그리고 하얀 종잇조각과 몽당연필이 들어 있었다. 행복감이 모스뚭스꼬이를 휩쌌다. 이 이상 무얼 바라겠는가! 심장 경화증이나 위장병, 심장 발작에 대한 시시한 걱정 속에서 삶을 끝내지 않을 수 있게 되었는데.

그는 각설탕과 몽당연필을 가슴에 꼭 안았다.

그날 밤 하사관 SS요원이 그를 의무실에서 끌어내 거리로 데리고 나왔다. 차가운 바람이 이따금씩 돌풍을 일으키며 얼굴로 불어 닥쳤다. 미하일 시도로비치는 잠든 바라끄들을 둘러보면서 생각했다. '걱정 말게, 이 모스뚭스꼬이의 신경줄은 약해지지 않아. 편히 들 쉬시게, 동지들.'

그들은 수용소 관리본부의 문안으로 들어갔다. 벌써 수용소의 암모니아 냄새 대신 시원한 담배 냄새가 풍겼다. 바닥에 떨어진 기다란 꽁초가 보였다. 모스뚭스꼬이는 그것을 줍고 싶은 충동을 느꼈다.

3층을 지나 4층으로 올라가자 호송병이 모스뚭스꼬이에게 매트에 발을 닦으라고 명하며 그 자신도 오랫동안 매트에 신발 바닥을 쓸어댔다. 헐떡이며 계단을 올라온 모스뚭스꼬이는 숨을 고르느라 애썼다.

두 사람은 복도에 깔린 카펫을 따라 걸음을 떼었다.

반투명 유리로 된 튤립 모양 전등들에서 부드럽고 평온한 빛이 흘러나오고 있었다. 그들은 '지휘관' 명판이 달린 화려한 문을 지나 역시 화려한 다른 문 앞에 멈추었다. 거기엔 '슈투름반퓌러[61] 리스'라는 명판이 달려 있었다.

귀에 익은 이름이었다. 그는 힘러를 대변하는 인물로 수용소 행정을 담당했다. 언젠가 구즈 장군이 오시쁘프는 리스에게 심문을 당했는데 왜 자신은 리스의 부관에게 심문당했는지 모르겠다면서 투덜거려 웃음을 자아낸 적이 있었다. 구즈는 그것이 전투 지휘부를 무시한 처사라고 보았던 것이다.

오시쁘프는 리스가 통역 없이 심문을 진행했다고 했다. 리스는

61 나치 친위대(SS)와 나치 돌격대(SA)의 계급 중 하나. 독일 국방군의 소령에 해당한다.

리가 출신이라 러시아어를 할 줄 알았다.

젊은 장교가 복도로 나와 호송병에게 몇마디 하고는 미하일 시도로비치를 들여보낸 뒤 그대로 문을 열어두었다.

방은 비어 있었다. 카펫 깔린 바닥과 꽃병에 꽂힌 꽃송이들, 벽에 걸린 그림이 눈에 들어왔다. 숲과 붉은 지붕을 올린 농가들이 그려져 있었다.

이곳이 도살 감독자의 방이군, 모스뚭스꼬이는 생각했다. 죽어가는 짐승들이 가래 끓는 소리를 내고, 그들의 내장에서 김이 피어오르고, 피투성이 도살자들이 있는 곳 바로 곁. 그러나 카펫이 깔린 이 평화로운 방과 도살을 연결 짓는 것은 책상 위에 놓인 검은 전화기들뿐이었다.

적! 얼마나 단순하고 분명한 단어인가. 다시금 체르네쪼프 생각이 났다. '슈트룸 운트 드랑'[62]에 참으로 보잘것없는 운명이야. 그런 시대에 레이스 장갑을 끼다니. 모스뚭스꼬이는 자기 손바닥과 손가락을 살펴보았다.

방 안쪽에서 문이 열렸다. 곧장 복도 쪽 문이 닫히는 소리가 났다. 리스가 방에 들어선 걸 알고 보초가 닫은 모양이었다.

모스뚭스꼬이는 얼굴을 잔뜩 찌푸린 채 기다렸다.

"안녕하시오." 회색 제복 소매에 SS 표지를 단, 키가 크지 않은 남자가 나직하게 입을 열었다.

혐오스러운 구석이라곤 전혀 없는 얼굴이었고, 그래서 미하일 시도로비치는 리스의 얼굴을 보는 것이 더욱 끔찍했다. 매부리코에 짙은 회색 눈동자, 넓은 이마, 근면한 금욕주의자의 인상을 더해

---

62 독일어 Sturm und Drang(격랑의 시대)를 러시아 문자로 적었다.

주는 창백하고 야윈 뺨.

미하일 시도로비치가 기침을 시작하자 리스는 한참 기다렸다가 다시 말을 이었다.

"당신과 이야기를 좀 하고 싶소."

"난 당신과 이야기하고 싶지 않소." 이렇게 대꾸한 뒤 모스똡스꼬이는 방 한쪽 구석을 곁눈질했다. 저기서 리스의 조력자들 ─ 노인을 흠씬 두들길 망나니 노역자들 ─ 이 나타나겠지.

"그 마음 충분히 이해하오." 리스가 말했다. "앉으시오."

그는 모스똡스꼬이를 안락의자에 앉힌 뒤 옆에 나란히 앉았다.

그가 구사하는 러시아어는 뭔가 앙상한 느낌에 회색빛을 띠었다. 대중을 위한 학술서에 쓰일 법한 언어였다.

"몸이 좋지 않지요?"

미하일 시도로비치는 어깨만 으쓱일 뿐 아무 대꾸도 하지 않았다.

"그래, 알고 있소. 내가 당신에게 의사를 보냈소. 그가 말해주었소. 한밤중에 불러내 미안하오. 하지만 당신과 무척이나 이야기하고 싶었소."

'물론 그랬겠지.' 미하일 시도로비치는 잠시 생각하다가 입을 열었다.

"난 심문을 받으러 왔소. 당신과 할 얘기는 전혀 없소."

"그렇게 생각하시오?" 리스가 물었다. "내 제복만 보고 그러는 모양이군. 하지만 나도 이걸 입고 태어난 게 아니오. 퓌러와 당이 시키면 당의 전사들은 복종할 뿐이오. 난 언제나 당의 이론가였고 철학과 역사적 문제들에 관심이 많았소. 그렇지만 역시 당원이기도 하지. 당신네 엔까베데 요원들은 루뱐까를 좋아하오?"

모스똡스꼬이는 리스의 얼굴을 찬찬히 살펴보았다. 이마가 높고 창백한 이 얼굴은 인류 진화 도표의 가장 밑바닥에 그려져야 한다는 생각이 들었다. 진화는 이 얼굴에서 시작해 털북숭이 네안데르탈인으로 진행되리라.

"당 중앙위원회가 당신에게 체까의 작업을 강화하라는 과제를 준다면 당신은 거부할 수 있겠소? 당신네들은 헤겔을 옆으로 밀어놓은 채 일을 시작했소. 우리 역시 헤겔을 밀어놓았지."

미하일 시도로비치는 곁눈으로 상대를 보았다. 더러운 입술에서 나오는 헤겔이라는 이름이 이상하고 모독적으로 울렸다⋯⋯ 사람들이 빼곡히 들어찬 전차 속에서 노련한 소매치기가 그에게 대화를 걸어온 셈이었다. 그는 귀를 기울이며 눈으로는 소매치기의 손을 주의 깊게 따라가야 했다. 언제라도 면도칼이 번쩍이며 그의 눈앞에 나타날 수 있었다.

하지만 리스는 두 손을 펴 들고는 한참 들여다보더니 입을 열었다.

"우리의 손도 당신네 손과 마찬가지로 위대한 일을 사랑하며, 더러운 일을 두려워하지 않소."

미하일 시도로비치는 얼굴을 찌푸렸다. 자신의 것과 똑같은 리스의 동작과 말이 견딜 수 없이 혐오스럽게 느껴졌던 것이다.

리스는 마치 예전에도 모스뚭스꼬이와 대화를 나누었던 양, 그리고 그때 마무리 짓지 못한 대화를 마칠 수 있게 되어 기쁜 양 빠르고 생기 있게 말을 이어갔다.

"스무시간만 날아가면 당신은 소비에뜨 도시 마가단의 당신 집 무실에, 그곳 소파에 앉아 있을 수 있겠지. 우리가 있는 이곳이 당신에게는 제집이오. 다만 당신에게 운이 따르지 않았을 뿐. 당신네 프로파간다가 금권정치 프로파간다와 손잡고 빠르따이유스띠찌야[63]에 대해 쓰기 시작하는 걸 보고 난 무척 가슴이 아팠소."

그는 고개를 저었다. 이어 다시 예상치 못한, 끔찍하고 격렬하고 터무니없는 말이 쏟아져나왔다.

"서로의 얼굴을 볼 때 우리는 각자 증오하는 얼굴만이 아니라 거울을 보고 있는 셈이오. 그게 바로 세기의 비극이지. 우리에게서 당신 자신이, 당신의 의지가 보이지 않소? 당신에게도 세상이 곧 당신의 의지 아니오? 당신 자신을 동요시키고 멈추는 게 가능할 것 같소?"

리스의 얼굴이 모스똡스꼬이의 얼굴에 가까이 다가왔다.

"내 말 이해하시오? 난 러시아어를 잘 못하지만 그래도 당신이 꼭 알아들었으면 좋겠군. 당신은 당신이 우리를 증오한다고 생각할 테지만 실은 우리 속에 있는 당신 자신을 증오하는 거요. 끔찍하겠지. 알아듣겠소?"

미하일 시도로비치는 침묵하기로 마음먹었다. 리스는 그를 대화로 끌어들이지 못하리라.

하지만 일순, 눈앞의 저 인간이 지금 그를 속이려는 게 아니라 진정으로 온 정신을 가다듬어 단어를 고르고 있다는 생각이 들었다. 자신을 괴롭히는 것이 무엇인지 알아내고 싶어 도움을 청하며 한탄을 늘어놓고 있는 것 같았다.

미하일 시도로비치는 고통스러우리만치 마음이 불편했다. 심장에 바늘이 꽂히는 듯했다.

"내 말 알겠소? 이해하시오?" 리스가 빠르게 되풀이했다. 그의 시선은 이미 모스똡스꼬이를 벗어나 있었다. 그만큼 마음이 흥분과

---

63 독일어 Parteijustiz(정당 사법권)를 러시아어화해 러시아 문자로 적었다.

혼란으로 가득했던 것이다. "우리는 당신 군대를 공격하지만 사실은 우리 자신을 때리는 거요. 우리의 전차들은 당신네 경계선만이 아니라 우리의 경계선도 뚫고 들어갔고, 우리 전차들의 무한궤도는 독일의 국가사회주의를 짓누르고 있소. 꿈속에서의 자살 같은 것이지. 정말 끔찍하오. 이 모든 게 우리에게 비극을 불러올 수 있소. 내 말 이해하시오? 여기서 승리한다 해도, 승자인 우리는 당신네 없이 홀로 남겨져 우리를 증오하는 낯선 세계에 맞서게 될 거요."

이 인간의 말에 반박하는 건 어렵지 않아.

하지만 그의 두 눈이 모스똡스꼬이에게로 좀더 가까이 다가왔다.

그 속에는 이 노련한 SS 선동가의 말보다 더 구역질 나고 위험한 뭔가가 있었다. 가끔은 머뭇거리며, 가끔은 분노에 꿈틀거리며 모스똡스꼬이의 영혼과 뇌리를 갉고 있는 그것이었다. 바로 모스똡스꼬이가 타인의 말이 아니라 자신의 영혼 속에서 발견한 것, 혐오스럽고 더러운 회의였다.

한 인간이 병, 악성종양을 두려워하면서 의사에게 가지 않고, 자기의 병 증상을 알아차리기를 꺼리고, 가까운 사람들과 병에 대해 이야기하기를 꺼리고 있는데…… 사람들이 그에게 '자, 말해봐요. 그렇죠, 보통 아침마다 그런 통증이 나타나지요. 보통 그런 후에 특히…… 맞아요, 맞아요……'라고 말하는 셈이었다.

"선생, 내 말 알아듣겠소?" 리스가 물었다. "당신도 알 만한 지혜로운 저작을 쓴 어느 독일인이 그런 말을 했소, 나뽈레옹의 비극은 그가 평생 영국 정신을 표현했건만 바로 영국 안에 그의 치명적인 적이 있었다는 점이라고."

'차라리 당장 아가리를 한대 맞는 편이 낫겠어……' 미하일 시도로비치는 잠시 생각하다가 알아차렸다. '아, 그건 슈펭글러[*]가

한 말이지.'

리스가 담배에 불을 붙인 뒤 모스뚭스꼬이에게 담뱃갑을 내밀었다.

"싫소." 미하일 시도로비치는 자르듯 말했다.

이 세상의 모든 경찰들, 사십년 전 그를 심문했던 경찰도, 헤겔과 슈펭글러에 대해 말하는 이자도 하나같이 멍청한 속임수를 쓴다고 생각하니 마음이 다소 편해지는 듯했다. 그들 모두 체포된 자에게 담배를 권한다. 그래, 일이 예상과 다르게 흘러가는 바람에 나도 모르게 신경이 약해져 있었어. 주먹으로 아구통을 돌리겠거니 생각하고 있었는데 갑자기 이런 역겹고 터무니없는 대화가 시작되었으니. 하지만 황제 시절의 경찰 중에서도 몇몇은 정치적 문제와 관련해 제 나름의 식견을 가지고 있었지. 진짜 높은 수준으로 교양을 쌓은 사람들,『자본론』을 공부한 사람까지 있었고. 맑스를 공부한 경찰에게 그런 일이 일어나지 않았을까? 갑자기 마음 깊은 곳에서 '맑스가 옳을지도 몰라'라는 생각이 꿈틀거리지 않았을까? 그 순간 경찰은 어떤 감정을 느꼈을까? 자신의 회의에 대한 혐오와 공포? 하지만 어떤 경우에도 경찰이 혁명가가 되는 법은 없었지. 경찰은 자신의 회의를 짓누르고 경찰로 남았어…… 나도…… 나도…… 역시 내 회의를 짓누르고 있어. 나는 혁명가로 남을 거야.

리스는 모스뚭스꼬이가 담배를 거절한 것도 알아채지 못한 채 계속 중얼거렸다. "자, 여기, 정말 좋은 담배요."

그는 담뱃갑을 닫더니 완전히 열이 올라 말했다.

"내 이야기에 그렇게 놀라는 이유가 뭐요? 다른 대화를 기대했

---

64 Oswald Arnold Gottfried Spengler(1880~1936). 독일의 문화철학자. 그의 저서
『서유럽의 몰락』은 제1차 세계대전 이후의 사상계에 큰 영향을 주었다.

소? 당신네 루반까에는 지식인이 없소? 빠블로프,[65] 올젠부르그[66]와 이야기할 만한 사람들 말이오. 하지만 그들에겐 목적이 있지. 내겐 숨은 목적이 없소. 명예를 걸고 맹세하오. 당신을 괴롭히는 것이 나 또한 괴롭히오."

그는 피식 웃은 뒤 덧붙였다. "게슈타포의 명예를 걸고 맹세하오. 이건 농담이 아니오."

미하일 시도로비치는 속으로 되풀이했다. '침묵할 것. 중요한 건 입을 열지 않는 거다. 대화에 끌려들지 말 것. 반박하지 말 것.'

리스는 말을 이어갔다. 다시금 모스뚭스꼬이에 대해서는 잊은 듯했다.

"자석의 두 극! 바로 그거요! 그게 아니라면 오늘 우리의 끔찍한 전쟁도 없겠지. 우리는 당신의 치명적 적이오. 그렇고말고. 하지만 우리의 승리는 바로 당신네들의 승리이기도 하오. 이해하겠소? 만약 당신네가 승리하면 우린 패하여 당신네의 승리 속에서 살아갈 거요. 역설이지. 전쟁에 패하기 때문에 우리는 승리할 테고 다른 형태로 발전할 거요. 그러나 그 본질은 다르지 않소."

이 전능한 리스는 무슨 목적으로 이러는 걸까? 전리품 영화[67]를 보거나 보드까를 마시거나 힘러에게 보고서를 쓰거나 화초 재배에 대한 책을 탐독하거나 딸이 보낸 편지를 반복해 읽는 대신, 당일 도착한 수송열차에서 선발한 젊은 여자들을 데리고 놀거나 신진대사에 도움이 되는 약을 먹고 그 넓은 침대에서 잠을 자는 대신, 이

---

65 Ivan Petrovich Pavlov(1849~1936). 러시아의 생리학자. '파블로프의 개'로 알려진 조건반사를 연구하여 1904년 노벨생리학·의학상을 수상했다.
66 Sergei Fyodorovich Oldenburg(1863~1934). 유명한 동양학자이자 불교 전문가. 러시아의 인도학을 창시했다.
67 러시아 영화를 말한다.

야밤에 수용소의 악취를 풍기는 늙은 러시아 볼셰비끼를 호출한 이유가 대체 무엇이란 말인가?

무슨 생각으로 이런 짓을 하는가? 무엇 때문에 자기 목적을 숨기는 것인가? 대체 뭘 알아내려고?

미하일 시도로비치는 고문이 두렵지 않았다. 그에게 끔찍한 것은 이 독일인이 갑자기 거짓 없이 진정성을 드러내고 있다는 생각, 정말로 누군가와의 대화를 원하고 있다는 생각이었다.

얼마나 역겨운 생각인지! 그들 둘 다 똑같은 병으로 괴로워하는데 한 사람은 이를 참지 못해 입 밖에 내어 떠벌리고, 다른 사람은 침묵하고 속으로 감춘 채 상대의 말에 귀 기울여 듣고 또 듣는 것이다……

모스똡스꼬이의 말없는 질문에 답변이라도 하듯, 리스가 마침내 책상에 놓인 서류철을 열더니 손가락 두개로만 더러운 종잇장 묶음을 집어 꺼냈다. 그게 무엇인지 모스똡스꼬이는 당장에 알아보았다. 이꼰니꼬프의 악필이었다.

분명 리스는 이꼰니꼬프가 비밀스럽게 심어놓은 이 종잇장들을 갑자기 보면 모스똡스꼬이가 당황하리라 계산했으리라……

하지만 미하일 시도로비치는 당황하지 않았다. 심지어 이꼰니꼬프의 종잇장들을 보니 반가운 마음마저 들었다. '모든 게 분명하군. 경찰 심문이 다 그렇듯 멍청할 정도로 조야하고 평범해.'

리스는 책상 맞은편 가장자리로 이꼰니꼬프의 악필을 밀어놓았다가 다시 자기 쪽으로 끌어당겼다. 그러곤 갑자기 독일어로 말하기 시작했다.

"보시오. 수색 때 당신 자리에서 나온 거요. 첫마디를 보자마자 난 이 쓰레기를 당신이 썼을 리 없다는 걸 알았지. 당신 필적을 몰랐는데도 그랬소."

모스뚭스꼬이는 침묵했다.

리스는 한 손가락으로 종잇장을 두들겼다. 친절하게, 자비롭게, 집요하게 그를 대화로 끌어들이려 하고 있었다.

그러나 모스뚭스꼬이는 침묵했다.

"내가 잘못 생각했을까?" 리스가 물었다. "아니, 그럴 리 없지. 당신이나 나나 여기 쓰여 있는 내용에 똑같은 혐오를 느낄 거요. 당신과 나는 함께 서 있지만 이 쓰레기는 다른 방향을 가리키거든!"

그는 이꼰니꼬프가 쓴 종잇장을 가리켰다.

"좋소." 모스뚭스꼬이는 화난 목소리로 성급하게 입을 열었다. "본론으로 갑시다. 이 종잇장들 말이오? 그렇소, 나한테서 나온 거요. 누가 줬는지 알고 싶소? 그건 당신이 알 바 아니오. 어쩌면 내가 썼을 수도 있지. 아니면 당신이 당신네 밀고자한테 몰래 내 매트리스 밑에 밀어넣으라고 시켰을지도 모르고. 어떻게 생각하오?"

일순 도발에 넘어가 광분하여 "당신 입을 열 방법이 있지!"라고 외치는 리스의 모습이 그려졌다.

그러면 얼마나 좋을까. 그러면 모든 것이 얼마나 간단하고 쉬울까. '적.' 얼마나 쉽고 분명한 말인가!

하지만 리스는 말했다.

"하찮은 종잇장들 따위가 무슨 문제요? 누가 썼건 상관없소. 어쨌든 이걸 쓴 이가 당신도 나도 아니라는 건 잘 알고 있소. 참 쓸쓸하군. 생각해보시오! 만약 전쟁이 일어나지 않았고 전쟁포로들이 없었다면 우리 수용소에 누가 있었을지 말이오. 아마 당의 적들, 인민의 적들이 들어앉았겠지. 당신네 수용소에도 그들이 들어앉았을 것이고. 평화 시기가 도래해 당신네들이 수용자들을 독일로 보낸대도 우리 제국 보안본부는 절대로 그들을 풀어주지 않을 거요. 결국 당신네 수용자가 곧 우리의 수용자인 셈이지." 그는 씩 웃어 보였다. "우리가 수용소에 가둔 독일 공산주의자들을 당신들 또한 1937년에 가두었소. 예조프가 그들을 감금했고 힘러가 그들을 감금했지…… 선생, 헤겔주의자가 되시오."

그는 모스똡스꼬이에게 윙크를 하고서 말을 이었다.

"우리 수용소에서 그렇듯이 당신네 수용소에서도 외국어 지식이 유용할 거요. 그리고 오늘은 우리의 유대인 증오가 당신들을 두렵게 만들지만, 내일 당신네들은 자진해서 우리의 경험을 받아들일 거요. 그리고 모레 우리 모두는 좀더 많은 것에 관대해지겠지. 난 위대한 인간의 인도하에 기나긴 길을 지나왔소. 당신 역시 위대한 인간의 인도하에 길고 험난한 길을 지나왔소. 정말로 부하린이 선동가라 믿었소? 위대한 인간만이 길을 인도할 수 있소. 나 역시 룀[68]을 알았고 그를 믿었지. 하지만 일은 결국 그렇게 되어야 했소. 지금 날 괴롭히는 건, 수백만 인간을 죽인 당신네 테러를 온전히 이해하고 그 불가피성을 받아들이는 집단이 전 세계에서 우리 독일인들뿐이라는 사실이오! 그걸 당신은 알아야 하오. 이 전쟁에 경악을 느껴야 한단 말이오. 나뽈레옹은 영국에 맞서지 말아야 했소."

그러자 새로운 생각이 모스똡스꼬이를 경악시켰다. 눈에 갑자기 통증이 왔는지, 아니면 그 괴로운 생각에서 벗어나고 싶어서였는지 그는 실눈을 짓기까지 했다. 결국 그의 회의는 유약함, 무력함, 더러운 이중성, 피로감, 불신의 징표가 아닐지도 몰랐다. 드물지만

---

68 Ernst Julius Günther Röhm(1887~1934). 히틀러의 오랜 지기로 초기 나치의 지도자이자 나치 돌격대 사령관. 이후 히틀러가 그를 잠재적 경쟁자로 여겨 살해한 뒤 권력을 잡았다.

때로는 소심하게, 때로는 갑자기 격렬하게 그를 사로잡곤 했던 회의는 아마도 그의 내면에 살고 있는 가장 정직하고 가장 순수한 것이리라. 하지만 그는 이런 회의를 눌렀고, 몰아냈고, 증오했다. 혹시 이 회의 속에 혁명적 진실의 알맹이가 있는 게 아닐까?

이 회의 속에 자유의 다이너마이트가 있어!

리스를, 그의 미끌거리고 끈적끈적한 손가락들을 떨쳐내기 위해서는 체르네쪼프를 증오하기를 그만두면 된다. 유로지비 이꼰니꼬프을 경멸하는 걸 그만두기만 하면 된다! 아니, 아니다, 그것만으로는 부족하다! 그가 일생 동안 자양으로 삼아 살아왔던 것을 부정해야 한다. 그가 수호하고 변명했던 것을 비난해야 한다……

아니, 아니다, 여전히 더 많은 것을 해야 한다! 비난이 아니라 온 마음을 다하여, 혁명의 열정을 다하여 증오해야 한다, 수용소, 루뱐까, 피비린내 나는 예조프, 야고다, 베리야를! 스딸린을, 그의 독재를!

하지만 아니, 아니다, 그것으로도 부족하다! 레닌을 비난해야 한다! 낭떠러지 가장자리까지 나아가야 한다!

그래, 리스의 승리였다. 전장에서 일어나는 전투가 아니라 이 게슈타포가 지금 그를 상대로 벌이는 총성 없는 전투에, 뱀독으로 가득한 이 전투 속에 승리가 있었다.

당장이라도 미쳐버릴 것 같았다. 그러다 갑자기, 그는 가볍고 기쁘게 한숨을 내쉬었다. 일순 그를 경악시키고 눈멀게 했던 생각이 산산이 먼지로 부서져 우습고 시시한 것이 되었다. 환각이 지속된 시간은 몇초에 불과했다. 그렇지만, 단 일초라도 그럴 수 있었단 말인가! 한순간이라도 자신이 그 위대한 과업의 정당성을 감히 의심할 수 있었단 말인가!

리스는 입술을 질근질근 깨물면서 그를 바라보다가 다시 입을 열었다.

"오늘날 사람들이 우리의 모습에 경악하고 당신네들을 보면서는 사랑과 희망을 품는 것 같겠지. 하지만 내 말 믿는 게 좋을 거요. 우리의 모습에 경악하는 이들은 당신네들의 모습에도 경악하기 마련이오."

이제 미하일 시도로비치는 두려울 것이 없었다. 그는 회의의 대가를 알았다. 회의는 그를 늪이 아니라 낭떠러지로 이끌었다!

리스가 이꼰니꼬프의 종잇장들을 집어들었다.

"뭣 때문에 이런 자들을 상대하는 거요? 저주받을 전쟁이 모든 것을 흔들어 뒤죽박죽으로 만들어버리는군. 아, 이 혼란을 해결할 능력이 내게 있다면!"

혼란이 아니오, 리스 씨! 모든 게 분명하고 모든 게 간단하오. 우리는 당신들을 상대하기 위해 이꼰니꼬프나 체르네쬬프와 연합할 필요가 없소. 당신들을, 그리고 그들을 처리할 만큼 충분히 강하니까.

모스뚭스꼬이는 리스가 모든 부정적인 것들을 하나로 합쳐놓은 존재임을 알았다. 쓰레기 구덩이들은 하나같이 악취를 풍기는 법이야. 잔해들, 무용지물들, 깨진 벽돌 조각 같은 것들, 다 똑같지. 상이점과 유사점의 본질은 쓰레기 속이 아니라 건설자의 의도 속에서, 그의 사상 속에서 찾아야 한다.

그러자 리스와 히틀러만이 아니라 빛바랜 눈을 한 채 맑시즘 비판에 대해 묻던 영국 장교를 향한, 외눈박이의 구역질 나는 연설을 향한, 경찰 스파이로 드러난 물러터진 전도사를 향한 의기양양하고 행복한 분노가 그를 휩쌌다. 사회주의국가들과 파시스트 제국 사이에 유사성이 존재한다는, 그 그림자라도 존재한다는 이자들의 말을 믿을 백치들이 어디 있을까? 어림없지. 게슈타포 리스가 그 썩은 상품의 유일한 소비자이리라. 미하일 시도로비치가 파시즘과 그 앞잡이들 사이의 내적 연결을 이 순간처럼 선명하게 이해한 적은 한번도 없었다.

그가 생각하기에 스딸린의 천재성은 바로 이런 자들을 미워하고 척결하면서 파시즘과 바리새인들, 거짓된 자유를 설파하는 자들 사이의 숨은 형제애를 간파한 데 있었다. 그것이 너무나 명확히 보였기에, 그는 이에 대해 리스에게 이야기하고 리스의 논리에 내재된 불합리성을 설명하고 싶었다. 하지만 그는 씩 한번 웃기만 했다. 그는 노련한 참새니까. 그는 재판정에서 검사 측에 인민의의지 당원들의 과업에 대해 떠벌린 바보 골덴베르그[69]가 아니니까.

미하일 시도로비치는 리스를 똑바로 바라보며, 아마도 문을 지키는 보초에게도 들릴 만큼 큰 소리로 말했다. "당신에게 충고 한마디 하지. 공연히 시간 낭비하지 마시오. 나를 벽에 세우고 당장 교수형에 처하시오. 죽이란 말이오."

"아무도 당신을 죽이고 싶어 하지 않소." 리스가 황급히 말했다. "진정하시오, 제발."

"난 불안할 게 없소." 모스똡스꼬이가 유쾌하게 말했다. "불안해 할 생각도 없고."

"아니, 불안할 거요. 그래야 하오. 내 불면증이 당신의 불면증이 되어야 하오. 우리가 서로에게 적대감을 느껴야 할 이유가 대체 뭐요? 난 도무지 모르겠군…… 아돌프 히틀러가 퓌러가 아니라 슈티

---

69 Grigorii Davidovich Goldenberg(1855~80). 러시아의 혁명가이자 테러리스트. 체포되자 동지들을 배반하고 검사들에게 모의에 참가한 사람들을 알렸다가 나중에 후회하고 자살했다.

네스[70]나 크루프[71] 같은 자들의 하수인이라도 된단 말이오? 당신네들에게 토지소유권이 없어서 이러는 거요? 아니면 공장과 은행이 인민들에게 귀속된다고? 당신들은 국제주의자고 우리는 인종 증오를 설파하는 이들이라서? 우리가 불을 질렀고 당신들은 끄려고 애를 쓰기 때문에? 전 인류가 우리만 미워하고 당신네 스딸린그라드는 희망에 차 바라보고 있어서? 당신들 쪽에선 그렇게 생각하는 거요? 개소리! 우리 사이에 근본적인 차이는 없소! 전부 꾸며낸 소리지. 우리는 본질적으로 다르지 않은 두 일당주의 국가요. 우리의 자본가들 또한 주인이 아니오. 국가가 그들에게 계획과 절차를 내려주고 그들의 산물과 이윤을 가져가지. 그들은 노동의 대가로 이윤의 6퍼센트를 가져갈 뿐이오. 당신네 당국도 역시 계획과 절차를 내려주고 산물을 가져가지 않소? 당신들이 주인이라 부르는 노동자들 역시 당국으로부터 노동의 대가를 받고 말이오."

'저 천박한 헛소리가 정말 순간이나마 나를 당황시켰단 말인가?' 미하일 시도로비치는 리스를 바라보며 생각했다. '내가 독이 흐르고 악취 나는 저 오물의 흐름에 빠져 질식할 뻔했단 말인가?'

리스는 절망스럽게 손을 내저었다.

"우리의 민족국가 위에도 붉은 노동자 깃발이 펄럭이고 있소. 우리도 민족주의와 노동자들의 위업과 단결에 호소하오. '당이 독일 노동자의 꿈을 표현한다'라고 말하오. 당신네들도 '인민성'을, '노동'을 말하지. 당신네들도 우리처럼 민족주의가 20세기의 대세라는 걸 아오. 민족주의는 세기의 영혼이오! 일국사회주의, 그것은 민족주의의 최고의 표현이오!

---

70 Hugo Dieter Stinnes(1870~1924). 독일의 기업가이자 정치가.
71 Alfried Felix Alwyn Krupp(1907~67). 독일의 기업가.

어째서 우리가 적대 관계인지 난 도무지 이해할 수 없소. 하지만 독일 인민의 천재적 교사이자 퓌러, 우리의 아버지, 독일 어머니들의 최고의 친구, 가장 위대하고 지혜로운 전략가께서 이 전쟁을 시작했지. 난 히틀러를 믿소. 그리고 당신네 스딸린의 머리가 분노와 고통으로 흐려지지 않았다고 믿소. 그는 전쟁의 연기와 포화를 뚫고 진실을 보는 사람이지. 그는 자기 적이 누구인지도 알고 있소. 잘 알고말고. 심지어 적과 함께 우리에게 대항하는 전쟁 전략을 연구하고 적에게 건배를 드는 지금 이 순간에도 그렇소. 지상에는 두 위대한 혁명가가 있소. 스딸린과 우리 퓌러요. 그들의 의지가 민족적 국가사회주의를 낳았소. 내겐 당신들과의 형제애가 동쪽의 땅을 두고 벌이는 당신들과의 전쟁보다 더 중요하오. 우리는 집을 두채 짓는 중이고, 이 두 집은 나란히 세워져야 하오. 선생, 당신도 혼자 앉아 편안히 생각해보기를, 우리의 다음번 대화에 대해 생각해보기를 바라오."

"뭣 때문에? 터무니없군. 무의미하고 말도 안 되는 소리요!" 모스똡스꼬이가 말했다. "그리고 '선생'이라니! 당신은 왜 바보같이 나를 그렇게 부르는 거요?"

"바보 같지 않소. 당신도 나도 이해해야 하오. 미래는 전장에서 결정되는 게 아니오. 당신은 개인적으로 레닌을 알았지. 그는 새로운 유형의 당을 만들었소. 당과 영도자만이 민족의 추진력을 표현해낼 수 있다는 사실을 처음으로 알아챈 사람이 바로 그요. 그래서 제헌의회를 끝내버렸지. 하지만 맥스웰[72]이 뉴턴의 역학 체계를 깨뜨리면서 자신이 그것을 강화한다고 믿었듯이, 레닌은 20세기의

---

72 James Clerk Maxwell(1831~79). 영국의 이론물리학자이자 수학자. 전기와 자기를 단일한 힘으로 통합한 전자기학을 확립하여 뉴턴역학과 함께 과학 발전의 초석을 마련했다.

위대한 민족주의를 만들면서 자신이 인터내셔널의 창시자라 여겼소. 그런 다음엔 스딸린이 우리에게 많은 걸 가르쳤지. 일국사회주의를 위해서는 파종하고 판매하는 농민의 자유를 청산해야 했고, 스딸린은 흔들림 없이 농민 수백만명을 없앴소. 우리 히틀러는 독일의 국가사회주의 운동을 방해하는 적이 바로 유대인임을 알았소. 그래서 수백만 유대인을 청산하기로 결정했지. 그러나 히틀러는 훌륭한 학생일 뿐 아니라 그 자체로 천재였소! 그 역시 흔들림이 없었고…… 스딸린이 1937년의 숙청을 떠올린 건 바로 우리의 룀 숙청을 통해서였소. 내 말을 믿어야 하오. 내가 이야기하는 내내 당신은 침묵했지만, 난 알고 있소. 난 당신의 해부용 거울이오."

"거울?" 모스똡스꼬이가 입을 열었다. "당신 말은 처음부터 끝까지 죄다 거짓이오. 그 더럽고 악취 나는 도발을 반박하기엔 내 자존심이 높소. 거울? 그래, 하고 싶은 말은 다 했소? 이제 스딸린그라드가 당신을 정신 차리게 해줄 거요."

리스가 자리에서 일어서자 모스똡스꼬이는 흥분과 환희와 증오의 감정을 느끼며 생각했다. '이제 쏠 테지. 그럼 끝이야!'

하지만 리스는 마치 모스똡스꼬이의 말을 듣지 못한 양 공손하게 깊이 고개를 숙였다.

"선생," 그가 말했다. "당신들은 늘 우리를 가르칠 거고 또 늘 우리에게서 배울 거요. 함께 잘 고민해봅시다."

비참하고 진지한 얼굴이었으나 그의 두 눈은 웃고 있었다. 다시금 독바늘이 미하일 시도로비치의 심장을 찔렀다.

리스가 시간을 확인했다.

"결국 시간이 말해줄 거요."

그는 벨을 울린 뒤 나직하게 덧붙였다. "필요하면 이걸 가져가시오. 곧 다시 봅시다. 구테 나흐트!⁷³"

모스뚭스꼬이는 무슨 목적인지 스스로도 모르는 채 책상에서 종잇장들을 집어 주머니에 넣었다.

관리본부 건물에서 나와 그는 찬 공기를 들이켰다. 축축한 밤, 동트기 전의 어둠 속에 울려퍼지는 사이렌 소리. 게슈타포의 사무실에서 나치 이론가의 조용한 음성을 듣고 나온 지금 이 모든 게 얼마나 즐거운지.

의무실 가까이 이끌려올 즈음 연보랏빛 전조등을 켠 경자동차 한대가 더러운 아스팔트 위를 지나갔다. 리스가 휴가를 떠나고 있었다. 슬픔이 다시 새로운 힘으로 모스뚭스꼬이를 사로잡았다. 호송병은 그를 독방으로 데려가 문을 잠갔다.

그는 침상에 앉아 생각했다. '내가 신을 믿었다면 신이 내 회의에 대한 징벌로 저 끔찍한 인간을 보냈다고 생각했을 거야.'

잠이 오지 않았다. 이미 새로운 하루가 시작되고 있었다. 거칠거칠하니 등을 쿡쿡 찌르는 전나무 판자 벽에 기댄 채, 미하일 시도로비치는 이꼰니꼬프의 악필을 찬찬히 해독하기 시작했다.

16

지상에 사는 사람 대다수는 '선善'을 정의하려 하지 않는다. 선, 그것은 어디에 있나? 누구에게 선이 주어지는가? 누구에게서 나오는가? 모든 사람에게, 모든 인종에, 삶의 모든 상황에 적용되는 공공선이라

---

73 독일어 Gute Nacht(좋은 밤, 밤 인사)를 러시아 문자로 적었다.

는 것은 존재하는가? 나의 선이 너에게는 악이고, 내 민족의 선이 네 민족에는 악일 수 있을까? 선이란 영원하고 변함없는 것인가? 아니면 어제의 선이 오늘은 악이 되고, 어제의 악이 오늘은 선이 되는가?

최후 심판의 날이 다가오면 철학자나 설교가만이 아니라 글을 알거나 모르는 모든 이들이 선과 악에 대하여 깊은 생각에 잠기리라.

수천년 동안 인간은 선에 대한 개념을 발전시켰는가? 복음 사도들이 생각한 것처럼 그리스인과 유대인을 막론하고 모든 이들에게 공통적인 선의 개념이 존재하는가? 계급과 민족과 국가를 막론하는 선, 아마도 더 넓은 선, 짐승들에도 나무들에도 이끼에도 공통적인 선의 개념, 붓다와 그의 제자들이 들여놓은 최고로 넓은 선의 개념, 선과 사랑으로 삶을 포용하고자 삶을 거부해야 했던 붓다가 들여놓은 그 개념이 정말로 존재하는가?

나는 천년의 변화 속에서 태어난 도덕과 철학 영도자들의 사상이 선의 개념을 좁혔다고 본다.

붓다 이후 오백년의 차이를 두고 등장한 기독교 사상에서 선은 오로지 생명체에만 적용된다. 그것도 모든 생명체가 아니라 오직 인간들에게만!

원시기독교의 선, 모든 사람의 선은 기독교도들만의 선으로 대체되고, 그 옆에 이슬람교도의 선과 유대인의 선이 살았다.

하지만 몇세기가 흐르자 기독교도들의 선 역시 가톨릭의 선, 프로테스탄트의 선, 정교회의 선으로 쪼개졌다. 그리고 정교회의 선에서도 다시 구파와 신파의 선이 생겨났다.

부자들의 선과 빈자들의 선은 나란히 지속되었고, 황인종의 선, 흑인종의 선, 백인종의 선 또한 나란히 생겨났다.

그리고 점점 더 쪼개지고 다시 쪼개져 선은 이미 분파와 인종과 계급의 범위 안에서 태어나게 되었으니, 닫힌곡선 밖에 있는 이들은 영원히 선의 원 안으로 들어가지 못했다.

사람들은 이 작은 선, 선하지 않은 선 때문에, 이 작은 선이 이 작은 선을 악이라 여기는 모든 것과 벌이는 전쟁의 이름으로 많은 피가 흐르는 광경을 목격했다.

그리고 가끔 선의 개념 자체가 삶의 재난이 되고, 악보다 더 큰 악이 되어갔다.

이런 선은 신성한 알맹이를 잃은 빈껍데기다. 누가 없어진 알맹이를 사람들에게 되돌려줄까?

선이란 대체 무엇인가? 흔히들 선이란 의지이며 그 의지와 관련된 행위, 즉 인류를, 가족을, 민족을, 국가를, 계급을, 종교를 승리로, 힘으로 이끄는 행위라 이야기한다.

자신의 개인의 선을 위해 싸우는 이들은 이 선에 보편의 외관을 부여하려 애쓴다. 이들은 말한다. 나의 선이 보편적 선과 일치한다고, 나의 선은 내게만이 아니라 인류 전체에 필수적인 것이라고, 나는 개인의 선을 행함으로써 보편적 선에 복무한다고.

그리하여 보편성을 잃은 선, 분파와 계급과 민족과 국가의 선은 자신에게 불리한 모든 것과의 전쟁을 정당화하기 위해서 거짓 보편성을 부여하려 애쓰게 된다.

하지만 헤롯도 악을 위해서가 아니라 헤롯 자신의 선을 위해서 피를 흘렸다. 새로운 세력이 그와 그의 가족, 그의 총신들과 친구들, 그의 왕국, 그의 군대를 파멸시키려고 세상에 태어났던 것이다.

하지만 새롭게 태어난 것은 악이 아니라 기독교였다. 그전까지 인류는 한번도 그런 말을 들어본 적이 없었다. "너희는 다른 사람들을 판단하지 말 것이며 자신도 판단하게 두지 말라. 너희가 재판하는 그것에 의해 바로 너희가 재판받으리니, 또 너희가 잰 자로 바로 너희가 재어지리니…… 너희의 적을 사랑하고, 너희를 저주하는 자를 축복하고, 너희를 미워하는 자들에게 은혜를 베풀고, 너희를 모욕하고 박해하는 자들을 위해 기도하라. 그리고 모든 일에서 사람들이 너희에게 행하기를 바라는 대로 너희 역시 그들에게 행하라. 이 속에 법과 예언이 있나니."[74]

이 평화와 사랑의 가르침이 인간들에게 뭘 가져다주었나?

비잔틴의 성상 파괴, 종교재판의 고문, 프랑스와 네덜란드와 독일에서 일어난 이교도와의 전쟁, 신교와 구교의 투쟁, 가톨릭 사제 집단의 비밀 모의, 니꼰과 아바꿈의 투쟁,[75] 수세기에 걸친 학문과 자유의 탄압, 기독교도의 태즈메이니아 이교도 주민 말살, 아프리카의 흑인 마을들을 불태워버린 악당들.[76] 이 모든 것이 악을 위해 악을 저지르는 강도나 악당의 악행들보다 더 많은 고통을 낳았다……

이렇듯 정신을 뒤흔들고 불태우는 인류의 가장 인상적인 가르침도 제 운명을 피하지 못하여 부분적인, 작은 선의 원들로 분열되었다.

삶의 잔혹함은 위대한 심장들 속에 선을 탄생시키고, 그 심장들은 살아 있는 선과 닮은 모습으로 삶을 변화시키려는 희망에 가득 차 선을 삶 속으로 다시금 들이고자 한다. 그러나 삶은 결코 선의 이상을 본보기 삼아 그와 유사하게 변화하지 않으니, 오히려 선의 이상이 삶

---

74 루가의 복음서 6장의 내용.

75 17세기 중엽 교회 의식 개혁을 두고 진행된 다툼. 모스끄바 총대주교 니꼰(Nikon)의 개혁에 아바꿈(Avvakum Petrov)을 중심으로 하는 고의식 수호 세력이 반발하면서 목숨을 건 갈등이 벌어졌고, 개혁을 옹호하는 니꼰파가 득세하면서 고의식파는 가혹한 박해를 받았다.

76 유럽 기독교도들이 아프리카를 식민화하는 과정에서 일어난 잔인한 일들을 열거한다.

의 늪에 빠져 빛바래고 약해지고 쪼개짐으로써 그 보편성을 잃고 현재의 삶에 종속되는 법이다. 선의 이상은 아름답지만, 형체 없는 제 본보기에 따라 삶의 둥지를 만들어내지 못한다.

삶의 움직임은 인간의 의식에 의해 늘 선과 악의 투쟁으로 받아들여지지만 사실은 그렇지 않다. 인류에게 선을 바라는 이들은 삶의 악을 줄이는 데 무력하다.

새로운 강줄기를 파고 바윗돌을 굴려 옮기고 암벽을 부수고 숲을 없애기 위해서는 위대한 이상이 필요하며, 거대한 물줄기들이 사이좋게 흘러내리도록 하기 위해서는 보편적 선에 대한 꿈이 필요하다. 만일 바다에 생각할 수 있는 힘이 주어진다면 폭풍이 불 때마다 물속에서 행복의 사상과 꿈이 탄생하고, 암벽에 부딪치는 파도 하나하나는 자신이 바닷물의 선을 위하여 스러진다 여길 것이다. 바람의 힘이 과거 수천의 파도들을 들어올리고 앞으로 올 수천의 파도들을 들어올리듯 자신 또한 들어올려질 뿐이라는 생각은 전혀 떠오르지 않으리라.

어떻게 악과 싸워야 하는가에 대해, 대체 무엇이 악이고 무엇이 선인가에 대해 이미 수많은 책들이 쓰였다. 하지만 이 모든 것들의 초라함은 두말할 필요가 없다. 영원하며 결코 악에 의해 패배하지 않을, 역시 영원하나 결코 선을 이기지 못할 그 악에 의해 패배하지 않을 선의 여명이 막 일어나려는 곳에서 젊은이들과 늙은이들이 죽고 피를 흘린다. 인간들만이 아니라 신 또한 삶의 악을 줄이는 데 무력하다.

"라마에서 통곡 소리가 들린다. 애절한 울음소리가 들린다. 라헬이 자식을 잃고 울고 있구나. 그 눈앞에 아이들이 없어 위로하는 말이 하나도 귀에 들어가지 않는구나."[77] 자식들을 잃은 그녀에겐 현자들이

---

[77] 예레미야 31:15.

무엇을 선이라 여기며 무엇을 악이라 여기는지 아무 상관이 없다.

하지만, 삶 자체가 악일까?

나는 내 나라에서 탄생한 공공선이라는 이념의 요지부동한 힘을 보았다. 나는 이 힘을 전면적 집단화의 시기에 보았고 1937년에 보았다. 나는 이상의 이름으로, 기독교의 이상과 마찬가지로 훌륭하고 인간주의적인 이상의 이름으로 사람들이 말살되는 것을 보았다. 나는 굶어 죽어가는 마을들을 보았고, 시베리아 눈밭에서 죽어가는 아이들을 보았고, 수송열차가 모스끄바, 레닌그라드, 러시아의 모든 도시들로부터, 위대하고 빛나는 공공선의 적이라 선언된 수백수천의 남자와 여자를 실어 시베리아로 가는 것을 보았다. 이 사상은 훌륭하고 위대했고, 어떤 사람들을 가차 없이 죽였고, 어떤 사람들의 삶을 망쳐버렸고, 남편으로부터 아내를, 아버지로부터 자식을 떼어놓았다.

이제 독일 파시즘의 거대한 참화가 세계 위로 떠오른다. 형을 선고받은 자들의 통곡과 신음이 대기를 가득 채운다. 하늘은 깜깜하고 태양은 소각로의 연기로 스러진다.

하지만 전 우주만이 아니라 지상의 인간에게도 전례가 없는 이러한 범죄들이 선의 이름으로 행해진다.

언젠가 북부 산림지대에 살았을 때 나는 선이 인간의 내면이 아니라, 짐승의 약탈적인 세계가 아니라, 나무들의 말없는 제국 속에 있다고 상상했다. 하지만 아니었다! 나는 숲의 움직임을, 숲이 풀과 덤불로 가득한 땅에서 벌이는 교활한 싸움을 보았다. 날아다니는 수천만 씨앗들이 풀을 죽이고 덤불을 베어버리며 자라난다. 승리한 파종의 싹들이 서로서로 다툰다. 그 싸움에서 살아남은 것들만이 광합성의 장막을 형성하며 저희들과 동등한 힘을 지닌 다른 개체들의 연합에 합류한다. 그러나 이들에게도 쇠퇴의 시간이 도래하니, 무거운 전나무들이 광합성의 장막 위로 솟아올라 호두나무와 자작나무를 벌한다.

그렇게 숲은 영원히 서로 투쟁하며 살아간다. 눈먼 자들만이 선의 세계가 나무와 풀 속에 있다고 생각하리라. 필시, 삶은 악일까?

선은 자연 속에 있지 않다. 선교자와 설교자의 가르침 속에도, 위대한 사회학자와 인민의 지도자 속에도, 철학자의 도덕 속에도 있지 않다…… 그리고 보통 사람들은 제 심장 속에 살아 있는 것을 향한 사랑을 품는다. 이들은 삶을 자연스럽고 겸허하게 사랑하고 불쌍히 여기며, 힘겨운 노동의 하루를 보낸 뒤 부엌의 온기를 기뻐할 뿐 광장에 장작불과 모닥불을 지피지 않는다.

그리하여, 무시무시하고 거대한 선이 아닌 일상의 인간적 선의가 여기 존재한다. 이는 포로에게 한조각 빵을 내어주는 노파의 선의이고, 수통을 열어 상처 입은 적군 병사의 입술을 축여주는 병사의 선의이고, 노인을 동정하는 청년의 선의이고, 유대인 노인을 곳간에 숨겨주는 농민의 선의이다. 이는 포로들과 수인들이 쓴 편지를, 신념을 나누는 동지들이 아닌 어머니와 아내에게 쓴 편지들을 자신의 자유를 빼앗길 위험을 무릅쓰고 그들에게 전달하는 경비대원의 선의이다.

이는 개별적 인간의 개별적 인간을 향한 개인의 선의, 증인도 사상도 없는 작은 선의이다. 말하자면 아무 생각 없는 선의이다. 종교적 선과 사회적 선의 바깥에 있는 인간의 선의.

하지만 깊이 생각하면 알게 된다, 생각 없이 베푸는 우연한 개인적 선의야말로 영원하다는 것을. 이는 모든 살아 있는 것에, 심지어 한마리 쥐에게도, 또 누군가 길을 걷다 갑자기 멈춰서서 매만져준 덕에 줄기에 잘 붙어 편안히 자라게 된 나뭇가지에도 그 영향을 발휘한다.

국가와 민족의 영광과 세계적 선의 이름으로 저질러지는 엄청난 광기의 끔찍한 시대에, 인간이 인간으로 여겨지지 않고 그저 나뭇가지들처럼 바람에 이리저리 헤적여지고 커다란 흐름이 되어 골짜기와 구덩이를 메우는 수많은 돌멩이 중 하나로 여겨지는 시기, 이 공포와 광기의 시기에 생각 없이 베푸는 하찮은 선의는 삶 가운데 쪼개져 라듐 알갱이처럼 스스로 빛나며 사라지지 않았다.

마을에 독일인들, 징벌대원들이 도착했다. 전날 밤 길가에서 두 독일 병사가 죽임을 당했던 것이다. 그들은 저녁부터 여자들을 모아 숲 가장자리에 구덩이를 파라고 명령했다. 어느 나이 먹은 여자의 거처에 병사들 몇몇이 배치되었다. 경찰관이 그녀의 남편을 호출해 사무실로 데려갔다. 다른 농부 스무명도 이미 그리로 끌려가 있었다. 여자는 아침까지 잠을 이루지 못했다. 독일인들은 지하실에서 달걀 바구니와 꿀 병을 찾아내더니 멋대로 난로를 지펴서 달걀 요리를 만들고 보드까를 마셨다. 그런 다음 나이 지긋한 어느 병사가 하모니카를 연주하기 시작했고, 나머지 사람들은 발을 구르며 노래를 불러댔다. 그들은 안주인이 사람이 아니라 고양이라도 되는 듯 아예 쳐다보지도 않았다.

아침에 날이 밝자 그들은 자동소총을 점검했는데, 하모니카를 불던 나이 지긋한 병사가 방아쇠를 잘못 당겨 자기 배를 쏘고 말았다. 비명이 울려퍼지고 소동이 일었다. 독일인들은 어찌어찌 붕대 처치를 하고 부상자를 침대에 눕혔다. 이때 집합 명령이 떨어져 모두 총을 들고 나가야 했다. 그들은 여자에게 부상자를 돌봐달라 손짓한 뒤 밖으로 나갔다. 여자가 그를 목 졸라 죽이는 건 더없이 간단한 일이었다. 부상자는 뭐라 웅얼거리다가, 눈을 감았다가, 울다가, 입을 쩝쩝 다셨다. 그러다 어느 순간 갑자기 눈을 뜨고 분명하게 말했다. "엄마, 물." "아, 이 저주받을 놈." 여자는 말했다. "목을 졸라버릴 거야." 그러곤 그에게 물을 주었다. 부상자는 물을 마시더니 여자의 손을 잡고서 피가 흘러 숨이 막히니 좀 앉혀달라는 시늉을 했다. 여자가 일으켜주자 그는 두 팔을 그녀의 목에 두른 채 매달렸다. 곧 바깥에서 총소리가 울리기 시작했고, 여자는 속수무책으로 마냥 몸을 떨었다.

나중에 여자가 그날 있었던 일을 이야기했을 때 아무도 그녀를 이해하지 못했고, 그녀 자신 또한 제대로 설명할 수 없었다.

이는 가슴에 독사를 품어 따뜻하게 해준 사막의 은자에 대한 우화에서 볼 수 있는 무의미한 선의이다. 아이를 문 독거미를 용서하는 선의이다. 정신 나간, 해로운, 맹목적인 선의! 이 생각 없는 선의가 가져오는 해악의 예들을 우리는 우화나 설화에서 흡족한 마음으로 골라낸다. 그러나 선의를 두려워해서는 안 된다! 이를 겁내는 건 우연히 강에서 바다로 쓸려온 민물고기를 겁내는 것과 같다.

간혹 생각 없는 선의가 사회, 계급, 인종, 국가에 끼치기도 하는 해악은 선의를 지닌 인간들에게서 흘러나오는 빛 속에 사라지는 법이다.

이것, 이 바보 같은 선의야말로 인간 속에 있는 가장 인간다운 것이다. 이것이야말로 인간을 두드러지게 하는 요소요, 인간의 마음이 다 다른 가장 높은 경지이다. 삶은 악이 아니라고 선의가 말한다.

이 선의는 말이 없고 생각이 없다. 이 선의는 본능적이며, 이 선의는 앞을 보지 못한다. 기독교가 이 선의에 사제들의 설교라는 옷을 입혔을 때 이것은 사라지기 시작했다. 알맹이가 껍데기로 변했다. 선의는 말이 없고 의식이 없고 생각이 없는 동안에만, 인간 심장의 살아 있는 어둠 속에 자리한 동안에만, 설교자의 도구나 상품이 아닌 동안에만, 그 황금석이 신성의 금전으로 제련되지 않는 동안에만 힘을 발휘한다. 선의는 삶처럼 단순하다. 예수의 설교조차 선의의 힘을 빼앗는다. 그 힘이 인간 심장의 침묵 속에 있기에.

하지만 인간의 선에 의심을 품게 되면서 나는 선의에 대해서도 의심하게 되었다. 나는 그것의 무력함을 비통해한다! 무슨 소용이 있나, 선의는 전염성이 없는 것을.

나는 그것이 무력하다고, 이슬처럼 아름답지만 무력하다고 생각했다.

교회가 했듯이 그것을 말려버리고 잃어버리지 않으면서 힘으로 변화시키고자 하면 어떻게 해야 한단 말인가? 선의는 무력한 동안에만 강한 법인데! 인간이 그것을 힘으로 바꾸려 하는 순간 그것은 자신을 잃고, 희미해지고, 흐려지고, 사라진다.

지금 나는 악의 진정한 힘을 본다. 하늘은 텅 비었다. 땅에는 인간만 있다. 무엇으로 악을 꺼뜨릴 것인가? 인간의 선의, 그 생명의 이슬 몇방울로? 하지만 복음 시대부터 오늘날 철의 시대에 이르기까지 모아놓은 한줌의 빈약한 이슬로는, 심지어 온 바다와 구름의 물로도 이 악의 불을 끌 수 없다.

그렇게 신 안에서, 자연 속에서 선을 발견하리라는 믿음을 잃으면서 나는 선의에 대한 믿음도 잃고 말았다.

하지만 파시즘의 암흑이 점점 더 크고 넓게 펼쳐지는 동안 나는 더 분명하게 볼 수 있었다, 인간적인 것은 사라지지 않고 계속 인간들 속에 존재한다는 것을, 심지어 피투성이 진흙구덩이 가장자리에서도, 가스실 입구에서도.

나는 지옥에서 내 믿음을 버렸다. 내 믿음은 소각로의 불꽃에서 나왔으며 가스실의 시멘트를 통과했다. 나는 인간이 악과의 싸움에서 무력하지 않음을 보았고, 강력한 악이 인간과의 싸움에서 무력함을 보았다. 생각 없는 선의의 무력함 속에 그 불멸의 비밀이 있었다. 그것은 질 줄 모른다. 어리석을수록, 무의미할수록, 나약할수록 선의는 거대하다. 악은 그 앞에 무력하다! 설교자들, 교리교사들, 개혁주의자들, 지도자들, 수녀들은 그 앞에 무력하다. 선의는 눈멀고 말 못하는 사랑, 즉 인간의 의미이다.

인간의 역사는 악을 이기려는 선의 싸움이 아니었다. 인간의 역사, 이는 인간성의 작은 씨앗을 빻아 가루를 내려 하는 거대한 악에 맞선 싸움이다. 하지만 아직 인간 속의 인간적인 것이 말살되지 않았다면, 악은 이미 승리를 확신할 수 없다.

이 모든 내용을 다 읽은 뒤 모스똡스꼬이는 몇분 동안 눈을 반쯤 감은 채 앉아 있었다.

그렇다, 이것은 부서진 인간이 쓴 글이다. 초라한 영혼의 파국!

이 무기력한 인간은 하늘이 텅 비었다고 선언한다…… 그는 삶을 만인의 만인을 향한 투쟁으로 여긴다. 그러다 마지막에 가서 잠깐 해묵은 이야기를 나불대며 노파들의 선의를 가지고 놀았다. 관장 주사 한대로 이 세상의 불을 끄려는 것이다. 이 모든 게 얼마나 시시껄렁한가!

독방의 회색 벽을 바라보며 미하일 시도로비치는 푸른 안락의 자를, 리스와의 대화를 떠올렸다. 갑자기 무거운 느낌이 그를 내리눌렀다. 이는 머리로 느끼는 비통함이 아니었다. 심장이 비감으로 죄어와 숨을 쉬는 것이 힘들었다. 이꼰니꼬프를 의심하다니 공연한 짓이었다. 그 유로지비의 글은 그만이 아니라 저 혐오스러운 야간 심문자에게도 경멸을 불러일으켰다. 그는 체르네쪼프를 향한 자신의 감정에 대해, 또 게슈타포가 그런 사람들에 대해 이야기하며 내비친 경멸과 증오에 대해 또다시 생각했다. 그를 사로잡은 어둡고 탁한 슬픔이 그 어떤 육체적 고통보다 무겁게 느껴졌다.

17

세료자 샤뽀시니꼬프는 벽돌 위 배낭 옆에 놓여 있는 작은 책을 가리켰다.

"저거 읽었어요?"

"여러번 읽었죠."

"맘에 들어요?"

"디킨스가 더 좋아요."

"그렇군, 디킨스라." 그의 목소리엔 조롱과 경멸이 담겨 있었다.

"『빠르마의 수도원』[78]은 어땠어요?"

"별로." 그는 잠시 생각하다가 대답한 뒤 이어 말했다. "오늘 보병대랑 옆집 독일인들 치러 나가요." 그러고는 그녀의 시선을 읽고 덧붙였다. "그레꼬프의 명령이죠."

"다른 박격포수들은? 첸쪼프도 가요?"

"아뇨, 나만."

두 사람은 잠시 침묵했다.

"그 친구가 자꾸 달라붙어요?" 세료자가 물었다.

그녀는 고개를 끄떡였다.

"당신 마음은 어떤데요?"

"알잖아요." 그녀는 가엾은 아즈라 사람들에 대해 생각했다.

"오늘 놈들한테 생포되면 어쩌나 걱정이네요."

"왜 보병대랑 같이 가는 거예요? 당신은 박격포수잖아요."

"그렇게 따지면 당신은 뭣 때문에 여기 있죠? 무전기도 이미 산산

---

78 스땅달(Stendhal, 1783~1842)의 작품. 전제군주제를 날카롭게 비판한 소설이다.

조각 났는데. 연대로, 좌안으로 벌써 오래전에 보내는 게 맞죠. 여기서 당신이 할 일은 아무것도 없어요. 혼처 없는 젊은 여자 신세죠."

"대신 그래서 우리가 매일 보잖아요."

그는 손을 내젓고 가버렸다.

까쨔는 주위를 둘러보았다. 분추끄가 2층에서 내려다보며 웃고 있었다. 아마 그 모습을 보고 샤뽀시니꼬프가 가버린 모양이었다.

독일인들이 저녁까지 건물을 대포로 쏘아대는 통에 세묘노가 벼운 부상을 당했고, 내부 벽 한쪽이 무너지면서 지하실 출구가 막혀버렸다. 기껏 그곳을 파냈더니 이번에는 포탄이 다른 쪽 벽을 부수어 또다시 지하실 출구가 막혔고, 그들은 다시 그곳을 파내어 길을 냈다.

안찌페로프가 먼지로 뒤덮인 어둠 속을 살피며 외쳤다. "어이, 무선전신수 동지, 살아 계셔?"

"네." 벤그로바는 대답한 뒤 기침하며 빨간 침을 뱉었다.

"조심해요!" 공병이 말했다.

날이 저물자 독일인들이 조명탄을 쏘아올리며 기관총 사격을 시작했다. 폭격기도 몇차례 가까이 날아와 폭탄을 투하했다. 아무도 잠들지 못했다. 그레꼬프도 직접 기관총을 들었고, 보병대는 두번이나 무시무시한 쌍욕을 뱉어내며 공병들의 삽으로 얼굴을 가린 채 독일인들을 공격하러 나갔다.

아무래도 최근 점령한, 누구의 것도 아닌 주인 없는 건물에 대한 공격이 준비되고 있는 것을 독일인들이 감지한 듯했다.

총격이 멈췄을 때 까쨔는 그들이 지껄이는 소리를 들었다. 심지어 놈들의 웃음소리까지도 꽤나 분명하게 귓가에 닿았다. 그들의 발음은 외국어 시간에 교사들이 들려주던 것과 너무나 달랐다.

문득 까쨔는 새끼 고양이가 잠자리에서 기어나온 것을 알아차렸다. 고양이는 뒷발을 움직이지 못하고 앞발로만 기어서 까쨔에게로 서둘러 다가오고 있었다.

잠시 뒤 고양이가 걸음을 멈추었다. 그 어린 녀석의 턱이 몇차례 열렸다가 닫혔다. 까쨔는 고양이의 내려닫히는 눈꺼풀을 올려보려고 애썼다. '죽었나봐.' 그녀는 몸서리치며 생각했다. 이 작은 짐승이 죽음을 예감하고 그녀를 생각하며 반쯤 마비된 몸을 이끌어 기어온 것이다…… 까쨔는 고양이 시체를 구덩이에 넣고 벽돌 조각들로 덮었다.

조명탄의 불빛이 지하실을 가득 채웠다. 지하실에 공기라곤 없어서 무슨 핏물을 들이켜는 기분이었다. 핏물은 천장에서 흘러내리고 벽돌 하나하나에서 솟아나오는 것만 같았다.

독일 병사들이 저쪽 사방 구석에서 기어나와 그녀에게로 다가오고, 몸을 꽉 누르고, 질질 끌고 가는 장면이 생생하게 그려졌다…… 아주 가까운 곳, 바로 옆에서 놈들의 자동소총 소리가 났다. 놈들이 2층을 소탕하고 있나? 아래서 기어나오는 게 아니라 위에서부터, 천장에 있는 구멍을 통해 아래로 나타날 건가?

마음을 진정시키기 위해 그녀는 현관문에 붙어 있던 입주자 호출 신호표를 머릿속에 떠올려보았다. '찌호미로프네: 한번, 드지가: 두번, 체료무시긴네: 세번, 파인베르그: 네번, 벤그로바네: 다섯번, 안드류셴꼬: 여섯번, 뻬고프: 길게 한번……' 그녀는 합판으로 덮인 채 석유난로 위에 놓여 있던 파인베르그네의 커다란 냄비를 그려보려 애썼고, 자루 덮개로 꼭 씌워둔 아나스따시야 스쩨빠노브나 안드류셴꼬의 빨래통을, 에나멜을 입힌 찌호미로프네 세숫대야가 밧줄로 된 고리에 걸려 있는 모습을 그려보려 애썼다. 자, 이제 잠자리를 펴야지, 유독 몸을 찔러대는 뾰족한 스프링들 위에 덮인 시트 밑으로 엄마의 커다란 갈색 머릿수건이랑 천 조각이랑 다 떨어진 간절기 외투를 더 넣어야지.

잠자리를 펴고 나서 그녀는 건물 6동 1호에 대해 생각했다. 히틀러 병사들이 뚫고 들어오고 땅 밑에서부터 기어오르는 지금은 거친 쌍욕을 내뱉는 사람들도 무례해 보이지 않았고, 얼굴은 물론 목과 제복 아래 어깨까지 새빨갛게 달아오르게 만드는 그레꼬프의 시선도 무섭지 않았다. 이 몇달 동안 전선에서 얼마나 많은 추잡한 소리를 지겹도록 들어왔는가! 그녀 자신도 그때, 대머리 중령이 강철 같은 이빨을 번쩍거리며 자볼지예 쪽 통신 거점에 남아 있느냐 마느냐는 모두 그녀의 의사에 달려 있다고 넌지시 말했을 때 '무선 통신'으로 얼마나 몹쓸 욕을 했던가…… 애들은 나직하게 슬픈 노래를 부르곤 했지.

……어느 가을밤, 깜깜한 밤에
제일 높은 지휘관이 어느 소녀를 애무했네.
아침까지 그녀를 귀여운 딸내미라 불렀네.
그날부터 그녀는 이 손 저 손으로 넘겨졌네……

그녀는 겁쟁이가 아니었고, 그런 내적 상황에 저절로 이르게 되었을 뿐이다. 그녀가 처음 샤뽀시니꼬프를 보았을 때 그는 시를 읽고 있었고, 그녀는 '별 얼간이가 다 있네' 하고 생각했다. 그러다 그가 이틀간 사라져, 그녀는 차마 묻지 못한 채 그가 죽었으리라고 내내 생각했다. 그는 밤중에 갑자기 다시 나타났고, 그녀는 그가 그레꼬프에게 참모부 벙커에서 허락 없이 나와버렸다고 말하는 것을 들었다.

"잘했군," 그레꼬프는 말했다. "우리에게로, 이 저세상으로 탈영했군."

샤뽀시니꼬프는 그녀 곁을 지나치며 눈길 한번 주지 않았다. 그녀는 당황했고, 그다음에는 화가 나 다시 한번 생각했다. '얼간이!'

얼마 후 그녀는 건물 거주자들끼리 나누는 이야기를 들었다. 그들은 누가 처음 까쨔와 자게 될 것인지 논쟁을 벌이고 있었다. 한 사람이 말했다. "당연히 그레꼬프지!" 그러자 다른 이가 반박했다. "그걸 누가 알겠어? 딱 하나 분명한 건, 목록의 마지막 사람이 어린 포병 세료자라는 거야. 젊은 여자일수록 경험 많은 남자들에게 끌리는 법이거든."

그러나 언제부터인가 그녀는 사람들이 더이상 자신을 희롱하거나 놀리지 않는다는 것을 알아차렸다. 그레꼬프가 건물 거주자들의 그런 행동에 대해 불편한 기색을 감추지 않았던 것이다.

한번은 털보 주바레프가 그녀를 "어이, 관리인 사모님"이라고 불렀다.

그레꼬프는 서두르지 않았지만 확신을 가진 듯 보였고, 그녀 또한 그의 확신을 느꼈다. 무선통신기가 폭격 때 파편을 맞아 부서지자 그는 그녀에게 지하실 깊은 곳에 있는 격실에 머무르라고 명했다.

그리고 어제는 그녀에게 이런 말을 했다. "당신 같은 여자는 내 평생 본 적이 없소." 그러고는 덧붙였다. "전쟁 전에 만났다면 당신과 결혼했을 텐데."

그에 대해서는 자신의 의견을 먼저 물어야 하는 것 아니냐고 대꾸하고 싶었지만 그녀는 잠자코 있었다. 말할 엄두가 나지 않았다.

그가 그녀에게 무례한 행동이라곤 한 적이 없고 거칠거나 뻔뻔스러운 말도 하지 않았지만, 그녀는 그를 생각할 때마다 공포를 느꼈다.

어제 그는 우울한 얼굴로 얘기했다. "곧 독일군이 공격을 시작할 거요. 이 건물에 있는 이들 중 온전히 살아남을 사람은 거의 없을 것 같군. 놈들은 이곳을 집중 공격하고 있소."

그는 주의 깊은 눈으로 천천히 그녀를 살펴보았고, 까쨔는 곧 있을 독일군의 공격이 아니라 그 조용하고 느릿한 시선 때문에 무서워졌다.

"당신한테 들르겠소." 그가 말했다.

이 말과 독일군의 공격 이후 온전히 살아남을 사람이 거의 없으리라는 말 사이에는 아무 연관도 없어 보였지만 사실은 연관이 있었고, 까쨔는 그 의미를 분명하게 이해했다.

그에게는 꼬뜰루반 부근에서 보았던 지휘관들과 비슷한 구석이 전혀 없었다. 부하들에게 소리를 지르지도, 협박을 하지도 않았다. 그런데도 모두 그의 말을 잘 들었다. 그는 다른 병사들과 똑같이 앉아 담배를 피우고, 이야기하고, 다른 이의 말에 귀 기울였다. 하지만 그의 권위는 대단했다.

그녀는 샤뽀시니꼬프와 거의 이야기를 나누지 않았다. 가끔은 그가 그녀에게 빠져 있지만 그녀는 그렇듯 경탄과 공포를 동시에 안겨주는 그 남자 앞에서 무력한 것이 아닐까 하는 생각이 들었다. 샤뽀시니꼬프는 나약하고 경험도 없었다. 그러나 그녀는 그에게 보호를 청하고 싶었다. "내 옆에 잠깐 앉아줘요"라고 말하고 싶었…… 어떤 때는 그녀 자신이 그를 위로하고 싶기도 했다. 그와 이야기할 때면 놀랄 만큼 기이한 기분이 들었다. 마치 전쟁도, 6동 1호도 없는 것 같았다. 그 역시 이를 느꼈는지 그녀 앞에서 쌍욕까지 내뱉으며 일부러 거칠게 굴곤 했다.

그리고 지금 그녀는 자신의 불확실한 감정과 그레꼬프가 독일군 건물 습격 작전에 샤뽀시니꼬프를 포함시킨 것 사이에 무언가 잔인한 연관성이 존재함을 느끼고 있었다.

자동소총 소리에 귀를 기울이면서, 그녀는 샤뽀시니꼬프가 흐트러진 머리칼을 얼굴에 드리운 채 붉은 벽돌 더미 위에 죽어 누워 있는 모습을 상상하기도 했다.

폐부를 찌르는 연민의 감정이 그녀를 사로잡았고, 머릿속에서는 밤의 울긋불긋한 불빛들, 그레꼬프 앞에서 느끼는 공포, 외떨어진 건물 잔해 속에서 독일 철인 사단을 공격하는 그를 향한 경탄, 어머니에 대한 생각이 마구 뒤섞였다.

세상의 모든 것을 다 내주어도 좋으니 샤뽀시니꼬프가 살아 있는 모습을 보기만 하면 좋겠다는 마음이었다.

'엄마와 그 사람 중 하나를 택해야 한다면 나는 어떻게 하지?' 그녀는 생각했다.

그때 누군가의 발소리가 들려와 그녀는 손가락으로 벽돌을 움켜쥐며 귀를 기울였다.

총성이 잦아들고 갑자기 침묵이 내려앉았다. 등과 어깨와 종아리가 가려웠지만 긁었다가는 소리가 날 것 같아 두려웠다.

늘 몸을 긁어대는 바뜨라꼬프는 사람들이 물을 때마다 "긴장이 심해서 그래"라고 대답하곤 했다. 그런 그가 어제 "이를 열한마리나 잡았어"라고 말하자 꼴로메이쩨프가 웃으며 대꾸했다. "긴장이 심한 이들이 바뜨라꼬프를 공격했구먼."

내가 죽었구나. 병사들이 구덩이로 시신을 끌고 가며 말하네. "불쌍해라. 온통 이가 득실거리잖아."

정말 긴장이 심해서 이러는 걸까? 문득 그녀는 한 남자가 어둠 속에서 자신에게로 걸어오고 있다는 것을 알아차렸다. 그 사람은 바스락거리는 소리, 빛과 어둠의 파편, 얼어붙은 심장에서 그녀가 만들어낸 허깨비가 아니었다.

"누구죠?" 까쨔가 물었다.

"나예요, 우리 편." 어둠이 대답했다.

18

"오늘 습격은 없대요. 그레꼬프가 취소하고 내일로 미뤘어요. 오늘은 종일 독일 놈들이 난리라. 그나저나 할 말이 있었는데, 그 『빠르마의 수도원』 말이죠, 사실 난 그걸 읽은 적이 없어요."

그녀는 아무 대꾸도 하지 않았다.

그는 어둠 속에서 그녀를 보려고 애썼다. 그 희망을 이뤄주려는 양 폭발의 불빛이 까쨔의 얼굴을 비추었다. 그러곤 곧장 다시 어둠이 깔렸고 둘은 약속이나 한 듯 새로운 폭발을, 빛의 번쩍임을 고대했다. 세르게이는 그녀의 손을 잡아 손가락을 꼭 눌렀다. 태어나 처음으로 여자의 손을 손안에 쥔 것이다.

더럽고 이가 득실거리는 무선통신수는 가만히 앉아 있었다. 그녀의 목이 어둠 속에서 빛났다.

조명탄 불빛이 확 타오르는 순간 두 사람의 머리가 가까워졌다. 그가 그녀를 껴안자 그녀는 두 눈을 질끈 감았다. 둘 모두 학교에서 그런 이야기를 들었었다. 눈을 뜬 채 키스하는 사람은 서로 사랑하지 않는 거라고.

"이건 장난이 아니에요, 그렇죠?" 그가 물었다.

그녀는 두 손바닥으로 그의 관자놀이를 누르며 자신을 향해 그의 머리를 돌렸다.

"평생 가는 거예요." 천천히 그가 말했다.

"기적 같아요." 그녀가 말했다. "그래서 갑자기 누가 올까봐 두려워요. 당신이 오기 전까지는 누구라도 와줬으면 싶었는데…… 랴호프든, 꼴로메이쩨프든, 주바레프든 누구라도……"

"그레꼬프는?" 그가 물었다.

"그 사람은 아니에요." 그녀가 말했다.

그가 그녀의 목에 입을 맞추었다. 손가락으로 그녀의 군복 상의에 달린 쇠 단추를 풀고, 입술을 그녀의 여윈 쇄골로 가져갔다. 가슴으로는 차마 내려갈 엄두를 내지 못했다. 그러는 동안 그녀는 그의 뻣뻣한 머리칼을 쓰다듬었다. 마치 어린아이에게 하듯이. 지금 일어나는 이 모든 일이 피할 수 없으며, 일어날 수밖에 없는 것임을 그녀는 알고 있었다.

그가 시계의 빛나는 눈금판을 들여다보았다.

"내일 습격은 누가 이끌어요?" 그녀가 물었다. "그레꼬프?"

"왜 그런 걸 물어요? 그냥 가는 거예요. 각자 스스로를 이끌죠."

그가 다시 그녀를 껴안았다. 갑자기 손가락이 차가워지고 결심과 흥분으로 가슴이 서늘했다. 까쨔는 외투 위에 비스듬히 누운 채 숨을 죽이고 있었다. 그는 먼지로 뒤덮인 거친 군복 상의와 스커트를, 이어 뻣뻣한 방수 장화를 매만졌다. 손에 그녀의 체온이 느껴졌다. 까쨔가 일어나 앉으려 했지만 그가 키스하기 시작했다. 다시 한번 불빛이 크게 일며 벽돌 위에 떨어진 까쨔의 군모와 한순간 낯설게 느껴지는 그녀의 얼굴을 비추었다. 불빛이 사라지자 어쩐지 아까보다 훨씬 더 캄캄해진 것 같았다……

"까쨔!"

"네?"

"아무것도 아니에요. 그냥 목소리가 듣고 싶어서. 왜 날 쳐다보지 않죠?"

"그럴 필요 없어요, 필요 없어요, 조용히 해요!"

다시금 그와 어머니를 저울질하는 질문이 그녀의 머리를 가득 채웠다.

"용서해요." 그녀가 말했다.

그는 영문을 몰라 말했다. "두려워할 것 없어요. 이건 평생 가는 거예요, 우리가 살아 있는 한 말이죠."

"방금 그건 엄마한테 한 얘기예요."

"우리 어머니는 돌아가셨어요. 그분이 아버지에게로 갔다는 걸 이제야 알겠네요."

그들은 외투 위에서 꼭 껴안고 잠이 들었다. 관리인이 다가와 두 사람의 잠든 모습을 지켜보았다. 포수 샤뽀시니꼬프는 무선전신수의 어깨에 고개를 얹은 채, 마치 그녀를 잃을까 두려운 듯 손으로 그녀의 등을 감싸고 있었다. 두 사람의 모습이 그레꼬프에게는 꼭 죽은 듯 보였다. 그토록 고요하고 미동도 없이 그들은 누워 있었다.

새벽녘 랴호프가 지하실의 격실을 향해 소리쳤다.

"어이, 샤뽀시니꼬프! 벤그로바! 건물 관리인이 불러! 당장 가봐!"

흐리고 차가운 어스름 속에서 그레꼬프의 얼굴은 냉혹하고 단호했다. 커다란 어깨를 벽에 기대고 앉은 그의 낮은 이마에 헝클어진 머리칼이 늘어져 있었다.

그들은 자기들이 손을 잡고 있다는 것도 인식하지 못한 채 그 앞에 안절부절못하고 서 있었다.

그레꼬프가 넓적한 사자코를 벌름거리며 입을 열었다. "샤뽀시니꼬프, 동지는 전출이오. 당장 연대 참모부로 돌아가시오."

세료자는 여자의 손을 꼭 쥐었다. 그녀의 손가락이 흠칫 떨렸고, 그녀 또한 그의 손가락이 떨리는 것을 느꼈다. 그는 숨을 들이켰다. 혀와 입천장이 바싹 말라 있었다.

구름 낀 하늘과 땅에 침묵이 내려앉았다. 외투를 덮고 누운 이들 모두 뜬눈으로 숨을 죽이고 있었다.

모든 게 정말 멋지고 살가웠는데. 세료자는 생각했다. '천국에서 추방되는군. 그가 농노를 가르듯 우리를 갈라세우려는 거야.' 그는 애원과 증오를 품고 그레꼬프를 바라보았다.

그레꼬프는 가늘게 뜬 눈으로 여자의 얼굴을 들여다보았다. 그 시선이 세료자에게는 더없이 혐오스럽고 잔혹하고 뻔뻔스럽게 여겨졌다.

"명령은 그게 다요." 그가 다시 입을 열었다. "무선전신수가 동지와 함께 떠날 거요. 여긴 무전기가 없어 아무 일도 못하니 그녀를 연대 참모부로 데리고 가시오." 그는 씩 웃으며 말을 이었다. "거기서부터 동지들은 스스로 길을 찾아야 할 거요. 증서를 가져가시오. 둘 몫으로 한장만 써두었소. 끄적거리는 건 별로 좋아하지 않아서. 내 말 알아들었소?"

갑자기 세료자는 평생 한번도 본 적 없는 아름답고 인간적이고 현명하고 슬픈 두 눈이 자신을 바라보고 있음을 깨달았다.

19

사격연대의 삐보바로프는 결국 6동 1호로 가지 못했다.

무전기가 고장 난 것인지, 아니면 관리인이라 불리는 그레꼬프 대위가 지휘부의 엄중한 경고에 진저리를 내고 그런 것인지, 건물과의 무선 연결이 끊겨버린 터였다.

한동안 공산당원 포병 첸쪼프가 저 포위된 건물에 대한 정보를 전달했는데, 그에 따르면 그 '건물 관리인'이라는 자가 전혀 말을 듣지 않고 병사들에게 엄청나게 이단적인 발언을 한다고 했다. 하지만 그레꼬프가 독일군을 상대로 용맹하게 전투를 벌이는 것 또한 사실이었으며 정보를 전달하는 사람도 이를 부정하지 않았다.

어쨌든 삐보바로프가 6동 1호로 몰래 들어가기로 했는데, 하필 그날 밤 연대장 베료즈낀이 심하게 앓았다.

그는 인간이라 하기 힘들 정도로 시뻘건 낯빛에 의식 없는 눈을 한 채 내내 벙커에 누워 있었다.

의사는 베료즈낀을 보고 무척 당황했다. 잘린 사지나 금이 간 두개골에는 더없이 익숙했지만 이처럼 갑자기 병을 얻은 사람은 좀처럼 보지 못했던 것이다.

의사가 말했다. "부항을 떠야 할 것 같은데, 기구를 어디서 구하면 좋겠소?"

삐보바로프는 상관에게 연대장의 병에 대해 알려야겠다고 마음먹었지만, 갑자기 사단 꼬미사르가 전화를 걸어와 급히 참모부로 올 것을 명했다.

숨을 헐떡거리며(오는 동안 근처에서 폭발이 일어 삐보바로프는 두번쯤 땅에 쓰러져야 했다) 벙커로 들어서니, 사단 꼬미사르는 좌안에서 온 대대 꼬미사르와 이야기를 나누고 있었다. 공장 안에 주둔하는 여러 부대에서 강연을 했다는 이 사람에 대해 삐보바로 프 역시 들은 바가 있었다.

"명령하신 대로 왔습니다." 그는 큰 소리로 보고를 올린 뒤 곧바로 베툐즈낀의 병에 대해 알렸다.

"그렇군, 좋지 않군." 사단 꼬미사르가 말했다. "삐보바로프 동지, 자네가 연대 지휘를 맡아야겠네."

"포위된 건물은 어떻게 할까요?"

"그 일은 우리 손을 떠났어." 그가 대답했다. "그 포위된 건물을 둘러싸고 죽 끓듯 야단이네. 전선군 본부까지 일이 알려졌다고."

이어 그는 삐보바로프의 눈앞에 암호전보를 휘둘렀다.

"안 그래도 그 일 때문에 자네를 호출했네. 여기 끄리모프 동지 가 포위된 건물로 가서 볼셰비끼 질서를 세우고 그곳의 전투 꼬미 사르로 활동하며, 경우에 따라서는 문제의 그레꼬프를 제거하고 직접 지휘를 맡으라는 전시 정치행정국의 명령을 받았어…… 이 모든 게 자네 연대 소관의 일이니 자네가 필요한 조치를 보장하게. 이 동지가 그 건물로 들어가고, 이후에도 자네와 연락이 닿도록 말 이네. 알겠나?"

"네," 삐보바로프가 대답했다. "명령 받들겠습니다."

그런 다음 그는 군대식이 아닌 평소의 일상적인 어조로 끄리모 프에게 물었다.

"대대 꼬미사르 동지, 전에도 이런 일을 처리한 적이 있소?"

"그게 바로 내 전문 분야요." 좌안에서 온 꼬미사르가 웃음을 터 뜨렸다. "1941년 여름엔 우끄라이나에서 포위된 이백명을 끌고 나 왔소. 빨치산 분위기가 충만했지."

"잘됐군." 사단 꼬미사르가 말했다. "끄리모프 동지, 잘 부탁하오. 계속 연락합시다. 국가 속의 국가라니, 안 될 말이지."

"게다가 거기 가 있는 무선전신수 여자랑 관련해서도 좋지 않은 말이 돕니다." 뻬보바로프가 말했다. "무전이 끊겼다며 베료즈낀이 걱정을 하더군요. 거기 있는 사람들이 무슨 짓을 할지 모른다고요."

"좋소, 현장으로 가 정리해주시오. 성공을 비오." 사단 꼬미사르가 말했다.

20

그레꼬프가 샤뽀시니꼬프와 벤그로바를 떠나보낸 다음 날, 끄리모프는 자동소총병을 대동하고 독일군에 포위된 그 악명 높은 건물을 향해 출발했다.

그들은 밝고 추운 저녁에 사격연대 본부에서 나왔다. 스딸린그라드 트랙터공장의 아스팔트 마당에 발을 디딘 순간 끄리모프는 그 어느 때보다도 분명하고 강력하게 죽음의 위험을 느낄 수 있었다.

그리고 동시에 기쁨과 고양감이 그를 떠나지 않았다. 전선군 본부로부터 갑작스럽게 도착한 암호문은 마치 여기 스딸린그라드에서 모든 것이 다른 방식으로 진행되고 있으며, 사람들에 대한 태도와 평판과 요구가 달라졌다는 그의 생각을 뒷받침해주는 것 같았다. 끄리모프는 다시 끄리모프였다. 노동 능력을 상실한 지휘부의 불구자 같은 존재가 아니라 전투하는 꼬미사르 볼셰비끼였다. 그는 자신에게 맡겨진 위험하고 어려운 과제가 두렵지 않았다. 사단 꼬미사르의 두 눈에서, 뻬보바로프의 두 눈에서 과거 당 동지들이 항상 그에게 보여주었던 눈빛을 다시 읽는 것이 너무나 즐겁고 달콤했다.

연대의 박격포 근처, 포탄으로 망가진 아스팔트 사이에 붉은군대 병사의 시신 한구가 길게 뻗어 있었다.

영혼이 생생한 희망으로 가득 차 환호하는 지금, 웬일인지 이 시체의 모습이 그를 경악시켰다. 이미 죽은 자들을 수없이 보았고 그런 모습에 아무런 감정도 느끼지 못한 지 오래였다. 그런데도 이 순간 그는 온몸을 크게 떨었다. 영원한 죽음으로 가득 찬 저 몸, 새처럼 무력하게 누운 저 시체. 죽은 자는 추운 듯 다리를 오그리고 있었다.

뻣뻣한 회색 망토를 입은 어느 정치지도원이 두꺼운 야전 배낭을 관자놀이까지 들어올린 채 그 시체 곁을 지나갔다. 붉은군대 병사들은 방수 천막에 대전차 지뢰들과 빵 덩어리들을 뒤죽박죽으로 담아 질질 끌어가고 있었다.

하지만 죽은 자는 빵도, 충실한 아내의 편지도 필요로 하지 않는다. 그리고 죽음은 그를 강하게 만들지도 못했다. 그는 세상에서 가장 약한 존재, 등에도 나비도 두렵게 하지 못하는 죽은 참새였다.

포병들은 공장 건물 벽에 구멍을 뚫어 연대의 대포를 설치하면서 중기관총부대와 말다툼을 벌이기 시작했다. 몸짓만 보아도 이들이 무엇에 대해 언쟁을 벌이는지 알 것 같았다.

"우리 기관총이 여기 얼마나 오래 서 있었는지 알아? 너희들이 저쪽 강변에서 아직 빈둥거리는 동안 우린 벌써 여기서 총질을 했다고."

"참 뻔뻔스럽구먼. 건방진 놈들!"

주위의 공기가 울부짖는가 싶더니 공장 건물 모서리에서 포탄이 터졌다. 파편이 벽을 두드려댔다. 끄리모프 앞에서 걷던 자동소총병이 꼬미사르 쪽을 돌아보더니 그가 무사한 것을 확인하고는 말했다. "걱정 마세요, 꼬미사르 동지. 우리한테 이곳은 제2제대梯隊예요. 한참 후방입니다."

얼마 지나지 않아 끄리모프는 그 말이 틀리지 않음을 깨달았다. 공장 건물 외벽 근처는 비교적 고요한 장소였다.

그들은 달리다가 넘어졌다가 다시 달리다가 넘어지기를 반복했다. 보병들이 매복한 참호로 뛰어든 게 두차례였고, 이미 인적 없이 쇠붙이만 남아 울부짖는 전소된 집들 사이를 질주하기도 했다…… 자동소총병이 다시금 위로하듯 말했다. "이건 중요한 사실인데요, 적어도 급강하폭격기는 없습니다." 그러곤 덧붙였다. "자, 꼬미사르 동지, 저기 저 포탄 자리로 들어갑시다."

끄리모프는 포탄이 만든 구덩이로 기어내려가 위를 바라보았다. 푸른 하늘이 여전히 머리 위에 펼쳐져 있었고, 머리도 여전히 어깨 위에 놓여 있었다. 양편에서 보내는 죽음, 머리 위에서 울부짖고 노래하는 소리로만 다른 이들의 존재를 느낄 수 있다니 정말 기이하군. 죽음의 삽에 의해 파헤쳐진 이 구덩이 속에서 느끼는 안전감도 마찬가지로 기이하고.

"저를 따라 기어오세요!" 자동소총병이 숨 돌릴 틈도 없이 말을 뱉고는 구덩이 바닥에 파인 좁고 어두운 통로로 기어들어갔다. 끄리모프는 그의 뒤에 바싹 붙어 따라갔다. 곧 통로가 넓어지면서 낮은 지붕이 올라가는가 싶더니 그들은 어느새 굴속에 들어와 있었다.

지상의 폭풍이 우르릉대는 소리가 땅속까지 들어와 원형 천장을 흔들고 지하를 따라 멀리까지 굉음을 울렸다. 무쇠 파이프들이 빽빽하게 놓이고 팔뚝만큼이나 굵은 검은 케이블들이 이리저리 뻗어 있는 곳 벽에 적색 물감으로 적힌 글씨가 보였다. "마호프는 고집불통"이라는 낙서였다. 자동소총병이 전등을 켜며 말했다. "우리 머리 바로 위가 독일인들이 다니는 길이에요."

곧 그들은 좁은 통로로 방향을 돌려 보일락 말락 반짝이는 회색점을 향해 나아갔다. 통로의 깊은 곳에 있던 점이 점점 선명해지면서 주위가 밝아지고 폭발음과 기관총의 일제사격 소리가 더욱 격렬하게 들리기 시작했다.

순간 끄리모프의 머릿속에 떠오른 것은 자신이 처형장으로 다가가고 있다는 생각이었다. 하지만 표면으로 나온 그의 눈에 제일 먼저 들어온 것은 사람들의 얼굴, 신성할 정도로 평온해 보이는 얼굴들이었다.

이루 말할 수 없는 감정, 기쁨과 안도감이 그를 감쌌다. 심지어 광란의 난폭한 전쟁도 삶과 죽음의 숙명적 경계가 아니라, 젊고 강하고 생명으로 가득한 나그네의 머리 위를 스치는 짧은 뇌우에 지나지 않는 것 같았다.

자신의 운명에서 새롭고 행복한 전환의 순간을 경험하고 있다는 일종의 분명하고 짜릿한 확신이 그를 압도했다.

이 분명한 대낮의 빛 속에서 자신의 미래를 보는 것만 같았다. 다시 한번 그는 스스로의 지력과 의지와 볼셰비끼의 모든 열정을 다해 온전한 삶을 살게 될 것이었다.

이러한 확신과 청춘의 감정에는 떠나버린 아내에 대한 회한이 뒤섞여 있었다. 아내가 더없이 달콤한 모습으로 떠올랐다.

하지만 지금은 그녀가 영원히 잃어버린 여자로 여겨지지 않았다. 활력과 함께, 예전의 삶과 함께 그녀 또한 그에게로 돌아오리

라. 그는 바로 그녀의 뒤를 따라온 것이다!

모자를 깊게 눌러쓴 노인이 바닥에 피운 장작불 곁에 선 채 함석판 위에 감자를 부치고 있었다. 그는 총검으로 음식을 뒤집다가 다 익은 것들은 자기 철모 속에 넣었다. 연락병을 보더니 그가 황급히 물었다. "세료자랑 같이 왔나?"

"상관이 오셨소!" 연락병이 엄격한 목소리로 알렸다.

"영감, 나이가 얼마나 되었소?" 끄리모프가 물었다.

"예순입니다." 노인이 말하고는 덧붙였다. "난 노동자 민병대에서 왔어요."

그가 연락병 쪽으로 시선을 돌리더니 다시 물었다. "세료자는?"

"우리 연대에는 없소. 이웃한 연대로 간 것 같은데."

"젠장," 노인은 힘없이 중얼거렸다. "거기서 죽겠군."

끄리모프는 사람들과 인사를 나누며 주위를 살핀 뒤 반쯤 허물어진 나무 칸막이를 세운 지하 격실들을 들여다보았다. 그중 한곳에는 연대 대포가 설치되어 벽에 뚫은 포문을 통해 주둥이를 내밀고 있었다.

"전함 속에 있는 것 같군." 끄리모프가 말했다.

"그렇습니다. 물이 거의 없다는 것만 다르죠." 병사가 대답했다.

좀더 떨어진 곳, 돌로 된 분지나 협곡 모양으로 팬 장소에는 박격포들이 서 있고 그 아래 바닥에 심지가 긴 포탄들이 뒹굴고 있었다. 천막 방수포 위에 놓인 손풍금도 보였다.

"6동 1호가 파시스트들에게 굴복하지 않고 이렇게 버티는군." 끄리모프가 큰 소리로 말했다. "세계 전체, 수천만의 사람들이 이를 기뻐하고 있소."

사람들은 말이 없었다.

뽈랴꼬프 노인이 감자부침으로 가득한 철모를 끄리모프에게 내밀었다.

"뽈랴꼬프가 감자부침을 만드는 방식에 대해서는 아무도 기사를 안 쓰려나?" 한 병사가 물었다.

"자네들은 웃음이 나오나?" 뽈랴꼬프가 말했다. "우리 세료자를 내쫓아놓고."

"제2전선은 아직 안 열렸나요?" 박격포수가 물었다. "소식 나온 것 없습니까?"

"아직 없소." 끄리모프가 대답했다.

제복 상의를 열어 내의를 드러낸 사람이 말했다. "볼가 너머에서 중기계포대가 이쪽으로 포격을 시작했을 때 꼴로메이쩨프가 파도에 밀린 듯 쓰러졌다가 일어나 외쳤죠. '자, 여보게들, 제2전선이 열렸네!'"

"쓸데없는 소리 그만둬." 검은 머리의 젊은이가 입을 열었다. "포대가 없었다면 우리는 여기 있지도 못했다고. 독일인이 전부 집어삼켰을걸."

"지휘관은 어디 있소?" 끄리모프가 물었다.

"저기, 최전방에 자리 잡았죠."

지휘관은 높은 벽돌 더미 위에 엎드려 망원경을 들여다보고 있었다.

끄리모프가 부르자 그는 마지못해 고개를 돌리더니 영리한 눈빛으로 경고하듯 손가락 하나를 입술에 대 보이고는 다시 망원경을 잡았다. 몇분쯤 지나자 그의 어깨가 떨리기 시작했다. 웃고 있는 것이었다. 그는 곧 기어내려와 미소를 띤 채 "체스보다도 엉망이구먼" 하고 말하고 나서 끄리모프의 군복에 달린 초록색 견장과 꼬미사르 별을 보고는 다시 입을 열었다. "잘 오셨습니다, 대대 꼬미사르 동지. 전 건물 관리인 그레꼬프입니다. 우리가 만든 통로를 따라 오셨죠?"

그의 모든 것이, 시선도 재바른 동작도 사자코의 널찍한 콧구멍도 뻔뻔스럽기 그지없었다. 그는 뻔뻔스러움 그 자체였다.

'괜찮아, 문제없어. 내가 널 휘어잡아주지.' 끄리모프는 생각했다.

그는 지휘관에게 질문을 던지기 시작했다. 그레꼬프는 하품을 하고 산만하게 주위를 돌아보면서 느릿느릿 대답했다. 마치 그의 질문들이 진짜 중요하고 필요한 무언가에 대한 생각을 방해한다는 듯한 태도였다.

"교체를 원하시오?" 끄리모프가 말했다.

"왜 그래야 합니까?" 그레꼬프가 대꾸했다. "그냥 경비행기로 담배랑 박격포탄이랑 수류탄, 그리고 아깝지 않으면 술과 음식이나 투하해주시죠……" 그는 손가락을 꼽으며 열거했다.

"떠날 생각이 없는 거요?" 화가 나 이렇게 물으면서 끄리모프는 저도 모르게 그레꼬프의 못생긴 얼굴을 감상하지 않을 수 없었다.

두 사람은 침묵했고, 짧은 침묵이 흐르는 동안 끄리모프는 포위된 이 건물 속 사람들 앞에서 느끼던 일종의 정신적 열등감을 이겨냈다.

"전투 일지를 쓰시오?" 그가 물었다.

"종이가 없어서요." 그레꼬프가 대답했다. "종이도 없고 시간도 없을뿐더러, 소용도 없죠."

"동지는 제176사격연대 지휘관의 휘하에 있소."

"그렇군요, 대대 꼬미사르 동지." 그레꼬프가 대꾸하고는 비웃듯 덧붙였다. "하지만 이 지역이 고립되었을 때, 또 내가 이 건물에서 사람들과 무기를 모아 서른차례의 공격을 물리치고 전차 여덟 대를 불태웠을 때 내 위에 지휘관이라곤 없었는데요."

"오늘 자 현존 인원을 정확히 알고 있소? 점호는 했소?"

"왜 점호해야 하죠? 어떤 생필품도 공급해주지 않으면서 왜 그런 걸 확인하는 겁니까? 우린 썩은 감자와 썩은 물을 먹고 살아요."

"건물 안에 여자가 있소?"

"꼬미사르 동지, 지금 나를 심문하는 겁니까?"

"당신 부하들이 포로로 잡혔소?"

"아니오, 그런 경우는 없었습니다."

"그렇다면 당신네 무선전신수는 어디 있소?"

그레꼬프는 입술을 깨물고 양미간을 찌푸렸다. "그 여자는 독일 스파이예요. 나를 꾀어 저쪽으로 끌어들이려 하더군요. 내가 강간하고 쏴 죽였습니다." 그러더니 목을 길게 빼고 비웃듯 물었다. "어떻습니까? 이런 대답이 필요한 것 아닙니까? 이제 징벌대대로 끌려갈 일만 남았군요. 안 그렇습니까, 상관 동지?"

끄리모프는 잠시 말없이 그를 바라보았다.

"그레꼬프, 그레꼬프, 당신 머리가 돌았군. 나도 포위된 부대를 지휘한 경험이 있소. 나도 심문을 받았지." 그는 그레꼬프를 바라보며 천천히 말을 이었다. "난 필요한 경우 당신의 지휘권을 해제하고 사람들을 내 휘하로 재편성하라는 명령을 받았소. 무엇 하러 스스로 섶을 지고 불로 뛰어드는 거요?"

그레꼬프는 잠자코 생각에 잠긴 채 어딘가에 귀를 기울이다가 입을 열었다. "잠잠해지네요. 독일 놈들이 진정했어요."

21

"잘됐군. 단둘이 잠깐 앉읍시다." 끄리모프가 말했다. "앞일을 명확히 해야겠소."

"단둘이 앉을 필요 없습니다." 그레꼬프가 말했다. "여기서 우리는 모두 함께 싸우고 앞일도 함께 명확히 합니다."

그레꼬프의 도전적인 언행에 끄리모프는 화가 치밀면서도 동시에 호감을 느꼈다. 그는 그레꼬프가 자신을 관리로 받아들이지 않게끔 우끄라이나 포위 당시의 상황이나 전쟁 이전에 자신의 삶이 어땠는지에 대해 이야기해볼까 생각했다. 하지만 그런 이야기가 오히려 그의 약점을 드러낼 수도 있었다. 끄리모프는 약점이 아니라 힘을 보여주기 위해 이 건물에 오지 않았는가. 결국 그는 정치국 관리가 아니라 전투 꼬미사르였다.

'문제없어.' 그는 생각했다. '꼬미사르가 본분을 잊어서는 안되지.'

침묵이 흐르는 동안 사람들은 벽돌 더미에 앉거나 반쯤 누워 쉬고 있었다.

"오늘은 더이상 독일인의 습격이 없을 겁니다." 그레꼬프가 다시 입을 열었다. "자, 꼬미사르 동지, 그러니 이제 뭘 좀 먹도록 하죠."

끄리모프는 쉬고 있는 이들 사이로 들어가 그레꼬프 옆에 앉았다.

"여러분 모두를 보니," 그가 말을 꺼냈다. "내내 머릿속에 '러시아인은 항상 프러시아인을 물리쳤다'라는 말이 맴돌더군."

"옳소!" 누군가 크지 않은 목소리로 느릿느릿 맞장구를 쳤다.

뻔한 관용구를 향한 정중한 조롱이 짙게 배인 그 한마디가 앉아 있던 사람들 사이에 우호적인 웃음을 일으켰다. 사실 끄리모프 못지않게 이들 역시 러시아인들이 품고 있는 강한 힘에 대해 잘 알았으며, 바로 그들이 그 힘의 가장 직접적인 대변자이기도 했다. 그러나 러시아인들이 프러시아인들을 항상 물리쳤다면 이 순간 프러시아인들이 볼가강과 스딸린그라드까지 오지 못했으리라는 것도 그들은 알고 있었다.

이 순간 끄리모프에게 기이한 일이 일어났다. 그는 정치부서 요원들이 옛 러시아 장군들에게 보내는 찬사를 그리 달가워하지 않았다. 드라고미로프를 인용하는 『붉은 별』의 기사는 그의 혁명적 기상에 맞지 않았고, 수보로프 훈장과 꾸뚜조프[79] 훈장, 보그다노프 흐멜니쯔끼[80] 훈장을 도입한 것도 그에게는 영 불필요한 처사로 보였다. 혁명은 혁명이다. 혁명군에게는 오직 하나의 깃발, 붉은깃발만이 필요하다. 언젠가 오데사 혁명위원회에서 일할 때 그는 러시아 농노 군대의 이딸리아 원정을 이끈 위대한 장군[81]의 몸체를 동상 받침대로부터 쓰러뜨리기 위해 온 부두 하역자들과 함께 도시 꼼소몰 단원의 행진에 참여한 적도 있었다.

그런 그가 수세기에 걸쳐 지속되어온 무장한 러시아 인민들의 영광에 젖어, 바로 여기 6동 1호 건물에서 처음으로 수보로프의 말을 입에 올린 것이다. 그는 마치 자기 강연의 주제만이 아니라 삶의 주제를 새롭게 실감하고 있는 듯한 기분이었다.

어째서 바로 오늘, 다시금 레닌주의 혁명의 익숙한 공기를 마시는 이 순간에 그런 감정과 생각이 그에게 닥쳐온 것일까?

병사들 중 누군가 조롱조로 내뱉은 한마디, 그 "옳소!"라는 말이 유독 아프게 그의 마음을 찔렀다.

"동지들에게 싸우는 법을 가르칠 필요는 없겠지." 끄리모프가 다시 입을 열었다. "오히려 여러분 자신이 누군가를 가르칠 만한 수준이니 말이오. 하지만 그럼에도 지휘부가 나를 여러분들에게 보낼 필요가 있다고 여긴 이유가 무엇이겠소? 말하자면, 무엇 때문에 내가 여기 여러분들에게 왔겠소?"

"수프 때문에? 수프 먹으러?" 누군가 나직한 소리로 말했지만, 이 말을 들은 사람들의 웃음은 전혀 나직하지 않았다.

끄리모프는 그레꼬프를 쳐다보았다. 그 역시 모두와 함께 웃고 있었다.

"동지들," 끄리모프의 얼굴에 성난 홍조가 나타났다. "좀 진지하게 들으시오. 나는 당에서 파견되어 온 사람이오."

이게 다 뭐지? 그저 지나가는 분위기인가? 아니면 반란인가? 각자 자신의 힘과 고유의 능력을 믿을 뿐 꼬미사르의 말은 듣기도 싫다는 건가? 아니, 어쩌면 저들의 유쾌함에 반란이나 선동의 의미는 전혀 없을지도 모른다. 그저 스딸린그라드에 유독 강하게 퍼져 있는 자연스러운 평등 의식에서 나온 태도일 수 있다. 그렇다면 한때 끄리모프를 경탄시켰던 그 자연스러운 평등 의식이 왜 지금은 그의 내면에 분노의 감정을, 이를 억누르고 동여매겠다는 욕구를 불러일으키는 걸까?

끄리모프가 이곳 사람들과의 관계를 잘 풀어나가지 못하는 것은 그들이 억눌려 있거나 혼란에 빠져 있거나 비겁해서가 아니었다. 이들은 스스로의 힘을 믿는 강한 사람들이었다. 아마도 그들 내부의 강인함이 그들과 꼬미사르 간의 유대감을 약하게 만들고 서로에게 이질감과 적대감을 불러일으킨 게 아닐까?

"꼬미사르 동지, 전부터 당 사람에게 물어보고 싶은 게 있었습니다." 감자부침을 만들던 노인이 입을 열었다. "공산주의 체제에서는 모두가 필요한 만큼 받을 수 있다고들 하는데, 그렇담 아침부터 다들 필요한 만큼 술을 마시면 그땐 어떻게 되는 겁니까?"

노인의 얼굴에는 진정한 걱정이 어려 있었다.

그레꼬프가 웃음을 터뜨렸다. 그의 두 눈은 웃고 있었고, 크고 넓은 콧구멍 또한 웃음으로 벌름거렸다.

피 묻은 더러운 붕대로 머리를 감은 공병이 물었다. "그리고 집단농장 말인데요, 꼬미사르 동지, 전쟁이 끝나면 그것도 폐지되는 겁니까?"

"아, 그 문제에 관해서라면 좋은 강연이 되겠군요." 그레꼬프가 말했다.

"난 강연을 하러 온 게 아니오." 끄리모프가 말했다. "나는 전투 꼬미사르요. 여러분들의 용납할 수 없는 빨치산적 망동을 물리치러 왔소."

"물리치시죠." 그레꼬프가 말했다. "하지만 그럼 누가 독일인들을 물리치려나?"

"그건 알아서 할 테니 걱정 마시오. 나는 수프를 먹으러 온 게 아니라 볼셰비끼의 맛을 보여주러 왔소."

"보여주시죠." 그레꼬프가 다시 말했다. "어디 볼셰비끼 죽을 쒀보세요."

끄리모프는 웃으며 단호하게 그의 말을 끊었다. "그레꼬프, 당신도 그 볼셰비끼 죽을 좀 들어야겠군."

이제 니꼴라이 그리고리예비치는 마음의 안정과 확신을 찾았다. 어떤 결정이 가장 옳을지 고민하는 시간은 끝났다. 그레꼬프는 지휘관의 자리를 박탈당할 것이었다.

그는 그레꼬프에게서 적대적이고 이질적인 것을 분명하게 보았다. 포위된 건물에서 이루어진 영웅적 행위들도 그것을 축소하거나 약화시킬 수는 없었다. 그레꼬프를 쳐내야 했다.

어두워지자 끄리모프는 건물 관리인에게 다가갔다.

"그레꼬프, 진지하고 솔직하게 이야기 좀 합시다. 당신이 원하는 게 뭐요?"

그레꼬프는 바닥에 앉은 채 아래에서 위로 재빨리 그를 훑어보더니 자못 유쾌한 태도로 대답했다. "자유를 원하죠. 내가 싸우는 이유가 바로 그겁니다."

"우리 모두가 자유를 원하지."

"관둬요!" 그레꼬프가 손을 내저었다. "자유가 당신네들한테 상관이나 있습니까? 그저 독일인들을 어떻게 이기나 하는 생각뿐이면서."

"적당히 하시오, 그레꼬프 동지!" 끄리모프가 으르렁댔다. "어째서 당신은 몇몇 병사들의 옳지 않은 정치적 언행들을 제지하지 않는 거요? 대체 왜 그러오? 당신의 권위로는 어떤 꼬미사르 못지않게 해낼 수 있잖소. 보아하니, 다들 미련한 소리를 하고는 지지를 기다리듯 당신을 돌아보더군. 그 집단농장에 관한 발언도 그렇소. 무엇 때문에 당신은 그를 두둔했소? 직설적으로 말하지. 우리 둘이 이걸 제대로 만듭시다. 원하지 않는다면, 역시 직설적으로 말하겠는데, 더이상 농담은 없을 거요."

"집단농장에 관한 얘기가 뭐 잘못됐습니까? 실제로 사람들이 좋아하지 않아요. 당신도 나 못지않게 잘 알고 있지요."

"그게 무슨 소리요? 역사의 경로를 바꿀 생각이오?"

"아, 그러면 당신은 모든 것을 예전의 궤도로 돌리고 싶은 겁니까?"

"모든 것이라니?"

"모든 것. 전반적인 강제노동 말입니다."

그레꼬프는 느릿하게 단어를 툭툭 내뱉으며 킬킬대다가 갑자기 몸을 똑바로 세우고서 말을 이었다.

"꼬미사르 동지, 관둬요. 난 아무 생각 없습니다. 그냥 당신을 화나게 하려고 그런 겁니다. 나도 당신과 똑같이 소련 사람이에요. 나에 대한 불신에 모욕감이 들더군요."

"그렇다면 진지하게 해봅시다, 그레꼬프. 불량하고 비소련적인 녹색 사상[82]을 어떻게 제거할지에 대해 진지하게 이야기하자는 말이오. 당신이 그것을 탄생시켰으니 내가 그걸 죽이도록 도와주시오. 당신에겐 아직 영광스러운 전투가 남아 있잖소."

"자고 싶군요. 동지도 좀 쉬시죠. 아침이면 여기서 무슨 일이 시작되는지 알게 될 겁니다."

"좋소, 그레꼬프, 내일 이야기합시다. 난 떠날 생각이 없소. 서두르지 않겠소."

그레꼬프가 웃었다.

"뭐, 어떻게든 되겠죠."

'모든 게 분명해.' 끄리모프는 생각했다. '동종요법 같은 걸로는 안 돼. 수술용 메스로 끝장내야지. 정치적으로 휜 자들을 설득으로

82 붉은 사상에 대비되는 표현으로 사용되었다.

172

곧게 펼 수는 없어.'

그때 그레꼬프의 입에서 뜻밖의 말이 튀어나왔다.

"당신 눈이 참 아름답군요. 슬픔이 어려 있어요."

예기치 못한 이 말에 끄리모프는 어깨만 으쓱일 뿐 아무 대꾸도 하지 않았지만, 그레꼬프는 이를 수긍의 의미로 이해한 듯 말을 이었다.

"그런데 말입니다, 나에게도 슬픔이 있어요. 이런 사소하고 개인적인 얘기까지 보고서에 기록하지는 않겠죠."

그날 밤 끄리모프는 잠을 자던 중 머리에 부상을 입었다. 총알이 머리 거죽을 찢고 두개골을 살짝 할퀸 것이다. 그리 심각한 부상은 아니었지만 머리가 빙빙 돌아 도무지 두 발로 설 수 없었다. 내내 구역질이 났다.

그레꼬프가 들것을 만들라고 명령했고, 새벽이 오기 전 고요한 시간에 부상자를 포위된 건물에서 철수시켰다. 들것에 누워 있는 동안에도 머리가 줄곧 둔탁한 소리를 내며 빙빙 돌았다. 관자놀이에서 끊임없이 망치질 소리가 울리는 것 같았다.

그레꼬프는 지하 통로까지 들것을 배웅했다.

"운이 없군요, 꼬미사르 동지." 그가 말했다.

그러자 갑자기 어떤 추측이 끄리모프를 소스라치게 했다. 혹시 간밤에 그를 쏜 사람이 그레꼬프가 아닐까?

저녁 무렵 구토가 시작되면서 두통이 심해졌다.

그는 이틀 동안 사단 의무대대에 누워 있다가 좌안으로 옮겨져 군 병원에 입원했다.

22

꼬미사르 삐보바로프는 의무대대의 비좁은 참호로 들어가 부상자들이 빼곡하게 들어찬 그곳의 열악한 상황을 보았다. 끄리모프는 만날 수 없었다. 그는 전날 밤 좌안으로 옮겨졌다.

'어떻게 가자마자 부상을 당했지?' 삐보바로프는 생각했다. '운이 나빴던 걸까, 아니면 좋았던 걸까?'

그가 이곳에 온 것은 병든 연대장을 의무대대로 옮겨야 할지 결정을 내리기 위해서이기도 했다. 독일군의 포탄 파편에 맞아 죽을 뻔한 위기를 거치며 본부 벙커로 돌아온 삐보바로프는 소총병 글루시꼬프에게 의무대대는 환자를 치료할 상황이 아니라고, 주위에 온통 피 묻은 거즈며 붕대며 위생 솜이 무더기로 널려 있어 그 근처에 가기조차 겁이 날 지경이라고 전했다. 글루시꼬프는 가만히 귀를 기울이다가 입을 열었다.

"그렇겠죠, 꼬미사르 동지. 벙커 안이 그나마 나아요."

"그래." 꼬미사르가 고개를 끄덕였다. "게다가 거기서는 누가 연대장이고 누가 사병인지도 식별할 수가 없더군. 모두가 똑같이 바닥에 누워 있으니."

계급으로 따지자면 어디서든 바닥에 누워 있어야 할 글루시꼬프가 조용히 말했다. "역시 옮기지 않는 게 좋겠군요."

"연대장은 말을 좀 하던가?" 삐보바로프가 물었다.

"아니요." 글루시꼬프가 손을 내저었다. "말은 무슨 말입니까, 꼬미사르 동지. 부인에게서 온 편지를 가져다줘도 눈길 한번 안 줘요."

"그게 정말인가? 이거 정말 병이 난 모양이군. 큰일이네, 눈길도 안 준다니!"

그는 편지를 들어 봉투의 무게를 가늠해보더니 베료즈낀의 얼굴 가까이 들이대고 엄격하게 말했다. "이반 레온찌예비치, 여기 부인에게서 온 편지가 있어요." 그러다가 어조를 완전히 바꾸어 말을 이었다. "바냐, 내 말 들려? 아내한테서 편지가 왔다고. 못 알아듣겠나? 바냐!"

하지만 베료즈낀은 알아듣지 못했다. 벌겋게 달아오른 얼굴을 하고는 번쩍거리는 두 눈으로 의식 없이 삐보바로프를 응시할 뿐이었다.

이날 전쟁은 집요한 힘으로 병든 연대장이 누워 있는 본부를 두드려댔다. 밤이 되자 거의 모든 통신이 두절되었다. 웬일인지 베료즈낀의 벙커에 있는 전화만이 중단 없이 작동해, 사단이며 참모부 작전과며 이웃한 구리예프 사단의 연대장이며 모두 이 전화로 연락을 취했다. 베료즈낀 휘하의 대대장들인 뿐드추파로프와 디르낀도 이곳에 와서 전화를 써야 했다. 벙커는 내내 사람들로 붐볐다. 쉴 새 없이 문이 삐걱거리고, 글루시꼬프가 입구에 쳐놓은 방수포가 펄럭였다. 모든 사람들이 불안에 사로잡혀 아침을 기다리기 시작했다. 느릿한 포대 사격과 드물고 부정확한 공습이 이어지는 와중에도 많은 이들의 마음에는 이제 곧 독일의 공격이 시작되리라는 암울한 확신이 들어앉았다. 추이꼬프도, 연대 꼬미사르 삐보바로프도, 6동 1호에 앉아 있는 사람들도, 스딸린그라드 트랙터공장의 파이프 곁에서 제 생일을 축하하느라 아침부터 보드까를 마셔대던 사격소대 지휘관도 이 확신에 똑같은 고통을 느끼고 있었다.

베료즈낀의 벙커에서는 흥미롭거나 우스운 이야기가 나올 때마다 모두 연대장을 돌아보았다. 정말 그에게는 이 얘기가 들리지 않는단 말인가?

중대장 흐레노프가 삐보바로프를 붙잡고 목쉰 소리로 동트기 전 일어난 일에 대해 들려주었다. 지하 본부에서 나와 작은 바위에 앉아 독일군이 허튼짓을 하지 않는지 귀를 기울이고 있는데, 갑자기 하늘에서 성난 목소리가 들려왔다는 것이었다. "어이, 흐렌, 왜 램프를 켜지 않았지?" 순간 흐레노프는 혼비백산했는데 ─ 어째서 하늘이 내 이름을 아는 거지? ─ 알고 보니 그건 모터를 끈 채 그의 머리 위에서 활공하던 경비행기 비행사의 목소리였다. 6동 1호에 식료품을 투하하려는데 최전선을 제대로 표시하지 않아 화를 낸 것이라고.

그 이야기에 벙커에 있던 사람들 모두 베료즈긴을 돌아보았다. 혹시라도 그가 미소 짓지 않았을까? 그러나 빛나는 유리 같은 환자의 눈 속에서 살아 움직이는 점 하나를 발견한 이는 글루시꼬프뿐이었다.

식사 시간이 되자 벙커가 텅 비었다. 조용히 누워 있는 베료즈긴을 보며 글루시꼬프는 한숨을 쉬었다. 기다리던 편지가 왔는데 베료즈긴은 누워 있다니. 삐보바로프와 죽은 꼬셴꼬프의 자리로 온 새 참모장은 식사를 하러 가서 보드까와 함께 훌륭한 보르시를 먹고 있을 터였다. 글루시꼬프도 이미 그 훌륭한 보르시를 맛본 뒤였다. 상관인 연대장은 먹지도 못하고 사발에서 물만 삼키고 있건만……

그는 봉투를 연 뒤 침상 가까이 다가가서 낮은 목소리로 천천히 읽었다. "안녕, 내 소중한 바냐, 안녕, 내 사랑하는 사람, 안녕, 내 좋은 사람."

글루시꼬프는 눈썹을 찌푸린 채 계속 소리 내어 읽어나갔다. 의식을 잃고 누워 있는 연대장의 아내로부터 온 편지, 전시 검열부의 검열관들이 이미 여러번 읽은 이 사랑스럽고 우울하고 아름다운 편지를, 그는 처음부터 끝까지 진정 어린 마음으로 읽을 수 있는 단 한 사람에게 들려주었다.

베료즈낀이 고개를 돌려 "이리 줘"라고 말하며 손을 뻗었을 때, 글루시꼬프는 그리 놀라지 않았다.

커다란 손가락들 사이에서 글줄이 떨렸다.

"……바냐, 이곳은 무척 아름다워. 바냐, 당신이 너무 그리워. 류바는 늘 왜 아빠가 우리와 함께 있지 않느냐고 물어봐. 우리는 호숫가에서 지내. 집 안은 따뜻하고 주인 여자에게는 암소와 우유가 있어. 우리에겐 당신이 보내준 돈이 있고. 아침에 밖에 나가면 차가운 호수 위에 노란 잎, 빨간 잎들이 떠다녀. 주위엔 벌써 눈도 쌓였어. 눈 때문에 호수가 특히 파랗고 하늘도 파래. 나뭇잎들은 놀랄 만큼 선명한 노란빛이고 놀랄 만큼 선명한 빨간빛이야. 류바는 매일 물어. 엄마, 왜 울어? 바냐, 바냐, 내 소중한 사람, 모든 게 고마워. 모든 것, 그 모든 것에, 당신의 선한 마음에 감사해. 내가 왜 우는지 어떻게 설명해야 할까? 나는 내가 살아 있어서 울어. 슬라바[83]가 없고 나는 살아 있는 게 슬퍼서 울어. 당신이 살아 있는 게 행복해서 울어. 엄마가, 여동생이 생각나서 울어. 나는 아침 빛 때문에 울어. 주위가 온통 아름다워서 울어. 또 모든 곳에, 모든 사람에게, 또 내게 있는 슬픔이 너무나 커서 울어. 바냐, 바냐, 내 소중한 사람, 내 사랑하는 사람, 내 좋은 사람……"

그의 머리가 빙빙 돌더니 주위의 모든 것이 뒤섞이고, 손가락이 떨리고, 뜨거워진 공기와 함께 편지가 떨렸다.

---

83 전편 소설에서 베료즈낀의 아내인 따마라의 아들 슬라바는 알렉산드라 블라지미로브나의 딸이자 스삐리도노프의 아내인 마리야, 그리고 다른 고아들과 함께 부근 마을로 다녀오려다가 배가 폭격을 맞아 물에 빠져 죽었다.

"글루시꼬프," 베료즈낀이 말했다 "오늘 내 몸을 정상화해야겠네(따마라는 이런 표현을 싫어했다). 어떤가, 거기 물 끓이는 통 부서졌나?"

"온전해요. 하지만 어떻게 하루 만에 정상화한다는 말씀입니까? 열이 40도예요. 보드까를 반 리터나 들이켠 셈인데 어떻게 당장 빠져나와요?"

병사들이 쿵쿵 소리를 내며 무쇠로 된 빈 휘발유 통을 벙커로 굴려왔다. 그들은 빨래 삶는 대야와 방수포 양동이를 이용해 뜨거운 김이 나도록 끓인 탁한 강물을 통의 절반까지 부었다.

글루시꼬프는 베료즈낀을 도와 옷을 벗긴 뒤 그를 통으로 이끌었다.

"벌써 아주 뜨겁네요, 연대장 동지." 그가 통을 만져보고는 손을 움츠리며 말했다. "더 뜨겁게 삶아지실 거예요. 꼬미사르 동지를 불렀는데, 사단장에게 보고하러 갔다는군요. 일단 꼬미사르 동지를 기다리는 게 좋겠어요."

"왜 기다려야 하지?"

"연대장님께 무슨 일이라도 생기면 제가 저를 쏴 죽일 겁니다. 혹시라도 그러지 못할 경우 꼬미사르 삐보바로프 동지가 대신 저를 쏴야 하거든요."

"어서, 날 좀 도와주게."

"참모장에게라도 전화하게 해주십시오."

"얼른." 벌거벗은 몸으로 겨우 서 있는 사람이 목쉰 소리로 꺼내 놓은 이 "얼른"이라는 한마디에 글루시꼬프는 당장 고집을 꺾었다.

물속으로 들어가자 베료즈낀은 신음했고, 고함을 질렀고, 이리 저리 몸부림쳤고, 글루시꼬프는 그를 바라보며 신음했고, 통 주위를 이리저리 서성였다.

'마치 분만실 같군.' 뜬금없게도 그의 머릿속에 이런 생각이 떠올랐다.

베료즈낀은 잠시 의식을 잃었다. 전쟁의 걱정도, 병의 달뜬 상태도 안개 속으로 흐려졌다. 갑자기 감각을 잃었고, 심장이 멎었고, 견디기 어려울 만큼 뜨거운 물조차 느껴지지 않았다. 잠시 후 의식을 되찾은 그가 글루시꼬프에게 말했다. "바닥을 닦아야 하네."

하지만 통에서 넘쳐흐른 물 같은 건 글루시꼬프의 눈에 들어오지도 않았다. 연대장의 진홍색 얼굴이 창백해지기 시작했고, 그의 입은 반쯤 열려 있었다. 파랗게 면도한 민머리에 커다란 땀방울이 돋아났다. 베료즈낀은 다시 의식을 잃어가다가 글루시꼬프가 그를 통에서 끌어내려 애쓰자 또렷한 목소리로 "아직 아니야" 하더니 발작하듯 기침을 하기 시작했다. 기침이 지나가자 베료즈낀은 채 숨도 고르지 않고서 말했다. "끓는 물을 더 붓게."

마침내 베료즈낀이 물에서 나왔을 때, 글루시꼬프는 완전히 기가 빠졌다. 그는 베료즈낀의 몸을 닦아 침상에 눕힌 뒤 이불과 외투로 덮어주고 벙커에 있는 모든 잡동사니 — 방수포며 누비 상의며 누비바지까지 — 를 모아 그 위에 쌓았다.

뻬보바로프가 돌아올 즈음 벙커는 완전히 정리되어 공기 중에 목욕탕처럼 습한 기운만 맴돌 뿐이었다. 베료즈낀은 고요히 누워 자고 있었다. 뻬보바로프는 곁에 서서 잠시 그를 내려다보았다.

'잘생긴 얼굴이야.' 뻬보바로프가 생각했다. '이 사람은 고발장 같은 걸 쓴 적이 없지.'

웬일인지 오년 전 전문학교 동창인 시멜레프를 고발했던 일이 오늘 하루 종일 그의 마음을 괴롭힌 터였다. 이 불길하고 나른하고 고통스러운 소강상태가 이어지는 동안 갖가지 엉터리 같은 생각들이 머릿속으로 기어들어왔고, 그중에는 친구인 뻬보바로프가 작성한 고발장이 낭독되는 것을 들으며 가련하고 슬픈 얼굴로 그를 곁눈질하던 시멜레프의 얼굴도 섞여 있었다.

밤 12시가 다 되어갈 무렵, 추이꼬프가 사단장을 거치지 않고 트랙터공장 마을에 주둔한 연대로 직접 전화를 걸어왔다. 정찰병의 보고에 따르면 이 지구에 독일 전차와 보병들이 유독 집중적으로 결집하는 중이었고, 따라서 그로서는 도무지 마음이 놓이지 않던 것이다.

"그곳 상황은 좀 어떻소?" 그는 흥분한 목소리로 물었다. "누가 지휘를 맡고 있소? 바쮸끄 말로는 연대장이 폐렴인지 뭔지에 걸렸다던데. 좌안으로 옮기는 게 좋겠다고 하더군."

"중령 베료즈낀입니다." 목쉰 소리가 대답했다. "제가 지휘할 겁니다. 가벼운 감기가 왔었는데 지금은 괜찮습니다."

"그러게," 마치 고소하다는 듯 추이꼬프가 말을 이었다. "목이 무척 쉬었군. 독일인들이 뜨거운 우유를 부어줄 걸세. 놈들은 준비가 되었으니 잘 대비해야 하네. 명심하게."

"알겠습니다, 최고사령관 동지." 베료즈낀이 대답했다.

"흠, 알겠다고?" 협박조로 추이꼬프가 말했다. "좋아. 후퇴할 생각을 하면 내가 독일 우유 못지않은 고겔-모겔[84]을 자네에게 먹이겠네."

---

[84] 달걀과 우유, 보드까, 꿀, 레몬즙 따위를 섞어 만든 디저트.

23

뽈랴꼬프 노인은 밤중에 끌리모프와 함께 연대로 떠나기로 했다. 샤뽀시니꼬프가 어떻게 지내는지 궁금했던 것이다.

뽈랴꼬프가 그레꼬프에게 자신의 뜻을 밝히자 그레꼬프는 무척 반가워했다.

"가시죠, 가요, 영감. 후방에서 숨도 좀 돌리고 그들이 잘 지내는지도 알려줘요."

"까쨔 소식도 말이오?" 뽈랴꼬프는 그레꼬프가 반가워하는 이유를 짐작하고 물었다.

"하지만 그들은 벌써 연대를 떠났는데요." 끌리모프가 말했다. "연대장이 둘을 자볼지예로 보내기로 했다고 들었어요. 아마 벌써 아흐뚜바에서 혼인 등록을 했을 겁니다."

그러자 뽈랴꼬프가 심술궂게 물었다. "그러면 취소하겠소? 아니면 당신이 편지를 쓸 건가?"

그레꼬프는 그에게 날카로운 시선을 던진 뒤 평온하게 말했다. "아니, 가시죠. 그러기로 했으니."

'알 만하군.' 뽈랴꼬프는 생각했다.

새벽 5시 무렵 그들은 통로를 기어가고 있었다. 뽈랴꼬프는 연신 받침대에 머리를 부딪치며 세료자 샤뽀시니꼬프를 향해 쌍욕을 해댔다. 그를 그리워하는 스스로에게 당황하고 화가 나서였다.

통로가 넓어지자 두 사람은 좀 쉬려고 앉았다. 끌리모프가 웃으며 말했다. "뭐 선물 같은 건 안 가져가요?"

"그 코흘리개 놈한테 선물은 무슨." 뽈랴꼬프가 대꾸했다. "벽돌이나 집어서 한대 먹여야지."

"아, 그렇고말고요." 끌리모프는 말했다. "그러기 위해 자볼지예까지 헤엄쳐갈 준비가 되어 있는 것 같은데요. 혹시 영감, 까쨔를 보고 싶어서 이러는 겁니까? 질투가 나서 미치겠어요?"

"어서 가기나 하자고." 뽈랴꼬프가 말했다.

잠시 뒤 그들은 지표면으로 기어나와 어느 쪽에도 속하지 않은 구역으로 걸음을 옮겼다. 주위에는 정적이 깔려 있었다.

'갑자기 전쟁이 끝난 건가?' 뽈랴꼬프의 눈앞에 놀랄 만큼 선명하게 자기 방의 모습이 그려졌다. 보르시 접시가 식탁 위에 놓여 있고, 아내는 그가 잡아온 생선을 손질하고 있었다. 실제로 몸이 훈훈해지는 것 같았다.

그날 밤 파울루스 장군은 스탈린그라드 트랙터공장 지구를 공격하라는 명령을 내렸다.

두개의 보병사단이 공군, 포병부대, 전차들에 의해 부서진 대문을 통해 진입할 예정이었다. 자정부터 담뱃불이 병사들의 구부린 손바닥 안에서 빨갛게 타들어가고 있었다.

동트기 한시간 반 전, 공장 건물들 위로 융커스의 모터 소리가 윙윙거리기 시작했다. 그뒤로 폭격은 중단이나 휴지 없이 이어졌다. 빽빽한 밀림 같은 폭격의 굉음에 한순간이라도 틈이 생긴다 싶으면 이는 당장 무쇠의 힘을 다해 땅으로 서둘러 쏘아대는 폭탄의 휘파람 소리로 채워졌다. 중단 없이 빽빽하게 울리는 이 굉음은 마치 인간의 머리통을 쪼개고 척추를 부러뜨리는 괴물 같았다.

날이 밝았지만 공장 지구는 여전히 어둠에 싸여 있었다.

땅 자체가 섬광과 굉음과 연기와 검은 먼지를 내뿜는 것 같았다. 특히 파괴적인 공격이 베료즈낀 연대와 6동 1호에 닥쳤다.

연대의 모든 지점의 사람들이 반쯤 귀먹은 채, 마침내 독일인들이 새롭고 강력하며 전례 없는 수준의 난폭한 살상 행위를 시작했음을 깨닫고 얼이 빠져 소스라쳤다.

폭격을 만난 끌리모프와 노인은 지난 9월 말 1톤급 폭탄이 만들어놓은 원추형 구덩이를 향해 달려갔다. 붕괴된 참호에서 탈출하는 데 성공한 뽀드추파로프 대대의 병사들도 이곳 무인지대를 향해 달려왔다.

독일군과 러시아군 참호 사이의 거리가 얼마나 가까운지, 독일군 일부는 공격을 하느라 전진해온 최전방 독일 사단 병사들에게 부상을 입힐 정도였다.

뽈랴꼬프에게는 이 모든 게 아스뜨라한에서 불어오는 사나운 바람이 볼가강을 전력으로 휩쓸고 있는 광경처럼 보였다. 그는 몇 차례 다리에 힘을 잃고 넘어졌다. 자신이 어느 세상에 있는지, 젊었는지 늙었는지, 어디가 위고 어디가 아래인지도 알지 못하는 것 같았다. 하지만 끌리모프가 그를 끌고 또 끌었다. 자, 어서, 이쪽으로. 그들은 깊은 폭탄 구덩이에 몸을 던져 축축하고 끈적거리는 바닥을 굴렀다. 이곳의 어둠은 세곱절로 짙었다. 밤의 어둠, 연기와 흙먼지의 어둠, 깊은 구덩이의 어둠이 서로 엮여 있었다.

둘은 나란히 누웠다. 늙은이와 젊은이의 머릿속에는 그들이 희망하는 사랑스러운 세상이, 삶에 대한 애원이 살아 있었다. 이 빛, 가슴을 울리는 이 희망은 모든 머릿속에서, 인간뿐 아니라 짐승과 새 들의 가장 평범한 심장 속에서도 불타는 법이다.

뽈랴꼬프는 이 재난이 다 세료자 샤뽀시니꼬프 때문이라 여기고 나직하게 쌍욕을 내뱉으며 중얼거렸다. "세료자 놈이 이 지경을 만들어놨어." 하지만 그의 영혼은 기도를 올리고 있는 것 같았다.

오래 지속되기에는 너무나 극단적인 폭격이었다. 하지만 시간이

지나도 굉음은 약해지지 않았다. 검은 연기구름 또한 옅어지기는 커녕 더욱 진해지면서 점점 더 밀접하게 땅과 하늘을 이었다.

끌리모프는 노동으로 거칠어진 늙은 민병대원의 손을 더듬어 꽉 쥐었다. 화답하는 듯한 노인의 움직임이 지붕 없는 무덤 속에서 한순간 그에게 위안을 주었다. 가까운 곳에서 일어난 폭발이 구덩이 안으로 흙덩어리와 돌멩이들을 철썩거리며 쏟아왔다. 벽돌 조각이 노인의 등을 때렸다. 흙이 구덩이 벽을 따라 층을 이루며 쏠려내려올 때 그들은 겁에 질려 몸서리쳤다. 이 구덩이에 기어들어야 했는데 이미 빛을 볼 수 없게 되는구나. 독일군의 폭격이 구덩이를 메우고 땅을 평평하게 다지리라.

평소 수색을 나갈 때 끌리모프는 누군가와 동행하는 것이 싫어 서둘러 어둠 속으로 몸을 감추곤 했다. 냉정하고 노련한 뱃사람은 돌투성이 해안을 떠나 얼른 넓은 바다의 엄혹한 품으로 향하는 법이다. 그러나 여기 구덩이 속에서, 그는 뽈랴꼬프와 나란히 누워 있는 것이 기뻤다.

시간은 유유한 흐름을 잃고 돌발적인 파도처럼 미친 듯 앞으로 돌진하다가 갑자기 양의 뿔처럼 휘말린 채 멈춰서기를 반복했다.

하지만 마침내 구덩이 속 인간들이 고개를 들었다. 그들 위에 흐릿한 어스름이 머물러 있었다. 연기와 먼지는 바람에 날려가고 없었다…… 땅이 진정되었고, 쉴 새 없이 지속되던 굉음은 간간이 들리는 폭발음으로 흩어졌다. 지독한 피로가 영혼을 잠식했다. 삶의 모든 기운이 다 빠져나가고 오직 갈망만이 남은 듯했다.

끌리모프는 몸을 약간 일으켰다. 그의 곁에는 모자부터 장화까지 몽땅 전쟁에 씹혀 너덜너덜하니 누더기가 된 어느 독일인이 먼지를 뒤집어쓴 채 누워 있었다. 끌리모프는 독일군을 두려워해본 적이 없었다. 그는 늘 자신의 힘에, 방아쇠를 당기고 수류탄을 던지고 개머리판이나 칼로 적보다 한순간 앞서서 공격하는 자신의 놀랄 만한 능력에 확신을 가지고 있었다.

하지만 이 순간 그는 당혹감을 느꼈다. 자신이 귀먹고 눈멀어 옆에 있는 독일인에게서 위안을 얻었다는 것이, 독일인의 손을 뽈랴꼬프의 손으로 여겼다는 사실이 그를 경악시켰다. 둘은 서로를 바라보았다. 동일한 힘이 그들을 내리누르고 있었다. 둘 모두 이 힘과 싸우기엔 무력했다. 그들 중 어느 한 사람도 보호하지 않는, 둘 모두를 똑같이 위협하는 힘이었다.

그들, 전장의 두 주민은 침묵했다. 두 사람이 소유한 완전하고도 틀림없는 자동 반사 능력, 즉 상대를 죽이려는 본능은 작동하지 않았다.

조금 떨어진 곳에서 뽈랴꼬프 역시 수염으로 뒤덮인 이 독일인을 바라보고 있었다. 평소 좀처럼 침묵을 지키지 못하는 그가 지금은 입을 닫고 있었다. 삶이란 끔찍했지만 그들의 눈 깊은 곳에서 우울한 통찰이 번득였다. 전쟁이 끝난 뒤에도, 그들을 이 구덩이로 내몰고 면상을 땅속으로 처박게 한 그 힘은 계속해서 승자와 패자 모두를 짓누르리라.

마치 약속이라도 한 듯 그들은 등과 머리를 서로의 표적으로 노출시킨 채, 그래도 위험하지 않다는 흔들림 없는 확신 속에서 구덩이 밖으로 기어나왔다.

뽈랴꼬프가 미끄러졌지만 옆에서 기어오르던 독일인은 그를 도와주지 않았고, 노인은 이승을 욕하고 저주하며 아래로 굴러떨어졌다가 다시금 기를 쓰고 이승으로 기어올랐다. 지표면으로 나온 끌리모프와 독일인은 각각 동쪽과 서쪽을 향해 섰다. 혹시라도 상관이 그들이 같은 구덩이에서 기어나오는 것을 보지 않았을까? 둘이 서로를 죽이지 않은 것을 본 게 아닐까? 그들은 서로 돌아보지 않고, 아무 인사도 없이, 엉망으로 파인 채 아직 연기를 뿜고 있는 언덕과 계곡을 넘어 자신들의 참호를 향해 달리기 시작했다.

"이제 건물 같은 건 없네요. 죄다 땅으로 변해버렸어요." 끌리모프가 서둘러 자신을 쫓아오는 뽈랴꼬프를 향해 두려움 어린 목소리로 말했다. "아, 나의 형제들, 정말 모두 죽어버린 건가?"

그때 대포와 자동소총들이 다시금 발포를 시작했다. 독일군이 대규모 공격을 감행한 것이다. 스딸린그라드 최악의 날이었다.

"이게 다 망할 놈의 세료주까 때문이야." 뽈랴꼬프가 중얼거렸다. 그는 아직 무슨 일이 일어났는지 이해하지 못하고 있었다. 6동 1호에 살아남은 자는 하나도 없다는 사실도 모른 채, 그저 끌리모프의 흐느낌과 울부짖음에 짜증을 느낄 뿐이었다.

24

공습 초반, 대대 본부가 자리한 지하의 가스관에 폭탄이 떨어져 그곳에 있던 연대장 베료즈낀과 대대장 디르낀과 전화교환원을 덮쳤다. 완전한 암흑 속에서 고막이 반쯤 나가고 돌먼지에 숨이 막힌 채 베료즈낀은 자신이 이미 산 사람이 아니라 생각했지만, 곧 디르낀의 기침 소리가 짧은 정적을 깼다.

"살아 계십니까, 연대장 동지?"

"살아 있네." 베료즈낀이 대답했다.

연대장의 목소리를 듣자 디르낀은 당장에 평소의 유쾌함을 되찾았다.

"살아 계시는군요. 그렇다면 제대로 됐네요." 제대로 된 것은 거의 없었지만 그는 먼지 속에서 기침과 가래를 뱉어내며 중얼거렸다.

디르낀과 전화교환원은 잔해에 뒤덮여 있었다. 뼈가 온전한지조차 분명치 않았다. 쇠로 된 들보가 그들 머리 위에 걸려 있어서 허리를 펼 수 없었지만 이 들보가 그들을 구한 것이 분명했다. 디르낀이 손전등을 켜자 그야말로 무시무시한 광경이 펼쳐졌다. 뿌연 먼지 속에 돌덩어리와 구부러진 파이프, 윤활유가 묻은 콘크리트, 바스러진 케이블 따위가 이리저리 내걸려 있었다. 한번만 더 폭격이 내리치면 좁은 틈도 사람도 모두 사라질 것 같았다. 아마 쇠와 돌덩어리가 한덩어리로 뭉쳐지리라.

그들은 한동안 말없이 몸을 웅크렸다. 광란하는 힘이 공장 건물을 두들겨대고 있었다.

'이 건물은 죽은 몸으로도 방어에 힘써왔지.' 베료즈낀은 생각했다. '콘크리트와 쇠를 부수고 철근골조를 뚫기란 어려운 일이니까.'

얼마 후 그들은 사방을 두드리고 더듬어본 끝에 자신들의 힘으로 이곳에서 빠져나가기란 불가능한 일임을 깨달았다. 전화기는 온전했으나 수화구에서 아무런 소리가 나지 않았다. 선이 망가진 것이다.

그들끼리 서로 말도 거의 나눌 수 없었다. 먼지 때문에 기침을 하느라 목이 막힌데다 겨우 소리를 내도 폭발의 굉음에 그대로 묻혀버렸다.

하루 전만 해도 열에 들떠 누워 있었건만 베료즈낀은 더이상 자기 몸이 약하다고 느끼지 않았다. 전투에서 그의 힘은 늘 지휘관들과 붉은군대 병사들을 제압하곤 했다. 이는 전쟁이나 전투의 힘이 아니라 자연스럽고 분별력 있는 인간의 힘이었다. 지옥 같은 교전에서 그러한 힘을 보전하고 드러낼 수 있는 사람은 매우 드물었다. 바로 이들, 문명화되고 가정적이며 분별력 있는 인간의 힘을 지닌 자들이야말로 전쟁의 진정한 주역이었다.

어느새 폭격이 잦아들고 먼지를 뒤집어쓴 사람들에게 응응거리는 쇳소리가 들리기 시작했다.

베료즈낀은 코를 풀고 기침을 한 뒤 말했다. "이리떼가 울부짖는군. 전차들이 트랙터공장으로 진입한 모양이야." 이어 그가 덧붙였다. "우리는 그 한가운데 앉아 있고."

상황이 더이상 나빠질 수 없다고 생각했는지, 대대장 디르낀이 갑자기 형언할 수 없는 목소리로 노래를 부르기 시작했다. 영화에 나오는 곡이 기침 소리와 함께 흘러나왔다.

좋아, 형제들, 좋아, 좋아, 형제들, 사는 게 말이지,
두목과 함께 있으면 아무 걱정 없단 말이지……

전화교환원은 대대장이 미쳤다고 생각하면서도 기침을 내뱉으며 골골대는 목소리로 노래를 따라 불렀다.

얼마 동안 아내는 슬퍼하겠지,
그러다 다른 남자와 만나겠지, 나를 잊겠지……

머리 위, 연기와 먼지와 전차 울부짖는 소리로 가득한 공장 건물 통로에서는 글루시꼬프가 피범벅이 된 손바닥과 손가락으로 돌덩

이들과 부서진 콘크리트 조각들을 내던지고 철근골조의 쇠막대들을 구부리고 있었다. 그는 광란의 흥분 속에서 움직였다. 오로지 광기만이 그로 하여금 무거운 대들보를 옆으로 옮기고 장정 열명이 할 일을 해내게끔 할 수 있었다.

베료즈낀은 다시 폭발의 굉음, 대포와 자동소총이 달린 독일 전차들의 포효, 연기와 뿌연 먼지가 온통 뒤섞인 추한 세상을, 그러나 분명하고 고요한 세상을 보았다. 이 세상을 본 순간 베료즈낀은 생각했다. '이것 봐, 따마라, 걱정할 필요 없어. 내가 그랬지? 특별한 일은 없다고.' 그때 글루시꼬프의 든든하고 강한 두 팔이 그를 껴안았다.

디르낀이 흐느끼는 목소리로 울부짖었다. "연대장 동지, 보고드립니다. 저는 죽은 대대의 지휘관입니다." 그는 피와 휘발유가 만든 검은 벨벳 같은 웅덩이에 옆으로 누워 있는 대대 꼬미사르의 시체를 가리키며 말을 이었다. "바냐, 우리 바냐가 죽었어요."

연대 지휘본부는 전반적으로 양호해 보였다. 책상과 침상이 흙덩이로 덮여 있었다.

삐보바로프는 베료즈낀을 보더니 행복한 목소리로 욕설을 내뱉으며 그에게 몸을 던졌다.

"대대들과 연결이 되나?" 베료즈낀은 묻기 시작했다. "개별 건물은 어찌 되었나? 뽀드추파로프는? 디르낀과 우리는 덫에 걸린 참새들 신세였네. 통신도 끊기고 아무것도 안 보이고…… 누가 살았고 누가 죽었는지, 우리가 어디 있고 독일군은 어디 있는지 아무것도 알 수가 없군. 상황을 말해보게. 자네들이 싸우는 동안 우린 거기 갇혀서 노래나 부르고 있었어."

삐보바로프가 손실에 대해 보고했다. 말썽꾼 그레꼬프를 포함해서 건물 6동 1호 사람들 모두가 파묻혀 죽었다고, 직전에 빠져나온 정찰병과 노인 민병대원만이 살아남았다고 그는 말했다.

하지만 연대는 독일군의 공격을 견뎌냈고, 살아남은 자들은 살아 있었다.

이때 전화가 울렸다. 참모들은 교환원의 얼굴을 보고 스탈린그라드의 최고사령관에게서 전화가 걸려왔음을 알아차렸다.

교환원이 베료즈낀에게 수화기를 넘겼다. 사람들은 수화기에서 흘러나오는 추이꼬프의 낮고 단단한 음성에 귀를 기울였다.

"베료즈낀? 사단장이 부상당했고 부사단장과 참모장은 사망했네. 사단의 지휘를 맡을 것을 명령하네." 그는 잠시 말이 없다가 천천히, 위엄 있는 목소리로 덧붙였다. "귀관은 이제껏 보지 못한 지옥 같은 상황에서 연대를 지휘하고 공격을 견뎌냈네. 고맙네. 소중한 귀관에게 포옹을 전하네. 성공을 기원하네."

트랙터공장의 전투는 이제 막 시작된 셈이었다. 살아남은 자들은 살아 있었다.

건물 6동 1호는 고요했다. 그 폐허에서는 단 한번의 총성도 들려오지 않았다. 공습의 주력이 그곳으로 집중되었던 게 분명했다. 부서져 있던 벽들은 아예 내려앉았고, 돌무더기는 평지가 되었다. 독일군 전차들이 죽은 건물의 잔해 속에 몸체를 가린 채 뿌드추파로프 대대로 포격을 가하고 있었다.

바로 얼마 전까지만 해도 독일군이 그토록 두려워하던 건물, 그들에게 가차 없는 공격을 퍼붓던 건물이 이제는 그들의 안전한 피신처가 되었다.

멀찌감치 보이는 붉은 벽돌 더미들은 마치 도살되어 김을 내뿜는 생고기의 커다란 살점 같았다. 녹회색 독일 병사들이 흥분해서 벌떼처럼 붕붕거리며 저 도살된 건물 사이를 이리저리 뛰어다니고 있었다.

"이제 자네가 연대를 지휘해야 하네." 베료즈낀이 뻬보바로프에게 말했다. "참 묘한 일이지. 전쟁 내내 상관들은 나를 못마땅하게만 여겼어. 그런데 여기 지하 벙커에서 하릴없이 앉아 노래나 부르고 나왔더니 추이꼬프가 내게 감사를 전하며 사단 지휘를 맡기는군. 마음 단단히 먹게, 나도 이제 자네를 꽉 조일 테니."

하지만 더는 농담할 겨를이 없었다. 독일군이 뚫고 들어오기 시작했다.

25

눈 내리는 추운 날 시뜨룸은 아내와 딸을 데리고 모스끄바에 도착했다. 알렉산드라 블라지미로브나는 공장에서의 일을 중단하고 싶지 않다며 시뜨룸이 까르뽀프 연구소[85]에 마련하겠다는 일자리도 물리치고 까잔에 남았다.

기쁨과 불안이 공존하는 이상한 날들이었다. 독일군은 여전히 강력하고 위협적이며 새롭고 가차 없는 공격을 준비하고 있는 것 같았다.

아직 전쟁이 전환점에 이르렀다는 징조는 찾을 수 없었다. 하지만 사람들이 모스끄바로 모여드는 것은 자연스럽고 현명한 일이었고, 정부가 몇몇 행정처의 소개를 해제해 모스끄바로 이전시키기

---

[85] 1918년에 세워진 물리학·화학 연구소.

시작한 것도 당연하게 여겨졌다.

이미 모두가 전쟁의 봄이라는 은밀한 징후를 느낀 것이다. 그럼에도 전쟁 시작 이후 두번째로 맞이하는 이 겨울, 수도는 여전히 음침하고 우울해 보였다.

더러운 눈이 보도를 따라 언덕처럼 쌓여 있었다. 변두리에는 시골에서 그렇듯 좁은 길들이 각 건물의 입구와 전차 정류장과 식료품 상점 들을 연결하고 있었다. 창문에서는 루마니아인들의 철제 연통이 연기를 뿜었고, 건물 벽은 검댕이 묻어 누렇게 된 얼음으로 뒤덮였다.

짧은 털가죽 외투 차림에 숄을 뒤집어쓴 모스끄바 주민들은 꼭 지방 도시 사람, 촌사람 같아 보였다.

화물차 적재함의 물건들 위에 자리를 잡은 빅또르 빠블로비치는 역에서 오는 내내 곁에 앉은 나쟈의 못마땅한 얼굴을 힐긋힐긋 살폈다.

"왜 그래, 마드무아젤?" 시뜨룸이 물었다. "까잔에서 상상했던 모스끄바의 모습이 아니야?"

나쟈는 아버지가 자신의 기분을 정확히 짚어내자 화가 나서 아무 대꾸도 하지 않았다.

"인간은 자기들이 만든 도시가 자연의 일부인 양 저절로 굴러가지 않는다는 사실을 좀처럼 이해하지 못하지." 빅또르 빠블로비치가 설명을 시작했다. "늑대와 눈보라와 잡풀을 쳐내고 싶다면 손에서 무기, 삽, 빗자루를 놓아선 안 돼. 그냥 내버려두면, 일이년 중단하면 잠깐 하품하는 사이에 엉망이 된다고. 숲에서 늑대들이 나오고, 엉겅퀴들이 기어오르고, 눈에 파묻히고, 먼지로 덮여버리지. 얼마나 많은 위대한 도시들이 먼지와 눈과 잡초에 묻혀버렸는지."

시뜨룸은 공용 차량으로 부수입을 올리는 운전사 옆에 앉은 류드밀라도 이 설명을 들었으면 하는 마음에, 화물차 적재함 너머로 몸을 굽혀 반쯤 내려진 작은 창을 통해 물었다.

"자리는 편안해, 류다?"

"청소부들이 눈을 안 치웠을 뿐이잖아." 나쟈가 말했다. "여기 무슨 문명의 멸망 같은 건 없어."

"바보야," 시뜨룸이 말했다. "저 얼음덩어리들 좀 봐라."

화물차가 심하게 흔들리면서 짐 보따리며 트렁크 들이 모조리 튀어올랐고, 시뜨룸과 나쟈도 함께 튀어올랐다. 그들은 서로를 쳐다보며 웃기 시작했다.

기이하군, 기이해. 집도 없고 우울하기만 한 이 전쟁의 해에, 그것도 까잔에 피난해 있던 상태에서 평생 가장 위대하고 중요한 작업을 성공시켰다니……

모스끄바에 가까워지는 동안, 그는 이제 곧 오직 엄숙한 흥분을 느끼게 되리라 생각했다. 안나 세묘노브나와 똘랴와 마루샤에 대한 애도, 그리고 거의 모든 가족이 경험한 희생에 대한 생각도 귀환의 기쁨과 연결되어 가슴을 채우리라 여겼다.

하지만 모든 것이 생각한 바와 다르게 흘러갔다. 기차에서 시뜨룸은 사소한 문제들로 화를 냈다. 류드밀라 니꼴라예브나가 제 아들이 지킨 땅도 바라보지 않은 채 잠만 자는 것이 그의 짜증을 돋우었다. 자면서 코는 또 어찌나 크게 골아대는지, 찻간을 지나가던 상이용사가 "와, 이거 까쮸샤 대포[86] 소리 같구먼" 하고 말할 정도였다.

나쟈도 그의 신경을 긁었다. 탐욕스러운 이기심으로 식료품 주

---

86 1941년에 처음 만들어져 제2차 세계대전 당시 대량생산된 소련의 로켓포.

머니에서 가장 예쁜 빨간색 튀김과자들만 골라 먹더니 음식 찌꺼기는 제 어머니가 치우게 한 것이다. 게다가 제 아버지에 대해서는 내내 바보 같은 조롱조로만 이야기했다. 시뜨룸은 그애가 이웃 찻간에 가 이야기하는 소리를 들었다. "우리 부친께서는요, 음악을 크게 숭상하시죠. 손수 피아노 건반을 땡땡거리세요."

찻간에 함께 앉은 사람들은 모스끄바 하수도와 중앙난방에 대해, 모스끄바 주택 사용료 지불 증명서에 따라 돈을 지불하지 않아 거주권을 빼앗긴 부주의한 사람들에 대해, 모스끄바로 어떤 식품을 들여오면 이문을 남길지에 대해 이야기를 나누었다. 이러한 일상적인 대화도 시뜨룸을 짜증 나게 했지만, 그도 결국은 건물 관리인이나 수도에 대해 떠들어대고 있었고, 밤에 잠이 안 올 때는 모스끄바 배급소에 어떻게 등록할지, 전화가 끊겼으면 어찌해야 할지 생각했다.

심술궂은 여차장이 바닥을 비로 쓸다가 의자 밑에서 시뜨룸이 버린 닭 뼈다귀를 끌어내며 말했다. "아, 이 돼지들! 문화인이라고 알려진 사람들이 말이지."

무롬에 정차했을 때 시뜨룸과 나쟈는 잠시 선로를 거닐다가 카라쿨 깃이 달린 가죽 외투를 입은 젊은이들 곁을 지나치게 되었다.

"피난했던 아브람이 돌아가는군." 그중 하나가 내뱉었다.

그러자 두번째 젊은이가 말했다. "아브라샤가 모스끄바를 방어했다고 메달 받으러 서둘러 가는 거야."[87]

까나시에서는 기차가 죄수들을 태운 수송열차 맞은편에 정차했다. 보초들이 난방 화차들을 따라 걸어다니고, 작은 격자창마다 죄

---

[87] 아브람과 아브라샤는 전형적인 유대식 이름이다.

수들의 창백한 얼굴이 몰려들었다. "좀 피우게 해줘요!" "제발, 담배 좀!" 보초들은 욕을 하며 죄수들을 창문 안쪽으로 밀어냈다.

저녁에 그는 소꼴로프 부부가 타고 가는 이웃 찻간으로 갔다. 마리야 이바노브나는 꽃무늬 수건으로 머리를 동여맨 채 침구를 펼쳐 2층 침대의 아래쪽에 뾰뜨르 라브렌찌예비치의 잠자리를, 위층에는 자기 잠자리를 만들고 있었다. 그녀는 뾰뜨르 라브렌찌예비치의 침대가 편안한지 확인하느라 시뜨룸이 묻는 말에 엉뚱한 소리만 했다. 심지어 류드밀라 빠블로브나의 안부도 묻지 않았다.

소꼴로프는 하품을 하며 찻간이 답답해서 기운이 다 빠졌다고 불평했다. 어쩐 일인지 시뜨룸은 그의 산만하고 미적지근한 태도에 스스로도 놀랄 정도의 모욕감을 느꼈다.

"난생처음 보는구먼." 시뜨룸이 말했다. "아내를 위층으로 기어오르게 하고 자신은 아래층을 차지하는 남편이라니."

그는 짜증스럽게 이 말을 내뱉었다. 어째서 이 상황에 그렇게까지 화가 나는지 스스로도 놀랐다.

"우리는 늘 그래요. 뾰뜨르 라브렌찌예비치는 위층에 올라가면 답답해하는데, 난 전혀 상관없거든요." 마리야 이바노브나가 대꾸하고는 남편의 관자놀이에 입을 맞추었다.

"그럼 난 가볼게요." 시뜨룸이 말했다. 그리고 이번에는 소꼴로프 부부가 자신을 붙잡지 않는 것에 모욕을 느꼈다.

밤에는 찻간 공기가 무척 답답했다. 까잔, 까리모프, 알렉산드라 블라지미로브나, 마지야로프와의 대화, 비좁은 대학 연구실이 머릿속에 떠올랐다…… 저녁마다 소꼴로프 부부를 방문해 정치에 대해서 토론을 벌일 때 마리야 이바노브나는 얼마나 사랑스럽고 걱정 어린 눈빛으로 그를 바라보았던가. 오늘 찻간에서 본 산만하고 무관심한 눈빛과는 전혀 달랐다.

'기가 막혀서, 원.' 그는 생각했다. '자기가 아래서, 더 편안하고 시원한 데서 자다니. 그게 도모스뜨로이[88]가 아니고 뭐람?'

그는 자신이 아는 여자들 중 가장 온유하고 착하고 좋은 여자라 여기던 마리야 이바노브나에 대해서도 화를 내며 생각을 이어갔다. '빨간 코를 한 토끼 새끼 같잖아. 뾰뜨르 라브렌찌예비치는 유약하고 내성적인데다 자제를 모르는 거드름쟁이야. 솔직하지도 않고 기억력도 나쁜 남자지. 그 불쌍한 여자만 고생이구먼.'

도무지 잠이 오지 않아서 그는 곧 만나게 될 친구들, 특히 체뼤진의 반응을 상상해보았다. 많은 이들이 이미 그의 연구 작업에 대해 알고 있었다. 승리를 안고 돌아가는 그에겐 무슨 일이 기다리고 있을까? 구레비치와 체뼤진은 그에게 무슨 얘기를 할까?

마르꼬프는 일주일 뒤에나 모스끄바에 도착한다고 했다. 새로운 장비의 개발에 있어 모든 세부 사항을 총괄한 그 없이는 작업을 시작하기 어려울 거야. 소꼴로프도 나도 머리로만 추측하는 종자잖아. 눈멀고 우둔한 손을 지닌 이론가라는 건 참 바보 같아.

그럼에도 영웅이야, 영웅이지.

하지만 이 생각은 천천히 다가오다가 흩어져버렸다.

"담배" "담배 한개비만"을 외치던 사람들, 그를 아브람이라 부르던 젊은이들이 눈앞에 떠올랐다. 뽀스또예프가 소꼴로프에게 했던 이상한 이야기도 생각났다. 소꼴로프가 젊은 물리학자 란제스만의 연구에 대해서 언급하자, 뽀스또예프는 "그곳에 란제스만이 있다

---

88 16세기에 만들어져 19세기까지 사용된 러시아의 관습법. 사회와 교회와 가정에서의 가부장적인 행동 규범이 주를 이루며, 자식과 아내와 하인에 대한 가장의 무한한 힘의 행사와 관련해 많은 비판을 받았다.

면 여기서는 빅또르 빠블로비치가 최고의 발견으로 세계를 강타했지"라 말하고는 소꼴로프를 껴안으며 이렇게 덧붙였던 것이다. "어쨌든 가장 중요한 건 자네와 내가 러시아인이라는 사실이야……"

전화선이 연결되어 있을까? 가스는 나오려나? 백년도 더 전에 나뽈레옹을 몰아낸 뒤 모스끄바로 돌아왔던 사람들도 이런 사소한 일에 대해서 생각했을까?……

화물차가 집 앞에 멈춰섰다. 시뜨룸과 가족들은 3층 아파트를, 지난해 여름 십자 모양으로 푸른 종이를 붙여둔 네개의 창문을, 정문을, 보도 옆 보리수들을 바라보았다. 아파트 관리인의 문에는 '우유'라고 적힌 나무 팻말이 붙어 있었다.

"엘리베이터는 물론 작동하지 않겠지." 류드밀라 니꼴라예브나가 중얼거리더니 운전사를 향해 물었다. "동지, 물건을 3층으로 옮기는 걸 도와줄 수 있을까요?"

"어려울 것 없죠. 대가로 빵이나 좀 주세요."

차에서 짐을 모두 내린 뒤 나쟈는 남아 짐을 지키고 시뜨룸은 아내와 함께 아파트로 올라갔다. 그들은 모든 것이 변하지 않은 채 그대로인 것에 놀라워하며 천천히 걸음을 옮겼다. 검은 방수포를 씌운 2층 문, 눈에 익은 우편함들…… 잊고 있던 거리와 집과 물건들 모두 사라지지 않고 여기 그대로 있다니, 이들 가운데 인간 또한 그대로 있다니 얼마나 놀라운 일인가.

언젠가 똘랴가 엘리베이터도 기다리지 않고 3층으로 뛰어올라가 아래 있는 시뜨룸에게 외쳤었지. "야호, 난 벌써 집에 왔어요!"

"층계참에서 좀 쉬자고. 당신 숨이 끊어지겠어." 빅또르 빠블로비치가 말했다.

"맙소사," 류드밀라 니꼴라예브나가 말했다. "계단이 엉망이잖

아. 내일 건물 관리실에 가서 바실리 이바노비치한테 청소조를 꾸리라고 해야겠어."

이제 그들, 남편과 아내는 그들의 집 문 앞에 서 있었다.

"당신이 열래?"

"아니, 됐어, 내가 뭐 하러…… 당신이 열어. 당신이 주인이잖아."

그들은 아파트로 들어가 외투도 벗지 않은 채 방들을 돌아다녔다. 류드밀라는 손으로 난방 기구를 만지작거리다가 수화기를 들어 입김을 불어보았다. "전화는 작동하는 것 같아!"

그런 다음 그녀는 부엌으로 갔다. "물도 나오네. 화장실을 사용할 수 있겠어."

이어 화덕으로 다가가 스위치를 돌려보았지만 가스는 끊겨 있었다.

세상에, 세상에. 드디어 끝난 것이다. 적은 제지되었다. 그들은 집으로 돌아왔다. 1941년 6월 21일 토요일이 바로 어제 같기만 했다.[89] 그사이 모든 게 하나도 변하지 않았고, 모든 게 완전히 변해버렸다. 그리고 그때와는 다른 사람들이 이 집으로 들어왔다. 그들은 이미 다른 심장, 다른 운명을 지닌 채 다른 시대에 살고 있었다. 왜 이렇게 아무렇지 않으면서 동시에 마음이 불안한 걸까? 왜 전쟁 이전의 잃어버린 삶이 그토록 멋지고 행복하게 여겨지는 걸까? 내일 할 일에 대한 생각이 마음을 짓눌렀다. 식료품 배급소에 가서 등록해야 하고, 전력 사용 한도에 대해 알아봐야 하고, 엘리베이터의 상태를 파악해야 하고, 신문을 신청해야 하고…… 그리고 다시 밤에 침대 속에서 익숙한 시계 소리를 들어야 한다.

---

89 1941년 6월 22일 일요일 새벽에 독일군이 소련을 침공했다.

시뜨룸은 아내를 따라다니다가 문득 여름에 모스끄바로 와 이곳에서 아름다운 니나와 포도주를 마셨던 일을 떠올렸다.[90] 빈 병이 여전히 부엌 개수대 옆에 놓여 있었다.

노비꼬프 대령이 가져온 어머니의 편지를 읽은 그날 밤이었을 거야. 그러고서 난 곧 첼랴빈스끄로 떠났어…… 여기서 니나에게 키스하다가 그녀의 머리핀이 빠졌는데 그건 결국 찾지 못했지. 혹시라도 바닥에 핀이 떨어져 있지 않을지, 니나가 이곳에 립스틱이나 파우더를 놓고 가지는 않았을지 그는 걱정스러웠다.

하지만 이때 운전사가 숨을 몰아쉬며 트렁크를 내려놓고 방을 둘러보더니 물었다.

"이곳 전체를 쓰는 겁니까?"

"그래요." 죄라도 지은 듯 시뜨룸이 대답했다.

"우리는 여섯이서 8제곱미터짜리 방에 사는데." 운전사가 말했다. "모두 일하러 간 낮에 할머니가 잠을 자고 밤에는 의자에 앉아 있지요."

시뜨룸은 창문으로 다가갔다. 나쟈가 화물차 옆에 내려놓은 물건들 옆에서 춤을 추듯 두 발을 움직이며 손가락을 호호 불어대고 있었다.

사랑스러운 나쟈, 내 애처로운 딸내미, 드디어 집에 왔구나.

운전사는 식료품 자루와 커다란 이불 보따리를 옆에 놓고 의자에 앉아 담배를 말기 시작했다. 그는 주거 문제에 골몰해 있는지 내내 환경위생 설비 규준이며 구역 주거관리부의 뇌물 문제에 대해 늘어놓았다.

---

90 전편 소설에서 시뜨룸은 일 때문에 1942년 여름 모스끄바로 돌아와 자신의 아파트에 머무르며 이웃 여자 니나와 사귀었다.

이윽고 부엌에서 냄비 소리가 크게 울렸다.

"이 집의 진정한 주인이 돌아오셨네요." 운전사가 시뜨룸에게 윙크를 해 보였다.

시뜨룸은 다시 창문을 내다보았다.

"그저 정리가 끝이 없지요." 운전사가 다시 입을 열었다. "이제 스딸린그라드에서 독일군을 격퇴하고 사람들이 피난에서 돌아오면 주거 문제가 더 심각해질 겁니다. 얼마 전에 우리 공장의 노동자 하나가 두차례나 부상을 입은 뒤 돌아왔는데, 집이 폭격을 맞아 사라져버린 거예요. 가족들이랑 사람 살 곳이 못 되는 지하에 둥지를 틀었죠. 아내는 임신한 상태에 두 아이는 결핵인데, 지하실로 물이 들어와 무릎 위까지 찼다더군요. 의자에 나무판자를 올려 그것들을 밟고 침대에서 식탁으로, 식탁에서 난로로 다녔다죠. 그 사람은 당위원회랑 지역위원회에 청원을 하고 스딸린한테까지 편지를 썼어요. 다들 약속하고 또 약속했지요. 그러다 어느 밤에 그가 아내와 아이들을 데리고 잡동사니들을 꾸려서 지역 소비에뜨 예비 공간의 5층 방에 들어앉았어요. 8제곱미터가 조금 넘는 방이었죠. 그랬더니 일대 소동이 일어났어요. 검사가 그를 소환한 거예요. 스물네시간 안에 방을 비우지 않으면 수용소 오년형을 선고하고 아이들은 고아원으로 보낸다고 으름장을 놓았다더군요. 그가 어떻게 했을까요? 가지고 있던 전쟁 훈장으로 가슴을, 생살을 찌른 다음 점심시간에 작업장에서 목을 맸어요. 다행히 동료들이 밧줄을 끊고 구급대를 불러 병원으로 이송시켰죠. 그러자 그가 퇴원도 하기전에 허가서가 나오더군요. 운이 좋았어요. 면적은 작지만 시설이 다 갖춰진 방이었거든요. 일이 제대로 된 거죠."

운전사의 이야기가 끝났을 때 나쟈가 나타났다.

"물건들이 없어지면 어쩌려고?" 운전사가 물었다.

나쟈는 어깨를 으쓱이더니 곱은 손가락을 호호 불며 이 방 저 방을 돌아다녔다.

방에 들어서자마자 나쟈는 시뜨룸의 화를 돋웠다.

"옷깃이라도 좀 내려라."

그러나 나쟈는 손을 내젓더니 부엌을 향해 소리쳤다. "엄마, 나 배고파 죽겠어!"

류드밀라 니꼴라예브나는 이날 굉장한 에너지를 뿜어내고 있었다. 저 정도 기운을 전선의 일에 쏟는다면 독일군이 모스끄바에서 100킬로미터쯤 후퇴하겠군, 시뜨룸은 생각했다.

배관공이 와서 난방을 연결했다. 파이프는 멀쩡한데 좀처럼 따뜻해질 기미가 없었다. 가스 기술자를 부르는 게 보통 어려운 일이 아니었다. 류드밀라 니꼴라예브나가 가스 연결망 감독관에게까지 전화를 해서, 그가 공군 여단의 기술자를 보내주었다. 류드밀라는 가스 불을 모두 켜고 그 위에 다리미를 놓았다. 불이 약하긴 했지만 곧 부엌에 온기가 돌아 외투를 입지 않고도 앉아 있을 만했다. 운전사, 배관공, 가스 기술자까지 일을 마쳤을 때는 빵 자루가 완전히 비어 있었다.

저녁 늦게까지 류드밀라 니꼴라예브나는 집안일을 하느라 바빴다. 그녀는 걸레로 빗자루를 감싸 천장과 벽을 닦았다. 샹들리에의 먼지도 닦아냈고, 말라비틀어진 꽃들은 깜깜한 복도에 내놓았다. 이런저런 못 쓰는 물건들, 낡은 종잇장들이나 헝겊 조각들을 버리느라 나쟈는 투덜거리며 세번이나 양동이를 들고 쓰레기장에 나가야 했다.

류드밀라는 주방용품과 식기 들을 다시 씻고, 빅또르 빠블로비치를 시켜 포크며 칼 따위를 마른행주로 닦게 했다. 찻그릇만이 예외였다. 이어 그녀는 욕실로 들어가 빨래를 하고, 스토브에 버터를 녹이고, 까잔에서 가져온 감자를 골랐다.

시뜨룸은 소꼴로프에게 전화를 걸었다.

"뾰뜨르 빠블로비치는 좀 자라고 눕혔어요." 마리야 이바노브나가 전화를 받았다. "여행하느라 많이 지쳤거든요. 하지만 급한 일이라면 깨울게요."

"아니, 아니요. 일없이 수다나 떨고 싶었어요."

"돌아오니 정말 좋네요." 마리야 이바노브나가 말했다. "계속 눈물이 나오려고 해요."

"우리 집에 오시겠어요?" 시뜨룸이 물었다. "오늘 저녁 어때요?"

"무슨 소리예요? 오늘은 안 돼요." 마리야 이바노브나가 웃음을 터뜨렸다. "류드밀라 니꼴라예브나도 저도 할 일이 얼마나 많은데요."

이어 그녀가 전력 한도와 수도에 대해 묻자 그는 자기도 모르게 거친 어투로 대꾸했다. "류드밀라를 바꿀게요. 그 사람이 수도에 대해 얘기해줄 거예요." 그러곤 농담조로 덧붙였다. "오시지 않겠다니 아쉽군요. 오셨다면 함께 플로베르의 서사시 「막스와 모리츠」를 낭독했을 텐데."

그녀는 농담에 아무 대꾸 없이 말했다. "나중에 전화드리죠. 방 하나에 이렇게 할 일이 많은데 류드밀라 니꼴라예브나는 얼마나 바쁘겠어요?"

그의 거친 말투에 모욕을 느낀 모양이었다. 그는 갑자기 까잔으로 돌아가고 싶었다. 인간이란 얼마나 이상하게 생겨먹었는지.

그는 뽀스또예프에게 전화를 걸었다. 그 집 전화는 끊겨 있었다.

물리학 박사 구레비치에게 전화를 걸었다. 구레비치는 여동생을 만나러 소꼴니끼에 갔다고 그의 이웃이 전해주었다.

체삐진에게 전화를 걸었다. 아무도 받지 않았다.

그러다 갑자기 전화가 울렸다. 철없는 소년 같은 목소리가 나쟈를 찾았다. 나쟈는 쓰레기통을 들고 이리저리 돌아다니는 중이었다.

"누구냐?" 시뜨룸이 엄하게 물었다.

"그건 왜 물으시죠? 나쟈랑 아는 사이예요."

"비쨔, 전화로 수다 그만 떨고 장롱 미는 것 좀 도와줘." 류드밀라 니꼴라예브나가 그를 불렀다.

"내가 누구랑 수다를 떤다는 거야? 모스끄바에서는 아무도 나를 찾지 않는데." 시뜨룸이 말했다. "뭐라도 좋으니 먹을 것 좀 주면 좋겠군. 소꼴로프는 벌써 다 처먹고 잠들었다는데."

류드밀라가 집을 더 엉망으로 만든 것 같았다. 사방 여기저기 빨랫감들이 무더기로 흩어져 있고, 찬장들에서 꺼낸 그릇들도 죄다 바닥에 놓여 있었다. 냄비며 함지며 자루 따위가 널려 있어 도무지 방과 복도를 다닐 수가 없었다.

시뜨룸은 류드밀라가 똘랴의 방에는 들어가지 않겠거니 생각했다. 하지만 이는 잘못된 판단이었다.

그녀가 근심 어린 얼굴에 붉어진 눈을 하고서 말했다. "비쨔, 빅또르, 똘랴 방 책장 위에 중국 화병 좀 놔줘. 내가 깨끗이 닦아놨어."

다시 전화가 울리더니 나쟈의 목소리가 이어졌다.

"안녕! 아니, 나 어디 안 갔었어. 엄마가 쓰레기통을 비우라고 해서 잠깐 나갔다 온 거야."

류드밀라 니꼴라예브나가 그를 재촉했다. "비쨔, 좀 도와달라니까. 자지 말고. 아직 할 일이 많아."

대체 여자의 마음속에는 어떤 본능이 살고 있는지. 이 본능은 얼마나 강하고 얼마나 단순한지.

저녁 무렵에야 무질서가 사라지고 방마다 온기가 돌면서 전쟁 이전의 낯익은 모습이 나타나기 시작했다.

그들은 부엌에서 저녁을 먹었다. 류드밀라 니꼴라예브나는 튀김 요리를 하고 낮에 끓인 죽으로 귀리부침을 만들었다.

"아까 전화한 애는 누구니?" 시뜨룸이 나쟈에게 물었다.

"아, 그냥 철부지 남자애야." 나쟈는 웃으며 대답했다. "벌써 나흘째 전화했다는데 오늘에야 통화가 됐네."

"그애랑 쭉 편지로 연락했던 거야? 언제 오는지도 미리 얘기했어?" 류드밀라 니꼴라예브나가 물었다.

나쟈는 짜증스러운 듯 얼굴을 찌푸리며 어깨만 으쓱여 보였다.

"그 녀석이라도 나한테 전화 좀 해줬으면 좋겠군." 시뜨룸이 중얼거렸다.

밤중에 빅또르는 잠에서 깨었다. 류드밀라가 잠옷 차림으로 똘랴 방의 열린 문 앞에 서 있었다.

"자, 보이지, 똘렌까?" 그녀의 입에서 말이 흘러나왔다. "엄마가 다 정리했어. 네 방은 전쟁 같은 거 없었던 것처럼 예전 그대로야. 내 착한 아들……"

26

피난지에서 돌아온 학자들이 학술원의 한 회의실에 모였다.

창백한 얼굴, 대머리, 눈이 큰 사람, 꿰뚫을 듯 날카로운 작은 눈

을 가진 사람, 이마가 넓은 사람, 이마가 좁은 사람, 이 모든 늙은이
와 젊은이들이 함께 모여 언젠가 삶에 존재했던 지고의 시, 산문적
일상의 시를 느끼고 있었다. 축축한 시트와 난방이 되지 않은 방에
펼쳐져 있는 축축한 책들, 외투를 입고 깃을 세운 채 진행하는 강
의, 빨갛게 얼고 곱은 손가락들로 쓴 서류들, 미끈미끈해진 감자알
과 다 찢어진 양배추 잎으로 만든 모스끄바식 샐러드, 절인 생선과
추가분 식물성 식용유를 받을 명단에 대한 지긋지긋한 생각, 이 모
든 게 갑자기 사라졌다. 다들 서로의 안부를 묻느라 떠들썩했다.

시뜨룸은 학술원 회원 시샤꼬프와 나란히 서 있는 체삐진을 보
았다.

"드미뜨리 뻬뜨로비치! 드미뜨리 뻬뜨로비치!" 친근한 얼굴을
바라보며 시뜨룸이 되풀이해 불렀다. 체삐진은 그를 껴안았다.

"아이들은 전방에서 무사한가요?"

"건강하네. 편지도 자주 보내고."

그러나 체삐진의 얼굴에는 미소 대신 근심스러운 표정이 떠올
랐고, 이에 시뜨룸은 그가 이미 똘랴의 죽음에 대해 알고 있음을
깨달았다.

"빅또르 빠블로비치, 자네 아내에게 내 인사를 전해주게. 깊은
조의를 표하네. 나제즈다 표도로브나도 마찬가지고." 그러고서 체
삐진은 이어 말했다. "자네 연구는 잘 읽었어. 흥미롭더군. 정말 큰
의미를 지닌 연구야. 보이는 것 이상으로 의미 있고, 지금 상상할
수 있는 이상으로 흥미로운 연구지." 그가 시뜨룸의 이마에 입을
맞추었다.

"뭐 대단한 게 있다고요. 별거 아닙니다, 정말로 별거 아니에요."
시뜨룸은 당황스럽고 행복한 기분으로 말했다. 모임에 오는 동안

허망한 생각들로 내내 불안하던 터였다. 누가 그의 연구를 읽었을까? 그에 대해 뭐라고 말할까? 알고 보니 아무도 읽지 않은 건 아닐까?

그런데 이제 체삐진의 말을 듣고 보니 여기 오늘 회합에서는 오직 그에 대한 이야기, 그의 연구에 대한 이야기만 오고가리라는 확신이 들었다.

시샤꼬프가 곁에 서 있었지만 시뜨룸은 다른 사람이 있는 곳, 특히 시샤꼬프가 있는 곳에서는 말할 수 없는 많은 것들에 대해 체삐진과 이야기를 나누고 싶었다.

시샤꼬프를 보면 으레 우스뻰스끼[91]의 장난스러운 표현이 떠오르곤 했다. '피라미드 혹이 튀어나온 코뿔소!' 근수깨나 나갈 법한 정사각형 얼굴이며 고깃덩어리를 연상시키는 거만한 입, 손질한 손톱이 달린 통통한 손가락, 주물로 만든 양 빳빳한 은회색 고슴도치 머리칼, 늘 최고급으로 재단한 양복까지 그의 모든 게 시뜨룸을 압도했다. 그는 시샤꼬프를 마주칠 때마다 '날 알까?' '인사를 하려나?' 하는 생각에 사로잡혔고, 시샤꼬프의 그 고깃덩어리 같은 입술 사이에서 고깃덩어리 같은 말이 튀어나올 때면 스스로에게 화가 나면서도 기뻤다.

"거만한 황소!" 언젠가 그는 시샤꼬프에 대해 이야기하며 소꼴로프에게 말했다. "그 사람 앞에 서면 괜히 움츠러드는 기분이야. 기병대장 앞에 선 시골 유대인처럼 말이지."

"그럴 땐 이렇게 생각해봐." 소꼴로프가 말했었다. "저자는 인화한 사진에서 양성자도 알아보지 못하는 인간이라고. 연구생이라면

---

91 Gleb Ivanovich Uspenskii(1843~1902). 러시아의 소설가.

다들 시샤꼬프의 실수를 잘 알지."

조심스러운 성격 때문인지, 아니면 가까운 사람들에 대한 비방을 금하는 종교적 감수성에서 나온 것인지, 소꼴로프는 다른 이에 대해 나쁘게 이야기하는 경우가 극히 드물었다. 하지만 그런 그도 시샤꼬프라면 치를 떨며 자주 욕하고 비웃었다. 도무지 자제할 수가 없었던 것이다.

전쟁 이야기가 시작되었다. "볼가에서 독일군을 막아냈어!" 체삐진이 말했다. "그게 바로 볼가의 힘이야. 살아 있는 강, 살아 있는 힘."

"스딸린그라드, 스딸린그라드." 시샤꼬프가 말했다. "우리 전략의 승리도, 우리 민족의 불굴도 다 그 안에 녹아 있지."

"근데 알렉세이 알렉세예비치, 빅또르 빠블로비치의 최근 연구에 대해 알고 있나?" 갑자기 체삐진이 물었다.

"물론 들었네. 아직 읽지는 못했지만." 그러나 얼굴을 보아하니 시샤꼬프는 시뜨룸의 연구에 관해 들은 적이 없는 듯했다.

시뜨룸은 곁눈으로 체삐진의 두 눈을 살폈다. 오랜 친구이자 스승인 체삐진이 자신이 겪은 모든 것을 보았으면, 자신의 상실과 회의에 대해 알았으면 싶었다. 하지만 체삐진의 눈에는 그 자신의 슬픔과 괴로움, 노인 특유의 피로감만이 깃들어 있었다.

소꼴로프가 다가왔다. 그와 체삐진이 악수를 나누는 동안 학술원 회원 시샤꼬프는 무신경한 시선으로 뾰뜨르 라브렌찌예비치의 낡은 재킷을 훑었다. 그러다가 뽀스또예프가 다가오자 그 커다란 고깃덩어리 얼굴 전체에 반가운 미소를 띠고 말했다. "안녕하시오, 안녕하시오, 오, 소중한 사람! 여기서 만나다니 정말 반갑구먼."

그들은 건강, 아내, 아이들, 별장에 관해서 이야기하기 시작했다.

참으로 대단하고 위대하신 영웅들 나셨군! 흥.

시뜨룸은 나직한 목소리로 소꼴로프에게 물었다. "정리는 잘 됐나? 집은 따뜻하고?"

"아직까지는 까잔보다 못해. 마샤가 자네에게 각별히 안부를 전하라더군. 아마 내일 낮에 자네 집에 가볼 것 같아."

"그거 잘됐군." 시뜨룸이 말했다. "사실 벌써 심심해서 말이야. 까잔에선 다들 매일 만났잖나."

"그래, 정말 매일 만났어." 소꼴로프가 말했다. "마샤는 하루에 세 번씩 자네 집에 갔지. 난 자네 집으로 이사하라는 말까지 했다고."

시뜨룸은 웃음을 터뜨렸으나 왠지 부자연스러운 웃음 같아 신경이 쓰였다.

곧 학술원 회원이자 수학자 레온찌예프가 회의실로 들어왔다. 머리를 밀고 커다란 코에 커다랗고 노란 테 안경을 걸쳐쓴 사람이었다. 가스쁘라에 머물 때, 그는 얄따까지 가서 포도주 상점에 들러 잔뜩 마시고 음란한 노래를 부르며 가스쁘라 식당으로 돌아와 직원들을 놀라게 하고 휴가를 즐기던 모든 이들을 웃겼다. 레온찌예프는 시뜨룸을 보더니 미소를 머금었다. 시뜨룸은 약간 쑥스러워하며 레온찌예프가 자신의 연구에 대해서 이야기하기를 기다렸다.

하지만 레온찌예프는 가스쁘라에서의 모험을 떠올린 듯 손을 흔들며 외쳤다. "자, 어떤가, 빅또르 빠블로비치? 우리 노래할까?"

이어 검은 양복을 입은 검은 머리칼의 젊은이가 들어왔고, 시뜨룸은 학술원 회원 시샤꼬프가 당장 그에게 허리를 잔뜩 굽혀 절하는 것을 알아챘다.

수슬라꼬프도 그 젊은이에게 다가갔다. 수슬라꼬프는 상임위원회에서 도무지 뭔지 모를 중요한 일들을 관장하는 사람이었다. 어쨌든 알마아따에서 까잔으로 연구실을 옮기거나 어딘가에 아파트를 얻으려면 원장보다 그의 도움을 받는 편이 훨씬 더 유리하다고들 했다. 언제나, 누구에게나 필요한 그 인물은 밤에 일하는 이들에게서 흔히 볼 수 있는 피곤한 얼굴에 회색 반죽 같은 늘어진 뺨을 하고 있었다.

보통 하급 담배나 잎담배를 피우는 다른 회원들과 달리 수슬라꼬프는 늘 팔미라[92]를 피웠다. 학술원 입구에서 유명 인사가 그에게 "타요, 태워드리죠"라고 말하는 모습은 본 적이 없지만, 그가 자신의 지스 승용차로 다가가며 유명 인사들에게 "타요, 태워드리죠"라고 말하는 모습은 심심찮게 볼 수 있었다.

지금 시뜨룸은 수슬라꼬프와 검은 머리 젊은이가 대화하는 모습을 관찰하며 그가 수슬라꼬프에게 아무것도 부탁하지 않는다는 것을 알아차렸다. 아무리 우아하게 표현되더라도 누군가 다른 이에게 부탁을 할 때는 쉽사리 그 정황을 간파할 수 있는 법이다. 오히려 젊은이는 수슬라꼬프와의 대화를 얼른 끝낸 뒤 체삐진에게 인사하려고 서두르는 눈치였다. 이어 예의를 깍듯이 차려 체삐진에게 절을 했지만, 그 정중함 속에는 미세하나마 어떻게든 포착할 수 있는 일종의 무관심이 엿보였다.

"저 젊은 고관은 누구지?" 시뜨룸이 물었다.

"얼마 전부터 당 중앙위원회 학술과에서 일하는 사람이네." 뽀스또예프가 속삭이듯 대답했다.

"그거 아나?" 시뜨룸은 화제를 돌렸다. "난 정말이지 경이로운 감정을 느끼고 있네. 스딸린그라드에서 우리 군대가 보여준 끈기,

---

[92] 세계적으로 유명한 고급 담배.

그게 마치 뉴턴의 끈기나 아인슈타인의 끈기를 의미하는 것 같아. 한마디로 볼가에서의 승리가 아인슈타인의 승리처럼 여겨진다는 거지. 이해하겠나?"

시샤꼬프가 그 말을 듣고는 픽 웃으며 가볍게 고개를 저었다.

"혹시 이해하지 못하시는 겁니까, 알렉세이 알렉세예비치?" 시뜨룸이 물었다.

"전혀 이해할 수 없군요." 갑자기 당 중앙위원회 학술과의 그 젊은이가 나타나 미소를 띤 채 불쑥 끼어들었다. "하지만 소위 상대성원리라는 것을 적용하면 러시아의 볼가와 알베르트 아인슈타인 사이의 연결점을 찾아볼 수도 있겠네요."

"'소위'라고요?" 시뜨룸은 자신을 향한 조롱조의 적의를 느끼고 얼굴을 찌푸렸다.

그는 지지를 구하듯 시샤꼬프를 쳐다보았지만, 보아하니 피라미드 혹이 달린 알렉세이 알렉세예비치의 평온한 경멸은 이미 아인슈타인에게로까지 확장된 것 같았다.

분노의 감정, 고통스러운 격분이 시뜨룸을 휩쌌다. 때때로 그런 격한 감정이 일곤 했다. 누군가 모욕을 확 끼얹었을 때 이를 참아내고 자신을 제어하는 일이 그에게는 몹시 힘들었다. 그러나 온몸이 얼어붙어 잠자코 있다가, 한밤중에 집으로 돌아가서야 자신을 모욕한 이들을 향해 일장 연설을 늘어놓는 식이었다. 이 상상의 연설 속에서 그는 적들을 비웃고 자신이 소중히 여기는 것을 방어하면서 무아지경에 빠진 채 크게 소리를 지르며 손짓을 해댔다. 그러면 류드밀라 니꼴라예브나는 나쟈에게 말했다. "아빠가 또 연설을 하시는구나."

이 순간 그가 모욕을 느낀 것은 비단 아인슈타인 때문만이 아니었다. 그는 모든 지인들이 자신의 연구에 대해서 말해야 하며, 그 모든 시선의 중심에 자신이 있어야 한다고 여겼다. 이런 일로 모욕을 느끼고 자존심에 상처를 입는 것이 우습다는 생각은 들었지만, 어쨌든 모욕을 느끼는 건 사실이었다. 고작 한 사람, 체삐진만이 그의 연구에 대해 이야기하지 않았는가.

시뜨룸은 부드러운 목소리로 입을 열었다.

"파시스트들이 천재적인 아인슈타인을 몰아냈고, 그래서 그들의 물리학은 원숭이들의 물리학이 되었지요. 하지만 다행히도 우리가 파시즘의 움직임을 멈추었어요. 그리고 모든 것들, 볼가와 스딸린그라드, 금세기 최고의 천재 알베르트 아인슈타인, 심심산골의 작은 마을, 무지렁이 시골 노파, 세상 모두에게 필요한 자유까지…… 이 모든 것이 하나가 된 겁니다. 제 말이 다소 혼란스럽게 표현된 것 같은데, 사실 이 혼란스러운 말보다 더 분명한 것은 없어요……"

"빅또르 빠블로비치, 당신의 아인슈타인 찬가는 다소 지나친 면이 있는 것 같소." 시샤꼬프가 말했다.

"그런 편이죠." 뽀스또예프도 유쾌하게 말을 얹었다. "자네가 좀 지나치긴 해."

학술과에서 온 젊은이는 침울하게 시뜨룸을 바라보다가 입을 열었다. "자, 시뜨룸 동지," 다시금 시뜨룸은 그의 목소리에 담긴 적의를 느꼈다. "우리 인민에게 이처럼 중요한 시기에 그 뜨거운 심장 속에서 아인슈타인과 볼가가 합쳐지는 것이 당신에게는 자연스럽게 여겨질지 모르지만, 당신에게 동의하지 않는 이들의 심장 속에서는 요즘 다른 생각이 싹트거든요. 어쨌든 심장은 자유롭고, 그에 대해서는 논쟁의 여지가 없지요. 하지만 아인슈타인에 대한 평가와 관련해서는 논쟁의 여지가 있지 않을까요? 물론 제 견해입니다만, 관념적 이론을 학문의 최고의 성취로 간주하는 것은 부적절해 보이거든요."

"관둡시다." 시뜨룸이 그의 말을 자르고 거만한 훈계조로 설명을 이어갔다. "알렉세이 알렉세예비치, 아인슈타인 없는 현대물리학은 원숭이들의 물리학입니다. 우리는 아인슈타인, 갈릴레이, 뉴턴의 이름을 가지고 농담을 할 수 없어요."

그가 알렉세이 알렉세예비치를 향해 경고하듯 손가락을 흔들어 보이자 시샤꼬프의 얼굴이 찌푸려졌다.

잠시 후, 시뜨룸은 창가에 서서 속삭이기도 하고 부분부분 큰 소리도 내어가며 이 예기치 않은 충돌에 대해 소꼴로프에게 이야기했다.

"자넨 바로 옆에 있었으면서도 못 들었나?" 시뜨룸이 말했다. "체삐진도 일부러 그러는지 못 듣고 그냥 지나쳐버리던데."

그는 얼굴을 찡그린 채 잠시 생각에 잠겼다. 대체 나는 얼마나 순진하게 오늘의 승리를 꿈꾸고 있었단 말인가. 생각해보면 당국에서 나온 그 젊은이가 전반적인 동요를 일으킨 셈이었다.

"그 젊은 애송이가 누구인지 자네 아나?" 그의 생각을 읽기라도 한 듯 소꼴로프가 불쑥 물었다. "그가 어떤 종자인지 알고 이러는 건가?"

"아는 바 없네." 시뜨룸이 대꾸했다.

소꼴로프가 입술을 시뜨룸의 귀에 가까이 가져가 뭔가를 속삭였다.

"그게 무슨 소리야!" 시뜨룸은 소스라치게 놀라 외쳤다. 이어 도무지 이해할 수 없었던 피라미드 혹과 수슬라꼬프의 태도, 고작해야 대학생밖에 안 되어 보이던 그 젊은이를 대하던 그들의 모습을 다시금 떠올리며 길게 말을 늘였다. "그랬구먼…… 어쩐지…… 내내 이상하다 싶긴 했어……"

소꼴로프가 웃으며 말했다. "첫날부터 학술과랑, 또 학술원 간부층이랑 잘도 관계를 맺으셨구먼. 꼭 세무 감찰관 앞에서 제 수입에 대해 자랑 삼아 떠벌리는 마크 트웨인의 소설 속 주인공 같군." 그러나 시뜨룸에게는 이 재치 있는 농담이 영 마음에 들지 않았다.

"그런데 자네는 정말 우리 논쟁을 못 들었나?" 그가 물었다. "바로 내 옆에 서 있었잖아. 아니면 나와 세무 감찰관의 대화에 끼어들고 싶지 않았던 건가?"

소꼴로프가 그 작은 눈에 미소를 담아 시뜨룸을 바라보았다. 그의 눈은 무척이나 선해 보였고, 그래서 아름다웠다.

"빅또르 빠블로비치," 그가 말했다. "기분 풀게. 설마 시샤꼬프가 자네 연구를 평가할 수 있다고 생각하는 건 아니겠지? 맙소사, 다들 하찮은 일들로 얼마나 난리를 피우는지. 하지만 자네 연구는 달라. 그야말로 진짜라고."

그 눈빛과 목소리에는 언젠가 까잔의 가을 저녁 시뜨룸이 그를 찾아가며 기대했던, 그러나 그때는 끝내 느낄 수 없었던 진지함과 따뜻함이 깃들어 있었다.

회의가 시작되었다. 발언자들은 전쟁이라는 어려운 시기 속 학문의 역할에 대해, 자신의 힘을 인민의 과업에 바치고 독일 파시즘과 싸우는 군대를 돕기 위한 준비 과정에 대해 이야기했다. 학술원 산하 연구소들의 작업과 당 중앙위원회의 원조에 대해서, 또 군대와 인민을 이끄는 스딸린 동지가 어떻게 시간을 내어 과학에 관심을 보이는지에 대해서도 이야기하며 학자들이 당과 스딸린 동지의 신임이 옳다는 것을 보여주어야 한다고 강조했다.

그들은 또한 새로운 상황 속에 임박한 조직적 변화에 대해서도 이야기했다. 물리학자들이 놀라움을 느끼며 깨달은 사실은, 그들이 연구소의 학문적 계획에 불만을 느끼고 있다는 점이었다. 지나치게 많은 관심이 순수 이론 문제들에 할애되었다고 했다. 수슬라꼬프의 말이 복도로 울려퍼졌다. "연구소는 현실에서 동떨어져 있습니다."

27

당 중앙위원회에서 국가의 학문적 활동 상황에 대한 문제가 검토되었다. 이제 당이 주요 관심을 물리학, 수학, 화학의 발전에 둘 것이라는 발언들이 나왔다고들 했다.

당 중앙위원회는 학문이 그 얼굴을 생산으로 돌려 현실과 보다 더 가깝고 긴밀한 관계를 맺어야 한다는 점을 고려하고 있었다.

스딸린도 그 회의에 참석했고, 습관대로 파이프를 손에 쥔 채 회의실을 이리저리 걸어다녔고, 연사들의 말에 귀를 기울이는지 자기 생각에 귀를 기울이는지는 알 수 없지만 중간중간 멈추어 생각에 잠겼다고 했다.

회의 참가자들은 관념주의에 맞서서, 또 조국의 철학과 학문에 대한 과소평가에 맞서서 과격하게 입장을 표명했다.

회의에서 스딸린은 두차례 반박 의견을 냈다. 먼저 셰르바꼬프가 학술원 예산의 제한을 위해 발언했을 때 그는 고개를 저으며 이렇게 말했다. "학문이란 비누 만드는 것과 다르오. 우리는 학술원에 돈을 아끼지 않을 거요."

두번째 의견은 회의에서 관념적 이론의 위험성과 서방 학문에 대한 일부 학자들의 과도한 숭배에 관한 토론이 이어지던 중에 나왔다. 이때 그는 고개를 끄덕이며 이렇게 말했다. "이제 우리 사람들을 아락체예프 패거리[93]로부터 방어해야 할 때요."

회의에 초청되었던 학자들은 그 내용을 친구들에게 전하며 입단속을 시켰지만, 사흘 뒤 모스끄바 학계는 물론 이와 관련된 수십 가족들과 지인들 사이에서는 회의의 구체적인 사항들에 대한 이야기가 숨죽인 목소리로 오가고 있었다.

그들은 스딸린이 머리가 하얗게 세었다고, 그의 입속에 썩어서 까맣게 된 치아들이 있다고, 그의 아름다운 두 손에는 가느다란 손가락이 달려 있고 그의 얼굴은 마마로 온통 얽었다고 속삭여댔다.

미성년자들이 이런 이야기를 하면 어른들은 경고했다. "조심해라. 함부로 입을 놀리다가는 너뿐 아니라 우리 모두 끝장이야."

모두들 학자들의 처우가 현저하게 개선되리라 생각했고, 아락체예프 패거리에 대한 스딸린의 언급에 커다란 희망을 품었다.

며칠 뒤 저명한 식물학자이자 유전학자인 체뜨베리꼬프[94]가 체포되었다. 그의 체포 이유에 대해 갖가지 소문이 돌아다녔다. 어떤 사람들은 그가 스파이였다고 했고, 어떤 사람들은 그가 외국 출장 때 러시아 이민자들을 만났다고 했고, 어떤 사람들은 그의 독일인 아내가 전쟁 중 베를린에 사는 자매와 편지를 주고받았다고 했고,

---

93 아락체예프(Aleksei Andreevich Arakcheev, 1769~1834)는 러시아의 장군으로, 여기서 '아락체예프 패거리'는 전횡을 휘두르는 반동적인 자들을 가리키는 의미로 사용되었다.

94 Sergei Sergeevich Chetverikov(1880~1959). 소련의 곤충학자, 유전학자이자 진화론자. 새로운 소련 정부와 학문적 경향이 맞지 않아 1929년 모스끄바에서 추방되고 고초를 겪었다.

네번째 소문은 그가 전염병과 흉작을 일으키기 위해 해로운 밀 종자를 도입하려 시도했다는 것이었고, 다섯번째 소문은 그가 집게손가락[95]에 대해 했던 말 때문이라는 것이었고, 여섯번째 소문은 그가 유년 시절 친구에게 언급했던 정치적 농담 때문이라는 것이었다.

전쟁 중에 정치범 체포에 관한 소식을 들어야 했던 경우는 비교적 드물었고, 시뜨룸을 포함한 많은 사람들은 그 무서운 일들이 영원히 중단되었다고 여겼다.

거의 매일 전날 밤 체포된 자들의 이름이 사람들의 입에 오르내리던 1937년의 기억이 떠올랐다. 사람들은 서로서로 전화를 걸어 소식을 알리곤 했다. "간밤엔 안나 안드레예브나의 남편이 탈이 났어요……" 체포된 사람의 이웃은 전화를 받아 이렇게 말했다. "여행을 떠났어요. 언제 돌아올지는 모르고요." 그러면서 어떻게 체포되었는지 이야기했다. 밤에 사람들이 들이닥쳤다고, 그는 아기를 목욕시키고 있었다고, 직장에, 극장에 있는데 잡아갔다고, 깊은 밤에 그랬다고…… "이틀 동안이나 샅샅이 뒤졌어요. 구멍을 뚫어 바닥까지 파헤쳤어요…… 그랬는데도 아무것도 안 나오니까 체면상 책들을 리스트에 올렸어요……"

떠나서 돌아오지 않은 수십명의 이름들이 생각났다. 학술원 회원 바빌로프, 비제, 시인 만젤시땀, 소설가 바벨,[96] 보리스 삘냐끄,[97]

---

95 집게손가락은 러시아어에서 지시나 경고를 내리는 힘을 가리킨다. 여기서는 스딸린을 말한다.

96 Isaak Emmanuilovich Babel(1894~1940). 유대인 가정에서 태어난 러시아 작가이자 언론인. 밀고에 의해 1939년 체포되어 감옥에서 총살당했다.

97 Boris Andreevich Pil'nyak(1894~1938). 러시아의 소설가. 1922년 혁명으로 인한 격변과 이를 겪는 시민들의 생활을 담은 『벌거벗은 해』를 출간해 큰 파장을 일으켰다. 1937년 대숙청 당시 반혁명 활동(뜨로쯔끼주의), 일본을 위한 첩자 활동과

메이예르홀드,[98] 세균학자 꼬르슈노프[99]와 즐라또고로프,[100] 쁠레뜨
뇨프[101] 교수, 레빈[102] 박사……

문제는 이들이 뛰어나고 저명한 인물들이라는 게 아니었다. 문
제는, 저명한 이들이건 무명의 소심한 이들이건 체포된 사람들이
아무 죄도 짓지 않았으며 모두 성실하게 일하는 이들이라는 사실
이었다.

정말 이 모든 게 다시 시작되려는 건가? 전쟁이 끝난 뒤에도 한
밤의 발소리와 자동차 경적 소리에 심장이 얼어붙게 되는 것인가?

자유를 위한 전쟁과 이런 일들을 조화시키는 게 얼마나 어려운
지…… 아, 까잔에서 그렇게 떠벌리고 또 떠벌리다니, 우린 얼마나
바보 같았나!

체뜨베르꼬프가 체포된 지 일주일 만에 체삐진이 물리학 연구
소장직을 사임한다고 발표했고, 시샤꼬프가 그 자리에 새로 임명
되었다.

<hr>

테러리즘의 죄목으로 체포되어 모스끄바에서 총살당했다.

98 Vsevolod Emil'evich Meierkhol'd(1874~1940). 연극 연출가. 검열로 어려움을 겪
다가 프랑스 스파이라는 죄목으로 자백을 강요받고 1940년 총살되었다.

99 Stepan Vasil'evich Korshun(1868~1931). 보건학자, 세균학자, 면역학자. 로스또
프 미생물학 연구소의 소장으로 일하다가 1930년에 체포되었다. 작가는 '꼬르슈
노프'라고 썼다.

100 Semyon Ivanovich Zlatogorov(1873~1931). 소련의 미생물학자, 전염병학자. 노
동자의 생활환경에 대해 부정적인 평가를 내렸다는 이유로 체포되어 사망했다.

101 Dmitrii Dmitrievich Pletnyov(1871~1941). 저명한 의사이자 출판인. 레닌과 그
의 아내 끄룹스까야 등 수뇌부의 치료를 맡았고 독일, 프랑스, 스위스의 병원에
서 연구하며 학문에 몰두했다. 1937년 고리끼와 구이비셰프를 죽였다는 혐의로
기소되어 1941년 총살당했다.

102 Lev Grigor'evich Levin(1870~1938). 러시아의 의사. 레닌, 고리끼, 제르진스끼,
몰로또프, 야고다, 멘진스끼 등 당과 정부의 주요 인물들을 치료했다. 1937년 반
소련주의자로 체포되어 1938년 총살되었다.

학술원장이 체삐진의 자택으로 갔다고 했다. 베리야인지 말렌꼬 프인지가 체삐진을 호출했는데, 체삐진은 끝내 연구소의 주요 계획을 바꾸지 않겠다며 거부한 모양이었다. 그의 커다란 학문적 업적을 인정해서 처음에는 극단적 조처를 적용하기를 원하지 않았다고들 했다. 동시에 행정부장인 젊은 자유주의자 삐메노프는 그 임명이 부적합했다는 이유로 직위가 해제되었다. 학술원 회원 시샤꼬프에게 관리자로서의 기능과 체삐진이 수행하던 학문 주도자로서의 권한이 함께 맡겨졌다.

이 일이 있은 뒤 체삐진이 심장 발작을 일으켰다는 소문이 돌았다. 시뜨룸은 당장 그에게 가보려고 전화를 걸었다. 전화를 받은 도우미는 최근 드미뜨리 뻬뜨로비치의 건강이 아주 나빠져 의사의 권유에 따라 나제즈다 표도로브나와 함께 교외로 갔으며, 이삼주 후에나 돌아올 거라고 말했다.

"마치 소년 하나를 전차 계단에서 밀어내듯 간단하게 처리하고, 그걸 아락체예프 패거리에 대한 방어라 부르는 셈이야." 시뜨룸은 류드밀라에게 소식을 전하며 말했다. "체삐진이 맑시스트든 불교 신도든 라마교 신도든 그게 물리학이랑 무슨 상관이람? 체삐진은 하나의 학파를 창시했어. 체삐진은 러더퍼드[103]의 친구야. 거리 청소부조차 체삐진의 방정식을 안다고."

"글쎄, 청소부까지는 아니지." 나쟈가 끼어들었다.

"조심해라. 함부로 입을 놀리다가는 너뿐 아니라 우리 모두 끝장

---

103 Ernest Rutherford(1871~1937). 뉴질랜드에서 태어난 영국의 핵물리학자. '핵물리학의 아버지'라 불린다. 방사능 법칙을 세웠고 방사능이 원자 내부에서 일어나는 반응이라는 사실을 밝혔으며, 자연붕괴 현상을 연구해 기존 물질관에 대변화를 일으켰다.

이야." 시뜨룸이 말했다.

"알아, 이런 얘기는 가족끼리만 해야 한다는 거."

"아, 나젠까[104]." 시뜨룸이 부드럽게 말했다. "중앙위원회의 결정을 바꾸려면 대체 어떻게 해야 할까? 내가 벽에 머리라도 찧어야겠니? 결국 드미뜨리 뻬뜨로비치 자신이 먼저 사의를 표명했지. 이른바 인민이 그의 활동을 찬성하지 않는다는 거야."

류드밀라 니꼴라예브나가 말했다. "그렇게 끌탕할 필요 없어. 게다가 당신도 드미뜨리 뻬뜨로비치랑 다퉜었잖아."

"다투지 않으면 진정한 우정도 없지."

"바로 그게 문제야!" 류드밀라 니꼴라예브나가 말을 이었다. "그다툼, 당신의 그 혀 때문에 당신도 연구실을 빼앗길지 모른다고."

"내가 걱정하는 건 그게 아니야." 시뜨룸이 말했다. "그래, 나쟈 말이 맞아. 죄다 우리끼리 하는 소리야. 주머니 속에서 엿 먹어라 하는 꼴이지. 체뜨베리꼬프 부인에게 전화하고 한번 들러봐. 당신이랑 서로 아는 사이잖아."

"그러기도 뭐해. 그렇게 가까운 사이가 아니라." 류드밀라 니꼴라예브나가 말했다. "내가 어떻게 그녀를 돕겠어? 그녀도 지금 날 보고 싶어 하지 않을 테고. 그런 상황에서는 전화도 받기 싫을걸."

"내가 생각하기엔 그래도 가보는 게 좋을 것 같은데." 나쟈가 말했다.

시뜨룸은 얼굴을 찌푸리고 있다가 입을 열었다. "당신 말이 맞아. 그것도 실상 주머니 속에서 엿 먹어라 하는 꼴이나 마찬가지지."

그는 아내나 딸이 아니라 소꼴로프와 함께 체삐진의 사임에 관

---

[104] 나쟈의 애칭.

해 이야기를 나누고 싶었다. 하지만 뾰뜨르 라브렌찌예비치에게 전화 걸고 싶은 마음을 억눌렀다. 전화로는 적절하지 않은 대화니까.

정말 이상했다. 왜 하필 시샤꼬프란 말인가? 시뜨룸의 최근 연구가 커다란 학문적 사건이라는 것은 명백했다. 체삐진도 학술원 회의 때 지난 십년간 소련 물리학 이론에 있어 가장 의미 있는 사건이라 말하지 않았는가. 그런데 연구소장에 시샤꼬프를 앉힌다고? 농담해? 수백장의 사진을 통해 왼쪽으로 구부러지는 전자들의 자취를 확인한 뒤, 난데없이 똑같은 입자들의 동일한 자취가 오른쪽으로 구부러져 있는 사진을 눈앞에 두었던 사람을. 이제 곧 손안에 양전자를 쥐게 될 판에, 저 젊은 사보스찌야노프조차 이를 놓치지 않을 판국에, 시샤꼬프는 그 두꺼운 입술을 푸르르 떨며 사진들이 잘못된 것이라며 옆으로 치워버리지 않았던가. 셀리판도 그를 가리켜 말했지. "당최 어디가 오른쪽이고 어디가 왼쪽인지도 모르는 작자야."

하지만 가장 놀라운 것은 웬일인지 아무도 그 일에 놀라지 않는다는 사실이었다. 그 모든 일들이 어떻게 해서인지 저절로, 자연스럽게 진행되었다. 시뜨룸의 친구들도, 그의 아내도, 심지어 그 자신조차 이 상황을 순리로 받아들이고 있는 것이다. 시뜨룸은 소장에 적합하지 않지만 시샤꼬프는 적합하다고.

뽀스또예프가 뭐라고 했더라? 아, 그랬지…… "어쨌든 가장 중요한 건 자네와 내가 러시아인이라는 사실이야……" 하지만 체삐진보다 더 러시아인일 수 있기는 정말 어려워 보이는데.

아침에 집을 나서 연구소로 향하며 시뜨룸은 그곳 동료들, 박사에서 실험실 조수에 이르기까지 모두가 체삐진에 대해 이야기하리라 생각했다.

연구소 현관 앞에 지스 한대가 서 있고 안경을 낀 나이 먹은 운전사가 그 안에 앉아 신문을 읽고 있었다.

지난여름 실험실에서 함께 차를 마셨던 문지기 영감이 계단에서 그와 마주치자 말했다. "새 소장이 왔어요." 그러곤 걱정스러운 듯 덧붙였다. "우리 드미뜨리 뻬뜨로비치는 괜찮습니까?"

실험실 조수들은 어제 까잔에서 도착한 장비의 조립에 대해 논의하는 중이었다. 커다란 궤짝들이 주 실험실을 가득 메우고 있었다. 전에 쓰던 장비와 함께 우랄에서 만든 새 기구도 도착한 참이었다. 늘 거만해 보이는 노즈드린이 엄청나게 큰 나무 궤짝 곁에 서 있고, 뻬레뻴리찐은 겨드랑이에 목발을 낀 채 다리 하나로 궤짝 주위를 통통 뛰어 돌았다.

"보이세요, 빅또르 빠블로비치?" 안나 스쩨빠노바가 궤짝들을 가리키며 외쳤다.

"장님도 이렇게 큰 물건은 볼 수 있지요." 뻬레뻴리찐이 농담하듯 끼어들었다.

"잘 보이고말고요." 시뜨룸은 말했다.

"한시간 안에 일꾼들이 도착할 겁니다." 노즈드린이 말했다. "마르꼬프 교수와는 미리 얘기해두었어요." 장비의 주인답게 평온하고 느릿한 목소리였다.

시뜨룸은 연구실로 갔다. 마르꼬프와 사보스찌야노프가 소파에 앉아 있고 소꼴로프는 창가에 서 있었다. 이웃한 자기 실험실을 지휘하는 스베친은 책상 앞에 앉아 담배를 피우는 중이었다.

시뜨룸이 들어서자 스베친이 일어나 그에게 의자를 내주었다. "자리 주인이 오셨군요."

"괜찮아요, 괜찮아. 앉아 있어요." 시뜨룸이 만류하고 즉시 물었다. "최고 회의에서는 무슨 이야기가 오갔나요?"

"먼저 봉급에 관한 거였죠." 마르꼬프가 말했다. "학술원 회원들은 1500까지, 그리고 일반 연구원은 500까지 오르게 될 것 같아요. 인민 예술가나 레베제프-꾸마치[105] 같은 위대한 시인과 비슷한 수준이죠."

"그럼, 장비 조립 얘기부터 시작합시다." 시뜨룸이 말했다. "드미뜨리 뻬뜨로비치는 없지만, 흔히 하는 말마따나 집이 불타도 시간은 흐르는 법이니."

하지만 다른 이들은 시뜨룸이 제안한 주제에 대해 이야기하고 싶지 않은 모양이었다.

사보스쩌야노프가 말했다. "어제 사촌이 병원에서 전선으로 가는 길에 집에 들렀기에 같이 술을 좀 마셨어요. 이웃한테서 350루블을 주고 반 리터짜리 보드까를 사왔죠."

"좋았겠구먼!" 스베친이 말했다.

"학문이란 비누 만드는 것과 다르잖아요." 사보스쩌야노프는 유쾌하게 말했지만 곧 다른 이들의 얼굴을 보고 자신이 부적절한 농담을 던졌음을 알아차렸다.

"새 소장이 벌써 도착했더군." 시뜨룸이 말했다.

"활력 넘치는 사람이지요." 스베친이 말했다.

"알렉세이 알렉세예비치를 따르면 우린 망할 일 없어요." 마르꼬프도 한마디 보탰다. "즈다노프 집에서 차를 마신 사람이잖아요."

마르꼬프는 정말 신기한 친구였다. 아는 사람이 거의 없는 것 같은데 언제나 모든 것을 알고 있었다. 옆 실험실에서 박사과정을 밟

---

105 Vasilii Ivanovich Lebedev-Kumach(1898~1949). 소련의 작가이자 작사가. 1930년대에 공식적으로 장려되었던 인민 가요의 작사가로 최고 지위를 누렸다.

는 실험 조수 가브리쳅스까야가 임신했다는 것도, 청소부 리다의 남편이 또다시 병원에 입원했다는 것도, 바끄[106]에서 가브리쳅스까야의 박사 칭호를 승인하지 않았다는 것도 그는 모두 알고 있었다.

"어쩌겠어요," 사보스찌야노프가 입을 열었다. "시샤꼬프의 그 유명한 실수야 우리가 아는 바고. 하지만 인간으로서 보자면 그도 꽤 괜찮은 사람이에요. 좋은 사람과 나쁜 사람의 차이를 아세요? 좋은 사람은 마지못해 비열한 짓을 하죠."

"실수는 실수일 뿐이에요." 자기 실험실 실장이 말했다. "당에서 아무 이유도 없이 그를 학술원 회원으로 앉혔겠습니까?"

스베친은 연구소 당위원회 멤버였다. 1941년 가을에 입당한 그는 당원 생활을 시작한 지 얼마 안 된 많은 이들이 그렇듯 흔들림 없이 고지식하게, 기도하는 듯한 진지함으로 당의 지시를 따랐다.

"빅또르 빠블로비치," 그가 말을 이었다. "당신에게 전할 얘기가 있어요. 당위원회는 새로운 과제들과 관련한 회의 때 당신이 참석해 발언해주기를 바라고 있어요."

"지도부의 실책에 대해 얘기하라는 건가요? 체삐진을 비판하라고요?" 시뜨룸이 신경질적으로 물었다. 대화가 그의 바람과 전혀 다른 방향으로 흘러가고 있었다. "내가 좋은 사람인지 나쁜 사람인지는 모르겠지만, 난 비열한 짓을 좋아하지 않아요." 이어 그는 실험실 동료들을 향해 물었다. "동지들은 체삐진의 사임에 동의하나?"

그는 그들이 자신의 의견을 지지하리라 확신했고, 그래서 사보스찌야노프가 애매하게 어깨를 들썩이며 입을 열었을 때 당황하지 않을 수 없었다.

---

106 학문과 고등교육을 위한 최고 평정위원회.

"나이 들면 사람이 쇠락하지요."

"체삐진은 당에서 제시한 새로운 연구를 거부하겠다고 밝혔습니다." 스베친이 말했다. "그런데 어쩌란 말입니까? 게다가 그 스스로 사임했잖아요. 사람들이 오히려 그에게 남아달라고 부탁했지요."

"그가 아락체예프인가요?" 시뜨룸이 물었다. "그래, 드디어 그 정체가 밝혀졌군요."

마르꼬프가 목소리를 낮추어 말했다. "빅또르 빠블로비치, 제가 알기론 러더퍼드도 당시 중성자 연구를 시작하지 않겠다고 맹세했어요. 그 연구가 폭탄 개발에 도움이 될 것을 저어해서 말입니다. 고귀하지만 어리석은 결벽증이죠. 그런데 드미뜨리 뻬뜨로비치도 그 비슷한 태도로 마치 거룩한 세례라도 받은 듯 이야기하더랍니다."

'맙소사, 저자는 어떻게 모든 걸 알지?' 시뜨룸은 생각했다.

"뾰뜨르 라브렌찌예비치, 자네와 나는 소수파에 속하는 모양이야."

"빅또르 빠블로비치," 소꼴로프가 고개를 저으며 입을 열었다. "이런 시기에 개인주의나 아집은 허락되지 않네. 지금은 전쟁 중 아닌가. 체삐진도 상관들과 이야기할 땐 자기 자신이나 개인적 이익을 떠나 생각했어야지."

잔뜩 찌푸린 소꼴로프를 바라보며, 시뜨룸은 그 못생긴 얼굴의 추한 면면을 눈에 담았다.

"아, 그렇군. 브루투스 너마저[107]." 조롱조의 인용구 속에 당혹감을 감추며 그가 말했다.

하지만 이상한 것은 그의 마음속에 당혹감과 더불어 반가움이

---

107 카이사르가 친구인 브루투스를 포함한 무리에게 암살당하면서 외쳤다는 유명한 문구. 흔히 믿는 상대에게 배신당했을 때 사용하는 말이다.

라 할 만한 감정이 일었다는 사실이었다. '흠, 역시 그랬군. 자네 생각은 이미 알고 있었어.' 하지만 어째서 그런 생각이 들었을까? 그는 소꼴로프가 그런 식으로 대답하리라 전혀 예상하지 않았는데. 설혹 예상했다 해도, 대체 반가울 이유가 무엇이란 말인가?

"어쨌든 발언하셔야 합니다." 스베친이 말했다. "반드시 체삐진을 비판해야 한다는 건 아니에요. 다만 중앙위원회의 결정과 관련한 향후 연구 전망에 대해 몇마디쯤은 해야겠지요."

전쟁 이전에 시뜨룸은 음악대학에서 연주회를 할 때 이따금씩 스베친을 마주치곤 했다. 듣자 하니 그는 물리-수학과에서 공부하던 젊은 시절 초언어 시[108]를 쓰며 단춧구멍에 노란 국화를 꽂고 다니던 모양이었다.[109] 그런 스베친이 지금에 와서는 마치 궁극적인 진리를 표현하는 양 당위원회의 결정에 대해서 이야기하고 있는 것이다.

시뜨룸은 문득 그에게 윙크를 하고 손가락으로 옆구리를 살짝 찌르며 이렇게 말하고 싶은 충동을 느꼈다. '어이, 편하게 좀 얘기해보자고.'

하지만 지금 그가 스베친과 편하게 이야기할 방법은 없었다.

"체뜨베르꼬프를 감방에 들어앉힌 것도 새로운 과제들과 관련이 있습니까?" 시뜨룸이 물었다. "늙은 바빌로프도 마찬가지고요? 제가 의견을 천명해도 될지 모르겠지만, 물리학에 있어 즈다노프 동지보다, 중앙위원회의 학술과장보다 제게 더 큰 권위를 가지고 있는 사람은 체삐진입니다. 심지어……" 이 순간 자신을 바라보며 스딸린의 이름이 나오는 순간을 기다리는 이들의 눈빛을 알아차리

---

108 미래파 시인들의 시.
109 미래파 시인인 마야꼽스끼가 단춧구멍에 노란 국화를 꽂고 다녔다고 한다.

고 시뜨룸은 손을 내저었다. "그만두죠. 실험실로 갑시다."

우랄에서 도착한 궤짝들은 이미 열려 있었다. 그들은 톱밥, 종이, 대패질이 되지 않아 갈라진 판자들로 가득한 궤짝에서 750킬로그램에 육박하는 장비의 주요 부속을 조심스레 꺼냈다. 시뜨룸은 매끈하게 다듬어진 금속 표면에 손바닥을 대보았다.

마치 셸리게르 교회당의 호수로 볼가강의 물이 솟아나오듯 이 금속 몸체로부터 입자들의 맹렬한 흐름이 탄생할 터였다.

이 순간 사람들의 눈빛은 아름다웠다. 세상에 이런 멋진 기계가 존재한다는 사실을 실감하고 있는데, 무엇을 더 바란단 말인가?

일이 끝난 뒤, 실험실에는 시뜨룸과 소꼴로프만이 남았다.

소꼴로프가 질책하듯 입을 열었다. "빅또르 빠블로비치, 뭣 때문에 수탉처럼 그렇게 꿱꿱거리며 날뛰는 건가? 자넨 도무지 감정을 제어하질 못해. 학술원 회의 때 단 삼십분 만에 새로운 소장은 물론 과학부의 위대한 애송이와의 관계까지 망쳐놓은 자네의 위업에 대해 얘기했더니 마샤는 당황해서 밤에 잠도 못 자더군. 우리가 어떤 시기에 살고 있는지 자넨 모르는 건가? 자, 여기서 우린 내일부터 새로운 장비를 조립하기 시작할 걸세. 장비를 살펴볼 때 자네 얼굴이 어땠는지 내가 다 봤네. 이 모든 것을 시시한 말마디 때문에 희생할 수는 없잖은가."

"잠깐, 잠깐." 시뜨룸이 말했다. "숨 돌릴 틈 좀 주게."

"맙소사! 아무도 자네 숨 쉬는 걸 방해하지 않아. 마음껏 숨 쉬게."

"내 말 들어봐, 이 친구야." 시뜨룸은 씁쓸하게 웃으며 말을 이었다. "진정한 친구답게 불만을 쏟아놓으니 진심으로 고맙군. 상호 신뢰의 규칙에 따라 이번에는 내가 이야기를 좀 해도 되겠지? 자네는 대체 왜 스베친이 있는 자리에서 드미뜨리 뻬뜨로비치에 대해 그렇게 말한 건가? 까잔에서 서로 자유롭게 의견을 주고받고는 이제 와 그런 식으로 나오는 게 내게는 뭐랄까…… 큰 상처였네. 사실 나로 말할 것 같으면, 유감스럽게도 그렇게 필사적인 인간이 아니야. 우리가 대학 시절에 쓰던 비유를 빌리자면 당똥[110]이 아니라는 거지."

"자네가 당똥이 아니라니 다행이군. 솔직히 나는 늘 그런 생각을 했거든. 정치적 웅변가들은 창작이나 건설에 있어 자기를 표현하지 못하는 자들이라고. 하지만 자네와 나는 자기를 표현할 수 있는 사람이라고 말이네."

"그럼 한번 대답해보게." 시뜨룸이 말했다. "프랑스인 갈루아는 어느 쪽인가? 또 끼발치치[111]는 어느 쪽이고?"

소꼴로프는 의자를 뒤로 밀며 말했다. "자네도 알다시피 끼발치치는 결국 단두대로 갔지. 하지만 나는 텅 빈 수다에 대해 이야기하고 있는 거야. 마지야로프가 열중하는 공허한 이야기 말이지."

"내가 텅 빈 수다쟁이라는 뜻인가?" 시뜨룸이 물었다.

소꼴로프는 말없이 어깨만 으쓱일 뿐이었다.

그동안 그들 사이에 벌어진 수많은 충돌과 논쟁들처럼 이번 언쟁 역시 곧 잊히리라고 그들은 생각했다. 하지만 어쩐 일인지 이 짧은 감정적 폭발은 흔적 없이 지나가지도, 잊히지도 않았다. 한 사람의 삶이 다른 사람의 삶과 우정 관계로 연결되면 간혹 불공평한 싸움과 논쟁이 생기더라도 서로를 향한 불만은 으레 별다른 흔적 없이 지나가기 마련이다. 그러나 그들 자신조차 아직 느끼지 못하

---

110 Georges Jacques Danton(1759~94). 프랑스혁명기의 정치가. 로베스삐에르, 마라와 함께 '프랑스혁명의 거두'로 불린다. 혁명 이후 자꼬뱅당의 우익을 형성하고 혁명적 독재와 공포정치의 완화를 요구하여 로베스삐에르에 의해 처형되었다.

111 Nikolai Ivanovich Kibal'chich(1853~81) 과학자이자 인민의지당 소속 테러리스트. 로켓을 발명했다.

는 조그마한 내면적 균열이라도 생겨난 뒤에는, 우연한 말 한마디 나 사소한 부주의에서 비롯한 언행이 길고 견고한 우정에 치명적인 칼날로 작용하는 법이다.

그러한 내면적인 균열은 종종 무척 깊은 곳에 자리 잡아 결코 밖으로 표출되지 않으며, 당사자들 또한 인식조차 할 수 없다. 그저 폭력적이고 공허한 말다툼 혹은 적의 어린 말 한마디가 오랜 세월의 우정 관계를 망치는 치명적인 원인이었겠거니 생각할 뿐이다.

이반 이바노비치가 이반 니끼포로비치와 싸운 것은 결코 이반 이바노비치가 이반 니끼포로비치를 우둔한 사람이라 불러서가 아니었다![112]

28

사람들은 연구소의 새로운 부소장인 까시얀 쩨렌찌예비치 꼽첸꼬를 가리키며 "시샤꼬프의 충실한 부하"라고들 했다. 다정한 말투로 우끄라이나 단어들을 간간이 섞어 이야기하는 꼽첸꼬는 놀랄 만큼 빠르게 아파트와 개인용 차량을 받아냈다.

그는 논문을 발표해 스딸린상 수상이라는 명예를 안았는데, 학술원 회원들과 학술원 지도부에 대한 소문을 훤히 꿰고 있는 마르꼬프의 이야기에 따르면 꼽첸꼬 자신도 그 논문을 출판된 다음에야 처음으로 통독했다. 그저 부족한 자료를 제공하고 이런저런 관

---

[112] 니꼴라이 고골의 단편 「이반 이바노비치가 이반 니끼포로비치와 싸운 이야기」에서 두 주인공은 모욕적인 말 한마디 때문에 싸움을 벌이는데, 사실 그들 사이에는 무기와 돼지의 교환 과정에서 빚어진 갈등이 자리하고 있었다.

료적 걸림돌을 제거하는 것이 그의 장기라는 것이었다.

시샤꼬프는 꼽첸꼬에게 새로 나온 공석을 채우고 조직하는 일을 맡겼다. 선임 연구원들을 대상으로 공석인 진공 실험실장과 저온 실험실장 모집 공고가 발표되었다.

국방부가 재료와 인력을 할당하여 기술 작업장이 재편되고 연구소 건물도 수리에 들어갔다. 모게스 측에서는 연구소에 제한 없는 전력을 공급했으며 수많은 공장들이 부족한 재료들을 분담했다. 이 모든 일들을 꼽첸꼬가 관장했다.

보통 행정부서에 새로운 상관이 오면 사람들은 존경을 담아 이야기한다. "다른 누구보다 먼저 일터에 나와 다른 누구보다 늦게까지 앉아 있더군." 꼽첸꼬에 대해서도 그렇게들 말했다. 하지만 "임명된 지 이주가 되도록 딱 한번 와서 삼십분만 있다가 가더라고"라는 말을 듣는 새로운 상관은 직원들에게 더 많은 존경을 불러일으킨다. 이는 상관이 성층권에서 새로운 원칙들을 만들어내고 있음을 의미하기 때문이다.

연구소에서의 처음 시기에 학술원 회원 시샤꼬프에 대해 사람들은 그렇게 이야기했다.

한편 체삐진은 별장으로, 그의 표현을 빌리자면 이즈바-실험실에서 일하러 갔다. 유명한 심장 전문의 파인가르뜨는 그에게 급격한 움직임을 자제하고 무거운 것을 들지 말라고 조언했다. 그러나 체삐진은 별장에서 장작을 패고 우물을 파니 기분이 좋아진다고, 엄격한 생활 습관이 자신을 돕고 있다고 파인가르뜨에게 편지를 써 보냈다.

춥고 배고픈 모스끄바에서 연구소는 온기와 영양이 풍부한 오아시스나 다름없었다.

밤사이 축축한 아파트에서 오들오들 떨던 동료들은 아침이 되어 일터에 도착하자마자 반가운 마음으로 난방기를 향해 손을 내밀었다.

연구소 사람들이 특히 마음에 들어한 것은 반지하에 만들어진 새 식당이었다. 그곳에는 요구르트와 단 커피, 소시지를 살 수 있는 판매대도 있었다. 식료품을 내주는 여자는 육류 및 비계 배급표와 일반 식료품 배급표를 구분하지 않았는데, 연구소 사람들은 이 점을 특히 높이 샀다.

식당의 식사는 여섯 등급으로 나뉘었다. 박사들을 위한 식사, 선임 연구원들을 위한 식사, 신입 연구원들을 위한 식사, 수석 실험요원을 위한 식사, 기술자들을 위한 식사, 그외 종업원들을 위한 식사. 이중 상위 두 등급을 위한 식사를 둘러싸고 소동이 벌어지곤 했다. 세번째 코스 접시에 말린 과일이나 분말 과실 젤리가 있느냐 없느냐 하는 것이 주된 분쟁 요소였다. 과장급 박사들 집으로 배달되는 식료품 자루와 관련해서도 한차례 동요가 일었다.

사보스찌야노프의 표현을 빌리자면, 아마도 코페르니쿠스의 이론도 이 식료품 자루보다는 사람들 입에 덜 오르내렸을 터였다.

가끔 이 신비로운 분배 원칙에는 소장이나 당위원회만이 아니라 보다 높고 비밀스러운 권력이 관여하는 것만 같았다.

"정말 이상하네." 어느 저녁에 류드밀라 니꼴라예브나가 말했다. "오늘 당신 배급 자루를 받았거든. 학계에서 존재감도 없는 스베친은 달걀을 스물다섯개 받았는데 어떻게 된 게 당신 몫은 열다섯개뿐이야. 명단을 몇번이나 확인했는지 몰라. 당신과 소꼴로프만 열다섯개씩이더라고."

시뜨룸은 농담조로 일장 연설을 늘어놓았다. "누가 알겠어! 알

다시피 우리 학자들은 워낙 여러 범주로 나뉘잖아. 최고로 위대한 학자, 위대한 학자, 훌륭한 학자, 뛰어난 학자, 대단한 학자, 유명한 학자, 중요한 학자, 경험 많은 학자, 수준 있는 학자, 마지막으로 최고령 학자가 있지. 최고로 위대한 학자와 위대한 학자 중에는 살아 있는 사람이 없으니 그들에겐 달걀을 줄 필요가 없고, 나머지 학자들에게는 양배추, 알곡, 달걀이 학문적 무게에 상응하여 주어지는 거지. 그런데 우리 연구소에서는 모든 게 뒤죽박죽이거든. 사회적으로 수동적인 학자, 맑시즘에 따라 세미나를 주도하는 학자, 소장과 가까운 학자로 새로운 범주가 만들어졌어. 말 그대로 엉망이지. 학술원 자동차 관리인이 젤린스끼와 똑같이 달걀 스물다섯알을 받는다고. 심지어 어제 스베친의 실험실에서 일하는 어느 사랑스러운 여자 연구원은 모욕감 때문에 흐느끼면서 간디처럼 식사를 거부했다니까.”

그 이야기에 나쟈가 배를 잡고 웃었다. “청소부들이 아빠와 나란히 앉아 거리낌 없이 커틀릿을 먹는다니 놀랍네. 할머니라면 이 말에 절대 동의하지 않으셨겠지만.”

“모르겠니?” 류드밀라 니꼴라예브나가 말했다. “노동에 따라 받는 게 원칙이야.”

“말도 안 돼. 우리 식당에서 사회주의 냄새라곤 맡을 수 없다고. 뭐, 나야 상관 안 하지만.” 이어 시뜨룸이 갑자기 다른 이야기를 꺼냈다. “오늘 마르꼬프가 무슨 얘기를 했는지 알아? 우리 연구소 사람들뿐 아니라 수리 역학 연구소에서도 내 연구를 타자로 쳐 서로서로 돌려본대.”

“만젤시땀의 시처럼?” 나쟈가 물었다.

“놀리지 마라.” 시뜨룸이 말했다. “졸업반 대학생들도 특강을 해

달라고 청한다고."

"알아." 나쟈가 말했다. "알까 뽀스또예바도 그러더라. '너희 아빠는 천재야.'"

"천재가 되려면 멀었지."

시뜨룸은 방에 갔다가 곧 다시 나와 아내에게 말했다.

"그 말도 안 되는 수작이 머리에서 떠나질 않는군. 스베친한테 달걀 스물다섯알을 배당했다니. 어떻게 이런 식으로 사람을 모욕하지?"

그야말로 모욕이었다. 그러나 부끄럽게도 정말 시뜨룸의 마음을 불편하게 한 건 자신이 어째서 소꼴로프와 같은 급으로 묶였는가하는 것이었다. 하다못해 달걀 한알이라도 차등을 두어 나와 그 친구의 차이를 드러내야 하는 것 아니야? 소꼴로프에게 열네알을 주면 되잖아. 아주 약간이라도 차등을 두었어야지!

그런 생각을 하는 스스로가 한심해도 어쩔 수 없었다. 소꼴로프와 동등하게 배당받는다는 사실이 스베친보다 덜 받는다는 사실보다 그에게는 훨씬 유감스럽고 불쾌하고 모욕적이었다. 스베친의 경우라면 간단했다. 그는 당위원회 위원이며, 따라서 그의 우위는 국가적 차원에서 결정된 것이다. 그런 건 받아들일 수 있었다.

반면 소꼴로프의 경우는 학문적 능력, 학자로서의 업적과 관계된 문제였다. 이 점에서 시뜨룸은 도무지 무심하게 넘길 수가 없었다. 마음 깊은 곳에서 나오는 고통과 분노가 그를 사로잡았다. 참나, 얼마나 우습고 보잘것없는 형식으로 이런 평가가 이루어지는지. 그거야 그도 알고 있었다. 그럼에도 사람이 늘 관대할 수는 없는 노릇이니, 누구나 때때로 한심하고 쪼잔한 인간이 되는 법이다.

자려고 눕다가 시뜨룸은 얼마 전에 소꼴로프와 체삐진에 대해 나누었던 대화를 떠올리고 화가 나서 소리쳤다. "호모 라께이우스!"[113]

"누구한테 하는 소리야?" 류드밀라 니꼴라예브나가 침대에서 책을 읽다가 물었다.

"소꼴로프." 시뜨룸이 말했다. "그자는 하인이야."

류드밀라는 책갈피에 손가락을 꽂고는 고개도 돌리지 않은 채 말했다. "당신, 연구소에서 쫓겨나고 싶어 안달 났어? 금지된 말 한마디 때문에 그렇게 되고 싶은 거야? 신경이 곤두서서는 모두를 가르치려 들지 않나…… 모든 사람과 다투더니 이제는 소꼴로프와도 다투고 싶어 하네. 이제 그 누구도 우리 집에 드나들려 하지 않을 거야."

"뭐, 필요 없어, 필요 없다고. 류다, 당신에게 어떻게 설명하면 좋을까? 모르겠어? 전쟁 전이랑 똑같아졌잖아. 또다시 말 한마디에 공포를 느껴야 하고 또다시 무력함을 느끼게 되었다고. 체삐진을 봐! 류다, 그는 정말 위대한 사람이야! 난 연구소가 발칵 뒤집히리라 생각했는데 딱 한 사람, 문지기 영감만 그를 동정하더군. 뽀스또예프가 소꼴로프에게 이런 말을 했어. '어쨌든 가장 중요한 건 자네와 내가 러시아인이라는 사실이야.' 그는 왜 그런 말을 했을까?"

그는 류드밀라와 긴 대화를 나누고 싶었다. 그녀에게 자기 생각을 말해주고 싶었다. 자신이 식료품 배급과 관련한 이 모든 일에 사로잡혀 있는 것이 창피했다. 대체 왜 이럴까? 모스끄바에 와서 더 늙고 더 추레해지는 이유가 무엇일까? 사소한 살림살이, 쁘띠부르주아적인 이해관계, 부차적인 일들이 그를 그토록 동요시키는 이유는 무엇일까? 지방 도시 까잔에서 그의 정신적 세계가 더 깊고

---

113 '하인'을 뜻하는 러시아어 '라께이'에 라틴어 접미사를 붙인 표현. 윗사람에게 무조건 복종하는 종류의 인간이라는 의미다.

더 의미 있고 더 순수했던 까닭은 무얼까? 그의 주된 학문적 관심이나 기쁨마저 이제 쓸데없고 사소한 명예심으로 오염되어버린 건 대체 무슨 연유일까?

"류다, 나 너무 힘들어. 정말 편치 않다고. 근데 당신은 왜 말이 없어? 응? 류다, 내 말 알아듣겠어?"

류드밀라 니꼴라예브나는 말이 없었다. 그녀는 자고 있었다.

시뜨룸은 나직하게 웃었다. 한 여자는 그의 행동 때문에 잠을 못 이룬다는데 여기 다른 여자는 잠이 들었구나. 마리야 이바노브나의 여윈 얼굴을 떠올리며 그는 방금 했던 말을 되풀이했다. "마샤, 내 말 알아듣겠어요? 응?"

'제기랄, 별 말도 안 되는 생각이 머릿속으로 기어들어오네.' 그는 잠들면서 속으로 중얼거렸다.

정말이지 말도 안 되는 생각이 기어들어오고 있었다.

시뜨룸은 손재주가 없었다. 다리미가 과열되거나 잠깐 누전되어 전기가 나갈 때 이를 고치고 바로잡는 사람은 류드밀라 니꼴라예브나였다. 같이 살기 시작한 초반에 류드밀라 니꼴라예브나는 그의 무능함을 귀엽게 여겼다. 하지만 최근 들어 화를 내기 시작했고, 언젠가 그가 빈 주전자를 불 위에 올려놓았을 땐 이렇게 말하기도 했다. "그것도 손이라고 달고 있어! 병신도 아니고!"

분노와 모욕감을 일으키는 이 말을 시뜨룸은 연구소에서 장비를 조립하는 내내 떠올렸다.

실험실의 주도권은 이제 마르꼬프와 노즈드린이 쥐고 있었다. 사보스찌야노프가 이를 처음으로 감지하고 생산 회의에서 선언하듯 말했다. "신은 없어, 마르꼬프 교수와 그의 예언자 노즈드린 외에."

마르꼬프에게서는 더이상 까탈스러움과 소극적인 태도를 찾아볼 수 없었다. 그는 대담한 착상으로 시뜨룸을 경탄시켰고, 일하는 중에도 예상치 못한 난관들을 수월하게 해결해냈다. 시뜨룸에게 마르꼬프는 마치 메스를 혈관들과 신경마디들 틈으로 집어넣어 수술을 해내는 외과의처럼 보였다. 그가 이 강하고 날카로운 이성을 가진 존재에 생명을 불어넣는 것만 같았다. 이 새로운 금속체가 심장과 감각을 부여받았으며, 그리하여 자신을 만든 이들과 함께 기뻐하고 괴로워할 수도 있을 것 같았다.

그때껏 시뜨룸은 늘 자신의 작업과 자신이 만든 장비들이 붓다와 마호메트가 몰두한 공허한 행위, 혹은 똘스또이나 도스또옙스끼가 쓴 책들보다 더 큰 의미를 지닌다는 마르꼬프의 흔들림 없는 확신을 조금 우습게 여겼다.

똘스또이조차 자신의 위대한 작가적 작업의 유용성에 대해 회의하지 않았던가! 천재는 자신이 다른 이들에게 유익한 일을 하고 있는지 확신하지 못하는 법이다. 하지만 물리학자들은 대개 자신들의 작업이 다른 이들에게 유익하다는 점에 대해 회의하지 않았고, 마르꼬프는 더더욱 그랬다.

그러나 이제 그의 확신은 더이상 우습게 보이지 않았다.

시뜨룸은 또한 노즈드린이 끌과 집게와 드라이버를 가지고 작업에 몰두하거나 전기공을 도와 전선 묶음을 신중히 분류하며 새로운 장비에 전력을 공급하는 모습을 즐겁게 관찰했다.

바닥에는 전선 다발과 광택 없는 푸르스름한 납판들이 즐비했고, 실험실 중앙을 차지한 강철판 위에는 우랄에서 보내온 장비의 원형과 정사각형으로 홈을 판 주요 부품들이 놓여 있었다. 물질에 대한 환상적이리만치 섬세한 연구를 가능케 하는 이 거친 금속 덩어리 속에는 무언가 가슴 아리고 불안한 매력이 있었다……

천년이나 이천년 전, 바닷가에 사는 몇 사람이 굵은 통나무로 뗏목을 만들어 밧줄과 쇠고리로 단단히 조였겠지. 모래사장에는 물건을 들어올리는 기구와 대패질 작업대가 놓여 있고, 모닥불 위에는 타르를 담은 단지들이 끓고…… 그렇게 그들은 항해 준비를 마쳤겠지.

저녁이 되면 각자 집으로 돌아가 살림집의 냄새, 화로의 온기를 들이마시고 여자들의 잔소리와 웃음소리를 들었을 거야. 가끔은 집안싸움에 휘말리고, 아이들에게 소리를 지르며 손찌검을 하고, 이웃들과 다투기도 했겠지. 밤이 되어 따뜻한 안개 너머 바다의 속삭임이 들려오면 그들의 가슴은 미지의 여행에 대한 예감으로 죄어들었겠지……

소꼴로프는 대개 말없이 작업 과정을 관찰했다. 시뜨룸은 종종 주위를 둘러보다가 그의 진지하고 주의 깊은 시선과 마주치곤 했다. 그러면 그들 둘 사이에 늘 존재했던 좋은 것, 중요한 것이 여전히 존재하는 것만 같았다.

시뜨룸은 뾰뜨르 라브렌찌예비치와의 솔직한 대화를 갈망했다. 사실 모든 게 너무나 이상해. 배급이나 봉급에 열을 올리고 다른 이의 존중과 상관의 주목을 받기 위해 머리를 굴리는 것, 영혼의 수준을 끌어내리는 이 모든 것들이 말이야. 하지만 바로 그 영혼 속에는 수뇌부와 무관한 것, 직업적 성공이나 수상과는 무관한 것이 여전히 존재하지.

이제 다시금 까잔의 저녁 모임이 젊고 아름답게만 여겨졌다. 마치 혁명 이전의 학생 모임 같았어. 마지야로프가 정직한 인간이라는 게 밝혀지기만 하면 정말 좋을 텐데. 참 이상하지. 까리모프는 마지야로프를 의심하고, 마지야로프는 까리모프를 의심해······ 내가 보기엔 둘 다 정직한 사람들인데! 그건 확실해. 아니면 또 모르지, 하이네가 말했듯이 "둘 *다 냄새를 풍기네*"[114]인지도.

가끔 그는 체삐진과 나눈 밀가루 반죽에 대한 대화를 떠올리기도 했다.[115] 어째서 모스끄바로 돌아온 지금 온갖 사소하고 시시한 것들이 떠오르는 걸까? 어째서 그가 존경하지 않는 사람들이 위로 부상하는 걸까? 그가 믿는 능력과 재능과 성실성이 죄다 쓸모없는 것으로 판명되는 이유는 대체 무엇일까? 하지만 체삐진이 히틀러 독일에 대해서 이야기했다는 것 자체가 그의 옳지 않음을 증명하긴 하지.

"참 이상하군." 시뜨룸이 소꼴로프에게 말했다. "여러 실험실에서 우리 장비의 설치 작업을 보러 오는데, 시샤꼬프는 얼굴 한번 안 비치네. 도무지 짬이 안 나나봐."

"워낙 하는 일이 많잖아." 소꼴로프가 말했다.

"아, 물론 그렇겠지." 시뜨룸은 황급히 동의했다.

그랬다. 모스끄바로 돌아온 이후 뾰뜨르 라브렌찌예비치와 친구로서 진정한 대화를 나누려 아무리 시도해보아도 도무지 제대로 되는 경우가 없었다. 마치 모르는 사람과 이야기하는 기분이었다. 그는 언젠가부터 소꼴로프와의 논쟁을 피하고 있었다. 어떤 식으로든 그와 다투고 싶지 않았던 것이다. 하지만 그마저도 쉽지 않았으니, 때로는 논쟁이라는 게 저절로 생겨나는 것만 같았다.

시뜨룸은 천천히 입을 열었다. "까잔의 저녁 모임이 생각나는

----

114 Die beiden stinken(독일어).
115 전편 소설에서 체삐진은 인류를 선과 악 모두 받아들이는 밀가루 반죽에 비유하며 인류의 발전이 불가능하다는 견해를 피력했다.

군…… 혹시 마지야로프한테서 편지 왔나?"

소꼴로프는 고개를 흔들었다. "마지야로프에 대해 난 전혀 모르 겠네. 전에도 말했지만, 이곳으로 오기 전에 이미 더이상 그와 만나 지 않기도 했고. 그 시절에 나눈 대화를 떠올리는 것도 점점 더 불 편해져. 다들 우울한 나머지 전쟁 중의 일시적인 어려움을 소련 체 제의 악덕으로 설명하려 애썼지. 하지만 소비에뜨 국가의 결점이 라고 생각했던 모든 것이 장점으로 판명되었네."

"1937년도 말인가?" 시뜨룸이 물었다.

"빅또르 빠블로비치, 최근 자넨 우리 사이의 어떤 대화도 언쟁으 로 만들어버리는군."

아니, 반대로 자신은 싸우기 싫은데 소꼴로프가 늘 짜증을 내며 내면의 분노에 힘입어 기회만 있으면 싸움을 벌이려 덤벼든다고 말해주고 싶었지만, 시뜨룸은 이렇게 입을 열었다.

"그렇겠지, 내 더러운 성격이 문제야. 성격이 날이 갈수록 더 나빠 지는군. 자네만이 아니라 류드밀라 니꼴라예브나도 느끼는 바네."

그러면서 그는 생각했다. '참 외롭군. 집에서도, 직장에서도, 친 구와 함께 있어도 외로워.'

29

SS 라이히스퓌러 힘러의 집무실에서 제국 보안본부에 의해 시 행되는 특별 조치[116]와 관련한 회의가 있을 예정이었다. 이 회의는

---

116 유대인 학살을 뜻한다.

특히 중요한 의미를 지녔다. 퓌러의 야전 최고사령부에 대한 힘러의 방문과 연관되어 있었던 것이다.

슈투름반퓌러 리스는 베를린으로부터 수용소 관리 건물 인근에 자리한 특별 구조물의 건설 과정을 보고하라는 명령을 받았다.

특별 구조물 시찰에 앞서 리스는 포스사社[117]의 기술공장 및 보안부의 주문을 이행하는 화학공장을 방문하고 베를린으로 가 이 회의의 준비를 맡은 오버슈투름반퓌러[118] 아이히만에게 상황을 보고해야 했다.

리스는 이 출장이 무척 반가웠다. 수용소의 분위기와 늘 거칠고 야만적인 인간들과의 교류에 부담을 느끼던 터였다.

자동차에 오르며 그는 모스뚭스꼬이를 떠올렸다. 아마도 그 노인은 자기 감방에 앉아 왜 리스가 자신을 호출했는지 밤낮으로 골머리를 썩이며 긴장한 채 기다리고 있으리라.

리스가 그를 부른 것은 자신의 평론 「적의 이데올로기와 그 지도자들」을 집필하는 데 필요한 몇가지 생각들을 점검하고 싶어서였을 뿐이었다.

얼마나 흥미로운 노인인가! 아닌 게 아니라, 원자의 핵 속으로 들어가면 척력만큼이나 인력도 강력하게 작용하기 마련이다.

그러나 자동차가 수용소 정문을 통과하자 그는 모스뚭스꼬이에 대해 잊었다.

다음 날 아침 일찍 리스는 포스의 회사에 도착했다.

아침식사를 마친 뒤 리스는 포스의 집무실에서 설계사 프라슈케와 이야기를 나누고, 제작을 주도하는 기술자들도 만나보았다.

---

117 1931년 헤르만 포스에 의해 세워진 기계 설비 회사.
118 나치 친위대 및 나치 돌격대의 계급 중 하나. 독일 국방군의 대령급에 해당한다.

영업 이사는 주문한 복합 설치물의 가격 계산표를 그에게 보여주었다.

공장 작업장에서 으르렁대는 금속들 사이를 이리저리 거닐며 몇시간을 보내고 나니 하루가 저물 무렵에는 몹시 피곤했다.

포스의 공장 측이 보안부 주문의 주요 사항을 모두 이행해서 리스는 만족했다. 공장 관리자는 임무를 신중하게 처리했으며 기술 조항도 정확히 이행하고 있었다. 기계 기술자들 역시 컨베이어의 설계를 개선했고, 열공학 기술자들은 소각 작업에 있어 최고로 경제적인 구조가 제대로 작동하도록 작업했다.

공장에서 힘든 하루를 보낸 뒤 포스의 가족과 함께한 야회는 특히 즐거웠다.

반면 화학공장 방문은 실망스럽기 짝이 없었다. 화학물질 생산량이 계획한 수준의 40퍼센트를 겨우 상회할 뿐이었다.

공장 사람들은 생산이 복잡하고 힘들다며 각종 불평들로 리스의 화를 돋우었다. 공습 때 환기장치가 망가지는 바람에 작업장에서 일하던 노동자들이 집단중독을 일으켰다는 둥, 안정화된 제품을 담가두어야 할 규조토가 정기적으로 공급되지 않는다는 둥, 밀폐 컨테이너 이송이 지체되고 있다는 둥……

그나마 이곳 이사들은 보안부 주문의 중요성에 대해 분명하게 알고 있었다. 수석 화학자인 키르히가르텐 박사는 리스에게 주문이 기한 내에 이행되리라 장담했다. 전시 보급부에서 명령한 과제까지 연기하고 보안부의 주문에 치중하기로 결정했다는 것이었다. 이는 1939년 가을 이래 전례를 찾아볼 수 없는 일이었다.

리스는 화학 실험실에서 수행하는 실험에 초대되었지만 참석을 거절하고 생리학자들, 화학자들, 생화학자들이 서명한 경과 보고서를 읽었다.

이날 그는 실험을 진행하는 과학자들을 만나보았다. 생리학자와 생화학자인 두 여성, 의학-병리학자, 저온 비등점을 가진 유기화합물을 전문적으로 다루는 화학자, 그룹의 수장인 독극물학자 피셔 교수까지 젊은 사람들로 이루어진 이들 과학자에게서 리스는 아주 좋은 인상을 받았다.

그들 모두 자신들의 방법론이 승인되기를 기대하면서도 작업의 취약점과 회의를 리스에게 감추지 않았다.

셋째 날 리스는 오버슈타인 조립 회사의 기술자들과 함께 비행기를 타고 건설 현장으로 날아갔다. 즐거웠다. 여행이 기분을 많이 풀어주었다. 가장 기분 좋은 것은, 건설 현장을 점검한 뒤 그곳의 기술 지도자들과 함께 베를린으로 가서 보안본부에 상황을 설명하게 되리라는 점이었다.

날씨는 몹시 나빴다. 차가운 11월의 비가 퍼붓고 있었다. 비행기는 중앙 수용소 비행장에 어렵사리 착륙했다. 고도가 낮아지자 날개들이 얼어붙기 시작한데다 지면은 안개로 뒤덮인 탓이었다. 새벽녘에 내린 눈이 비에 씻기지 않은 채 그대로 얼어붙어 진흙 위에서 잿빛 덩어리를 이루고 있었다.

기술자들의 펠트 모자챙은 수은처럼 무거운 비에 젖어 축 늘어졌다.

건설 현장으로 간선철도들이 깔려 있었다. 주 철도선과 직접 연결된 노선이었다.

철도 부근에 저장소들이 줄지어 있었다. 여기서부터 시찰이 시작되었다. 휘장 아래서 수하물 ─ 여러 기계들의 부품, 바퀴 달린 컨베이어 구조물의 이동장치 및 분해품, 각종 구경의 파이프, 공중에서 돌아가는 환기장치, 뼈를 가루로 빻는 회색빛 분쇄기, 아직 조종대에 조립해넣지 않은 가스 조절장치와 전기 조절장치, 전깃줄 타래, 시멘트, 자동으로 뒤집히는 소형 짐수레, 레일 더미, 사무실 가구 들—의 분류가 이루어지고 있었다.

SS요원들이 지키고 선 특수 건물 안에서는 수많은 배기장치와 환기장치가 낮은 소음을 내고 있었다. 생산되기 시작한 화학결합물을 저장하는 곳이었다. 빨간 밸브가 달린 용기, 붉고 푸른 딱지가 붙은 15킬로그램짜리 통 들이 멀리서 보면 마치 불가리아산 잼 통 같아 보였다.

지면 아래로 절반쯤 들어가 있는 이 건물에서 나온 뒤, 리스와 일행은 막 베를린에서 기차로 도착한 이곳 복합 설치물의 주 설계사 슈탈강 교수와 노란 가죽 재킷을 입은 거구의 공장장 폰 라이네케를 만났다.

슈탈강은 거친 숨소리를 내다가 축축한 공기에 기침 발작을 일으켰다. 그를 둘러싸고 있던 기술자들은 그가 몸을 아끼지 않는다며 나무라기 시작했다. 그들 모두 히틀러의 개인 서재에 슈탈강의 작품집이 소장되어 있다는 것을 알고 있었다.

이곳은 20세기 중반에 흔히 볼 수 있는 웅대한 건설 현장의 모습 그대로였다.

기초공사를 위해 파놓은 구덩이들, 보초들의 호루라기 소리, 굴삭기들이 삑삑거리는 소리, 기중기들의 움직임, 새 울음 같은 기관차 승무원들의 외침.

리스와 동행들은 창문 없는 회색빛 직사각형 건물로 다가갔다. 생산 공장들, 붉은 벽돌로 된 용광로들, 넓은 아가리를 가진 원추형 파이프들, 관제탑들과 유리를 씌운 보초실로 이루어진 이곳의 모든 구조물이 이마도 눈도 없는 저 회색 건물을 중심으로 정렬해 있었다.

도로 작업자들은 아스팔트 포장을 마무리하는 참이었다. 롤러 밑에서 흘러나온 뜨거운 잿빛 연기가 차가운 안개와 뒤섞였다.

라이네케는 리스에게 일급비밀 설치물의 검사 결과들이 여전히 불만족스럽다고 알렸다. 슈탈강은 흥분하여 기침 발작도 잊은 채 목쉰 소리로 새로운 시설의 건축학적 아이디어를 설명하기 시작했다.

작고 평범하게만 보이는 수력터빈이 바로 거대한 힘과 규모와 속도의 중심이며, 그 움직임과 함께 물의 지질학적 힘이 노동력으로 변환된다는 이야기였다.

그의 설명에 따르면 이 시설도 터빈의 원칙에 따라서 만들어졌고, 이 시설이 생명과 이와 연관된 모든 에너지 형태들을 무기물로 변화시키며, 새로운 형태의 터빈 속에서 심리, 신경계, 호흡계, 심장, 근육, 조혈기관이 발산하는 에너지의 위력이 제압되어야 했다. 이 새로운 시설 속에 터빈, 도살, 쓰레기 소각 기계의 원칙들이 융합되어 있는데, 그 모든 특성들을 평범한 건축 형태로 결합시켜야 했다는 것이었다.

"우리 친애하는 히틀러께서는," 슈탈강이 말했다. "알다시피 가장 실제적인 산업체들을 시찰할 때도 건축 형태를 염두에 두지요."

그는 리스에게만 들리도록 목소리를 낮추었다.

"아시다시피 바르샤바 부근 수용소에서 신비주의적 건축 양식에 집착한 것이 라이히스퓌러를 크게 곤란하게 만들었잖습니까. 우리는 그 모든 걸 고려해야 했습니다."

콘크리트 방의 내부 구조는 대량생산과 속도의 시대에 상응했다.

안으로 움직이는 통로로 들어선 생명체는 물처럼 이미 멈출 수도 역류할 수도 없었다. 생명체가 콘크리트 복도를 따라 움직이는 속도는 터빈 속에서 밀도, 비중, 점성, 마찰력, 온도에 따라 결정되는 유체의 움직임에 대한 스토크스의 법칙와 비슷한 법칙으로 규정될 것이었다. 전등은 천장 속에 박혀 있었고 흐릿한 반투명의 두꺼운 유리로 덮여 있었다.

걸어갈수록 빛은 점점 밝아져, 반들반들하게 닦은 철문으로 막아놓은 방 입구에서는 눈이 부실 정도로 완전히 하얗게 빛났다.

문에는 새로운 복합 설치물의 가동을 앞둔 건설자들이나 조립 기술자들에게서 으레 느껴지곤 하는 특별한 흥분의 기운이 감돌고 있었다. 하얀 가운을 입은 나이 지긋한 화학자가 닫힌 문 앞에서 압력을 측정하고 있었다. 라이네케가 문을 열라고 지시했다. 낮게 드리운 콘크리트 천장 아래 넓은 방으로 들어서며 몇몇 기술자들은 모자를 벗었다. 금속 테두리가 둘린 무거운 이동식 널판이 서로서로 꼭 맞물려 바닥을 이루고 있었다. 사령실에서 기계를 가동시키면 이 널판들이 수직으로 세워지면서 그 위에 있던 것들은 모두 지하로 쓸려갈 터였다. 거기에서 치과의사들이 각 유기물을 점검하고 치아에 박힌 값비싼 금속을 빼낸다. 그런 다음에는 컨베이어 벨트가 작동해 의식과 감각을 잃은 유기물들을 소각로로 이동시키고, 거기서 그것들은 열에너지의 작용을 받아 인산, 석회, 재, 암모니아, 탄산가스와 이산화황으로 변하게 된다.

연락장교가 다가와 리스에게 전보를 내밀었다. 전보를 읽는 그의 얼굴이 얼마나 어두워지는지 모두가 지켜보았다. 전보는 오버슈투름반퓌러 아이히만이 보낸 것으로, 베를린이 아니라 당장 오늘밤 건설 현장에서 만나자는 내용이었다. 그는 벌써 자동차로 뮌헨의 고속도로를 달려오고 있었다.

그렇게 리스의 베를린 여행은 수포로 돌아갔다. 이튿날이면 병든 아내가 기다리는 별장에서 밤을 보낼 수 있으리라 생각했는데. 잠들기 전에 부드러운 슬리퍼를 신고 안락의자에 앉아 한두시간쯤 잔혹한 시대를 잊은 채 온기와 편안함을 누릴 수 있었을 텐데. 교외 별장의 침대에 누워 멀리서 울리는 베를린 대공부대의 고사포 소리를 들으면 얼마나 기분이 좋았을까……

게다가 프린츠알브레히트 슈트라세[119]에서 보고를 마친 뒤에는 주위가 소란하지 않고 공습이 없는 고요한 저녁 시간에 철학 연구소의 젊은 여성 연구원을 방문할 생각이었다. 그녀는 그의 삶이 얼마나 힘겨운지, 어떤 혼란이 그의 영혼을 지배하는지 알고 있는 유일한 사람이었다. 그녀와의 만남을 위해 가방 속에 꼬냑 한병과 초콜릿 한상자를 꾸려두었는데, 이 모든 게 수포로 돌아간 것이다.

기술자들, 화학자들, 건축가들은 줄곧 그를 바라보고 있었다. 어떤 근심이 이 보안본부 감찰관의 얼굴을 찌푸리게 만들었는지 그들 중 누가 짐작이나 할 수 있었을까?

사람들에게 순간적으로 방은 이미 제 창조자들에 복종하지 않고 생명을 얻어 스스로의 콘크리트 의지, 콘크리트 탐욕에 따라 살아가는 듯, 독극물을 뿜어내고 쇠로 만든 문의 턱주가리로 삼켜 소화 과정에 들어갈 듯 보였다.

슈탈강이 라이네케에게 윙크하며 속삭였다. "오버슈투름반퓌러가 이곳에서 보고를 받겠다고 한 모양이군. 사실 난 이리되리라는 걸 아침부터 알고 있었지. 필시 가족과의 휴가도, 어떤 사랑스러운 숙녀와의 밀회도 수포로 돌아간 게야."

---

119 1933~45년 사이 나치의 게슈타포, 보안부, 친위대 본부가 자리했던 거리.

30

리스는 밤이 되어서야 아이히만을 만났다.

아이히만은 서른다섯살쯤 되어 보였다. 장갑과 모자와 장화 —
독일 병력의 시학과 오만함과 우월함을 구현하는 물품들 — 는 SS
라이히스퓌러 힘러의 것과 비슷한 것들을 착용하고 있었다.

리스는 아이히만의 가족을 전쟁 이전부터 알고 있었다. 그들은
같은 지역 출신이었다. 베를린 대학에서 공부하고 신문사와 철학
잡지사에서 일하는 동안, 그는 이따금씩 고향 도시를 방문해 고등
학교 동창생들의 소식을 들었다. 사회적 파도에 올라 위로 향하다
가 파도와 함께 명성을 잃은 동창들이 있는가 하면, 새로운 물결을
타고 명예와 물질적 성공을 거머쥔 동창들도 있었다. 하지만 젊은
아이히만은 아무런 변동 없이 늘 희미하고 단조로운 삶을 살았다.
승전을 견인할 것만 같았던 베르덩 전투, 패전과 인플레, 제국의회
의 정치 싸움, 회화와 연극과 음악에서 일어난 좌파 및 극좌파 열
풍, 새로운 유행과 새로운 유행의 파괴 중 그 무엇도 그의 단조로
운 삶을 바꾸지 못했다.

아이히만은 지방 회사의 에이전트로 일했다. 가족이나 다른 사
람들과의 관계에 있어 그는 적절한 친절과 무관심으로, 또 적당한
무례와 배려로 일관했다. 인생의 커다란 길목마다 시끄럽고 요란
하게 떠들어대는 적대적인 무리들이 그를 막고 서 있었다. 어디를
가든 그는 자신을 밀어내는 자들을, 재빠르고 반짝이는 검은 눈을
가진 이들을, 민활하고 요령 있고 노련한 사람들을, 자신을 향해 조
심스레 비웃음을 날리는 자들을 보았다.

고등학교를 마친 뒤 베를린에 왔을 때 그는 자리를 잡지 못했다.

그곳 회사의 사장들과 이사들은 공석이 없다며 유감스러운 듯 말했지만, 알아보니 그 대신 어떤 퇴폐한, 폴란드인지 이딸리아인지 모를 시시한 국적의 인간이 채용되었다고 했다. 그는 대학에 진학하려 했지만 이번에도 그곳을 지배하는 불공정이 그를 방해했다. 보아하니 입학시험관들은 그의 밝은색 눈과 짧게 깎은 밝은색 머리칼과 짧고 곧은 코를 보는 순간 흥미를 잃는 것 같았다. 그들의 관심을 끄는 이들은 긴 상판대기에 눈이 검고 등이 굽고 어깨가 좁은, 퇴화한 인간들이었다. 그렇게 지방으로 내팽개쳐진 사람이 그 혼자만은 아니었다. 그것은 많은 사람들의 운명이었다. 베를린을 지배하는 그 종자들은 사회의 모든 단계에 버티고 서 있었다. 그러나 이 종자들이 가장 많이 발견되는 곳은 민족적 특성을 상실한, 더이상 독일인과 이딸리아인을, 독일인과 폴란드인을 구별할 수 없는 지식인들의 세계였다.

이들은 자신들과 경쟁하려는 모든 사람을 지능과 교육, 그리고 조롱조의 무관심한 태도로 압도하는 특수한 종자, 이상한 인종이었다. 무엇보다 끔찍한 것은 이 종자가 발산하는 생생하되 공격성 없는 지력이었다. 이 지력은 이들의 이상한 취향에, 유행에 대한 관심이 단정치 못한 차림새와 유행에 대한 무관심과 결합되어 있는 태도에, 완전히 도시적인 생활 방식과 동물에 대한 사랑의 결합에, 예술과 일상에 있어 조야한 것에 대한 열정과 추상적 사고 능력의 결합에 나타났다…… 이 사람들이 독일의 염료 및 질소 합성화학과 전자파 연구와 질 좋은 강철의 생산을 움직였다. 그들을 위해 외국의 학자들, 미술가들, 철학자들, 기술자들이 독일로 왔다. 하지만 그들이야말로 독일인들과 비슷해 보이지 않는 자들이었다. 그들은 온 세상에 존재했고, 그들끼리의 관계는 전혀 독일적이지 않았으며, 그들의 독일 혈통은 매우 불분명했다.

이런 곳에서 한낱 지방 회사원이 보다 나은 삶으로 나아갈 방법이 무엇이란 말인가. 그가 굶지 않은 것이 그나마 다행이었다.

그리고 지금, 그가 세상에서 단 세 사람, 히틀러와 힘러와 칼텐부르너[120]만이 아는 서류들을 금고에 감춘 뒤 사무실에서 나온다. 커다란 검은색 자동차가 현관에서 그를 기다리고 있다. 경비들이 그에게 인사를 하고 부관이 자동차 문을 활짝 열어젖힌다. SS 오버슈투름반퓌러의 행차가 시작되는 것이다. 운전사가 전속력으로 가속기를 밟고, 강력한 게슈타포의 '호르히'[121]는 황급히 청신호를 켠 뒤 도시 경찰이 차려 자세로 붙이는 경례를 받으며 베를린 거리들을 굴러가다가 고속도로로 빠진다. 비, 안개, 도로표지들, 고속도로의 유연한 곡주로들……

스몰레비치[122]의 정원들 사이에 인적 없이 고요한 집들이 서 있고, 보도에는 풀이 자라고 있다. 베르지체프의 야뜨끼 거리에서는 보라색과 적색 잉크로 표시된 누런 카드뮴 조각을 다리에 달고 있는 더러운 닭들이 먼지 속을 뛰어다닌다. 끼예프의 뽀돌[123]과 바실꼽스까야 거리에 우뚝 선 고층 아파트들은 유리창이 온통 더럽혀진 채 아이들의 장화와 노인들의 슬리퍼로 닳아빠진 계단들을 품고 있다.

오데사에서는 얼룩덜룩한 몸을 한 플라타너스가 서 있는 마당

---

120 Ernst Kaltenbrunner(1903~46). 오스트리아 출신의 나치 친위대 장성 겸 국가보안본부장, 독일 경찰청장. 사실상 힘러 다음가는 친위대의 실권자로 자리를 굳혔으나 전쟁 말기 미군에 의해 체포되었다.

121 20세기 초 독일에서 만든 고급 자동차 브랜드. 현재 아우디사의 전신이다.

122 벨라루스에 있는 도시. 브레스뜨-민스끄-모스끄바 철도가 이곳을 지나가며, 1941년 독일군에 점령되어 1944년 6월에 해방되었다.

123 끼이우의 중심부.

이 보인다. 색색의 속옷과 셔츠와 속바지 들이 햇볕에 마르고, 화로 위에는 층층나무 열매 잼을 담은 양푼들이 김을 뿜고, 아직 태양도 한번 보지 못했건만 가무스레한 피부의 갓난아이들이 요람 속에서 소리를 지른다.

바르샤바의 앙상하고 좁다란 6층짜리 집에서는 재봉사들, 제책사들, 가정교사들, 야간 까바레 가수들, 대학생들, 시계공들이 숨죽인 채 살고 있다.

밤마다 스딸린도르프[124]의 이즈바들에 불이 난다. 뻬레꼬쁘[125] 방향에서 바람이 불어오고, 소금과 따뜻한 흙먼지 냄새가 나고, 소들은 무거운 머리를 슬프게 흔들며 음매 소리를 낸다……

부다페스트, 파스또쁘,[126] 빈, 멜리또뽈[127]과 암스테르담…… 거울창이 달린 독채들에서, 공장 연기 속 아파트에서 유대 민족 사람들이 불안에 떨며 살고 있다.

수용소 철조망과 가스실의 벽과 대전차 구덩이의 진흙이 다양한 연령과 직업을 지닌 사람들을, 다양한 생활적 관심사와 정신적 흥미를 지닌 사람들을, 광신자들과 광적 무신론자들을, 노동자들과 무위도식하는 자들을, 의사들과 상인들과 현자들과 바보들과 도적들과 이상주의자들과 관찰자들을, 착한 마음을 가진 사람들을, 성자들을, 거렁뱅이들을 모두 결합했다. 처형이 이들을 기다리고 있었다.

게슈타포의 호르히가 이리저리 돌면서 가을 고속도로를 달렸다.

---

124 우끄라이나의 도시. 당시 유대인들의 중심 거주지였다.
125 끄림반도와 우끄라이나를 잇는 육로 지역.
126 끼이우의 도시.
127 우끄라이나 남동부에 위치한 항구도시.

31

그들은 밤에 만났다. 아이히만은 빠르게 질문을 던지면서 곧장 사무실로 들어와 안락의자에 앉았다.

"시간이 거의 없소. 늦어도 내일 낮에는 바르샤바에 가 있어야 해서."

그는 벌써 수용소장에게 다녀왔고 수석 기술자와도 이야기를 나눈 상태였다.

"공장들은 어떻게 작동하오? 포스라는 인물은 어떤 사람인 것 같소? 화학자들은 수준급으로 보였소?" 그가 재빨리 물었다.

커다란 장밋빛 손톱이 달린 길고 하얀 손가락으로 책상 위에 놓인 서류들을 넘겨가면서 이따금씩 만년필로 무언가를 메모하는 오버슈투름반퓌러를 바라보며, 리스는 돌로 된 심장마저 은밀한 공포로 전율하게 할 이 과업이 그에겐 여느 임무와 다르지 않은 일이라는 것을 느꼈다.

최근 리스는 매일 술을 많이 마셨다. 호흡곤란이 심해졌고, 밤마다 심장이 두근거렸다. 끊임없이 긴장된 상태로 시간을 보내느니 차라리 알코올이 건강에 이로울 것 같았다.

그는 나치에 적대적인 뛰어난 활동가들에 대한 연구로 돌아가 풀기 어렵고 복잡한 과제들, 그러나 무혈의 과제들을 해결하고 싶었다. 그렇게 되면 술을 끊고 하루에 약한 담배 두세대 이상은 피우지 않을 것이었다. 바로 얼마 전, 밤중에 늙은 러시아 볼셰비끼를 집무실에 불러들여 정치적 체스 게임을 벌인 날만 해도 집에 돌아와 수면제 없이 거의 아침 10시까지 잠을 자지 않았던가.

야간 시찰을 돌 때, 오버슈투름반퓌러와 리스를 위한 작은 깜짝

파티가 마련되었다. 가스실 한가운데 기술자들이 포도주와 안주를 차린 작은 탁자를 들여놓은 것이다. 라이네케가 두 사람에게 술잔을 건네며 자리를 권했다.

이 기가 찬 아이디어에 아이히만은 웃음을 터뜨렸다. "기꺼이 들겠소."

갑자기 그의 커다란 얼굴에 먹기 좋아하는 수백만 사람들이 요리를 차린 식탁에 앉아 하나같이 보이는 고민 어린 선의의 표정이 떠올랐다.

라이네케가 일어나 포도주를 따랐고, 모두들 아이히만의 건배사를 기다리며 잔을 들었다.

이 견고한 적막 속에, 이 가득 찬 술잔들 속에 긴장이 가득 어려 있어 리스는 심장이 터질 것만 같았다. 독일적 이상을 위한 위대한 건배사가 긴장을 풀어주었으면 싶었다.

하지만 긴장은 점점 더 커져만 갔고, 오버슈투름반퓌러는 이제 버터 빵을 씹고 있었다.

"다들 무얼 하고 있는 거요?" 아이히만이 물었다. "이렇게 훌륭한 햄을 두고."

"주빈의 건배를 기다리고 있습니다." 리스가 말했다.

그제야 아이히만은 잔을 들어올렸다.

"표창받아 마땅한 우리 직무의 성공을 위하여!"

그는 술에 입도 거의 대지 않고 먹기만 했다.

아침에 아이히만은 짧은 운동 바지 차림으로 활짝 열어젖힌 창문 앞에서 체조를 했다. 안개 속에 수용소 바라끄들이 나란히 모습을 드러냈고 기관차의 기적 소리가 들려왔다.

리스는 아이히만을 시기하지 않았다. 직책이 주어지지 않았을지

언정 그는 높은 지위에 있었다. 그는 제국 보안부에서 똑똑한 사람으로 통했다. 힘러도 그와 이야기하기를 좋아했다.

고위직 인물들 대부분은 리스 앞에서 으레 자신의 우월성을 드러내지 않으려 했다. 그는 게슈타포 안에서만이 아니라 어디서나 존경과 예의에 익숙해 있었다. 제국 보안부는 모든 곳에 —— 대학에도, 탁아소장의 서명에도, 오페라에 오를 젊은 가수들을 선발하는 시연에도, 춘계 미전에 출품할 그림들을 선발하는 심사위원들의 결정에도, 라이히스타크[128] 선거에 나가는 사람들의 목록에도 —— 입김을 내뿜으며 존재했다.

여기에 삶의 축이 있었다. 당의 영구적인 정당성, 당의 논리 혹은 여하한 논리들 위에 존재하는 비논리의 승리, 여하한 다른 철학 위에 존재하는 당의 철학의 근저에 국가비밀경찰의 작업이 놓여 있었다. 흡사 마술 지팡이와도 같았다! 이 지팡이를 잃는 즉시 마술은 사라졌다. 위대한 연설가는 쓸데없는 수다쟁이로 변했고, 학문의 대가들은 낯설고 천박한 사상을 만들어 퍼뜨리는 자들로 변했다. 이 지팡이를 손에서 놓치면 안 되었다.

그런데 이날 아침, 아이히만을 쳐다보면서 리스는 난생처음 질투의 동요를 느꼈다.

떠나기 몇분 전에 아이히만이 생각에 잠겨 말했다. "참, 우리는 같은 고향 사람이지, 리스."

이내 그들은 고향 도시의 거리와 레스토랑과 극장의 이름들을 흥겹게 나열하기 시작했다.

"물론 가보지 못한 곳들도 있긴 하오." 아이히만이 수리공장 주

----

128 제3제국 의회.

인의 아들을 들여보내지 않던 클럽 이름을 대며 말했다.

리스는 화제를 바꾸며 물었다. "말씀해주십시오. 대략 어느 정도의 유대인이 처리되는지 알 수 있을까요?"

그는 자신이 힘러와 수상 빼고 아마도 세상에서 세 사람만이 대답할 수 있는 질문 위의 질문, 최고의 질문을 던졌음을 알았다.

하지만 민주주의와 코즈모폴리터니즘 시기의 아이히만이 경험했던 힘겨운 젊은 시절을 막 떠올린 터였다. 리스는 자신이 모르는 것을 물어야 했다. 자신의 무지를 인정해야 했던 것이다.

아이히만이 대답했다.

리스가 경악해서 되물었다.

"수백만이오?"

아이히만이 어깨를 으쓱였다.

한동안 그들은 침묵했다.

"우리가 대학 시절에 만나지 못한 것이 무척 아쉽습니다." 리스가 말했다. "괴테의 표현을 빌리자면, '수업 시대'에 말이지요."

"난 베를린에서 대학을 나오지 않았소. 지방에서 공부했지. 그러니 아쉬워할 것 없소." 이어 아이히만이 덧붙였다. "이 숫자를 소리내어 입 밖에 낸 건 처음이군, 고향 친구. 베르히테스가덴,[129] 라이히스칸츨러,[130] 우리 라이히스퓌러[131]의 집무실까지 포함해도 이 숫자가 나온 건 아마 일고여덟번 정도밖에 되지 않을 거요."

"내일 신문에 그 숫자가 나오는 일은 없을 겁니다."

---

129 나치 시절 퓌러가 머무는 구역으로 지정된 곳. 퓌러의 제2집무실이 이곳에 있었다.
130 정부의 수반인 '라이히스칸츨러'로서 히틀러는 제1집무실에 머물렀다.
131 힘러를 말한다.

"바로 그렇지." 아이히만은 싱긋 웃으며 리스를 바라보았고, 리스는 그가 자신보다 훨씬 영리하다는 것을 감지하고 불안을 느꼈다.

아이히만이 다시 입을 열었다.

"우리의 조용한 도시 전체가 녹음 속에 잠겨 있다는 것 말고도 내가 당신에게 이 숫자를 언급한 또 하나의 이유가 있소. 이 숫자가 우리를 하나로 묶어 앞으로의 작업을 원활히 만들면 좋겠군."

"감사합니다." 리스가 말했다. "진지하게 생각해야겠군요. 무척 심각한 문제니까요."

"물론 나 혼자만의 제안은 아니오." 아이히만은 손가락을 들어 위쪽을 가리켰다. "만약 당신이 이 일에 동참했는데 히틀러가 패배한다면 당신과 나, 우리는 함께 교수형에 처해질 거요."

"전쟁의 전망은 밝습니다. 잘 생각해보지요."

"이년 뒤 우리가 다시 이 방의 편안한 탁자에 앉아 이런 얘기를 나눈다고 상상해보시오. '우리는 인류가 이천년 동안 해결하지 못한 문제를 단 스무달 만에 해결했다!'[132]"

작별 인사를 나눈 뒤에도 리스는 한참 동안 자동차 뒤를 바라보았다.

그는 국가 내 인간관계에 대해 그 나름의 견해를 가지고 있었다. 국가사회주의를 표방하는 국가에서 삶은 자유로이 펼쳐질 수 없다. 삶의 한발짝 한발짝을 조정해야 했다.

인간들의 호흡, 모성, 독서, 공장, 노래, 군대, 여름휴가를 통제하기 위해서는 지도자들이 필요했다. 삶은 더이상 풀처럼 자랄 권리,

---

132 나치당의 정치가이자 인종 이론가 알프레트 로젠베르크(Alfred Ernst Rosenberg, 1893~1946)가 1941년 '유대인 문제 연구를 위한 프랑크푸르트 연구소' 개소식에서 행한 연설의 일부다.

바다처럼 파도칠 권리가 없었다. 리스가 보기에 지도자들은 성격상 네가지 범주로 나뉘었다.

첫번째 범주는 꾸미지 않는 일체적 성격을 가진 자들로, 보통 지적 예리함과 분석력이 결여되어 있다. 이들은 여러 구호들, 신문이나 잡지에 나오는 문구나 히틀러의 연설, 괴벨스의 평론, 프랑크[133]나 로젠베르크의 저서들에서 인용구를 취한다. 이들은 지지를 느끼지 못하면 길을 잃고 어찌할 바를 모른다. 이들은 현상들의 상호연관에 대해 깊이 생각하지 않으며, 기회만 있으면 잔인성과 편협함을 드러낸다. 이들은 철학, 국가사회주의적 학문, 모호한 발견, 새로운 연극의 흥행, 새로운 음악, 제국의회 선거 캠페인까지 모든 것을 진지하게 받아들인다. 이들은 어린 중학생처럼 모여 『나의 투쟁』[134]을 맹목적으로 외워대고 보고서와 소책자를 요약한다. 이들은 대개 사생활에서 검소하고, 종종 가난을 겪었으며, 다른 범주의 인물들보다 자주 동원령의 대상이 되어 가족들과 헤어진다. 처음에 리스는 아이히만이 바로 이 범주에 속한다고 여겼다.

두번째 범주는 똑똑한 냉소주의자들이다. 이들은 마술 지팡이의 존재에 대해 알고 있다. 신뢰하는 친구들과 있을 때 이들은 많은 것들을 비웃는다. 새로 박사학위나 석사학위를 받은 사람들의 무지함, 라이터와 가울라이터[135] 들의 실수와 도덕성도 그 대상이다. 이들이 비웃지 않는 것은 퓌러와 드높은 이상뿐이다. 이들은 대부분 넉넉하게 살며 많이 마셔댄다. 당 위계의 높은 단계에서 자주

---

133 Hans Michael Frank(1900~46). 나치 독일의 법률가이자 정치인. 히틀러의 법률 자문으로 활동했다.

134 Mein Kampf(독일어).

135 라이터는 나치당 조직 고위 간부를 뜻하며, 가울라이터는 행정구역장으로 보통 히틀러에 의해 임명되고 히틀러에게만 명령을 받는 고참 나치당원이었다.

볼 수 있는 유형으로, 이들 아래 단계에는 대개 첫번째 범주의 인물들이 자리한다.

세번째 범주. 리스가 보기에 바로 이 세번째 범주의 인물들이 가장 높은 위치를 점하며 그 위치에 걸맞은 인물은 단 여덟아홉명뿐이었다. 아니, 열다섯에서 스무명으로 볼 수도 있으리라. 이들 사이에는 도그마 없는 세계가 존재하며 그곳에서는 모든 것에 대한 자유로운 비판이 가능하다. 이상이 존재하지 않는 세계, 오직 수학만이, 비감이라고는 모르는 유쾌한 고급 거장들만이 존재하는 세계다. 종종 리스에게는 독일의 모든 활동이 이들과 이들의 행복을 위해 돌아가는 듯 보이기도 했다.

리스는 편협한 정신을 가진 이들이 정상의 자리에 출현하는 것이 늘 불길한 사건의 시작을 의미한다는 사실을 알아차렸다. 사회라는 기계를 통제하는 이들이 교조주의자들을 위로 올려보내는 것은 그들에게 피 흘리는 작업을 맡기기 위함이었다. 어수룩하고 순진한 사람들은 잠시 고위 권력을 누리지만 일이 끝나면 보통 사라졌고, 종종 자기들이 희생시킨 사람들과 같은 운명에 처하기도 했다. 유쾌한 거장들은 여전히 위에 남아 있었다.

한편 어수룩하고 순진한 사람들, 즉 첫번째 범주에 속하는 인물들은 지극히 귀한 특질을 지니고 있었다. 이들은 민중적이었다. 이들은 국가사회주의의 고전을 인용하면서도 민중의 언어로 말했다. 이들의 조야함은 서민적으로 보였다. 이들의 농담은 노동자 집회에서 웃음을 자아냈다.

그리고 네번째 범주는 실행자들이다. 이들은 도그마, 이상, 철학에 완전히 무관심하며 분석력도 없다. 국가사회주의는 이들에게 보상하며 이들은 국가사회주의에 복무한다. 이들의 유일한 열망은 서비스, 의상, 별장, 귀금속, 가구, 경차, 냉장고이다. 이들은 현금을 그리 좋아하지 않고 현금의 견고성을 믿지 않는다.

리스는 정상에 자리한 지도층에 특히 마음이 끌렸으며, 그들과 그들의 사회에 가까이 있기를 꿈꾸었다. 그 조롱으로 가득한 지성과 멋진 논리의 왕국에서 그는 편안하고 자연스럽고 즐거운 기분을 느꼈다.

하지만 리스는 그 위에, 성층권 너머 어마어마하게 높은 곳에 안개에 싸인, 이해 불가능한, 불분명한, 그 비논리성으로 그를 불안하게 짓누르는 세계가 존재하는 것을 알고 있었다. 바로 그 높은 세계에 퓌러 아돌프 히틀러가 존재했다.

리스를 두렵게 하는 것은 히틀러 속에 도무지 서로 결합될 수 없는 것들이 이해할 수 없는 방식으로 결합되어 있다는 사실이었다. 그는 거장들의 우두머리였다. 심지어 그의 모든 조력자들에 견주어도 그는 최고의 논리, 최고의 냉소주의, 최고의 수학적 냉혹함을 지닌 최고 기술자이자 최고 조립자요 최고 거장이었다. 그러나 동시에 그 속에는 당 지도부의 가장 낮은 층, 반지하층에서만 볼 수 있는 교조적인 독단, 광신적이고 맹목적인 믿음, 황소 같은 비논리성이 있었다. 마술 지팡이의 창조자이자 사제장인 그는 무지하고 둔감한 신도이기도 했다.

그리고 지금 떠나가는 자동차 뒤를 바라보며, 리스는 그 무섭도록 매혹적이고 불분명한 감정, 세상에서 단 한 사람, 독일 민족의 퓌러 아돌프 히틀러만이 자신에게 불러일으켰던 감정을 저 아이히만이라는 사람이 불러일으키고 있음을 느꼈다.

32

반유대주의는 여러가지 방식으로 나타난다. 비웃음도, 혐오 섞인 자비도, 인종 박멸의 대대적 학살도 모두 그 방식의 하나다.

사상적 배척, 내적 배척, 은밀한 배척, 역사적 배척, 일상적 배척, 생리학적 배척과 같이 배척의 종류도 다양하게 나뉘며, 배척의 주체 또한 개인과 사회, 국가 등 여럿으로 이루어진다.

반유대주의는 시장에서도, 학술원 상임위원회 모임에서도, 최고령 노인의 영혼 속에서도, 마당에서 노는 아이들의 놀이에서도 볼 수 있다. 반유대주의는 관솔불과 돛단배와 물레의 시대로부터 제트엔진과 원자로와 전자기기의 세기에 이르기까지 아무런 손상 없이 자리를 옮겨왔다.

반유대주의는 그 자체로 목적인 경우가 없다. 유대인 배척은 언제나 수단이요, 출구 없는 갈등의 척도다.

반유대주의는 개개인, 사회 구조, 국가 체제가 스스로 가지는 결함의 거울이다. 유대인들을 비난해보라, 그러면 네가 무슨 죄를 지었는지 말해주리라!

심지어 자유를 위해서 싸우다가 실리셀부르그에 수감된 전사이자 농부 올레이니추끄[136]마저 조국의 농노제에 대한 증오를 폴란드인과 유대인들을 향한 적개심으로 표출했다. 심지어 천재적인 도스또옙스끼마저 러시아 어용상인과 농노제 지지자와 공장 소유주의 잔혹한 눈을 구별해내야 하는 곳에서 유대인 고리대금업자를

---

136 Semen Nikitich Oleĭnichuk(1798~1852). 뽀돌의 농노. 농노제를 비판하며 농노의 불행한 처지를 묘사한 책을 쓰고 낭독하다가 체포되어 실리셀부르그 감옥에 수감되었다.

보았다.[137]

나치는 자신들이 머릿속에서 만들어낸 유대인들에 인종주의의 특질 — 세계를 지배하려는 탐욕, 조국 독일에 대한 무관심 —을 부여함으로써 자신들 고유의 특질을 그들에게 덧입혔다. 하지만 이 역시 반유대주의의 여러 측면들 중 하나일 뿐이다.

반유대주의는 학문이나 상업이나 수공업이나 미술 등 모든 분야에 동등하게 적용되는 삶의 투쟁에서 자신들이 승리할 수 없음을, 자신들의 무능을 드러내는 표현 방식이다. 반유대주의는 인간의 무능을 드러내는 척도이다. 국가는 자신의 실패를 세계에 퍼져 있는 유대 민족의 책동 때문이라고 설명하려고 애쓴다. 하지만 이 또한 반유대주의의 여러 측면들 중 하나일 뿐이다.

반유대주의는 자신들이 가난하고 불행한 이유를 이해하지 못하는 민족 집단이 스스로의 자각성 결여를 드러내는 표현 방식이다. 무지한 이들은 그들 궁핍의 원인을 국가 구조와 사회 구조가 아니라 유대인 속에서 본다. 하지만 이 집단적 반감도 반유대주의의 여러 측면들 중 하나일 뿐이다.

반유대주의는 사회 저변에서 꺼지지 않고 타오르는 종교적 편견의 척도이다. 하지만 이것 역시 반유대주의의 여러 측면들 중 하나일 뿐이다.

유대인의 외모, 말투, 음식에 대한 혐오는 물론 생리적 반유대주의의 진정한 이유가 아니다. 유대인의 곱슬머리, 유대인의 몸짓에 대해 혐오감을 느끼며 말하는 사람도 무리요[138]의 그림 앞에서는 소

---

137 도스또옙스끼는 대지주의자로 산업자본과 금융자본을 차지한 유대인 가문에 반감을 가졌고 작품에도 종종 유대인에 대한 경멸을 내비쳤다.
138 Bartolomé Esteban Murillo(1617~82). 스페인 세비야 태생의 대표적인 바로크

년들의 검은 곱슬머리에 감탄하고, 아르메니아인의 목구멍에서 나오는 소리와 몸짓 들에 무심하며, 푸른 입술의 흑인을 친근하게 쳐다보지 않는가!

반유대주의는 소수민족이 겪어온 일련의 박해들 중에서도 특수한 현상이다. 이는 유대인의 역사적 운명이 고유하고도 특수하게 형성되었다는 사실에서 비롯한다.

사람의 그림자가 그 주인의 모습을 상상하게 하듯, 반유대주의는 유대 민족의 역사적 운명과 그 행보에 대해 상상하게끔 한다. 유대 민족의 역사는 세계 정치와 종교의 많은 문제들과 얽히고 결합되었다. 이것이 소수민족인 유대 민족의 첫번째 특징이다. 유대인들은 세계의 거의 모든 국가에서 살고 있다. 소수민족이 이렇게 예외적으로 광범위하게 지구의 두 반구에 걸쳐 퍼져 있는 현상이 유대 민족의 두번째 특징이다.

상업자본이 만개했던 시절에 유대인들은 상인이었고 고리대금업자였다. 산업이 번성하던 시절에 유대인들은 기술과 산업에서 두각을 나타냈다. 핵의 세기에 이른 지금, 적지 않은 수의 재능 있는 유대인들이 핵물리학 분야에 종사한다.

혁명 투쟁의 시기에는 많은 유대인들이 뛰어난 혁명가로 활동했다. 이들, 사회적으로나 지리적으로나 변방에 내몰리지 않은 이 소수민족은 이데올로기적 힘과 생산력의 발달에 있어 주도적인 역할을 짊어지기를 선택했다. 이것이 유대 민족의 세번째 특징이다.

유대 민족의 일부는 국가에 동화되어 그곳 거주민 속으로 녹아들어간다. 하지만 유대 민족의 민중적이고 광범위한 기저에는 언

화가. 꽃을 든 소녀, 거리의 부랑아, 걸인 등을 그린 생기 넘치고 사실적인 그림으로 당대의 광범위한 일상을 보여주었다.

어, 종교, 관습과 관련한 민족적인 요소들이 보전되어 있다. 반유대주의는 동화된 유대인 일부에게 비밀스러운 민족주의와 종교적 지향을 덧씌워 폭로하고, 수공업과 육체노동에 종사하는 유대인 일부에게 혁명과 산업 경영과 원자로와 주식회사와 은행 창립에 참여한 이들의 책임을 전가하는 일종의 법칙을 만들었다.

이러한 특성들은 다른 민족에도 개별적으로 나타난다. 하지만 이 모든 특성들을 한꺼번에 지닌 것은 유대 민족뿐이다.

반유대주의는 이러한 특성들 역시 반영하였고, 세계의 정치적, 경제적, 이데올로기적, 종교적 문제들과 역시 융합시켰다. 이것이 바로 반유대주의의 무시무시한 특징이다. 그렇게 반유대주의라는 장작더미의 불이 역사의 가장 무서운 시대를 비추고 있다.

르네상스가 중세 가톨릭의 황무지 속으로 들이닥쳤을 때 암흑 세계는 종교재판의 장작불을 지폈다. 그 불은 악의 힘만이 아니라 악의 힘이 파멸하는 장면도 비추었다.

20세기에는 낙후되고 불운한 국가들의 고루한 민족주의적 체제가 아우슈비츠와 루블린과 트레블린카의 시체 소각장에 쌓인 장작더미에 불을 지폈다. 파시즘의 일시적 승리를 비출 뿐만 아니라 파시즘의 파멸을 세계에 예고하는 불빛이었다. 피할 길 없는 파멸의 운명을 앞두고 전 세계가, 반동적이고 실패한 국가들의 정부들도, 실패한 자신들의 삶을 개선해보고자 하는 개인들도 죄다 반유대주의를 향해 달려들었다.

지난 이천년 사이 자유와 인간성이 제 투쟁의 수단으로 반유대주의를 이용한 적이 있었던가? 혹시 있었을지도 모르지만, 나는 그런 경우를 알지 못한다.

반유대주의의 형태는 실로 다양하다. 먼저, 비교적 무해한 일상의 반유대주의가 있다. 이는 세상에 시기하는 바보들과 실패자들이 존재함을 증명한다.

민주주의국가에서는 사회적 반유대주의가 생겨날 수 있다. 이는 이런저런 반동적 그룹들을 대표하는 언론과 그들의 활동, 예컨대 유대인 노동이나 유대인 상품을 거부하는 행위에, 반동주의자들의 종교와 이데올로기 속에 나타난다.

사회라는 것이 존재하지 않는 전체주의국가에서는 반유대주의가 국가적 차원에서 일어난다. 국가적 반유대주의는 국가가 바보들, 반동주의자들, 실패자들에게, 미신을 믿는 자들의 무지와 배고픈 자들의 분노에 의존하고 있음을 드러내는 반증이다. 이러한 반유대주의는 종종 차별적 태도로 시작된다. 국가는 선거의 권리로부터, 좋은 직업과 높은 직책을 차지할 권리로부터, 교육기관에 들어가고 학문적 칭호와 학위를 얻을 권리로부터 유대인들을 배척한다.

그다음, 국가적 반유대주의는 말살로 이어진다.

전 세계적 반동이 자유의 세력에 맞서 치명적인 투쟁에 돌입하면 반유대주의는 국가의, 당의 이데올로기가 된다. 이것이 바로 20세기에, 파시즘의 시대에 일어난 일이다.

33

새로 형성된 부대들이 어둠을 틈타 비밀스레 스탈린그라드 전선군으로 이동했다……

스탈린그라드 북서쪽, 돈강의 중류에 새로운 전선군의 무력이 집중되며 점점 강화되었다. 수송열차들은 초원 바로 옆에 건설된 새 철도에서 짐을 내렸다. 밤새 시끄러운 소음을 내던 쇠의 움직임은 날이 밝자마자 죽은 듯 멈추었고, 가벼운 먼지 안개만 초원 위에 머물러 있었다. 낮 동안 대포의 총신들은 마른 잡초와 짚단 더미들로 덮였다. 가을 초원과 하나가 된 대포의 총신들보다 더 고요한 존재는 세상에 없으리라. 비행장의 전투기들은 죽은, 기운이 다한 곤충들처럼 날개를 활짝 편 채 거미줄 같은 위장망에 덮여 있었다.

이들이 이루는 세모꼴과 마름모꼴과 원의 형태는 나날이 빽빽해졌고, 숫자들—세상에서 단 몇 사람밖에 볼 수 없는 지도 위의 번호들—이 이루는 그물 또한 점점 더 촘촘해졌다. 새로운 남서전선군의 새로운 부대들이 형성되고 집결해 이제 공격군으로서 출발선 앞에 나오려는 참이었다.

한편 볼가의 왼쪽 강변을 따라 황량한 염토 초원을 통과해서 연기 자욱하고 폭발음과 총격 소리가 으르렁대는 스딸린그라드 옆을 지나며, 전차편대와 포병사단들이 강의 고요한 작은 만들을 향해 남쪽으로 행군했다. 볼가강을 건너간 후 군대는 깔미끄 초원의 염수호 지대에 주둔했고, 이제 수천명의 러시아인들이 '바르만짜끄'나 '짜짜' 같은 낯선 이름을 입에 올렸다. 이렇게 독일군의 오른쪽 어깨에 있는 깔미끄 초원에 병력의 집결이 이루어졌다. 스땁까에서는 파울루스의 스딸린그라드 사단들을 겨냥한 포위 준비가 한창이었다.

구름과 별 아래 노비꼬프의 전차군단이 기선과 나룻배, 바지선에 올라 스딸린그라드 남쪽이자 깔미끄 초원이 자리한 오른쪽 강변으로 건너온 때는 깜깜한 가을밤이었다……

수천명의 사람들이 장갑 철판에 하얀색으로 적힌 러시아 전쟁 영웅들의 이름 '꾸뚜조프' '수보로프' '알렉산드르 넵스끼'[139]를 보았다. 수백명의 사람들이 무거운 러시아 대포들과 폭탄들을, 미국에서 대여한 닷지와 포드 화물차의 대열을 보았다.

그럼에도 스딸린그라드 북서쪽과 남쪽을 공략한 이 거대한 병력 집단의 집결은 비밀리에 진행되었다.

도대체 어떻게 이런 일이 가능했을까?

독일인들 또한 이 거대한 움직임에 대해 알고 있었다. 이 움직임을 숨기기란 초원을 지나가는 사람에게 초원의 바람을 숨기는 것처럼 불가능한 일이었다.

독일인들은 스딸린그라드로의 병력 이동에 대해 알고 있었지만 스딸린그라드 공격에 대해서는 알지 못했다. 만일 러시아 군대의 집결지들을 잘 들여다보았다면 독일 중위 누구라도 이 소비에뜨 러시아의 일급비밀을 간파해낼 수 있었으리라. 그런데도 여전히, 스딸린그라드의 독일군 포위 작전은 독일 중위들과 야전 사령관들에게 갑작스러운 일이었다.

도대체 어떻게 이런 일이 가능했을까?

스딸린그라드는 계속 버텼다. 대규모 전투 병력이 동원되었음에도 불구하고 독일 측은 여전히 결정적 성공을 거두지 못했다. 스딸린그라드 연대에 남아 있던 고작해야 수십명에 불과한 붉은군대 병사들, 끔찍한 전투의 힘겨운 무게를 짊어진 이 극소수 인원이 독일군의 모든 계산을 혼란에 빠뜨렸다.

적은 자신들이 한줌의 사람들에 의해 산산조각 나고 있음을 상상하지 못했다. 소련 예비부대들이 방어 병력을 지원하고 보급품

---

139 Aleksandr Yaroslavich Nevskii(1220~63). 러시아의 국민적 영웅. 1242년 뻬이뿌스호 전투에서 튜턴 기사단을 상대로 승리를 거두었다.

을 공급하기 위해 모이는 것이라 생각했다. 소련 군대의 진정한 전략가는 볼가강 사면에서 파울루스 사단들의 공격에 맞서 싸우던 이 극소수의 병사들이었다.

그러나 역사의 가차 없는 교활함은 더욱 깊숙이 감추어져 있었다. 그 깊숙한 곳에서, 전쟁의 목적인 자유가 역사의 교활한 손가락에 닿아 전쟁의 수단으로 변질되고 있었다.

34

노파는 마른 갈대를 한아름 안고 집을 향해 걸어갔다. 온통 근심으로 가득한 얼굴을 한 채, 먼지로 덮인 지프차를 지나고 방수포가 씌워진 참모부 전차를 지나갔다. 피골이 상접한 몸에 둔하고 느릿한 노파, 자신의 집 판자벽에 기대어 세워진 전차를 지나 걸어가는 노파에게서 특별한 것이라곤 전혀 찾을 수 없었다. 하지만 이 노파와 가림막 뒤에서 소젖을 짜고 있는 그녀의 딸에게, 또 손가락으로 코를 후비며 암소의 젖꼭지에서 우유가 솟아나오는 모습을 주시하는 밝은색 머리칼의 손자에게, 초원에 주둔하는 군대들과의 연결 고리보다 더 중요한 것은 세상에 없었다.

군단과 군 참모부의 소령들, 거무스름한 목판 성상화 아래서 담배 연기를 뿜는 장군들, 장군들을 위해 뻬치까에 양고기를 굽는 요리사들, 헛간에서 롤과 핀으로 컬을 말아올리는 전화교환원들, 마당의 양철 세숫대야 앞에서 한쪽 눈으로는 거울을 보고 다른 쪽 눈으로는 혹시 독일 공군이 날아오지 않는지 하늘을 살피며 면도하는 운전병들. 이 모든 사람들, 그리고 강철과 전기와 휘발유로 이루어진 전쟁이라는 세계 전체가 이곳 초원 마을의 부락과 농가에는 이미 오랫동안 삶의 뗄 수 없는 일부였다.

노파는 오늘 저 전차 속에 들어간 젊은이들과 지난여름 도보로 행군하다가 잠자리를 청한 이들, 그러나 내내 두려워하며 잠 못 이루고 밖을 살피곤 하던 젊은이들 사이에 존재하는 끊이지 않는 연결 고리를 알아볼 수 있었다.

깔미끄 초원 작은 마을의 이 노파와 우랄의 예비부대 전차군단 참모부로 끓는 소리를 내는 구리 사모바르를 가져다준 노파, 또 6월에 보로네시 근교에서 연대장에게 바닥에 짚을 깔아준 뒤 작은 창문에 비치는 붉은 화염을 돌아보며 성호를 긋던 노파 사이에도 끊이지 않는 연결 고리가 존재했다. 하지만 그 연결은 이제 너무도 일상적인 것으로 자리 잡아, 부지깽이를 들고 난로를 지피러 집에 들어가는 노파도 현관으로 나오는 연대장도 이를 깨닫지 못했다.

경이롭고 숨 막히는 적막이 깔미끄 초원 위에 머물러 있었다. 이날 아침 운터 덴 린덴[140]에 잠들어 있는 이들은 러시아가 이곳에서 얼굴을 서쪽으로 돌려 공격과 전진을 준비하고 있다는 사실을 짐작이나 할까?

노비꼬프가 현관에서 운전병 하리또노프를 불렀다.

"외투를, 내 것과 꼬미사르 것을 다 챙기게. 늦게 돌아올 걸세."

게뜨마노프와 네우도브노프도 현관으로 나왔다.

"미하일 뻬뜨로비치," 노비꼬프가 말했다. "무슨 일이 생기면 까르뽀프에게 알리시오. 15시 이후에는 벨로프와 마까로프에게 연락하면 됩니다."

---

140 독일 베를린의 큰 거리 중 하나. 나치 수뇌부의 건물들이 많았다.

"여기서 무슨 일이 생길 리가요." 네우도브노프가 말했다.

"모르죠, 혹 사령관이 들이닥칠지도."

그 순간 작은 새 같은 점 두개가 태양에서부터 마을 방향으로 갈라지며 날아오기 시작했다. 곧 이들이 발하는 굉음과 재빠른 돌격에 미동 없는 초원의 적막이 깨어질 터였다.

하리또노프는 자동차에서 벌떡 일어나 헛간 벽 아래로 미친 듯이 내달렸다.

"너, 바보야? 같은 편도 못 알아보냐?" 게뜨마노프가 소리쳤다.

이 순간 비행기 한대가 마을로 일제사격을 퍼붓기 시작하고, 다른 비행기가 폭탄을 투하했다. 굉음에 귀가 먹먹했다. 한 여자가 찌르는 듯한 비명을 내지르고 어린애가 울음을 터뜨렸다. 폭격을 맞아 공중으로 튀어오른 흙더미들이 이곳저곳에 툭툭 떨어졌다.

노비꼬프는 폭탄이 떨어지는 소리를 듣고 몸을 숙였다. 일순 모든 것이 먼지와 연기 속에 뒤죽박죽되었다. 옆에 있는 게뜨마노프만 간신히 알아볼 수 있을 정도였다. 곧 먼지 안개 속에서 네우도브노프의 형체가 드러났다. 그곳에 있는 이들 가운데 몸을 굽히지 않은 사람은 그 하나뿐이었다. 네우도브노프는 두 어깨를 펴고 고개를 든 채 마치 나무로 깎은 듯이 서 있었다.

게뜨마노프가 다소 창백한 얼굴로, 그러나 유쾌하고 호기롭게 바지의 흙먼지를 털어내며 말했다. "별일 아니야. 좋아, 다들 잘 버텼군. 바지도 젖지 않은 것 같고. 우리 장군님은 심지어 까딱도 안 하셨구먼."

이어 게뜨마노프와 네우도브노프는 깔때기 모양으로 파인 땅 주위로 흙이 얼마나 멀리 날아갔는지 살폈다. 멀리 떨어진 집들의 유리창은 박살이 났는데 놀랍게도 가까운 곳은 멀쩡했다. 여기저기 울타리가 넘어져 있었다.

노비꼬프는 폭탄이 터지는 모습을 처음 본 이들이 어떻게 반응하는지 궁금했다. 보아하니 다들 이 폭탄이 단 하나의 목적, 그러니까 게뜨마노프와 네우도브노프의 어린 자녀들을 아비 없는 자식들로 만들겠다는 목적으로 만들어져 공중으로 날아올랐다가 땅에 투하되었다는 사실에 무척이나 놀란 듯했다. 전쟁에서 사람들이 하는 일이 바로 이런 것임이 밝혀지는 순간이었다.

게뜨마노프는 자동차에 앉아 내내 공습에 대해서 이야기했다.

"뾰뜨르 빠블로비치, 그동안 수천번 폭격을 경험한 당신에겐 우습게 들릴지 모르지만 이게 내게는 첫 폭탄이오." 그러더니 그가 물었다. "말해보시오, 뾰뜨르 빠블로비치. 그 끄리모프라는 사람 말이오, 혹시 그자가 포로로 사로잡힌 적이 있소?"

"끄리모프? 그 사람에 대해서는 왜 묻소?"

"전선군 참모부에서 그에 관한 흥미로운 대화를 들었거든."

"포위된 적은 있지만 사로잡힌 적은 없을 거요. 근데 무슨 대화였소?"

노비꼬프의 질문을 듣지 못했는지 게뜨마노프는 하리또노프의 어깨를 건드리며 말을 이었다. "여기 이 협곡 지나 큰길을 따라가면 아마 제1여단 참모부가 나올 걸세. 전선을 보는 내 눈은 틀림없지."

대화할 때 상대방을 염두에 두는 법이 없는 게뜨마노프에게 노비꼬프는 이미 익숙해져 있었다. 그는 무언가 이야기하기 시작했다가도 갑자기 질문을 던지고, 다시 이야기를 이어가다가 또다른 질문으로 화제를 돌리곤 했다. 사고가 아무 규칙 없이 지그재그로 종횡하는 것으로 보였다. 하지만 실상은 그렇지 않았고, 그렇게 보일 뿐이었다.

게뜨마노프는 아내와 자식들에 대해 자주 이야기했고, 두꺼운 가족사진 묶음을 몸에 지니고 다녔다. 사람을 시켜 우파로 두번이나 소포를 보내기도 했다.

한편 이곳에서 그는 위생부대 소속의 성질 고약한 의사 따마라 빠블로브나와의 관계를, 그것도 상당히 진지한 관계를 시작한 참이었다. 어느날 아침에는 베르시꼬프가 한탄하듯 노비꼬프에게 말했다.

"연대장 동지, 그 의사가 꼬미사르 처소에서 밤을 보냈어요. 새벽에 나가더라고요."

"자네가 상관할 바 아니네, 베르시꼬프." 노비꼬프는 대꾸했다. "자넨 내 사탕이나 몰래 집어가지 말라고."

게뜨마노프는 따마라 빠블로브나와의 관계를 숨기지 않았다. 지금, 대초원 한가운데서 그가 어깨로 노비꼬프를 밀며 조용히 속삭였다.

"뾰뜨르 빠블로비치, 어떤 녀석이 우리 여의사를 사랑하게 되었다오." 그러고는 다정하면서도 애처로운 눈으로 그를 바라보는 것이었다.

"바로 꼬미사르군요." 노비꼬프는 대답하고 조심하라는 듯 눈으로 운전병을 가리켰다.

"뭐 어떻소? 볼셰비끼가 사제도 아니고." 게뜨마노프가 여전히 소리를 죽여 말을 이었다. "그래, 내가 그 여자를 사랑하게 되었다오. 늙은 바보지."

그러고서 몇분쯤 그들은 말이 없었다. 잠시 뒤 게뜨마노프는 방금 전까지 그들 사이에 오가던 친밀한 대화가 아예 기억나지 않는다는 듯 무뚝뚝한 말투로 내뱉었다.

"당신은 도무지 살이 빠지지 않는군, 뾰뜨르 빠블로비치. 전방

생활이 체질인 모양이오. 당신과 달리 난 당 내부 활동에 적합한 사람이지. 가장 어려운 시기에 주위원회로 왔다오. 다른 사람이라면 아마 폐병을 얻었을 거요. 곡물 계획이 좌절되어 스딸린의 전화를 두번이나 받았지만, 그래도 휴양지에 있는 양 살이 찌더군. 여기서는 당신이 딱 그런 상태야."

"글쎄, 내게 진짜 잘 맞는 곳이 어디인지는 모르겠소." 노비꼬프가 대꾸했다. "아마도 전쟁터인 것 같긴 하지만." 그는 웃으며 말을 이었다. "사실 무슨 재미있는 일이 생기면 제일 먼저 예브게니야 니꼴라예브나에게 이야기해줘야겠다는 생각이 들더군. 아까 꼬미사르와 네우도브노프에게 처음으로 독일군 폭탄이 떨어졌을 때도 아, 그녀에게 들려줘야지, 하는 생각이 떠올랐소."

"정치 보고서를 작성하듯이 말이오?" 게뜨마노프가 물었다.

"바로 그거요." 노비꼬프가 말했다.

"아내라……" 게뜨마노프가 말했다. "그렇겠지, 누구보다 가까운 사람이니까."

여단 주둔지에 이르러 그들은 차에서 내렸다.

노비꼬프의 머릿속에는 늘 사람들과 그들의 이름, 주둔지의 명칭, 과업들과 과제들, 명령과 취소된 명령, 그 결과의 명확성과 불확실성에 대한 생각들이 길게 이어졌다.

그는 한밤중에 갑자기 잠에서 깨어나 괴로운 상념에 짓눌리곤 했다. 어찌할 수 없는 회의가 그를 휩싸는 것이다. 조준수의 가늠자에서 벗어날 정도로 먼 곳에 포를 쏘아야 할까? 부대 지휘관들이 전투 상황의 변화에 대응해 빠르고 정확하게 판단을 내리고 독립적으로 결정해 명령을 내릴 수 있을까?

그런 다음엔 전차들이 줄을 이어 독일-루마니아 방어선을 돌파한 뒤 저공폭격기, 자주포, 차량화부대, 공병들과 합세하여 도강 지점과 교량들을 장악하고 지뢰밭을 지나 방어 거점을 제압해가며 서쪽으로 점점 더 멀리 질주하는 모습이 떠올랐다. 그렇게 행복한 흥분 상태에서, 벗은 발을 침대 아래로 내려뜨린 채 행복의 예감에 힘겨운 숨을 몰아쉬며 어둠 속에 앉아 있곤 했다.

그는 밤마다 이어지는 자신의 생각에 대해 게뜨마노프와 이야기를 나누고 싶지 않았다. 초원에 온 지금, 그는 우랄에 있을 때보다 훨씬 더 자주 게뜨마노프와 네우도브노프를 향한 분노를 느꼈다.

'다 된 만두가 이렇게 두 사람의 입으로 들어가는군.' 노비꼬프는 생각했다.

그는 이미 1941년의 그가 아니었다. 그는 전보다 더 많이 마셨다. 전보다 더 자주 쌍욕을 내뱉고 화를 냈다. 한번은 연료 보급과장에게 화가 나 팔을 확 쳐들기까지 했다. 그는 사람들이 자신을 두려워한다는 걸 알았다.

"내가 전쟁터에 잘 어울리는 인간인지 모르겠소." 그가 다시 입을 열었다. "내가 제일 바라는 건 사랑하는 여자랑 숲속 오두막에서 지내는 거요. 사냥 나갔다가 저녁에 돌아오면 여자는 식사를 만들어놓고, 밤에는 침대로 가서 자는 거요. 하지만 전쟁이 도무지 내버려두질 않는군."

게뜨마노프는 고개를 기울인 채 주의 깊게 그를 살펴보았다.

제1여단의 지휘관 까르뽀프 대령이 야전 방송국 옆에서 두 사람을 맞이했다. 부풀어오른 뺨에 빨간 머리, 정말이지 새빨간 머리를 한 이들에게서만 볼 수 있는 찌를 듯 선명한 푸른 눈을 가진 남자였다.

그의 전쟁 경험은 한동안 북서전선의 전투들과 관련되어 있었다. 그곳에서 까르뽀프는 여러차례 자기 전차를 땅속에 묻어 움직일 수 없는 화력 지점으로 바꾸어놓았다.

그는 노비꼬프와 게뜨마노프와 나란히 제1연대 주둔지를 향해 걸어가면서 자신이 주 책임자라는 사실도 보여줄 수 있었다. 그토록 그의 거동에는 서두름이 없었다.

체구만 보면 맥주와 음식을 즐기는 호인일 것 같지만 사실 본성은 달랐다. 그는 말이 없고 냉정하며 의심이 많고 속이 좁았다. 그는 손님을 대접하지 않는 인색한 사람으로 유명했다.

게뜨마노프는 참호를 성실하게 파고 전차와 무기 들을 제대로 잘 감추어두었다며 그를 칭찬했다.

여단 지휘관은 전차 공격의 위험 방향과 측면 공격의 가능성까지 모두 고려했다. 다만 그가 생각하지 않은 것이 있었으니, 다가오는 전투에서 여단이 재빨리 방어선을 돌파하고 추격을 시작해야 한다는 점이었다.

잘했다고 추켜세우는 게뜨마노프의 몸짓과 말에 노비꼬프는 짜증이 치밀었다.

게다가 까르뽀프는 마치 일부러 그의 짜증을 부채질하는 양 떠들어댔다. "대령 동지, 제가 한 말씀 드려도 될까요? 오데사 근교에서 우리가 참호를 아주 제대로 팠습니다. 저녁때 반격해서 루마니아군 대갈통을 부숴버리고, 밤에는 군단장의 명령에 따라 방어군 전체가 하나로 뭉쳐 항구로 가 배에 올랐죠. 루마니아군은 아침 10시가 되어서야 이를 알아차리고 부서진 참호들에 공격을 퍼부었어요. 그때 우린 벌써 흑해 바다를 떠가고 있었는데 말입니다."

"여기서는 텅 빈 루마니아 참호들 앞에 남아 있지 않도록 주의해야 할 거요." 노비꼬프가 말했다.

공세 때 까르뽀프가 적의 전투력과 방어 거점을 뒤로한 채 밤낮으로 앞서나갈 수 있을까? 머리와 뒷덜미와 옆구리를 총격에 드러낸 채 오로지 추격의 열정에 사로잡혀 뚫고 나아가야 할 텐데, 그에게서는 그럴 만한 성정을 찾아볼 수 없었다.

주위는 온통 지나간 여름의 열기를 머금고 있는데 공기가 아주 쌀쌀한 것이 이상했다. 전차병들은 병사들이 통상 하는 일을 하고 있었다. 어떤 이는 전차에 앉아 위에 붙여둔 작은 거울을 들여다보며 면도를 하고, 어떤 이는 무기를 청소하고, 또 어떤 이는 편지를 쓰고, 그 옆에서는 몇몇이 방수포를 펼쳐 카드놀이를 하고, 다른 대부분은 의무병 여자들 곁에서 입을 벌린 채 서 있고…… 거대한 대지 위, 거대한 하늘 아래 펼쳐진 이 일상적인 광경의 모든 면면에 초저녁의 우울이 깃들어 있었다.

이때 대대장이 제복을 추스르며 상관들에게 달려와 쩡쩡 울리는 목소리로 외쳤다. "대대, 차려!"

"쉬어, 쉬어!" 노비꼬프가 그와 경쟁하듯 대답했다.

꼬미사르가 지나가며 던지는 말 한마디 한마디에 곳곳에서 웃음소리가 일었고, 전차병들은 유쾌한 얼굴로 서로를 마주 보았다. 꼬미사르는 그들에게 우랄 여인들과의 작별을 어떻게 견디고 있는지, 편지들은 많이 쓰는지, 『별』[141]이 초원으로 정확하게 배달되는지 물었다.

꼬미사르는 보급장교에게 핀잔을 주었다. "오늘 전차병들이 뭘 먹었나? 어제는? 그제는? 자네도 이들처럼 사흘 내내 보릿가루에 시퍼런 토마토를 넣고 쑨 죽을 먹었나? 자, 그럼, 취사병 좀 불러오

---

141 군사 신문 『붉은 별』을 말한다.

게." 전차병들이 웃는 가운데 그는 말을 이었다. "오늘 저녁식사로 보급장교에게 무슨 요리를 준비했는지 알아봐야겠어."

게뜨마노프의 전차병들의 일상에 대한 질문도, 어찌 보면 훈련 지휘관을 질책하기 위한 것이 아닐까 싶었다. '당신들은 늘 기술, 그저 기술에 대해서만 신경 쓰지.'

먼지 뿌연 방수 장화를 신고 찬물에 빨래하는 세탁부처럼 빨간 손을 한 깡마른 보급장교는 이따금씩 기침을 하며 게뜨마노프 앞에 서 있었다. 노비꼬프는 그가 안쓰럽다는 생각에 입을 열었다.

"꼬미사르 동지, 같이 벨로프에게 갑시다."

게뜨마노프는 전쟁 전부터 훌륭한 대중 공작원이자 지도자로 통하는 사람이었다. 그가 이야기를 시작하면 사람들은 웃기 시작했다. 그 허물없고 생생한 말투와 조야한 단어들이 주위원회 서기와 작업복 차림의 허름한 군중 사이에 놓인 벽을 단번에 허물곤 했다.

그는 늘 일상적 관심거리로 파고들었다. 급료는 밀리지 않는지, 농민 상점과 노동자 소비조합에 부족한 물품들은 없는지, 숙소는 난방이 잘 되는지, 야영지에서 부엌은 제대로 돌아가는지……

특히 그는 나이 든 여성 공장노동자들과 농장원들을 상대로 더없이 자연스럽게 이야기를 나누었다. 그들에게는 이 사람이야말로 당 서기나 보급부 직원이나 노동공급부 직원이나 공동 숙소 관리인이나 공장장이나 엠뻬에스 소장이 노동자의 관심거리를 무시할 때 유일하게 나서서 지독하게 따지고 드는 진정한 인민의 하인이었다. 그가 농부의 아들이고 그 자신이 한때 공장 작업장에서 철공으로 일한 적도 있었다는 점을 노동자들은 피부로 느꼈다. 한편 주위원회 집무실에서 그는 늘 국가 앞에서의 책임을 염려했고, 모스끄바의 걱정거리가 그의 주된 걱정거리라는 점을 공장 책임자들과 농촌 지역위원회의 서기들은 잘 알았다.

"국가의 계획을 좌절시키는군. 당원증을 책상 위에 내놓고 싶나? 당이 자네를 신임했다는 거 알고 있나? 당장 해명하지 못하겠나?" 그가 입버릇처럼 하는 소리였다.

그의 집무실에서 사람들은 웃지도 농담하지도 않았고, 공동 숙소의 온수나 작업장 조경에 대해서도 이야기하지 않았다. 그의 집무실에서는 혹독한 생산계획들이 승인되고 생산 기준량에 대한 토론이 오갔으며, 주택 건축은 아직 더 기다려야 한다는 이야기가, 일단은 허리띠를 더 졸라매야 한다는 이야기가, 원가를 더 단호하게 절감하고 소매가격은 더 올려야 한다는 이야기가 오갔다.

게뜨마노프의 능력은 그가 주위원회에서 회의를 주재할 때 특히 두드러졌다. 사람들은 모두 각자의 의견과 요구를 주장하기 위해서가 아니라 게뜨마노프에게 협조하기 위해 회의실로 왔고, 회의의 전 과정은 게뜨마노프의 박력과 두뇌와 의지에 의해 미리 결정되어 있는 듯했다.

그는 상대의 고분고분한 반응을 확신한 채, 낮은 목소리로 천천히 이야기했다. "각자의 지역에 대해 얘기 좀 해보시오, 동지들. 농업 기술자에게 발언권을 줍시다. 좋소, 뾰뜨르 미하일로비치, 자네가 보충 발언을 한다면, 라즈꼬의 얘기도 들어봅시다. 아, 이 분야에서 그자는 그리 흡족스럽지 않아요. 로지오노프, 보아하니 자네도 한마디 하고 싶은 모양이군. 내 생각에, 동지들, 문제는 분명하오. 이제 마무리할 시간이군. 반대는 없을 듯하오. 자, 동지들, 여기 결의안이 준비되어 있소. 읽어보시오, 로지오노프." 그러면 뭔가 의문을 품고 심지어 논쟁까지 각오하던 로지오노프는 자신이 제대로 읽고 있는지 확인하듯 때때로 의장을 바라보면서 열심히 결의

안을 낭독하는 것이다. "자, 과연 반대는 없군요."

하지만 가장 놀라운 것은, 지역위원회 서기들에게 계획안을 요구할 때도, 집단농장에서 노동일을 계산해 급료를 주면서 마지막 몇 그램의 빵을 잘라버릴 때도, 노동자들 급료를 삭감할 때도, 원가 절감을 외칠 때도, 소매가격을 인상할 때도, 감동 어린 목소리로 마을 여자들의 힘든 삶에 대해 토로하고 공동 숙소의 열악함을 개탄할 때도, 게뜨마노프가 늘 진실한 태도로 임하며 자신의 모습을 있는 그대로 드러내는 듯 보인다는 점이었다.

이는 이해하기 어려운 일이지만, 인생에서 쉽게 이해되는 일이 어디 있는가.

노비꼬프와 함께 자동차로 걸어가면서 게뜨마노프는 그들을 배웅하는 까르뽀프에게 농담조로 말했다.

"식사는 벨로프의 숙소에 가서 해야겠군. 당신과 당신네 보급장교한테서는 제대로 된 식사를 기대하기 어려우니 말이오."

"여단 꼬미사르 동지," 까르뽀프가 말했다. "전선군 식량부에서 보급장교에게 아직 아무것도 보내지 않았습니다. 어차피 그 친구는 복통이 심해 아무것도 먹지 못하는 상태고요."

"아프시다고, 아이고, 그거 안됐구먼." 게뜨마노프는 하품을 한 뒤 손을 내저었다. "어쩔 수 없군. 그럼 갑시다."

벨로프의 여단은 까르뽀프의 여단에 비해 서쪽으로 상당히 전진해 있었다.

평소 노비꼬프는 마른 체격에 코가 크고, 기병 같은 흰 다리와 기민한 머리, 속사포 같은 말투를 가진 벨로프를 마음에 들어 했다.

그는 마치 전차부대를 몰고 뚫고 들어가 돌격하기 위해 태어난 사람 같았다. 전투에 참가한 지 얼마 되지 않았지만—그는 지난해 12월에 모스끄바 근처에서 전차를 몰아 독일군 후방을 기습했다──성과는 괄목할 만했다.

하지만 오늘 노비꼬프의 불안한 눈에는 영 못마땅한 점만 부각되어 들어왔다. 이 여단장은 말처럼 술을 마셔대곤 하는데다 경박하고 여자를 밝히고 건망증이 심한 사람이었다. 부하들도 그를 그리 좋아하지 않는 듯했다. 게다가 벨로프는 방어 준비를 제대로 갖추어놓지 않았다. 그는 여단의 물질적, 기술적 보완보다 연료와 무기의 보충에만 관심이 있었다. 손상된 차체의 수리 및 대피 계획은 전혀 고려하지 않은 것 같았다.

"벨로프 동지, 우린 지금 우랄이 아니라 초원에 있소." 노비꼬프가 말했다.

"그렇지, 집시들처럼 천막을 치고 말이오." 게뜨마노프가 덧붙였다.

벨로프가 재빨리 대답했다. "공습에 대해서는 조치를 취했습니다. 제가 보기에 이런 후방에서 지상의 적은 큰 위협이 못 됩니다." 그는 한숨을 쉬고 말을 이었다. "저는 방어가 아니라 돌격을 원합니다. 제 마음이 울고 있습니다, 대령 동지."

"오, 용감하군, 용감해." 게뜨마노프가 말했다. "벨로프, 동지는 소련의 수보로프구먼. 진정한 지휘관이오." 그러더니 친근한 말투로 조용히 물었다. "정치부장에게서 자네가 위생부 간호사와 어울린다는 얘기를 들었네. 그게 정말인가?"

그 호의적인 어조에 벨로프는 질문의 부정적인 의미를 당장 이해하지 못하고서 되물었다. "아, 죄송합니다. 뭐라고 말씀하셨죠?" 그러나 게뜨마노프가 되풀이하기 전에 마침내 질문의 의도를 알아차리고 당황한 기색을 띠었다. "꼬미사르 동지, 그건 전장에 나온 남자의 문제입니다."

"하지만 자네에게는 아내와 아이가 있지."

"아이들요. 모두 셋입니다." 벨로프가 침울한 얼굴로 정정했다.

"그래, 세 아이들. 그거 알고 있나? 제2여단 지휘부가 좋은 대대장을 잃었네. 바로 그 남자의 문제 때문에 심각한 조처가 취해져 예비부대의 진군에 앞서 꼬빌린으로 대체되었지. 부하들에게 무슨 본보기인가, 응? 세 아이의 아버지인 러시아 지휘관이 말이야."

벨로프는 화가 치밀어 목소리를 높였다. "제가 그 여자를 억지로 범하지 않은 이상 아무도 상관할 문제가 아니지요. 저 이전에도, 꼬미사르 동지 이전에도, 심지어 꼬미사르 동지의 아버지 이전에도 수없이 많은 이들이 이런 본보기를 보였습니다."

게뜨마노프는 목소리를 높이지 않은 채 다시 거리감을 주는 경칭을 사용하기 시작했다. "벨로프 동지, 동지의 당원증에 대해 잊지 마시오. 동지의 상관이 동지에게 말할 때는 제대로 된 자세를 취하시오."

"죄송합니다, 여단 꼬미사르 동지." 벨로프는 이제 나무처럼 완전히 뻣뻣해져서는 대답했다. "무슨 말씀인지 알아들었습니다. 모두 인정합니다."

"동지의 전투적 성공에 대해서는 확신하고 있소. 군단장이 동지를 신임하니 사생활에 있어 스스로를 욕되게 하지 말도록 하시오." 그는 시계를 들여다보더니 노비꼬프에게 말했다. "뾰뜨르 빠블로비치, 나는 전선군 참모부로 가야 하오. 마까로프에게는 같이 못 가겠군. 벨로프 여단 자동차를 쓰겠소."

벙커에서 나온 뒤 노비꼬프는 참지 못하고 그에게 물었다. "뭡니까? 갑자기 또모치까[142]가 그리워지기라도 한 거요?"

얼음처럼 차가운 눈길이 잠시 그에게 머물렀고, 곧 불만스러운 목소리가 대꾸했다. "전선군 군사위원의 호출이오."

군단 참모부로 돌아가기에 앞서 마지막으로 노비꼬프는 그가 가장 좋아하는 지휘관인 마까로프에게 들렀다.

두 사람은 함께 대대들 중 하나가 주둔하고 있는 작은 호숫가로 향했다.

도무지 저 무거운 전차들을 지휘하는 사람의 것일 수 없어 보이는 우울한 눈과 창백한 얼굴을 한 마까로프가 천천히 입을 열었다. "대령 동지, 벨라루스의 그 습지 기억납니까? 독일군이 우리를 갈대숲으로 몰아냈을 때 말입니다."

노비꼬프는 벨라루스의 습지를 잊지 않고 있었다.

그는 까르뽀프와 벨로프에 대해 생각했다. 중요한 건 경험이 아니라 본성이야. 경험이 없는 지휘관들은 가르칠 수 있지만 본성은 어떻게 해도 바꿀 수가 없잖아. 추격 비행대 사람들을 공병대로 이동시키기란 불가능한 법. 모두가 마까로프처럼 방어와 추격 모두에 능할 수는 없는 노릇이야. 게뜨마노프가 당 활동을 위해 만들어진 자라면 이 사람, 마까로프는 군인이 되고자 태어난 자야. 절대로 이 사실을 바꿀 순 없지. 마까로프, 마까로프, 황금 전사!

노비꼬프는 마까로프로부터 보고나 정보를 듣고 싶어 하지 않았다. 그는 마까로프와 의논하며 의견을 나누려고 했다. 공세 때 보병부대와 차량화 보병부대, 공병대, 자주포부대 모두가 완전한 팀워크를 이루려면 어떻게 해야 할까? 공세 직후 적의 책략과 행동에 대한 예상이 과연 맞아떨어질까? 둘 모두 적의 전차 방어력에 대해

---

142 따마라의 애칭.

같은 평가를 내리고 있을까? 공격 한계선은 올바르게 정한 걸까?

그들은 대대 지휘부에 도착했다.

지휘부는 그리 깊지 않은 골짜기에 위치해 있었다. 대대장 파또프는 노비꼬프와 여단장을 보고 당황한 듯했다. 그런 고위직 손님들에게 참모부 벙커가 도무지 어울리지 않는다고 생각하는 모양이었다. 게다가 병사 하나가 화약으로 장작불을 붙이느라 벽난로에서 심히 기분 나쁜 소리가 나고 있었다.

"동지들, 유념합시다." 노비꼬프가 말했다. "우리 군단이 전체 전선군의 과제에서 가장 책임 있는 부분 중 하나를 맡았소. 나는 그중 가장 어려운 임무를 마까로프에게 할당하고, 내 생각에 마까로프는 자신이 맡은 임무 중 가장 까다로운 과제를 파또프에게 일임할 거요. 이 모든 임무를 어떻게 이루어낼지는 동지들 스스로 생각해야 하오. 전투에 관한 한, 나는 동지들에게 내 결정을 강요하지 않을 거요."

그는 파또프에게 연대 참모부나 중대 지휘관들과의 연락 조직에 대해서, 무선전신의 작동에 대해서, 탄약과 연료의 품질에 대해서, 모터 점검에 대해서 물었다.

그곳을 떠나기 전, 노비꼬프가 말했다. "마까로프, 준비됐소?"

"아직 완전히는 아닙니다, 대령 동지."

"사흘이면 충분하겠소?"

"충분합니다, 대령 동지."

노비꼬프는 자동차에 올랐다.

"어떤가, 하리또노프?" 그가 운전병에게 물었다. "마까로프 여단은 모든 게 제대로 돌아가는 것 같지?"

하리또노프가 곁눈으로 노비꼬프를 보며 대답했다. "물론입니다, 대령 동지. 아주 잘 돌아가고말고요. 식료품 보급대장은 취하도록 마셔대더니 대대에서 농축 식품을 받으러 왔는데 곯아떨어져 있더군요. 결국 대대 사람들은 열쇠를 찾지 못해 그냥 돌아갔습니다. 또 감독관한테 들었는데요, 중대장은 병사용 보드까를 받아다 자기 명명일을 축하한다고 죄다 마셔버렸답니다. 그리고 제가 여기서 짬을 내 자동차 바퀴를 좀 손보려고 했는데, 이 사람들은 심지어 접착제 하나 가지고 있지 않았어요."

35

참모부 이즈바 창문 밖을 응시하던 네우도브노프 장군은 먼지구름 속에서 군단장의 지프가 나타나는 것을 보며 반가움을 느꼈다.

어린 시절에도 그랬다. 어른들이 마실을 나가려고 하면 그는 집에 주인으로 혼자 남으리라는 사실에 즐거워하다가도, 문이 닫히자마자 도둑들과 화재가 눈앞에 어른거려 공포에 휩싸인 채 문과 창문을 오가며 귀를 기울이고 혹시라도 연기가 나지 않는지 코를 킁킁거리곤 했다.

혼자 남으면 여지없이 무력감이 찾아들었다. 세상의 큰일들을 처리하는 그의 능력은 여기서 좀처럼 통하지 않았다.

갑자기 적군이 기어들어온다면? 아닌 게 아니라, 참모부에서 전선까지는 불과 60킬로미터밖에 떨어져 있지 않았다. 직책을 빼앗겠다는 협박이나 인민의 적과 내통했다는 규탄은 여기서는 아무런 힘을 발휘하지 않을 것이다. 계속 밀고 들어오는 전차들을 대체 무슨 수로 막겠는가? 이 명백한 현실이 네우도브노프를 경악시켰다.

수백만 사람들을 굴복시키고 떨게 만드는 국가적 차원의 분노가 독일군을 코앞에 둔 이곳 전선에서는 한푼의 가치도 없었다. 독일인들은 설문지에 답하지도, 인민 회합에서 자기 이력을 읊어대지도, 1917년 이전에 부모가 무슨 일을 했는지 털어놓기를 두려워하며 움츠리지도 않았다.

그가 사랑하는 모든 것, 그것 없이 살 수 없는 모든 것, 그의 운명, 그의 자식들의 운명이 이미 위대하고 무시무시한 국가의 보호를 벗어나 있었다. 그리하여 그는 처음으로 지극히 소심하고도 호의적인 감정을 품은 채 대령을 기다리던 참이었다.

"장군 동지, 마까로프가 적격이오!" 노비꼬프가 참모부 이즈바에 들어서기 무섭게 말했다. "어떤 상황이건, 어떤 과제가 닥치건 모든 문제를 스스로 해결할 거요. 반면에 벨로프, 그 사람은 주위를 둘러보지 않고 앞으로만 나아가는 사람이오. 까르뽀프는 등을 떠밀어야 움직이는 굼뜨고 느린 사람이고."

"그래, 맞아요. 간부들이 모든 걸 결정하는 법이오. 지치지 말고 간부들을 살필 것, 그게 스딸린이 우리에게 가르치는 바요." 이어 네우도브노프는 생기 있게 덧붙였다. "그동안 내내 생각했는데, 까자끄촌에 독일 스파이가 있는 것 같소. 그 악당이 아침에 우리 참모부로 비행대를 보내도록 했을 거요."

그는 이제 참모부에서 있었던 일에 대해 이야기하기 시작했다.

"여기 우리에게로 이웃들과 증원부대의 지휘관들이 와서 모였소. 특별한 용무 없이, 그냥 알고 지내자고 방문했더군요."

"게뜨마노프가 전선군 참모부로 떠난 것이 유감스럽네요. 그는 왜 그리로 가게 된 걸까요?" 노비꼬프가 말했다.

함께 저녁을 먹기로 약속한 뒤, 노비꼬프는 몸을 씻고 먼지투성이 제복을 갈아입기 위해 숙소로 향했다.

까자끄촌의 큰길에는 인적이 거의 없었다. 폭탄으로 팬 구덩이 옆에 게뜨마노프가 묵는 농가의 주인 영감이 서 있을 뿐이었다. 노인은 마치 집안일에 필요해 일부러 구덩이를 파기라도 한 양 두 팔을 벌린 채 무언가를 가늠하고 있었다. 그와 가까워지자 노비꼬프가 물었다. "영감님, 여기서 뭘 그렇게 만지작거립니까?"

노인은 군인처럼 모자 밑에 경례를 붙이더니 말했다. "사령관 동지, 난 1915년에 독일군 포로로 잡혀가 어떤 여자 집에서 일했어요." 그가 구덩이를 가리키더니 이어 하늘로 손가락을 올리며 윙크했다. "틀림없이 내 사생아 녀석이 나를 찾아 날아왔던 거지요."

노비꼬프는 웃음을 터뜨렸다. "하하, 영감님도 참!"

그는 덧창이 내려진 게뜨마노프의 창문을 살핀 뒤 현관에 서 있는 보초에게 고개를 끄덕여 보였다. '게뜨마노프는 대체 왜 전선군 참모부에 갔을까? 무슨 용무로 그를 불렀지?' 일순 마음속에 불안이 어른거렸다. '그는 이중적인 사람이야. 사생활을 들먹이며 벨로프를 질책하다니. 그러곤 내가 따마라 얘기를 하자 얼마나 차갑게 굴었는지.'

전부 쓸데없는 생각이야. 노비꼬프는 누굴 의심하는 성격이 아니었다.

건물 모퉁이를 돌아가니 필경 지역 군사부에 의해 동원되었을 수십명의 젊은이들이 자그마한 풀밭에 모여 있는 것이 보였다. 그들은 우물가에서 쉬고 있었다.

청년들을 인솔하는 병사는 지쳐서 모자로 얼굴을 덮은 채 잠들었고, 그 옆에 꾸러미와 배낭 들이 수북하게 쌓여 있었다. 초원을 한참 걸어오느라 발을 혹사했는지 청년들 중 많은 이들이 신발을 벗은 채였다. 다들 아직 머리를 깎지 않아 멀리서 보면 학교 수업 중간에 나와 쉬고 있는 시골 학생들 같았다. 마른 얼굴, 가느다란 목, 짧은 아맛빛 머리칼, 아버지의 재킷과 바지로 고쳐 만든 옷, 모든 것이 어린 소년의 모습이었다. 그중 몇몇은 노비꼬프 자신도 한때 즐기던 아이들의 전통 놀이에 빠져 있었다. 눈을 가늘게 뜬 채 파헤쳐진 구덩이 쪽을 바라보다가 5꼬뻬이까짜리 동전을 던지는 청년들, 그리고 이를 구경하는 청년들에게서 아이답지 않은 것이 있다면 그들의 눈빛뿐이었다.

그들은 노비꼬프의 존재를 알아차리고 잠들어 있는 인솔자를 바라보았다. 상관이 곁을 지나갈 때 동전을 던져도 되는지, 제자리에 앉아 있어도 되는지 묻고 싶은 것 같았다.

"열심히, 열심히들 하시오, 용사들." 노비꼬프는 부드러운 저음으로 말하며 그들을 향해 손을 흔들고 지나갔다.

가슴을 찌르는 동정심, 스스로 혼란을 느낄 만큼 날카로운 동정심이 그를 휩쌌다. 저 마르고 커다란 눈을 한 어린애 같은 얼굴들, 저 시골의 가난한 옷차림이 그에게 갑자기 놀랄 만큼 분명한 사실을 일깨웠다. 아이들, 그저 어린애들 아닌가. 부대에서는 저 어린아이의 면면이, 인간의 면면이 군모 아래, 부동자세 속에, 장화의 삐걱임 속에, 훈련된 말과 동작 속에 감추어져 있지…… 그것이 여기서는 전부 그대로 보이네.

그는 집 안으로 들어갔다. 정말 이상하게도 오늘 그의 마음에 떠오른 생각과 인상, 복잡하고 무거운 모든 짐들 중에서도 가장 힘겨운 것은 바로 저 소년 모집병들과의 만남이었다.

"살아 있는 힘," 노비꼬프는 혼자서 중얼거리고 되풀이해 중얼거렸다. "살아 있는 힘, 살아 있는 힘."

군대 생활을 하는 내내 그는 상관 앞에서 기계나 무기를 잃어버리는 것에, 자동차나 모터나 탄약을 낭비하는 것에 대해 느끼는 두려움을 잘 알고 있었다. 그러나 살아 있는 힘의 커다란 손실을 동반하는 군사작전에 대해 상관들이 심각하게 분노하는 모습은 본 적이 없었다. 종종 상관은 더 높은 상관의 분노를 피하기 위해, 그저 어깨를 으쓱이고 두 손을 내보이며 "병사들 절반을 투입했는데도 방어 계선을 차지할 수 없었습니다……"라고 변명하기 위해 사람들을 화염 속으로 보냈다.

살아 있는 힘, 살아 있는 힘.

그는 살아 있는 힘을, 심지어 보신주의나 명령의 형식적인 이행을 위해서가 아니라 그저 교활함과 고집 때문에 포화 속으로 몰아대는 경우도 몇번이나 보았다. 전쟁의 가장 비밀스러운 비극은 한 인간이 다른 인간을 죽음으로 보낼 권리를 지닌다는 점이다. 그러한 권리는 모두가 공동의 대업을 위하여 포화 속으로 전진한다는 사실에 의해 유지되었다.

하지만 노비꼬프가 아는 어느 냉철하고 합리적인 장교는 전방 엔뻬[143]에 주둔할 때도 자기 습관을 지켜 매일 신선한 우유를 마셨다. 아침마다 병사가 적의 포화를 뚫고 제2열차에 가서 우유가 담긴 보온병을 가지고 왔다. 그 병사가 독일군에게 죽임을 당한 날, 노비꼬프가 아는 그 훌륭하신 분은 우유를 마시지 못했다. 그러나 다음 날이 되자 새로운 병사가 포화를 뚫고 가서 우유가 담긴 보온병을 가져왔다. 냉철하고 합리적일 뿐 아니라 사람 좋고 공정하며 배려심 깊은 그 사람은 우유를 마셨고, 병사들은 그를 아버지라 불

---

143 최전방 척후부대.

렀다. 이 모든 것을 도대체 어떻게 이해할 수 있겠는가.

얼마 안 있어 네우도브노프가 노비꼬프를 데리러 왔다. 노비꼬프는 작은 거울 앞에서 서둘러 머리를 빗으면서 말했다.

"장군 동지, 전쟁이란 여전히 끔찍한 것이군요. 아이들을 보충부대로 몰아온 것 보셨습니까?"

"봤지요." 네우도브노프가 말했다. "쓰잘머리 없는 코흘리개들이던데요. 내가 인솔자를 깨워 징벌부대로 보내겠다며 혼쭐을 냈소. 애들은 다 보내주고. 군부대가 아니라 무슨 술집처럼 난장판이더군."

뚜르게네프 소설에서는 종종 새로이 정착한 지주를 방문하는 이웃들의 모습이 묘사된다⋯⋯

어둠 속에서 참모부로 경차 두대가 다가오고, 주인들은 현관에서 손님들, 포병사단장, 곡사포연대장, 로켓포연대장을 맞으러 밖으로 나왔다.

⋯⋯사랑하는 독자여, 이 손을 잡고 내 이웃 따찌야나 보리소브나[144]의 영지로 함께 떠나주시길⋯⋯

포병사단장인 대령은 노비꼬프도 전선의 소문과 참모부의 소식을 통해 여러번 들어서 알고 있는 사람이었다. 그동안 노비꼬프는 그를 둥그런 얼굴에 홍조가 어린 젊은이의 모습으로 떠올리곤 했다. 물론 당연하게도 그는 등이 굽은 늙은이였다.

그러나 그의 눈만큼은 우연히 침울한 얼굴로 와서 박힌 양 유쾌했다. 종종 현명한 웃음을 지어 보이는 저 눈이야말로 대령의 본질

─────────────
144 뚜르게네프의 소설집 『사냥꾼의 수기』 중 한 단편에 등장하는 50대 여성의 이름.

이요, 주름과 침울한 기운과 굽은 등 같은 것은 눈에 우연히 딸려 있는 것만 같았다.

그에 비해 곡사포연대장 로빠찐은 포병사단장의 아들, 심지어 손자뻘은 되어 보였다.

한편 로켓포연대장 마기드는 피부가 거무스레하고 벌어진 윗입술 위에 검은 콧수염을 기른 사람이었다. 일찍 벗어지기 시작한 머리 때문에 이마가 높은 그는 꽤나 재기발랄하고 수다스러웠다.

노비꼬프는 벌써 차려져 있는 식탁으로 손님들을 안내했다.

"우랄의 인사를 받으시지요." 그가 식초와 소금에 절인 버섯이 담긴 접시들을 가리키며 말했다.

식탁 옆에 그림 같은 포즈로 서 있던 취사병은 긴장을 견딜 수 없었는지 갑자기 잔뜩 붉어진 얼굴로 숨을 몰아쉬다가 나가버렸다.

베르시꼬프가 노비꼬프에게로 몸을 기울이고는 식탁을 가리키며 무언가를 속삭였다.

"아, 물론 그래야지!" 노비꼬프가 대답했다. "내놓게. 보드까를 찬장에 가둬둘 이유가 뭔가?"

포병사단장 모로조프는 손톱으로 잔의 4분의 1에서 약간 높이 올라간 지점을 가리켜 보였다.

"이 이상은 절대 안 되오. 간 때문에."

"중령은 어떠시오?"

"난 괜찮습니다. 간이 워낙 건강해서. 가득 부어주시죠."

"우리 마기드는 진정한 까자끄 사람이지."

"당신 간은 어떻소, 소령?"

곡사포연대장 로빠찐은 얼른 손바닥으로 잔의 입구를 막았다.

"감사합니다만 전 마시지 않습니다." 하지만 그가 곧 손바닥을 떼며 덧붙였다. "건배만 하게 딱 한방울만 주십시오."

"로빠찐은 미취학 아동입니다. 사탕 과자나 좋아하죠." 마기드가 말했다.

그들은 공동 작업의 성공을 위해 건배한 뒤 잔을 비웠다. 곧이어, 늘 그렇듯 이 자리에 모인 모두가 평화 시절 학교나 군사 기관을 통해 공동의 지인들과 인연을 맺고 있다는 사실이 드러났다.

그들은 전선군의 수뇌부에 대해서, 또 차가운 가을 초원에 주둔하는 일의 힘겨움에 대해서 이야기를 나눴다.

"그래, 어떻습니까? 곧 결혼식이 있으려나요?" 로빠찐이 물었다.

"있을 거요." 노비꼬프가 대답했다.

"그래야지요. 까쮸샤[145]가 있다면야 결혼식도 있고말고." 마기드가 말했다.

마기드는 자신이 다루는 무기가 결정적인 역할을 하리라 확신했다. 보드까가 한잔 들어가니 그는 거드름을 피우는 호인이 되어 적당히 조롱 섞인 말을 던지는가 하면 회의적이고 산만한 태도를 보이기도 했다. 노비꼬프는 그가 몹시 싫어졌다.

최근 들어 노비꼬프는 예브게니야 니꼴라예브나가 전선의 이런저런 사람들을 본다면 어떻게 생각할지, 또 전선의 지인들은 그녀 앞에서 어떤 얘기를 하고 어떤 행동을 보일지 마음속으로 상상해보곤 했다.

보아하니 마기드는 제냐에게 달라붙어 거드름을 피우고 허풍을 떨며 온갖 일화들을 늘어놓을 것 같았다. 제 멋진 모습을 보여주려 애쓰는 마기드의 재치 있는 말들에 제냐가 실제로 귀를 기울이기

---

145 여기서 까쮸샤는 로켓포를 가리키기도 하지만 잘 알려진 노래 「까쮸샤」에서 사랑하는 남자를 기다리는 여성을 의미하기도 한다.

라도 한 양, 그는 불안과 질투의 감정을 느꼈다.

그래서, 자신 또한 그녀 앞에서 제일 멋진 모습을 보여주기 위해서 노비꼬프는 말을 시작했다. 곁에서 나란히 싸우는 이들에 대해 아는 것이 얼마나 중요한지, 그들이 전투 상황에서 어떻게 행동할 것인지 그는 이야기했다. 등을 떠밀어야 겨우 나아가는 까르뽀프와 붙잡아 진정시켜야 하는 벨로프, 그리고 공격과 방어의 상황에서 한결같이 빠르고 정확한 판단을 내리는 마까로프에 대해서도 이야기했다.

그러다 군대의 여러 부서 지휘관들이 모이면 종종 그러듯 별것도 아닌 이야기에서 논쟁이 일어났다. 뜨겁긴 하지만 본질적으로는 사소하기 그지없는 내용이었다.

"그렇소," 모로조프가 말했다. "누군가를 가르치고 고쳐주는 건 필요하지만 그들의 자유를 강압해서는 안 되지."

"사람들을 휘어잡아 끌고 가야 하오." 네우도브노프가 반박했다. "자신에게 주어진 책임을 두려워하는 건 안 될 말이오."

로빠찐이 화제를 돌렸다. "스딸린그라드에서 싸우지 않은 이는 전쟁을 겪었다고 할 수 없을 겁니다."

"아니, 미안하네만……" 마기드가 발끈해서 말했다. "스딸린그라드가 뭔데? 영웅적 행위, 인내, 완강함, 그런 걸 반박할 생각은 없네. 반박할 수도 없고. 하지만 난 스딸린그라드에서 싸운 적이 없어도 전쟁을 겪었다고 감히 말할 수 있네. 난 공격장교라고. 세차례의 공격에 참가했던 내가 한마디 하지. 난 스스로 뛰어들어 내 힘으로 적진을 돌파했네. 로켓포가 대단했지. 우리는 보병대보다 앞서 있었고, 전차부대보다 앞서 있었고, 심지어 비행부대보다 앞서 있었어."

"어이, 어이, 중령," 이번에는 노비꼬프가 발끈했다. "전차부대보다 앞설 수는 없소. 전차야말로 두말할 필요 없이 기동전의 주인이지."

"쉬운 방법이죠." 로빠쬔이 말했다. "성공하면 모든 걸 자기 공으로 돌리고, 실패하면 다른 이에게 책임을 돌리는 것 말입니다."

모로조프가 말했다. "이웃 양반들, 내 말 좀 들어보시오. 언젠가 사격부대[146] 지휘관과 장군이 내게 와 지원사격을 청하더군. '친구, 저기 고지들로 포격을 좀 해주시오.' '몇 구경으로 할까요?' 그러자 그가 쌍욕을 내뱉으며 말합니다. '포격을 하란 말이오, 당장!' 나중에 알고 보니 그는 무기의 구경이나 사정거리 같은 것도 모르고 지도도 볼 줄 모르는 사람이었소. 자기 부하들한테도 한마디밖에 못 하는 자였지. '전진해! 그러지 않으면 이빨을 부러뜨릴 줄 알아! 죽여버릴 거야!' 그러면서 자기가 전쟁에 있어 그 누구보다 지혜롭고 우월하다고 확신하는 거요. 그런 자가 여러분들의 이웃이오. 사랑과 동정으로 감싸줘야지. 언제 그런 자의 부하가 될지 모르니. 그 사람은 장군이거든."

"실례지만 듣도 보도 못한 얘기요." 네우도브노프가 말했다. "소비에뜨 군대에 그런 지휘관은 없소. 그런 장군이 없는 건 물론이고."

"없다니?" 모로조프가 말했다. "전쟁 동안 그 비슷한 현자들을 얼마나 많이 만났는지 모르오. 권총으로 위협하고, 쌍욕을 해대고, 사람들을 의미 없이 포화 속으로 보내는 자들. 최근에는 어떤 일이 있었는지 아시오? 대대장이 말 그대로 울면서 말합니다. '어떻게 부하들을 기관총 앞으로 내몰라는 말입니까?' 그래서 내가 말했지. '내 생각도 같네. 포화 지점을 포병부대로 압박하세.' 그런데 사단

---

146 제2차 세계대전 당시 붉은군대, 내무인민위원회 등에 소속된 뛰어난 사수들로 이루어진 특별부대.

장인 장군이 이 대대장을 두 주먹으로 위협하며 그러더군. '지금 당장 가지 않으면 나한테 개죽음을 당할 줄 알아!' 그렇게 그자는 제 부하들을 짐승떼 몰듯 도살장으로 몰고 갔소!"

"자기 성질 건드리지 말라는 거죠." 마기드가 말했다. "그런 장군들은 씨를 뿌려 번식하는 것에 그치지 않아요. 교환원 여자들까지 죄다 망쳐놓죠."

"게다가 틀린 철자 다섯개 없이는 단어 두개도 못 쓰고 말이죠." 로빠찐이 덧붙였다.

"바로 그거요." 건성으로 들으며 모로조프가 말을 이었다. "그들과 함께 전투할 때는 최대한 피를 흘리지 않도록 애를 써야 하오. 그들의 강점은 오로지 부하들을 아끼지 않는다는 데 있으니."

모로조프의 말이 노비꼬프의 공감을 불러일으켰다. 군인 생활 내내 그가 부딪쳐온 게 바로 그런 일 아니었던가.

그가 불쑥 입을 열었다.

"근데 전쟁에서 어떻게 부하들을 아낄 수 있겠소? 정말로 부하들을 아끼려면 전쟁을 하지 말아야죠."

오늘 본 신병 소년들의 모습에 마음이 흔들린 터라 노비꼬프는 그들에 대해 이야기하고 싶었다. 하지만 내면에 있는 선한 것을 꺼내놓는 대신, 그는 갑자기 스스로도 전혀 이해할 수 없는 악의에 찬 어조로 거칠게 되풀이했다.

"말해보시오. 어떻게 부하들을 아낀단 말이오? 자신과 부하들을 아끼지 말라고 전쟁이 있는 거요. 가장 불행한 일은 막 교육받은 병사들을 데려와 그들 손에 비싼 장비를 쥐여주는 거지. 문제는 이거요. 대체 우리는 무엇을 아껴야 하는가?"

네우도브노프는 이리저리 눈만 굴리고 있었다. 네우도브노프,

그야말로 지금 식탁에 앉아 있는 이들처럼 좋은 사람들을 적지 않게 파멸시킨 자였다. 아마도 이자가 불러오는 불행이 자신을 비롯해 모로조프와 마기드와 로빠찐을, 그리고 오늘 마을 거리에서 휴식을 취하던 그 시골 소년들을 기다리고 있는 불행보다 덜하지는 않으리라는 생각에 노비꼬프는 경악했다.

네우도브노프가 마침내 입을 열어 훈계조로 이야기하기 시작했다.

"스딸린 동지는 우리를 그렇게 가르치지 않았소. 그의 가르침에 따르면 우리의 가장 값비싼 자산은 바로 사람들, 우리 요원들이오. 우리는 이들을 눈동자처럼 아껴야 하오."

그 말에 동조하는 이들을 보고 노비꼬프는 생각했다. '참 재미있게 돌아가는군. 이웃들 앞에서 난 짐승 같은 놈이 되고, 네우도브노프는 부하들을 아끼는 자애로운 지휘관이 되었으니. 이 자리에 게뜨마노프가 없는 게 유감이군. 그는 완전히 성인군자로 거듭났을 텐데. 이들과 있으면 항상 이 모양이지.'

그는 거칠고 악의에 찬 어조로 네우도브노프의 말을 막았다.

"우리에게 사람은 많지만 기계는 부족하오. 어떤 바보도 사람을 만들어낼 수 있지만, 전차나 비행기는 다른 문제요. 부하들을 아긴다면 지휘관 직책으로 기어오르질 말아야지."

36

스딸린그라드 전선군 사령관 예료멘꼬 중장은 전차군단 지휘부인 노비꼬프와 게뜨마노프와 네우도브노프를 호출했다.

전날 예료멘꼬는 여단들을 둘러보았지만 군단 참모부에는 들르지 않은 터였다.

호출되어 온 지휘관들은 무슨 이야기가 나올지 몰라 자리에 앉아 예료멘꼬를 곁눈질하고 있었다.

예료멘꼬는 침상 위의 구겨진 쿠션을 향해 있는 게뜨마노프의 시선을 붙잡아 말했다. "다리가 많이 아파서 말이지." 그러곤 몇마디 욕설을 내뱉었다.

모두가 말없이 그를 바라보았다.

"짧은 시간이었는데도 전반적으로 군단을 잘 준비시켰더군."

예료멘꼬는 이렇게 말하며 곁눈으로 노비꼬프를 살폈으나, 사령관의 격려를 들으면서도 그는 기뻐하거나 얼굴을 붉히지 않았다.

전선군 사령관의 치하에 무심한 군단장이라니, 예료멘꼬는 적잖게 놀랐다.

"중장 동지," 노비꼬프가 말했다. "아군 돌격비행부대가 초원 협곡에 결집해 있던 제137전차여단을 이틀에 걸쳐 폭격했다고 이미 보고드린 바 있습니다."

예료멘꼬는 눈을 가늘게 뜨고 노비꼬프를 바라보았다. 이자는 뭘 원하는 걸까? 자신의 안위인가? 아니면 공군 책임자를 곤경에 빠뜨리려는 걸까?

"다행이자 불행은," 노비꼬프가 얼굴을 찌푸리고 덧붙였다. "폭격이 정확하지 않았다는 점입니다. 그들은 폭격을 제대로 할 줄 모릅니다."

"그건 잊어버리게." 예료멘꼬가 말했다. "그들은 앞으로 자네들을 지원하며 잘못을 만회할 걸세."

이때 게뜨마노프가 끼어들었다.

"물론입니다, 전선군 사령관 동지. 우리도 스딸린 공군과 옥신각신할 생각은 없습니다."

"그래야지, 게뜨마노프 동지." 예료멘꼬가 말하고는 이어 물었다. "그래, 흐루쇼프에게는 갔었나?"

"니끼따 세르게예비치가 내일 오라고 하더군요."

"그와는 끼예프에서 알게 된 건가?"

"예, 거의 이년 동안 니끼따 세르게예비치와 함께 일했습니다, 전선군 사령관 동지."

"말해보오, 장군 동지." 예료멘꼬는 갑자기 네우도브노프를 향해 물었다. "언젠가 찌찌안 뻬뜨로비치[147]의 아파트에서 나와 만난 적이 있지요?"

"그렇습니다." 네우도브노프가 대답했다. "찌찌안 뻬뜨로비치가 동지를 보로노프 원수[148]와 함께 초대하셨을 때였죠."

"맞네, 맞아."

"제가 찌찌안 뻬뜨로비치의 요청으로 얼마간 내무인민위원회에 배속되어 있던 시기라 그 댁에 종종 드나들었습니다."

"맞네, 맞아. 그래서 낯이 익었군." 이어 예료멘꼬는 네우도브노프에게 호의를 드러내고 싶은 듯 짐짓 다정하게 물었다. "장군 동지, 초원에서 지루하지는 않소? 부디 제대로 자리를 잡았길 바라오." 그러곤 대답도 듣지 않은 채 만족스럽게 고개를 끄덕였다.

방문객들이 떠나려 할 때 예료멘꼬가 노비꼬프를 불렀다.

"대령, 이리로 좀 와보게."

노비꼬프는 문까지 갔다가 돌아갔다. 예료멘꼬는 살진 농부 같

---

147 라브렌찌 빠블로비치 베리야를 가리킨다.
148 Nikolai Nikolaevich Voronov(1899~1968). 제2차 세계대전에서 활약한 군인.

은 몸을 탁자 위로 약간 일으키곤 다소 딱딱하게 입을 열었다.

"이 말은 해야겠군. 저기 한 사람은 흐루쇼프와 함께 일했고, 다른 한 사람은 찌찌안 뻬뜨로비치와 일했네. 하지만 자네야말로 멋진 사내, 뼛속 깊이 군인일세. 자네가 군단을 데리고 돌파 작전을 성공시킬 거야. 내 말 명심하게."

37

캄캄하고 추운 아침에 끄리모프는 병원에서 퇴원했다. 그는 집에 들르지 않고 전선군 정치국장 또셰예프 장군에게로 갔다. 스탈린그라드 출장 보고를 하기 위해서였다.

운 좋게도 또셰예프는 집무실 — 회색 널빤지를 박아 붙인 농가였다 — 에 있었고, 지체 없이 니꼴라이 그리고리예비치를 면담했다.

자신의 성과 닮은 외모를 가진[149] 정치국장은 바로 얼마 전 승급한 뒤로 입게 된 새 제복을 끊임없이 곁눈질하며 방문객이 풍기는 병원의 페놀 냄새에 코를 찡그렸다.

"부상으로 인해 6동 1호 임무를 완수하지 못했습니다." 끄리모프가 말했다. "이제 다시 그곳으로 떠날 수 있습니다."

또셰예프는 혐오와 불만이 가득한 시선으로 끄리모프를 바라보았다.

"그럴 필요 없소. 내 앞으로 상세한 보고서나 써 올리시오."

그는 아무것도 묻지 않았고, 끄리모프의 보고에 대해 인정도 질

---

149 정치국장의 성 '또셰예프'는 '빈약하다'는 뜻의 러시아어 '또시'(тощий)를 연상시킨다.

타도 하지 않았다.

새삼스러운 일도 아니지만, 이 초라한 이즈바에서 장군 제복과 훈장은 이상하고 낯설게만 보였다.

하지만 이상한 건 그것만이 아니었다.

대체 무엇이 상관을 그토록 불만스럽게 만들었는지 끄리모프는 이해할 수가 없었다.

그는 식권을 수령하고, 배급 증명서를 등록하고, 출장 귀환 사실을 확인하고, 병원에서 보낸 일수와 관련한 각종 수속을 마치기 위해 정치국 총무부로 갔다.

사무실에서 서류를 준비하는 동안 그는 의자에 앉아 그곳 직원들의 얼굴을 바라보았다.

여기서는 아무도 그에게 관심을 두지 않았다. 스딸린그라드에서의 귀환과 부상, 그가 보고 겪은 모든 것은 전혀 중요하지 않았고 아무런 의미도 없었다. 총무부 직원들은 공무로 정신없이 바빴다. 탁탁거리는 타자기 소리와 종잇장 부스럭거리는 소리가 가득했고, 직원들의 눈은 끄리모프를 슬쩍 훑다가도 이내 펼쳐진 서류철과 종이들로 옮겨갔다.

하나같이 찌푸린 저 이마들, 눈에 어린 저 커다란 긴장, 양미간에 드러난 저 집중력, 종잇장을 넘기고 바꾸고 뒤집는 저 유연한 손동작! 다들 얼마나 일에 몰두하고 있는가!

그러나 갑작스럽고도 발작적인 하품과 식사 시간을 기다리며 시계를 향해 재빨리 던지는 은밀한 시선, 밀려오는 졸음에 흐려진 잿빛 눈이 이 숨 막히는 사무실에서 썩어가는 이들의 권태를 증언하고 있었다.

끄리모프의 지인이자 전선군 정치국 제7부원이 총무부에 잠깐 들렀다. 끄리모프는 담배를 피우러 그와 함께 복도로 나왔다.

"몸은 괜찮나?" 부원이 물었다.

"그래, 보다시피."

스딸린그라드에서 뭘 보았는지, 뭘 했는지 부원은 묻지 않았다. 그래서 끄리모프가 물었다.

"정치국에 뭐 새로운 일이라도 있었나?"

여단 꼬미사르가 재심사를 거쳐 드디어 별을 달았다는 것이 주된 소식이었다.

부원은 웃으면서 또셰예프가 새로운 직함, 전투부대 장군의 직함을 기다리다가 초조해 병이 났다고 했다. 가장 훌륭한 전방 재단사에게 장군 제복을 맞춰둔 마당에 모스끄바에서 여전히 그에게 별을 줄지 말지 고민하고 있었으니 속을 제대로 끓었을 거라는 얘기였다. 더하여 재심사 때 몇몇 연대의 꼬미사르나 상급 대대 꼬미사르들이 대위나 상급 중위 계급을 받게 되리라는 기분 나쁜 소문에 대해서도 들려주었다.

"상상이 되나?" 부원이 말했다. "나처럼 군과 정치조직에서 팔년 일하고서 중위 계급장을 받는다니 말이야."

다른 소식들도 있었다. 전선군 정치국 정보부장 대리가 모스끄바의 정치국 본부로 호출되더니 승급해서 깔리닌 전선군 정치국장 대리에 임명되었다. 전에는 간부 식당에서 식사하던 정치국의 상급 부원들이 군사위원의 지시에 따라 부원들로 평준화되어 지금은 일반 식당에서 먹고 있었다. 출장을 떠난 부원들의 식권을 건빵으로 보상하는 대신 회수하라는 명령이 있었다. 전선군 편집부의 시인 까쯔와 딸랄라옙스끼가 붉은 별 훈장 수여자로 추천되었지만 셰르바꼬프 동지의 새 지령에 따라 전선군 출판 노동자에 대한 보상이 정치국 총본부를 거치게 되어 시인들의 자료는 모두 모스끄바로 보내진 상태였다. 그사이 사령관은 전선군 명단에 서명을 했고, 이 명단에 들어간 모두가 이미 축하연을 벌이는 중이었다.

"아직 식사 안 했나?" 부원이 물었다. "같이 가세."

끄리모프는 서류를 등록해야 한다며 사양했다.

"그럼 난 가보겠네." 부원은 작별 인사를 건네며 농담을 덧붙였다. "서둘러야 할걸. 안 그랬다가는 군인상점 식당에서 민간인 고용자나 타자수 여자들이랑 밥을 먹어야 할 형편이라고."

곧 끄리모프도 서류 등록을 마치고 거리로 나와 축축한 가을 공기를 들이마셨다.

정치국장은 어째서 그토록 음산하게 그를 맞았을까? 뭐가 불만일까? 그가 임무를 완수하지 못해서? 설마 그의 부상 사실을 믿지 않는 건가? 그가 비겁하다고 의심한 걸까? 끄리모프가 직속상관 대신 자신을 먼저 찾아온 것, 그것도 면회 시간이 아닌 때 온 것에 화가 났던 걸까? 끄리모프가 두번이나 그를 "준장 동지"라고 부르지 않고 "여단 꼬미사르 동지"라 불렀기 때문일까? 아니, 아마도 끄리모프 때문이 아닐 것이다. 그럴 리가 없었다. 꾸뚜조프 훈장 수여자로 추천되지 않아서일까? 병든 아내에게서 편지가 왔던 걸까? 그날 아침 이 전선군 정치국장의 기분이 좋지 않았던 이유가 무엇인지 대체 누가 알겠는가!

스딸린그라드에서 몇주를 보내는 동안 끄리모프는 스레드냐야 아흐뚜바를 잊어버렸다. 정치국장도, 동료 부원들도, 식당 종업원들의 무관심한 시선도 전부 그는 잊고 있었다. 스딸린그라드에서는 이렇지 않았는데!

저녁에 그는 방으로 돌아왔다. 집주인의 개가 그를 몹시 반겼다.

엉덩이에는 붉은 털이 덥수룩하고 긴 낯짝은 검은색과 흰색 털로 뒤덮인 모양새가 꼭 두마리를 한데 이어붙인 듯한 잡종 개였다. 두 반쪽이 모두 기쁜 듯, 잔뜩 뒤엉킨 붉은 꼬리가 마구 흔들리고 검고 흰 낯바닥은 끄리모프의 손으로 돌진했다. 개의 착한 갈색 눈이 끄리모프에게 부드러운 시선을 보냈다. 저녁 어스름 속에, 마치 두 마리 개가 만져주기를 바라며 따라붙는 것 같았다. 개는 그와 함께 복도를 지나왔다. 복도를 오가던 집주인 여자는 "썩 나가, 염병할 놈의 개!"라고 표독스럽게 쏘아붙이더니 이내 정치국장처럼 음산하게 끄리모프와 인사를 나누었다.

사랑스러운 스딸린그라드 참호, 방수포가 쳐진 축축하고 연기 자욱한 벙커에서 지내다 돌아온 그에게는 이 고요한 방, 침대, 하얀 베갯잇을 씌운 베개, 창문마다 걸린 레이스 커튼이 더없이 스산하고 고독하게만 보였다.

끄리모프는 책상에 앉아 스딸린그라드에서 휘갈긴 메모를 훑어가며 작은 글씨로 빠르게 보고서를 써내리기 시작했다. 가장 난감한 부분은 6동 1호와 관련한 내용이었다. 그는 일어나 방 안을 거닐다가, 다시 책상에 앉았다가, 당장 다시 일어나 복도로 나갔다가, 기침을 좀 하고서 혹시 마귀할멈 같은 집주인이 차라도 권하지 않는지 귀를 기울이다가, 물통에서 바가지로 물을 떠 마셨다. 스딸린그라드의 물보다 맛이 좋았다. 그는 다시 방으로 돌아와 책상에 앉아서 펜을 손에 쥔 채 생각에 잠겼다. 그러다 침상에 드러누워 눈을 감았다.

어떻게 그럴 수 있을까? 그레꼬프가 나에게 총을 쏘다니!

스딸린그라드에서 그는 연대의 감정과 사람들과의 친밀함을 훨씬 강하게 느꼈다. 스딸린그라드에서는 숨을 쉬기도 편했다. 그곳에는 그를 향한 흐릿하고 무관심한 눈빛이 없었다. 6동 1호에 가면 레닌의 숨결이 보다 강하게 느껴질 것만 같았다. 하지만 바로 그곳에 도착하자마자 그는 다시금 비웃음과 적의 앞에 놓였고, 그 스스로도 화가 치밀어 사람들에게 훈계를 늘어놓고 위협을 가했다. 뭐하러 수보로프 얘기를 꺼냈을까? 그리고 그레꼬프는 그에게 총을 쏘았다! 오늘 그는 고독감과 반문맹 머저리와 당의 애송이들이 뿜어내는 우월감과 오만함을 유난히 고통스럽게 느꼈다. 또셰예프 앞에서 얼마나 고통스러웠는지! 그의 야유 섞인, 경멸 어린 분노의 시선을 느껴야 했지. 아무리 직위가 높고 훈장이 많아도, 당의 진정한 평가에 따르면 또셰예프는 끄리모프의 발뒤꿈치에도 미치지 못하는 자였다. 당의 전통과 하등 상관없는 사람들, 레닌 정신과 아무런 관련이 없는 자들! 하지만 그들 중 많은 이들이 1937년에 전면으로 나섰다. 그들은 밀고를 하고 인민의 적들을 폭로했다. 끄리모프는 저 멀리 햇빛이 만든 작은 회색 점을 향해 좁은 지하 통로를 나아갈 때 지녔던 믿음을, 그 경쾌함과 경이로운 힘을 상기했다.

문득 분노로 숨이 막힐 것 같았다. 그토록 원하던 삶에서 그를 멀리 던져버린 자가 바로 그레꼬프였다. 처음 그 건물로 향하며 그는 자신의 새로운 운명을 기뻐했었다. 레닌의 진실이 그 건물 속에 살아 있는 것만 같았다. 그런데 그레꼬프가 볼셰비끼이자 레닌주의자를 쏜 것이다! 그가 끄리모프를 아흐뚜바 관리의 삶으로, 나프탈렌 냄새가 나는 일상으로 던져버렸다! 아, 나쁜 놈!

끄리모프는 다시 책상에 앉았다. 그가 쓴 것에는 한마디 거짓도 없었다.

그는 보고서를 처음부터 끝까지 읽어보았다. 물론 또셰예프는 이 보고서를 특수과로 넘길 것이다. 그레꼬프는 전투부대를 타락

시켰고, 정치적으로 이탈시켰으며, 테러 행위를 자행했다. 그는 당의 대리자요 전투 꼬미사르를 쏘았다. 아마도 그에 대한 증언을 받기 위해, 체포된 그레꼬프와의 대질심문을 위해 끄리모프를 부를 것이다.

그는 창백하고 누리끼리한 얼굴로 허리띠도 매지 않은 채 심문관의 책상 앞에 앉아 있는 그레꼬프의 모습을 상상했다.

그레꼬프가 그에게 뭐라고 했던가? "그런데 말입니다, 당신에겐 슬픔이 어려 있어요. 이런 사소하고 개인적인 얘기까지 보고서에 기록하지는 않겠죠."

맑스-레닌주의당의 총서기는 절대적 무오류의 존재, 거의 신에 가까운 존재다. 1937년에 스딸린은 고참 레닌주의자 대오를 가차 없이 다루었어. 그는 당의 민주주의와 강철 같은 규율을 결합하는 레닌 정신을 파괴했지.

그렇게 잔인하게 레닌의 당 당원들을 처단하는 것이 가능한 일일까? 합법적인 일일까? 이제 그레꼬프는 대열 앞에서 총살될 것이다. 아군을 치는 것은 끔찍하다. 하지만 알다시피, 그레꼬프는 적이다.

끄리모프는 독재의 칼을 들고 행동에 나서는 당의 권리, 적을 죽이는 신성한 혁명의 권리에 대해 단 한번도 의심을 품은 적이 없었다. 그는 단 한번도 반대편을 동정한 적이 없었다. 그는 부하린, 리꼬프, 지노비예프, 까메네프가 레닌의 길을 갔다고 생각한 적이 단 한번도 없었다. 뜨로쯔끼는 타고난 지성과 번뜩이는 혁명적 기질에도 불구하고 멘셰비끼적 과거를 지양하지 못했고, 그리하여 레닌의 경지에 이를 수 없었다.

하지만 스딸린, 그는 진정한 힘이다! 그래서 그를 주인이라고 부른다. 그의 손은 결코 떨리는 법이 없었고, 그에게는 부하린 같은 지식인 특유의 유약함이 없었다. 레닌이 만든 당은 적을 격멸하면서 스딸린의 뒤를 따라간다. 그레꼬프의 공적은 아무 의미가 없다. 적과는 논쟁하지 않으며, 그들의 논거에 귀를 기울일 필요도 없다.

하지만 아무리 격분하려 애를 써도, 이 순간 그는 이미 그레꼬프에 대한 분노를 느낄 수 없었다.

다시금 그의 말이 떠올랐다. "당신에겐 슬픔이 어려 있어요."

'내가 대체 무슨 짓을 한 거지?' 끄리모프는 생각했다. '내가 쓴 게 밀고 아니면 뭐야? 거짓이 아니라 해도 밀고는 밀고야…… 하지만 어쩌겠어? 친애하는 동지, 자넨 당원 아닌가…… 당원의 의무를 이행하게나.'

다음 날 아침 끄리모프는 스딸린그라드 전선군 정치국에 보고서를 제출했다.

이틀 뒤 전선군 정치국 선전선동부장이자 연대 꼬미사르인 오기발로프가 정치국장을 대신해서 끄리모프를 불렀다. 또셰예프는 전선에서 온 전차군단 꼬미사르를 맞이하느라 바빠 그를 면담할 수 없다고 했다.

오기발로프는 창백한 낯빛에 코가 큰 사람으로 상당히 치밀하고 주도면밀한 성격이었다.

"며칠 안에 다시 우안으로 건너가야겠소, 끄리모프 동지. 이번에는 제64군 슈밀로프 진영이오. 주위원회 지휘본부까지는 우리 자동차를 타고 가시오. 거기서 주 서기들이 10월혁명 기념일 축하차 베께똡까로 향할 테니, 동지는 강을 건넌 후 슈밀로프 진영으로 가면 되오."

그는 제64군 정치부에서 끄리모프가 할 일을 차근차근 지시했다. 맡겨진 임무는 모욕적이리만치 지루하고 사소한 서류 작업으로, 죄다 사무 보고를 위한 것이었다.

"그러면 강연은 어떻게 합니까?" 끄리모프가 물었다. "동지가 맡긴 대로 10월혁명에 대해 준비해두었는데요. 부대에서 조금이라도 강연을 했으면 합니다."

"당분간 보류합시다." 그러고서 왜 보류해야 하는지에 대해 설명하기 시작했다.

마침내 끄리모프가 나가려 할 때 연대 꼬미사르가 그에게 말했다.

"참, 정치국장이 동지의 보고서와 관련한 일을 내게 맡겼소."

끄리모프의 마음이 아려왔다. 그레꼬프 건이 벌써 진행되기 시작했구나!

"그 그레꼬프라는 용사는 운 좋게도 독일군의 트랙터공장 공격 당시 사망했더군. 부대원 전원과 함께 전사했다고 제62군의 정치부장이 알려주었소." 이어 그는 위로하는 투로 덧붙였다. "군사령관이 그를 사후死後 소련 영웅 칭호에 추천했는데, 물론 이제는 전부 없던 일로 하려고 하오."

끄리모프는 양팔을 벌려 보였다. '할 수 없죠, 정말 운이 좋았네요'라고 하는 듯한 동작이었다.

"특수과장은 그가 살아 있을 수 있다고 보고 있소." 오기발로프가 목소리를 낮추고 말을 이었다. "적진으로 넘어갔을지 모른다고 하더군."

집에 오니 메모 하나가 그를 기다리고 있었다. 특수과에 들르라는 요청이었다. 보아하니 그레꼬프 건은 아직 끝나지 않은 모양이었다.

그는 특수과에서의 불쾌한 대화를 나중으로 미루기로 마음먹었다. 이미 끝난 문제이니 급할 것이 없었다.

38

주(州)의 당 조직은 10월혁명 25주년 경축 대회를 스딸린그라드주 남부에 자리한 베께뚭까의 공장 '수도베르프'에서 개최하기로 결정했다.

11월 6일 아침 일찍 당 지도자들이 볼가강 좌안 참나무숲에 있는 스딸린그라드 주위원회 지하 지휘본부에 모였다. 주위원회 제1서기, 사무국 위원들, 지부 서기들은 세 코스로 이루어진 따뜻한 식사를 즐긴 뒤 자동차를 타고 참나무숲을 빠져나와 볼가강과 이어지는 큰길로 나섰다.

바로 이 길을 따라 밤마다 전차들과 포대가 남쪽 도강로를 향해 행군하고 있었다. 여기저기 얼어붙은 갈색 흙덩어리며 은백색 얼음으로 메워진 웅덩이가 널린 황폐한 초원은 폐부를 찌를 듯 우울해 보였다. 볼가강을 따라 움직이는 얼음의 서걱대는 소리가 강변에서 수십 미터 떨어진 곳까지 울렸다. 초원 위로는 낮고 강한 바람이 불고 있었다. 이런 날 지붕 없는 철제 바지선을 타고 볼가강을 건너기란 녹록한 일이 아니었다.

도강을 기다리는 붉은군대 병사들은 볼가의 차가운 강바람에 외투 자락을 휘날리며 이미 바지선에 자리를 잡고 서로서로 꼭 붙어앉은 채 차가운 금속에 몸이 닿지 않도록 애를 썼다. 다들 움츠러든 발로 춤추듯 바닥을 마구 쿵쿵 굴러대다가도, 아스뜨라한에서 얼음 섞인 칼바람이 세차게 불어오면 손가락을 입에 대고 불 힘도, 옆구리를 두들길 힘도, 콧물을 닦을 힘도 없이 모두가 그 자리에 얼어붙었다. 기선의 연통에서 나오는 연기가 볼가강 위로 퍼져

나갔다. 연기는 이리저리 떠다니는 유빙을 배경으로 유난히 검어 보였고, 유빙은 낮게 드리운 연기의 장막 아래 유난히 하얗게 보였다. 얼음덩어리들이 스탈린그라드로부터 전쟁을 실어오고 있었다.

머리가 커다란 까마귀 한마리가 유빙 위에 앉아 생각에 잠겨 있었다. 그 옆 유빙 위에는 타버린 군용 외투의 잔해가 뒹굴었고, 또다른 유빙 위에는 돌처럼 딱딱해진 펠트화 한짝이 놓여 있었고, 카빈총의 흰 총구가 얼음 속에 박힌 채 삐죽 솟아나온 모습도 보였다. 주위원회 서기들과 사무국 위원들을 태운 경차 몇대가 바지선 위로 돌진하듯 올라왔다. 차에서 내린 서기들과 사무국 위원들은 잠시 뱃전에 선 채 천천히 떠가는 유빙을 바라보며 그 서걱거리는 소리에 귀를 기울였다.

붉은군대 모자를 쓰고 검은색 반외투를 입은 노인인 바지선 선장은 새파래진 입술을 하고는 운송을 담당하는 주위원회 서기 락찌오노프에게로 다가가, 강의 습기와 보드까와 담배가 오랜 세월에 걸쳐 만들어낸 쉰 목소리로 말을 꺼냈다.

"저 얼음 위에 말입니다, 서기 동지, 아침 첫 운행 때 해병이 누워 있었어요. 젊은이들이 그를 꺼내려다가 다들 함께 빠져 죽을 뻔했지 뭡니까. 결국 쇠막대기로 얼음을 깨 파내야 했지요. 지금은 저기 강변, 방수포 밑에 있네요."

노인은 더러운 장갑을 낀 손을 들어 강변 쪽을 가리켰다. 락찌오노프는 그쪽을 바라보았지만 얼음에서 파낸 병사의 시신을 찾지 못하고 어색함을 감추느라 곧장 하늘을 가리키며 질문을 내뱉었다.

"그래, 여기는 좀 어떻소? 특별히 공세가 심한 시간이라도 있소?"

"요새 그것들이 무슨 폭격이나 하나요?" 노인은 손을 내저으며 독일군을 향해 욕설을 퍼부었다. 욕을 하자 신기하게도 그의 목소리가 갑자기 걸걸한 기운 없이 깨끗하고 낭랑한 울림을 내는 것 같았다.

예인선은 스탈린그라드 강변을 향해 천천히 바지선을 끌어가고 있었다…… 창고와 초소와 막사 들이 무질서하게 늘어선 그곳 베께똡까 강변은 전쟁이라곤 일어나지 않은 듯 평화로워 보였다.

축하차 온 서기들과 사무국 위원들은 바람을 맞고 서 있는 게 지겨운지 얼른 다시 차에 올랐다. 붉은군대 병사들은 마치 수족관 속 물고기들을 보듯 차창 너머 그들을 바라보았다. 스탈린그라드주 당 지도자들은 엠까[150] 안에 앉아 담배를 피우고, 머리를 빗고, 이야기를 나누었다……

경축 대회는 밤중에 개최되었다.

활판인쇄 방식으로 찍어낸 초대장의 얇은 회색 종이 질이 몹시 나쁘다는 점, 그리고 회합 장소가 명기되어 있지 않다는 점만 제외하면 평화 시의 대회와 크게 다르지 않았다.

스탈린그라드의 당 지도자들, 제64군에서 온 손님들, 이웃 사업장에서 온 기술자들과 노동자들은 길을 잘 아는 길잡이 수행원들의 안내를 받아 경축 대회 장소로 갔다. "자, 여기서 돌아가야 합니다. 여기서도요. 아, 조심하세요, 폭탄 때문에 구덩이가 생겼어요. 여기엔 선로가 있고요. 더 조심하세요, 저기 석회 구덩이가 있네요……" 암흑 속 이곳저곳에서 안내인들의 목소리가 들려왔다.

낮에 도강하여 군 정치부에서 볼일을 마친 *끄리모프*도 제64군 지도자들과 함께 경축 대회 장소로 갔다.

밤안개 속에서 미로 같은 공장 복도를 따라 걷고 있는 사람들의

---

150 1936~42년에 생산된 승용차.

은밀하고 분산된 움직임 속에는 과거 구러시아 시절의 혁명 축하 대회를 상기시키는 무언가가 있었다.

끄리모프는 흥분에 겨워 소리 나게 숨을 들이마셨다. 아무런 준비도 되어 있지 않았으나, 그는 경험 많은 대중 연설가의 감으로 알 수 있었다. 기회만 닿는다면 당장이라도 훌륭하게 연설을 해내리라. 사람들은 스딸린그라드의 영웅적 행위와 러시아 노동자들의 혁명 투쟁 사이에 존재하는 유사성을 실감하며 그와 함께 흥분과 기쁨을 경험하리라.

그래, 그렇다, 정말 그렇다. 민족의 거대한 힘을 들어올리는 이 전쟁은 진정 혁명의 전쟁이었다. 포위된 건물 안에서 그가 수보로프에 대해 이야기한 내용 속에 혁명에 대한 배반은 없었다…… 스딸린그라드, 세바스또뽈, 라지셰프의 운명, 맑스 선언의 위력, 핀란드역에서 장갑차를 통해 보내온 레닌의 호소, 이 모든 것은 동일한 것이다.

끄리모프는 언제나처럼 서두름 없이 느릿하게 움직이는 쁘랴힌을 알아보았다. 어찌 된 셈인지 도무지 쁘랴힌과 대화를 나눌 짬이 나지 않았다.

낮에 주위원회 지하 지휘본부에 도착하자마자 그는 곧장 쁘랴힌에게로 갔었다. 그와 많은 이야기를 나누고 싶었다. 하지만 그에게 말을 걸 수가 없었다. 전화가 끊임없이 울렸고, 사람들이 수시로 이 제1서기를 찾아 들락거렸다. 그러다 어느 순간 쁘랴힌이 갑자기 끄리모프에게 물었다.

"게뜨마노프라는 자를 아나?"

"알지." 끄리모프가 대답했다. "우끄라이나에서 같이 있었네. 당 중앙위원회 사무국원이었지. 그런데 그건 왜 묻나?"

하지만 쁘랴힌은 아무런 대꾸가 없었고, 이내 떠나느라 분주하게 움직이기 시작했다. 쁘랴힌이 자기 차로 함께 가지 않겠냐고 권하지 않아 끄리모프는 모욕을 느꼈다. 두번이나 얼굴을 마주쳤는데도 쁘랴힌은 마치 니꼴라이 그리고리예비치가 누구인지도 모르는 양 차갑고 무심하게 그를 바라보았다.

병사들은 조명이 밝혀진 복도를 따라 걷고 있었다. 가슴과 배가 두툼한 군사령관 슈밀로프, 키가 작고 불룩한 갈색 눈을 가진 시베리아인 장군이자 군사위원 아브라모프. 끄리모프는 저 장군들 양옆에 늘어선 남자들, 군복에 누비 윗도리와 털외투를 걸치고 담배 연기를 내뿜는 무리의 소박한 민주주의 속에서 혁명 초기에 보았던 레닌 정신을 느꼈다. 사실 스딸린그라드 강변에 발을 디딘 순간부터 그 정신에 사로잡혀 있던 터였다.

집행부가 자리를 잡자 스딸린그라드 시의장 뻬끄신은 모든 의장들이 그러듯 두 팔꿈치를 책상에 괸 채 청중이 유난히 빽빽한 곳을 향해 잔기침을 한 다음, 스딸린그라드 소비에뜨 및 당 조직, 군부대와 공장노동자 대표가 함께하는 10월혁명 25주년 기념 경축 대회 개최를 선언했다.

거칠고 딱딱한 소리로 미루어 남자들과 군인들과 노동자들만이 손바닥을 맞부딪치고 있다는 걸 알 수 있었다.

육중한 몸집에 거동이 굼뜨고 이마가 벗어진 제1서기 쁘랴힌이 보고를 시작했다. 이제 오래전에 지나간 과거와 오늘이라는 현재를 이어주던 연결이 단번에 끊겨버린 듯했다.

마치 쁘랴힌이 끄리모프와 논쟁을 벌이고, 끄리모프의 흥분을 자신의 유연한 사고로써 반박하는 것만 같았다.

지역의 사업장들이 국가 계획을 이행 중입니다. 좌안 지구에서 약간의 지연이 있었지만 기본적으로는 만족스럽게 국가 수매량을 완수했습니다.

시내의 사업장들과 북부 외곽의 사업장들은 군사작전 범위에 위치하기에 국가적 임무를 완수하지 못한 것으로 이해할 수 있습니다.

지금 저기 서 있는 그가 정녕 한때 전선 회합[151]에서 끄리모프와 나란히 선 채 모자를 벗고 외치던 그 사람이 맞단 말인가? "군인 동지들, 형제들이여, 피의 전쟁을 치릅시다! 자유 만세!"

그랬던 그가 이제는 대회장의 사람들을 둘러보며 지역의 곡물 국가 공출량의 급감에 대해 설명하고 있었다. 지모브니체스끼 지구와 꼬쩰니체스끼 지구가 군사작전 지대이며, 깔라치 지역과 상류 꾸르모야르스까야 지역은 부분적으로, 혹은 완전히 적에 의해 장악된 탓에 임무를 완수할 수 없었습니다.

다음으로 보고자는 주의 주민들이 국가적 임무를 완수하고자 노력을 다하는 동시에 독일 파시스트 침략자들에 맞서 전투 활동에 널리 참여했다는 사실에 대해 이야기하기 시작했다. 먼저 자료의 불완전함과 관련해 양해를 구하며 시 노동자들의 민병대 참가 비율을 인용한 뒤, 명령 과제의 모범적 수행 내용과 그 과정에서 헌신과 용기를 발휘해 포상을 받은 스딸린그라드 군인들의 숫자를 읽어내렸다.

제1서기의 침착한 목소리에 귀를 기울이면서, 끄리모프는 그의 사상과 감정과 말 사이에 빚어지는 놀라운 부조화가 삶의 무의미가 아니라 삶의 의미를 드러낸다는 사실을 깨달았다. 국가적 임무

---

151 제1차 세계대전 당시의 당 회합.

를 완수한 지역 농업과 산업에 대한 쁘랴힌의 보고 연설은 바로 그 돌 같은 냉랭함으로 자유를 향한 열정과 인간의 고통이 지켜내는 국가의 무조건적 승리를 역설하고 있었다.

노동자들과 군인들의 얼굴은 진지하고 음울했다.

스딸린그라드 사람들, 따라소프와 바쮸끄, 그리고 포위된 6동 1호에 있던 병사들과의 대화를 기억하는 것은 얼마나 이상하고 고통스러운 일인가. 포위된 건물의 잔해 속에 스러진 그레꼬프에 대해 생각하는 것은 얼마나 힘들고 괴로운 일인가.

그 사람, 터무니없고 거친 말을 내뱉던 그레꼬프는 끄리모프에게 도대체 누구인가? 그레꼬프는 그에게 총을 쏘았다. 어째서 그의 오랜 동지, 스딸린그라드 당 주위원회 제1서기 쁘랴힌의 말은 그토록 낯설고 차갑게 울리는 것인가? 이 모든 게 얼마나 이상하고 복잡한 감정인가……

이제 보고의 마무리에 접어든 쁘랴힌이 말했다.

"위대한 스딸린 동지에게 우리 주 노동자들의 국가적 임무 완수에 대해 보고하게 되어 기쁘기 그지없습니다……"

보고가 끝난 뒤 끄리모프는 군중 속에서 입구를 향해 나아가며 눈으로 쁘랴힌을 찾았다. 아니, 스딸린그라드전투의 한가운데서 저런 식으로 보고를 해서는 안 돼. 정말이지 저래서는 안 되지.

그러다 어느 순간 그는 쁘랴힌의 시선과 마주쳤다. 단상에서 내려와 제64군 사령관과 나란히 서 있던 쁘랴힌이 집요하고 괴로운 눈으로 끄리모프를 바라보고 있었다. 끄리모프가 그를 마주 응시하자 쁘랴힌은 천천히 시선을 돌렸다……

'뭐야?' 끄리모프는 생각했다.

39

경축 대회가 끝난 뒤, 끄리모프는 같은 방향으로 가는 자동차에 겨우 동승해 한밤중에 스딸그레스에 도착했다.

전날 독일군 중폭격기들의 습격이 있던 터라 이날 밤 발전소는 유난히 음산해 보였다. 폭발로 이곳저곳에 큰 구덩이가 파이고 바닥의 흙덩어리들이 벽으로 솟아올랐다. 창유리가 날아가 눈먼 작업장들은 충격에 깊숙이 내려앉았고, 3층짜리 관리동은 그야말로 폐허가 되었다.

기름 묻은 변압기에서는 톱니 같은 불길이 여전히 연기를 피워 올리고 있었다.

젊은 그루지야인 경비대원이 불타는 화염으로 환하게 밝혀진 공장들을 가로질러 끄리모프를 데리고 갔다. 담배에 불을 붙이는 그의 손가락들이 파르르 떨렸다. 수 톤짜리 폭탄에 부서지고 불타는 것은 석조건물만이 아니다. 인간 또한 불타지 않을 도리가 없다.

베께뚭까에 들르라는 명령을 받은 뒤로 끄리모프는 줄곧 스뻬리도노프와의 만남을 생각하고 있었다.

만약 제냐가 이곳 스딸린그라드에 있다면? 아마 스뻬리도노프는 그녀에 대해 아는 바가 있을 것이다. 어쩌면 그녀의 편지를 받은 적도 있지 않을까? 편지에 그녀가 이런 말을 쓰지는 않았을까? "혹시 니꼴라이 그리고리예비치 소식을 들은 게 없나요?"

흥분과 기쁨이 그를 휩쌌다. 그를 보면 스뻬리도노프는 말하겠지. "예브게니야 니꼴라예브나는 내내 슬퍼했네." 아니면 이렇게. "그거 아나? 그녀가 울었어."

그날 아침부터 어서 스딸그레스로 가고 싶어 참을 수 없을 지경이었다. 낮에도 그는 단 몇분이나마 스뻬리도노프에게 들르고 싶어 조바심을 냈다.

"서두를 필요 없어요. 군사위원은 아침부터 술에 취해 있거든요⋯⋯" 군 정치부원의 귀띔에도 불구하고 끄리모프는 자제심을 발휘해 제64군 사령부로 갔다.

아닌 게 아니라, 스뻬리도노프에게 들르지 않고 장군을 찾아간 것은 헛일이었다. 지휘본부에 앉아 면회를 기다리던 그는 칸막이 너머에서 군사위원의 목소리를 들었다. 그는 타자수를 향해 이웃 추이꼬프에게 보낼 축전의 내용을 불러주고 있었다.

"바실리 이바노비치, 군인이자 동지여!" 장엄하게 소리 높여 외친 뒤 그는 울기 시작하더니, 몇번이나 훌쩍거리며 반복했다. "군인이자 동지, 군인이자 동지."

그러다가 그가 다시 진지하게 물었다. "어디까지 쳤나?"

"바실리 이바노비치, 군인이자 동지." 타자수가 읽었다.

그녀의 무미건조한 억양이 마음에 안 들었는지, 군사위원은 이를 바로잡듯 높은 목소리로 다시 한번 발음했다. "바실리 이바노비치, 군인이자 동지여!"

그러고는 또 감정에 복받쳐 웅얼거리는 것이었다. "군인이자 동지, 군인이자 동지."

얼마 후 그가 눈물을 감추며 다시 물었다. "그래, 뭐라고 쳤지?"

"바실리 이바노비치, 군인이자 동지." 타자수가 말했다.

서두를 필요가 없다는 말을 끄리모프는 그제야 이해할 수 있었다.

희미한 불빛은 길을 밝혀주기는커녕 오히려 더 혼란스럽게 만들었다. 불이 땅속 깊은 곳에서 기어나오는 것만 같았다. 아니면 땅자체가 불타는 걸까? 이 약한 불빛은 그렇게도 무겁고 축축했다.

그들은 스딸그레스 공장장이 머무는 지하 지휘본부로 다가갔다. 멀지 않은 곳에 떨어진 폭탄들이 높다란 흙 언덕을 파헤쳐놓은 바람에 대피소 입구까지 이어진 오솔길도 제대로 보이지 않을 정도였다.

"경축 대회에 딱 맞추어 폭탄을 퍼붓더군요." 경비대원이 말했다.

다른 사람들 앞에서는 스삐리도노프에게 자신이 원하는 질문을 제대로 던질 수 없을 터였다. 끄리모프는 경비대원에게 공장장을 지상으로 불러달라고, 전선군 본부에서 꼬미사르가 도착했다 알리라고 명했다.

혼자가 되자 도무지 제어할 수 없는 흥분이 그를 휩쌌다.

'이게 다 뭐지?' 그는 생각했다. '아픔에서 벗어난 줄 알았는데. 전쟁으로도 그녀를 지울 수 없었던 걸까? 이제 어쩌지?'

"몰아내, 몰아내! 몰아내지 않으면 난 끝장이야! 그녀에게서 떠나야 해!" 그는 조용히 중얼거렸다.

하지만 떠날 힘도, 몰아낼 힘도 그에겐 없었다.

벙커에서 스삐리도노프가 나왔다.

"말씀하십시오, 동지!" 불만스러운 목소리로 그가 말했다.

"절 못 알아보시겠습니까, 스쩨빤 표도로비치?" 끄리모프가 물었다.

"누구신지?" 스삐리도노프는 불안스레 그의 얼굴을 들여다보다가 갑자기 외쳤다. "니꼴라이, 니꼴라이 그리고리예비치!"

그가 마구 떨리는 두 손으로 끄리모프의 목을 껴안았다. "아, 내 친애하는 니꼴라이." 그가 외치더니 큰 소리로 훌쩍거리기 시작했다.

끄리모프는 자신이 이 폐허 속의 만남에 온통 사로잡힌 채 울고 있음을 깨달았다. 혼자, 완전히 혼자였는데…… 스삐리도노프가 보여주는 신뢰와 기쁨 속에 그는 제냐의 가족과 더없는 친밀감을 느꼈고, 그 친밀감 속에서 다시금 자기 마음의 고통을 가늠해보았다. 어째서, 어째서 그녀는 떠나간 것인가? 어째서 그에게 이토록 큰 고통을 주었나? 어떻게 그녀가 그럴 수 있나?

스삐리도노프가 말했다. "전쟁이 무슨 짓을 했는지…… 내 인생을 다 망쳐놓았네. 내 마루샤가 죽어버렸어."

그는 베라에 대해 이야기했고, 며칠 전 그녀가 마침내 스딸그레스를 떠나 볼가강 좌안으로 도강했다고 했다. 그가 말했다. "그애는 바보야."

"남편은 어디 있고요?" 끄리모프가 물었다.

"아마 오래전부터 이 세상에 없겠지. 전투기 비행사거든."

끄리모프는 더이상 참지 못하고 물었다.

"예브게니야 니꼴라예브나는요? 그녀는 어떻게 됐나요? 살았나요? 지금 어디 있죠?"

"살아 있네. 꾸이비셰프 아니면 까잔에 있을 거야." 그가 끄리모프를 바라보면서 덧붙였다. "어쨌든 가장 중요한 건 그거지. 그녀가 살아 있다는 것 말일세!"

"그럼요, 그럼요, 물론이지요! 그게 가장 중요한 거죠!" 끄리모프가 말했다.

하지만 사실 그는 가장 중요한 게 무엇인지 알 수 없었다. 그가 아는 거라곤 마음의 고통이 지나가지 않는다는 사실뿐이었다. 예브게니야 니꼴라예브나와 관련된 모든 것이 그에게 고통을 일으켰다. 그녀가 평온히 잘 지낸다는 소식을 듣는 것도, 그녀가 불행 속에서 고통스러워한다는 소식을 듣는 것도 그에게는 똑같이 나쁜 일이었다.

스쩨빤 표도로비치는 이제 알렉산드라 블라지미로브나와 세료 자와 류드밀라에 대해 이야기하기 시작했고, 끄리모프는 줄곧 고 개를 끄덕이며 낮은 소리로 웅얼거렸다.

"네, 네, 네…… 네, 네……"

"자, 니꼴라이," 스쩨빤 표도로비치가 말했다. "내 거처로 가세. 지금 내게 다른 집은 없어. 오직 여기뿐이지."

등불에서 흘러나오는 연약한 빛은 침상과 장롱과 각종 기구며 병들, 밀가루 포대들로 가득한 지하를 온전히 밝혀주지 못했다.

벽을 따라 놓인 걸상과 침상과 궤짝 위에 사람들이 앉아 있었다. 웅얼거리는 말소리들이 답답한 공기 속을 떠돌았다.

스삐리도노프는 유리잔에, 머그잔에, 냄비 뚜껑에 술을 따랐다. 모두들 입을 다물고 특별한 시선으로 그를 주시했다. 깊고 진지한 이 시선 속에 불안이란 없었고, 오직 정의에 대한 믿음만이 있었다.

끄리모프는 앉아 있는 이들의 얼굴을 둘러보았다. '여기 그레꼬 프가 있다면 그에게도 한잔 따라줄 텐데.' 하지만 그레꼬프는 이미 자신에게 할당된 삶이라는 술잔을 비운 뒤였다. 세상은 그에게 더 이상 술을 권하지 않았다.

스삐리도노프가 손에 잔을 들고 일어나자 끄리모프는 생각했다. '모든 걸 망치려는군. 쁘랴힌처럼 연설을 늘어놓으려나.'

하지만 스쩨빤 표도로비치는 잔으로 허공에 8자 모양을 그리고 말했다.

"자, 모두들 잔을 비우세. 건배!"

유리잔들과 양철 머그잔들이 서로 부딪쳤다. 잔을 비운 사람들 은 신음 소리를 냈고, 고개를 흔들었다.

여기 모인 이들은 그야말로 서로 다른 사람들이었다. 전쟁 전에 국가는 그들을 각기 따로따로 살게 했다. 그들은 한 식탁에 모인 적이 없었고, 서로 어깨를 두드리지도 않았으며, "여보게, 내 말 좀 들어보게"라며 대화를 청한 적도 없었다.

하지만 이곳, 파괴된 발전소의 화염 속 지하에서, 목숨을 바쳐도 아깝지 않을 소박한 형제애가 생겨났다. 아, 형제애란 얼마나 좋은 것인가!

머리가 하얗게 센 늙은 야간 보초가 옛 노래를 부르기 시작했다. 아직 혁명이 일어나기 전 짜리찐[152]의 프랑스 공장 젊은이들이 술에 취해 즐겨 부르던 노래였다.

그는 낭랑하고 가느다란 청년 시절의 목소리로 노래했다. 그 목소리가 이미 자신에게도 낯설어진 탓에, 노인은 마치 술 취한 다른 누군가의 노래를 듣는 양 일종의 놀라움을 느끼며 자기 노래에 귀를 기울였다.

사랑과 사랑의 고통에 대한 노래가 이어지는 동안 검은 머리칼의 다른 노인 또한 진지하게 얼굴을 찌푸린 채 귀를 기울였다.

아름다운 시간이었다. 공장장과 야전 제빵소의 관리인과 마차병과 야간 보초와 경비대원을 연결하고, 깔미끄인과 러시아인과 그루지야인을 하나의 인간으로 뒤섞는 경이롭고도 무서운 시간, 진정 아름다운 시간이었다.

검은 머리 노인은 보초의 노래가 끝나자마자 그렇지 않아도 우울한 눈썹을 더 찌푸리고는 천천히, 전혀 맞지 않는 음으로 다음 노래를 이어가기 시작했다.

---

152 1925년까지 스딸린그라드를 부르던 이름.

옛 세상에서 벗어나자,

우리의 발에서 그 먼지를 털어내자······[153]

중앙위원회 조직책 니꼴라예프가 고개를 절레절레 흔들며 웃음을 터뜨렸고, 스뻬리도노프 역시 웃음을 터뜨리며 고개를 절레절레 흔들었다.

끄리모프는 씩 웃으며 스뻬리도노프에게 물었다.

"저 영감은 아마 멘셰비끼였겠죠?"

스뻬리도노프는 물론 안드레예프에 대해 모든 것을 알고 있었으며 끄리모프에게 모든 것을 이야기해주고 싶었다. 하지만 니꼴라예프가 들을까봐 겁이 났고, 그러자 소박한 형제애의 감정이 일순 사라졌다. 그는 크게 소리치며 노래를 중단시켰다.

"빠벨 안드레예비치, 그건 전혀 맞지 않는 노래예요!"

이에 안드레예프는 당장 입을 다물더니 그를 쳐다보고 말했다.

"아니, 내 생각은 다르오."

그루지야인 경비대원이 끄리모프에게 살가죽이 벗겨진 제 손을 보여주었다.

"친구를 파냈어요, 보로비요프 세료자를."

그의 검은 두 눈에 갑자기 불길이 이는 듯했다. 경비대원은 숨을 내뿜으며 말을 이었는데, 그 소리가 귀청을 째는 것만 같았다.

"그 친구, 세료자 보로비요프를 난 동생보다 더 사랑했어요."

머리가 센 보초는 술이 올라서 온몸이 땀투성이가 된 채 중앙위

---

153 러시아혁명가이자 10월혁명 전까지 러시아공화국 임시정부의 국가(國歌) 가사. 프랑스혁명가인 「라 마르세예즈」의 곡조에 인민주의자 뾰뜨르 라브로비치 라브로프(Pyotr Lavrovich Lavrov, 1823~1900)가 가사를 붙였다.

원회 조직책 니꼴라예프에게 다가앉았다.

"자, 들어보게. 마꿀라제는 자기가 세료자 보로비요프를 친동생보다 더 사랑했다고 하오! 난 무연탄 탄광에서 일했는데, 그곳 주인이 날 얼마나 사랑하고 존중했는지 봤어야 하오. 그는 내게 잔을 권했고, 난 그에게 노래를 불러주었소. 그 사람이 뭐라고 했는 줄 아오? '자네는 일개 평범한 광부지만 내게는 동생 대신이야.' 우리는 함께 대화를 나누고 식사도 했소."

"그 사람, 그루지야인이었소?" 니꼴라예프가 물었다.

"그가 그루지야인인 게 왜 중요하오? 그 사람 성은 보스끄레센스끼. 탄광 전체의 주인이었소. 그가 나를 얼마나 존중했는지 이해 못할 거요. 백만금을 가진 부자인데도 얼마나 좋은 사람이었는지……"

니꼴라예프와 끄리모프는 시선을 교환하며 서로 윙크를 한 뒤 고개를 가볍게 저었다.

"그거 정말 놀랍군!" 니꼴라예프가 말했다. "오래 살고 볼 일이오. 정말이지, 배움에는 끝이 없다니까."

"아, 이제 배우시오." 노인은 자신이 조롱당한다는 사실도 모른 채 진지하게 말했다.

참 이상한 밤이었다. 시간이 늦어 사람들이 떠나려 할 때 스뻬리도노프가 끄리모프에게 말했다.

"니꼴라이, 외투 내려놓게. 난 자네를 보내줄 생각이 없어. 내 방에서 자게."

그는 이불, 누비옷, 방수포를 어디에 어떻게 두어야 할지 생각하며 천천히 잠자리를 준비하기 시작했다. 끄리모프가 밖으로 나가 어둠 속에서 흔들리는 화염을 잠시 바라보다가 아래로 내려올 때까지도 스뻬리도노프는 여전히 그의 잠자리를 만들고 있었다.

끄리모프가 장화를 벗고 눕자 스삐리도노프가 물었다.

"그래, 자리는 편안하오?" 그는 끄리모프의 머리를 쓰다듬으며 취기 어린 얼굴에 선한 미소를 머금어 보였다.

지상에서 타오르는 불 때문인지, 끄리모프는 아까부터 줄곧 레닌의 장례를 치르던 1924년 정월의 어느 밤 수렵물 시장에서 타오르던 모닥불을 떠올리고 있었다.

지하에서 밤을 보내는 다른 이들은 모두 이미 잠든 듯했다. 칠흑같은 어둠 속에서, 끄리모프는 눈을 뜬 채 누워 생각하고 또 생각하며 옛 기억을 더듬었다.

강추위가 계속되던 그 시절, 스뜨라스니 사원 지붕 위의 어두운 겨울 하늘, 방한모와 철모를 쓰고 털옷과 가죽 외투를 입은 수백 명의 사람들. 죽음을 알리는 정부의 삐라로 온통 하얗게 변한 사원 광장의 풍경……

레닌의 시신은 농부의 썰매에 실려 고르끼[154]에서 기차역까지 옮겨졌다. 썰매채가 삐걱거리고 말들은 힝힝거렸다. 회색 머릿수건으로 동여맨 둥그런 털모자를 쓴 끄룹스까야,[155] 레닌의 누이 안나와 마리야, 친구들 그리고 고르끼에서 온 농부들이 관 뒤를 따라 걸어갔다. 여느 훌륭한 지식 노동자나 마을의 의사, 혹은 농업 전문가의 영면을 기릴 때와 그리 다를 것 없는 풍경이었다.

고르끼는 더없이 고요했다. 네덜란드산 타일이 하얗게 빛났고, 하얀 여름 시트로 덮인 침대 옆에는 라벨이 붙은 약병들로 가득한

---

154 모스끄바주의 뽀돌 구역에 있는 마을.

155 Nadezhda Konstantinovna Krupskaya(1869~1939). 소련의 혁명가. '노동계급해방투쟁동맹'을 조직하여 파업 중인 공장노동자들을 위한 전단을 작성하거나 체포된 노동자들을 적극 지원하는 역할을 했다. 1898년 유배지에서 레닌과 결혼했다.

캐비닛이 놓여 있었다. 약 냄새가 풍겼다. 의료 가운을 입은 나이 든 여자가 습관적으로 발뒤꿈치를 든 채 들어왔다. 여자는 침대 곁을 지나쳐 의자에서 신문 조각이 매달린 끈을 집어올렸고, 그러자 잠들어 있던 어린 고양이가 제 장난감 소리에 재빨리 고개를 들어 빈 침대를 쳐다보다가 이내 하품을 하며 다시 눈을 감았다.

관을 뒤따르면서, 가족과 친구들은 떠나간 사람을 추억했다. 누이들은 아맛빛 머리칼의 어린 소년을 기억하고 있었다. 성미가 까다롭고, 종종 냉소적이었으며, 가혹하리만치 기준이 높았으나, 어머니와 누이들과 형제들을 사랑한 좋은 아이였지.

그의 아내 또한 지난날의 그를 떠올렸다. 취리히에 있던 시절, 아파트 주인 여자가 자신의 어린 손녀 틸리와 쪼그려 앉아 이야기를 나누는 볼로쟈[156]를 보고 그를 웃게 하는 그 스위스 억양으로 말했었지. "자식들을 만들어야겠네요." 그러자 그는 재빨리 나제즈다 꼰스딴찌노브나[157]를 올려다보았다.

지나모[158]의 노동자들이 고르끼에 왔던 때도 떠올랐다. 볼로쟈는 그들을 맞이하고 싶어 했지. 자기 몸 상태도 잊은 채 무슨 말이라도 하려 했지만 그저 신음하며 손만 내저을 뿐이었어. 그가 울자 그를 둘러싼 노동자들도 울었고…… 임종 전의 그 겁먹고 애처로운 시선은 마치 엄마를 보는 아기의 것 같았어.

멀리 역사가 보이기 시작했다. 새하얀 눈 사이로 높은 연통이 달린 증기기관차가 검은 형체를 드러내고 있었다.

위대한 레닌의 정치적 동지들 ─ 리꼬프, 까메네프, 부하린 ─

---

156 블라지미르의 애칭. 레닌을 가리킨다.
157 끄룹스까야를 가리킨다.
158 열 생산 공장의 이름.

은 수염에 서리를 매단 채 썰매를 따라 발걸음을 옮기다가 이따금씩 한 남자의 거무스레하게 얽은 얼굴을 멍하니 쳐다보았다. 그는 긴 외투 차림에, 발에는 부드러운 목이 달린 장화를 신고 있었다. 평소 그 깝까스식 제복에 그들은 경멸조의 비웃음을 보내곤 했다. 스딸린이 보다 영리했다면 위대한 레닌의 가족과 가장 가까운 친구들이 모인 이곳 고르끼에 오지 않았으리라. 그들은 그 같은 자가 레닌의 유일한 상속자가 되어 그들 모두를, 레닌에게 가장 가까운 이들을, 심지어 그의 아내까지도 레닌의 유산에서 멀리 쫓아버리리라는 것을 이해하지 못했다.

그랬다. 부하린, 리꼬프, 지노비예프는 레닌의 상속자가 아니었다. 뜨로쯔끼도 아니었다. 그들은 오류를 범했다. 그들 중 누구도 레닌의 대의를 계승하지 못할 터였다. 하지만 레닌 또한 마지막 순간까지 자신의 대의가 스딸린의 대의로 이어지리라 깨닫지 못했다.

러시아와 유럽과 아시아의 운명, 인류의 운명을 결정했던 인간의 시신이 삐걱거리는 시골 썰매에 실린 날로부터 거의 스무해가 흘렀다.

끄리모프의 생각은 여전히 그 시점에 붙잡혀 있었다. 1924년 정월의 강추위, 툭툭 튀며 타오르는 밤의 모닥불, 얼음같이 차가운 끄레믈린의 벽, 눈물 흘리며 애도하는 10만의 무리, 가슴을 때리듯 울어대는 공장 사이렌 소리, 나무 연단에 올라 노동자를 향한 호소문을 읽는 예브도끼모프의 쟁쟁한 목소리, 빽빽하게 모여 서둘러 마련한 목조 묘소로 관을 옮기는 사람들……

끄리모프는 양탄자가 깔린 돔 소유조프[159]의 계단을 올라 검고

---

159 1775년 귀족 회합을 위해 만들어진 건물. 10월혁명 이후 노동조합에 넘어가 공산당대회 개최 장소가 되었다.

붉은 리본들로 가린 거울들을 지나쳤다. 솔잎 냄새가 나는 따뜻한 공기는 비통한 음악으로 가득 차 있었다. 홀에 들어서자 그동안 스몰니[160]나 스따라야[161]의 연단에서 봐온 이들의 고개 숙인 머리들이 보였다. 그리고 1937년에, 그는 돔 소유조프에서 다시 똑같은 머리들을 보았다. 이제 피고인이 된 그들은 비신스끼[162]의 짐승 같은 목소리를 들으며, 자신들이 썰매 뒤를 따라 걷고 레닌의 관 옆에 서서 장송곡을 듣던 지난 기억을 떠올렸으리라.

이 혁명 기념일에 스딸그레스에서, 그는 왜 오래전 정월의 날들을 떠올리고 있는 걸까? 레닌과 함께 볼셰비끼당을 만들었던 수십 명의 사람들은 결국 외국 정보기관의 선동가, 돈을 받은 요원, 변절자로 밝혀졌다. 그리고 단 한 사람, 당에서 한번도 중심적인 위치를 차지한 적이 없는, 이론가로서도 명성이 없던 한 사람만이 당의 구세주요 진리의 구현자로 판명되었다. 그들은 왜 그를 인정하는가?

이 모든 것에 대해서는 생각하지 않는 편이 나았다. 하지만 이날 밤 끄리모프는 바로 이 모든 것에 대해 생각했다. 그들은 왜 인정하는가? 그리고 난 왜 침묵하는가? 그래, 내가 침묵하는 건 "난 부하린이 변절자이고 살인자이고 선동가라는 것을 믿을 수 없습니다"라고 말할 힘이 없어서야, 끄리모프는 생각했다. 투표했을 때 나는 손을 들었지. 그런 다음에는 서명을 했고. 또 그런 다음에 연설을 하고 평론을 썼다. 그때의 결기는 나 자신에게 진정한 것으로 보이는데. 그런데 지금 이 의심은, 이 당혹감은 어디서 온 걸까? 대

---

160 러시아 최초의 여성 교육기관. 10월혁명 시기에는 혁명 본부로 사용되었다.

161 소련공산당 중앙위원회가 자리한 거리 이름.

162 Andrei Yanuar'evich Vyshinskii(1883~1954). 소련의 법률가. 검찰총장과 외무장관을 지냈다. 스딸린과의 협의하에 대숙청을 진행하면서 가혹한 고문으로 자백을 이끌어냈다.

체 난 뭘까? 이중적인 의식을 가진 인간? 아니면 아예 서로 다른 의식을 가진 두명의 다른 인간일까? 이걸 어떻게 이해해야 할까? 하지만 이런 일은 어디에나 있다. 나만이 아니라 다양한 인간들에게 늘 일어나는 일이야.

많은 사람들이 은밀히 느끼는 것, 끄리모프에게 가장 불안한 것이자 종종 그의 마음을 끌어당기는 것을, 바로 그레꼬프는 소리 내어 입 밖에 낸 셈이었다. 하지만 그 은밀한 것이 발설되자마자 끄리모프는 분노와 적의, 그레꼬프를 굴복시키고 부숴버리고 싶은 욕구를 느꼈다. 필요하다면 그는 아무 주저 없이 그레꼬프를 쏘아버렸을 것이다.

그리고 오늘, 쁘랴힌이 차갑고 관료적인 말로 연설을 늘어놓았다. 그는 국가의 이름으로 계획의 성과에 대해, 조달에 대해, 책임량에 대해 말했다. 이런 식의 영혼 없는 관료주의적 연설, 그리고 그 연설을 늘어놓는 영혼 없고 관료주의적인 사람들은 늘 끄리모프를 낯설고 불쾌하게 만들었지만, 그럼에도 그는 이들과 보조를 맞추어 걸어왔으며 이제 그들은 그의 상급자 동지가 되어 있었다. 레닌의 대의, 스딸린의 대의가 이 사람들 속에, 국가 속에 구현되어 있었다. 끄리모프는 그러한 대의의 영광과 힘을 위해 주저 없이 목숨을 바칠 준비가 되어 있었다.

자, 고참 볼셰비끼 모스뚭스꼬이. 그는 혁명의 명예를 확신하며 나서는 이들을 방어한 적이 한번도 없었어. 그는 침묵했어. 대체 왜 침묵했을까?

끄리모프는 언젠가 자신의 언론학 강좌를 들었던 학생, 사랑스럽고 양심적인 젊은이 꼴로스꼬프가 했던 이야기를 떠올렸다. 농촌 출신인 그는 집단농장화에 대해서, 자기들이 눈독 들이는 집과

정원의 주인들을 개인적인 적으로 간주해 부농 명단에 집어넣는 악당들에 대해서 이야기했다. 농촌의 기아에 대해서도, 곡물 전부를, 마지막 한알까지 잔인하게 빼앗는 방식에 대해서도 이야기했다…… 그는 아내와 손녀를 먹여 살리려다가 목숨을 잃은 어느 경이로운 노인에 대해 이야기하다가 울음을 터뜨렸다. 그러고 얼마 지나지 않아, 끄리모프는 곡물을 땅속에 묻어버리고 새싹을 향해 짐승 같은 증오를 뿜어내는 부농에 대한 벽보를 읽었다. 꼴로스꼬프의 탐방기였다.

그, 마음 아파하며 울음을 터뜨리던 꼴로스꼬프는 왜 그런 글을 썼을까? 왜 모스뚭스꼬이는 침묵했을까? 순전히 겁이 났기 때문에? 끄리모프 역시 마음속에 있는 것과 다른 말을 한 적이 얼마나 많았나! 하지만 말하고 쓰는 순간 그는 자신이 바로 그렇게 생각한다고 여겼다. 자신은 늘 자신이 생각하는 것을 말한다고 믿었다. 때때로 그는 스스로에게 말했다. "어쩔 수 없잖아. 이 모든 게 혁명을 위한 일이야."

갖가지 사건들이 일어났고, 일어났고, 또 일어났다. 끄리모프는 동지들을, 그들에게 죄가 없음을 확신하면서도 제대로 변호하지 않았다. 때로는 침묵했고, 때로는 들리지 않게 나직한 소리로 중얼거렸고, 때로는 더 나쁜 짓도 했다. 침묵하거나 들리지 않게 나직한 소리로 중얼거리는 것보다 더 나쁜 짓이었다. 당 지역위원회에서, 당 시위원회에서, 당 주위원회에서 그를 호출했고, 가끔은 보안부에서 그를 호출했다. 그러고는 그에게 그의 지인들, 당원들에 대해 물었다. 그는 한번도 동지들을 모함하지 않았고, 죄 없는 이에게 죄를 뒤집어씌우지도 않았으며, 밀고나 성명을 쓰지도 않았다…… 그저 자기 친구들을, 볼셰비끼들을, 제대로 방어하지 않았을 뿐이다.

324

그렇다면 그레꼬프는? 그레꼬프는 적이다. 끄리모프는 적에게 동정을 느끼는 법이 없었다.

하지만 자신이 박해받는 동지들의 가족들과 관계를 끊은 것은 무엇 때문일까? 그는 그들을 찾아가지 않았고 전화를 걸지도 않았다. 그렇지만 거리에서 그들을 마주치면 다른 쪽 보도로 건너가지 않고 안부 인사를 나누었다.

수용소로 소포를 보내고 편지를 받을 수 있도록 중간에서 자기 주소를 내어주는 몇몇 사람들이 있었다. 보통은 노파나 주부 또는 당적 없는 소상인이었다. 웬일인지 이들은 모두가 두려움이라는 걸 몰랐다. 그중 어떤 노파들 — 집안일 해주는 여자들, 종교적 편견으로 가득한 문맹의 유모들 — 은 아버지와 어머니가 체포되고 남겨진 고아들을 찾아 그들이 수용 시설이나 고아원에서 살지 않도록 제집에 거두었다. 하지만 당원들은 무슨 전염병 피하듯이 이 고아들을 외면했다. 이 늙은 소상인들, 아주머니들, 문맹의 유모들이 볼셰비끼 레닌주의자들, 모스뜹스꼬이, 끄리모프보다 훨씬 더 양심적이고 용감하지 않은가?

왜, 정말 왜 그럴까? 무서워서? 그저 비겁하기 때문에?

인간은 공포를 극복할 능력이 있다. 그래서 아이들은 깜깜한 곳으로 들어가고, 병사들은 전투에 나가고, 젊은이는 낙하산을 메고 한발짝 내디며 낭떠러지로 뛰어내린다.

그러나 이 공포는 특별한, 힘겨운, 수백만 사람들이 극복하기 어려운 공포다. 이 공포는 모스끄바의 납 같은 잿빛 겨울 하늘에 불길한 붉은 글씨로 울긋불긋 적힌 그것, '고스스뜨라흐'[163]다.

---

[163] '국가에 대한 공포'를 뜻하는 약어. 작가가 만들어낸 신조어다.

아니, 아니, 공포 자체가 그런 엄청난 일을 할 힘은 없다. 혁명적 목표가 도덕을 위하여 밀고자, 위선자, 오늘날의 바리새인 들을 도덕에서 해방시켰으며, 미래를 위하여 이들을 정당화했다. 혁명적 목표가 인민의 행복을 위하여 죄 없는 자들을 구덩이로 처넣은 이유를 설명했다. 혁명적 목표가 지닌 힘이 혁명의 이름으로 수용소로 떨어진 부모의 아이들로부터 등 돌리기를 허락했다. 이 힘이, 어째서 혁명이 무고한 남편을 고발하지 않은 아내를 아이들에게서 떼어내 십년 동안 강제수용소에 가두기를 원하는지 설명했다.

혁명의 위력이 죽음의 공포, 고문 앞의 경악, 멀리 떨어진 수용소의 숨결을 느끼는 이들의 비통함과 결합되었다.

예전에 혁명으로 나아갔던 사람들은 자신들 앞에 감옥이, 강제노동이, 수년의 부랑 생활이, 사형이 기다리는 것을 알았다.

그리고 지금 가장 불안하고 뒤숭숭하고 좋지 않은 것은 근래 들어 혁명이 자기에게 충실하도록 하기 위해, 위대한 목표에 충실하도록 하기 위해 풍성한 배급을, 끄레믈린의 정찬을, 인민위원회의 소포를, 자가용을, 바르비하[164]로의 호화판 출장 여행을, 일등 침대 칸을 지불한다는 사실이었다.

"안 자오, 니꼴라이 그리고리예비치?" 어둠 속에서 스뻬리도노프의 목소리가 들렸다.

"자야죠." 끄리모프가 대답했다. "막 잠들려던 참이에요."

"아, 미안하오. 방해하지 않겠소."

---

164 모스끄바 근교의 고급 휴양지.

40

모스뚭스꼬이가 슈투름반퓌러 리스에게 불려간 날로부터 일주일 이상이 흘렀다.

열병 같은 기대와 긴장이 무거운 슬픔으로 대체되었다.

모스뚭스꼬이는 자꾸만 자신이 동지와 적으로부터 영원히 잊혔다고 여겨졌다. 다들 그를 허약하고 노망난 늙은 방귀쟁이요, 이제 기력이 다 빠진 쓸모없는 인간으로 생각하는 것 같았다.

어느 맑고 바람 없는 아침에 그는 목욕탕으로 이끌려갔다. 이번에는 SS 호송병이 건물까지 따라 들어오는 대신 계단에 앉더니 옆에 자동소총을 내려놓고 담뱃불을 붙였다. 맑고 햇볕 따스한 날 굳이 습기 찬 목욕탕에 들어가고 싶지 않은 모양이었다.

목욕탕에서 일하는 전쟁포로가 미하일 시도로비치에게로 다가왔다.

"안녕하십니까, 친애하는 모스뚭스꼬이 동지."

모스뚭스꼬이는 놀라 소리를 질렀다. 그의 눈앞에 제복을 입고 소매에 의무실 완장을 찬 여단 꼬미사르 오시쁘프가 걸레 조각을 흔들며 서 있었던 것이다. 그들은 서로를 꽉 끌어안았다.

"목욕탕 일을 배정받는 데 성공했어요." 오시쁘프가 황급히 말했다. "이곳 청소부의 임시 교대자로 왔어요. 동지를 만나고 싶었거든요. 자, 꼬찌꼬프 장군과 즐라또끄릴레쯔가 안부를 전했습니다. 그동안 무슨 일이 있었는지, 어떻게 지내시는지, 놈들이 당신에게 뭘 원하는지 얘기해주세요. 옷을 벗으면서 말씀하시면 됩니다."

모스뚭스꼬이는 야간 심문에 대해 이야기했다.

오시쁘프가 튀어나온 검은 두 눈으로 그를 바라보았다.

"동지에게 작업을 하려는 모양이군요. 얼간이들."

"하지만 대체 뭣 때문에? 목적이 뭘까, 목적이?"

"일종의 역사와 관련한 정보를 원하는 게 아닐까요? 당의 창설자와 지도자의 성격에 대한 이야기라든가…… 아니면 선언문이나 호소문 같은 것을 쓰라고 요구할 수도 있겠고요."

"턱도 없는 생각이오." 모스뚭스꼬이가 말했다.

"그들이 괴롭힐 겁니다, 모스뚭스꼬이 동지."

"턱도 없는 바보 같은 생각이야." 모스뚭스꼬이는 다시 한번 말하고 물었다. "얘기해보시오, 당신 일은 어떻게 돼가오?"

"기대 이상이에요." 오시뽀프가 목소리를 낮추어 속삭이듯 말했다. "가장 중요한 건, 공장에서 일하는 사람들과 접촉해 자동소총과 수류탄 같은 무기들을 구비할 수 있게 되었다는 겁니다. 사람들이 부속들을 가지고 오면 우리는 블록 안에서 조립하지요. 물론 아직은 미미한 수효지만요."

"예르쇼프가 해냈군, 대단한 사람이야!" 모스뚭스꼬이가 말했다. 그런 다음 그는 셔츠를 벗고 가슴과 팔을 살펴보았고, 자신의 늙은 모습에 다시금 화가 치밀어 머리를 슬프게 흔들었다.

"상급자 동지로서 알고 계셔야 할 것이 있어요." 오시뽀프가 말했다. "예르쇼프는 지금 우리 수용소에 없습니다.

"뭐? 어떻게…… 없다니?"

"이송되었어요. 부헨발트[165]로요."

"대체 왜? 그 훌륭한 동지를 왜 부헨발트로……"

"그는 부헨발트에서도 훌륭한 젊은이로 남을 겁니다."

---

[165] 나치 독일이 건설한 가장 큰 강제수용소 중 하나. 독일 바이마르 북서쪽에 있었다.

"어떻게 이런 일이 일어난 거요?"

"지도부에 분열이 생겼어요." 오시뽀프는 침울하게 말을 이었다. "예르쇼프의 매력에 끌려 자발적으로 그를 따르는 이들이 많았습니다. 그러자 그 친구도 머리가 돈 거죠. 도무지 중앙에 복종하지 않고 매사에 모호하고 이상하게 굴더군요. 하는 일마다 상황이 꼬였어요. 지하조직의 제1계명은 강철 같은 기강입니다. 그런데 우리에겐 중심부가 둘이 된 셈이죠. 그중 하나는 당 외부에 있었고요. 결국 당에서 상황을 파악하고 결정을 내렸어요. 행정실에서 일하는 체코인 동지가 예르쇼프의 신상 카드를 부헨발트 이송 그룹에 끼워넣었습니다. 그렇게 자동적으로 명단에 올라갔죠."

"더없이 간단하군." 모스뚭스꼬이가 말했다.

"공산주의자들이 만장일치로 결정한 사안입니다."

오시뽀프는 초라한 옷을 입고 걸레를 든 채 엄격하고 흔들림 없이, 자신이 섬기는 대업을 인간의 운명 위에 군림하는 판관으로 위치시키는 강철 같은 권리, 신성神性보다 더 크고 무서운 그 권리에 대한 확신에 차 모스뚭스꼬이 앞에 서 있었다.

그리고 그, 위대한 당의 창건자들 중 한 사람인 그는 발가벗은 앙상한 노인의 모습으로 쇠약하고 깡마른 어깨를 움츠리고 고개를 숙인 채 앉아서 침묵하고 있었다.

또다시 눈앞에 그날 밤 리스의 집무실이 떠올랐다.

또다시 공포가 그를 사로잡았다. 혹시 리스가 거짓을 말한 게 아니라면? 비밀스러운 감시 목적 같은 것 없이, 정말 인간 대 인간으로 그와 대화를 나누고 싶었던 거라면?

그는 몸을 곧게 폈다. 십년 전 집단농장화 때 그랬듯이, 그리고 청년 시절의 동지들이 사형선고를 받은 정치재판 때 그랬듯이, 그는 입을 열어 이렇게 말했다.

"이 결정에 복종하오. 당원으로서 이를 수용하오."

이어 그는 벗어둔 윗도리 안감에서 종이 뭉치를 꺼냈다. 그가 만든 전단이었다.

갑자기 눈앞에 이꼰니꼬프의 얼굴과 그 암소 같은 두 눈이 나타났고, 미하일 시도로비치는 아무 생각 없는 선의에 대해 설교하는 그의 목소리를 다시 한번 듣고 싶었다.

"이꼰니꼬프에 대해 묻고 싶었소." 미하일 시도로비치가 말했다. "혹시 체코인이 그의 신상 카드도 바꿔 넣었소?"

"늙은 유로지비, 물렁탱이, 동지가 그렇게 부른 사람 말입니까? 처형되었어요. 절멸수용소 공사 노동에 나가는 걸 거부했거든요. 카이제가 총살 명령을 내렸지요."

이날 밤 수용소 블록의 벽마다 모스뚭스꼬이가 스딸린그라드전투에 대해 작성한 전단이 나붙었다.

41

종전 직후, 뮌헨 게슈타포 문서 보관실에서 서독 강제수용소 중 한곳의 지하조직 사건에 대한 수사 자료가 발견되었다. 사건 종결 문서에는 조직 참가자들의 처형이 이루어졌으며 처형된 시체는 소각장에서 한꺼번에 불태워졌다는 내용이 명시되었다. 명단 첫머리에 모스뚭스꼬이의 이름이 있었다.

수사 자료의 검토로는 동지들을 배반한 선동가의 이름을 확인할 수 없었다. 게슈타포가 그를 그가 배반한 다른 사람들과 함께 처형했을 가능성이 있다.

42

가스실, 독극물 저장실, 소각장에서 근무하는 존더코만도[166]의 기숙사는 따뜻하고 평온했다.

시설 제1호에서 일하는 수감자들에게도 마찬가지로 좋은 조건이 제공되었다. 침상마다 자그마한 탁자가 놓이고, 뜨거운 물이 담긴 유리병이 제공되었으며, 통로에는 양탄자까지 깔려 있었다.

가스실에서 일하는 사람들은 보초의 감시 없이 특별한 공간에서 따로 식사를 했다. 독일인 존더코만도에게는 레스토랑식으로 식사가 제공되어 각자 메뉴를 고를 수 있었다. 특별수당까지 합하면 이들의 봉급은 동일 계급의 다른 군인들에 비해 거의 세배나 되었다. 이들의 가족들 또한 주거상의 혜택은 물론 최고 수준의 식료품 배급과 공습 위기에 처한 지역에서 제일 먼저 철수할 수 있는 권리를 누렸다.

병사 로제는 점검창을 지켰고, 과정이 끝난 뒤 방을 비우라는 명령을 내렸다. 그외에도 그는 치과의사들이 양심적으로 정확하게 일하는지 감독해야 했다. 그는 설치물 소장인 슈투름반뛰러 칼틀루프트에게 두 임무를 동시에 수행해야 하는 고충에 대해 이미 여러 차례 보고를 올렸다. 로제가 위쪽에서 가스 공급을 감독하는 동안 아래층은 감시 없이 남게 되고, 그로써 컨베이어 벨트에 적재하는

---

[166] 1938~45년 나치 수용소에서 특수한 임무를 수행한 부대의 명칭.

일꾼들과 치과의사들의 속임수며 도둑질이 시작된다는 것이었다.

일에 익숙해진 뒤로 로제는 더이상 점검창을 들여다보며 처음처럼 걱정하거나 흥분하지 않았다. 그의 전임자는 특수 임무를 수행하는 SS 병사보다는 열두살 소년에게 어울릴 법한 짓을 하다가 들켰다. 로제는 처음에 왜 동료들이 모종의 음란 행위를 암시하는지 이해하지 못했으나 나중엔 그 정황을 조금은 이해하게 되었다.[167]

익숙해지긴 했어도 새 일이 로제의 마음에 든 것은 아니었다. 로제를 불안하게 한 것은 그를 둘러싼 익숙지 않은 경의의 표현이었다. 식당 여종업원들은 그에게 왜 그리 안색이 좋지 않은지 묻곤 했다.

로제가 기억하는 한 어머니는 항상 울고 있었다. 아버지는 항상 해고당했는데, 어째서인지 해고당하는 횟수가 취업하는 횟수보다 훨씬 많은 것 같았다. 로제는 어른들이 신경 쓰지 않도록 살그머니 걷는 법을 배웠고, 이웃과 집주인과 집주인의 고양이와 교장과 길 한구석에 서 있는 순경을 향해 공손하게 미소 짓는 법을 익혔다. 유약함과 공손함이 그의 성격을 규정하는 기본적인 특징인 듯 여겨졌으니, 로제 자신도 자신의 내면에 얼마만 한 증오가 살고 있었는지, 여러해 동안 어떻게 그것을 드러내지 않을 수 있었는지 놀라지 않을 수 없었다.

그는 존더코만도에 배속되었다. 인간의 심성을 잘 파악하는 소장은 그의 유약함과 여성적인 면모를 금세 알아차렸다.

가스실에서 몸부림치는 유대인을 보는 일은 그에게 아무런 즐거움을 주지 못했다. 로제는 설치물에서의 일을 즐기는 병사들에

---

[167] 당시 가스실에서 죽어가는 이들의 모습에 흥분하여 자위행위를 하는 병사들이 있었다고 한다.

332

게 혐오를 느꼈다. 가장 혐오스러운 자는 가스실 입구에서 아침 당번으로 근무하는 전쟁포로 주첸꼬였다. 그는 늘 어린애 같은, 그래서 혐오스러운 미소를 머금고 있었다. 로제는 자신의 일을 좋아하지 않았지만, 이 일이 자신에게 가져다주는 명백한 이득과 은밀한 이득 모두를 잘 알고 있었다.

매일, 일이 끝날 무렵 실속과 치과의사가 금으로 된 크라운 몇개를 종이로 싸서 로제에게 건네주었다. 이 작은 종이 꾸러미는 수용소 행정부로 들어가는 귀금속 중 극소량에 불과했지만 로제는 벌써 두번이나, 거의 1킬로그램에 달하는 금을 아내에게 보냈다. 그들에게 이것은 밝은 미래와 편안한 노년이라는 꿈의 실현이었다. 젊은 시절 그는 너무도 약하고 소심해 생존 투쟁에 진정으로 임할 수 없었다. 그는 당이 작고 약한 이들의 행복이라는 단 하나의 목표를 위해 존재한다는 사실을 결코 의심하지 않았다. 그는 이미 자신에게서 히틀러 정치의 유익한 효과를 느꼈다. 그 또한 작은 인간, 약한 인간이었고, 이제 그와 가족의 생활은 전과 비교할 수 없을 만큼 수월하고 좋아졌으므로.

43

안똔 흐멜꼬프는 때때로 자신의 일에 경악했고, 밤마다 침상에 누워서는 뜨로핌 주첸꼬의 웃음소리를 들으며 무겁고 차가운 당혹감에 사로잡혔다.

길고 뭉툭한 손가락들이 달린 주첸꼬의 두 손, 가스실의 비밀 잠금장치를 닫는 그 두 손을 그는 도무지 씻지도 않는 것 같았다. 주첸꼬가 손을 넣었던 바구니에서 빵을 꺼내는 것마저 혐오스러웠다.

주첸꼬는 아침 당번으로 출근해 철도 쪽에서 나타날 사람들의 행렬을 기다리며 행복한 흥분을 느끼곤 했다. 행렬의 움직임이 그에겐 도무지 참을 수 없을 만큼 느리기만 해서, 그는 유리창 너머 참새들을 주시하는 고양이처럼 턱에 경련을 일으키며 목구멍에서 가늘고 애통한 신음을 내었다.

그 주첸꼬가 바로 흐멜꼬프의 불안을 자극하는 요인이었다. 물론 그렇다고 흐멜꼬프 또한 술을 들이켜고 취해서, 자기 차례를 기다리는 여자를 골라잡지 않은 것은 아니다. 존더코만도의 일꾼들은 탈의실로 이어지는 작은 문으로 들어가 여자를 고를 수 있었다. 남자는 결국 남자 아닌가. 흐멜꼬프도 젊은 여자나 어린 소녀를 골라 바라끄의 빈 구석으로 끌고 갔다가 반시간쯤 지난 뒤 다시 우리로 데려와 경비에게 넘겨주곤 했다. 그도 침묵하고 여자도 침묵했다. 하지만 그가 이곳에 와 있는 것은 여자와 술 때문도, 개버딘 승마바지 때문도, 지휘관의 크롬 도금 장화 때문도 아니었다.

1941년 7월 어느날 그는 포로가 되었다. 개머리판으로 목과 머리를 맞았고, 피똥 싸는 이질에 걸렸고, 다 찢긴 장화를 신은 채 눈 속으로 내몰렸고, 중유가 둥둥 뜬 누런 물을 먹어야 했다. 그는 손가락으로 말 사체에서 악취 나는 검은 고기를 뜯어내고, 썩은 순무와 감자 껍질을 삼켰다. 그가 선택한 것은 단 하나, 자신의 목숨이었다. 더이상은 원하지 않았다. 그는 열번이나 죽음에서 살아났다. 그는 굶어 죽거나 얼어 죽고 싶지 않았다. 피똥을 싸다가 죽고 싶지 않았고, 머리에 9그램짜리 금속이 박혀 쓰러지고 싶지 않았다. 통통 부은 채 발밑에서 차오르는 물속에서 헐떡거리고 싶지도 않았다. 그는 범죄자가 아니었다. 그는 께르치의 이발사였고, 아무도, 친척도, 마당을 같이 쓰는 이웃도, 직장 상사도, 그와 함께 술 마시고 훈제 숭어를 먹고 도미노 게임을 하는 친구들도 그에 대해 나쁘게 생각한 적이 없었다. 그래서 한때 그는 자신과 주첸꼬 사이에 아무런 공통점이 없다고 생각했다. 하지만 이제 가끔씩, 자신과 주첸꼬가 거의 같은 인간이라고 여겨질 때가 있었다. 그들이 어떤 기분으로 일터에 가는지, 하느님과 인간들에게 무슨 상관일까? 어차피 같은 일을 하는데, 즐겁게 일터로 가든 아니면 불쾌함을 느끼며 마지못해 가든 무슨 차이가 있단 말인가!

하지만 흐멜꼬프가 도무지 납득할 수 없는 건, 자신의 마음이 어지러운 것이 주첸꼬가 자신보다 더 죄가 많기 때문이 아니라는 사실이었다. 주첸꼬의 타고난 끔찍한 악랄함이 흐멜꼬프 자신을 정당화한다는 것 때문에 주첸꼬가 끔찍했다. 흐멜꼬프 자신은 여전히 괴물이 아닌 인간이라는 점이 그의 마음을 괴롭혔던 것이다.

이제 그는 어렴풋이 알 것 같았다, 파시즘의 시대에 인간으로 남고자 하는 인간에게는 목숨을 부지하는 삶보다 더 쉬운 것이 죽음이라는 것을.

44

설치물 소장이자 존더코만도 지휘관인 슈투름반퓌러 칼틀루프트는 매일 저녁 관제실로부터 다음 날 도착할 수송차량 일정에 대한 보고를 받았고, 일꾼들에게도 미리 차량의 수효나 도착할 인원수에 대해 알리며 할 일을 지시했다. 수송차량이 어느 나라에서 도착하는가에 따라 매번 이발사, 호송자, 짐꾼 같은 적절한 보조 인력들이 호출되었다.

칼틀루프트는 절도 없는 행동을 증오했다. 부하들이 취해 있으면 화를 냈고, 그 자신도 술을 마시지 않았다. 그가 밝고 활기찬 모습을 보이는 경우는 오직 부활절이 되어 가족을 만나러 갈 때뿐이었다. 그럴 때면 일찍부터 자동차에 들어앉아 슈투름반퓌러 한을 손짓해 부른 뒤 아버지를 닮아 얼굴이 크고 눈이 큰 자기 딸의 사진을 보여주기도 했다.

칼틀루프트는 자신의 일을 즐겼으며 시간 낭비를 싫어했다. 저녁을 먹은 뒤 클럽에 가거나 영화를 보는 일도 없었다. 크리스마스 기간에는 존더코만도를 위해 트리와 수용소 합창단의 공연이 마련되고 만찬용으로 병사 두명당 프랑스 꼬냑이 한병씩 무상으로 지급되었는데, 그날도 칼틀루프트는 클럽에 단 삼십분 머무를 뿐이었다. 모두들 그의 손가락에 새 잉크 자국이 남아 있는 것을 보았다. 크리스마스 저녁에도 일을 했던 것이다.

젊은 시절 그는 시골의 부모 집에서 살았다. 이 집에서 그의 삶이 지나갈 것으로 보였다. 그는 시골의 평온함을 좋아했고 힘든 노동을 두려워하지 않았다. 아버지 농장의 규모를 확장하려는 꿈을 꾸긴 했지만, 수입이 얼마나 되든 결국은 돼지를 치고 순무와 귀리를 팔며 쾌적하고 고요한 아버지 집에서 일생을 보내리라 생각했다. 하지만 삶은 다르게 꾸려졌다. 제1차 세계대전이 끝날 무렵 그는 전선으로 나가 운명이 그를 위해 깔아놓은 길을 걷기 시작했다. 운명은 농부에서 병사로, 참호에서 참모부 경비대로, 행정병에서 부관으로, 제국 보안부 중앙 기구의 업무에서 수용소 관리 업무로, 그리고 드디어 절멸수용소의 존더코만도 소장이라는 직책으로 그를 이끌었다.

만약 칼틀루프트가 하늘의 법정에서 답변해야 한다면, 그는 운명이 어떻게 자신을 59만명을 죽인 망나니의 길로 떠밀었는지 정직하게 말할 것이다. 세계대전, 거대한 민족운동, 불굴의 당, 국가의 강압이라는 무지막지한 힘 앞에서 무엇을 할 수 있었단 말입니까? 누가 자신의 뜻대로 헤엄쳐갈 수 있었을까요? 저는 인간이었습니다. 아버지 집에서 살아갈 작정이었어요. 저는 제 의지로 걸어간 것이 아니라 떼밀렸습니다. 제 뜻과 상관없이 꼬마처럼 이끌려갔습니다. 운명이 제 손을 잡아끌었지요. 그렇게 또 그와 비슷하게 칼틀루프트가 일터로 보낸 사람들도, 그리고 칼틀루프트를 일터로 보낸 사람들도 하느님 앞에서 스스로를 변호하리라.

칼틀루프트는 하늘의 심판 앞에 자기의 영혼을 정당화할 필요가 없었다. 그래서 하느님도 세상에는 죄인이 없다는 사실을 칼틀루프트에게 확인해줄 필요가 없었다……

하늘의 심판이 있고, 국가와 사회의 심판이 있다. 하지만 그보다 더 높은 최고의 심판이 있으니, 그것은 죄인이 죄인에게 내리는 심판이다. 죄인이 전체주의국가의 힘을 측정하니, 그 힘은 무한하다. 그 힘이 선전으로, 기아로, 고독으로, 수용소로, 죽음의 위협으로, 무명과 치욕으로 인간의 의지를 구속한다. 하지만 가난과 기아와 수용소와 죽음의 위협 아래 내딛는 인간의 매 발걸음에는 제약과 나란히 구속되지 않는 의지 또한 나타난다. 존더코만도 소장이 걸어온 삶의 길, 농촌에서 참호로, 당적 없이 평범하게 살다가 의식 투철한 국가사회주의 당원이 되는 모든 과정에는 그의 의지가 각인되어 있었다. 운명이 인간을 이끌지만 인간은 자신이 원하기 때문에 그 길을 간다. 인간은 원하지 않을 자유가 있다. 운명이 인간을 이끌어 절멸의 무기로 사용하지만 동시에 인간은 그에 동의함으로써 자신이 이득을 본다는 사실을 안다. 그는 그 이득에 대해 알며 그것을 향해 나아간다. 끔찍한 운명과 인간은 상이한 목적을 지니되 같은 길을 걷는다.

선고를 내리는 이는 무결하고 자비로운 하늘의 심판관도, 국가와 사회의 행복을 주도하는 현명한 재판관도, 성자도, 정의로운 사람도 아니다. 그 자신, 전체주의국가의 끔찍한 권력을 경험한, 타락한, 굴복한, 겁먹은, 더럽고 죄 많은 그 자신이 선고를 내린다. 그는 이렇게 말하리라.

"끔찍한 세상에는 죄인들이 존재한다! 나는 죄인이다!"

45

드디어 여행의 마지막 날이 왔다. 차량들이 이를 갈듯 삐걱대고 브레이크가 덜컥이는 소리를 내는가 싶더니 고요가 내려앉았다. 그리고 잠시 뒤, 잠금장치가 요란하게 풀리고 명령이 들렸다.

"모두 밖으로!"[168]

얼마 전 내린 비에 젖어 축축해진 플랫폼으로 사람들이 나오기 시작했다.

익숙한 얼굴들이 찻간 속 암흑 이후로 얼마나 낯설어 보이는지! 외투나 머릿수건은 사람보다 변화가 덜했다. 재킷이며 원피스를 바라보며 그들은 각자의 집을, 그것들을 몸에 걸치며 비추어보았던 거울을 떠올렸다.

찻간에서 나온 사람들은 옹기종기 모여섰다. 마흔두개의 화물차

---

[168] Alle heraus!(독일어).

량에서 나온 그 빽빽한 무리 속에는 안도감을 주는 친숙한 무언가가 있었다. 아는 냄새, 아는 온기, 고통에 지친 저 익숙한 얼굴과 눈……

긴 외투를 입은 SS 순찰병 두명이 징 박힌 뒤축으로 아스팔트를 울리며 천천히 걸어왔다. 생각에 잠긴 채 거만하게 발걸음을 옮기는 그들은 하얀 얼굴이 온통 하얀 머리칼로 덮인 죽은 노파를 업고 나오는 젊은 유대인에게도, 웅덩이를 향해 기어가 손으로 물을 떠마시는 곱슬머리 젊은이에게도, 속바지에서 뜯겨나온 끈을 정돈하느라 치마를 들어올리는 곱사등이 여자에게도 눈길을 주지 않았다.

이따금 SS 병사들은 서로를 쳐다보며 두세마디 말을 나누었다. 그들이 아스팔트 위를 걷는 모습은 흡사 하늘을 지나가는 태양과도 같았다. 태양은 바람과 구름과 바다의 폭풍과 나뭇잎 소리를 살피지 않지만, 자신의 유유한 움직임이 지상의 모든 것을 움직인다는 사실을 안다.

푸른 멜빵바지 차림에 넓은 챙이 달린 모자를 쓰고 소매에 하얀 완장을 두른 남자들이 이상한 언어 — 러시아어, 독일어, 유대어, 폴란드어, 우끄라이나어 단어들이 마구 뒤섞인 — 로 소리치며 도착한 이들을 몰아댔다.

푸른 멜빵바지를 입은 젊은이들은 빠르고 능숙하게 플랫폼의 사람들을 조직한다. 못 걷는 사람들을 골라내고, 좀더 힘이 센 이들을 시켜 반쯤 죽은 이들을 유개화물차에 싣고, 혼란 속에서 대열을 만들어내고, 그 대열을 움직이게 한다. 움직임에 방향과 목표를 부여하는 것도 그들이다.

총 여섯줄이 세워진다. 줄마다 통보가 빠르게 지나간다. "목욕탕, 우선 목욕탕으로."

자비로운 하느님도 이보다 더한 친절을 생각해내지 못하셨으리라.

"자, 유대인들, 출발!" 수송열차에서 내린 사람들을 조직한 자들의 우두머리인 모자를 쓴 남자가 소리치고는 무리를 둘러본다.

남자들과 여자들은 보따리들을 움켜쥐고 아이들은 엄마의 치맛자락과 아버지의 재킷 옆구리에 찰싹 달라붙는다.

"목욕탕…… 목욕탕으로……" 이 말이 마법을 걸고 최면술처럼 의식을 가득 채운다.

모자를 쓴 저 건장한 남자에게는 무언가 마음을 끄는 구석이 있다. 그는 회색 외투에 철모를 쓴 사람들이 아니라 이들이 있는 불행한 세계와 더 가까워 보인다. 한 노파가 기도하듯 조심스럽게 손가락 끝으로 그의 소매를 쓰다듬으며 묻는다.

"당신 리투아니아 유대인이죠, 젊은이?"[169]

"네, 유대인입니다. 빨리, 빨리, 여러분."[170] 그러더니 그는 갑자기 날카로운 음성으로 서로 전쟁 중인 두 군대의 언어를 섞어 소리 지른다. "*종대, 행군!*[171] 앞으로 갓!"

이제 플랫폼은 텅 비었다. 멜빵바지를 입은 사람들이 아스팔트 바닥에 떨어진 헝겊 조각이며 끈, 다 떨어진 신발 한짝, 어린이용 장난감 블록을 쓸어낸 뒤 열차 문을 하나씩 요란하게 닫는다. 찻간마다 강철의 파도가 이를 가는 듯하다. 텅 빈 수송열차는 소독장을 향해 움직이기 시작한다.

일을 마친 대원들은 공무용 출입구를 통해 수용소로 돌아간다. 동쪽에서 오는 수송열차가 제일 혐오스럽다. 이 열차에서 죽은 자들

---

169 유대어를 러시아 문자로 썼다.

170 유대어, 폴란드어를 러시아 문자로 썼다.

171 Die Kolonne marsch!(독일어).

과 환자들이 제일 많이 나온다. 찻간은 온통 이가 득실거리고 악취도 지독하다. 헝가리나 네덜란드나 벨기에에서 오는 수송열차와 달리 여기서는 향수병도, 코코아 봉지도, 연유 깡통도 찾아낼 수 없다.

46

나그네들 앞에 거대한 도시가 나타났다. 그 서쪽 끝은 안개 속에 가라앉아 있었다. 멀리 있는 공장들의 굴뚝에서 나오는 검은 연기가 안개와 섞이고, 바라끄들이 만든 장기판 모양의 거대한 무늬도 엷은 안개에 덮여 있었다. 바라끄들 사이 넓은 거리들이 이루는 기하학적인 직선들과 안개가 결합된 광경은 감탄스러울 지경이었다.

북동쪽에서는 노을 같은 검붉은 빛이 축축한 가을 하늘을 진하게 물들이고 있었다. 그 질척한 빛 속에서 이따금씩 더러운 불길이 천천히, 뱀처럼 기어나왔다.

나그네들은 광장으로 나왔다. 광장 한가운데 축제에서나 볼 법한 커다란 나무 단상이 놓이고 그 위에 수십명의 사람들이 서 있었다. 오케스트라였다. 거기 선 사람들은 각자의 악기처럼 각양각색의 모습이었다. 그중 몇몇이 다가오는 행렬을 살펴보았다. 밝은 빛깔의 레인코트를 입은 노인이 무어라 말하자 단상에 있던 이들 모두 악기를 잡았다. 소심하면서도 건방진 새의 울음소리가 한번 튀어나온 뒤, 가시철조망과 사이렌의 울음에 찢긴 대기, 온통 오물과 기름 탄 냄새로 악취를 풍기는 이곳의 대기가 갑자기 음악으로 가득 채워졌다. 마치 뜨거운 햇볕에 달구어진 거대한 여름 구름이 집시처럼 떠돌다가 땅을 향해 반짝이는 비를 쏟아내는 것만 같았다.

수용소 수감자들, 감옥의 수인들, 감옥에서 탈출한 사람들, 죽음을 향해 가는 사람들은 음악의 비상한 힘을 알고 있다.

아무도 수용소와 감옥을 체험한 사람들, 죽음을 향해 가는 사람들이 느끼듯이 음악을 느끼지 못한다.

파멸하는 자에게 닿는 음악이 갑자기 탄생시키는 것은 생각이나 희망이 아니다. 음악은 그의 영혼 속에 맹목적인, 찌르는 듯한 삶의 경이만을 탄생시킨다. 행렬 종대에 흐느낌이 지나갔다. 모든 것이 변한 듯했고 모든 것이 하나로 합쳐지는 것 같았다. 흩어져 있던 모든 것 —집, 세상, 유년 시절, 길, 바퀴 소리, 갈망, 공포 그리고 이 안개 속 도시, 이 흐릿한 붉은 노을— 이 기억 속에서가 아니라, 그림 속에서가 아니라, 살아왔던 삶에 대한 맹목적이고 뜨겁고 고통스러운 감정 속에서 하나가 되었다. 여기 소각장의 불빛 속에서, 수용소 광장에서 사람들은 삶이란 행복 이상의 것임을, 삶은 그야말로 고통임을 느꼈다. 자유란 행복이기만 한 것이 아니다. 자유는 지난하며, 가끔은 고통스럽다. 자유는 삶이므로.

음악은 영혼의 보이지 않는 저 밑바닥 깊숙한 곳에서, 살아 있는 동안 느끼고 지나갔던 모든 것, 삶의 기쁨과 고통과 이 안개 낀 아침 머리 위 소각장의 뻘건 노을을 하나로 만드는, 영혼 최후의 전율을 표현해낼 수 있었다. 하지만 어쩌면 그게 아니었을지도 모른다. 어쩌면 음악은 인간을 채우는 것이 아니라 인간의 감정을 여는 열쇠일 뿐이었을지도 모른다. 이 무서운 순간, 음악은 인간의 내면을 활짝 열어젖혔다.

동요가 노인으로 하여금 울음을 터뜨리게 하는 경우가 있다. 하지만 노인이 슬퍼하는 건 동요 때문이 아니다. 동요는 노인의 영혼을 여는 열쇠일 뿐이다.

행렬 종대가 천천히 광장에 반원을 그리고 있을 때, 수용소 정문으로부터 크림빛 도는 흰색 자동차가 달려나왔다. 안경을 끼고 모피 깃이 달린 외투를 입은 SS 장교가 자동차에서 내려 초조하게 손짓을 하자 그를 바라보고 있던 지휘자는 당장 절망적인 몸짓으로 두 팔을 내렸다. 음악이 끊겼다.

여러차례 *"정지!"*[172]라는 외침이 반복되었다.

장교가 대열들을 지나갔다. 그가 손가락 하나로 누군가를 가리키면 종대를 이끄는 병사가 그를 불러냈다. 장교가 불려나온 사람을 무관심한 시선으로 힐끗 보았고, 종대를 이끄는 병사는 장교의 사색을 방해하지 않으려는 듯 나지막하게 발음이 어색한 러시아어로 물었다.

"몇살이지? 직업은?"

뽑힌 사람은 서른명가량이었다.

이어서 고함 소리가 울려퍼졌다.

"의사, 수술의!"

아무도 반응하지 않았다.

"의사나 수술의 있으면 나와!"

다시금 정적이 흘렀다.

장교는 이제 광장에 서 있는 천여명의 사람들에게 흥미를 잃고 자동차를 향해 걸어갔다.

뽑힌 자들은 한줄에 다섯명씩 세워졌다. 그들의 얼굴은 수용소 정문 위에 적힌 현판 글귀, *"노동이 자유케 하리라"*[173]를 향해 있었다.

어린아이들의 울음소리가 들리기 시작했고, 곧 여자들도 귀청을

---

[172] halt!(독일어).

[173] Arbeit macht frei(독일어). 나치가 강제수용소 정문에 내건 구호다.

째듯 격렬하게 울음을 터뜨렸다. 뽑혀나온 자들은 고개를 떨군 채 말 없이 서 있었다.

하지만 아내의 손을 꼭 쥐는 남자의 심정을, 사랑하는 얼굴을 마지막으로 바라보는 이 최후의 순간을 어떻게 표현할 수 있을까? 고요한 이별 앞에서 제 눈에 서린 생존의 거친 기쁨을 숨기고자 눈을 깜빡인 순간을 어떻게 기억하며 살아간단 말인가? 아내가 작은 꾸러미에 약혼반지와 함께 설탕 몇조각과 과자를 넣어 내밀던 기억을 어떻게 지워버릴 수 있을까? 그가 입 맞춘 두 손, 그에게 기쁨을 주었던 두 눈, 어둠 속에서도 냄새로 알 수 있었던 머리칼이 이제 타버릴 텐데, 그의 아이들과 아내와 어머니가 타버릴 텐데, 공중에 저 검붉은 노을이 다시 세차게 타오르는 것을 보면서 살아간다는 게 도대체 가능할까? 바라끄에서 난로와 더 가까운 자리를 청하고, 잿빛 죽을 받겠다며 국자에 접시를 대고, 다 떨어진 신발에 밑창을 대는 것이 가능할까? 망치질을 하고, 숨을 쉬고, 물을 마시는 게 가능할까? 자식들의 비명과 어머니의 울부짖음이 귀에 쟁쟁한데.

조금 더 생존하게 된 이들은 수용소 정문 쪽으로 내몰렸다. 비명이 그들의 귀에 와닿았고, 그들 또한 비명을 지르고 셔츠를 찢으며 새로운 삶을 향해 걸어갔다. 전기로 가득한 철조망, 기관총이 달린 시멘트 탑, 바라끄, 철조망 너머에서 그들을 바라보는 창백한 얼굴의 소녀들과 아낙네들, 붉은색, 노란색, 파란색 헝겊 조각을 가슴에 붙이고 걸어가는 노동 집단 사람들.

다시 오케스트라가 연주를 시작한다. 수용소 노동자로 선택된 사람들은 이제 늪 위에 건설된 도시로 들어선다. 음울한 침묵 속에 미끄러지는 콘크리트 판들 사이를, 무거운 돌무더기 사이를 검은 물이 흐르고 있다. 이 물, 검붉은 물에서는 썩은 냄새가 난다. 녹색

화학물질이 만든 거품과 더러운 천 조각들, 수용소 수술실에서 버려진 피 묻은 헝겊들이 그 위를 떠다닌다. 물은 수용소 땅 밑으로 사라졌다가 다시 표면에 나타나고, 또다시 땅 밑으로 사라지며 계속 흘러간다. 제 길을 따라가는 이 음울한 수용소의 물속에는 바다의 파도와 아침 이슬도 살아 있으리라.

그리고 남은 자들은 죽음을 향해 걸어갔다.

47

소피야 오시뽀브나는 규칙적이면서도 무겁게 걸음을 옮겼다. 소년은 한 손으로 그녀의 손을 잡은 채 다른 손으로는 주머니 속 성냥갑을 만지작거렸다. 바로 얼마 전 기차간의 번데기에서 나온 고치가 더러운 솜에 싸여 그 안에 들어 있었다. 옆에서는 철공 라자르 얀껠레비치가 무어라 중얼거리며 걸어갔고, 그의 아내 제보라 사무일로브나가 두 팔에 아기를 안고서 그를 따랐다. 레베까 부흐만은 뒤에서 줄곧 "오, 하느님, 오, 하느님, 오. 하느님……"만 중얼거리고 있었다. 도서관 사서 무샤 보리소브나가 줄의 다섯번째 사람이었다. 그녀는 머리를 깔끔하게 빗었고, 자그마한 하얀 옷깃도 깨끗해 보였다. 그녀는 도중에 몇차례 자신의 배급 빵을 내주고 더운물을 반 주전자씩 얻곤 했다. 이 무샤 보리소브나는 누구에게도 아무런 한탄을 하지 않았다. 열차에서 다들 그녀를 성녀로 여겼으니, 사람 볼 줄 아는 노파들은 그녀의 옷자락에 연신 입을 맞추곤 했다. 앞에서는 네명이 걷고 있었다. 사람들을 골라낼 때 장교가 이 줄에서 슬례뻬흐 부자를 불러냈다. 직업을 묻는 질문에 그 두 사람은 "*치과의사!*"[174]라고 외치듯 대답했다. 장교는 고개를 끄떡였다. 그들 부자는 머리를 잘 굴려 삶을 따낸 셈이다. 앞줄의 남은 이들 중 세 사람은 쓸모없는 것으로 판명된 두 팔을 공연히 휘둘러대며 걸었다. 네번째 사람은 옷깃을 세우고 두 손을 주머니에 넣은 채 다른 이들과 떨어져 걷고 있었다. 너댓줄 앞, 붉은군대의 겨울 모자를 쓴 거대한 몸집의 노인이 눈에 확 들어왔다.

소피야 오시쁘브나 바로 뒤에는 화물차 보일러실에서 열네살 생일을 맞은 무샤 비노꾸르가 있었다.

죽음! 죽음은 더없이 자연스럽고 사교적인 존재가 되어 마당으로, 공방으로 아무렇지 않게 찾아왔고, 시장에서 주부를 만나 감자 바구니를 든 상태 그대로 데려갔고, 어린아이들 놀이에 끼어들었고, 여성복 재단사가 노래 부르며 점령군 사령관의 아내가 입을 망토를 마무리하는 재봉소를 들여다보았고, 빵 배급소 앞에 줄을 섰고, 양말을 기우는 노파에게로 다가앉았다……

사람들이 저희들 나름의 일을 하는 동안 죽음 또한 제 나름의 일을 했다. 가끔 죽음은 담배를 마저 피우게 해주거나 입에 있는 것을 모두 씹어 넘기도록 기다려주었으나, 어떤 때는 친한 친구처럼 예의 없이 들이닥쳐서 낄낄거리며 손바닥으로 등을 후려치기도 했다.

마침내 사람들은 죽음을 이해하게 되었고, 죽음은 그들에게 제 일상성과 어린애 같은 소박함을 열어 보였다. 이 전환은 더없이 쉽게 이루어졌다, 양쪽 강변에 걸린 나무다리를 통해 연기가 피어오르는 농가 앞 얕은 여울에서 황량한 들판 쪽으로 건너갈 때 대여섯 걸음이면 되는 것처럼. 그거면 돼! 뭐 무서울 게 있겠어? 그 다리를

---

[174] Zahnarzt(독일어).

송아지 한마리가 발굽 소리를 내며 지나가자 바로 소년들이 맨발 뒤꿈치를 디디며 달려 지나갔지⋯⋯

소피야 오시뽀브나의 귀에 음악이 들려왔다. 그녀가 이 음악을 처음 들은 것은 어린 시절이었다. 대학생 때도, 젊은 의사 시절에도 귀 기울여 듣곤 했다. 미래에 대한 생생한 예감으로 늘 그녀를 가슴 설레게 하는 곡이었다.

음악이 그녀를 배반했다. 소피야 오시뽀브나에게는 미래가 없었다. 오직 살아온 삶만이 있었다.

지나온 고유하고도 개별적인 삶에 대한 감정이 한순간 그녀의 현재를, 삶이라는 낭떠러지의 가장자리를 지워버렸다.

모든 감정들 중에서 가장 이상한 이 감정! 이 감정은 전달 불가능하며 가장 가까운 사람들과도 나눌 수 없다. 아내, 어머니, 형제, 자식, 친구, 아버지와도 나눌 수 없다. 이 감정은 영혼의 비밀이다. 심지어 영혼은 열렬히 원해도 제 비밀을 넘겨줄 수 없다. 인간은 자신의 삶의 감정을 지닌 채 떠나간다. 인간은 누구와도 이것을 나누지 않는다. 의식 속에, 잠재의식 속에 어린 시절부터 노년에 이르기까지 있었던 모든 좋은 것, 나쁜 것, 우스운 것, 사랑스러운 것, 부끄러운 것, 초라한 것, 남사스러운 것, 친밀한 것, 겁내고 주저하는 것, 놀라운 것이 하나로 뭉쳐진 개별적이며 고유한 인간의 정수가 일회적인 자신의 삶에 대한 이 감정, 말없고 비밀스럽고 고유한 독자적 감정 속에 녹아 있는 것이다.

음악이 연주되기 시작했을 때, 다비드는 주머니에서 성냥갑을 꺼내 제 고치에게 연주자들의 모습을 보여주고 싶었다. 고치가 감기 들지 않도록 딱 일초만 열면 되지 않을까? 하지만 몇발짝 걸어가자 더는 단상 위의 사람들이 보이지 않았고, 노을 같은 붉은 불빛과 음악만이 허공에 걸려 있었다. 슬프고도 강렬한 멜로디가 찻잔을 가득 채우듯 그의 영혼을 어머니에 대한 그리움으로 채웠다. 어머니는 강하고 침착한 사람이 아니었고, 늘 남편에게 버림받은 것을 수치스러워했다. 언젠가 어머니가 다비드에게 셔츠를 만들어준 적이 있었다. 같은 복도의 이웃들은 다비드가 꽃무늬 목공단에 소매가 잘못 달린 셔츠를 입는다고 비웃었다. 그의 유일한 보호책이자 희망은 어머니였다. 그는 언제나 흔들림 없이, 무작정 어머니에게 희망을 품었다. 하지만 아마도 음악이 그 희망을 사그라뜨린 모양이었다. 그가 사랑하는 어머니는 의지할 데 없는 약한 여자였다. 지금 그의 옆에서 걸어가는 다른 사람들과 마찬가지였다. 그리고 꿈처럼 고요한 음악은 작은 파도들 같았다. 언젠가 열이 많이 올랐을 때 보았던 파도. 그는 뜨거운 베개에서 따뜻하고 축축한 모래 위로 미끄러지며 그러한 파도들을 보았었다.

오케스트라가 울부짖었다. 꼭 어떤 거대하고 마른 목구멍에서 나오는 괴성 같았다.

그가 편도선염에 걸렸을 때 물에서 솟아올랐던 검은 벽이 이제는 그의 머리 위에 걸려 하늘 전체를 덮고 있었다.

그의 작은 심장을 무섭게 하는 모든 것, 모든 것이 합쳐져 녹아서 하나가 되었다. 아기 염소가 전나무 사이에 어른거리는 이리의 그림자를 알아채지 못하는 그림을 보며 느꼈던 두려움, 시장에서 본 죽은 송아지들의 머리와 거기 박혀 있던 푸른 눈, 죽은 할머니, 레베카 부흐만의 목 졸린 어린 딸, 그에게서 본능적인 비명을 이끌어내 엄마를 부르게 만들었던 한밤의 공포…… 죽음이 거대한 하늘에 걸려 그를 내려다보고 있었다. 조그만 다비드가 조그만 두 발로 죽음을 향해 걸어가는 모습을 지켜보고 있었다. 주위에 있는 거

라곤 그 뒤에 숨을 수도, 붙잡을 수도 없는, 그것에 대고 머리를 짓
찧을 수도 없는 음악뿐이었다.

그리고 날개도 다리도 더듬이도 눈도 없는 누에고치는 조그만
성냥갑에 누워 멍청하게 기다리고 있었다.

유대인이면 그냥 다구나!

그는 딸꾹질을 시작했다. 숨이 막혔다. 할 수만 있다면 스스로를
목 졸라 죽였을 텐데…… 음악이 잠잠해졌다. 그의 작은 발이, 그리
고 수십개의 다른 작은 발들이 서둘러 달리기 시작했다. 아무 생각
도 없었다. 소리를 지를 수도, 울 수도 없었다. 땀에 젖은 손가락을
움직여 주머니 속 작은 성냥갑을 꼭 쥐었지만 그는 더이상 누에고
치를 생각하지 않았다. 그저 작은 발을 움직여 걷고 또 걷고, 서둘
러 달려갔다.

그를 사로잡은 공포가 몇초만 더 계속되었다면 그는 심장이 터
져서 죽어버렸을 것이다.

음악이 중단되자 소피야 오시쁘브나는 눈물을 닦아내며 화난
목소리로 소리쳤다. "이게 다군, 거지 같네!"[175]

그러고 나서 그녀는 소년의 얼굴을 들여다보았다. 그 얼굴이 어
찌나 끔찍한지 심지어 이곳에서조차 그 독특한 표정으로 두드러
졌다.

"왜 그러니? 무슨 일이야?" 소피야 오시쁘브나가 외치며 아이의
손을 힘차게 잡아당겼다. "괜찮아, 우린 그냥 목욕하러 가는 거야."

저들이 의사나 수술의가 없냐고 소리쳐 물었을 때 그녀는 침묵

---

[175] 직역하면 "'이게 다군.' 거지가 말했다." 대화 중 어색한 순간이나 무언가 부족
하여 불만스러움을 표현할 때, 억울하고 슬픈 상황에 처했을 때 민간에서 쓰는
관용적 표현이다.

했고, 증오의 힘에 맞섰다.

옆에서 철공의 아내가 걷고 있었다. 커다란 머리를 가진 불쌍한 아이가 그녀의 두 팔에 안긴 채 무해하고 사려 깊은 시선으로 주위를 바라보았다. 이 아이에게 주려고 철공의 아내는 밤중에 찻간에 있던 어떤 여자한테서 설탕 한줌을 훔쳤다. 설탕을 도둑맞은 여자는 몸이 너무 쇠약했다. 라삐두스라는 노인이 그녀를 위해 나서주었다. 늘 자리를 오줌으로 적셔서 아무도 그 옆에 앉으려고 하지 않는 이였다.

그리고 지금 철공의 아내 제보라는 생각에 잠겨 두 팔에 어린아이를 안고 걷는 중이었다. 밤낮으로 소리를 질러대던 아이는 이제 입을 다물고 있었다. 여자의 검은 눈에 어린 비통함이 어찌나 깊은지 그 더러운 얼굴과 핏기 없이 흉한 입술도 더는 눈에 들어오지 않았다.

'성모의 눈 같군.' 소피야 오시뽀브나는 생각했다.

전쟁이 일어나기 이년 전, 그녀는 짠산[176]의 소나무숲 뒤에서 태양이 고개를 내밀어 만년설로 덮인 산정을 비추는 모습과 돌처럼 견고하게 응축된 푸른색을 깎아낸 듯한 호수가 어둠 속에 놓여 있는 광경을 보았다. 그때 그녀는 세상에 자신을 부러워하지 않을 사람이 없다고 생각했건만, 쉰살이 된 지금 그녀의 심장을 강한 힘으로 불태우는 것은 그저 어디라도 좋으니 낮은 천장이 있는 남루하고 어두운 방에서 아이를 안아줄 수만 있다면 모든 것을 내주리라는 마음이었다.

소피야 오시뽀브나는 늘 아이들을 사랑했지만, 어린 다비드는

---

176 중앙아시아에 자리한 산맥. 소나무숲으로 유명하다.

그녀가 평생 한번도 체험한 적 없는 특별한 애정을 내면에 불러일으켰다. 기차간에서 그녀가 자기 몫의 빵을 아이에게 건네면 아이는 어스름 속에 그녀 쪽으로 얼굴을 돌리곤 했다. 그럴 때마다 그녀는 울고 싶었고, 아이를 끌어안고 어머니들이 어린 자식들에게 하듯이 빠르게 입 맞추고 싶었다. 그녀는 아무도 알아듣지 못할 만큼 조용히, 반복해서 속삭였다. "먹으렴, 내 귀여운 아들, 어서 먹어."

그녀는 아이와 거의 이야기를 나누지 않았다. 이상한 부끄러움이 그녀로 하여금 제 내면의 모성적 감정을 감추게 했다. 하지만 소년의 시선이 줄곧 자신을 좇는다는 사실을 그녀는 알고 있었다. 그녀가 열차의 다른 쪽으로 건너갈 때마다 소년은 걱정스러운 얼굴로 눈을 떼지 않았고, 그러다 그녀가 가까이 오면 다시 마음을 놓곤 했다.

저들이 의사와 수술의를 찾을 때 대답하지 않고 대열에 남아 있었던 이유를, 그 순간 자신의 영혼이 고양되는 것을 느끼며 들뜬 기분에 사로잡혔던 이유를 그녀는 인정하고 싶지 않았다.

대열은 철조망와 회전 기관총이 달린 시멘트 탑을 지나 도랑을 따라서 걸어갔다. 자유를 잊은 이들에게 철조망과 기관총은 수감자들의 도주를 막기 위한 것이 아니라, 이들이 죽음을 피하기 위해 수용소 안으로 숨어들지 못하도록 하기 위한 장치 같아 보였다.

길은 수용소 철조망으로부터 점점 멀어지며 평평한 지붕이 달린 낮은 지상 건물들로 그들을 이끌었다. 창문 없는 회색 벽으로 이루어진 그 직육면체들을 보면서, 다비드는 겉면에 붙인 그림이 벗겨져나간 거대한 장난감 블록을 떠올렸다.

그는 방향을 꺾는 대열의 틈새로 활짝 열린 어느 문을 보고, 자신도 그 이유를 모르는 채 주머니에서 고치가 든 성냥갑을 꺼낸 뒤 작별 인사도 없이 다른 쪽으로 던져버렸다. 꼭 살아남아!

"참 대단한 사람들이지, 독일인들은." 경비가 제 아첨에 귀를 기울이고 고마워하리라 생각하기라도 한 듯 맨 앞에 가던 사람이 말했다.

그 순간 옷깃을 세운 남자가 어쩐지 이상한 방식으로 어깨를 으쓱이고 양옆을 돌아보더니, 마치 날개를 펼치듯 갑자기 뛰어올라서는 주먹으로 SS 경비병의 얼굴을 때려 땅으로 쓰러뜨렸다. 소피야 오시쁘브나도 매섭게 소리를 내지르며 뒤따라 몸을 던졌지만 발이 걸려 넘어지고 말았다. 즉시 몇 사람의 손이 그녀를 잡아 일어나도록 도왔다. 곧 뒤에서 사람들이 사납게 달려왔고, 다비드는 바닥에 넘어질까봐 무서워하며 주위를 살피다가 경비병들에게 끌려가는 남자의 모습을 얼핏 보았다.

경비병에게 달려들려 했던 짧은 순간 소피야 오시쁘브나는 소년을 잊고 있었다. 이제 그녀는 다시금 그의 손을 잡았다. 다비드는 단 일초라 해도 자유를 느낀 인간의 눈이 얼마나 밝고 격렬하고 아름다울 수 있는지를 보았다.

그리고 이 순간 첫번째 줄을 이룬 이들이 목욕탕 입구 앞 아스팔트 포장로에 발을 디뎠다. 이어 활짝 열린 넓은 문으로 들어가는 사람들의 발걸음 소리가 새로이 울리기 시작했다.

48

따뜻하고 축축한 탈의실은 자그마한 직사각형 창문으로 들어오는 희붐한 빛에 잠겨 있었다.

칠이 되지 않은 두꺼운 판자로 만든 벤치와 페인트로 번호를 써놓은 작은 의자들은 어스름 속에 반쯤 감추어진 채였다. 방 가운데를 지나 입구 맞은편 벽까지 낮은 칸막이가 이어져 있었다. 한쪽에서는 남자들이, 다른 한쪽에서는 여자들과 아이들이 옷을 벗었다.

이렇게 나뉘어도 사람들은 별로 불안해하지 않았다. 그들은 여전히 서로를 볼 수 있었고 이야기도 나눌 수 있었다. "마냐, 마냐, 거기 있어?" "응, 나 당신 보여." 누군가는 "마쪨다, 수세미 가져와서 나 등 좀 밀어줘!"라고 외치기도 했다. 안도감이 그곳의 모든 이들을 감싸는 듯했다.

가운을 입은 진중한 사람들이 줄 사이를 오가며 질서를 잡고 이런저런 이야기도 세심하게 해주었다. 짧은 양말과 긴 양말과 각반은 신발 속에 넣어야 합니다. 줄 번호와 자리 번호는 반드시 기억하고 있어야 합니다.

이제 사람들의 목소리는 작고 낮게 울렸다.

옷을 다 벗어 알몸이 되면 인간은 그 자신과 가까워지기 마련이다. 맙소사, 가슴 털이 더 빽빽해졌군. 하얀 털도 생겼네. 손톱 발톱은 왜 이렇게 흉하게 일그러진 거야? 벌거벗은 인간이 자신을 들여다보며 내릴 수 있는 결론은 단 하나다. '이게 나야.' 그는 자신을 알아보고, 자신만의 '나'를 정의하며, 그 '나'는 유일하다. 어린 소년은 가느다란 두 팔로 가슴을 가린 채 개구리같이 미끈한 제 몸을 보며 생각한다. '이게 나야.' 그리고 오십년 뒤에는 푸른 힘줄이 불뚝불뚝 튀어나온 두 다리와 살찌고 처진 가슴을 보며 자신을 인식한다. '이게 나야'.

하지만 소피야 오시쁘브나는 낯선 감정에 사로잡혔다. 젊은 알몸들과 늙은 알몸들 속에서, 고개를 절레절레 흔들며 "저런, 불쌍

한 후시드[177]!"라 탄식하는 노파의 시선 끝에 걸린 어느 코 큰 말라
깽이 소년의 벗은 몸에서, 이곳에서조차 수백의 흥미 가득한 눈동
자들 아래 놓이고 마는 열네살 소녀의 벗은 몸에서, 경외심을 자아
낼 정도로 연약하고 기형적인 노인의 몸에서, 털이 무성한 남자들
의 상체에서, 힘줄이 돋은 여자들의 다리와 커다란 가슴에서, 그간
누더기 속에 감춰져 있었던 민족의 육체가 드러났던 것이다. 소피
아 오시쁘브나는 이 '자, 이게 나야'가 자신뿐만 아니라 민족 전체
에 해당하는 것을 자각한 것 같았다. 이것은 민족의 알몸이었다. 이
는 젊은 동시에 늙은 몸, 생기 있고 자라나고 힘이 센 동시에 시들
어가는 몸, 고수머리를 가진 동시에 센 머리를 가진 몸, 아름다운
동시에 흉한 몸, 강한 동시에 약한 몸이었다. 그녀는 어린 시절 엄
마 말고는 그 누구도 입 맞춘 적 없는 자신의 희고 두툼한 어깨를
살펴본 뒤 온화한 마음으로 소년에게 눈을 돌렸다. 정말 내가 불과
몇분 전에 분노로 정신없이 흥분해서는 이 아이를 까맣게 잊은 채
SS 병사에게 몸을 던졌단 말인가…… '젊은 유대인 바보와 그의
제자인 늙은 러시아인[178]이 폭력으로는 악을 막을 수 없다고 설파했
지. 하지만 그 사람들이 살던 시절엔 파시즘이 없었어.' 소피야 오
시쁘브나는 더이상 자신의 내면에 일깨워진 모성의 감정이 부끄럽
지 않았다. 그녀는 몸을 굽혀 다비드의 가느다란 얼굴을 노동자의
커다란 두 손으로 감쌌다. 두 손안에 그의 따뜻한 두 눈을 감싼 것
같았다. 그녀는 아이의 따뜻한 두 눈에 입을 맞췄다.

  "그래그래, 착한 아들," 그녀가 말했다. "우린 목욕탕에 온 거야."

  콘크리트로 된 탈의실 어스름 속에서 한순간 알렉산드라 블라

---

177 '경건한 자'를 뜻하는 '하시드'를 이렇게 발음한 것 같다.
178 예수와 똘스또이를 가리킨다.

지미로브나 샤뽀시니꼬바의 두 눈이 어른거리는 것 같았다. 그녀가 살아 있나? 그들은 작별했고, 소피야 오시쁘브나는 떠나 이제 길 끝까지 왔다. 아냐 시뜨룸도 길 끝까지 갔다……

철공의 아내는 남편에게 알몸의 어린 아들을 보여주고 싶었지만 그가 칸막이 너머에 있는지라 대신 소피야 오시쁘브나에게 기저귀로 몸 절반이 덮인 아기를 자랑스레 내보였다. "벗기자마자 벌써 울음을 그치네요."

칸막이 너머에서 속바지 대신 다 떨어진 파자마 바지를 입은 수염투성이 남편이 두 눈과 금니들을 번쩍이며 외쳤다. "마네치까, 여기 수영복을 파네. 하나 살까?"

무샤 보리소브나는 깊이 팬 셔츠 목둘레선으로 삐져나온 가슴을 가린 채 남자의 농담에 킥 웃었다.

그러나 소피야 오시쁘브나는 처형을 앞둔 이들의 재치가 그들의 정신력을 드러내는 것이 아님을 벌써부터 알고 있었다. 단지 웃으면 두려움이 조금 덜어질 뿐이다.

레베까 부흐만의 아름다운 얼굴은 지치고 해쓱해 보였다. 그녀는 불타는 커다란 눈을 사람들에게서 멀리 돌린 채 자신의 숱 많은 머리를 풀어 그 속에 반지며 귀걸이를 감추었다.

맹목적이고 잔인한 생명력이 그녀를 지배하고 있었다. 파시즘이 불행하고 의지할 데 없는 그녀를 제 수준으로 끌어내린 것이다. 목숨을 부지하고자 하는 그녀의 결의를 꺾을 수 있는 것은 아무것도 없었다. 은신처가 발각될까봐 두려워 자신의 두 손으로 우는 아이의 목을 졸랐던 기억은 지금 반지들을 감추는 그녀의 머릿속에서 이미 사라진 지 오래였다.

하지만 장신구를 감춘 뒤 마침내 안전한 숲에 다다른 짐승처럼 천천히 한숨을 내쉬는 순간, 가운 차림의 어떤 여인이 레베까 부흐만의 눈에 들어왔다. 여자는 가위로 무샤 보리소브나의 머리를 자르고 있었다. 비단 같은 검은 머리채가 소리 없이 콘크리트 바닥에 떨어졌다. 어느새 머리카락이 온 바닥에 흩어져, 마치 여자들이 검은 물로 발을 씻고 있는 것만 같았다.

가운을 입은 여자는 머리를 감싼 레베까의 손을 천천히 떼어내더니 뒷덜미의 머리채를 한움큼 움켜쥐었다. 이내 가위 끝이 머리칼 속에 감춘 반지에 닿았다. 여자는 능숙하게 손가락을 움직여 머리칼에 엉킨 반지를 빼내곤 몸을 굽혀 레베까의 귀에 대고 조용히 속삭였다. "나중에 전부 돌려받을 거예요." 이어 그녀의 목소리가 더 작아졌다. "독일인이 지켜보고 있어요. *아수 조용히*[179] 해야 해요." 방금 본 그 여자의 얼굴을 레베까는 기억할 수 없었다. 그녀에게는 눈도 입술도 없었다. 오직 푸른 힘줄이 돋은 누르스름한 손뿐이었다.

칸막이 다른 쪽에서 삐뚜름한 코에 삐뚜름하게 안경을 얹은 백발의 남자가 나타났다. 병들고 흉한 악마를 닮은 그 남자는 등받이 없는 의자들을 훑어보더니 귀먹은 사람에게 이야기할 때처럼 철자들을 타자 치듯 똑똑 끊어가며 물었다.

"어머니, 어머니, 좀 어떠세요?"

주름이 자글자글한 작은 노파는 수백의 목소리들 틈에서 아들의 음성을 알아듣고는 노상 듣는 질문이리라 짐작했는지 사랑스레 방긋 웃어 보이며 대답했다.

"정상, 정상 맥박이야. 비정상은 없어. 걱정하지 마라."

---

179 gans ruhig(독일어). 정확하지 않은 철자로 되어 있다.

"저 사람이 헬만이에요. 그 유명한 의사 말예요." 소피야 오시쁘브나의 옆에서 누군가 말했다.

알몸의 젊은 여자가 하얀 팬티 차림에 입술이 통통한 소녀의 손을 잡고 크게 소리쳤다. "죽일 거야, 우리를 죽일 거야, 우리를 죽일 거야!"

"쉿, 조용! 저 미친 여자 좀 진정시켜요." 여자들이 말하며 주위를 둘러보았다. 경비는 보이지 않았다. 어스름과 고요 속에서 그들의 귀와 눈이 휴식을 취했다. 먼지와 땀에 절어 나무처럼 딱딱해진 옷, 반쯤 썩은 양말과 스타킹과 각반, 이 모든 걸 벗는 일은 몇달 만에 경험하는 크나큰 축복이었다. 머리를 깎인 여자들이 하나둘 자리를 떠나자 사람들은 좀더 자유롭게 숨을 들이마셨다. 어떤 이는 설핏 잠이 들었고, 몇몇은 옷 속의 이를 살펴보았다. 낮은 소리로 이야기를 나누는 이들도 있었다.

"카드가 없는 게 아쉽군." 누군가 말했다. "잠시 카드놀이 한판 하면 좋을 텐데."

하지만 바로 이 순간 존더코만도의 수장은 시가 연기를 뿜어내며 수화기를 들었고, 운반병은 모터 달린 수레에 과일잼 통처럼 붉은 상표가 붙은 '치클론' 깡통들을 실었으며, 특수부대의 당번병은 제자리에 서서 벽을 바라보며 작은 신호기에 빨간색 불이 들어오기를 기다리고 있었다.

"일어서!" 탈의실 사방 끝에서 갑자기 명령이 떨어졌다.

등받이 없는 의자들이 끝나는 곳에 검은 제복을 입은 독일인들이 서 있었다. 사람들은 두꺼운 타원형 유리로 덮인 전등이 천장 속에 박혀 희미한 빛을 발하는 넓은 복도로 나아갔다. 부드럽게 휘어지는 콘크리트의 근력이 천천히 사람들의 흐름을 빨아들였다.

주위는 고요했다. 맨발로 걸어가는 사람들의 발소리만이 살랑거렸다.

전쟁이 일어나기 전 언젠가 소피야 오시쁘브나는 예브게니야 니꼴라예브나 샤쁘시니꼬바에게 이런 말을 했다. "한 인간이 다른 인간에게 살해될 운명이라면, 그 둘의 길이 어떻게 점차 가까워지는지 추적해보는 건 참 흥미로울 거야. 처음에는 아마 서로 굉장히 멀리 떨어져 있겠지. 예컨대 내가 파미르고원에서 콘탁스 카메라로 알프스의 장미들을 찍는 순간, 내 죽음을 가져올 이는 8000베르스따 떨어진 마을에서 학교에 갔다가 돌아오던 중 강으로 가 농어를 잡는 거야. 그리고 내가 음악회 준비를 하는 동안 그는 친척 아주머니를 만나려고 역에 가 기차표를 사고 있는 식이지. 하지만 어쨌든 우리는 만나게 될 거야……" 지금 소피야 오시쁘브나는 이 이상한 대화를 떠올리고 있었다.

그녀는 천장을 바라보았다. 저 두꺼운 콘크리트를 통해서는 천둥소리를 들을 수도 없고, 큰곰자리나 뒤집힌 국자 모양 별자리를 볼 수도 없겠구나…… 그녀는 맨발로 복도의 구부러진 곳을 향해 걸어갔다. 복도가 소리 없이 이쪽을 향해 헤엄쳐오는 것만 같았다. 전혀 힘이 들지 않았다. 몸이 저절로, 마치 반수면 상태에서 미끄러지듯 움직였다. 주위의 모든 것과 내면의 모든 것이 글리세린으로 뒤덮인 것 같았다.

방의 입구가 천천히, 그러나 갑작스럽게 열렸다. 사람들의 흐름이 다시금 그리로 빨려들어갔다. 오십년을 함께 산 노부부가 탈의실에서 잠시 헤어졌다가 이제 다시 나란히 걸어갔고, 철공의 아내는 잠에서 깬 아기를 안은 채 걸음을 옮겼다. 어머니와 아들은 앞서 걸어가는 사람들의 머리보다 더 높은 곳을 보고 있었다. 그들의 시선은 이미 공간이 아니라 시간에 머물러 있었다. 소피야는 의사의 얼굴을, 이어 착한 무샤 보리소브나의 두 눈을 바라보았다. 레베까 부흐만의 얼굴은 공포에 흠뻑 젖어 있었다. 아, 류샤 시쩨렌딸이 저기 있구나. 젊음이 담긴 그녀의 두 눈과 가볍게 숨을 들이쉬는 콧구멍, 목, 반쯤 벌어진 입술의 아름다움. 그 옆에서는 라삐두스 노인이 구겨진 푸른 입술을 내민 채 걸어가고…… 소피야 오시뽀브나는 다시금 소년의 양어깨를 꼭 끌어안았다. 지금껏 그녀의 심장 속에 인간에 대한 이토록 진한 사랑이 자리한 적은 한번도 없었다.

나란히 걷던 레베까가 비명을 질렀다. 참을 수 없을 정도로 끔찍한 비명, 재로 변해가는 인간의 비명이었다.

가스실 입구에 누군가 파이프를 쥐고 서 있었다. 그는 지퍼가 달리고 소매는 팔꿈치까지 내려오는 셔츠 차림이었다. 불확실하면서도 유치하고 어딘가 도취된 듯한 그의 미소, 레베까 부흐만이 그토록 끔찍한 비명을 터뜨린 것은 바로 그 미소 때문이었다.

그의 시선이 소피야 오시뽀브나의 얼굴을 스쳐갔다. 그래, 여기 그가 있구나. 마침내 우리가 만났구나!

그녀는 저 목, 열린 옷깃에서 기어나온 듯 보이는 그의 목을 손가락으로 꽉 조이고 싶은 충동을 느꼈다. 하지만 그가 예의 미소를 거두지 않은 채 재빨리 파이프를 휘둘렀다. 종이 울리는 소리와 유리가 삐걱거리는 소리. 그 틈으로 들려오는 목소리. "덤비지 마, 유대인 걸레야."

그녀는 두 다리로 버티고 설 수 있었고, 힘겹게 한 발을 떼어 다비드와 함께 강철로 된 문턱을 넘어갔다.

49

다비드는 강철 문틀을 만져보았다. 미끌한 냉기가 느껴졌다. 그 표면에 밝은 회색의 흐릿한 반점 ─ 그의 얼굴 ─ 이 비쳐 보였다. 맨발에 닿는 느낌으로 보아 복도보다 이곳 바닥이 훨씬 더 차가운 것 같았다. 방금 물을 끼얹어 닦아낸 모양이었다.

그는 천장이 낮은 콘크리트 통 속에서 작고 느린 걸음을 떼었다. 전등은 보이지 않았지만 마치 태양이 콘크리트로 발라놓은 하늘을 뚫고 들어온 듯 가스실에는 회색의 빛이 머물러 있었다. 돌 같은 그 빛은 살아 있는 존재들을 위한 것이 아닌 듯했다.

항상 함께였던 이들이 서로를 잃고 흩어졌다. 류샤 시쩨렌딸의 얼굴이 스치듯 지나갔다. 다비드가 찻간에 앉아 달콤하면서도 구슬픈 사랑을 느끼며 바라보던 얼굴이었다. 하지만 다음 순간 류샤의 자리에 목이 없는 난쟁이 여자가 나타났다. 이어 같은 자리에 눈이 파랗고 머리에는 하얀 털이 몇오라기 돋아 있는 노인이 나타났고, 그 모습은 다시 동공이 확장된 채 굳어버린 눈을 한 젊은 남자의 얼굴로 바뀌었다.

이것은 인간의 움직임이 아니었다. 하급 생물의 움직임도 아니었다. 이 움직임 속에는 의미와 목적이 없었고, 생물의 의지가 보이지 않았다. 사람들의 흐름이 가스실로 빨려들어갔다. 새로 들어온 사람들이 이미 들어와 있던 사람들을 밀쳤다. 그들은 이웃들을 밀쳤고, 팔꿈치로, 어깨로, 배로 밀쳐내는 이 수많은 사람들이 브라운이 발견한 분자운동[180]과 조금도 다를 바 없는 움직임을 만들어냈다.

---

[180] 액체 혹은 기체 안에 떠서 움직이는 작은 입자의 불규칙한 운동. 물에 떠 있는 꽃가루의 운동이나 냄새의 확산 현상 등에서 살펴볼 수 있다.

다비드는 누군가에게 끌려가는 느낌이었다. 몸이 저절로 움직여졌다. 그는 벽까지 떠밀려갔다. 무릎이, 그다음엔 가슴이 차가운 벽에 닿았다. 더는 움직일 곳이 없었다. 소피야 오시뽀브나가 벽에 기댄 채 서 있었다.

몇초 동안 그들은 문으로 들어오는 사람들을 지켜보았다. 문이 아주 멀리 있는 것처럼 느껴졌다. 그 정확한 위치는 사람들이 만들어낸 하얀 덩어리의 밀도로 알 수 있었다. 사람들은 입구에서 촘촘한 하얀 덩어리를 이루었다가 곧 가스실 이곳저곳으로 흩어졌다.

다비드는 사람들의 얼굴을 보았다. 아침에 수송열차에서 막 내렸을 때부터 그는 줄곧 사람들의 등만 볼 수 있었는데, 이제는 수송열차에 있던 사람들 전체가 그를 바라보며 그를 향해 움직이는 것만 같았다. 소피야 오시뽀브나도 갑자기 낯설게 느껴졌다. 납작한 콘크리트 공간 속에서 그녀의 목소리가 낯설게 울렸다. 가스실로 들어오고부터 완전히 다른 사람이 된 것 같았다. 소피야 오시뽀브나가 "나를 꽉 잡아, 내 아들아" 하고 말했을 때는, 그녀가 그를 놓쳐 혼자 남게 될까봐 두려워하고 있다는 느낌이 들었다. 하지만 도무지 벽에 버티고 서 있을 수가 없었다. 그들은 벽에서 떨어져 아주 조금씩 움직이기 시작했다. 다비드는 자신의 몸이 소피야 오시뽀브나보다 더 빠르게 움직인다고 느꼈다. 그녀의 손이 그의 손을 꽉 쥐었지만 무언가 부드럽고 점진적인 힘이 다비드를 끌어당겼고, 이내 소피야 오시뽀브나의 손가락이 느슨해졌다……

가스실은 점점 더 빽빽해졌다. 사람들의 움직임은 점점 더 느려졌고 보폭도 점점 더 좁아졌다. 콘크리트 상자 속에서 이들을 통제하는 이는 아무도 없었다. 사람들이 움직이건 말건, 지그재그를 그리건 반원을 그리건 독일인들은 상관하지 않았다. 알몸의 소년은 계속해서 작고 무의미한 발걸음을 뗐다. 작고 가벼운 그의 몸이 만들어내는 기우뚱한 움직임은 더이상 소피야 오시쁘브나의 크고 무거운 몸이 만들어내는 기우뚱한 움직임과 호응하지 않았고, 둘은 서로에게서 떨어지고 말았다. 손만 잡아서는 안 되었다. 저 두 여자, 어머니와 딸처럼 암울한 사랑의 집요함으로 뺨과 뺨을 맞대고 가슴과 가슴을 맞대어 하나의 뗄 수 없는 몸이 되어야 했다.

사람들은 점점 더 많아졌고, 분자운동은 급기야 밀도와 경도에 따른 아보가르도의 법칙[181]을 벗어났다. 소피야 오시쁘브나의 손을 놓치는 순간 소년은 비명을 지르기 시작했다. 그러나 소피야 오시쁘브나는 즉시 과거로 이동해버렸다. 그에게 존재하는 것은 지금, 현재뿐이었다. 사람들의 입술이 옆에서 숨 쉬고 있었고, 그들의 몸이 서로의 몸과 스쳤으며, 그들의 사고와 감각은 합쳐져 하나로 엮였다.

다비드는 벽으로부터 떨어져 다시 문을 향해 움직이는 선회의 일부가 되었다. 다비드는 아직 함께 붙어 있는 세 사람을 보았다. 두 남자와 노파였다. 노파는 자식들을 방어했고, 자식들은 어머니를 지탱했다. 그리고 갑자기 전혀 다른, 새로운 움직임이 다비드 옆에서 일어났다. 거기서 나오는 소리 또한 살랑거림이나 중얼거림과는 구별되는 새로운 것이었다.

"길을 비켜요!" 팽팽하게 긴장된 강인한 두 팔과 두꺼운 목을 가진 남자가 고개를 숙인 채 하나로 뭉쳐진 알몸들 사이를 비집고 움직였다. 그는 최면에 걸린 이 콘크리트의 리듬에서 벗어나고자 했다. 그의 몸이 마치 부엌 탁자 위의 물고기처럼 아무 생각 없이 맹목적인 반항을 감행하고 있었다. 그러나 그 움직임도 이내 잠잠해

---

181 동일한 온도와 압력이라는 조건하에 모든 기체는 같은 부피 속에 같은 수의 분자를 포함한다는 법칙.

졌다. 그는 곧 숨을 헐떡이며 다른 모든 이들과 똑같이 잰걸음으로
발을 디디기 시작했다.

그가 만든 혼란이 선회의 양상을 바꾸어, 다비드는 다시 소피야
오시뽀브나 곁에 서게 되었다. 그녀는 절멸수용소에서 일하는 이
들이 종종 목격하곤 하는 강한 힘으로 소년을 끌어안았다. 가스실
을 치우는 일꾼들은 서로 포옹한 이들의 몸을 떼어내려 시도하지
않는다.

문 쪽에서 비명이 높이 울렸다. 밖에 남아 있던 사람들이 가스실
을 가득 채운 빽빽한 무리를 보고 들어오기를 거부하고 있었다.

다비드는 문이 닫히는 것을 보았다. 문은 마치 자석에 이끌리듯
부드럽고 유연하게 문틀의 쇠로 접근했고, 이내 문과 문틀이 합쳐
져 하나가 되었다.

다비드는 벽 윗부분의 사각형 금속 그물 저편에서 무언가 살아
있는 것의 움직임을 보았다. 커다란 회색 쥐일까? 아니, 이내 그는
환풍기가 돌기 시작했다는 걸 깨달았다. 희미하게 들큼한 냄새가
느껴졌다.

스르륵스르륵 움직이던 발소리가 멈추고 알아들을 수 없는 단어,
신음 소리, 외마디 목소리가 이따금씩 들려왔다. 이미 말은 그 소용
을 잃었다. 움직임도 무의미했다. 인간의 움직임은 미래를 향하는
것인데 가스실에는 미래가 없으니까. 다비드의 머리와 목이 이리
저리 돌아갔지만, 이는 소피야 오시뽀브나에게 이미 다른 생명체
가 바라보는 곳을 바라보고자 하는 욕구를 불러일으키지 못했다.

호메로스와 『이즈베스찌야』[182]와 『허클베리 핀』과 메인 리드[183]와

---

[182] 모스끄바에서 발행되던 일간지. 정부 정책을 국민에게 선전선동하는 당 기관
지로 기능했다.

혜겔의 『대논리학』을 훑던 눈, 선하고 악한 사람들을 보았던 눈, 꾸르스끄의 초록색 풀밭에서 노니는 거위들을 보고, 뿔꼬보의 망원경[184]으로 별들을 보았던 눈, 수술용 메스의 번쩍임을, 루브르의 모나리자를, 시장 좌판에서 토마토와 순무 궤짝을 보았던 눈, 이시끄-꿀[185]의 푸르름을 보았던 눈이 그녀에게 더는 필요 없는 것이 되었다. 누군가 이 순간 눈을 멀게 한다 해도 그녀는 상실감을 느끼지 않았을 것이다.

그녀는 숨을 쉬었지만 호흡은 중노동이 되었고, 곧 그 노동을 할 힘마저 사라지기 시작했다. 귀가 먹먹할 정도로 울리는 종소리를 들으며, 소피야 오시뽀브나는 마지막 생각에 집중하려 했다. 하지만 생각이 일어나지 않았다. 그녀는 보이지 않는 눈을 감지 않은 채 벙어리가 되어 가만히 서 있었다.

아이의 움직임이 그녀를 연민으로 채웠다. 아이를 향한 그녀의 감정은 정말이지 자연스러워서 말도 눈도 필요하지 않았다. 반쯤 죽은 아이는 여전히 숨을 쉬었지만 그에게 주어진 공기는 생명을 앗아갈 뿐이었다. 그의 머리가 돌아갔다. 여전히 보고 싶은 것이다. 그는 바닥으로 가라앉은 사람들을 보았고, 이 없이 벌어진 입을, 하얀 이와 금니가 박힌 입을 보았고, 콧구멍에서 가늘게 흘러내리는 핏줄기를 보았다. 그는 유리창 너머 가스실을 들여다보는 호기심 어린 두 눈을 보았다. 로제의 두 눈과 다비드의 두 눈이 일순 마주

---

183 Thomas Mayne Reid(1818~83). 영국의 소설가. 자신의 체험을 바탕으로 아메리카에서 박해받는 이들의 투쟁을 다룬 소설을 썼으며 소련에서 커다란 인기를 누렸다.

184 상뜨뻬쩨르부르그의 뿔꼬보 언덕에 세워진 천체관측소의 거대한 망원경을 말한다.

185 끼르기즈공화국 동쪽에 위치한 호수.

쳤다. 그에겐 목소리가 필요했다. 소냐 아주머니에게 저 늑대의 눈에 대해 물어보고 싶었다. 그에겐 이런저런 생각이 필요했다. 그는 세상에서 겨우 몇발짝을 걸었을 뿐이다. 그는 뜨겁고 먼지 나는 이 땅 위에 어린아이들이 남겨놓은 맨발 뒤꿈치 자국을 보았고, 그의 엄마는 모스끄바에 있었고, 달이 내려다보았고, 두 눈이 달을 올려다보았고, 가스레인지에서 찻주전자가 끓고 있었다. 대가리 없는 닭이 뛰어 돌아다니는 세상, 그가 개구리들의 앞다리 두개를 잡아 춤추게 만들었던 세상, 아침 우유가 있는 세상에 여전히 그는 사로잡혀 있었다.

줄곧 강하고 뜨거운 두 팔이 다비드를 안고 있었다. 소년은 앞이 캄캄해지고, 심장의 울림이 둔탁해지고, 아무 소리도 들리지 않고, 머릿속이 나른해지고, 눈이 흐려지는 것을 느끼지 못했다. 그는 죽임을 당했다. 그는 존재하기를 멈추었다.

소피야 오시쁘브나 레빈똔은 자신의 두 팔 안에서 소년의 몸이 내려앉는 것을 느꼈다. 그녀가 다시 그에게서 멀어졌다. 독이 든 공기로 가득한 지하 작업실에서는 새와 쥐가 검침기 역할을 한다. 몸이 작은 이 생물들이 가장 먼저 죽어간다. 작고 새 같은 몸을 한 소년도 그녀보다 먼저 떠났다.

'내가 어머니가 되었네.' 소피야 오시쁘브나는 생각했다.

이것이 그녀의 마지막 생각이었다.

그러나 그녀의 심장에는 아직 생명이 있었다. 심장이 움츠러들고, 고통을 느끼고, 산 자와 죽은 자 들을 동정했다. 구역질이 밀려왔다. 소피야 오시쁘브나는 이제 인형이 된 다비드를 꼭 끌어안고 자신 또한 인형이 되었다.

50

죽으면 인간은 자유의 세계에서 노예의 왕국으로 넘어간다.

삶, 삶은 자유다. 따라서 죽어가는 것은 자유의 점진적인 파괴다. 처음에는 의식이 약해지고, 이어 의식이 사라진다. 의식이 사라져도 유기체 속에서 일어나는 과정은 얼마간 지속되어 혈액순환과 호흡과 신진대사가 이루어진다. 하지만 이는 노예 상태로의 돌이킬 수 없는 뒷걸음질이다. 의식과 자유의 불은 이미 꺼졌다.

밤하늘의 별이 사라지고, 은하수가 사라지고, 태양이 사라지고, 금성과 화성과 목성이 사라졌다. 대양은 얼어붙고, 수백만 잎새들이 마비되고, 바람이 멈추고, 꽃들이 색깔과 향기를 잃고, 곡식이 사라지고, 물과 대기의 서늘함과 무더위가 사라졌다. 인간 속에 존재하는 우주가 존재하기를 그쳤다. 이 우주는 인간들과 상관없이 존재하는 유일한 우주와 놀랄 만큼 비슷하다. 또한 이 우주는 수백만 살아 있는 이들의 머릿속에 여전히 반영되어 있는 그 우주와 놀랄 만큼 비슷하다. 하지만 특히 놀라운 것은 우주, 인간 속에 존재했고 현재 존재하는 각각의 우주에 자리한 대양의 소리, 꽃들의 향기, 나뭇잎 살랑거리는 소리, 바윗돌의 색조, 가을 들판의 슬픔에는 다른 이들의 우주에 자리한 그것들과 다른 뭔가가 있으며, 또 인간 밖에 영원히 존재하는 우주의 그것들과도 다른 뭔가가 있다는 점이다. 이 우주의 반복 불가능성 속에, 이 우주의 일회성 속에 개별적 삶의 영혼, 자유가 있다. 인간의 의식 속 우주의 반영은 인간의 힘의 기반을 이루지만, 인간이 시간의 영원성 속에서 결코 누구에 의해서도 반복될 수 없는 세계로서 존재할 때 삶은 비로소 행복이 되고, 자유가 되고, 고양된 의미를 지닌다. 그때야 인간은 그가 자신 속에서 발견한 이 사실을 또한 다른 사람들 속에서 발견하고, 자유와 선의가 주는 행복을 경험한다.

51

모스똡스꼬이, 소피야 오시뽀브나와 함께 포로 신세가 되었던 운전사 세묘노프는 최전선의 포로수용소에서 십주를 보낸 뒤 다른 붉은군대 병사들 무리와 함께 서쪽 국경으로 보내졌다.

포로수용소에 있던 십주 동안 그는 주먹으로도, 개머리판으로도, 군홧발로도 얻어맞지 않았다. 그가 겪은 것은 그저 굶주림이었다.

물은 수로에서 졸졸거리고, 철썩거리고, 한숨을 쉬다가 강변으로 흘러간다. 이어 물은 굉음을 내며 울부짖고, 돌덩어리들을 끌어가고, 나무 기둥으로 와락 달려들어 지푸라기 한오라기 뽑아내듯 그것을 휩쓸어간다. 좁은 제방에서 바위들을 흔드는 강물을 보면 물이 아니라 마치 살아서 뒷발을 들고 일어나 발광하는 무겁고 투명한 납덩어리 같다.

물이 그러하듯 굶주림은 늘 자연스럽게 삶과 연결되어 있으며, 그것은 갑자기 육체를 망치고, 영혼을 오그라뜨리고, 수백만의 삶을 말살하는 힘으로 변한다.

기아, 얼음, 눈, 타는 듯한 가뭄, 홍수, 역병이 양과 말의 무리를 망치고, 늑대와 새와 여우와 말벌과 낙타와 물고기와 살모사를 죽인다. 인간 또한 자연재해 속에서 짐승과 동등해진다.

국가는 제 의지에 따라 강제로 삶을 옥죄고 누른다. 그럴 때면 좁은 수로를 흐르는 강물처럼 굶주림의 무서운 힘이 인간을, 종족을, 국가를 뒤흔들고, 오그라뜨리고, 부수고, 없앤다.

굶주림은 육체의 세포로부터 단백질과 지방을, 분자 하나하나를 짜낸다. 굶주림은 뼈를 허약하게 하고, 어린이의 다리를 휘게 만들고, 피를 묽게 하고, 머리를 돌게 하고, 근육을 말리고, 신경조직을 삼킨다. 굶주림은 영혼을 짓누르고, 기쁨과 믿음을 내쫓고, 생각하는 힘을 앗아가고, 굴종과 야비와 잔인과 절망과 무관심을 심어놓는다.

때때로 인간 속에서 인간적인 것이 완전히 사라진다. 굶주리는 존재는 살인을 할 수 있게 되고, 시체를 삼킬 수 있게 되고, 사람을 잡아먹을 수 있게 된다.

국가는 밀과 귀리의 씨를 뿌린 사람들이 밀과 귀리를 가지지 못하도록 차단하는 장치를 만들 권한이 있다. 그로써 레닌그라드 봉쇄 때 수백만 시민들을 죽인 역병과, 혹은 히틀러의 수용소에서 수백만 전쟁포로를 죽인 역병과 비슷한 역병을 일으킬 수 있다.

양식! 식품! 음식! 끼니! 배급 식량과 예비 식량! 씹을 것과 삼킬 것! 끓인 것과 지진 것! 섭취! 기름기 있는 식사, 고기 있는 식사, 고기 없는 식사, 빈약한 식사. 풍부한 식사, 차고 넘치는 식사, 세련된 식사, 평범한 식사, 시골식 식사! 먹을 것, 먹는 것, 먹일 것……

감자 껍질, 개, 개구리, 달팽이, 썩은 양배추 잎사귀, 상한 비트, 죽은 말, 고양이, 갈까마귀, 당까마귀, 불탄 곡식, 허리띠의 가죽, 장화의 목, 풀, 장교 식당에서 버린 기름투성이 설거지물에 젖은 흙. 이 모든 것이 먹거리다. 이런 것들이 차단장치를 뚫는다.

사람들은 이런 것을 구하고, 나누고, 교환하고, 서로에게서 훔친다.

이송 열하루째, 열차가 후또르 미하일롭스끼[186]역에 정차하자 경비가 의식을 잃은 세묘노프를 찻간에서 끌어내 역무원들에게 넘겼다.

나이 지긋한 독일인 지휘관이 다 타버린 창고 벽 앞에 앉은 반죽음 상태의 붉은군대 병사를 몇초쯤 바라보더니 통역에게로 고개를 돌렸다.

"마을로 기어가게 둬. 어차피 하루면 죽을 테니 굳이 총알을 낭비할 필요는 없겠지."

세묘노프는 역 가까이 있는 마을에 다다랐다.

첫번째 집에서는 그를 들이지 않았다.

"*여긴 아무것도 없어. 더 가봐요.*"[187] 문 너머에서 노파의 목소리가 들려왔다.

두번째 집을 그는 한참 두드렸다. 아무도 대답하지 않았다. 비어 있는 걸까, 아니면 안에서 문을 잠근 채 숨을 죽이고 있는 걸까.

세번째 집은 문이 반쯤 열려 있었다. 현관에서 사람을 불러봤지만 아무도 나오지 않았다. 그는 안으로 들어갔다.

온기가 훅 풍겨왔다. 그는 머리가 핑핑 돌아 문가의 장의자에 앉았다.

하얀 벽과 성상화, 식탁, 난로를 둘러보며 세묘노프는 가쁘게 숨을 쉬었다. 수용소의 가축우리에서 지내던 그에겐 이 모든 것이 낯설기만 했다.

창에 그림자가 어른거리더니 한 여자가 농가로 들어왔다. 여자는 세묘노프를 보고 비명을 지르듯 물었다.

"누구요?"

그는 아무 대꾸도 하지 않았다. 그가 누구인지는 누구라도 알 수

---

186 우끄라이나의 마을로 교통 요지이다.
187 우끄라이나어로 되어 있다.

있었다.

이날 그의 삶과 운명을 결정한 것은 강력한 국가들의 가차 없는 힘이 아니라 하나의 인간, 늙은 여자 흐리스쨔 추냐끄였다.

태양은 잿빛 구름 뒤에서 전쟁하는 대지를 내려다보았고, 바람이, 교통호와 간이 진지를 지나고, 수용소 가시철조망을 지나고, 연단과 특수과를 지나는 그 바람이 농가의 작은 창문 아래에서도 윙윙거렸다.

여자가 세묘노프에게 우유 한잔을 건넸다. 그는 게걸스럽고도 힘겹게 그것을 삼켰다.

우유를 다 마시자 구토가 시작되었다. 구역질로 몸이 뒤집히고 두 눈에 눈물이 흘렀다. 그는 죽어가는 사람처럼 신음하고, 숨을 들이켜고, 토하고 또 토했다.

어떻게 해서든 구토를 멈추고 싶었다. 그의 머릿속에는 단 한가지 생각뿐이었다. 집주인 여자가 나를 내쫓을 거야, 흉악하고 더럽다고.

충혈된 눈으로 그는 그녀가 걸레를 가져와 바닥을 닦는 것을 보았다.

세묘노프는 그녀에게 말하고 싶었다. 자신이 치우겠다고, 전부 닦아내겠다고, 그저 내쫓지만 말아달라고. 하지만 그저 중얼중얼하며 떨리는 손가락을 들어 가리키는 것 말고는 할 수 있는 게 없었다. 시간이 흘러갔다. 노파는 여러차례 집을 드나들었다. 그녀는 그를 내쫓지 않았다. 혹시 이웃 여자한테 가서 독일인 순찰병을 데려오라고, 경찰을 불러오라고 부탁한 건 아닐까?

여자가 난로 안에 커다란 솥을 들여놓았다.[188] 곧 물이 끓으며 김

---

188 러시아식 난로는 크기가 크고, 온돌에 눕듯이 그 위에 드러누울 수도 있다.

이 피어올랐다. 노파의 얼굴은 음울하고 심술궂어 보였다.

'날 쫓아내고 소독을 할 모양이군.' 그는 생각했다.

여자가 궤짝에서 속옷과 바지를 꺼냈다. 그런 다음 그가 옷을 벗도록 도왔고, 그의 속옷을 작은 보따리로 돌돌 말았다. 오줌과 피똥으로 흠뻑 젖은 역겨운 냄새가 훅 끼쳐왔다.

그녀는 세묘노프를 도와 솥 안에 들어앉게 했다. 이들에 실컷 물어뜯긴 그의 몸에 그녀의 거칠고 힘센 손바닥이 닿았다. 그의 어깨와 가슴으로 따뜻한 비눗물이 흘렀다. 갑자기 숨이 막히고 몸이 떨렸다. 그는 콧물을 삼키며 쳇소리를 내기 시작했다. "엄마…… 엄마…… 엄마……"

노파가 회색 아마포로 그의 두 눈과 머리카락과 어깨를 닦아주었다. 이어 그의 겨드랑이를 잡아 의자에 앉히고는 몸을 구부려 막대기 같은 두 다리도 닦아준 뒤, 셔츠와 속바지를 입히고 하얀 천을 씌운 단추까지 채워주었다.

그녀는 솥에 남은 검고 더러운 물을 양동이에 부어 밖으로 내갔다.

그런 다음 벽난로 위에 양가죽을 깔고 그 위에 빗살무늬 삼베를 덮은 뒤 침대에서 커다란 베개를 가져다놓았다.

노파는 병아리 한마리를 집어들듯 가볍게 세묘노프를 들어 벽난로 위로 올라가게 했다.

세묘노프는 반쯤 정신이 나간 상태였다. 열에 들떠 헛소리가 나올 것 같았다. 그의 몸이 상상할 수 없는 변화를 느끼고 있었다. 지친 짐승을 죽음으로 몰고 가는 가차 없는 세계의 돌진이 작동하기를 멈추었던 것이다.

하지만 수용소에서도 수송열차에서도 그는 지금과 같은 고통을 느껴본 적이 없었다. 다리에 힘이 전혀 들어가지 않고, 손가락 발가락이 쑤시고, 온몸의 뼈가 깨지는 듯 아프고, 구역질이 밀려오고, 머리는 잿빛 죽탕, 검은 죽탕이 되어 들끓다가 어느 순간 가볍고 공허하게 회전하기 시작하고, 두 눈이 빠지는 듯하고, 딸꾹질이 나고, 눈꺼풀이 근질거렸다. 심장은 몇분 동안 계속 쑤시다가 그대로 얼어붙기를 반복했다. 몸속에 온통 연기가 가득한 것이 금방이라도 죽음이 닥칠 것만 같았다.

나흘이 지났다. 세묘노프는 벽난로 온돌에서 기어내려와 방 안을 걸을 수 있게 되었다. 그는 세상이 먹을 것으로 가득 차 있다는 사실에 경악했다. 수용소에서는 썩은 무밖에 없었는데! 지상에 있는 것이라곤 멀건 죽, 묽고 냄새나는 꿀꿀이죽뿐인 줄 알았는데!

그런데 지금 그의 눈앞에는 수수와 감자와 양배추와 소금에 절인 비계가 있었고, 어디선가 수탉의 울음소리도 들려왔다.

이제 세묘노프는 세상에 두종류의 마술사가 있다고 믿는 어린아이와도 같았다. 착한 마술사와 악한 마술사. 악한 마술사가 착한 마술사를 이겨서 배부르고 따뜻하고 좋은 세계가 사라질까봐, 그래서 다시 이빨로 허리띠의 가죽 쪼가리를 짓씹게 될까봐 그는 내내 두려웠다.

그는 제분기를 고치는 일에 몰두하기 시작했다. 기계는 완전히 망가져 축축한 잿빛 밀 몇줌만 빻으려 해도 이마가 온통 땀에 젖을 지경이었다.

줄칼과 가죽으로 구동장치를 청소한 뒤 그것과 평평한 맷돌들을 연결하는 볼트를 꽉 조였다. 그는 교육받은 모스끄바 기계공이 할 수 있는 모든 일을 다해 시골 장인이 만든 이 조잡한 기계를 고쳐보았지만 제분기의 상태는 더 나빠졌다.

세묘노프는 벽난로 온돌에 누워서 어떻게 하면 밀을 더 잘 빻을 수 있을지 궁리했다.

아침에 일어나자마자 다시 제분기를 해체한 뒤 못 쓰게 된 괘종시계의 톱니바퀴와 부속을 끼워넣었다.

"흐리스쨔 아주머니, 보세요!" 자신이 만들어낸 이중 톱니 구동장치가 작동하는 것을 그는 자랑스레 보여주었다.

두 사람은 대화를 거의 나누지 않았다. 그녀는 1930년에 죽은 남편에 대해서도, 소식 없이 실종된 아들들에 대해서도, 쁘릴루끼[189]로 떠난 뒤 어머니를 잊어버린 딸에 대해서도 말이 없었다. 또한 그에게 어떻게 포로가 되었는지, 어디 출신인지, 시골 사람인지 도시 사람인지도 묻지 않았다.

그는 거리로 나가는 게 무서웠다. 마당에 발을 딛기 전에는 한참이나 창밖을 내다보았고, 어쩌다 나가도 늘 서둘러 안으로 돌아왔다. 문소리가 나거나 바닥에 잔이 떨어지기만 해도 겁이 났다. 순식간에 좋은 일이 끝나버리고 늙은 흐리스쨔 추냐끄의 힘이 작동하기를 멈출 것만 같았다.

이웃 여자가 흐리스쨔의 집 쪽으로 걸어오기라도 하면 세묘노프는 얼른 벽난로 온돌로 기어올라 숨소리와 기침을 억누른 채 조용히 누워 있었다. 하지만 이웃이 그 집에 들르는 일은 드물었다.

독일인들은 이곳에 모습을 보이지 않았다. 그들의 주둔지는 역 근처, 철도가 지나가는 마을이었다.

세묘노프는 이 전쟁의 한가운데서 자신만 따뜻하고 편안히 지낸다는 생각에 양심에 가책을 받지는 않았다. 그저 다시 수용소와

---

189 우끄라이나 끼이우 부근에 있는 도시.

굶주림의 세계로 끌려갈까봐 두려워 죽을 지경이었다.

아침에 잠에서 깨어도 그는 당장 눈을 뜰 수가 없었다. 밤사이 마술이 사라졌을까봐, 수용소 철조망과 경비원이 보이고 빈 밥그릇이 쟁그랑거리는 소리가 들려올까봐 무서워서였다. 그렇게 눈을 감고 누워서 혹시 흐리스쨔가 사라진 건 아닌지 귀를 기울이곤 했다.

그는 가까운 과거에 대해 거의 생각하지 않았다. 꼬미사르 끄리모프, 스딸린그라드, 독일 포로수용소, 수송열차도 머릿속에 떠올리는 일이 없었다. 그러나 밤마다 꿈속에서 비명을 질렀고 소리 높이 울었다.

어느날 밤에는 벽난로 온돌에서 내려와 바닥을 기어다니다가 침상 밑에 웅크리고 아침까지 푹 잤다. 다음 날 그는 꿈에서 본 것을 기억할 수 없었다.

몇차례 그는 시골길에 감자와 곡식 자루 들을 실은 화물트럭이 지나가는 것을 보았다. 한번은 승용차 오펠-카피탄[190]이 지나간 일도 있었다. 오펠-카피탄의 엔진은 강력했다. 바퀴들이 시골 진흙탕 속에서도 헛돌지 않았다. 그는 현관에 독일어 억양으로 말하는 요란한 음성이 울리고 독일 순찰대원이 집 안으로 들어오는 모습을 상상했고, 그러자 심장이 멈추는 것 같았다.

그는 흐리스쨔 아주머니에게 독일 병사들에 대해 물었다.

"좋은 사람들도 있지."[191] 그녀는 말했다. "전선이 이쪽까지 왔을 때 독일 병사 두명이 우리 집에 묵었어. 한 사람은 대학생이고 다른 하나는 예술가였는데, 늘 아이들과 잘 놀아주더라고. 그다음에

---

190 1938년부터 생산된 독일제 고급 승용차.
191 노파는 우끄라이나어로 이야기한다.

는 운전사 하나가 고양이랑 같이 여기서 지냈고. 밖에 나갔다 돌아올 때마다 고양이가 달려오면 그 사람은 비계와 버터를 주곤 했지. 녀석이 국경에서부터 따라왔다나. 식탁에 앉을 때도 고양이를 안고 있었어. 내게도 아주 친절했어. 장작도 날라다주고, 한번은 밀가루도 한포대 가져다주더라니까. 하지만 아이들을 죽이는 독일인들도 있었어. 이웃 할아버지도 죽였지. 그놈들은 우리를 사람으로 치지 않았어. 집 안에 똥을 싸대질 않나, 여자들이 있는 앞에서 벌거벗은 채 돌아다니질 않나…… 뭐, 여기 우리 마을 경찰들 중에서도 그들 못지않게 잔혹한 사람들이 있긴 하지만."

"우리나라 사람 중에 독일 놈들만큼 짐승 같은 사람은 없어요." 그러고서 세묘노프는 물었다. "흐리스쨔 아주머니, 제가 여기 같이 사는 게 두렵지 않아요?"

노파는 고개를 저었다. 여긴 포로수용소에서 온 사람들이 많다고, 알고 보면 다들 고향으로 돌아온 우끄라이나 사람들이긴 하다고, 하지만 세묘노프는 자기 조카라고, 남편과 러시아로 떠났던 여동생의 아들이라고 말하면 된다고 말했다.

세묘노프는 이미 이웃들의 얼굴을 알고 있었다. 첫날 그를 집에 들이지 않은 노파가 누군지도 알았다. 저녁마다 젊은 여자들이 역에 있는 영화관에 가고 토요일이면 역에 나가 '오케스트라 연주'에 맞추어 춤을 춘다는 것도 알았다. 독일인들이 영화관에서 무슨 영화를 보여주는지 그는 몹시 궁금했다. 하지만 흐리스쨔 아주머니를 찾아오는 이들은 죄다 노파들뿐이었다. 그들은 영화를 보지 않았고, 그래서 그는 물어볼 사람이 없었다.

이웃 여자가 독일에 가 있는 딸에게서 온 편지를 읽어달라고 가져왔다. 세묘노프는 그 편지 중 몇몇 문장을 이해할 수 없었다.

"반까와 그리시까가 날아왔어요. 창유리들이 박살 났어요."[192] 그러자 이웃 여자가 설명해주었다. 반까와 그리시까가 공군에서 복무를 하고 있으니, 이 말은 소련 공군이 독일 도시로 날아왔다는 뜻이라고 했다.

"바흐마치[193]*에서처럼 비가 몹시 내렸어요"*라는 대목도 있었다. 이 역시 전투기들이 날아왔다는 뜻이었다. 전쟁 초기에 바흐마치 역에 강한 공습이 있었던 것이다.

같은 날 저녁, 키가 크고 마른 노인이 흐리스쨔의 집을 찾아왔다. 그는 세묘노프를 보더니 명료한 러시아 발음으로 물었다.

"우리 영웅께서는 어디서 오셨나?"

"전 포로입니다." 세묘노프가 대답했다.

그러자 노인이 말했다.

"우리 모두가 포로네."

노인은 니꼴라이 치하의 포병대에서 복무했던 이로 놀라운 기억력을 가지고 있었다. 그는 세묘노프 앞에서 포대의 명령들을 재현하기 시작했다. 명령은 목쉰 음성의 러시아어로 내렸지만 이행에 대해서는 우끄라이나어로, 청년처럼 낭랑한 목소리로 보고했다. 오래전에 들었던 상관의 억양과 자신의 음성을 그대로 기억하는 게 틀림없었다.

이어 노인은 독일인들을 욕하기 시작했다. 처음에는 다들 독일인들이 집단농장을 폐지하겠구나 기대했다고. 그런데 독일인들은 집단농장이 자기들한테 유리하게 작용하리라는 걸 알아챘다고. 그래서 다섯가구 집단농장과 열가구 집단농장을 그대로 유지했을 뿐

---

192 편지는 우끄라이나어로 되어 있다.
193 우끄라이나의 마을.

아니라 똑같은 작업반과 작업대를 꾸렸다고.

"아이고, 그놈의 집단농장, 집단농장!" 흐리스쨔 아주머니가 구슬픈 목소리로 추임새를 넣었다.

"집단농장이 왜요? 집단농장은 어디에나 있잖아요." 세묘노프가 말했다.

"그런 말 마!" 노파가 말했다. "자네가 수송열차에서 내게로 왔을 때 어땠는지 기억하지? 1930년에 우끄라이나 전체가 그 지경이었어. 풀이란 풀은 다 먹어 없애고 흙도 먹었지…… 나라에서 곡식을 마지막 한알까지 가져갔거든. 그때 내 남편이 죽었어. 얼마나 고통스러워했는지! 난 온몸이 퉁퉁 부어오르고 목소리도 안 나왔지. 걷지도 못했고."

늙은 흐리스쨔가 자신처럼 굶주렸다는 사실에 세묘노프는 경악했다. 굶주림이나 역병은 이 좋은 집의 주인 여자 앞에서 기도 못 펴리라 여겼기 때문이었다.

"부농이셨나보죠?" 그가 물었다.

"부농은 무슨! 온 국민이 다 그렇게 나자빠졌어. 전쟁 때보다 더 심각했지."

"자네는 시골 출신인가?" 노인이 물었다.

"아니요," 세묘노프가 대답했다. "모스끄바 태생입니다. 제 아버지도 모스끄바 태생이세요."

"그렇구면." 노인은 조용히 말을 이었다. "만일 자네가 집단화 당시 여기 있었다면 아마 죽었을 거야. 도시 사람이니 당장 죽었겠지. 내가 어째서 살아남았는지 아나? 자연을 알기 때문이야. 도토리, 보리수 잎, 쐐기풀, 명아주, 뭐 그런 것들 얘기가 아니야. 그런 건 이미 죄다 뜯어간 뒤였으니까. 하지만 난 사람이 먹을 수 있는 식물을 쉰여섯종류나 알고 있거든. 자, 바로 그래서 내가 살아남았네. 이제 막 봄이 와 아직 작은 이파리 하나 보이지 않아도 난 흙에서 뿌리를 캐낼 수 있지. 이보게, 난 모든 걸 알아. 뿌리, 껍질, 꽃, 풀포기 하나하나 다 안다고. 소며 양이며 말이며 모든 게 굶어 죽을 때도 난 살아남지. 내가 그들보다 더 훌륭한 초식동물이거든."

"모스끄바 사람이었어?" 흐리스쨔가 천천히 물었다. "난 자네가 모스끄바 사람인지도 몰랐구먼."

노인이 돌아가고 세묘노프는 잠자리에 들었다. 흐리스쨔는 두 손으로 광대뼈를 받친 채 깜깜한 창문을 내다보았다.

그해에는 농사가 잘되어 밀이 벽처럼 빽빽하게 서 있었다. 키도 커서 흐리스쨔의 정수리를 지나 남편 바실리의 어깨까지 올라갔고……

나직하게 숨죽이며 길게 이어지는 신음 소리가 온 마을을 뒤덮었다. 산송장이 된 아이들은 울음소리조차 내지 못하며 바닥을 기어다니고, 남자들은 굶주림에 숨을 헐떡이며 퉁퉁 부은 두 발로 마당을 헤매고, 여자들은 먹을거리와 끓일 거리를 찾아다녔다. 뭐든 먹고 뭐든 끓였다. 쐐기풀, 도토리, 보리수 잎사귀, 뒷마당에 널린 말발굽, 뼈다귀, 뿔, 무두질되지 않은 양가죽…… 도시에서 온 녀석들은 죽은 이들과 반쯤 죽은 이들 곁을 지나쳐 집집마다 들이닥쳐서는 지하 저장고를 열어젖히고, 곳간 속 구덩이를 파헤치고, 쇠막대기로 흙을 찔러대며 부농의 곡물이라며 털어갔다.

무더운 여름날 바실리 추냐끄가 숨을 거두었다. 도시에서 온 이들 중 푸른 눈을 한 청년이, 세묘노프와 똑같이 그놈의 러시아식으로 '아' 발음을 하면서 죽은 자를 향해 말했지. "부농이 갔군. 제 목숨 아끼지 않고."

흐리스쨔는 한숨을 푹 내쉰 뒤 성호를 긋고 잠자리를 꾸렸다.

52

시뜨룸은 이론물리학자들 중 지극히 소수의 사람들만이 자신의 연구를 높이 평가하리라고 생각했다. 하지만 아니었다. 최근 들어 그가 아는 물리학자들뿐 아니라 수학자들, 화학자들까지 그에게 전화를 걸어왔다. 그중 몇몇은 자세한 설명을 요청했는데, 그의 수학 방정식이 꽤나 복잡한 탓이었다.

대학생회 대표들이 연구소로 찾아와 물리학과 학생들과 수학과 상급생들을 위한 강연을 부탁하기도 했다. 그는 학술원에서도 두 차례나 발표를 했다. 마르꼬프와 사보스찌야노프는 여러 실험실에서 그의 연구에 관한 논쟁이 이어지고 있다고 알려주었다.

류드밀라 니꼴라예브나는 특별 상점에서 두 여자의 대화를 들었다. 한 학자의 아내가 다른 여자에게 "앞에 누구예요?"라고 묻자 질문을 받은 이가 "시뜨룸 부인요"라고 대답했고, 그러자 먼젓번 여자가 말했다. "바로 그 사람 말예요?"

빅또르 빠블로비치는 자신의 연구에 대한 예기치 않은 관심에 그리 기쁜 기색을 보이지 않았다. 하지만 그가 영광에 무관심한 것은 아니었다. 연구소 학술위원회에서 그의 연구가 스딸린상 수상 후보에 올랐다는 소식이 들려오자 시뜨룸은 저녁 내내 전화기만 바라보았다. 소꼴로프의 전화를 기다리고 있었던 것이다. 회의가 끝난 뒤 처음 전화를 건 사람은 사보스찌야노프였다.

평소의 조롱과 냉소는 찾아볼 수 없는 말투로 그는 "이건 승리예요, 진짜 승리라고요!"라고 몇번이나 되풀이해 말했다.

그가 학술원 회원인 쁘라솔로프의 발언을 전해주었다. 그 노인이 빛의 압력에 대해 연구했던 자신의 죽은 친구 레베제프[194] 이래 물리학 연구소에서 이런 엄청난 의미를 지닌 연구가 탄생한 건 처음이라고 말했다는 것이었다.

스베친 교수는 시뜨룸의 수학적 방법에 대해 이야기하며 그 방정식 자체에 혁신적 요소들이 존재함을 강조하고, 오직 소비에뜨 인민만이 전쟁 상황 속에서도 그렇게 헌신적으로 자신의 힘을 인민에게 봉사하는 데 바칠 수 있다며 칭찬을 늘어놓았다고 했다.

그외에도 마르꼬프를 비롯한 여러 사람들이 발언했는데, 가장 강력하고 인상적인 연설은 구레비치의 입에서 나왔다고 했다.

"정말 대단했어요." 사보스찌야노프가 말했다. "아무런 유보 없이 꼭 필요한 말만 하더라고요. 당신의 연구를 '고전'이라고 부르면서 핵물리학을 기초한 플랑크, 보어, 페르미의 연구들과 나란히 놓아야 한다고 했어요."

'너무 많이 나갔군.' 시뜨룸은 생각했다.

사보스찌야노프에 이어 곧 소꼴로프가 전화를 걸어왔다.

"자네랑 통화하는 게 도대체 불가능하구먼. 이십분 동안 계속 전화를 걸었는데 내내 통화 중이었어." 그 역시 흥분과 기쁨에 젖어 있었다.

"사보스찌야노프에게 투표 결과에 대해 묻는 걸 잊었군." 시뜨룸이 말했다.

소꼴로프는 시뜨룸에게 반대표를 던진 이는 딱 한 사람, 물리학

---

194 Pyotr Nikolaevich Lebedev(1866~1912). 러시아제국의 핵물리학자. 1900년 빛의 압력을 실험으로 증명하여 맥스웰 이론을 뒷받침했다.

사를 연구하는 가브로노프 교수뿐이었다고 알려주었다. 그의 견해에 따르면 시뜨룸의 연구는 비과학적 구조로 되어 있으며 서방 물리학자들의 관념론적 시각에서 유래한 것으로 사실상 미래가 없다는 것이었다.

"가브로노프가 반대했다면 차라리 잘된 일이지." 시뜨룸이 말했다.

"내 말이 바로 그거네." 소꼴로프가 동의했다.

가브로노프는 좀 이상한 사람으로 통했고, 다들 농담 삼아 그를 '슬라브인 형제들'이라 불렀다. 물리학의 모든 성과는 러시아 학자들의 노고와 연관되어 있음을 다소 광신적인 태도로 고집하면서, 거의 알려지지 않은 뻬뜨로프, 우모프, 야꼬블레프 같은 이름들을 패러데이나 맥스웰, 아인슈타인 같은 이름들보다 훨씬 높이 평가했기 때문이었다.

"어이, 빅또르 빠블로비치," 소꼴로프가 장난스레 말을 이었다. "여기 모스끄바가 귀하의 연구를 인정합니다. 곧 당신 집에서 모여 잔치를 열 터이니 준비 단단히 하시지요."

그때 마리야 이바노브나가 수화기를 넘겨받은 모양이었다.

"축하해요. 류드밀라 니꼴라예브나에게 축하 전해주세요. 두 사람에게 좋은 일이 생기니 저도 정말 기쁘네요."

"다 헛되고도 헛된 것들인데요." 시뜨룸이 대꾸했다.

하지만 이 헛된 것이 그에게 기쁨과 설렘을 안겨주었다.

그날 밤 류드밀라 니꼴라예브나가 잠자리에 든 이후 마르꼬프가 전화를 걸어왔다. 언제나 공식적인 상황을 제대로 파악해내는 그는 사보스찌야노나 소꼴로프와는 다른 관점으로 학술위원회 회의에 대해 들려주었다. 구레비치가 발언한 다음 꼽첸꼬가 "연구소의 수학자들이 죄다 종을 딸랑딸랑 울려대며 빅또르 빠블로비치의 업적을 축하하는군요. 정작 행진은 시작되지도 않았는데 깃발 먼저 쳐든 꼴입니다"라고 이야기했고, 그러자 모두가 웃음을 터뜨렸다는 것이었다.

마르꼬프는 그 농담에서 악의를 느꼈다고 했다. 또 그가 유심히 관찰한 것은 시샤꼬프의 태도였다. 알렉세이 알렉산드로비치는 시뜨룸의 연구에 대한 견해를 밝히지 않고 그저 달변가들의 이야기를 들으며 '어디 떠들어봐, 네 차례니 멋대로 떠들어보라고'라는 듯한 태도로 고개만 끄떡이다가, 갑자기 젊은 교수 몰로까노프의 연구가 선발되어야 한다고 주장하기 시작했다고 했다. 맙소사, 그의 연구는 강철의 방사선 분석에 대한 것으로, 귀금속을 생산하는 몇몇 공장에나 해당될 정도로 좁은 범위에서만 의미를 가질 뿐인데!

마르꼬프는 회의가 끝난 뒤 시샤꼬프가 가브로노프에게 다가가 그와 이야기를 나누었다고 전했다.

여기까지 듣고서 시뜨룸은 말했다.

"뱌체슬라프 이바노비치, 당신은 외무부에서 일하는 게 좋겠군요."

"아뇨," 농담을 할 줄 모르는 마르꼬프는 진지하게 대꾸했다. "나는 실험물리학자인걸요."

시뜨룸은 류드밀라의 방으로 갔다.

"스딸린상 수상 후보가 되니 다들 좋은 말만 해주는 것 같아."

그러고 나서 그는 회의 참석자들의 발언을 그녀에게 전해주었다.

"공식적인 인정 같은 거 별 의미 없다는 건 나도 알아. 하지만 내 가치가 떨어진다는 느낌, 그 열등감에 이젠 진저리가 날 지경이야. 회의실에 들어갈 때만 해도 그렇지. 맨 앞줄이 비어 있어도 난 거기 앉을 마음을 못 먹고 저 멀리 깜차까[195]로 가거든. 근데 시샤꼬프나 뽀스또예프는 망설임 없이 간부 자리에 가 앉는 거야. 그 안락의자, 그거 정말 아무것도 아닌데, 거기 앉을 권리를 갖고 싶다는 마음이 드는 건 어쩔 수가 없다고."

"똘랴가 알면 얼마나 기뻐했을까." 류드밀라 니꼴라예브나가 중얼거렸다.

"그래, 엄마에게도 이 소식을 알릴 수가 없고 말이지."

"비쨔, 벌써 11시가 넘었는데 나쨔가 안 왔어. 어제도 11시에 들어왔는데."

"그게 무슨 소리야?"

"친구네 간다고 나갔는데 난 아무래도 불안해. 그애 말이, 마이까네 아버지가 자동차 야간 통행증을 가지고 있어서 우리 집 앞 골목까지 데려다준다나."

"그런데 뭐가 걱정이야?" 빅또르 빠블로비치는 생각했다. '맙소사, 스딸린상 수상이라는 엄청난 성공에 대해 이야기하다가 갑자기 시시한 문제로 대화를 중단하는 이유가 뭐람?'

그는 입을 다물고 가만히 한숨을 쉬었다.

학술위원회 회의가 있고 사흘째 되는 날, 시뜨룸은 시샤꼬프의 집으로 전화를 걸었다. 젊은 물리학자 란제스만을 고용해달라고 부탁할 생각이었다. 지도부와 간부단에서 서류 처리를 하염없이 미루고 있었던 것이다. 동시에 까잔에 남아 있는 안나 나우모브나 바이스빠삐르를 불러오는 일도 빠르게 진행해줄 것을 요구하고 싶었다. 이곳 모스끄바 연구소의 새로운 골격을 형성하기 시작한 지

---

195 러시아 땅의 동쪽 끝, 태평양과 오호쯔끄해 사이에 있는 반도.

금, 까잔에 질 높은 고급 인력을 남겨두는 것은 아무리 생각해도 불합리한 것 같았다.

사실 한참 전부터 이에 대해 의논하고 싶었지만 시샤꼬프가 불퉁하게 나오거나 "내 대리인에게 얘기하시오" 하고 대꾸할 거라고 생각했다. 하지만 이제 그는 성공의 파도에 올라타 있었다. 열흘 전만 해도 시샤꼬프의 사무실로 가는 게 너무나 불편했는데, 오늘은 그의 집으로 전화를 거는 것이 지극히 간단하고 자연스러운 일로 여겨졌다.

여자가 전화를 받아 물었다. "누구시죠?"

시뜨룸은 이름을 말했다. 서두르지 않고 침착하게 대답하는 자신의 목소리가 참 듣기 좋았다.

여자는 잠깐 머뭇거리더니 상냥하게 이야기했다. "잠깐만 기다리세요." 그러고는 일분 뒤 여전히 상냥한 목소리로 말했다. "내일 10시에 연구소로 전화해주시겠어요?"

"아, 그러지요. 실례했습니다."

수치심이 온몸을 태울 듯 그를 휩쌌다. 그 감정은 자는 동안에도 그를 떠나지 않을 것이었다. 다음 날 아침 자신이 어떤 생각을 할지 그는 벌써부터 알 수 있었다. '왜 이렇게 속이 찝찝하지?' 싶다가 곧 이 일을 떠올리겠지. '참, 그랬지. 내가 멍청하게도 시샤꼬프에게 전화를 걸었어.'

그는 아내의 방으로 가 이 바보 같은 통화에 대해 이야기했다.

"저런, 당신 엄마 말마따나 잘못된 패를 냈네."

시뜨룸은 자신과 통화했던 그 여자를 향해 욕설을 늘어놓기 시작했다.

"제길, 지옥에나 가라지! 개년, 누구냐고 물어보고 나서 제 주인이 바쁘다는 둥 둘러대는 그 더러운 매너라니, 정말 못 참아주겠네."

그는 류드밀라의 추임새를 좀 듣고 싶었다. 이런 경우 아내는 대개 같이 화를 내곤 했기 때문이다.

"당신도 알지?" 그가 말했다. "난 시샤꼬프가 나한테 관심이 없는 게, 내 연구로는 제 이익을 챙길 수 없어서라고 생각했어. 근데지금 보니 아니었어. 그 인간은 그냥 내가 싫은 거야! 나는 알지, 삿꼬가 나를 사랑하지 않는다는 걸.[196]"

"맙소사, 당신 정말 의심이 많네!" 류드밀라 니꼴라예브나가 말했다. "그런데 지금 몇시지?"

"9시 15분."

"이것 봐, 나쟈가 아직 안 왔어."

"맙소사," 시뜨룸이 대꾸했다. "당신 정말 의심이 많네."

"그건 그렇고," 류드밀라 니꼴라예브나가 다시 화제를 돌렸다. "오늘 특별 상점에서 들었는데, 스베친도 수상자 후보로 선정됐대."

"그래? 그 친구는 아무 얘기 없던데. 선정 이유가 뭐래?"

"분산 이론이라나봐."

"거참, 모를 일이군. 그건 전쟁 전에 발표한 건데."

"지나간 연구면 어떻겠어? 어쩌면 그 사람이 받고 당신은 떨어질지도 몰라. 당신은 늘 혼자서 미리 초를 치잖아."

"류다, 당신 정말 이럴 거야? 아, 삿꼬는 나를 사랑하지 않아!"

"당신 엄마가 없어서 안됐네. 무슨 일이건 당신 기분을 맞춰주는 분인데 말이야."

---

196 림스끼꼬르사꼬프(Nikolai Andreevich Rimskii-Korsakov, 1844~1908)의 오페라 「삿꼬」 중 주인공인 상인 삿꼬가 먼바다를 동경하며 홀로 앉아 있는 동안 집에서 아내가 불길한 예감을 느끼며 부르는 노래의 일부다.

"뭣 때문에 이렇게 예민하게 굴어? 내가 당신 어머니한테 하는 절반만큼만 그때 당신이 내 엄마한테 따뜻하게 대했으면 좋았잖아."

"당신 엄마는 한번도 똘랴를 다정하게 대한 적이 없어." 류드밀라 니꼴라예브나가 말했다.

"사실이 아니야, 사실이 아니야." 시뜨룸이 말했다. 이제 아내는 공정하지 않은 것을 고집하며 그를 위협하는 낯선 여자로 보였다.

53

아침에 연구소에서 시뜨룸은 소꼴로프로부터 어제저녁 시샤꼬프가 연구소에서 일하는 사람들 몇몇을 자기 집으로 초대했다는 소식을 듣게 되었다. 꼽첸꼬가 소꼴로프를 차로 데리러 왔다고 했다.

초대받은 사람들 중에는 당 중앙위원회 과학부의 젊은 과장 바진도 포함되어 있었다.

시뜨룸은 속이 상하고 몹시 기분이 나빠졌다. 분명 그가 전화했을 때 손님들이 모여 있었던 것이다. 그는 가볍게 웃으며 소꼴로프에게 말했다.

"초대받은 손님 중에 생제르맹 백작[197]도 있었겠네. 신사분들이 무슨 이야기를 나누셨을까?"

그는 어젯밤의 통화를 다시금 떠올렸다. '시뜨룸'이라는 성을 들

---

197 Comte de Saint Germain(1712~84). 18세기 유럽을 중심으로 다양한 분야에서 활동했다고 전하는 인물. 궁중인, 모험가, 협잡꾼, 발명가, 연금술사, 신비주의자, 피아니스트, 바이올리니스트, 아마추어 작곡가 등으로 알려졌으며 특히 접신론과 관련된 여러 이야기에 등장하는 인물로 유명하다.

는 즉시 알렉세이 알렉세예비치가 전화를 받으러 달려오리라 확신하고 비로드 같은 목소리로 자기 이름을 말하지 않았던가. 그의 입에서 신음이 흘러나왔다. 견딜 수 없이 사나운 벼룩을 떼어내느라 제 몸을 하염없이 긁어대는 개들이 아마 그런 소리를 내리라.

"그런데 어제의 그 모임 말이지," 소꼴로프가 말했다. "전쟁 분위기가 전혀 느껴지지 않더라고. 커피랑 구르자니[198]가 나왔고, 사람도 얼마 되지 않았어. 한 열명쯤 모였나?"

"이상하네."

시뜨룸이 말하자 소꼴로프는 이 깊은 생각이 담긴 "이상하네"라는 말이 무엇을 의미하는지 이해했고, 역시 깊은 생각을 담아 대꾸했다.

"그래, 완전히 이해가 되지는 않지. 더 정확히 말하면, 완전히 이해할 수 없는 일이네."

"나딴 삼소노비치도 왔었나?" 시뜨룸이 물었다.

"구레비치는 안 왔네. 그에게 전화했던 것 같은데, 대학원생들과 수업 중이었던 모양이야."

"그렇군, 그렇군, 그렇군." 시뜨룸이 중얼거리며 손가락으로 책상을 탁탁탁 두들겼다. 그러고 나서 그는 스스로도 예기치 못한 질문을 소꼴로프에게 던졌다. "뾰뜨르 라브렌찌예비치, 거기서 내 연구에 대해 언급이 좀 나왔나?"

소꼴로프가 우물쭈물했다.

"빅또르 빠블로비치, 자네의 찬양자들과 추종자들이 자네에게 바친 찬양이 결국은 곰같이 해로운 영향을 끼친 것 같아. 지도부에서 화가 난 거지."

---

198 조지아산 최고급 화이트 와인.

"왜 자세히 말하지 않나? 자, 얘기 좀 해보게."

소꼴로프는 가브로노프가 시뜨룸의 연구가 물질의 본질에 대한 레닌적 견해에 모순된다는 말을 꺼냈다고 했다.

"그래서?" 시뜨룸이 말했다. "그리고 또 무슨 소리를 했나?"

"그래, 가브로노프는 엉터리지. 하지만 바진이 그를 지지했다는 게 불편하네. 그는 자네 연구가 매우 뛰어난 건 사실이지만 그 유명한 회의에서 정해진 방침에 모순된다는 취지의 발언을 했네."

소꼴로프는 문을 돌아보고 전화에 시선을 던진 뒤 낮은 소리로 말을 이었다.

"보아하니 우리 연구소의 우두머리들이 학문의 당성黨性을 위한 캠페인과 관련해 자네를 속죄양으로 삼으려는 게 아닌가 싶네. 자네도 알지, 우리나라에서 캠페인이 어떻게 진행되는지. 희생양을 골라 집중적으로 마구 공격하는 거지. 그렇다면 이건 끔찍한 일이네. 자네 연구는 정말 훌륭하고 특별한 것인데!"

"그래서, 아무도 반박하지 않던가?"

"글쎄, 뭐, 그런 셈이지."

"자네는 뭘 하고 있었나, 뾰뜨르 라브렌찌예비치?"

"논쟁에 끼어드는 게 아무 의미 없어 보이더라고. 선동을 반박하는 게 무슨 의미가 있겠나?"

시뜨룸은 친구의 얼굴에 어린 당혹감을 보며 더욱 커다란 당혹감을 느꼈다.

"그래, 물론 그렇겠지. 맞아, 자네가 옳아."

불편한 침묵이 내려앉았다. 공포의 한기가 시뜨룸의 마음을 덮쳐왔다. 늘 심장 속에 몰래 살고 있던 공포, 인간을 먼지로 변화시키는 국가의 분노 앞에서 느끼는 공포, 그 제물이 될지 모른다는 공포의 한기였다.

"그래, 그래그래," 그는 생각에 잠겨 말했다. "무슨 대단한 걸 얻 겠다고. 그저 목숨만 부지하면 되지."

"자네가 그걸 이해하길 진심으로 바라네." 소꼴로프가 속삭이듯 중얼거렸다.

"뾰뜨르 라브렌찌예비치," 시뜨룸 역시 속삭이듯 물었다. "마지 야로프는 어떻게 지내나? 잘 있겠지? 편지라도 종종 오나? 이유는 모르겠는데, 가끔 몹시 불안한 느낌이 들어서 말이야."

이 갑작스러운 속삭임은 지극히 인간적이고 비국가적인 그들만 의 고유한 관계가 존재한다는 사실을 암시하는 느낌이었다.

그러나 소꼴로프는 평온한 어조로 짧게 대꾸했다.

"아니, 까잔에서는 아무 소식도 받지 못했네."

그 차분하면서도 커다란 목소리라니. 이 순간 인간적이고 비국 가적인 그들만의 고유한 관계는 전혀 쓸모없는 것이라고 말하는 듯한 음성이었다.

마르꼬프와 사보스찌야노프가 연구실에 들어오자 전혀 다른 이 야기가 시작되었다. 마르꼬프는 남편의 삶을 망치는 아내들에 대 해 이야기하며 이런저런 예를 들었다.

"각자 자기한테 어울리는 아내를 얻는 법이지." 소꼴로프가 웃 으며 말하고는 시계를 보더니 방에서 나갔다.

사보스찌야노프가 그의 뒤통수에 대고 킬킬거리며 말했다. "전차 에 자리 하나가 비어 있으면 뾰뜨르 라브렌찌예비치가 앉고 이바노 브나는 서서 가잖아요. 또 밤에 누가 문이라도 두드리면 마셴까만 잠옷 바람으로 달려나오죠. 그에게 아내가 친구인 건 분명합니다."

"난 운이 별로 안 좋은 편인가보군." 마르꼬프가 말했다. "내 아내는 '뭐야, 귀먹었어? 가서 문 열어!' 그런다고."

시뜨룸은 갑자기 울화가 치밀어서 말했다.

"무슨 소리요? 뾰뜨르 라브렌찌예비치는 하늘 같은 부군이잖소!"

"솔직히 뱌체슬라프 이바노비치는 할 말이 없을 텐데요." 사보스찌야노프가 말했다. "밤낮으로 실험실에만 있으면서. 집에 없으니 건드릴 수도 없지 않겠어요?"

"내가 일부러 집에 안 들어간다는 건가?"

"그래그래, 알겠어요." 사보스찌야노프가 재치를 뽐내려는 듯 미리 입술을 핥았다. "집에 눌러앉으시라고요! 아, 사랑스러운 나의 집, 뻬뜨로쁠 감옥에."

다들 웃음을 터뜨렸다. 마르꼬프는 이런 농담이 더 길어지는 게 싫은지 혼자 중얼거리며 자리에서 일어났다. "자, 뱌체슬라프 이바노비치는 일하러 갈 시간이군요."

그가 나가자 시뜨룸이 말했다.

"원래는 참 정확하고 동작도 절도 있는 친구인데, 요즘은 늘 술취한 사람 같구먼. 밤이나 낮이나 실험실에 있는 탓이야."

"맞아요." 사보스찌야노프가 동의했다. "무슨 둥지를 짓는 새 같죠. 실험실 일에 자기 전체를 모조리 쏟아부으니 원!"

시뜨룸이 미소 지었다. "온갖 소식을 전해주던 사람이 이제는 세상 돌아가는 소식에도 관심을 끊은 것 같더군. 그래, 둥지를 짓는 새 같다는 표현이 딱이야."

그러자 사보스찌야노프가 격하게 시뜨룸을 향해 몸을 돌렸다.

밝은색 눈썹이 돋보이는 그의 젊은 얼굴은 진지했다.

"세상 돌아가는 소식 얘기가 나와서 말인데요," 그가 말했다. "빅또르 빠블로비치, 어젯밤 당신만 빼고 시샤꼬프 집에서 모인 그 사람들…… 그건 뭐랄까, 너무나 괘씸하고 야만적인 짓이라고 말씀드리고 싶어요."

시뜨룸은 얼굴을 찡그렸다. 이 동정의 표현이 모욕으로 여겨졌던 것이다.

"됐네, 그 얘긴 그만둬." 그가 격하게 말했다.

"빅또르 빠블로비치," 사보스찌야노프는 이야기를 이어갔다. "물론 시샤꼬프가 초대하든 말든 그런 건 상관없어요. 그냥 침 한 번 뱉으면 그만이지요. 하지만 뾰뜨르 라브렌찌예비치에게 들었죠? 가브로노프가 어떤 더러운 말을 했는지 말입니다. 정말이지 파렴치예요. 당신 연구에서 유대인 냄새가 나고, 구레비치가 그걸 고전이라고 부르며 그렇게 칭송하는 건 당신이 유대인이기 때문이라고 했다잖아요. 심지어 지도부가 말없이 웃고만 있는 가운데 그 모든 추악한 이야기를 하다니요! 그 '슬라브인 형제들'이 당신에게 한 짓입니다."

점심시간에 시뜨룸은 식당으로 가는 대신 연구실의 네 구석을 밟으며 서성댔다. 인간 안에 그 정도의 지독한 더러움이 있을 줄이야 누가 생각이나 했겠어? 하지만 사보스찌야노프는 용감하군! 끝없이 재담을 늘어놓고 수영복 입은 여자들 사진이나 들여다보는 시시한 젊은이인 줄 알았는데. 그래, 이 모든 게 하찮은 일이야. 가브로노프의 수다도 하찮기 그지없지. 그는 신경병자, 시기심에 사로잡힌 시시한 인간이야. 아무도 그의 말에 반박하지 않은 건 그 발언이 너무 엉터리고 우스워서지.

그런데도 여전히 이 시시하고 하찮은 것들이 그를 고통스럽게 했다. 시샤꼬프는 어떻게 시뜨룸을 부르지 않을 수 있었을까? 정말 야비하고 바보 같은 짓이다! 특히 모욕적인 것은 자신이 재능 없는 시샤꼬프와 그의 집에 모인 자들에게 전혀 관심이 없는데도, 마치 삶에 돌이킬 수 없는 불행이 일어난 양 가슴이 아프다는 사실이었다. 더없이 바보 같은 생각이라는 건 알지만 그러한 감정을 느끼는 자신을 어쩔 수가 없었다. 그래, 맞아, 난 소꼴로프보다 달걀 한알을 더 많이 받고 싶어 하기도 했었지. 나 원, 어이가 없어서!

그러나 한가지, 그에게 정말로 깊은 상처를 준 것이 있었다. 그는 소꼴로프에게 말하고 싶었다. "부끄럽지도 않나? 자넨 내 친구 아닌가? 가브로노프가 내게 똥바가지를 들이부었다는 걸 감추다니! 뾰뜨르 라브렌찌예비치, 자넨 그곳에서도 침묵했고, 나와 이야기하면서도 침묵했어. 창피하고 또 창피한 줄 알게!"

하지만 흥분 속에서도 그는 즉시 스스로에게 말하지 않을 수 없었다. '하지만 나 역시 친구인 소꼴로프에게 침묵했잖아. 까리모프가 그의 친척인 마지야로프를 의심할 때 나도 가만히 듣고만 있었잖아. 내내 입 다물고 있었지! 왜? 거북해서? 배려하느라? 아니, 거짓말이야! 난 유대인이니까, 그래서 겁을 먹은 거야.'

운명이 그렇게 정해놓기라도 한 듯 하루 종일 무척이나 힘든 날이었다.

연구실로 안나 스쩨빠노브나가 들어왔다. 시뜨룸은 그녀의 굳은 표정을 보고 물었다.

"무슨 일이오, 친애하는 안나 스쩨빠노브나?" 그러고서 속으로 생각했다. '이 친구도 내 문제에 대해 무슨 이야기를 들었나?'

"빅또르 빠블로비치, 이게 대체 뭐예요?" 그녀가 말했다. "심지어 제 등 뒤에서 이런 일이 일어나다니요! 무슨 이유로 제가 이런 꼴을 당해야 하지요?"

점심시간에 인사과의 호출을 받아 가보니 사직서를 쓰라고 했다는 것이었다. 학위가 없는 실험요원을 해고하라는 소장의 명령이 내려왔다고.

"말도 안 돼, 난 전혀 이해할 수 없소." 시뜨룸이 말했다. "내가 모든 걸 제대로 돌려놓겠소. 날 믿어요."

안나 스쩨빠노브나에게 특히 모욕적이었던 것은 행정부에서는 그녀에게 아무런 악감정이 없다는 두벤꼬프의 말이었다.

"악감정이라니, 제게 무슨 악감정을 가질 수 있다는 소릴까요? 맙소사…… 아, 정말 죄송해요, 빅또르 빠블로비치. 제가 일하시는 걸 방해했네요."

시뜨룸은 어깨에 외투를 걸친 채로 마당을 가로질러 인사과가 있는 2층짜리 건물로 걸어갔다.

'그래, 좋아, 좋다고.' 더이상 그는 무엇에 대해서도 생각하지 않았다. '그래, 좋아, 좋다고'만 되뇔 뿐이었다. 하지만 이 '좋아, 좋다고'에는 많은 것들이 들어 있었다.

두벤꼬프가 시뜨룸과 인사를 나눈 뒤 말을 꺼냈다.

"막 전화드리려던 참입니다."

"안나 스쩨빠노브나 문제로요?"

"아뇨. 몇가지 상황과 관련해서 연구실장들이 설문지를 작성해야 하거든요."

시뜨룸은 두툼한 설문지 묶음을 바라보았다.

"오, 일주일 내내 해야 겨우 끝내겠는데요."

"에이, 무슨 소리예요, 빅또르 빠블로비치. 아, 하나만 신경 써주시면 돼요. 반대하는 답변을 하는 경우에는 체크만 하지 마시고 '아니요, 간 적 없음' '아니요, 그런 적 없음' '아니요, 없음' 등등으로 부연해주셔야 해요."

"그런데 말이죠, 친애하는 동지," 시뜨룸이 말했다. "우리 선임 실험요원 안나 스쩨빠노브나 로샤꼬바를 해고하라는 말도 안 되는 명령은 폐기해주셨으면 합니다."

"로샤꼬바요? 빅또르 빠블로비치, 제가 무슨 수로 지도부 명령을 폐기합니까?"

"이게 대체 무슨 일인가요! 그녀는 연구소를 구했어요. 폭격 중에도 훌륭하게 지켜냈다고요. 그런데 행정적인 이유로 그녀를 해고하다니요!"

"우리 연구소에서는 아무도 정당한 근거 없이 해고하지 않습니다." 두벤꼬프가 거만하게 대꾸했다.

"안나 스쩨빠노브나는 매우 훌륭한 사람이에요. 게다가 우리 실험실에서 가장 뛰어난 실험요원 중 하나고요."

"만약 그녀가 정말로 대체 불가능한 직원이라면, 까시얀 쩨렌찌예비치에게 가서 말씀해보세요." 두벤꼬프가 말했다. "참, 당신 실험실과 관련해서 전달할 것이 두가지 더 있습니다." 그가 서류 두장을 집어들고는 천천히 읽었다. "동료 학자 교체에 대한 건이에요. 어디 보자…… 란제스만 예밀리 뻰후소비치……"

"아, 맞아요, 내가 작성했습니다." 두벤꼬프의 손에 있는 종이를 알아보고 시뜨룸이 말했다.

"그리고 여기, 까시얀 쩨렌찌예비치의 결재 서류입니다. '규정된 기준에 부적합함.'"

"뭐라고요?" 시뜨룸이 물었다. "부적합하다니? 그가 적합하다는 건 내가 알아요. 대체 적합하고 말고를 꼽첸꼬가 어떻게 안다는 겁니까?"

"그러니까 까시얀 쩨렌찌예비치에게 가보시라니까요." 두벤꼬프가 말하고서 두번째 서류를 살폈다. "그리고 이건 까잔에 남은 직원들의 신청서인데, 여기 당신이 제출한 청원도 있군요."

"그런데요?"

"까시얀 쩨렌찌예비치가 이렇게 써놨네요. '목적에 부합하지 않음. 이들 모두 까잔 대학에서 생산적으로 일하고 있으므로, 이 문제의 검토는 이번 학년도 말까지 미룸.'"

그 불쾌한 내용을 무마하려는 양 두벤꼬프는 작은 목소리로 부드럽고 상냥하게 이야기했으나, 그의 눈 속에는 호기심 어린 심술만이 드러나 있었다.

"참 고맙군요, 두벤꼬프 동지."

시뜨룸은 마당을 가로질러 돌아오면서 다시금 되뇌었다. "그래, 좋아, 좋다고." 이제 그에게는 지도부의 도움도, 친구들의 애정도, 아내와의 교감도 필요 없었다. 그는 혼자서 싸울 것이었다. 본관으로 돌아온 그는 곧장 2층으로 올라갔다.

비서가 시뜨룸의 도착을 알리러 들어가자 곧 검은 양복에 자수 장식이 된 우끄라이나 셔츠를 입은 꼽첸꼬가 그녀를 따라 나오더니 말했다.

"내 누추한 방으로 모시겠소, 빅또르 빠블로비치."

시뜨룸은 빨간 안락의자와 푹신한 소파가 놓인 '누추한 방'으로 들어갔다. 꼽첸꼬는 그를 소파에 앉힌 뒤 자신도 옆에 나란히 앉았다.

시뜨룸의 말에 귀를 기울이는 내내 그는 미소를 짓고 있었는데, 그 친절함이 어딘가 두벤꼬프의 태도를 상기시켰다. 그래, 아마 가브로노프가 시뜨룸의 발견에 대해 헛소리를 늘어놓을 때도 그는 지금처럼 미소 짓고 있었으리라.

"우리가 뭘 어쩌겠소?" 꼽첸꼬가 입을 열며 짐짓 안타깝다는 듯 손을 내저었다. "그녀가 폭격 속에 있었다고? 이제 그런 건 공적으로 취급되지도 않소. 조국이 명하면 어떤 소련인이라도 기꺼이 폭탄 밑으로 돌진하는데." 그는 잠시 생각에 잠겼다가 말을 이었다. "어쩌면 방법이 있을지도 모르겠소. 물론 트집 잡힐 일이긴 하지만. 로샤꼬바를 실험 보조원 자리로 옮기는 거요. 배급표는 유지해주고. 어떻소? 그건 가능한데."

"아뇨, 그건 그녀에게 모욕일 겁니다." 시뜨룸이 말했다.

"빅또르 빠블로비치, 당신 대체 왜 그러시오? 소비에뜨 국가에 적용되는 법과 시뜨룸의 실험실에 적용되는 법이 다르기를 원하는 거요?"

"그 반대죠. 전 제 실험실에 소비에뜨 법이 제대로 적용되기를 원하는 겁니다. 소비에뜨 법에 의하면 로샤꼬바를 해고할 수 없지요." 이어 그는 물었다. "까시얀 쩨렌쩨예비치, 법에 대한 얘기가 나왔으니 말인데, 재능 있는 청년 란제스만을 제 실험실로 보내달라는 요청은 왜 거부하신 겁니까?"

꼽첸꼬는 입술을 여러차례 깨물다가 입을 열었다.

"빅또르 빠블로비치, 그가 훌륭한 인재일지는 모르지만, 연구소 지도부에서 고려해야 할 다른 사정들이 있소."

"아, 좋습니다." 시뜨룸은 잠자코 되풀이했다. "아주 좋아요." 그런 다음 그가 다시 물었다. "신상 조회 때문이겠죠? 외국에 친척들이 있습디까?"

꼽첸꼬는 애매하게 두 손을 내저었다.

"까시얀 쩨렌쩨예비치, 이 즐거운 대화를 계속해보죠." 시뜨룸이 말했다. "제 동료 안나 나우모브나 바이스빠삐르가 모스끄바로 돌아오는 걸 막는 이유는 또 뭡니까? 그녀에겐 학위도 있는데 말이지요. 이 경우 제 실험실과 국가 사이의 모순은 무엇인지 심히 궁금하군요."

"빅또르 빠블로비치, 지금 당신 날 심문하는 거요?" 꼽첸꼬는 괴로운 얼굴로 말했다. "난 인사에 있어 책임을 져야 하오. 그 점을 이해해주시오."

"네, 좋습니다. 아주 좋아요." 마침내 거친 언사가 폭발할 지경에 이른 것을 느끼며 시뜨룸이 말했다. "요컨대, 존경하는 동지, 난 이렇게는 일을 계속할 수 없습니다. 과학이 존재하는 것은 두벤꼬프를 위해서도 아니고 당신을 위해서도 아닙니다. 내가 여기 존재하는 것 역시 연구를 위해서이지, 나로서는 도무지 모를 인사과의 이해관계를 위해서가 아니고요. 알렉세이 알렉세예비치에게 두벤꼬프를 핵실험실 수장으로 임명하라고 쓰겠습니다."

"빅또르 빠블로비치, 정말이지 진정하시오."

"아니요, 이렇게는 일할 수 없어요."

"빅또르 빠블로비치, 지도부가, 특히 내가 당신 연구를 얼마나 높이 평가하는지 모르시오?"

"당신이 날 높이 평가하든 말든 상관없습니다." 말을 뱉는 순간, 시뜨룸은 꼽첸꼬의 얼굴에 모욕이 아니라 즐거운 만족감이 어리는 것을 눈치챘다.

"빅또르 빠블로비치, 우리는 어떤 경우에도 당신이 연구소를 떠나도록 두지 않을 거요." 이어 꼽첸꼬는 얼굴을 찡그리며 덧붙였다. "그리고 그건 당신이 대체 불가능한 인력이라서가 아니오. 설마 빅또르 빠블로비치 시뜨룸이 이미 누구로도 대체할 수 없는 인물이라 생각하고 있는 건 아니겠지?" 그러더니 그가 더없이 상냥하게 말을 맺었다. "당신이 란제스만과 바이스빠삐르 없이 연구를 못하겠다면 러시아에서 당신을 대체할 사람이 아무도 없을 것 같나요?"

그가 시뜨룸을 바라보았고, 빅또르 빠블로비치는 내내 보이지 않는 안개처럼 그들 사이에 걸려 있던 말, 자신의 눈과 손과 뇌를 건드리고 있던 바로 그 말이 이제 막 꼽첸꼬의 입에서 튀어나오려는 것을 감지했다.

시뜨룸은 고개를 떨구었다. 훌륭한 발견을 해낸 유명한 교수이자 박사, 자존심 높고 배려심 깊고 독립적이며 단호한 학자는 이미 온데간데없었다.

좁은 어깨에 등이 구부정하고 코가 흰 고수머리 남자가 두 눈을 찌푸린 채 따귀 맞기를 예상하듯 자수 장식이 된 우끄라이나 셔츠를 입은 사람을 바라보며 기다리고 있었다.

꼽첸꼬가 조용히 입을 열었다.

"빅또르 빠블로비치, 흥분하지 마시오. 정말이지 흥분은 금물이오. 맙소사, 왜 그런 시시하고 하찮은 일로 문제를 키우는 거요?"

54

깊은 밤, 아내와 딸이 잠자리에 든 것을 확인한 뒤 시뜨룸은 신상 조회 설문지를 채우기 시작했다. 거의 모든 질문이 전쟁 이전의 것들과 동일했다. 질문들이 전과 똑같다는 사실이 빅또르 빠블로비치에게는 이상해 보였고, 뭔지 모르게 새로운 방식으로 그를 불안하게 했다.

연구에 사용하는 계산 장비가 충분한지, 실험실의 설비가 복잡한 실험에 적합한지, 중성자 방출을 막는 보호장치는 잘 작동하는지, 소꼴로프와 마르꼬프가 시뜨룸과 좋은 관계로 학문적 업무를 수행해나가는지, 후배 실험요원들은 힘든 계산 작업을 해낼 준비가 되어 있는지, 자신들의 인내심과 집중력에 얼마나 많은 것들이 달려 있는지를 그들이 이해하는지…… 이 모든 것에 대해 국가는 전혀 개의치 않는 듯했다.

그것은 설문지의 황제, 설문지 중의 설문지였다. 그것은 류드밀라의 아버지와 어머니에 대해서, 빅또르 빠블로비치의 할아버지와 할머니에 대해서, 그들이 어디서 살았는지, 언제 죽었는지, 어디에 매장되었는지에 대해서 알기를 원했다. 시뜨룸의 아버지인 빠벨 이오시포비치가 1910년에 베를린을 여행한 이유는 무엇이었냐는 질문도 있었다. 국가의 불안은 심각하고 음산했다. 설문지를 들여다보던 시뜨룸조차 스스로의 신뢰성과 진정성을 돌아보고 의심할 정도였다.

1. 성, 이름 및 부칭…… 야밤에 신상 조사서를 작성하고 있는 인간, 시뜨룸, 빅또르 빠블로비치, 그는 누구인가? 그의 아버지와 어머니는 시민 결혼을 했던 것 같고 비쨔가 두살 되던 해에 헤어졌다. 그는 아버지의 서류에 "빠벨"이 아니라 "뻰후스"라는 이름이 적혀 있었던 것을 기억한다. 그런데 나는 왜 빅또르 빠블로비치지? 난 누굴까? 내가 정말 나를 아는 걸까? 사실 내 이름은 골드만이나 사가이다치니가 아닐까? 아니면 일명 두브롭스끼라 불리는 프랑스인 데포르주거나?[199]

---

199 데포르주는 뿌시낀의 미완성 소설 「두브롭스끼」에서 주인공 두브롭스끼가 프랑스인 가정교사로 가장했을 때 사용한 이름이다.

의구심에 가득 찬 채, 그는 두번째 질문에 대한 답변에 임했다.

2. 생년월일…… 신력과 구력으로 작성하시오. 까마득한 12월의 그날에 대해 그가 뭘 알고 있는가? 자신이 바로 이날 태어났다고 자신 있게 주장할 수 있을까? 책임을 면하기 위해서라도 답변에 "들은 바"라는 단어를 추가해야 하지 않을까?

3. 성별…… 시뜨룸은 용감하게 적었다. "남성." 그러나 이내 다른 생각이 떠올랐다. '아니지, 내가 무슨 남자람. 진정한 남자라면 체삐진이 사임했을 때 그렇게 침묵할 수 있었단 말인가!'

4. 출생지. 예전 구역제에 따른 주소(현, 군, 읍, 촌)와 새로운 구역제에 따른 주소(주, 지구, 지역, 구역)…… 시뜨룸은 "하리꼬프"라고 적었다. 어머니는 그가 바흐무뜨에서 태어났지만 출생 두달 뒤에 이사한 하리꼬프에서야[200] 호적에 제대로 등록했다고 말했다. 어떻게 하지? 부연 설명을 달아야 하나?

5. 출신 민족…… 의미심장한 질문이다. 전쟁 전에는 정말 쉽고 중요하지 않은 질문이었는데, 지금은 정말 특별한 느낌으로 다가왔다.

시뜨룸은 펜을 눌러가며 또렷한 글씨로 "유대인"이라 적었다. 그는 몰랐다. 이 설문지의 5번 질문에 깔미끄, 발까르, 체첸, 끄리미아 따따르, 유대인이라고 답하는 것이 이제 곧 수십만 사람들의 미래에 어떠한 영향을 미치게 될지……

그는 정말이지 몰랐다. 한해 한해 이 5번 질문을 중심으로 암울한 고뇌가 점차 짙어질 것이었다. 수많은 공포와 원망과 절망과 피가 바로 다음 6번 질문인 '출신 성분'으로부터 이 5번 질문으로 넘어와, 몇년 후에는 수많은 이들이 이 질문에 대한 답변을 써넣으며

---

200 둘 다 우끄라이나에 있는 도시.

지난 수십년 동안 까자끄 장교들, 귀족들과 공장주들의 자식들, 사제의 아들들이 느껴온 숙명적 감정을 가지게 될 것이었다.

하지만 동시에 그는 예감했다. 5번 질문을 둘러싼 역선力線들은 이미 강화되고 있었다. 어제저녁 란제스만이 그에게 전화를 걸어왔다. 시뜨룸은 일이 마음먹은 대로 되지 않았다고 말했다. "그럴 줄 알았어요." 란제스만의 목소리에는 분노와 시뜨룸을 향한 질책이 섞여 있었다. "신상 조서에 뭐 문제 될 만한 게 있었소?" 시뜨룸의 질문에 그는 전화기에 대고 화를 내며 대꾸했다. "제 성에 문제가 있죠."

저녁에 차를 마실 때 나쟈가 말했지. "마이까네 아빠가 그러는데, 내년에는 국제관계 연구소에 유대인을 한명도 받아들이지 않을 거래."

'뭐, 어쩔 수 없잖아.' 시뜨룸은 생각했다. '유대인은 유대인이지. 달리 뭐라고 적겠어?'

6. 사회적 출신 성분…… 이것은 실로 강력한 나무줄기였다. 그 뿌리는 땅속 깊이 들어가 있고, 그 가지들은 신상 조서의 넓은 종이들 위로 넓게 펼쳐진다. 어머니와 아버지의 출신 성분, 외조부모와 조부모의 출신 성분, 아내의 출신 성분, 만약 이혼했다면 전 아내의 출신 성분, 그녀의 부모가 혁명 전에 했던 일……

위대한 혁명은 사회의 혁명, 빈곤의 혁명이었다. 6번 질문을 볼 때마다 시뜨룸은 지난 수천년간 부자의 지배를 받아온 빈자들의 정당한 불신이 바로 이 질문 속에 자연스럽게 드러나 있다고 여겼다.

그는 "쁘띠부르주아 출신"이라고 썼다. 쁘띠부르주아! 쁘띠부르주아는 또 뭐람? 그리고 갑자기, 아마도 전쟁이 이렇게 만든 것 같은데, 그는 출신 성분에 대한 소비에뜨의 정당한 질문과 출신 민족에 대한 독일인의 혈통적 질문 사이에 정말로 심연이 존재할까 하는 의구심을 느꼈다. 문득 까잔의 저녁 모임에서 오가던 대화들이, 인간을 향한 체호프의 태도에 대해 이야기하던 마지야로프의 말이 떠올랐다.

그는 생각했다. 나에겐 사회적 지표가 도덕적으로 정당하고 공정한 것으로 보인다. 하지만 독일인들에게는 민족적 지표가 두말할 것 없이 도덕적으로 정당해 보이겠지. 내게 분명한 건, 유대인을 유대인이라는 이유로 죽이는 것이 끔찍하다는 사실이야. 결국 그들 또한 인간이니까. 그들 각자가 좋은 인간, 나쁜 인간, 재능 있는 인간, 어리석은 인간, 둔한 인간, 유쾌한 인간, 선한 인간, 감수성 풍부한 인간, 인색한 인간이라고. 그렇지만 히틀러는 아무 상관 없고, 중요한 건 단지 유대인이라는 사실이라고 말하지. 나는 전 존재를 걸고 그에 대항한다! 하지만 우리나라에도 마찬가지 원칙이 있어. 중요한 건 귀족 출신이라고, 중요한 건 부농 출신이라고, 상인 출신이라고 하잖아. 그들이 좋은 인간, 나쁜 인간, 재능 있는 인간, 선한 인간, 어리석은 인간, 유쾌한 인간이라는 사실은 다 어떻게 되는 거지? 게다가 신상 조서에서 묻는 건 심지어 상인, 사제, 귀족 자신에 대한 것이 아니야. 그들의 자식들과 손주들에 대해 묻고 있지. 유대 혈통처럼 귀족성 또한 핏속에 내재되어 있다는 건가? 상인의 혈통, 사제의 혈통이 있다는 얘긴가? 말도 안 되는 소리. 소피야 뻬롭스까야만 봐도 그래. 그녀는 장군의 딸이었지. 그냥 장군의 딸이 아니라 주지사의 딸이기도 했어. 그래서, 그녀를 몰아내야 하나? 까라꼬조프[201]를 붙잡은 경찰 앞잡이 꼬미사로프[202]는 아마 6번

---

201 Dmitrii Vladimirovich Karakozov(1840~66). 1866년 4월 16일 알렉산드르 2세 암살을 기도한 유대인. 실패하고 체포되어 처형되었다.

질문에 쁘띠부르주아라고 대답했겠지. 사람들은 그를 대학에 받아
주고 직무를 승인했을 거야. 스딸린은 "아들은 아버지에 대해 책임
이 없다"라고 했지. 그렇지만 "사과는 사과나무 바로 아래 떨어진
다"라는 말도 했어. 대체 어쩌라는 거야?

7. 사회적 위치…… 사무직 노동자? 사무직 노동자는 대개 회계
사, 서기를 말하지. 사무직 노동자인 시뜨룸은 원자핵분열의 메커
니즘을 수학적으로 입증하고, 사무직 노동자 마르꼬프는 새로운
실험 장비의 도움으로 사무직 노동자 시뜨룸의 이론적 결론을 증
명하려 하는군.

'그래, 맞아. 사무직이 아니면 뭐겠어?'

그는 어깨를 으쓱이고 일어나 누군가를 떼어놓으려는 듯한 손
짓을 하며 방 안을 이리저리 서성거리다가 다시 책상에 앉아 답변
을 이어갔다.

29. 본인 혹은 가까운 친척이 재판을 받았거나 조사를 받은 적이
있는지, 체포된 적이 있는지, 법률과 행정명령 처분을 받은 적이 있
는지, 있다면 언제, 어디서, 무엇 때문이었는지, 만약 전과 기록이
말소됐다면 언제인지……

시뜨룸의 아내에 대해서도 동일한 질문이 이어졌다. 가슴이 서
늘해졌다. 정말이지 장난이 아니군. 머릿속에 몇몇 이름들이 떠올
랐다. 아니, 그 사람은 죄가 없는 게 분명해…… 그 사람은 이미 이
세상 사람이 아니고…… 아, 그 사람은 남편을 고발하지 않았다는
이유로 팔년형인가를 받았지. 정확한 기간은 모르겠군, 이미 편지
가 끊겼으니. 쩸니끼로 갔다고 했었나? 그 집 딸을 거리에서 우연

---

202 Osip Ivanovich Komissarov(1838~92). 까라꼬조프의 발포를 막아 알렉산드르
2세의 목숨을 구한 경찰.

히 만났었는데. 정확히 기억은 안 나지만 아마 1938년 초에 체포됐을 거야. 그래, 맞아, 서신 왕래가 금지된 십년형을 받았지……

아내의 오빠는 당원이었고 나는 그를 만난 적이 거의 없어. 지금은 우리 둘 다 그와 연락을 하지 않지. 아내의 어머니는 아마 몇번인가 만났을 거야. 그래, 전쟁이 일어나기 전에. 그의 두번째 아내는 남편을 고발하지 않아서 유형장으로 끌려갔다가 전쟁 중에 죽었지. 아들은 자원병으로 스딸린그라드 방어에 참가했고…… 아내가 첫 결혼에서 낳은 아들, 그러니까 내 의붓아들도 스딸린그라드를 방어하다가 전사했지…… 첫 남편은 구금되었고, 이혼한 순간부터 아내는 그에 대해 아무것도 모른다…… 나로 말하자면 그가 뭣 때문에 형을 받았는지조차 몰라. 흘려듣기로는 뭔가 뜨로쯔끼파에 속해 있었다지. 하지만 확실하게는 모르겠군, 나로선 그런 것에 아무 관심도 없고……

시뜨룸은 자신에게 죄가 있고 흠이 있다는 절망적인 감정에 사로잡혔다. 모임에서 자아비판을 하며 "동지들, 나는 우리 편이 아니오!"라고 말했던 당원이 생각났다.

갑자기 반항심이 그를 휩쌌다. 나는 온순하고 고분고분한 사람이 아니야! 샷꼬가 나를 사랑하지 않으면 그러라고 해! 나는 혼자야. 아내도 내게 관심이 없지. 그러라고 해! 그래도 나는 불행한 사람들, 죄 없이 파멸한 사람들을 외면하지 않을 거야.

아, 동지들, 이 모든 것이 창피하다! 결국 그 사람들은 죄가 없지 않은가. 게다가 그 자식들, 아내들에게 무슨 죄가 있단 말인가? 우리는 이들 앞에서 잘못을 인정하고 용서를 구해야 한다. 그런데 죄 없이 고통당하는 이들과 친척이라는 이유로 당신들은 내 열등함을 증명하고 내게서 신임을 빼앗으려는 건가? 내게 죄가 있다면 그건 오직 이들이 불행에 빠져 있을 때 거의 아무 도움도 주지 않았다는 거야.

그리고 놀랍게도 그의 머릿속에서는 이와 반대되는 또다른 생각이 나란히 흘러가고 있었다.

난 그들과 전혀 관계를 유지하지 않았어. 적들과 연락하지 않았고, 수용소에서 편지를 받은 적도 없고, 그들에게 물질적 도움을 주지도 않았고, 그들을 만난 적도 거의 없고, 있어도 우연히 스친 경우였지……

30. 친척들 중 외국에 거주하는 이가 있는지(어디에, 언제부터 있었는지, 어떤 이유로 나갔는지). 그들과 관계를 유지하고 있는지.

새로운 질문이 그의 고뇌를 고조시켰다.

동지들, 당신들은 정말 모르는 건가? 황제 치하 러시아제국 시절에는 이민이 불가피했잖아! 빈곤층이 이민했고, 자유를 사랑하는 사람들이 이민했지. 알다시피 레닌도 런던, 취리히, 빠리에 살았어. 그런데 당신들은 어째서 뉴욕, 빠리, 부에노스아이레스에 사는 내 아주머니와 아저씨 들에 대해, 그들의 딸과 아들 들에 대해 읽으며 눈살을 찌푸리는 거지? 지인들 중 누군가에게서 들었던 우스갯소리가 생각났다. "친척 아주머니가 뉴욕에 있는데, 전에는 그 아주머니가 있으니 굶어 죽지 않으리라 생각했거든. 그런데 지금은 그 아주머니 때문에 굶어 죽게 생겼어!"

전부 작성하고 보니 외국에 사는 친척들의 목록이 그의 연구 업적 목록보다 약간 짧았다. 만일 여기에 체포된 사람들까지 덧붙인다면……

맙소사, 이런 식으로 한 인간을 눌러버리는 거군. 이색분자라면서 오물통에 쑤셔박는 거야! 하지만 그건 거짓말이야, 거짓말이라고! 과학이 진정 필요로 하는 사람은 가브로노프와 두벤꼬프가 아니라 바로 그였다. 그는 조국을 위해 삶을 바칠 각오가 되어 있었다. 그럴듯한 신상 조서를 제출한 사람들 중 속이고 배반하는 자들이 없단 말인가? 부친이 부농이라고, 예전의 지주라고 적어 낸 이들 중 전투에 나가 목숨을 바친 이들이 없단 말인가?

이게 다 뭐지? 그는 너무도 잘 알고 있었다. 통계적 방법! 확률! 프롤레타리아 출신인 사람들보다 과거 노동자가 아니었던 이들 중에서 적을 만날 확률이 높다는 것이다. 하지만 알다시피 독일 파시스트들도 저 크고 작은 확률에 기반하여 사람들을, 민족을 말살하고 있지 않은가. 이는 비인간적인 원칙이다. 비인간적이며 맹목적인 원칙이다. 인간들에게 접근하는 방법은 단 하나, 인간적인 접근뿐이다.

만일 빅또르 빠블로비치가 직접 실험실 직원을 뽑는다면 그는 새로운 신상 조서, 인간적인 신상 조서를 도입할 것이었다.

그에겐 함께 일하게 될 사람이 러시아인이든, 유대인이든 우끄라이나인이든, 아르메니아인이든 상관없다. 그 사람의 할아버지가 노동자였든, 공장주였든, 부농이었든 상관없다. 그 사람의 형이 엔까베데에 의해 체포되었는지 여부는 그와 동료로서 관계를 맺는데 아무런 상관이 없고, 그 사람의 여동생이 꼬스뜨로마에 살든 제네바에 살든 그로서는 아무런 관심도 없다.

그는 물을 것이다. 몇살 때부터 이론물리학에 흥미를 느꼈는지, 아인슈타인의 플랑크 비판에 대해 어떻게 생각하는지, 순수한 수학적 사고를 좋아하는지 아니면 실험물리학 작업에 끌리는지, 하이젠베르크[203]에 대해 어떻게 생각하는지, 통일장이론의 방정식을

---

203 Werner Karl Heisenberg(1901~76). 독일의 물리학자. 불확정성원리를 발견하여 20세기 초 양자역학의 발전에 절대적인 공헌을 했다.

만드는 게 가능하다고 믿는지…… 무엇보다 중요한 것은 재능, 열정, 신성한 영감이다.

물론 상대가 원한다면 다른 질문도 할 수 있다. 산보를 좋아하냐고, 포도주를 마시냐고, 음악회에 다니냐고, 어렸을 적에 톰프슨 시턴[204]의 책을 좋아했냐고, 똘스또이와 도스또옙스끼 중에 누구에게 더 끌리냐고, 채소 재배를 즐기냐고, 낚시는 하냐고, 삐까소를 어떻게 생각하냐고, 체호프의 단편 중 어떤 걸 제일 좋아하냐고.

또한 그는 미래의 동료가 조용한 사람인지 아니면 수다쟁이인지, 선한지, 재치가 있는지, 기억력이 나쁜지, 화를 잘 내는지, 명예욕이 있는지, 예쁘장한 베로치까 뽀노마레바와 정사로 엮이지는 않을지 궁금해할 것이다.

마지야로프가 이 문제에 대해 정말 훌륭하게 이야기했었지. 어쩌면 그가 정말 밀고자일지도 모른다는 생각이 들 정도로.

아, 맙소사……

시뜨룸은 펜을 들어 적었다. "에스피르 세묘노브나 다셉스까야. 어머니 쪽 친척. 1909년부터 부에노스아이레스 거주. 음악 교사."

55

시뜨룸은 침착함을 유지하자고, 공격적인 소리는 한마디도 하지 말자고 마음을 다잡으며 시샤꼬프의 집무실로 들어갔다. 시뜨룸 자신과 그의 연구가 이 행정관료이자 학자의 머릿속에서 가장 마

---

204 Ernest Thompson Seton(1860~1946). 미국의 작가이자 야생화가. 『시턴 동물기』로 유명하다.

지막 자리를 차지하고 있다는 사실에 화를 내고 모욕감을 느끼는 것 자체가 어리석은 일이라는 건 그도 잘 아는 터였다.

하지만 시샤꼬프의 얼굴을 보는 순간 견딜 수 없는 분노가 치밀어올랐다.

"알렉세이 알렉세예비치," 시뜨룸이 말했다. "억지 친절을 강요할 수는 없는 법이지만, 그동안 당신은 실험 장비 설치에 한번도 관심을 보이지 않았지요."

"가까운 시일 안에 꼭 한번 들러보겠소." 시샤꼬프가 달래듯 대꾸했다.

상관께서 은혜롭게도 방문하시어 시뜨룸을 행복하게 하실 것을 약속하셨도다!

시샤꼬프가 덧붙였다. "그렇지만 지휘부에서는 대체로 당신의 요구에 충분히 관심을 기울이는 것으로 보입니다만."

"특히 인사과에서 그렇죠."

"인사과와는 어떤 문제가 있는 거요?" 여전히 화해와 평화를 갈망하는 듯한 어조로 시샤꼬프가 물었다. "실험실장들 중 불만을 제기한 사람은 당신이 처음이오."

"알렉세이 알렉세예비치, 제가 까잔에서 바이스빠쁘르를 불러달라고 요청했는데 소용이 없더군요. 핵 촬영에 있어 그녀는 대체 불가능한 전문가예요. 그리고 로샤꼬바의 해고에도 절대 반대합니다. 그녀는 훌륭한 인력일 뿐 아니라 훌륭한 인간이기도 해요. 어떻게 로샤꼬바 같은 사람을 해고할 수 있는지 저로서는 상상할 수조차 없군요. 이건 정말이지 비인간적인 처사예요. 마지막으로, 연구원 후보자인 란제스만 박사의 합류를 승인해주시길 요청합니다. 그는 재능 있는 청년입니다. 당신은 여전히 우리 실험실의 중요성을 과소평가하고 있어요. 그게 아니라면 제가 이런 대화로 시간을 낭비할 필요도 없겠죠."

"나 역시 이 대화에 시간을 낭비하고 있소." 시샤꼬프가 날카롭게 대꾸했다.

그가 화해의 어조를 거두자 시뜨룸은 기뻤다. 그놈의 부드러운 어조 때문에 분노를 마음껏 표출할 수 없었던 것이다.

"제가 심히 불편하게 생각하는 건, 이 곤란한 문제들이 주로 유대인 성을 가진 사람들을 중심으로 일어난다는 사실입니다."

"그건 또 무슨 소리요?" 이제 알렉세이 알렉세예비치도 평화에서 전쟁으로 넘어갔다. "빅또르 빠블로비치, 연구소에 책임 있는 과제들이 책정되었소. 얼마나 어려운 시기에 우리 앞에 이런 과제들이 떨어졌는지는 굳이 말할 필요도 없겠지요. 내가 보기에 당신의 실험실에서는 현재 이런 과제의 해결에 온전히 기여하지 못하는 것 같소. 더군다나, 흥미로운 연구인 건 분명하지만 그만큼이나 의심할 바 없이 논쟁적이기도 한 당신의 연구를 둘러싸고 과도한 소동이 일어난 마당이니 말이오."

그는 위압적으로 말을 이었다.

"이게 나 혼자만의 생각일 것 같소? 이 시끄러운 소동이 과학계에 종사하는 동료들에게 방향 상실을 야기한다고 지적하는 사람이 한둘이 아니오. 어제 그에 대한 상세한 논의가 이루어졌고, 당신부터 당신의 이론에 대해 깊이 생각해봐야 한다는 의견이 나왔소. 그 이론이 물질의 본성에 대한 유물론적 견해와 모순되니, 이와 관련해 당신 자신이 의견을 개진해야 한다는 말이오. 이유는 모르겠지만 몇몇 사람들은 그 논쟁적인 이론을 과학의 보편적인 방향으로 선언하는 데 관심을 보이더군. 전쟁이 우리에게 부과한 과제들에

온 힘을 쏟아야 할 이 시기에 말이오! 이 모든 게 지극히 심각한 문제요. 그런데도 당신은 무슨 아무개 로샤꼬바라는 여자에 관한 이상한 요구를 가지고 찾아오다니. 미안하지만 난 로샤꼬바가 유대인 성이라는 것도 몰랐소."

그의 반응에 시뜨룸은 당황했다. 지금껏 그의 연구에 이토록 직접적으로 적대적인 태도를 드러낸 사람은 없었다. 그런데 처음으로, 그가 일하는 연구소의 수장이자 동료 학자에게서 이런 말을 듣게 되다니!

더이상 결과를 두려워하지 않고 그는 자신이 마음에 품고 있던 것, 따라서 결코 이야기해서는 안 되는 모든 것을 말했다.

그는 물리학이 철학을 뒷받침하는지 아닌지는 물리학 자체와 아무런 상관이 없다고 말했다. 수학적 증명의 논리는 엥겔스나 레닌의 논리보다 강하다고, 당 중앙위원회 과학부에서 온 바진은 물리학과 수학을 레닌의 견해에 적응시키는 대신 레닌의 견해를 수학과 물리학에 적응시켜야 할 것이라고 말했다. 그게 누구의 견해든, "심지어 주 하느님께서 직접" 피력하신 견해라 하더라도 지나친 실용주의는 과학을 망칠 뿐이라고, 오직 위대한 이론만이 위대한 실용적 성취를 낳는다고 말했다. 20세기의 주요한 기술적 문제들이 ─ 비단 기술적 문제만은 아니지만 ─ 핵반응 이론을 통해 해결될 것이라 확신한다고 말했다. 만일 시샤꼬프가 이름을 밝히고 싶어 하지 않는 다른 동료들이 요구한다면, 그들 앞에서 이러한 정신에 대해 기꺼이 발언할 의향이 있다고도 말했다.

"그리고 유대인 성을 가진 사람들에 관한 문제에 대해 한마디 하자면 말입니다, 알렉세이 알렉세예비치, 만약 당신이 진정 러시아 지성인이라면 이를 농담으로 얼버무려서는 안 돼요." 그가 말을 이었다. "청원을 거절할 경우, 난 당장 연구소를 그만둘 수밖에 없어요. 이렇게는 일을 못합니다."

그는 숨을 돌리고 시샤꼬프를 바라보며 잠시 생각하다가 다시 입을 열었다.

"이런 상황에서는 일하기가 힘들어요. 난 물리학자일 뿐 아니라 인간이기도 합니다. 이러면 내 도움과 보호를 기다리는 이들 앞에 그저 부끄러움밖에 느낄 수 없어요."

"이런 상황에서는 일하기가 힘들어요"라니! 당장 그만두겠다는 말을 다시금 되풀이할 만한 용기도 없는 것인가! 시샤꼬프의 표정을 보아하니, 그도 이 소심한 표현을 알아차린 모양이었다. 갑자기 공격적으로 나오기 시작한 것 역시 아마 그 때문이었으리라.

"최후통첩의 언어로 대화를 계속하는 건 의미가 없소. 나야 물론 당신이 원하는 바를 고려할 수밖에 없지만 말이지요."

낯설고 괴로운 동시에 즐거운 감정이 하루 종일 시뜨룸을 지배했다. 실험실의 집기들과 이제 막 조립이 끝나가는 새로운 장비가 문득 자신의 삶이자 뇌요, 육체의 일부로 보였다. 이것들과 떨어져서 따로 존재하는 게 가능하기나 할까?

자신이 소장에게 했던 이단적인 말들. 떠올리는 것조차 끔찍했지만 한편으로는 그 기억이 그에게 힘을 불어넣었다. 출구 없는 상황이야말로 그에겐 힘의 원천이었다. 그러나 더없는 학문적 성공을 이루고 모스끄바로 돌아와 이런 대화를 나누게 될 줄은 정말이지 꿈에도 생각지 못했다.

그와 시샤꼬프의 충돌에 대해 아무도 알 리 없으나, 왠지 그를 대하는 동료들의 태도가 오늘따라 유난히 따뜻한 것 같았다.

안나 스쩨빠노브나는 그의 손을 꼭 잡으며 말했다.

"빅또르 빠블로비치, 당신이 늘 진심이라는 거 알아요."

그는 그녀의 곁에 말없이 서 있었다. 벅찬 감동과 함께, 거의 행복감마저 느껴질 지경이었다.

'엄마, 엄마,' 갑자기 그는 생각했다. '봐요, 이것 보라고요.'

집으로 가면서 아내에게는 아무 말도 하지 않으리라 마음먹었지만, 시시콜콜한 일까지 전부 그녀와 공유하는 습관을 이겨낼 수가 없었다. 그는 현관에서 외투를 벗으며 입을 열었다.

"류드밀라, 나 연구소를 떠나게 됐어."

류드밀라 니꼴라예브나는 마음이 아프고 속이 상했지만, 자기도 모르게 가시 돋친 말을 내뱉고 말았다.

"당신이 무슨 로모노소프[205]나 멘젤레예프[206]라도 되는 줄 알아? 당신이 떠나면 소꼴로프나 마르꼬프가 그 자리에 앉겠지." 그녀는 바느질감에서 고개를 들고 말을 이었다. "그냥 란제스만을 전선으로 보내면 안 돼? 안 그러면 다들 국방 연구소에서 유대인이 유대인 사정 봐준다고 생각할 거야."

"됐어, 됐어, 그만 좀 해." 그가 말했다. "부탁이야, 류도치까, 판단하지 말고 그냥 공감해줘. 네끄라소프 시에 나오는 구절 기억하지? '불행한 자여, 영광의 사원에 임하기를 기대했건만, 병원에 들어와 기뻐하는구나!'[207] 난 내가 먹는 빵값은 한다고 생각했어. 그런데 나더러 죄인이며 이단이라고 자아비판을 요구하다니. 맙소사,

---

205 Mikhail Vasil'evich Lomonosov(1711~65). 러시아의 과학자이자 시인, 언어학자. 러시아학문의 기초를 마련한 학자로 평가된다.

206 Dmitrii Ivanovich Mendeleev(1834~1907). 러시아의 화학자. 주기율표를 최초로 작성한 이 중 하나로 알려져 있다.

207 네끄라소프의 시 「병원에서」의 한 구절. 여러 정신병자들 중 작가에 관해 묘사한 내용이다.

생각해봐. 자아비판이라니 말도 안 돼! 언제는 내게 상을 주겠다며 추천을 하더니…… 학생들까지 나를 찾아오고 그랬는데. 아, 삿꼬가 날 사랑하지 않아!"

류드밀라 니꼴라예브나는 그에게로 다가와 넥타이를 단정하게 고쳐주고 재킷 자락을 잡아당겨 반듯하게 펴준 다음 입을 열었다.

"당신 식사 안 했어? 얼굴이 창백해."

"생각 없어."

"우선 버터 빵 좀 먹어. 내가 음식을 데울게."

그런 다음 그녀는 작은 잔에 심장약을 몇방울 떨어뜨려 그에게 건넸다.

"자, 쭉 마셔. 당신 얼굴이 너무 안 좋아. 맥박 좀 재봐야겠어."

그들은 부엌으로 갔다. 시뜨룸은 빵을 씹으며 나쟈가 가스계량기 옆에 붙여놓은 작은 거울을 들여다보았다.

"모든 게 정말 이상해." 그가 말했다. "까잔에 있을 땐 내가 여기 와서 백장짜리 신상 조서를 작성하고 오늘 들었던 소릴 듣게 되리라 상상도 못했는데. 권력이 뭔지! 국가와 인간…… 어떤 때는 국가가 인간을 높이 치켜올리는가 싶다가, 또 어떤 때는 힘도 들이지 않고 낭떠러지로 던져버리지."

"비쨔, 나 당신이랑 나쟈에 대해 이야기 좀 하고 싶어." 류드밀라 니꼴라예브나가 말했다. "요새 그애가 거의 맨날 통금 시간 넘겨서 들어오는 거 알아?"

"전에도 얘기했잖아."

"그랬지. 어제저녁에 우연히 창문 암막 커튼을 걷다가 봤는데, 나쟈가 어떤 군인이랑 같이 오다가 상점 '우유' 앞에서 멈추더니 키스를 하더라고."

"뭐라고?"

나쟈가 군인과 키스를 했다니. 그는 음식도 다 씹지 못한 채 몇 초간 말없이 있다가 갑자기 웃음을 터뜨렸다. 이 놀라운 소식이 아니면 무엇이 그를 무거운 생각들로부터 꺼내주고 그의 불안을 몰아낼 수 있었을까! 한순간 그들의 눈이 마주쳤고, 그러자 류드밀라 니꼴라예브나 역시 저도 모르게 웃기 시작했다. 서로의 마음을 잘 아는 이들 사이에서도 드물게나 일어나는, 말과 생각이 필요 없는 완전한 이해의 순간이었다.

그리고 시뜨룸이 "류다, 여보야, 내가 시샤꼬프와 제대로 싸웠지? 어서 그렇다고 말해줘"라고 뜬금없어 보이는 말을 했을 때, 이는 류드밀라 니꼴라예브나에게 갑작스러운 일은 아니었다.

간단하게 표현된 생각이었지만 이 말을 이해하는 것은 이미 간단한 일이 아니었다. 여기에는 그가 겪어온 삶에 대한 생각, 똘랴와 안나 세묘노브나의 운명에 대한 생각, 전쟁과 나이 듦이 어쩔 수 없이 삶을 파괴한다는 생각, 인간이 많은 영광과 부를 얻는다 해도 늙으면 떠나가고 사라지고 그 자리에 젊은 청년들이 오리라는 생각, 아마도 가장 중요한 것은 인생을 정직하게 지나가는 것이라는 생각, 이 모든 생각들이 합쳐져 있었다.

다시 시뜨룸이 아내에게 물었다.

"정말이지, 제대로였지?"

류드밀라 빠블로브나는 부정의 뜻으로 고개를 가로저었다. 함께 융합되어 살아온 수십년도 둘을 갈라놓을 수 있었다.

"알잖아, 류다," 시뜨룸이 평온하게 말했다. "제대로 사는 사람들은 종종 제대로 행동할 줄 몰라. 화를 내고, 다듬어지지 못한 언행을 하고, 요령이 없고, 참을 줄 모르지. 직장에서도 가정에서도 불화가 생기면 언제나 으레 이들에게 책임을 물어. 하지만 함부로 사는 사람들, 그들은 제대로 행동할 줄 알고, 논리적이고, 평온하고, 요령 있고, 언제나 정당한 것처럼 보이지."

나쟈는 10시가 지나서야 돌아왔다. 열쇠 돌아가는 소리를 듣고 류드밀라 니꼴라예브나가 남편에게 말했다.

"가서 아이랑 이야기 좀 해봐."

"당신이 하는 게 더 나을 것 같은데. 난 안 할래."

하지만 헝클어진 머리에 코가 빨갛게 되어 식당으로 들어온 나쟈를 보고서 그는 입을 열지 않을 수 없었다.

"너 문 앞에서 대체 누구랑 키스한 거냐?"

나쟈는 도망이라도 칠 것처럼 주위를 두리번대다가 입을 반쯤 벌린 채 아버지의 얼굴을 응시하더니, 곧 어깨를 으쓱이며 심드렁하게 말했다.

"아…… 안드류샤 로모프라고, 지금 중위 학교에 다녀."

"그놈이랑 결혼이라도 할 작정이야?" 딸아이의 당당한 목소리에 놀란 시뜨룸이 물었다. 그는 아내를 돌아보았다. 지금 쟤 보고 있어?

"결혼할 거냐고?" 나쟈는 다 큰 어른이라도 된 양 실눈을 뜨고 성을 내며 말을 내뱉었다. 딸의 입에서 나온 결혼이라는 단어에 시뜨룸은 다시금 당혹감을 느꼈다. "그럴 수도 있지. 그럴 생각이야!"

그러고서 딸은 곧장 덧붙였다.

"아닐지도 모르지만. 아직 최종적으로 마음먹은 건 아니라서."

내내 입을 다물고 있던 류드밀라 빠블로브나가 물었다.

"나쟈, 왜 마이까 아버지니 수업이니 하며 거짓말을 했니? 나는 내 엄마한테 한번도 거짓말한 적이 없어."

시뜨룸은 오래전 류드밀라와 연애하던 시절 그녀가 했던 이야기를 떠올렸다. "똘랴를 엄마한테 맡기면서 도서관에 간다고 거짓말했어."

그러자 나쟈가 어린애다운 모습으로 돌아와 울음 섞인 목소리로 빽 소리를 질렀다.

"날 염탐한 거야? 엄마의 엄마도 엄마를 염탐했어?"

"바보 같은 게, 어디 감히 엄마한테 불손하게 굴어!"

시뜨룸이 격분해서 고함을 치자 나쟈는 답답해하면서도 참을성 있게 그를 바라보았다.

"그래서, 나제즈다 빅또로브나, 댁은 그러니까, 결혼을 할지 아니면 그 젊은 대령의 첩이 될지 아직 결정을 내리지 못하셨다는 말씀인가?"

"그래, 아직 결정 못했어. 그리고 다음으로, 그 사람은 대령이 아니고." 나쟈가 대답했다.

정말로 군복을 입은 어떤 녀석이 딸의 입술에 키스했단 말인가? 정말로 저 소녀를, 나지까를, 웃기고 똑똑한 저 바보 애를 사랑하는 게, 강아지 같은 저 눈을 들여다보는 게 가능하단 말인가?

하지만 알다시피 이는 세상 어디에서나 일어나는 일이다. 인간 역사 전체가 그렇게 흘러왔다……

류드밀라 빠블로브나는 침묵을 지켰다. 그녀는 알고 있었다. 지금 이야기해봐야 나쟈는 화만 내고 질문에 입을 열지 않을 것이다. 또한 딸과 둘이 남게 되면 자신이 딸의 머리를 쓰다듬어주리라는 것도, 나쟈는 자신도 이유를 모르는 채 흐느끼고 류드밀라 빠블로브나 역시 자신도 이유를 모르는 채 딸에게 폐부를 찌르는 동정을 느끼리라는 것을 알고 있었다. 아닌 게 아니라 젊은 여자애가 남자

애와 키스하는 것이 무슨 큰일이란 말인가! 또 나쟈는 그녀에게 로
모프에 대해서 모든 것을 이야기할 것이고, 그러면 그녀는 딸의 머
리를 쓰다듬으며 그녀 자신의 첫 키스에 대해 추억할 것이고, 똘랴
에 대해 생각할 것이다. 어차피 삶에서 일어나는 모든 일을 그녀는
똘랴와 연결하니까. 그런데 똘랴는 없다.

전쟁이라는 낭떠러지 가장자리에 있는 이 소녀의 사랑은 얼마
나 슬픈지. 똘랴, 똘랴……

그러나 아버지로서의 불안에 사로잡힌 빅또르 빠블로비치는 줄
곧 큰 소리로 캐물었다.

"그래, 그 바보 놈은 어디서 복무한다냐?" 그가 물었다. "그놈 지
휘관이랑 이야기 좀 해야겠다. 코흘리개를 꾀어 연애질이나 하다
가 어떤 꼴이 되는지 지휘관이 아주 본때를 보여줄 거야."

나쟈가 내내 입을 다문 채 침묵으로 일관하자 시뜨룸도 그 오만
함에 홀린 듯 입을 다물었다. 그러다 잠시 후에 그가 물었다.

"넌 왜 고등 생물이 아메바 보듯 날 보는 거냐?"

어찌 된 일인지, 나쟈의 눈을 바라보고 있자니 오늘 시샤꼬프와
나눈 대화가 떠올랐다. 알렉세이 알렉세예비치의 그 평온하고 자
신만만한 시선. 그는 국가적이고 학문적인 위대함이라는 고지에서
시뜨룸을 내려다보았다. 밝은 빛깔을 띤 그 두 눈의 응시 아래 시뜨
룸은 자신의 이의 제기와 최후통첩과 흥분이 아무 소용 없으리라
는 것을 본능적으로 느꼈다. 국가적 질서의 힘은 거대한 현무암 덩
어리처럼 우뚝 솟아 있었고, 시샤꼬프는 거기 서서 시뜨룸이 일으
키는 소동을 평온하고 무심하게 바라보고 있었다. 시뜨룸이 아무리
야단을 해도 거대한 현무암 덩어리를 움직일 수는 없었다.

그리고 이상하게도, 지금 그의 앞에 서 있는 소녀 또한 그의 흥

분과 분노의 무의미함을 알고 있는 듯했다. 제 아비가 분노에 못 이겨 삶의 흐름을 멈추는 불가능한 일에 매달리려 한다는 걸 이미 아는 것이다.

그날 밤 시뜨룸은 자신이 연구소와 결별함으로써 삶을 망치고 있다는 생각에 빠졌다. 그들은 그의 사임에 정치적 성격을 갖다붙이리라. 전쟁 중에, 그리고 연구소를 향한 스딸린의 총애가 두드러지고 있는 마당에 그가 건강하지 못한 적대적 경향의 원천이 되었다고 이야기하겠지. 여기에 또 그 고약한 신상 조사서까지……

여기에 또 시샤꼬프와의 정신 나간 대화. 여기에 또 까잔에서의 여러 대화. 마지야로프……

갑자기 그는 너무나 두려워져 시샤꼬프에게 화해의 편지를 쓰고 오늘 있었던 모든 일을 없었던 것으로 하고 싶어졌다.

56

낮에, 배급소에서 돌아온 류드밀라 니꼴라예브나는 우편함에 하얀 봉투가 들어 있는 것을 보았다. 계단을 올라온 직후라 안 그래도 벌떡대던 심장이 더욱 세차게 뛰기 시작했다. 그녀는 편지를 손에 쥐고 똘랴의 방으로 다가가 문을 열었다. 방은 비어 있었다. 그는 오늘도 돌아오지 않았다.

류드밀라 니꼴라예브나는 어린 시절부터 친숙한 어머니의 필체로 된 편지 여러장을 훑어보았다. 제냐, 베라, 스쩨빤 표도로비치 같은 이름들이 보였다. 아들의 이름은 없었다. 희망은 다시 저 깊은 구석으로 물러갔지만, 그렇다고 희망이 패배한 것은 아니었다.

알렉산드라 블라지미로브나는 자신의 삶에 대해서는 아무것도 쓰지 않았다. 류드밀라가 떠난 뒤 까잔의 아파트 관리인인 니나 마뜨베예브나가 이런저런 불쾌한 면모를 드러냈다고만 몇마디 적었을 뿐이었다. 세료자, 스쩨빤 표도로비치, 베라에게서는 아직 아무런 소식이 없다고 했다. 제냐 때문에 불안하다는 얘기도 있었다. 그녀의 삶에 무슨 심각한 사건들이 일어나고 있는 게 분명하다고. 제냐가 알렉산드라 블라지미로브나에게 쓴 편지에서 어떤 곤란한 일에 대해, 자신이 모스끄바로 가야 할 수도 있다는 걸 암시했다고.

류드밀라 니꼴라예브나는 걱정할 힘이 없었다. 그저 비애만을 느낄 수 있을 뿐이었다. 똘랴, 똘랴, 똘랴.

스쩨빤 표도로비치가 홀아비가 되었다고…… 베라는 의지가지 없는 고아라고, 세료자는 살아 있는지 아니면 불구가 되어 어딘가 병원에 누워 있는지 모르겠다고, 그애의 아버지는 총살되었거나 수용소에서 죽었을 거라고, 어머니는 유배 중에 죽었고…… 알렉산드라 블라지미로브나의 집은 다 타버렸다고, 아들이나 손자에 대해서 무엇도 알지 못한 채 그저 혼자 살고 있다고.

어머니 자신이 까잔에서 어떻게 생활하고 있는지에 대해서는 아무 말도 없었다. 방이 따뜻한지도, 배급이 좋아졌는지도 적혀 있지 않았다.

류드밀라 니꼴라예브나는 어머니가 이 모든 것에 대해 전혀 언급하지 않은 이유를 알았고, 그래서 마음이 아팠다.

류드밀라의 집이 텅 비고 차가워졌다. 마치 보이지 않는 폭탄이라도 떨어진 양 집 안의 모든 것이 무너지고 온기가 사라졌다. 집역시 폐허 속에 있었다.

이날 그녀는 빅또르 빠블로비치에 대해 많은 생각을 했다.

그들의 관계는 부서졌다. 빅또르는 늘 그녀에게 화를 내며 차갑게 굴었다. 무엇보다 슬픈 것은, 그의 태도가 그녀에게는 아무 상관 없다는 사실이었다. 그녀는 그를 너무나 잘 알았다. 밖에서 보면 모든 게 더없이 낭만적이고 고상해 보이겠지. 나는 인간들에게 시적이고 열광적인 감정을 느끼는 여자가 전혀 아니지만, 마리야 이바노브나는 빅또르 빠블로비치를 아주 희생적이고 고상하며 현명한 사람이라 생각해. 그녀는 음악을 좋아하고, 가끔은 피아노 연주를 듣다가 감동에 겨워 얼굴이 창백해지기도 하지. 빅또르 빠블로비치도 가끔 그녀의 부탁으로 연주를 하고. 마리야 같은 사람한테는 숭배의 대상이 필요해. 혼자서 고상한 형상을 그려내고, 시뜨룸의 삶에 존재하지 않는 것을 자기 상상 속에 만들어내는 거야. 만약 그녀가 빅또르를 매일 보았더라면 정말이지 금세 환멸을 느낄 텐데. 류드밀라 니꼴라예브나가 아는 것은 빅또르를 움직이는 것이 오직 이기심뿐이라는 것, 그가 누구도 사랑하지 않는다는 것이었다. 그와 시샤꼬프의 충돌에 대해 생각하는 이 순간에도, 그녀는 남편에 대한 걱정과 불안에 휩싸이는 동시에 습관적인 분노를 느꼈다. 그래, 그이는 약자들을 보호합네 멋있게 연기하며 느끼는 그 이기적인 만족감을 위해 뭐든 희생할 태세가 되어 있어. 자기의 학문은 물론 가까운 사람들의 평온까지 말이야.

물론 어제 나쟈 일로 걱정할 때만큼은 그 이기심을 잊었지. 하지만 빅또르가 자기의 모든 문제를 잊은 채 똘랴를 걱정할 수 있을까? 어젠 내가 잘못 생각했어. 나쟈는 나한테 진정으로 마음을 열지 않았어. 그애는 무슨 생각일까? 그냥 지나가는 어린애 장난인가? 아니면 정말 운명의 상대라도 만난 건가?

나쟈는 로모프와 만나게 된 모임에 대해 그녀에게 이야기했다.

미래파 시를 읽는 아이들에 대해서, 새로운 예술과 낡은 예술에 관한 논쟁에 대해서, 류드밀라가 보기에는 경멸이나 조롱의 대상으로 삼아서는 안 될 것들을 향한 그들의 경멸적이고 조롱적인 태도에 대해서도 말해주었다.

나쟈는 류드밀라가 던지는 모든 질문에 기꺼이 대답해주었다. "아니, 술은 거의 안 마셔. 딱 한번, 전선으로 나가는 아이를 위해 마셨지." "정치에 대해서는 가끔씩만 이야기해. 물론 신문에 나오는 논조랑은 완전히 다르지. 하지만 그건 아주 드문 일이야. 아마 여태껏 한두번이나 했나?" 모두 진실인 게 분명했다.

하지만 로모프에 대해 묻기 시작하자 아주 신경질적으로 나왔다. "아니, 그는 시를 안 써." "그 사람 부모가 누구인지 내가 어떻게 알아? 한번도 본 적이 없는데. 아버지에 대해서는 그도 아는 게 별로 없는 것 같아. 아마 식료품 장사를 할 거라고 하던데."

그애는 무슨 생각일까? 정말 운명의 상대인가? 아니면 한달 뒤면 흔적 없이 잊힐 장난에 불과할까?

저녁을 준비하고 그릇을 씻으며 그녀는 어머니와 베라, 제냐, 세료자에 대해서 생각했다. 마리야 이바노브나에게 전화를 걸었지만 아무도 받지 않았고, 뽀스또예프의 집으로 걸었더니 일하는 여자가 받아서는 주인은 장 보러 갔다고 말했다. 그다음엔 수도꼭지를 고치려고 건물 관리실에 전화를 했는데 배관공이 일 나가고 없다는 대답만 돌아왔다.

그녀는 어머니에게 편지를 쓰려고 앉았다. 알렉산드라 블라지미로브나가 편안하게 느낄 만한 주거 조건을 마련할 수 없어서 얼마나 안타까운지, 까잔에 혼자 두고 온 것이 얼마나 후회되는지 이야기하고 싶었다. 이미 전쟁 전부터 류드밀라 니꼴라예브나의 친척들 중 누구도 그녀의 집을 방문하지 않았고, 누구도 그곳에 묵어가는 일이 없었다. 그리고 지금도 가장 가까운 사람들조차 이 커다란 모스끄바 아파트에 오지 않는구나. 그녀는 편지를 마치지 못한 채 종이 네장만 찢어버렸다.

퇴근 시간 전에 빅또르 빠블로비치가 전화를 걸어와 연구소에서 더 있어야 한다고, 저녁에 그가 부른 군수공장 기술자들이 방문할 예정이라고 말했다.

"뭐 새로운 소식 있어?" 그녀가 물었다.

"음, 그 일이랑 관련해서?" 그가 말했다. "아니, 새로운 건 전혀 없어."

저녁에 류드밀라 니꼴라예브나는 어머니의 편지를 다시 한번 읽어본 뒤 창가로 다가갔다. 달빛 아래 거리는 텅 비어 있었다. 곧 군인과 팔짱을 낀 나쟈의 모습이 눈에 들어왔다. 그들은 보도에서 집을 향해 걸어오고 있었다. 갑자기 나쟈가 달리기 시작했고, 군복을 입은 청년은 텅 빈 보도에 서서 가만히 그애를 지켜보았다. 그 순간 류드밀라 니꼴라예브나는 자신의 심장 속에서 도무지 결합되지 못할 듯 보였던 것들이 하나가 되는 것을 느꼈다. 빅또르 빠블로비치를 향한 사랑, 그로 인한 불안과 그에 대한 분노. 여자의 입술에 키스 한번 못하고 떠나간 똘랴와 보도 위에 가만히 서 있는 중위. 스딸린그라드의 자기 집 계단을 올라가는 행복한 베라, 그리고 집도 없는 알렉산드라 블라지미로브나……

그렇게 인간의 유일한 행복이자 가장 무서운 고통, 다름 아닌 삶의 감정이 그녀의 마음을 가득 채웠다.

57

연구소 입구에서 시뜨룸은 자동차에서 내리던 시샤꼬프와 마주쳤다.

시샤꼬프는 빅또르 빠블로비치와 이야기를 나눌 마음이 없는 듯 모자만 약간 들어 보이고는 지나쳐갔다.

'좋은 징조는 아니군.' 시뜨룸은 생각했다.

스베친 교수는 점심시간에 바로 옆 식탁에 앉았으면서도 그에게 한마디도 건네지 않고 다른 곳만 보았다. 뚱뚱한 구레비치는 식당 앞에서 오랫동안 그와 악수를 나누었지만 소장실 문이 열리기 무섭게 황급히 손을 빼고 바삐 복도를 걸어갔다.

실험실에서 시뜨룸과 핵입자 촬영을 위한 장비 준비에 대해 의논하던 중 마르꼬프가 수첩에서 고개를 들고 말했다.

"빅또르 빠블로비치, 당위원회 사무국에서 당신에 대해 매우 지독한 대화가 오갔다고 들었습니다. 꼽첸꼬가 당신을 엮었어요. '시뜨룸이 우리 집단에서 일하기를 원하지 않는다'고 말했대요."

"제대로 엮였군. 할 수 없죠, 뭐." 시뜨룸은 담담하게 대답했지만 자신의 눈꺼풀이 바르르 떨리는 것을 느꼈다.

마르꼬프와 촬영에 대해 이야기하는 내내, 시뜨룸은 이미 자신이 아니라 마르꼬프가 실험실을 주도한다는 느낌을 받았다. 마르꼬프는 여유로운 주인의 목소리로 말했으며, 노즈드린도 두번이나 그에게 다가가 장비 조립에 관해 질문했다.

마르꼬프가 갑자기 애처로운 표정을 지으며 낮은 목소리로 말했다.

"빅또르 빠블로비치, 당위원회 회의에 대해 이야기하게 되더라도 제발 저한테 들었다는 말씀은 말아주세요. 당의 비밀을 누설했다는 이유로 불이익을 받을까봐 걱정이 되네요."

"당연하죠. 그런 걱정 말아요."

"결국은 모든 게 잠잠해지고 제자리를 찾을 겁니다."

"글쎄," 시뜨룸이 말했다. "나 없이도 실험실은 돌아가겠죠. 중성자 연산을 둘러싼 애매모호한 방식은 개소리라는 거지요!"

"그건 아니죠." 마르꼬프가 진지한 얼굴로 말을 이었다. "어제도 꼬츠꾸로프랑 그에 대한 얘기를 했어요. 꼬츠꾸로프가 허황된 걸 좇는 사람이 아니라는 거 아시죠? 그 친구가 그러더라고요 '시뜨룸의 연구에서는 수학이 물리학 위에 있지. 하지만 이상한 건, 그의 연구가 날 등불처럼 환하게 비춰준다는 거야. 왜 그런지는 나도 잘 모르겠어.'"

시뜨룸은 마르꼬프가 암시하는 바를 짐작할 수 있었다. 젊은 학자 꼬츠꾸로프는 저속중성자들이 중重원자핵에 미치는 영향과 관련한 연구에 특히 열정을 보이는 사람이었고, 그러한 연구들에 대단히 실용적인 전망이 잠재해 있음을 강조하곤 했다.

"하지만 꼬츠꾸로프 같은 사람들은 무엇도 결정할 수 없지요." 시뜨룸이 말했다. "결정을 내리는 건 바진 같은 사람들이에요. 그리고 바진은 내가 물리학자들을 탈무드적 추상으로 끌어들인 과오에 대해 깊이 뉘우쳐야 한다고 생각하죠."

이제 실험실의 모두가 시뜨룸과 소장의 갈등에 대해, 그리고 어제의 당위원회 회의에 대해 알고 있는 듯했다. 안나 스쩨빠노브나는 줄곧 고뇌에 찬 눈길로 시뜨룸을 바라보았다.

그는 소꼴로프와 이야기를 나누고 싶었다. 그러나 소꼴로프는 아침 일찍 학술원으로 갔고, 나중에는 전화를 걸어와 그곳 일이 지체되어 연구소로는 돌아오지 못할 것 같다고 전했다.

한편 사보스찌야노프는 웬일인지 아주 유쾌해져서는 쉴 새 없이 재담을 뿌려댔다.

"빅또르 빠블로비치," 그가 말했다. "존경하는 구레비치는 빛나고도 뛰어나신 학자죠." 그러면서 그는 구레비치의 대머리와 튀어나온 배를 암시하듯 제 머리와 배를 손바닥으로 쓸었다.

저녁이 되어 집으로 돌아오던 중 시뜨룸은 깔루시스까야 거리에서 우연히 마리야 이바노브나와 마주쳤다.

그녀가 먼저 그를 불렀다. 처음 보는 외투 차림이라 시뜨룸은 그녀를 얼른 알아보지 못했다.

"놀라운 우연이네요." 그가 말했다. "깔루시스까야 거리에는 웬일입니까?"

그녀는 잠시 말없이 그를 쳐다보다가 이내 고개를 흔들며 입을 열었다. "우연이 아니에요. 당신을 만나러 나왔거든요. 그래서 제가 깔루시스까야 거리에 있는 거죠."

순간적으로 심장이 내려앉는 기분이었다. 무언가 중요한 소식이 있는 건가? 무섭고 위험한 이야기를 듣고서 내게 경고를 전하러 왔나?

"빅또르 빠블로비치," 그녀가 말했다. "당신과 이야기 좀 하고 싶어요. 무슨 일이 있었는지 뾰뜨르 빠블로비치한테서 다 들었어요."

"아, 제 괄목할 만한 성공에 대해서 말이지요." 시뜨룸이 말했다.

그들은 나란히 걸었지만 서로를 모르는 낯선 두 사람처럼 한참 동안 아무 말도 나누지 않았다.

그녀의 침묵이 시뜨룸을 답답하게 했다. 결국 그가 먼저 마리야 이바노브나를 힐끔 쳐다보며 말을 건넸다.

"류드밀라는 그 일로 나를 꾸짖더군요. 당신도 내게 화를 내고 싶겠죠?"

"아뇨, 그럴 리가요." 그녀가 말했다. "당신이 왜 그런 행동을 했는지 전 알 것 같은데요."

그는 재빨리 그녀를 바라보았다.

"어머니를 생각하신 거죠?"

그가 고개를 끄덕였다.

"뾰뜨르 라브렌찌예비치는 당신한테 뭐라 말을 하기가 어려운가봐요. 지휘부도 당 조직도 당신에게 적대적인데다, 바진은 '이건 단순한 항명이 아닙니다. 정치적이고 반소비에뜨적인 히스테리예요'라는 말까지 했다더라고요."

"제가 어떤 히스테리를 부렸는지 알 만하죠?" 시뜨룸은 농담조로 대꾸한 뒤 말을 이었다. "그러잖아도 느끼고 있었어요. 뾰뜨르 라브렌찌예비치는 자신이 아는 것에 대해 도통 이야기하려 하지 않더라고요."

"맞아요, 그랬어요. 그래서 저도 마음이 아팠고요."

"두려움 때문인가요?"

"네, 두려움 때문이죠. 하지만 그것 말고도, 그는 당신이 원칙적으로 옳지 않다고 생각해요." 그녀는 작은 소리로 이야기를 이어갔다. "뾰뜨르 라브렌찌예비치는 좋은 사람이에요. 무척 많은 고통을 겪기도 했고요."

"그럼요, 저도 압니다." 시뜨룸이 말했다. "수준 높고 용감한 학자가 그렇게 비겁해질 수밖에 없는 것도 참 가슴 아픈 일이지요."

"그이는 무척 많은 고통을 겪었어요." 마리야 이바노브나가 되풀이했다.

"그래도 당신이 아니라 그가 직접 제게 말하는 게 옳았을 겁니다."

시뜨룸은 그녀의 팔을 잡았다.

"솔직히 얘기해주세요, 마리야 이바노브나." 그가 말했다. "마지야로프에게 무슨 일 있습니까? 전 전혀 이해가 안 가서 그래요. 거기서 대체 무슨 일이 있었던 겁니까?"

최근 그는 까잔에서 나눈 대화들을 생각하며 내내 불안해하던 터였다. 몇몇 문장들, 단어들, 까리모프의 불길한 경고와 마지야로프의 의심…… 이런 것들이 끊임없이 머릿속에 떠올랐다. 여기 모스끄바에서 그의 머리 위에 드리운 이 먹구름이 필연적으로 까잔에서의 그 대화들에 가닿을 것만 같았다.

"저도 몰라요, 무슨 일이 있었는지." 그녀가 말했다. "여기서 레오니드 세르게예비치에게 보낸 등기우편이 다시 반송되어 왔더라고요. 그가 주소를 바꾼 걸까요? 아니면 아예 떠났거나…… 설마 최악의 상황이 발생한 건 아니겠죠?"

"그렇군요, 그렇군요. 그렇군요." 시뜨룸이 중얼거렸다. 순간 그는 길을 잃은 기분이었다.

틀림없이 마리야 이바노브나는 남편이 마지야로프와 주고받은 편지에 대해 시뜨룸에게도 이야기했으리라 생각한 모양이었다. 하지만 아니었다. 시뜨룸은 편지에 대해 아무것도 모르고 있었다. 그가 마지야로프에게 무슨 일이 있냐고 했던 건 그저 그와 뾰뜨르 라브렌찌예비치의 갈등을 염두에 두고 던진 질문이었다.

"네스꾸치니에 잠깐 들르죠." 그가 말했다.

"그러려면 다른 방향으로 가야 하지 않나요?"

"깔루시스까야 쪽에도 입구가 있어요."

시뜨룸은 마지야로프에 대해 더 알고 싶었고, 그와 까리모프가 서로에게 느꼈던 의심에 대해서도 상세히 묻고 싶었다. 인적 드문 네스꾸치니 공원으로 가면 누구의 방해도 받지 않고 그를 불안하게 하는 모든 것에 대해서 이야기할 수 있을 것이며, 그녀 역시 그에게 마음을 열 것이었다.

지난밤 해빙이 시작되었다. 네스꾸치니 공원의 언덕 사면마다 녹은 눈 아래 드문드문 젖은 잎새들이 보였다. 머리 위에는 구름 낀 우울한 하늘이 머물러 있었다.

"멋진 저녁이네요." 시뜨룸이 축축한 공기를 들이마시며 말했다.

"그러게요. 사람이 하나도 없으니 꼭 교외에 나온 것 같아요."

그들은 질척해진 오솔길을 따라 걸었다. 웅덩이가 나올 때마다 그는 말없이 손을 내밀어 그녀가 건너도록 도와주었다.

그들은 침묵 속에 오래도록 걸었다. 이곳에 오자 시뜨룸은 전쟁에 대해서도, 연구소 일에 대해서도, 마지야로프에 대해서도, 자신의 위험과 예감과 의심에 대해서도 아무런 이야기를 꺼내고 싶지 않았다. 그저 어색해하면서도 가볍게 걸음을 옮기는 이 작은 여자의 곁에서 말없이 걸으며 자신에게 찾아온 무념무상의 가볍고 평온한 감정을 만끽하고 싶었다.

그녀 역시 아무 말도 꺼내지 않고 고개만 약간 숙인 채 계속 걸었다.

두 사람은 제방 쪽으로 갔다. 강은 아직 두꺼운 얼음으로 덮여 있었다.

"좋네요." 시뜨룸이 말했다.

"네, 무척요." 그녀가 대꾸했다.

강변의 아스팔트 보도는 거의 말라 있어 그들은 먼 여행길의 두 길손처럼 걸음을 빨리했다. 부상당한 어느 중위와 스키복 차림에 키가 작고 어깨가 당당한 여자가 서로 포옹한 채 때때로 입을 맞추며 걸어왔다. 시뜨룸과 마리야 이바노브나를 지나치는 순간 두 사람은 다시 한번 키스하더니 뒤를 돌아보고 웃기 시작했다.

'나쟈도 그 중위랑 저렇게 걸어다니겠지.' 시뜨룸이 잠시 생각했다.

마리야 이바노브나가 그들을 돌아보더니 말했다. "참 슬퍼요." 그러곤 방긋 웃음을 짓고서 덧붙였다. "류드밀라 빠블로브나한테 나쟈 이야기 들었어요."

"아, 그랬군요." 시뜨룸이 말했다. "기분이 이상해요."

잠시 후 그가 다시 입을 열었다.

"전기공학 연구소 소장에게 전화해 자리를 신청해볼 생각이에요. 받아주지 않으면 다른 곳으로 떠나야겠죠. 노보시비르스끄든 끄라스노야르스끄든."

"어쩔 수 없죠." 그녀가 말했다. "일어나야 할 일이 일어난 거예요. 당신은 다르게 행동할 수 없었어요."

"이 모든 게 참 슬퍼요." 그가 말했다.

그는 그녀에게 얘기하고 싶었다. 자신이 연구와 실험실을 얼마나 깊이 사랑하는지, 밤마다 창문 너머 첫 시험 가동을 앞둔 장비를 바라보며 얼마나 큰 기쁨과 슬픔을 느끼는지. 그러나 혹시라도 마리야 이바노브나가 그런 말들 속에서 일종의 허영과 과시욕을 느낄지 모른다는 생각에 그냥 입을 다물어버렸다.

전승기념관 가까이 이르자 그들은 걸음을 늦추고 회색으로 칠한 독일 전차들과 대포들, 박격포들, 날개에 검은 하켄크로이츠가 그려진 비행기들을 관람했다.

"소리도 안 나고 움직이지도 않는 저것들조차 쳐다보기가 무섭네요." 마리야 이바노브나가 말했다.

"무서울 거 없어요," 시뜨룸이 말했다. "미래의 전쟁에서는 이 모든 게 머스킷이나 아르케부스 같은 화승총처럼 조악해 보이리라는 걸 위안 삼아야지요."

공원 출구까지 갔을 때 빅또르 빠블로비치가 말했다.

"이제 산책도 끝났네요. 네스꾸치니 공원이 이렇게나 작다니 참 아쉬워요. 피곤하지는 않아요?"

"아, 괜찮아요." 그녀가 말했다. "전 오래 걷는 데 익숙하거든요."

그의 말을 못 알아들은 걸까, 아니면 못 알아들은 척하는 걸까?

"생각해보면 좀 이상하죠." 그는 다시 입을 열었다. "웬일인지 우리 둘의 만남은 늘 당신과 류드밀라의 만남이나 나와 뾰뜨르 라브렌찌예비치의 만남에 달려 있으니 말이에요."

"그러게요." 그녀가 대답했다. "하지만 어떻게 그렇지 않을 수 있겠어요?"

두 사람은 공원에서 나왔다. 도시의 소음이 그들을 휩싸며 조용한 산책의 매력을 깨뜨렸다. 둘은 처음 만났던 장소에서 얼마 떨어지지 않은 광장으로 걸어갔다.

어린 소녀가 어른을 보듯 아래서 그를 올려다보며 그녀가 말했다.

"아마 당신은 지금 무엇보다 당신의 연구와 실험실, 그곳의 집기들에 큰 애정을 느끼고 있겠죠. 하지만 달리 행동할 수 없었을 거예요. 다른 사람이라면 몰라도 당신은 그럴 수가 없죠. 제가 오늘 좋지 않은 소식을 전해서 유감스럽지만, 전 늘 진실을 아는 게 최선이라 생각해요."

"고마워요, 마리야 이바노브나." 시뜨룸이 그녀의 손을 꼭 쥐며 말했다. "고마워요, 이것 말고도 여러가지로요."

그의 손안에서 그녀의 손가락이 떨리는 것 같았다.

"신기하네요." 그녀가 말했다. "아까 만났던 곳과 정확히 같은 자리에서 당신과 헤어지다니 말예요."

"옛 현인들 말씀이, 끝과 시작은 같은 곳에 있다잖아요." 그가 장난스레 덧붙였다.

그녀는 이마를 찌푸린 채 잠시 생각하다가 웃으며 말했다. "무슨 말씀인지 모르겠네요."

그녀와 헤어진 뒤 시뜨룸은 뒤를 돌아 한참이나 바라보았다. 작고 마른 여자, 마주치는 남자들이 결코 돌아보지 않을 그런 여자들 중 하나인 그녀를.

58

깔미끄 초원으로 출장을 나간 몇주만큼이나 다렌스끼에게 울적한 날들은 없었다. 그는 자신의 임무를 완수했으며 완전히 소강상태인 왼쪽 날개 맨 끝에 더는 머물 필요가 없다고 전선군 사령부로 전보를 쳤다. 하지만 지휘부는 이해할 수 없으리만치 고집스럽게 아무런 반응도 보이지 않았다.

가장 견디기 쉬운 시간은 일하는 시간이요, 가장 힘든 시간은 휴식 시간이었다.

주위는 온통 모래, 푸슬푸슬하고 메마르고 바스락거리는 모래뿐이었다. 물론 여기에도 생명은 있었다. 도마뱀들과 자라들이 지나가며 꼬리로 모래 무더기에 흔적을 남기는가 하면, 부서질 듯한 모랫빛 가시나무가 여기저기에서 자라났다. 솔개들은 죽은 짐승이나 쓰레기를 찾느라 허공을 빙빙 맴돌았고, 거미들은 긴 다리를 휘저으며 이리저리 뛰어다녔다.

혹독한 자연의 궁핍, 눈도 내리지 않는 11월 황무지의 차가운 단조로움이 인간들마저 황폐하게 만드는 것 같았다. 그들의 생활뿐 아니라 생각조차 궁핍하고 단조롭고 울적하기만 했다.

점차로 다렌스끼는 이 우울한 모래 같은 단조로움에 굴복했다. 늘 음식에 무관심했던 그가 이곳에서는 끊임없이 식사에 대해서만 생각했다. 이제 토마토로 만든 희끄무레하고 시큼하기만 한 수프와 보리 낱알로 쑨 죽은 그의 인생 최대의 악몽이 되었다. 어슴푸레한 곳간 속, 수프가 쏟아져 작은 웅덩이처럼 고여 있는 나무 식탁에 앉아 납작한 함석 그릇에 담긴 음식을 소리 내어 삼키는 이들을 바라보며 그는 비애를 느꼈다. 한순간이라도 빨리 밖으로 나가 더이상 스푼 절그럭거리는 소리를 듣지 않고 구역질 나는 냄새를 맡지 않았으면 하는 생각뿐이었다. 하지만 밖으로 나오자마자, 그는 다시 홀린 듯 식당을 바라보며 다음 식사를 손꼽아 기다리는 것이었다.

밤에는 오두막이 너무 추워 잠을 제대로 잘 수 없었다. 등과 귀와 다리와 손가락이 얼고 두 뺨이 굳었다. 그는 옷을 입은 채, 두 발은 발싸개 두개로 돌돌 감고 머리는 수건으로 싸매고서 잠자리에 들었다.

처음에 그는 이곳 사람들이 전쟁에 대해 거의 생각하지 않는다는 사실에 놀랐다. 그들의 머리는 그저 먹고 삼키는 것, 담배, 세탁 같은 것으로만 가득 차 있는 듯했다. 하지만 사단과 여단의 지휘관들과 함께 겨울 대비 병력과 차축 윤활제나 탄약 공급에 대해 이야기를 나누면서, 그는 자신 또한 잡다한 일상적 불안과 사소한 희망과 실망에 온통 마음을 빼앗기고 있음을 깨닫게 되었다.

전선군 참모부는 도달할 수 없이 멀게만 보였으니, 그는 보다 작은 희망을 품기 시작했다. 이제 그의 꿈은 당일로 옐리스따 부근에 있는 군 참모부에 다녀오는 것이었다. 하지만 이 출장에 대해 생각하며 그가 떠올리는 것은 푸른 눈의 알라 세르게예브나와의 밀회가 아니라 목욕과 세탁한 속옷, 하얀 국숫발이 들어 있는 수프였다.

심지어 보바의 거처에서 보낸 하룻밤도 지금의 그에겐 더없이 즐겁고 기분 좋은 기억으로 남아 있었다. 그래, 그 사람 숙소도 그리 나쁜 곳은 아니었어. 게다가 대화는 또 어떻고. 보바랑은 세탁과 수프가 아닌 다른 것에 대해 이야기했잖아!

그를 특히 괴롭히는 것은 들끓는 이였다.

오랫동안 그는 왜 늘 이렇게 몸이 가려운지 몰랐고, 공적인 대화를 나누는 자리에서 자신이 갑자기 겨드랑이 밑이나 넓적다리를 사납게 긁을 때 상대방이 이해심 어린 미소를 짓는 것도 알아채지 못했다. 날이 갈수록 그는 점점 더 열심히 긁어댔다. 쇄골 부근과 겨드랑이에서 느껴지는 타는 듯한 가려움증은 이내 만성적인 증상으로 자리 잡았다.

습진이 생긴 걸까? 아니면 흙먼지와 모래 때문에 피부가 자극을 받았나? 가끔은 가려움증이 너무 심해 길을 가다가도 갑자기 멈춰서서 다리와 배, 꼬리뼈를 긁어대야 했다.

밤에는 더욱 심했다. 다렌스끼는 잠에서 깨어나 한참 동안이나 손톱으로 가슴의 피부를 사납게 후벼댔다. 등을 대고 누운 채 다리를 위로 쳐들고 신음하면서 장딴지를 긁기도 했다. 온기가 있으면 증상이 더 심해지는 것 같았다. 이불을 덮기만 하면 몸 전체가 가렵고 견딜 수 없을 만큼 따가웠다. 얼음처럼 찬 바깥으로 나와서야

가려움이 멈췄다. 그는 의무대로 가서 연고를 받아야겠다고 생각했다.

그러던 어느날 아침 셔츠 깃을 잡아당기다가 그는 솔기를 따라 커다란 이들이 잠들어 있는 것을 보았다. 그 수가 어마어마했다. 다렌스끼는 경악과 수치심에 휩싸여 옆에 있던 대위를 돌아보았다. 대위는 침상에 앉아 맹수 같은 얼굴로 바지 위의 이들을 눌러 죽이고 있었다. 그의 입술이 소리 없이 움직였는데, 보아하니 전투 결과를 집계하고 있는 것 같았다.

다렌스끼도 셔츠를 벗고 동일한 전투에 임했다.

안개 자욱한 고요한 아침이었다. 총소리도 비행기 소리도 들리지 않아 지휘관의 손톱 밑에서 살해되는 이들의 소리가 한층 또렷하게 울렸다.

대위가 다렌스끼를 힐끗 보더니 중얼거렸다.

"오, 크기가 엄청난데요! 어미 돼지가 틀림없어요."

"가루약은 안 나오나?" 다렌스끼는 셔츠 깃에서 눈을 떼지 않은 채 물었다.

"나오죠." 대위가 대답했다. "하지만 약도 소용없어요. 목욕을 해야 하는데, 여긴 마실 물도 부족하거든요. 물을 아끼느라 식당에서 그릇도 거의 닦지 않는 마당에 목욕은 무슨 목욕."

"고온 소독은?"

"그것도 하죠. 옷에 열을 가하면 그냥 이가 빨갛게 될 뿐이에요. 휴, 예비병력으로 뽄자에 주둔했을 때가 좋았지! 그땐 식당에 갈 필요도 없었어요. 주인 여자가 매일 음식을 준비해줬거든요. 늙은 할망구가 아니라 아직 촉촉하고 생기 있는 여자가 말이에요. 게다가 일주일에 두번씩 목욕을 하고, 맥주는 매일 마셨죠."

일부러 그러는지 그는 '뻰자'[208]가 아니라 '뽄자'라고 힘주어 발음했다.

"어쩌겠나? 뽄자는 여기서 한참 먼데."

대위는 가만히 그를 바라보더니 비밀을 밝히듯 입을 열었다.

"좋은 방법이 있긴 해요, 중령 동지! 코담배 가지고 계시죠? 벽돌을 가루 내서 코담배와 섞은 다음 속옷에 뿌리세요. 그러면 이가 재채기를 하고, 그러다 기운이 빠지면 벽돌 가루에 대가리를 박아요."

그의 표정이 어찌나 진지한지, 다렌스끼는 대위가 민간요법을 두고 능청스럽게 농담을 하고 있다는 걸 얼른 이해하지 못했다.

이후 며칠 사이 그는 이와 비슷한 이야기를 수십개쯤 들었다. 민간요법의 종류와 그 내용은 실로 다양하고 풍부했다.

그의 머리는 이제 음식, 속옷 세탁, 군복 교체, 가루약, 뜨겁게 달군 병을 이용해 이를 다려 죽이기, 이를 얼려 죽이기, 이를 태워 죽이기 같은 것들로 온통 점령되었다. 언제부턴가 여자 생각도 나지 않았다. 문득 수용소의 형사범들로부터 들은 말이 생각났다. "목숨은 건질 테지만 여자는 원하지 않게 될 것이다."

59

다렌스끼는 하루 종일 포병사단의 진지에서 시간을 보냈다. 내내 총소리 한번 울리지 않았고 공중에도 비행기 한대 보이지 않았다.

젊은 까자끄인 사단장이 러시아 단어들을 또박또박 발음하며

---

[208] 러시아 서남부 뻰자주의 주도.

말했다.

"이 정도면 내년에는 여기 참외밭을 일궈도 되겠어요. 맛보러 오세요."

사단장에겐 이곳이 지내기 좋은 모양이었다. 그는 하얀 치아를 드러낸 채 농담을 건네는가 하면, 짧고 흰 다리를 재빨리 놀려 깊은 모래 위를 걸어다녔으며, 루핑 조각들로 지붕을 덮은 초가 옆에 매어놓은 낙타를 더없이 친근한 시선으로 바라보곤 했다.

왠지 모르게 이 젊은 까자끄인의 유쾌함이 다렌스끼를 짜증 나게 했고, 그는 얼른 혼자가 되고 싶은 마음에 저녁 무렵 제1포병중대 진지로 갔다. 낮에 이미 다녀온 곳이었다.

투명한 밤하늘에 달이 떠올랐다. 믿을 수 없을 만큼 커다랗고, 붉다기보다는 검은색에 가까운 달이었다. 그것이 내뿜는 성난 빛속에서 박격포와 대전차 무기와 기다란 총신이 유난히 위협적으로 보였다. 길을 따라 낙타 행렬이 늘어서 있었다. 그들 몸에 매인 수레에는 포탄과 건초가 담긴 상자들이 실려 있었다. 트랙터, 군사 신문 인쇄기를 실은 유개화물차, 가느다란 무선 신호탑, 낙타의 기다란 목, 몸 전체에 딱딱한 뼈라고는 하나도 없이 전체가 고무로 된 양 흐늘흐늘 완만하게 움직이는 그들의 걸음걸이, 서로 어울릴 수 없는 이 모든 것들이 그저 생경하게만 여겨졌다.

낙타들이 지나가자 얼음처럼 찬 대기에는 시골의 건초 냄새가 한참이나 머물렀다. 이고르의 장수들이 싸웠던 황야[209] 위를 헤엄치던 달, 붉다기보다는 검은색에 가까운 커다란 달이 저기 있었다. 페르시아 군대가 그리스를 향해 행군했을 때, 고대 로마 군단이 게르

---

[209] 고대 러시아의 영웅서사시 『이고르 원정기』의 내용이다.

만족의 숲으로 진격했을 때, 제1집정관의 부대가 피라미드 부근에서 밤을 맞이했을 때도 저것과 똑같은 달이 하늘에 떠 있었으리라.

과거를 향한 인간의 의식은 성긴 체와 같아서 늘 위대한 사건 속에 잠겨 있는 병사들의 고통과 시련과 비애를 걸러버린다. 기억에는 승리한 부대가 어떻게 편성되었는지, 패배한 쪽은 또 어떻게 편성되었는지 하는 공허한 이야기와 전투에 동원된 이륜마차며 투석기, 코끼리 또는 대포, 전차, 폭격기의 숫자만 남는다. 기억에는 현명하고 운 좋은 사령관이 어떻게 중앙을 묶어놓고 측면을 공격했는지, 언덕 뒤에서 나타난 예비병력이 어떻게 전투를 마무리했는지 하는 이야기만 보전된다. 물론 그 운 좋은 사령관이 고국으로 돌아온 뒤 체제 전복을 꾀했다는 의심을 받아 머리를 내놓았다는 이야기, 혹은 또 한번 행운이 깃들어 유배형으로 목숨을 건졌다는 흔한 이야기도 있다.

지나간 전투에 대해 화가가 묘사한 그림을 보라. 영광스러운 전장 위에 낮게 걸린 거대한 달, 갑옷을 입은 채 팔을 넓게 뻗고 쓰러진 장수들, 부서진 이륜마차나 폭파된 전차…… 방수포 우비를 펄럭이며 소총을 들고 선 승리자들, 청동 독수리가 달린 로마의 투구를 쓴 승리자들, 모피 모자를 쓴 승리자들……

다렌스끼는 포병중대 진지의 포탄 상자 위에 앉아, 무기 옆에서 외투를 덮고 누운 두 붉은군대 병사들의 대화에 귀를 기울였다. 중대 지휘관은 정치지도원과 함께 사단본부로 갔고, 전선 참모부에서 온 중령은—포병들은 그가 누구인지 눈치챈 듯했다—무선통신수의 거처에서 깊이 잠들어 있었다. 두 병사는 직접 만 담배를 피우며 따뜻한 연기로 동그라미를 만들어냈다.

보아하니 이 두 사람은 진정한 우정, 즉 한 사람의 삶에 일어나는 모든 시시껄렁한 사건들이 다른 한 사람에게 언제나 중요하고 흥미롭다는 확신으로 서로 연결되어 있는 듯했다.

"그래서?" 한 병사가 짐짓 무관심한 투로 약을 올리듯 물었다.

그러자 다른 병사 역시 내키지 않는 듯 무심하게 대답했다.

"그래서라니? 몰라서 물어? 발이 아프다고. 사람이 신을 수 있는 신발이 아니라니까."

"그래서 뭐?"

"그 신발을 신은 채로 죽어 있더라고. 맨발로 걸을 수는 없었던 거지."

"맙소사, 장화도 주지 않았군." 이제 그의 목소리에 조롱과 무관심은 흔적도 없었다. "참 매사에 흥미가 많은 친구였는데."

이어 그들은 고향집에 대해 이야기하기 시작했다.

"여편네가 편지에 뭐라고 쓰는 줄 알아? 이게 없다, 저게 없다, 맨 그런 내용이야. 아니면 아들이 아프다거나, 딸이 아프다거나……"

"내 마누라는 엄청 직설적이야. 당신은 전방에서 배급을 받지 않냐, 우린 여기서 다 굶어 죽는다……"

"여자들이란. 까마득한 후방에 앉아 있으니 전방 사정을 알 리가 있나. 그저 우리가 배급 잘 받고 지내는가보다 하지."

"내 말이 그 말이야!" 다른 병사가 동조했다. "석유 좀 못 구했다고 아주 큰일 난 줄 안다니까."

"여기 모래 속에서 화염병으로 전차를 격퇴하는 것보다 줄 서서 기다리는 게 더 힘든 일이라고 생각할걸."

전차와 화염병을 들먹였으나, 독일군이 이곳으로 전차를 몰고 온 적이 한번도 없다는 건 두 사람 모두 잘 알고 있었다.

그리고 이곳 전선의 황야에서도 여지없이 이어지던 인류의 영원한 토론 — 인생이 남자에게 더 힘든지, 여자에게 더 힘든지 — 이 미처 끝나기도 전에, 한 사람이 주저하며 입을 열었다.

"근데 우리 마누라는 몸이 아파. 척추뼈가 어긋나서 무거운 걸 들면 일주일은 누워 있어야 하지."

이어 주제가 완전히 바뀌어, 잠시 그들은 사방에 물 한방울 없는 이 빌어먹을 사막에 대해 이야기했다.

"그런데 내 아내가 짜증을 내려고 그렇게 편지를 쓴 건 아니야." 다렌스끼와 더 가까운 곳에 누워 있던 병사가 다시금 아내 이야기를 꺼냈다. "그냥 이해를 못해서 그래."

그러자 먼젓번 병사는 여자들에 대한 험담을 취소하고자, 그러나 동시에 완전히 취소하고 싶지는 않은지 이렇게 덧붙였다.

"맞아, 그저 어리석을 뿐이지."

그들은 조용히 담배 연기를 내뿜고서 다시 안전면도기와 면도칼의 장단점에 대해, 포병중대장의 새 제복에 대해, 아무리 힘들어도 여전히 살고 싶은 마음에 대해 이야기를 나누었다.

"멋진 밤이군. 학교 다닐 때 꼭 이 비슷한 장면을 봤거든. 들판 위에 달이 떠 있고 주위에는 죽은 장수들이 누워 있는 그림 말이지."

"그거랑 뭐가 비슷하다는 거야?" 다른 병사가 웃었다. "그들은 영웅들이지만 우리는 참새떼에 불과하잖아. 우리 일은 시시해."

60

다렌스끼의 오른편에서 폭탄 터지는 소리가 고요를 깨뜨렸다. '103밀리미터짜리군.' 단련된 귀가 습관적으로 가늠했다. 적의 박격포나 포탄의 폭발과 관련된 일반적인 생각들이 재빨리 머릿속을 스쳐지나갔다. '우연인가? 단발인가? 시험 포격인가? 협차 포격은 아니었으면 좋겠는데. 설마 집중 포격? 전차를 보내는 건 아닐까?'

다른 모든 이들도 귀를 기울인 채 다렌스끼가 생각하는 것과 똑같은 것을 생각하고 있었다.

전쟁에 익숙한 사람들은 수백개 소리들 중에서도 진정으로 불길한 한가지 소리를 구별해낼 수 있다. 무엇을 하고 있었든, 예컨대 스푼을 들고 있었든지, 총을 소제하고 있었든지, 편지를 쓰고 있었든지, 손가락으로 콧구멍을 후비고 있었든지, 신문을 읽고 있었든지 혹은 드물게 찾아오는 무아의 상태에 빠져 있었든지 간에, 병사는 순간적으로 고개를 돌리고 강한 흥미를 느끼며 그 소리에 노련한 귀를 기울이기 마련이다.

답은 곧바로 나왔다. 오른쪽에서 몇차례 더 폭발음이 이어지더니 왼쪽에서도 폭발음이 들려왔고, 이내 사방의 모든 것이 진동하며 굉음과 함께 연기에 휩싸이기 시작했다.

집중 포격이었다!

연기와 먼지와 모래 사이로 폭발의 화염이 뚫고 나왔고, 그 화염에서 다시 연기가 솟았다. 여기저기서 사람들이 달리고 넘어졌다.

비명 소리가 황야를 가득 메웠다. 박격포탄이 터지자 낙타들은 뒤집힌 끌개와 끊어진 멍에를 질질 끌며 마구 내달렸다. 소름 끼치는 광경에 다렌스끼는 포탄이 터지는 소리도 안중에 없이 그저 멍하니 서 있었다.

여기서 조국의 마지막 날을 보고 있다는 생각이 그의 머릿속을 뚜렷하게 스치고 지나갔다. 숙명의 감각이 그를 휩쓸었다. 몸부림치며 모래 속을 달리는 낙타들의 끔찍한 비명, 러시아인들의 불안한 목소리, 은신처를 찾아 달려가는 사람들! 러시아가 멸망하고 있었다! 차가운 아시아 변방 모래사막으로 쫓겨와 음울하고 무관심한 달 아래 마침내 멸망을 맞이한 것이다. 사랑스러운, 그가 한없이 사랑하는 러시아어가 독일 박격포에 의해 불구가 되어 이리저리 내달리는 낙타들의 공포와 절망 어린 포효와 합쳐졌다.

이 비통한 순간, 그는 분노가 아니라, 증오가 아니라, 세상의 모든 약자들과 가난한 자들에 대한 형제애의 감정을 경험했다. 웬일인지 초원에서 만났던 깔미끄인의 검고 늙은 얼굴이 떠올랐다. 그 얼굴이 더없이 친근하고 낯익은 듯 여겨졌다.

'어쩌겠어, 이게 운명인걸.' 패배한다면 자신 또한 더이상 세상에 살 필요가 없다는 생각이 머리를 스쳤다.

다렌스끼는 폭발이 남긴 구덩이에 앉아 있는 병사들을 둘러보았다. 이제 여단의 지휘를 맡을 준비가 되었다. 그는 자세를 가다듬고 외쳤다.

"전화교환원! 여기! 이쪽으로!"

그 순간 폭발의 굉음이 갑자기 잦아들었다.

이날 밤 스딸린의 지령으로 세 전선군 사령관, 바뚜쩐[210]과 로꼬솝스끼와 예료멘꼬가 공격 명령을 내렸다. 백여시간 안에 스딸린그라드전투의 운명과 33만 파울루스군의 운명을 결정하고 전쟁의 전환점을 마련할 공격이었다.

참모부에서는 전보가 다렌스끼를 기다리고 있었다. 노비꼬프 대령의 전차군단으로 가 그들의 전투 활동을 살피고 총참모부 그룹에 정보를 제공하라는 명령이었다.

---

210 Nikolai Fyodorovich Vatutin(1901~44). 제2차 세계대전에서 활약한 소련의 군인.

61

10월혁명 25주년 기념 경축 대회 직후, 독일 공군은 다시금 스딸 그레스를 향한 대규모 공습을 감행했다. 총 열여덟대의 폭격기가 발전소에 무거운 폭탄을 투하했다.

연기구름이 폐허를 뒤덮었고, 독일 공군의 전투기는 발전소 운영을 완전히 중단시켰다.

이 공습 이후 스삐리도노프의 손이 심하게 떨리기 시작했다. 찻잔을 입으로 가져가면서도 차를 흘렸고, 가끔은 버틸 힘이 없어 아예 찻잔을 도로 탁자 위에 올려놓아야 했다. 그의 손가락은 보드까를 마신 다음에야 떨기를 멈추었다.

지도부에서 노동자들을 떠나보내기 시작했다. 노동자들은 여러가지 이동수단으로 볼가와 뚜마끄를 건너갔다. 다들 초원을 지나 스레드냐야 아흐뚜바로, 혹은 레닌스끄로 떠났다.

발전소의 책임자들도 모스끄바에 문의해 이동 허가를 청했다. 전선에, 파괴된 작업장 한가운데 머물러봐야 무슨 의미가 있겠는가. 그러나 모스끄바 쪽에서 답변을 질질 끌었고, 이에 스삐리도노프는 신경이 몹시 곤두섰다. 당 조직책 니꼴라예프는 공습 이후 바로 당 중앙위원회의 호출을 받아 더글러스를 타고 모스끄바로 날아간 터였다.

스삐리도노프와 까미쇼프는 발전소의 폐허 속에서 빈둥거리며 더이상 이곳에서는 할 일이 없다고, 어서 빠져나가야 한다고 서로를 설득했다. 모스끄바에서는 여전히 응답이 없었다.

스쩨빤 표도로비치를 특히 불안하게 한 것은 베라의 운명이었다. 그녀는 볼가강 좌안으로 건너간 뒤 상태가 나빠져 레닌스끄로 갈 수 없었다. 부서진 도로를 따라 얼어붙고 돌처럼 딱딱해진 진흙 덩어리들 위로 마구 덜컹거리는 화물차에 올라 거의 100킬로미터를 달려가기란 임신 막달의 그녀에게 완전히 불가능한 일이었다.

알고 지내던 발전소 노동자들이 그녀를 강가의 얼어붙은 바지선으로 데려갔다. 어느새 공동 숙소가 된 장소였다.

발전소에 두번째 폭격이 일어난 뒤 베라가 발동선 기술자를 통해 쪽지를 보내왔다. 그녀는 아버지에게 걱정하지 말라고 했다. 사람들이 화물칸 구석 칸막이 안쪽에 편안한 자리를 잡아주었다고, 피난민 중에는 베께뜹까 종합병원에서 온 간호사도 있고 산파 할머니도 있다고, 바지선에서 4킬로미터쯤 떨어진 곳에 야전병원이 있어서 곤란한 상황이라도 생기면 의사를 부를 수 있다고, 바지선에는 물 끓이는 기구와 난로도 있고, 음식은 주위원회에서 보내온 식료품을 이용해 공동으로 준비한다고.

베라는 걱정하지 말라고 했지만 그 쪽지에 적힌 단어 하나하나가 스쩨빤 표도로비치를 불안으로 가득 채웠다. 딱 하나 위안이 되는 것은 전투가 벌어지는 내내 바지선이 한번도 폭격을 맞지 않았다는 사실이었다. 만약 스쩨빤 표도로비치가 좌안으로 건너갈 수만 있다면 경차나 구급차를 구해 베라를 스레드냐야 아흐뚜바까지만이라도 데려갈 텐데.

모스끄바에서는 여전히 응답이 없었다. 스딸그레스가 완전히 파괴된 지금 소규모의 방위부대를 빼면 더이상 아무도 여기 있을 필요가 없건만, 그들은 공장장에게도 책임 기사에게도 떠나라는 허가를 내리지 않았다. 노동자들과 기술자들은 이미 스뻬리도노프의 허가가 떨어지자마자 강을 건너간 뒤였다. 그들이라고 일도 없이 발전소에서 어슬렁거릴 마음이 있었겠는가.

안드레예프 노인만이 공장장의 둥그런 도장이 찍힌 공식 허가서를 받으려 하지 않았다.

공습 이후 스쩨빤 표도로비치가 어서 며느리와 손자가 있는 레닌스끄로 떠나라고 권했을 때, 안드레예프는 말했다.

"아니, 난 여기 남겠네."

그는 자신이 스딸린그라드 쪽 강변에 남아 있는 한 과거의 삶을 어떻게든 유지할 수 있으리라 믿었다. 이제 조금만 지나면 트랙터 공장 지구로 돌아갈 수 있을 거야. 다 타고 부서진 집들 사이로 걸어가 아내가 만든 작은 정원에 닿으면 망가진 나무를 일으켜세우고 혹시 거기 파묻힌 물건들이 있는지 확인해봐야지. 그런 다음엔 쓰러진 울타리 옆에 있는 작은 돌 위에 앉아 얘기할 거야. "이것 봐, 바르바라, 재봉틀도 제자리에 있고 심지어 녹도 슬지 않았어. 울타리 옆 사과나무는 파편에 잘려 완전히 죽은 것 같지만, 지하실 단지에 담긴 양배추절임은 위에만 살짝 곰팡이가 피었을 뿐이야."

스쩨빤 표도로비치는 끄리모프에게 조언을 구하고 싶었으나 경축 대회 이후 그는 스딸그레스에 통 모습을 보이지 않았다.

스삐리도노프와 까미쇼프는 11월 17일까지 기다렸다가 떠나기로 결정했다. 스딸그레스에서 그들이 할 수 있는 일은 사실상 아무것도 없었다. 독일군은 수시로 발전소를 포격했다.

"스쩨빤 표도로비치," 집중 공습 이후 신경이 몹시 날카로워진 까미쇼프가 말했다. "놈들 정찰대가 일을 제대로 못하는 모양이네요. 이 지경이 됐는데도 여전히 공격을 해대니 말이에요. 언제 전투기가 나타나도 이상하지 않은 상황이에요. 놈들은 꼭 황소 같아요. 아무것도 없는 빈자리에까지 공격을 멈추지 않지요."

11월 18일, 스쩨빤 표도로비치는 안드레예프에게 입을 맞추고 마지막으로 발전소의 잔해를 바라보았다. 끝내 모스끄바의 서면 허가를 받지 못한 채 결국 그는 스딸그레스를 떠났다.

스딸린그라드전투 내내 그는 이곳에서 많은 일을 힘겹게 해냈다. 그는 전쟁이 무서웠다. 전선의 상황에 익숙지 않은데다 공습 생각을 하면 늘 겁이 났고 폭격 때는 온몸이 움츠러들 만큼 두려웠다. 하지만 그는 여전히 일을 계속했고, 그랬기에 그의 노동에는 한층 큰 노력과 가치가 깃들어 있었다.

그는 트렁크와 보따리를 어깨에 지고 걸으며 줄곧 뒤를 돌아보았다. 부서진 정문 곁에 선 안드레예프에게 손을 흔들고, 유리창이 전부 부서져버린 기술자의 집을, 원동기 작업장의 음산한 벽을, 기름 묻은 절연판들이 계속 타들어가며 뿜어내는 가벼운 연기를 하나하나 응시했다.

스딸그레스에 그가 더이상 필요하지 않게 되었을 때 그는 그곳을 떠났다. 소련의 군대가 공격을 개시하기 만 하루 전이었다.

그 하루, 그가 끝까지 끌고 가지 못한 그 스물네시간이 그의 성실하고 지난한 작업 전체를 지워버렸다. 그리하여 그를 영웅으로 맞이할 준비가 되었던 수많은 이들이 그를 비겁자요 도망자라 부르게 되었다.

그 또한 발전소 앞을 걸으며 뒤돌아보던 순간을, 정문 곁에 서서 근심 어린 얼굴로 자신을 바라보는 외로운 노인에게 손을 흔들던 그 순간을 떠올리며 오랫동안 고통스러워했다.

62

베라는 아들을 낳았다.

그녀는 바지선 화물칸, 대패질도 하지 않은 판자를 엮어 만든 침상에 누워 있었다. 여자들이 너무 춥지 않도록 누더기로 그녀의 몸을 덮고, 아기는 시트로 둘둘 감아 옆에 놓아주었다. 누군가 가리개를 젖히고 들어올 때마다 사람들, 여자들과 남자들이, 위쪽 침상들에 걸려 있는 잡동사니가 보이고 소란과 웅성거림과 아이들의 떠들썩한 소리가 들려왔다. 그녀의 머릿속에는 안개가 끼었고, 연기 자욱한 대기 속에도 안개가 끼었다.

화물칸은 답답하면서도 매우 추웠다. 판자로 된 벽 곳곳에 성에가 끼어 있었다. 사람들은 발싸개와 누비옷을 벗지 않고 잤고, 여자들은 하루 종일 머릿수건이나 헌 옷가지를 몸에 두른 채 손가락을 호호 불었다.

손바닥만 한 창문은 유빙과 비슷한 높이에 나 있어 빛이 거의 들어오지 않았고, 그래서 화물칸은 대낮에도 침침했다. 밤에는 덮개가 없는 석유 등잔을 켰다. 그을음 때문에 사람들의 얼굴은 검게 변했다. 계단에서 승강구를 열면 수류탄이라도 터진 듯 연기구름이 뭉게뭉게 들이닥쳤다.

노파들은 알록달록한 쿠션이며 보따리, 나무로 된 궤짝 들 사이에 더운물이 담긴 머그를 놓고 바닥에 앉아 회색빛 머리칼을 빗었고, 머릿수건을 동여맨 아이들이 장난하며 그 사이를 기어다녔다.

베라는 몸과 생각은 물론 타인에 대한 태도까지 자신의 모든 것이 변한 것 같았다. 가슴에 안은 아이 때문이었다.

그녀는 친구 지나 멜니꼬바에 대해, 자기를 보살피는 세르게예브나 노파에 대해, 봄에 대해, 어머니에 대해, 누더기 내의에 대해, 솜이불에 대해, 세료자와 똘랴에 대해, 세탁비누에 대해, 독일 전투기에 대해, 스딸그레스의 벙커에 대해, 감지 못한 자신의 머리칼에 대해 생각했다. 그리고 머릿속으로 들어오는 이 모든 생각은 그녀가 낳은 아기에 대한 감정으로 이어졌다. 모든 것이 아기와의 관계 속에서만 의미를 지녔다.

그녀는 자신의 두 손과 두 다리를, 가슴과 손가락을 바라보았다. 이 손은 이미 배구를 하거나 글을 쓰거나 책장을 넘기던 손이 아니었다. 이 다리는 학교 계단을 뛰어올라가고, 따뜻한 강물에 찰방찰방 적시고, 풀에 베이고, 지나가는 사람들의 눈길을 받던 다리가 아니었다.

그리고 아기를 바라보며 그녀는 동시에 빅또로프에 대해 생각했다.

비행장이 자볼지예에 있으니 빅또로프는 바로 곁에 있는 셈이다. 볼가강도 더는 둘을 갈라놓지 않는다. 얼마 지나지 않아 비행사들이 갑판에 나타날 것이고, 그녀는 그들과 이런 대화를 나누게 되리라.

"빅또로프 중위를 아세요?"

"압니다."

"그에게 전해주세요. 여기 그의 아들이 있고, 그의 아내가 있다고요."

여자들이 이따금씩 가리개를 젖히고 들어와 고개를 끄덕거리고, 미소를 짓고, 한숨을 쉬었다. 몇몇은 어린것 위로 몸을 굽히고 울음을 터뜨렸다.

그들은 자기 신세를 생각하며 울었고, 새로 태어난 아이를 보며 미소 지었다. 말하지 않아도 그들의 마음을 알 수 있었다.

베라에게 질문을 던지는 경우, 그 취지는 산모가 아기에게 제 할 일을 하고 있는지에 대한 것뿐이었다. 젖이 충분한지, 젖앓이가 시작되지 않았는지, 축축한 공기가 답답하지 않은지.

출산한 지 사흘째 되는 날 아버지가 도착했다. 그는 이미 스딸그레스 공장장처럼 보이지 않았다. 아버지는 면도도 하지 않은 얼굴에 허리띠 대신 넥타이로 외투를 여미고 목깃을 세운 채, 찬바람에 두 뺨과 코가 빨갛게 얼어서는 작은 트렁크와 보따리를 들고 나타났다.

스쩨빤 표도로비치가 침상으로 다가오는 순간, 그녀는 아버지의 떨리는 얼굴이 자신이 아니라 곁에 누워 있는 작은 존재로 향하는 것을 알아차렸다.

그는 몸을 돌렸다. 그의 등과 어깨를 보며 그녀는 그가 울고 있는 것을, 아버지가 자신의 아내가 손자에 대해 결코 알지 못할 것이며, 자신이 방금 했듯이 손자 위로 몸을 굽히지 못하리라는 사실 때문에 울고 있다는 것을 알았다.

수십명이 보는 앞에서 눈물을 흘린 것에 화도 나고 창피해서 그는 추위에 쉬어버린 목소리로 말했다.

"뭐야, 너 때문에 내가 할아버지가 되었구나." 그러고는 베라에게 몸을 굽히고 그녀의 이마에 키스한 뒤 차갑고 더러운 손으로 어깨를 쓰다듬어주었다.

얼마 후 그가 말했다.

"10월혁명 기념제 날 끄리모프가 스딸그레스에 왔었다. 그는 엄마가 없는 것을 모르고 있더라. 내내 제냐에 대해서만 이것저것 물었어."

"스삐리도노프 동지," 솜뭉치가 삐져나온 푸른 재킷 차림에 수염이 덥수룩한 노인이 숨이 차서 쌕쌕거리는 소리로 말했다. "나라에서는 사람을 더 많이 죽이라고 꾸뚜조프 훈장이며 레닌 훈장을 주지. 우리 편이나 적이나 얼마나 많이 찔러 죽였나 헤아려서 말이오. 당신 딸은 2킬로쯤 되는 멋진 훈장을 받아 마땅하오. 이런 고역 속에서도 새로운 생명을 데려왔으니 말이오."

아이를 낳은 베라 자신에 대해 누군가 이야기하는 것은 그게 처음이었다.

스쩨빤 표도로비치는 베라가 몸을 추스를 때까지 바지선에서 기다리다가 함께 레닌스끄로 가야겠다고 마음먹었다. 새로운 직책을 받으러 꾸이비셰프로 가려면 어차피 레닌스끄를 지나야 했다. 바지선의 음식은 최악이었다. 딸과 손자에게 당장 먹을 것을 마련해주어야 했다. 스쩨빤 표도로비치는 몸을 좀 녹인 뒤 근처 숲속 어딘가에 있을 주위원회 지도부를 찾아 떠났다. 거기서라면 친지들을 통해 기름과 설탕을 구할 수 있을 터였다.

63

화물칸에서 보내기에는 유난히 힘든 하루였다. 먹구름이 볼가강 위에 걸려 있었다. 쓰레기와 검은 개숫물로 온통 더러워진 얼음 위에 올라가 장난치는 아이들도, 얼음 구멍에서 빨래를 하는 여자들도 보이지 않았다. 지상에 가까이 낮게 부는 차가운 바람이 승강구의 틈과 얼어붙은 헝겊 조각을 뚫고 화물칸으로 들어왔고, 바지선을 울부짖음과 삐걱거리는 소리로 가득 채웠다.

사람들은 추위로 얼어붙어 감각을 잃은 채 머릿수건이며 누비

옷이며 이불을 친친 감고 앉아 있었다. 가장 수다스러운 여자들조차 침묵을 지키며 바람의 울부짖음과 판자 삐걱이는 소리에 귀를 기울였다.

어둠이 내렸다. 마치 참을 수 없는 인간의 고통과 모두를 지치게 하는 추위, 배고픔, 불결함, 끝없는 전쟁의 고통으로부터 어둠이 닥쳐온 것 같았다.

베라는 누비옷을 턱까지 올리고 누워, 바람이 불어닥칠 때마다 매번 화물칸으로 새어들어오는 차가운 공기의 움직임을 두 뺨에 느끼고 있었다.

이 순간 모든 것이 절망적으로만 보였다. 스쩨빤 표도로비치는 이곳에서 그녀를 데리고 나갈 수 없을 것이다. 전쟁은 결코 끝나지 않을 것이며, 봄이면 독일군이 우랄과 시베리아까지 밀고 올라갈 것이다. 그들의 비행기들이 울부짖고 폭탄이 터지는 소리가 온 하늘에 우르릉거릴 것이다.

빅또로프가 가까이 있지 않을지도 모른다는 생각이 처음으로 떠올랐다. 전선이 얼마나 많은가. 하지만, 아마 그는 전선에도 후방에도 없을 거야.

그녀는 시트를 젖히고 아기의 얼굴을 들여다보았다. 이 아이는 왜 울고 있을까? 필시 그녀의 슬픔이 전해진 것이리라. 그녀의 온기가, 그녀의 젖이 전해지듯이 말이다.

이날 극한의 추위와 가차 없는 바람이, 거대한 러시아 평원과 강에서 벌어지는 전쟁의 거대함이 모두를 짓눌렀다.

이런 끔찍하고 배고프고 추운 생활을 어떤 인간이 오랫동안 참아낼 수 있단 말인가?

노파 세르게예브나가 베라에게 다가와 아기를 안으며 말했다.

"오늘 모습이 영 안 좋구먼. 첫날이 더 좋았어."

"전 괜찮아요." 베라가 말했다. "내일이면 아버지가 식료품을 가지고 돌아오실 거예요."

세르게예브나는 산모가 곧 기름과 설탕을 얻게 되리라는 생각에 무척 반가웠지만 심술궂고 거칠게 말했다.

"당신네들, 꼭대기 우두머리들은 언제나 실컷 삼키지. 어디나 비축 식량이 있으니까. 우리에게 비축 식량이라곤 썩은 감자 쪼가리뿐인데."

"쉿!" 누군가 외쳤다. "조용히 해요!"

화물칸의 다른 쪽 끝에서 희미한 목소리가 들리는가 싶더니, 갑자기 다른 모든 소리를 압도하며 쩡쩡 울리기 시작했다.

한 남자가 석유 등잔 불빛 아래 읽어내렸다.

"최근…… 스딸린그라드시 지역에서의 성공적인 공격…… 스딸린그라드 외곽에 주둔한 우리 군대가 수일 전 독일 파시스트 군대를 상대로 공세에 나섰다. 공격은 두 방향, 스딸린그라드의 북서쪽과 남쪽에서부터 시작되었다……"

다들 제자리에 말없이 서서 울기 시작했다. 보이지 않는 신비로운 연결이 이 순간 바람에 얼굴을 가린 채 눈 속을 걸어가고 있을 젊은이들, 피범벅이 되어 희미한 시선으로 삶과 작별하며 누워 있을 사람들과 그들 사이를 이어주었다.

노인들과 여자들과 노동자들이 함께 울었고, 언젠가부터 아이다운 표정을 잃은 아이들 또한 어른들 옆에 선 채 눈물을 흘리며 낭독에 귀를 기울였다.

"우리 군대는 돈강 동쪽 강변에 위치한 깔라치와 끄리보무즈긴스까야 기차역, 아브가사로보 기차역과 시내를 탈환하였으며……"

베라도 다른 모든 이들과 함께 울었다. 겨울밤의 어둠 속을 나아가는 사람들, 눈 덮인 벌판에 쓰러졌다가 일어난 사람들과 영원히 일어나지 못한 사람들, 전쟁에 지친 갑판 위의 사람들을 하나로 잇는 저 신비로운 연결을 그녀 또한 느끼고 있었다.

그녀를 위하여, 그녀의 아들을 위하여, 얼음물에 손이 부르튼 여인들을 위하여, 노인들을 위하여, 제 어미의 해진 머릿수건에 친친 감겨 있는 아이들을 위하여, 그곳에서 젊은이들이 죽음을 향해 행군하고 있었다.

기쁨의 눈물을 흘리며 그녀는 생각했다. 곧 남편이 이리로 올 거야. 여기 있는 여자들과 늙은 노동자들이 그를 둘러싸고 "아들아이네" 하고 알려주겠지.

그리고 소련 정보국의 소식을 읽는 목소리가 이어졌다. "우리 군대의 공세는 계속되고 있다."

64

참모부 당번병이 제8군 항공단 지휘관에게 공세 당일 격추기부대의 전투 결과를 보고했다.

장군은 앞에 놓인 종잇장들을 훑어본 뒤 입을 열었다.

"자까블루까는 참 운도 없구먼. 바로 어제 꼬미사르를 잃었는데 오늘은 비행사가 둘이나 죽었으니."

"조금 전 연대 참모부와 통화했습니다, 지휘관 동지." 당번병이 말했다. "베르만 동지는 내일 매장할 예정입니다. 군사위원이 연대로 와서 연설하겠다는군요."

"우리 위원께서는 연설을 참 좋아하시지." 지휘관이 픽 웃으며 중얼거렸다.

"지휘관 동지, 비행사들의 행적은 다음과 같습니다. 꼬롤 중위는 제38근위사단 상공에서 떨어졌고, 편대 지휘관 빅또로프 상위는 독일 비행장 상공에서 당했습니다. 메서 여러대가 비행기를 불태워서 결국 전선까지 오지 못하고 중간 지대 상공에서 떨어졌죠. 보병들이 보고 다가가 그를 데려오려 했지만 독일군에 의해 막혔답니다."

"그래…… 그런 일이 일어나지……" 지휘관은 연필로 코를 긁적이고서 말을 이었다. "자, 그럼 자네는 전선군 참모부에 연락해서 자하로프가 지프를 바꿔주겠다던 약속을 상기시키게. 안 그러면 우린 탈것이 전혀 없게 돼."

죽은 비행사는 밤새도록 눈 덮인 언덕에 누워 있었다. 별들이 무척이나 선명하게 빛나는, 매서우리만치 추운 날씨였다. 하지만 동틀 무렵 언덕이 장밋빛으로 변하여 비행사는 이제 장밋빛 언덕에 누워 있었다. 얼마 후 땅에 닿을 듯 낮게 부는 차디찬 바람이 일었고, 시신은 눈으로 덮여버렸다.

(3권으로 이어집니다)

고전의 새로운 기준, 창비세계문학

오늘날 우리는 인간의 존엄과 개성이 매몰되어가는 시대를 살고 있다. 물질만능과 승자독식을 강요하는 자본주의가 전지구적으로 확산되면서 현대사회는 더 황폐해지고 삶의 질은 크게 훼손되었다. 경제성장만이 최고의 선으로 인정되고 상업주의에 물든 문화소비가 삶을 지배할수록 문학은 점점 더 변방으로 밀려나고 있다. 삶의 본질을 성찰하는 문학의 자리가 위축되는 세계에서는 가진 자와 못 가진 자 할 것 없이 모두가 불행할 수밖에 없다.

이 시대야말로 인간답게 산다는 것의 의미가 무엇인지 근본적인 화두를 다시 던지고 사유의 모험을 떠나야 할 때다. 우리는 그 여정에 반드시 필요한 벗과 스승이 다름 아닌 세계문학의 고전이라는 점을 강조한다. 고전에는 다양한 전통과 문화를 쌓아올린 공동체의 경험이 녹아들어 있고, 세계와 존재에 대한 탁월한 개인들의 치열한 탐색이 기록되어 있으며, 새로운 세상을 꿈꾸는 아름다운 도전과 눈물이 아로새겨져 있기 때문이다. 이 무궁무진한 상상력의 보고이자 살아 있는 문화유산을 되새길 때만 개인의 일상에서 참다운 인간적 가치를 실현하고 근대적 삶의 의미와 한계를 성찰하는 지혜를 얻을 수 있을 것이다.

'창비세계문학'은 이러한 문제의식에서 출발한다. 세계문학의 참의미를 되새겨 '지금 여기'의 관점으로 우리의 정전을 재구성해야 할 필요성이 그 어느 때보다 절실하다. '정전'이란 본디 고정된 목록으로 존재하는 것이 아니라 그때그때 주어진 처소에서 새롭게 재구성됨으로써 생명을 이어가는 것이다. 우리는 먼저 전세계 문학들의 다양성과 차이를 존중하면서 국가와 민족, 언어의 경계를 넘어 보편적 가치에 기여할 수 있는 가능성에 주목하고자 한다. 근대를 깊이 성찰한 서양문학뿐 아니라 아시아와 라틴아메리카, 중동과 아프리카 등 비서구권 문학의 성취를 발굴하고 재평가하는 것 역시 세계문학의 지형도를 다시 그리려는 창비의 필수적인 작업이 될 것이다.

여러 전집들이 나와 있는 세계문학 시장에서 '창비세계문학'은 세계문학 독서의 새로운 기준이 되고자 한다. 참신하고 폭넓으면서도 엄정한 기획, 원작의 의도와 문체를 살려내는 적확하고 충실한 번역, 그리고 완성도 높은 책의 품질이 그 기초이다. 독서시장을 왜곡하는 값싼 유행과 상업주의에 맞서 문학정신을 굳건히 세우며, 안팎의 조언과 비판에 귀 기울이고 독자들과 꾸준히 소통하면서 진정 이 시대가 요구하는 세계문학이 무엇인지 되묻고 갱신해 나갈 것이다.

　1966년 계간『창작과비평』을 창간한 이래 한국문학을 풍성하게 하고 민족문학과 세계문학 담론을 주도해온 창비가 오직 좋은 책으로 독자와 함께해왔듯, '창비세계문학' 역시 그러한 항심을 지켜나갈 것이다. '창비세계문학'이 다른 시공간에서 우리와 닮은 삶을 만나게 해주고, 가보지 못한 길을 걷게 하며, 그 길 끝에서 새로운 길을 열어주기를 소망한다. 또한 무한경쟁에 내몰린 젊은이와 청소년들에게 삶의 소중함과 기쁨을 일깨워주기를 바란다. 목록을 쌓아갈수록 '창비세계문학'이 독자들의 사랑으로 무르익고 그 감동이 세대를 넘나들며 이어진다면 더없는 보람이겠다.

2012년 가을
창비세계문학 기획위원회
김현균 서은혜 석영중 이욱연 임홍배 정혜용 한기욱

창비세계문학 99

삶과 운명 2

초판 1쇄 발행/2024년 6월 28일

지은이/바실리 세묘노비치 그로스만
옮긴이/최선
펴낸이/염종선
책임편집/전성이·한예진·정편집실·홍상희
조판/신혜원·박지현·박아경
펴낸곳/(주)창비
등록/1986년 8월 5일 제85호
주소/10881 경기도 파주시 회동길 184
전화/031-955-3333
팩시밀리/영업 031-955-3399 편집 031-955-3400
홈페이지/www.changbi.com
전자우편/lit@changbi.com

한국어판 ⓒ (주)창비 2024
ISBN 978-89-364-6496-7 03890

＊이 책 내용의 전부 또는 일부를 재사용하려면
  반드시 저작권자와 창비 양측의 동의를 받아야 합니다.
＊책값은 뒤표지에 표시되어 있습니다.